RENA FISCHER

Cursed Worlds

AUS IHREN SCHATTEN ...

Moon Notes

Dieses Vorhaben wurde im Rahmen des Stipendienprogramms des Freistaats Bayern *Junge Kunst und neue Wege* unterstützt.

Die Autorin dankt für die Unterstützung.

Dieses Buch wurde klimaneutral produziert. Dadurch fördern wir anerkannte Nachhaltigkeitsprojekte auf der ganzen Welt. Erfahre mehr über die Projekte, die wir unterstützen, und begleite uns auf unserem Weg unter www.oetinger.de

Originalausgabe
1. Auflage
© 2022 Moon Notes im Verlag Friedrich Oetinger GmbH,
Max-Brauer-Allee 34, 22765 Hamburg
Alle Rechte vorbehalten
© Text: Rena Fischer
© Covergestaltung: FAVORITBUERO, München
unter Verwendung von shutterstock.com: © d1sk (Lichtkreis) /
© KatyArtDesign (Blumen)
Satz: Sabine Conrad, Bad Nauheim
Druck und Bindung: GGP Media GmbH,
Karl-Marx-Straße 24, 07381 Pößneck, Deutschland
Printed 2022
ISBN: 978-3-96976-001-7

www.moon-notes.de

*Für Sarah,
die Oisinn neues Leben einhauchte*

Teil 1 | Prolog

Ich treibe in diesem angenehmen Gefühl von Schwere zwischen Wachen und Schlafen und frage mich, was mich geweckt hat. Ohne die Augen zu öffnen, weiß ich, dass es Nacht sein muss. Das Tageslicht würde stärker auf meinen Lidern brennen. Es ist auch kein konkreter Laut gewesen, eher ... die Ahnung eines Geräuschs. Etwas hat sich in der Wahrnehmung meiner Umgebung verschoben, ist anders als zuvor. Ich spüre die Anwesenheit eines Fremdkörpers und wage nicht, die Augen zu öffnen oder mich zu bewegen, sondern konzentriere mich darauf, ruhig und gleichmäßig zu atmen.

Da ist es wieder.

Wie ein Lufthauch, der über mein Bett streicht, kalt und feucht. Der Duft von Moos, frischer Erde und würzigem Tannenwald steigt mir in die Nase. Und dann spüre ich mehr. Etwas Kühles berührt meine Stirn, zeichnet langsam die Konturen meiner Wange nach, hauchzart und federleicht, kaum zu erahnen.

Eiskalte Finger.

Mein Herz verliert seinen gleichmäßigen Rhythmus und beginnt, so heftig gegen meine Brust zu schlagen, dass der Eindringling es sicher hört. Die Finger vollenden ihre Skizze und gleiten tiefer, zu meinen Lippen. Hier verharren sie länger, die Berührung wird intensiver, und die Kälte, die von ihnen ausgeht, ist jetzt geradezu schmerzhaft.

Im Kopf gehe ich rasend schnell alle Möglichkeiten durch und wage nicht einmal zu blinzeln. Aber dann bleibt am Ende meiner Überlegungen nur Luke übrig. Spinnt der? Jetzt öffne ich entschlossen die Augen.

Doch es ist nicht Luke.

Bevor ich schreien kann, legt sich eine Hand auf meinen Mund. Eine Hand, so kalt wie die eines Toten.

Falsch.

Eines Untoten.

Vor mir steht ein junger Mann, das Gesicht so weiß, dass der Mond dagegen golden wirkt. Unsere Blicke treffen sich. Tiefschwarze Augen, in denen die Pupille alles Weiß verdrängt. Das helle, blonde Haar umschmeichelt den grimmig lächelnden, blutleeren Mund. Ich liege da wie erstarrt, und meine Gedanken kreisen nur um das eine Wort: *Draugar*.

Sie sind gekommen, um Finn zu holen!

Er beugt sich tiefer zu mir herunter, haucht mehr, als er flüstert: »Na, große Schwester? Wo hast du denn deinen vorlauten Bruder gelassen?«

Kapitel 1

Sis
Khaos, 12. April 2019 n. Chr.

Es roch nach Streit, als Sis am letzten Schultag vor den Osterferien die verwitterte Eingangstür mit dem Türkranz aus Mistelzweigen – Weihnachtsdekorelikt und immer noch passend zu dem eisigen Wetter – aufschloss. Nach dicker Luft und angebranntem Essen. Dabei war Tess, zumindest was das Kochen anbelangte, eine Bilderbuchgroßmutter. Außer, es schlug ihr etwas auf den Magen. In den meisten Fällen war dieses »Etwas« Finn, Sis' kleiner Bruder. Wobei er zuletzt vor drei Jahren wirklich *kleiner* als sie gewesen war. Frustrierend, wenn man mit siebzehn von dem fast eineinhalb Jahre jüngeren Bruder um eine ganze Kopflänge überragt und statt seiner im Kino nach dem Ausweis gefragt wurde.

Wasser tropfte in den Kragen von Sis' Jacke, und sie warf beim Eintreten einen Blick nach oben zum grünen Blattwerk, von dem der Tropfen gekommen sein musste. Das Spitzdach und die mit Efeu und Kletterrosen eingesponnene Holzschindelfassade ließen das Haus in dem verwilderten Garten wie eine Hexenhütte aussehen. Nun, für eine störrische, alte Hexe hielt der Bauträger, der rechts und links von ihnen zwei monotone weiße Villenklötze hingepflanzt hatte, Tess sicher auch. Denn sie hatte sich geweigert, ihr Grundstück an ihn zu verkaufen, obwohl er ihr eine – wie er behauptete – *unverschämt hohe Summe* dafür geboten hatte.

»Alte Bäume verpflanzt man nicht«, hatte sie erwidert und ihm einfach die Tür vor der Nase zugeschlagen.

Aber wenigstens lebte in dem Haus rechts von ihnen seit dem Bau vor fünf Jahren Luke. Und das machte den Bunker doch gleich viel sympathischer.

»Ist mir scheißegal, was mein Vater zu meiner Lateinnote gesagt hätte!«, schallte Finns aufgebrachte Stimme vom ersten Stock nach unten und ließ Sis in der Diele mit der Hand an der Tür erstarren. Nicht schon wieder dieses Thema!

»Wie lief das damals eigentlich ab? Gerechtes Auslosen, oder war Kieran einfach nur ihr Lieblingskind?«

»Finn!«

»Weißt du was? Für mich sind sie alle längst tot!«

Eilig schlug Sis die Eingangstür zu, ließ den Rucksack in der Diele fallen und lief die Treppe nach oben, ohne Jacke und Schuhe abzustreifen. In der offenen Tür zu Finns Zimmer hielt sie inne. Tess stand reglos mit dem Rücken zu ihr wie ein Leuchtturm in der Brandung, Finn mit verschränkten Armen ihr gegenüber. Der Blick ihrer Großmutter flackerte, während sie sich zu ihr umdrehte.

»Spinnst du, Finn? Man hört dich bis auf die Straße!«

Die Miene ihres Bruders war trotzig, die Wangen gerötet. Seine grünblauen Augen musterten sie finster. Was war passiert? Schlechte Noten steckte er doch viel lockerer weg als sie.

»Verzieh dich, Sis!«

»Finn Winter! In diesem Ton sprichst du nicht mit deiner Schwester!«

Natürlich passte es Finn nicht, dass sie sich einmischte. Sis trat zu ihrer Großmutter und legte ihr den Arm um die Schultern. Sie spürte, wie Tess' schmaler, knochiger Körper bebte. Ihre

Großmutter wirkte so klein und zerbrechlich. Wer sie nicht kannte, würde wahrscheinlich nicht glauben, wie resolut sie sein konnte.

Finn schnaubte währenddessen zornig und fuhr sich mit der Hand durch die kurzen schwarzen Locken. Sis sah ihm an, dass er sich nur mit Mühe beherrschen konnte.

»*Das aufbrausende Temperament hat Finn von eurem Vater*«, hatte Tess einmal über ihn gesagt. »*Erst explodieren und hinterher reumütig die Scherben zusammenkehren.*«

Sis erinnerte sich noch gut an die Diskussion mit ihr vor einem Jahr. Damals hatte Finn unbedingt ein Krähenküken, das aus einem Nest auf dem Schulweg gefallen war, in seinem Zimmer aufziehen wollen. Später war Tess seufzend zu dem Schluss gekommen: »*Das große Herz aber auch.*«

»Reg dich ab! Erzähl mir lieber, was passiert ist.« Sis bemühte sich, ihrer Stimme einen ruhigen Ton zu verleihen, um die Situation zu entschärfen.

»Wer braucht schon Eltern, die erst drei Kinder in die Welt setzen, sich dann aus dem Staub machen und vor ihrer Verantwortung drücken?«

Sis stutzte. »Sagt wer?« So hätte Finn das niemals selbst formuliert.

Er presste die Lippen aufeinander und fuhr sich erneut ungelenk durchs Haar. Ein paar widerspenstige Locken fielen ihm trotzdem wieder zurück in die Stirn. »Der Kramer.«

»Dein Physiklehrer?«

»Ja! Ich musste im Lehrerzimmer den Antrag auf Kostenübernahme für den Englandaustausch abgeben und war noch nicht ganz aus der Tür raus, als er über uns hergezogen ist.«

Arm sein ist keine Schande. Ein schöner Spruch, wenn man nicht selbst betroffen war. Bis auf das Haus besaß Tess nur eine geringe Rente. Sis' und Finns Eltern hatten zur Miete gewohnt.

Das wenige Geld, das Tess aus dem Verkauf ihrer Möbel und des Autos erzielt hatte, war schon lange aufgebraucht. Und auf das Bankkonto hatte sie keinen Zugriff, solange sie sich nicht endlich dazu durchrang, ihren seit zwölf Jahren vermissten Sohn, die Schwiegertochter und Kieran, Finns Zwillingsbruder, für tot erklären zu lassen. Tess hatte sogar eine Hypothek auf ihr Häuschen aufgenommen. Aber Markenklamotten und das neueste Smartphone gehörten ebenso wenig zu ihrem Leben wie Urlaube oder der von Finn sehnlichst gewünschte Hund.

»Ach, komm!« Sis löste sich von ihrer Großmutter und boxte ihrem Bruder sanft gegen den Arm. »Niemand kann sich seine Eltern aussuchen, und *du* musst dich nicht schämen.«

»Nicht *schämen*? Ihr glaubt ernsthaft, eure Eltern hätten euch *freiwillig* verlassen?« Zwischen Tess' dünnen Augenbrauen entstand eine tiefe Falte, und hektische rote Flecken erblühten auf ihren Wangen. Eine Haarsträhne hatte sich aus ihrem Zopf gelöst, und sie strich sie in einer fahrigen Bewegung aus der Stirn.

Normalerweise wich Sis Tess' anklagendem Blick aus, doch diesmal hielt sie ihm stand, und aus den Augenwinkeln sah sie, wie Finn trotzig neben ihr nickte. Das Thema war schon viel zu lange tabu gewesen. Eine Mauer aus unbeantworteten Fragen, die Tess Stein für Stein mit ihrem eisernen Schweigen aufgeschichtet hatte. »*Zu eurem Schutz*«, sagte sie immer. Ihre farbenfrohen Erinnerungen mochten der Mörtel sein, der ihre Mauer zusammenhielt. Die von Sis und Finn waren bestenfalls ein grober Scherenschnitt, und sie waren keine Kleinkinder mehr. Selbst wenn ihre Eltern und Kieran einem Verbrechen oder Unfall zum Opfer gefallen waren, würden sie die Wahrheit inzwischen verkraften. Sie hatten ein Recht darauf, diese brüchige Mauer aus unerfüllter Hoffnung, Wut und Sehnsucht einzureißen und neu zu beginnen.

In Tess' hellblaue Augen trat ein feuchter Glanz, weil sie sich diesmal auf die Seite ihres Bruders schlug. »Ihr zwei wisst überhaupt nichts!«, rief sie mit bebender Stimme, drehte sich ruckartig um und verließ das Zimmer.

»Na, so ein Wunder«, murmelte Finn und tauschte mit seiner Schwester einen genervten Blick.

Plötzlich erklang ein Poltern. Sis schnappte nach Luft, und Finn sprang mit zwei Sätzen zur Tür. So schnell sie konnte, folgte sie ihrem Bruder, doch bevor sie den Treppenabsatz erreichte, hörte sie schon seinen gellenden Schrei. Aber da konnte sie ihre vorschnellen Worte nicht wieder zurückzunehmen.

Finn
Khaos, 12. April 2019 n. Chr.
Das Pflaster vor der Haustür war nass, und die Kälte kroch Finn über die Socken langsam an den Beinen hoch. Er lehnte mit dem Rücken am Türrahmen in der offenen Tür und starrte auf die Straße. Verschwommene weiße Fetzen tanzten vor seinen Augen, blieben in seinem Haar hängen und schmolzen an den Wangen. Noch hatten die Schneeflocken es nicht geschafft, den Boden mit einer Decke zu überziehen. Der Asphalt hinter dem Gartentor wand sich wie eine dunkle Schlange an den Bäumen und Straßenlaternen entlang und fraß unersättlich die herabrieselnden Kristalle. Kahle Äste wiegten sich im Wind. Der Frühling in diesem Jahr ließ ebenso lange auf sich warten wie der verdammte Krankenwagen.

Endlich tauchten zwei helle Lichtpunkte und ein blaues Flackern in der Straße auf. Finn schloss für einen Moment erleichtert die Augen. Als er sie wieder öffnete, sprangen zwei Männer und eine Frau in roten Anzügen mit gelb aufblitzenden Leuchtstreifen aus dem Krankenwagen und eilten auf ihn zu.

Er folgte ihnen nicht ins Haus, blieb wie betäubt draußen in der Kälte stehen, bis das blasse Gesicht seiner Schwester vor ihm auftauchte. Sis war noch gar nicht dazu gekommen, ihre Jacke auszuziehen, seit sie zu Hause angekommen war. Jetzt zog sie den Reißverschluss zu, fluchte, weil sich eine lange hellblonde Strähne darin verfing, und nestelte sie mit zitternden Fingern wieder heraus.

»Ich fahre mit Tess ins Krankenhaus, okay?«

Finn nickte stumm.

Der Krankenwagen verschluckte Tess und seine Schwester, und er blieb allein zurück. Benommen starrte er auf die herabrieselnden, dicken Flocken, die Hände und Füße so kalt wie der Eisberg von Schuldgefühlen, der in ihm trieb.

»Hey, Finn!«

Er zuckte zusammen und schaute zur Straße. Vor dem Gartentor saß Luke auf seinem Mountainbike und musterte ihn mit hochgezogenen Augenbrauen. Er hatte sich die Sporttasche umgehängt, weil sein Fahrrad keinen Gepäckträger hatte, sicher war er auf dem Nachhauseweg vom Taekwondo. Finn schluckte. Dass Tess ihm nicht den Kampfsport zusätzlich zum Fußballverein hatte bezahlen wollen, hatte er ihr auch kürzlich vorgeworfen.

Du bist so ein verdammter Idiot!

»Ist was passiert?«, hakte Luke nach, weil er nicht sofort antwortete.

»Tess ist gerade vom Notarzt abgeholt worden.«

Lukes Augen wurden groß. »Ach du Scheiße!«

Er sprang ab, öffnete das quietschende Gartentor und stellte das Rad am Zaun ab, bevor er mit federnden Schritten zu ihm lief.

Luke und Sis waren bis zur Oberstufe in dieselbe Klasse gegangen. Auch jetzt belegten sie einige Kurse zusammen und fuhren normalerweise gemeinsam nach Hause, außer Luke hatte Training.

Luke hieß eigentlich Lukas Schwarz. Bei seinem Einzug nebenan vor fünf Jahren hatte Finn das witzig gefunden, weil seine eckige Kunststoffbrille schwarz gewesen war und wie ein Fremdkörper unter den dunkelblonden Haaren auf dem blassen Gesicht geklebt hatte. Inzwischen trug Luke Kontaktlinsen, und einige Typen in der Schule nannten ihn *Schwarzenegger*, seit er mit seinem harten Kampfsport- und Ausdauertraining begonnen hatte.

»Der kämpft doch vor allem gegen einen«, hatte Sis mit einem Augenrollen letztes Jahr zu Finn gesagt, nachdem er ihr erzählt hatte, dass Luke für ein paar Wochen einen Sonderkurs in Krav Maga belegte. »Seinen Vater.«

Vielleicht war das neben seinem Aussehen ein zusätzlicher Grund für sie gewesen, ihn *Luke* wie *Luke Skywalker* zu nennen. Sein Vater, Dr. Rainer Schwarz, bildete sich viel auf seine Führungsposition in einer weltweit vertretenen Unternehmensberatung ein und hatte nach Sis' Theorie mit Darth Vader vor allem drei Dinge gemeinsam:

1. Er war machtgierig.
2. Er machte sich in der Familie rar.
3. Er wollte Luke unbedingt für sein Imperium gewinnen.

Dass Luke von einem Sportstudium träumte, war für seinen Vater gleichbedeutend mit Anarchie und Rebellion.

Finn wischte die Gedanken an Lukes Probleme daheim zur Seite und murmelte düster: »Verdacht auf Schlaganfall. Wenn Tess stirbt, ist das allein meine Schuld!«

Luke schüttelte den Kopf. »Quatsch. Einen Schlaganfall bekommt man nicht wegen eines einzelnen Streits. Glaub mir, Tess wäre die Letzte, die wollte, dass du dich jetzt dafür verantwortlich fühlst.«

Es tat gut, mit ihm zu reden. Luke war wie ein Bruder für sie. Na ja, zumindest für Finn. Im Gegensatz zu Sis waren ihm nämlich die Blicke, die er ihr neuerdings zuwarf, nicht entgangen. Früher hatte er sich um so was keine Gedanken machen müssen. Verdammt anstrengend, wenn die eigene Schwester sich plötzlich zu einem der hübschesten Mädchen der Oberstufe entwickelte. Sogar seine Klassenkameraden hatten ihn schon auf sie angequatscht. Sis, die kühle Blondine mit den gletscherblauen Augen! Er verdrehte innerlich die Augen. Einen Moment lang streifte Finn der Gedanke an seinen Zwillingsbruder Kieran. Wie er wohl heute aussah? Ein paar Bilderfetzen waren alles, was ihm an Erinnerung geblieben war. Von wegen *besondere Verbindung* oder gar *Gedankenaustausch* unter Zwillingen! Alles Blödsinn.

Er wandte sich wieder seinem Freund zu. »Kommst du mit rein?«, fragte er Luke, und der nickte zu seiner Erleichterung.

Erst zwei Stunden später hörten sie den Schlüssel im Schloss, während sie im Wohnzimmer saßen. Sie eilten zur Tür.

»Tess hatte nicht nur *einen* Schlaganfall«, erklärte Sis beim Eintreten. Weiß wie die Wand, konnte sie die Angst in ihren Augen mit dem verkrampften Lächeln nicht herunterspielen, das sie Luke zur Begrüßung schenkte. Finn umklammerte den Handlauf der Treppe, als wollte er ihn zerquetschen.

»Sie muss schon in den letzten Tagen ein oder zwei kleinere Schlaganfälle gehabt haben. Jetzt liegt sie im Koma. Sie haben ihre Platzwunden und Prellungen vom Sturz versorgt. Zum Glück hat sie sich nichts gebrochen, weil sie erst auf den letzten Stufen gestürzt ist.« Sis schniefte. »Gestern und vorgestern hat Tess immer wieder über Kopfweh geklagt, aber damit konnte doch niemand rechnen!« Sie zog die Jacke aus und hängte sie an die Garderobe.

Tess war störrisch wie ein Esel, was Arztbesuche anging.

Selbst wenn sie etwas geahnt hätten, wäre es ein Ding der Unmöglichkeit gewesen, sie zu einem Arzt zu schleppen.

»Und jetzt?«, fragte Finn heiser.

»Können wir nur abwarten. Der Arzt meint, es kann Tage, Wochen, in schlimmen Fällen sogar Monate dauern, bis Patienten aus dem Koma erwachen. Mit ihren siebzig Jahren ist Tess nicht mehr die Jüngste. Vielleicht ... wacht sie auch gar nicht mehr auf.« In der Stille nach dem letzten Satz klang das entfernte Zuschlagen einer Autotür draußen wie ein Donnerschlag.

»Der Arzt hat gefragt, ob sich jemand um uns kümmert.«

»Was hast du geantwortet?«, fragte Luke stirnrunzelnd.

»Na, dass wir bei Tess leben, schon klarkommen und ...« Sie stockte, und ihre Augen verdunkelten sich. »Du meinst, er verständigt jetzt sofort das Jugendamt?«

Finns Magen verkrampfte sich, während Luke nickte. »Vielleicht nicht gleich, aber wenn sich der Zustand eurer Großmutter nicht bessert.«

»Die werden uns doch nicht in ein Heim oder zu Pflegeeltern stecken?«

»Hey!« Sis legte den Arm um ihn. Finn verzog das Gesicht. Wie er es hasste, von ihr so bemuttert zu werden. »Noch ist davon nicht die Rede.«

»Das müssen wir verhindern!« Luke strich sich nervös eine Haarsträhne aus der Stirn. Dabei lugte das schwarze Freundschaftslederarmband, das Sis ihm an Weihnachten geschenkt hatte, unter seinem Hoodie hervor.

Bei dem Anblick durchzuckte Finn plötzlich eine Erinnerung. Vor fünf Jahren hatte Tess ihnen am Weihnachtsabend einen Schuhkarton gezeigt, den sie im obersten Fach ihres Kleiderschranks versteckt hinter ein paar alten Sommerhüten aufbewahrte.

»Sollte mir etwas zustoßen, findet ihr darin meinen Schmuck und

noch ein paar andere Sachen, die euch erst einmal weiterhelfen können«, hatte sie gesagt und ihnen das Versprechen abgenommen, nicht vorher den Inhalt zu erkunden.

»Daran habe ich gar nicht mehr gedacht!«, rief Sis, als er ihr davon erzählte.

Kurz darauf saßen sie zu dritt auf der bunten Patchworkdecke von Tess' Bett und starrten sich fassungslos an. Vor ihnen lagen eine goldene Halskette mit einem Medaillon in Herzform, ein ordentlich zusammengerolltes Geldbündel mit zweitausend Euro in kleinen Scheinen, ein fremder Schlüsselbund mit einem Anhänger in Form eines grünen Fischs und ein Zettel. Auf dem leicht vergilbten Stück Papier stand in der blassblauen, schnörkeligen Handschrift ihrer Großmutter eine spanische Adresse zusammen mit einer Botschaft:

Wenn uns etwas zustößt, schwebt ihr in Lebensgefahr. Fahrt nach Spanien, zu dem Haus, in dem eure Eltern und Kieran spurlos verschwunden sind. Es ist die Pforte, die euch den Weg zu ihnen weisen wird. Sucht nach eurer Familie! Der Sohn des Wolfs wird euch helfen.

Okay, Tess hatte schon immer esoterisch losgelöst in höheren Sphären zwischen Räucherstäbchen, Yoga und der Suche nach innerem Frieden geschwebt, doch damit übertraf sie sich selbst.

Kieran
Erebos, Jahr 2516 nach Damianos, erster Mond des Frühlings, Tag 20
Kieran hätte mit Freuden noch ein paar Stunden länger Holz gehackt, nur um der Stimmung im Dorf zu entgehen. Dabei waren seine Hände schon voller Schwielen, und die Arme brannten wie

Feuer, während er Holzscheite in die hohen Tragekörbe stapelte. Dem Sturm, der die letzten Tage in orkanartigen Böen durch die Schwarzen Lande und ihr Dorf getobt war, war endlich der Atem ausgegangen. Er hatte nicht nur genug Bäume entwurzelt und Äste abgerissen, um ihnen das Brennholzmachen zu erleichtern, sondern auch ihrer aller Nerven zermürbt. Besser, er hätte sich nicht ausgerechnet die Zeit von Dermoths Inspektion der Silbertrostminen für sein Wüten ausgesucht. Aber gegen die Natur waren selbst Damianos, seine Statthalter und das Heer seiner Grauen machtlos.

Leider war nicht viel nötig, um Dermoth zu reizen, besonders, wenn der Statthalter seinen Auftrag wegen des Unwetters nicht fristgerecht erfüllen konnte. Eine Fliege im Bier, ein neugieriger Blick, ein zu freundliches Lächeln oder das Fehlen desselben – Dermoth fand immer etwas, um seine Magie grausam zur Schau zu stellen. Ein buntes Bouquet aus Folterflüchen, in denen die Farbe Rot dominierte. Rot wie das Blut, das sie Nacht für Nacht aus den Leinenverbänden in einem Kessel über dem Feuer auskochten. Seine Mutter trug die Schatten ihrer Hilfeleistungen so dunkel unter den grünblauen Augen wie Dermoth seine Magie. Kieran hatte schon geglaubt, das Klopfen an ihrer Tür würde niemals enden und der Schwarzmagier zum unerwünschten Dauergast in ihrem Dorf werden, als sein Vater ihn heute kurz vor Morgengrauen wach gerüttelt hatte.

»Der Sturm hat sich verzogen. Lass uns Holz hacken, sonst schlage ich meine Axt in Dermoths hohlen Schädel.«

Keine schlechte Idee. Wenn sein Vater auch nur annähernd in der Lage gewesen wäre, sich an dessen Leibwächtern vorbeizuschmuggeln. Schon als kleines Kind hatte Kieran gelernt, ihnen nicht zu lange in die seelenlosen kieselgrauen Augen zu blicken, denen sie den Spottnamen »die Grauen« verdankten. Damianos' Schattenkrieger hatten eine menschliche Gestalt.

Aber sie brauchten weder Schlaf noch Nahrung. Nur ihre dunkle Magie hielt sie am Leben.

»Für heute haben wir genug.« Die Stimme seines Vaters riss Kieran aus seinen Gedanken. Er wischte sich den Schweiß von der Stirn und setzte sich auf den Stamm einer entwurzelten Blaueiche, um einen Schluck aus seiner Feldflasche zu trinken. »Das reicht für mindestens einen Monat.«

Unter die schwarzen, lockigen Haare, die er ihm vererbt hatte, waren graue Strähnen geschlüpft, für sein Alter war Kierans Vater jedoch erstaunlich kräftig und zäh. Die Männer, die mit etwa vierzig Jahren die Minen verließen, waren nicht selten halbe Greise mit kaputten Lungen, abgenutzten Gelenken und Augen, die viel zu lange unter Tage gewesen waren. Ein Grund, warum er sich als Baumeister hier und in den umliegenden Dörfern verdingte. Nicht so gut bezahlt wie die Minenarbeit, doch zusammen mit dem, was Kierans Mutter für ihre Heilkunst verdiente, kamen sie halbwegs aus.

»Kann ich später mit Rangar und Ulric auf die Jagd gehen?«

»Von mir aus. Wenn deine Mutter dich nicht braucht.«

»Hört sich nicht so an, als würde Dermoth heute viel Zeit übrig haben, um sich neue Opfer zu suchen.« In der Ferne erklang das unregelmäßige Stampfen und Klopfen von Metall auf Stein. Dermoth hatte seinen Rausch ausgeschlafen und trieb die Minenarbeiter unter Tage. »Glaubst du, er wird das magische Pulver einsetzen, um den Abbau zu beschleunigen?«

Kieran hatte erst ein paarmal dabei zugesehen, und der Anblick war jedes Mal überwältigend. Normalerweise ließ er sich das nicht entgehen. Nur heute wollte er zur Jagd.

»Das hat nichts mit Magie zu tun, Kieran.« Die Miene seines Vaters hatte sich verdüstert. »Aber ja, das ist möglich. Wir sollten uns besser sofort auf den Weg machen, damit ich das überwachen kann.«

Was sollte es denn anderes als Magie sein, wenn Dermoth mit dem unscheinbaren schwarzen Pulver hausgroße Löcher in den Fels sprengen konnte? Doch weitere Fragen waren zwecklos, weil sein Vater ebenso widerwillig über Magie sprach wie seine Mutter.

Während sie sich die Tragekörbe auf die Schultern schnallten, die Äxte in den Hüftgurt steckten und losmarschierten, ging er in Gedanken durch, was er alles für die Jagd brauchte. Bogen und Köcher, Vaters Jagdmesser, die Fallen würde Ulric ...

In der nächsten Sekunde bebte der Boden unter ihren Füßen, und ein ohrenbetäubendes Knallen und Bersten zerriss die Stille. Es klang, als würden Dutzende gefällte Bäume zeitgleich zu Boden stürzen. Doch das Geräusch kam nicht aus dem Forst, sondern aus der Richtung, in der die Minen lagen. Kierans Vater blieb wie angewurzelt stehen, schirmte die Augen mit der Hand ab und spähte in die Ferne. Hinter ihrem Dorf, wo sich die letzten Hütten an den Berg und den steilen Weg zu den Minen schmiegten, stieg eine gewaltige Rauchsäule in den Himmel. Er erbleichte.

»Nein!«, stammelte er, rang nach Luft und brüllte: »NEIN! Dermoth kann doch nicht ... er weiß doch gar nicht, wie ...«

Sein Vater ließ den schweren Tragekorb zu Boden gleiten und rannte los, als wäre ihm ein ausgehungertes Wolfsrudel auf den Fersen. Dermoth musste in seiner Ungeduld schon jetzt sein magisches Feuer in den Minen gesetzt haben, um den Abbau des Silbererzes zu beschleunigen. Eine Aufgabe, die sonst immer Kierans Vater überwachte, denn für den Baumeister war es ein Leichtes, zu berechnen, wo das Feuersetzen in den Schächten sinnvoll war und wo ein Einsturz drohte. Kierans Magen verkrampfte sich, während sie atemlos die ersten Häuser erreichten und ihnen markerschütternde Schreie entgegenschlugen.

Kapitel 2

Sis
Khaos, 12. April 2019 n. Chr.
»Wir können doch nicht einfach abhauen!«, rief Sis und folgte ihrem abenteuerlustigen Bruder und Luke in die Küche. Wie erwartet, wollte er am liebsten auf der Stelle nach Spanien fahren. Sis drehte den Hahn auf und füllte den Teekocher randvoll mit Wasser. Nachdenklich versuchte sie, die neuen Puzzlestücke, die Tess ihnen mit ihrer absurden Botschaft hingeworfen hatte, mit dem Rest der ihr bekannten Vergangenheit zu einem Bild zusammenzufügen. Vergeblich.

»Warum nicht?«, nervte Finn in ihrem Rücken. »Tess kannst du im Krankenhaus eh nicht helfen, und wir haben Ferien.«

Während das Wasser sich erhitzte, trat Sis zu ihm an den Küchentisch und las zum wiederholten Mal die Worte ihrer Großmutter. Finn klappte das Medaillon mit den Fotos auf. Auf der linken Seite des herzförmigen Anhängers sah ihnen ein Junge mit braunen Locken entgegen. Das Bild war schon vergilbt, aber Sis erkannte es sofort, weil es auch in einem Rahmen auf Tess' Nachttisch stand. Das Foto zeigte ihren älteren Sohn Silas, Sis' Onkel, bei seiner Einschulung. Er hielt eine riesige Schultüte in Raketenform in der Hand, trug die für Anfang der Achtzigerjahre modische Jeans mit Schlag und dazu ein orangefarbenes T-Shirt. Verschmitzt lächelte er in die Kamera.

Auf einem Bild in einem Familienalbum ein Jahr später lag er in einem Sarg.

»*Verkehrsunfall*«, hatte Tess gesagt und sich geweigert, mehr darüber zu erzählen. Wie nach einem Verkehrsunfall sah der Leichnam des Jungen auf dem Foto jedoch nicht aus. Wenn Sis so darüber nachdachte, gab es verdammt viele Geheimnisse in ihrer Familie.

Es versetzte ihr einen Stich, als sie über Finns Schulter hinweg auf das Foto rechts von Silas linste. Ihr bezopftes, sehr viel jüngeres Ich stand zwischen einer hellblonden Frau und ihrem schwarzhaarigen Mann. Laura und Michael Winter, ihre Eltern, die ihr so fremd waren wie ihre Namen. Jeder von ihnen hielt einen kleinen Jungen auf dem Arm. Finn und Kieran waren eineiige Zwillinge und sahen sich so ähnlich, dass Sis beim besten Willen nicht sagen konnte, wer von den beiden Finn war.

»Das ist doch Wahnsinn!«, erklärte sie energisch, weil sie fühlte, wie ihr eigener Widerstand ins Wanken geriet. Neugierig war sie nämlich schon, was es mit diesem Haus in Spanien auf sich hatte. Ihr Blick wanderte zu Luke. Der saß am Küchentisch und belegte gerade Sandwiches mit Käse, Tomaten und Salat. Seit er Kampfsport machte, ernährte er sich gesünder und hatte sogar ihren sturen Bruder davon überzeugt, dass Gemüse ihn nicht umbrachte.

»Wie wär's zur Abwechslung mal mit ein wenig Spontaneität, Sisgard!«, feixte Letzterer gerade. Luke versetzte ihm einen Stoß mit dem Ellenbogen, seine Mundwinkel zuckten jedoch verdächtig.

»Nenn mich gefälligst Sis!« Himmel, wie sie ihren Namen hasste! Noch so ein Geheimnisding in ihrer Familie. Ihre Mutter hatte angeblich diese *besondere Melodie* im Ohr gehabt, während sie mit Sis schwanger gewesen war, und dann war sie eines Morgens mit dem Namen *Sisgard* auf den Lippen aufgewacht.

Sis hatte ihn gegoogelt, er bedeutete: *die Hüterin des Zauberlieds.* Für eine Namensänderung benötigte sie vor ihrem achtzehnten Geburtstag die Zustimmung des gesetzlichen Vormunds, und Tess hatte sich geweigert. Zumindest hatte sie durchsetzen können, dass alle sie nur »Sis« nannten.

»Vielleicht finden wir dort wirklich eine Spur von unseren Eltern«, sagte Finn und ließ das Medaillon zuschnappen.

Sis hängte zwei Beutel Hibiskustee in eine Glaskanne und goss das sprudelnde Wasser darüber. »Sie hätte doch längst selbst dort nachgeforscht.«

Dampf schlug ihr entgegen, als sie den Tee nach ein paar Minuten in die Tassen füllte und sich zu den anderen an den Tisch setzte.

»Dann wird das eben ein Urlaubstrip. Jetzt komm, Sis! Du hast noch nie was Verrücktes gemacht!« Finn ließ nicht locker.

Sie stellte die Kanne so schwungvoll ab, dass ein paar Tropfen überschwappten. »Komm mir nicht so! Ich habe schon eine ganze Menge ...«

»Wenn du mal was anstellen willst, verlangst du garantiert nach einem Handbuch mit genauem Regelwerk!«, unterbrach er sie und biss in sein Sandwich.

Luke versteckte sein Grinsen nicht schnell genug hinter der Tasse. Sis versetzte ihm unter dem Tisch einen Stoß gegen das Schienbein, und er gab einen schmerzverzerrten Laut von sich.

»Jetzt sag ihm doch, dass das nicht stimmt!« In Gedanken ging sie fieberhaft gemeinsame Schultage durch, aber etwas richtig Rebellisches wollte ihr auf die Schnelle einfach nicht einfallen. Luke grinste noch breiter, als er die Tasse vom Mund nahm und abstellte. Sie hätte ihn erwürgen können.

»Wie auch immer. Eins steht fest: Für so eine Adventure-Tour braucht ihr einen Profi an eurer Seite. Wenn ihr wollt, fahr ich zum Bahnhof und besorge für morgen drei Zugtickets.«

»Du kommst mit?«, rief Finn und strahlte.

Sis rang die Hände. »Super Idee! Deine Eltern rasten bestimmt sofort aus und verständigen die Polizei!«

Luke war früher einmal für ein paar Tage abgehauen. Er hatte ihnen nie verraten, was genau passiert war, aber seitdem hielt er sich immer öfter bei ihnen auf, und seine Eltern akzeptierten das, ohne ständig an ihrer Tür zu klingeln und ihn nach Hause zu beordern.

»Die wollten mich in den Ferien ohnehin zu Tante Hannah aufs Land abschieben, schon vergessen? Damit sie ihre Karibikkreuzfahrt genießen können. Morgen früh lasse ich mich von ihnen brav zum Bahnhof bringen und steige dann zu euch in den Zug nach Spanien. Tante Hannah ruf ich von unterwegs an und sag ihr, ich würde nun doch in die Karibik mitfahren.«

Ein diabolisches Grinsen glitt über sein Gesicht, und Sis verkniff sich nur mühsam das Lachen. Wer ließ sich auch gerne die Karibik entgehen? Luke war seit Monaten beleidigt, weil seine Eltern die Reise ohne ihn gebucht hatten. Zum einen, um ihn wegen seiner *Aufsässigkeit* zu bestrafen. Zum anderen, weil er angeblich als kleiner Junge seekrank geworden war.

Sis seufzte. Die zwei starrten sie erwartungsvoll über ihre Teller hinweg an. Sie hatte ein mulmiges Gefühl bei der Sache. Was, wenn sich Tess' Zustand verschlechterte oder sie sich Sorgen um sie machte, sobald sie aus ihrem Koma erwachte und ihre Enkelkinder verschwunden waren? Andererseits konnten sie Tess im Krankenhaus nicht helfen, und außerdem war sie diejenige gewesen, die sie mit ihrer Botschaft nach Spanien schickte. Irgendetwas musste sie sich doch dabei gedacht haben!

»Okay.« Ein lächerlich kurzes Wort für das, was sie damit in Gang setzen sollte.

Kieran
Erebos, Jahr 2516 nach Damianos, erster Mond des Frühlings, Tag 20
Rauch verschleierte Kieran die Sicht, und der Geruch von verbrannter Haut war so intensiv, dass er würgen musste. Zusammen mit seinem Vater kämpfte er sich gegen den Strom von Menschen, die in ihre Häuser flohen, zum Marktplatz durch. Bis zu den Minen kamen sie erst gar nicht, denn schon hier sah es aus wie nach einer Schlacht. Überall lagen Schwerverletzte und Tote auf dem Boden, umringt von weinenden Angehörigen.

Kieran packte in letzter Sekunde einen kleinen Jungen mit rußschwarzen Wangen und brachte ihn vor den schweren Stiefeln zweier Grauer in Sicherheit. Er drückte ihn einer Frau, die sich ängstlich unter dem Vordach zur Dorfschenke verbarg, in die Arme und lief zurück auf den Platz. Sein Vater war irgendwo in der Menge verschwunden. Wunden wurden gewaschen und Verbände angelegt. Das Bein eines Minenarbeiters, an dem er vorübereilte, war so zerfetzt, dass zwei Männer sich gerade anschickten, es zu amputieren. Seine ohrenbetäubenden Schreie erstarben in einer gnädigen Ohnmacht. Die rauchschwarzen, blutgesprenkelten Gesichter der Minenarbeiter, die den Explosionen entkommen waren, erzählten Geschichten von dem Grauen, das sich in den Schächten zugetragen haben musste.

Plötzlich entdeckte er Ulric, der seine Mutter im Arm hielt, während seine Schwester Serafina über einem Mann am Boden kauerte. Gänsehaut bildete sich auf Kierans Armen, und seine Schritte wurden schneller. Björns linker Arm und die Schulter waren zerschmettert und sein Kopf eigentümlich verdreht und blutig. Die Spitzen von Serafinas langem kupfergoldenem Haar färbten sich in den Wunden ihres toten Vaters dunkelrot. Benommen stolperte Kieran auf die beiden zu. Björn war immer wie ein Onkel für ihn gewesen.

Seine Brust zog sich schmerzhaft zusammen, als Serafina den Kopf hob und ihn ihr tränenverhangener Blick aus kornblumenblauen Augen traf. In der nächsten Sekunde traten zwei Schattenkrieger auf sie zu, rissen sie von ihrem Vater weg und schleuderten sie von sich wie eine Strohpuppe. Gerade noch rechtzeitig sprang Kieran herbei, um sie aufzufangen. Die Grauen packten Björn und trugen ihn fort. Serafinas schmaler Körper bebte in seinen Armen, während sie sich an ihn klammerte.
»Wo wart ihr? Sie haben überall nach deinem Vater gesucht!«
Was sie außerdem sagen wollte, ging in einem Schluchzen unter, weil die Schattenkrieger ihren Vater nur zwanzig Schritte entfernt auf einen mittlerweile erschreckend großen Haufen von Toten in der Mitte des Platzes warfen. Sie würden den Leuten keine Zeit für eine Beerdigung und Trauer lassen. Dermoth und die Grauen würden die Leichen mit ihrem magischen Feuer verbrennen, das nichts von ihnen übrig ließ. Danach mussten die Überlebenden zurück an die Arbeit in den Minen gehen.
Aus dem Stimmengewirr erhob sich auf einmal der Schrei seines Vaters, und Kieran lief es eiskalt über den Rücken.
»NICHT Caden! Seid ihr wahnsinnig? Er lebt doch noch!«
Kieran sah über Serafinas Kopf hinweg, wie er neben Cadens völlig aufgelöster Mutter und seinem eilig hinterherhinkenden, ruß- und blutverschmierten Vater zwei Schattenkriegern nachstürmte, die den jungen Mann zu den Toten trugen.
Caden war nur drei Jahre älter als Kieran. Er hatte Rangar, Ulric und ihm Schwimmen am Fluss beigebracht, ihnen gezeigt, wie man Messer schliff, Fallen im Wald auslegte und einen Gegner im Kampf zu Fall brachte, der größer und stärker war als man selbst. Sie hatten seine Liebesbriefe heimlich an Lisann übermittelt, und zum Dank hatte er ihnen ihr erstes Bier aus der Dorfschenke geschmuggelt. Jetzt hing er fast leblos zwischen den Grauen, aber aus seinem Mund quollen rote Blasen,

als wollte er protestieren. Heiße Wut packte Kieran. Er wollte sich gerade von Serafina lösen, da wurde sie von der massigen Gestalt eines Mannes rau zur Seite gestoßen. Dermoth, der auf Brusthöhe seiner schwarzen Tunika das Machtinsigne seines Herrn trug und nun mit dröhnender Stimme befahl: »Der ist so gut wie tot. Werft ihn zu den anderen!«

Cadens Mutter schrie auf, und zorniges Gemurmel setzte unter den Umstehenden ein, verstummte jedoch unter Dermoths Blick ebenso schnell, wie es ausgebrochen war. Der rote Bart von Damianos' Statthalter loderte wie Feuer über den langsam zurückweichenden Dorfbewohnern.

Da entdeckte Kieran eine Bewegung entgegen dem Menschenstrom. Seine Mutter, die sich ihren Weg durch die Menge bahnte, die Augen riesig, Hände und Schürze blutverschmiert. Sie musste geholfen haben, Verletzte zu versorgen. Serafinas Körper bebte immer noch in seinen Armen, und ihre heißen Tränen liefen ihm am Hals entlang. Dem mächtigsten Mann nach Damianos würde sich niemand widersetzen. Niemand außer einem.

Und in diesem Moment begriff Kieran, wem der Ausdruck von Angst in den Augen seiner Mutter galt. Nicht Dermoth, sondern seinem Vater. Zu spät. Michael Winter war für sein aufbrausendes Temperament ebenso bekannt wie für seinen Gerechtigkeitssinn, und während der letzten Tage war seine Geduld durch Dermoths willkürliche Grausamkeiten zum Zerreißen gespannt gewesen.

»MÖRDER!«, brüllte er und baute sich vor dem Magier auf.

Ringsum herrschte plötzlich eine gespenstische Stille, nur unterbrochen von vereinzeltem Schreien und Stöhnen von Verletzten. Kieran schob Serafina sanft von sich und wollte seinem Vater zu Hilfe eilen, als Ulric ihn zurückhielt und ihm ins Ohr flüsterte: »Nicht, Kieran! Wenn Dermoth erst erkennt, dass du sein Sohn bist, wird er dich qualvoll foltern und umbringen, nur um deinen Vater für diese Dreistigkeit zu bestrafen.«

Kierans Blick suchte den seiner Mutter. Sie war ebenfalls stehen geblieben, hatte die Hände vor den Mund geschlagen und schüttelte, ihn fixierend, unmerklich den Kopf.

»Warum habt Ihr mich nicht rufen lassen?«, polterte unterdessen sein Vater. In seinem rasenden Zorn bemerkte er überhaupt nicht, wie sich ein Kreis von Grauen um ihn schloss und die Zuschauer die Luft anhielten. »Ich hätte leicht berechnen können, wo Ihr das Feuer setzen müsst, damit KEIN Zusammensturz des Schachtes droht! Die hier«, er deutete mit ausgestreckter Hand auf den Leichenhaufen zu seiner Rechten, »habt allein Ihr auf dem Gewissen!«

Kieran konnte nicht anders, sein Herz schlug ihm bis zum Hals, und er machte einen weiteren Schritt auf ihn zu, doch Ulric schlang seinen Arm noch fester um seine Brust und hielt ihn wie in einem Schraubstock umklammert.

Auf Dermoths Miene machte sich ein bösartiges Lächeln breit. »Ich handle stets auf Befehl meines Herrn, *Baumeister*!« Er spuckte das Wort aus wie ein Schimpfwort. »Aber ich gebe dir gerne die Gelegenheit, mich zu ihm zu begleiten, dann kannst du ihm ausführlich von meinen *Untaten* berichten.« Er sah zu den Schattenkriegern, die jetzt Kierans Vater wie Aasgeier umringten. »Legt ihn in Fesseln! Wir nehmen ihn mit nach Temeduron.«

»Nein!«, flüsterte Kieran und begann, sich gegen Ulrics Umklammerung zu wehren.

»Du kannst nichts für ihn tun!«, zischte der ihm ins Ohr.

Aber er trat gegen die Beine seines Freundes, wehrte sich immer heftiger, bis sich plötzlich Serafinas verweintes Gesicht vor ihn schob. Ihre weichen, schmalen Hände berührten seine Wangen so zart wie ein Windhauch. Er erstarrte. »Kieran, bitte, tu das nicht. Dein Vater ist ein guter Mann, doch du bist klüger! Wirf dein Leben nicht weg, wenn es nichts zu gewinnen gibt.«

Über ihren Kopf hinweg sah er zu seinem Vater, der jetzt leblos wie eine Marionette zwischen zwei Grauen hing, die ihn zu ihrem Lager schleiften. Sein Widerstand brach und machte tiefer Verzweiflung Platz. Aus Temeduron, Damianos' Festung, die auf einer Insel im gefürchteten Drakowaram thronte, war noch nie ein Gefangener zurückgekehrt.

Finn
Khaos, 18. April 2019 n. Chr.
Böen peitschten Finn Wasserstaub auf die Wangen und hinterließen salzig schmeckende Kristalle auf seinen Lippen. Während er mit geschlossenen Augen an der kalten Metallbrüstung über den Klippen lehnte, verfluchte er sich dafür, Sis und Luke zu der Fahrt überredet zu haben.

Er war noch nie so müde gewesen.

Sie hatten das Foto ihrer Eltern tagelang überall in der Gegend herumgezeigt und das ganze Haus auf der Suche nach Informationen über ihren Verbleib auf den Kopf gestellt. Vergeblich. Mühsam zwang er sich, die Augen zu öffnen. Vor ihm ein Panorama wie aus einem Werbeprospekt für Mittelmeerreisen, hinter ihm das geilste Haus, das er je gesehen hatte, und trotzdem schnürte sich ihm bei dem Anblick die Kehle zu. Nahezu von jedem Zimmer aus hatte man eine unverbaute Aussicht über die Bucht. Den gerahmten Grundrisszeichnungen an den Wänden des Arbeitszimmers zufolge hatte ihr Vater das Haus persönlich entworfen. Spätestens jetzt war auch klar, warum Tess ihren Sohn immer als begnadeten Architekten bezeichnet hatte.

Während Finn nun auf den glühenden Feuerball der tiefhängenden Sonne starrte, bis seine Augen brannten und schwarze Punkte wie lästige Mücken in seinem Sichtfeld herumschwirrten, wünschte er sich, er könnte sie mit diesem Blick fixieren und daran hindern, unterzugehen. Doch die Wärme des Tages floh unaufhaltsam vor den Schatten der Nacht. Und nachts kamen diese Träume.

Nicht die Art von Erlebnis, die man gewöhnlich als *Traum* bezeichnete und woran man sich nach dem Aufwachen kaum erinnern konnte. Auch nicht die Variante Albtraum, wie gruselig sie auch sein mochte. Mehr so eine Art Virtual-Reality-Horror mit nachhaltigen Spezialeffekten, das perfekte 4-D-Kinoerlebnis, produziert von seinem eigenen Gehirn. Wie das funktionierte, verstand er selbst nicht. Aber es wurde täglich schlimmer. Und er hatte nicht die geringste Ahnung, wie er diesen Wahnsinn stoppen sollte.

Den ersten Trip dieser Art hatte er in der Nacht gehabt, nachdem Tess ins Krankenhaus eingeliefert worden war und sie beschlossen hatten, nach Spanien zu reisen.

Vor mir ein langes, schmales Fenster. Gegenüber der linke Gebäudeflügel mit dem zweiten Turm und rechts das Meer. Tintenschwarz, endlos. Nur der Mond wirft sein silbernes Licht übers Wasser und pflügt eine gleißend helle Schneise in die Unendlichkeit. Sie ist wie ein leuchtender Pfad, der an den Seiten dunkel ausfranst und in gerader Linie vom Haus bis zum Horizont führt, wo die Finsternis ihn verschluckt. Wind stößt in die Palmen, verwandelt die Äste in glänzendes Rabengefieder, gespreizt zum Flug, und lässt Wolkenheere aufmarschieren. Sie tauchen den Turm gegenüber in blauschwarze Finsternis. Ein Schrei zerreißt die Stille. Mensch oder Tier? Mein Blick huscht nach unten, wo ich eine schattenhafte Bewegung ausmachen kann. Die Wolkendecke reißt auf, und das Mondlicht offen-

bart zwei abgemagerte schwarze Katzen, die miteinander ringen und sich in wilden Sätzen verfolgen. Schon jagen sie über die schmalen Steinstufen einer Treppe und verschwinden im unteren Teil des Gartens. Als mein Blick wieder nach oben zu dem Fenster gegenüber gleitet, steht dort plötzlich der Junge.

Überhaupt nicht gruselig, abgesehen von der Tatsache, dass Finn exakt bis ins winzigste Detail von diesem Haus hier geträumt hatte, und zwar bereits in der Nacht *vor* ihrer Ankunft, in der er noch gar nicht wissen konnte, wie die Villa aussah. Das Architektentraumhaus ihres Vaters, von dem sie daheim nie ein Foto entdeckt, von dem sie überhaupt nichts geahnt hatten! In einer Hufeisenform mit zwei sich gegenüberstehenden Türmen umarmte die Villa eine Terrasse und das vor ihm liegende Meer. Und von dem Seitenfenster des einen Turms blickte man direkt in das gegenüberliegende. Finn hatte eine Gänsehaut bei ihrer Ankunft bekommen, als er das Haus aus seinem Traum wiedererkannt hatte. Mit seiner Schwester oder Luke wollte er nicht darüber reden, denn der *Traum* hatte von diesem Punkt an Fahrt aufgenommen.

Der Junge ist sicher eins achtzig groß, sein Kopf reicht fast bis zum oberen Fensterrahmen, und er sieht aus, als käme er geradewegs von einem Filmset, Cosplay oder einem Mittelaltermarkt mit dieser schwarzen Tunika über der eng anliegenden Stoffhose. Ein geometrisches Zeichen mit Zacken zeichnet sich hell von dem dunklen Stoff auf Brusthöhe ab. Aber auf die Entfernung kann ich das Symbol nicht genau erkennen. Ist das ein Stern? Ineinander verschachtelte Dreiecke? Seine Hände am Fenster sind zwei helle Monde hinter dem nachtdunklen Glas. Schwarzes Haar fällt ihm in sein schmales, bleiches Gesicht und bis auf die Schultern. Er wirkt abgemagert. Das Gespenstischste an ihm sind die Augen: Weit aufgerissen starren sie

mich mit einem Ausdruck an, als wäre ich der Joker und er Batman, der die Welt vor mir retten muss. Und während ich mich noch frage, was das alles zu bedeuten hat, wird mir plötzlich etwas klar: Der Typ sieht mir nicht einfach nur ähnlich.
Würde er sich die Haare schneiden und vernünftige Klamotten anziehen, könnte kein Mensch uns unterscheiden!
Dumpfe Schritte hallen auf einmal hinter mir auf dem Steinboden wider. Klingt, als würde sich jemand in Stiefeln nähern. Dabei tragen wir alle hier Sneakers oder laufen barfuß. Aber ich bin nicht in der Lage, mich umzusehen, mein Blick klebt wie hypnotisiert an dem Jungen gegenüber. Licht flackert hinter ihm auf, und ich erkenne die Silhouette eines Mannes, der sich langsam aus der Finsternis des Raumes schält. Er bewegt sich so geschmeidig wie die Katzen vorhin im Garten. Ein langer Umhang umfließt ihn wie eine schwarze, wabernde Aura, und auf seinem Kopf klafft das aufgerissene Maul eines Leoparden, dessen spitze Eckzähne sich in seine Stirn bohren und dessen Fell ihm wie Haare auf die Schultern fällt. Unnatürlich leuchtend weiße Haut spannt sich pergamentgleich über hervorstehende Wangenknochen, eine breite Nase, volle Lippen und ein kantiges Kinn. In der linken Hand hält er eine Fackel.

»Hast du letzte Nacht den Weinvorrat deines Vaters geplündert?«

Genau das würde Luke sagen, wenn Finn ihm von diesem Traum erzählen würde. Deswegen behielt er ihn für sich. Das Ganze war ohnehin total verrückt. Tess sparte sich zu Hause in Deutschland jeden Bissen vom Mund ab, während hier in Spanien über dem Meer die Architektentraumvilla ihres Vaters thronte, und niemals, nicht ein einziges Mal, waren sie in den Ferien hierhergefahren.

Etwas stimmte hier nicht.

Etwas stimmte hier *ganz und gar nicht.*

Eine eigenartige Kälte macht sich in mir breit, als der gruselige Typ mit dem Leopardenkadaver mich mit blutroten Augen anstiert. Meine Finger fühlen sich auf einmal ungewöhnlich starr und blutleer an, sie stechen regelrecht – wie nach dem Fahrradfahren im Winter ohne Handschuhe.

In der nächsten Sekunde formen sich in meinem Kopf heiser gesprochene Worte. Die Lippen des Mannes sind geschlossen, doch ich würde meinen Turnierpokal darauf verwetten, dass trotzdem er mir zuflüstert. Meine Kehle schnürt sich zu. Dumpf hallen Schritte jetzt unmittelbar hinter mir, und Licht spiegelt sich in meinem eigenen Fenster. Aber ich stehe immer noch da wie festgefroren. Der Mann gegenüber hebt langsam seine knochige, langfingrige Hand. Ich starre auf die Tätowierungen seiner Handkante. Dann schießt sie plötzlich vor, und ihre Finger bohren sich wie die Klauen eines Raubvogels in die Schulter des vor ihm stehenden Jungen. Ich zucke von der Scheibe zurück, sehe noch, wie der Junge schmerzerfüllt das Gesicht verzieht und den Mund zu einem Schrei öffnet – und spüre zeitgleich eine Hand auf meiner eigenen Schulter. Tiefer, alles, was ich bisher erlebt habe, in den Schatten stellender Schmerz. Ich ringe nach Luft, fühle, wie meine Beine nachgeben, mein Herz stolpert und ...

Hier wachte Finn immer auf, schweißgebadet und schreiend. Sis erzählte er, er hätte Albträume wegen Tess. Aber auf seiner Schulter erblühten täglich mehr Blutergüsse, Kratzer und tiefe Wunden. Er konnte sich die im Schlaf doch nicht selbst zugefügt haben! Sein privates 4-D-Kino und keine Möglichkeit, das Programm zu ändern.

Finn stieß sich von der Brüstung ab und stieg den kleinen gewundenen Pfad hinab, der zwischen wildem Lavendel und stachligem Gestrüpp zum Meer führte und der sie gleich an ihrem Ankunftstag begeistert hatte. An der Felsküste angekommen, kauerte er sich auf einen flachen Felsvorsprung und starrte in das dunkle Nass.

»*Du bist der Überbringer.*«

Was zur Hölle sollte das bedeuten? Die heiser gesprochenen Worte des Leopardenmannes spukten noch in seinem Kopf herum, während das Wasser im schwachen Licht der Abenddämmerung bereits eine veilchenblaue Farbe annahm. Gelbrote Lichtspritzer tanzten auf den kleinen Wellen, wurden zunehmend dunkler und verschwanden in der immer schwärzer werdenden See. Oben im Haus rief Sis nach ihm. Doch erst, als die letzten Lichttänzer unter die wogende Decke des Wassers geschlüpft waren, stand er auf und ging zurück.

Kieran

Erebos, Jahr 2516 nach Damianos, erster Mond des Sommers, Tag 19

Funken stoben aus der Esse, während Kieran Kohle ins Feuer schaufelte und mit dem Blasebalg Luft zuführte. Er trug eine Schürze aus dickem Leder, dennoch musste er achtgeben, dass sie nicht Löcher in die Ärmel seines Leinenhemds brannten. Doch die äußere Hitze war nichts gegen die Glut der widerstreitenden Gefühle in seinem Inneren. Loyalität gebar viele Kinder, und man konnte ihnen allen nur schwer gerecht werden, das wurde ihm in diesen Tagen erstmals bewusst. Ebenso, wie sehr es schmerzte, die zu belügen, die einem in der Not halfen. Wie seine Freunde. Und Ansgar, den Schmied.

Er lebte abseits der übrigen Häuser, und die meisten Dorfbewohner hielten ihn für eigenbrötlerisch. Ob er die abgeschiedene Lage am Waldrand gewählt hatte, um seine Ruhe zu haben, oder weil er verhindern wollte, mit seinem steten Hämmern auf Metall seine Mitmenschen zu stören, war schwer zu sagen. Aber Kieran erinnerte sich nur zu gut daran, wie Ulric, Rangar und er sich als Kinder immer neugierig vor seiner Werkstatt herumgedrückt hatten, weil aus ihr Funken und Dampf wie der feurige Atem eines wütenden Drachen stoben. Mit viel Glück hatten sie einen Blick auf lodernde Flammen, glühendes Metall und alle Arten von Waffen erhascht, die ihre Herzen begehrten. Pfeilspitzen, Dolche, Wurf- und Stichmesser, Kurz- oder Langschwerter. Meist hatten sie jedoch Pech gehabt und waren von Ansgar entdeckt worden, der sie wie ein wilder Bär brüllend vom Hof gejagt hatte.

Der Schmied hatte sich im Laufe der Zeit einen gewissen Ruf erarbeitet, weshalb er Aufträge nicht nur von den Fürsten dieser Gegend, sondern auch von denen ferner Ländereien erhielt. Kierans Vater hatte sich oft gefragt, warum er nicht längst in eine größere Stadt gezogen war. Vielleicht fürchtete er, zwischen die Fronten der rivalisierenden Fürstenhäuser zu geraten. Sie alle waren am Ende nur willfährige Diener des mächtigen Damianos. Doch Temeduron war weit entfernt, und der Schwarzmagier überließ seinen Adelsknechten die Aufgabe, Land und Bevölkerung mit Profit zu verwalten – solange sie ihm die geforderten Abgaben leisteten. Wer das nicht tat und sich selbst im Übermaß bereicherte, landete ebenso schnell am Galgen wie Wegelagerer. Jedes Mal ein beliebtes Schauspiel bei den einfachen Leuten.

Die reichen Silbertrostminen unterstanden formell Fürst Magnus von Finsterwalde. Dieser war gerissen genug gewesen, ihre jährliche Ausbeute in voller Höhe Damianos und deren Überprüfung seinem Statthalter Dermoth anzubieten. Zum Ausgleich durfte Magnus alles andere, was seine Ländereien hergaben, seinerseits in voller Höhe einstreichen, was ihn am Ende reicher machte als andere Fürsten und ihn zugleich vor der Gefahr des Galgens bewahrte. Denn der jährliche Ertrag aus den Minen unterlag hohen Schwankungen, und wer konnte schon voraussehen, ob Silberadern versiegten? Dermoth hätte Magnus bei der ersten Abweichung an Silberausbeute von seinen Schattenkriegern am Henkersberg aufknüpfen lassen. Jetzt musste Damianos' Statthalter sich selbst vor seinem Herrn rechtfertigen. Seinen Unmut darüber ließ er an den Dorfbewohnern aus. Nur vor Ansgar hatte er Respekt. Was für alle ein Rätsel war.

Deshalb hatte Kierans Herz fast zu schlagen aufgehört, als der Schmied plötzlich, nur wenige Tage nach der Gefangennahme seines Vaters, an ihrer Tür aufgetaucht war. Seine massige Gestalt hatte den ganzen Türrahmen ausgefüllt.

»Guten Abend, Laura. Ich habe gehört, dein Sohn sucht Arbeit.«

Kierans Mutter, die gerade dabei gewesen war, Kräuter zu zerkleinern und in Alkohol einzulegen, war aufgestanden und hatte ihm einen Platz am Tisch angeboten. Ansgars langes grauschwarzes Haar war dicht und zottig wie das eines Bären und sein Bart reichte ihm bis zum Bauch. Damit er bei den sprühenden Funken in der Schmiede nicht in Brand geriet, trug er ihn zu einem Zopf geflochten. Schwarze Augen hatten Kieran an diesem Tag durchdringend gemustert.

»Das ist richtig, Herr«, hatte Kieran sich beeilt zu antworten und seiner Stimme dabei einen möglichst festen Klang verliehen.

Ursprünglich hatte er seine Mutter dazu überreden wollen, ihn in den Minen arbeiten zu lassen, um etwas zu ihrem Lebensunterhalt beizusteuern, doch sie hatte es ihm verboten. Ansgar musste davon Wind bekommen haben. Kierans Gedanken hatten sich überschlagen: Brauchte er ihn zum Holzhacken? Oder sollte er das Holz zum Köhler schaffen? Denn nur Kohle erzeugte die hohen Temperaturen, bei denen sich Metall verarbeiten ließ. Stattdessen hatte Ansgar gesagt: »Ich könnte einen geschickten Lehrling gebrauchen.«

Kieran war vor Überraschung der Mund aufgeklappt.

Dasselbe war Ulric geschehen, als er seinem Freund später von dem seltsamen Besuch des Schmieds in ihrem Haus erzählt hatte. »Bei allen guten Geistern, das ist eine große Ehre, Kieran!«

Die *Ehre* hatte ihm mittlerweile unzählige Brandblasen und reißende Muskelschmerzen eingebracht. Dennoch war Kieran glücklich. Warum Ansgar gerade ihn ausgewählt hatte, wusste er nicht, aber er war ein guter Meister und die Arbeit anspruchsvoll und abwechslungsreich.

»Vertrauen«, hatte er an Kierans erstem Arbeitstag gesagt und ihm dabei mit seinen Kohleaugen tief in die Seele geschaut, »ist das Wichtigste. Du musst mir vertraun können. Wenn wir zu zweit am Amboss stehn, und du hältst das Eisen, und ich hau mit dem Hammer druff, dann musst du mir vertraun, dass ich deine kleinen Pratzen nicht zu Brei schlag!«

Seine kräftigen, behaarten Arme konnten stärker zupacken als die jedes anderen Mannes. Nachdem Magnus von Finsterwalde nach langen Regenfällen mit seiner Kutsche im Morast stecken geblieben war, hatte der Schmied sie allein wieder herausgezogen. Manche munkelten, Ansgar wäre ein Halbling und sein Vater ein Riese.

»Gute Arbeit, Kieran«, hatte der Schmied heute in seinen Bart gebrummt, während er den Dolch für den Fürsten begutachtete, an dem er tagelang gearbeitet hatte. Einen Skilinga wollte er ihm ab jetzt monatlich als Lohn zahlen.

Ja, es war nicht einfach mit der Loyalität.

Kieran könnte so viel von Ansgar lernen.

Ihn zu belügen, fiel ihm unendlich schwer. Doch die Loyalität zu den Eltern wog schwerer, und er hatte mit seiner Mutter einen Plan gefasst: Sie wollten versuchen, seinen Vater zu befreien. Bald würden sie genügend Skilinga gespart haben, um nach Temeduron aufzubrechen.

»*Auf keinen Fall werde ich hier untätig herumsitzen und auf ein Wunder warten*«, hatte seine Mutter gesagt, und für diesen Mut bewunderte er sie. Sie hatte ihr hüftlanges Haar abgeschnitten und es zusammen mit den Heilkräutern und Tinkturen aus ihren Vorräten auf dem Markt von Haljaensheim, des größten Dorfes der Umgebung, verkauft. Zwei Skilinga und fünfzig Tremis hatte der Krämer ihr dafür bezahlt. Viele Frauen im Dorf tuschelten seither über sie mit vorgehaltener Hand. Eine Frau mit kürzerem Haar als ihre Männer – unerhört! Kieran war das gewohnt. Laura war schon immer anders und ein Dorn in den Augen der übrigen verheirateten Frauen hier in der Gegend gewesen, die in der Öffentlichkeit nur ihre Männer für sich sprechen ließen und kaum das Haus verließen. Vermutlich hatte ihre Tätigkeit als Heilerin sie selbstbewusster werden lassen, was auch der Grund war, warum Birgit ihre Tochter Serafina nur ungern seiner Mutter beim Kräutersammeln und Zubereiten von Tinkturen helfen ließ. Sie fand, Laura hätte einen schlechten Einfluss auf sie. Kieran war da anderer Meinung. Er mochte es, wie die beiden Frauen beim Kräuterverarbeiten miteinander fröhlich scherzten. Doch seit dem Minenunglück war Serafina nicht mehr bei ihnen zu Hause aufgetaucht. Sie hatte nun den Haushalt übernommen, weil Birgit nach dem Tod ihres Mannes völlig zusammengebrochen war.

Auch mit seinen Freunden traf Kieran sich jetzt nur noch einmal in der Woche zum Jagen. Ulric war mit seinen sechzehn Jahren seit dem Tod des Vaters Familienoberhaupt und hatte begonnen, in den Minen zu arbeiten. Meist brachten Rangar und Kieran seiner Schwester Serafina einen erlegten Hasen oder ein anderes Stück Wild von der Jagd mit. Kieran war zwar ein Einzelkind, aber Rangar und Ulric waren schon seit frühester Kindheit immer mit ihm zusammen gewesen, weshalb er Geschwister nie vermisst hatte. Und Serafina nahm noch einmal einen ganz besonderen Platz in seinem Herzen ein, was er jedoch bis jetzt immer erfolgreich von sich geschoben hatte.

Über sich selbst den Kopf schüttelnd, wandte sich Kieran wieder seiner Arbeit zu.

Doch an diesem Nachmittag lief er Ulrics Schwester überraschend über den Weg. Er war gerade mit Rangar vom Jagen zurückgekehrt und entdeckte sie beim Reisigsammeln.

»Du kannst von Glück reden, dass deine Mutter nicht so am Schicksal deines Vaters verzweifelt wie Birgit«, sagte Rangar zu Kieran und nahm Serafina fürsorglich die schwere Trage ab. Sie sah blass und erschöpft aus. Seit dem Tod ihres Vaters hatte Ulric zufolge ihre Mutter aufgehört zu sprechen, war vollkommen in sich gekehrt und starrte die Wand an. Alle Arbeiten im Haus hatte Serafina übernehmen müssen. Aber ihre Augen blitzten bei Rangars Worten auf, und sie hob trotzig das Kinn.

»Kierans Vater ist nicht *gestorben*, schon vergessen?«

»Nie ist jemand aus der Festung zurückgekehrt, das weißt du genau, und ich finde, Birgit sollte nicht *dir* die ganze Arbeit aufbürden. Andere Frauen müssen auch mit Verlusten leben und weitermachen.«

Kieran hätte seinem Freund gerne einen Klaps auf den Hinterkopf gegeben. Er wusste, Rangar wollte weder ihn noch Serafina verletzen, sondern sie lediglich trösten, aber er bewegte sich wie immer im Dickicht der Worte so behutsam wie ein Bär während der Brunftzeit im Wald.

»Jeder hat eben eine andere Art, mit Trauer und Sorgen umzugehen«, versuchte Kieran schulterzuckend die Wogen zu glätten. Zu spät.

»Kümmere dich um deine eigene Familie! Ich brauche deine Ratschläge nicht«, fuhr Serafina Rangar zornig an.

»Aber ich ...«

Sie zog ihm ihre Trage vom Rücken, schnallte sie sich wieder selbst um und stapfte mit eiligen Schritten davon. Rangar sah vollkommen zerstört aus, und Kieran knuffte ihn in die Rippen. »Sie wird sich schon beruhigen.«

Sein Freund schüttelte den Kopf. »Nein. Vielleicht. Ach, bei Damianos! Wenn *du* mit ihr sprichst, fährt sie nie so aus der Haut. Wie machst du das nur?«

»Ich vermeide vermutlich alles, was sie in Wut versetzen könnte.«

Rangar wirkte nicht sonderlich überzeugt. Sie marschierten eine Weile stumm nebeneinanderher. Kurz bevor sie das Dorf erreichten, fasste er Kieran am Arm und blieb stehen.

»Ich mag Serafina wirklich gern, weißt du.« Kieran wurde mulmig. Rangars Blick war ungewöhnlich ernst, und er wusste nicht recht, was er jetzt von ihm hören wollte. »Nur, wenn du sie auch magst, also, so wie ich, dann wird sie dich mir vorziehen.«

Da begriff Kieran und spürte, wie seine Wangen heiß wurden. Er dachte daran, wie sie früher mit Serafina und Ulric Fangen gespielt hatten, ihr langes Haar im Wind geflogen war und ihr glockenhelles Lachen ihm ein Lächeln auf die Lippen gezaubert hatte. Wie sie ihm ein Stück Leinen um sein aufgeschlagenes Knie gewickelt hatte, als er bei der Jagd vor einem Wildschwein Reißaus hatte nehmen müssen und gestürzt war. An ihre Art, leichtfüßig über den Waldboden zu laufen und sich anmutig das Haar hinter die Ohren zu streichen. Und zuletzt an ihre sanften Hände auf seinem Gesicht, nachdem sie seinen Vater gefangen genommen hatten. »*Du bist so viel klüger.*«

»Nein«, hörte er sich laut mit einer vollkommen fremden Stimme sagen. »So wie du mag ich sie sicher nicht.«

Loyalität schmeckte bitter wie Feenkraut.

Ein Lächeln erhellte Rangars Miene, während er beschwingt

weiterging, und Kierans Herz fühlte sich an, als hätte er sich selbst sein Messer hineingerammt.

Er log, weil Serafina ihn vergessen musste. Schon bald würden sie nach Temeduron aufbrechen. Niemand wusste, was sie dort erwartete und ob er je wieder zu ihr zurückkehren konnte.

Kapitel 3

Sis
Khaos, 18. April 2019 n. Chr.
Möwen zogen kreischend ihre Bahnen am Himmel, und die Sonne malte am Horizont nur noch vereinzelte blassgelbe Strahlen auf den Saum des violettblauen Wassers. Fröstelnd zog Sis die Strickjacke enger um sich. Der Wind war stärker geworden und peitschte ihr die langen Haare ins Gesicht. Schon zweimal hatte sie nach Finn gerufen. Irgendwas stimmte nicht mit ihrem Bruder, seit sie in Spanien angekommen waren. Aus dem Augenwinkel sah sie, wie Luke eine Gasflasche von der Garage die schmale Treppe hinunter zum Haus schleppte. Seine Muskeln spannten sich unter dem T-Shirt, und sie musste plötzlich an Nicki denken, die total auf Luke stand, seit er vergangenes Jahr mit dem Kampfsporttraining begonnen hatte.

»Ihr zwei hängt doch die ganze Zeit zusammen ab«, hatte sie gesagt und stirnrunzelnd gefragt: »Mal ehrlich, läuft da was zwischen euch?«

»Nein, das weißt du genau! Wir kennen uns schon eine halbe Ewigkeit.«

Nicki hatte nur mit den Schultern gezuckt. »Und? Kann sich schließlich ändern.«

Während Sis Luke jetzt auf sich zukommen sah, musterte sie ihn genauer. Er hatte sich körperlich ganz schön verändert, war größer und kräftiger geworden. Seine dunkelblonden Haare trug er nicht mehr raspelkurz, sondern als Undercut mit langem Deckhaar, was ihm gut stand. Er blickte auf. Seine warmen nussbraunen Augen hatte sie schon immer gemocht. Ihre eigenen graublauen Augen nannte Tess liebevoll *gletscherblau*. Ein Schuss Grün in dem Blau, wie bei Finn, wäre ihr lieber gewesen. Sis lächelte, und Luke kam ins Straucheln. In letzter Sekunde fing er sich.

»Bring dich nicht um!«, rief sie neckend.

Röte schoss in seine Wangen. Sis konnte schon verstehen, dass Nicki ihn toll fand, doch für sie war Luke einfach ... na, Luke eben. Ihr bester Freund – wie ein Bruder. Sie war noch nie richtig verliebt gewesen, aber müsste da nicht mehr sein? Das berühmte Prickeln auf den Armen oder Schmetterlinge im Bauch?

Die verwirrenden Gedanken abschüttelnd, eilte sie zur Terrassentür und hielt sie ihm auf, damit er die Gasflasche nicht extra abstellen musste, und schlüpfte nach ihm ins Haus. Das Gas brauchten sie für den Herd in der Küche. Der Strom war abgestellt worden. Neben dem Licht war Warmwasser ein Luxus, auf den sie hier verzichten mussten. Aber ansonsten war das Haus ihrer Eltern gut in Schuss. Irgendwer schien sich darum gekümmert zu haben. Am nervigsten war, dass sie ihre Handys und Powerbanks tagsüber in einem Café oder an der Strandbar aufladen mussten. Wenigstens waren die Leute dort hilfsbereit und freundlich.

»Was ist los?« Luke hatte die Gasflasche unter dem Kochfeld ausgetauscht, schloss die Tür des Unterschranks und sah sie jetzt – die leere Flasche noch in der Hand – prüfend an.

»Ich mach mir Sorgen um Finn.« Sis wunderte sich nicht darüber, dass Luke nichts von Finns Albträumen mitbekommen hatte. Wenn er schlief, konnte unbemerkt von ihm ein Schiff anlegen, Piraten das Haus plündern und wieder abziehen. »Seit Tess im Krankenhaus ist, hat er Albträume.«

Luke schwenkte die Gasflasche wie eine Kettlebell. »Er gibt sich die Schuld dafür.«

»Schon klar, doch das ist natürlich Blödsinn.«

»Hab ich ihm auch gesagt.« Er setzte die Flasche ab und fuhr sich nachdenklich durchs Haar. »Glaubst du, da steckt noch was anderes dahinter?«

»Keine Ahnung. Ich bin seine Schwester.« Luke sah sie verwirrt an. »Soll heißen, ich bin die Letzte, die was von ihm erfährt.«

Er lachte, hob die Flasche wieder hoch und ging zur Tür. »Ich fühl ihm gern mal auf den Zahn. Ganz ehrlich, Sis. Lass mal ein bisschen locker. Finn ist keine Prüfung, für die du büffeln und die du unbedingt mit voller Punktzahl bestehen musst. Falls du das vergessen hast: Er ist vor Kurzem sechzehn geworden und kommt ganz gut ohne Bemuttern klar.«

Sie starrte ihm mit offenem Mund nach, während er die Gasflasche hinaustrug und sich zu der Treppe wandte, die zur Garage führte.

Besten Dank aber auch, Dr. Freud!

Mitten in der Nacht schreckte Sis hoch und tastete nach ihrem Handy. Was war das für ein Geräusch gewesen? Ein Schrei? Das Display zeigte kurz nach Mitternacht. Sie stand auf, ging ins Zimmer der Jungs und leuchtete mit der Taschenlampenfunktion über die Matratzen. Luke hatte die Decke von sich gestrampelt, sein Shirt war hochgerutscht und offenbarte eine beeindruckende Oberkörperveränderung seit ihrem letzten Ausflug an den See vergangenen Sommer. Sie sollte aus Rache für seine Behauptung, sie würde Finn »bemuttern«, ein Foto für Nicki machen. Die würde ihr ein Vermögen dafür bezahlen.

Ihr Blick wanderte weiter zu Finns Schlafplatz, doch die Matratze war leer. Na toll. Jetzt geisterte ihr Bruder schon nachts durchs Haus. Plötzlich hörte sie Finn brüllen. »Lass ihn los!«

Sis' Herz setzte vor Schreck kurz aus und schlug dann umso schneller weiter. Sie flog regelrecht den Gang hinunter und stürzte in das Schlafzimmer im rechten Turmzimmer. Dort blieb sie wie angewurzelt im Türrahmen stehen.

Finn lehnte mit beiden Händen am Fenster zu ihrer Linken und starrte hinaus in die Nacht. Das fahle Mondlicht schimmerte gespenstisch auf seinem Profil, seine Augen waren riesig, der Mund immer noch von seinem Schrei geöffnet, und sein Atem ging stoßweise.

»Finn?«, flüsterte Sis und fühlte, wie ihr ein Schauer über den Rücken lief. Sie ging vorsichtig auf ihn zu. Schlafwandelte er?

»WEG VOM FENSTER!«, brüllte ihr Bruder in der nächsten Sekunde so lautstark, dass sie einen Schritt zurückwich, doch bevor sie etwas erwidern konnte, sprang er direkt auf sie zu, prallte mit vollem Körpergewicht gegen sie und riss sie mit sich nach unten. Sie stürzten auf das Bett rechts neben der Tür.

»Sag mal, spinnst du?«, rief sie atemlos und wand sich unter ihm hervor. Ein Lichtstrahl blendete sie.

»Was macht ihr denn hier?« Luke stand mit zerzaustem Haar, kleinen Augen und leuchtendem Handy in der Tür. »Den Mond anheulen?«

»Jetzt hast du sogar Luke mit deinem Gebrüll aufgeweckt!«, schimpfte Sis.

Finn sprang vom Bett auf, lief erst zurück zum Fenster, sah angespannt hinaus und rannte dann wortlos an ihnen vorbei aus dem Zimmer.

»Finn!«, rief Sis ihm beunruhigt hinterher und wechselte einen fragenden Blick mit Luke. Der zuckte nur die Schultern.

»Lass ihn sich erst mal abregen.«

Kieran
Erebos, Jahr 2516 nach Damianos, erster Mond des Sommers, Tag 30

In den Häusern und Hütten, die sich an die Silberspitzberge schmiegten, brannte noch kein Licht, als sie aufbrachen. Nur der Mond ergoss seine silbernen Strahlen auf den schmalen, steinigen Pfad, der sich durch die Wolfsschlucht schlängelte, die einzige Verbindung nach Haljaensheim. Kieran verbot sich jeden Gedanken an Serafina oder seine Freunde und daran, wann sie begreifen würden, dass er sie belogen hatte, und was sie hinterher von ihm denken würden.

Die vermummte, massige Gestalt stellte sich ihnen am Eingang der Schlucht so ungeduldig in den Weg, als hätte sie die halbe Nacht lang hier auf sie gewartet. Vor Schreck taumelte Laura einen Schritt zurück. Ihren Aufschrei unterdrückte der Fremde mit seiner behandschuhten Hand. Kieran eilte seiner Mutter zu Hilfe, doch bevor er den Mann packen und von ihr wegzerren konnte, erklang eine vertraute Stimme: »Still, Laura, ich komme in guter Absicht.«

Ansgar war vor einer Woche zu dem Goldschmied ihres Landesherrn gereist, was Kierans Flucht erleichtert hätte. Nun war er jedoch zurück und offenbarte unter seiner Kapuze eine grimmige Miene. Er schob Kierans Mutter beiseite, machte einen Schritt auf ihn zu und hob die Hände. Einen kurzen Moment lang glaubte Kieran, er wollte ihn schlagen, weil er sich einfach so aus dem Staub machte, oder zumindest versuchen, ihn zur Umkehr zu bewegen.

»*Du musst mir vertrauen können.*« Kieran straffte die Schultern und hielt seinem brennenden Blick stand.

Doch der Schmied zog ihn zu seiner Überraschung so fest

in seine kräftigen Arme, dass er fürchtete, er würde Vaters Bogen, den er umgehängt hatte, zerbrechen. »Gib gut auf dich acht, Kieran! Aus dir wird Großes werden.«

Gefühlsausbrüche hatten bei Ansgar bislang nur aus zornigem Gebrüll bestanden, wenn Kieran ein Werkstück misslang. Nachdem sein Meister sich von ihm gelöst hatte, nahm er etwas aus seiner Brusttasche und drückte es ihm in die Hand. Dann wandte er sich ab und marschierte hinunter zum Dorf.

Kieran starrte ihm sprachlos nach.

»Großer Gott, hab ich mich erschreckt«, murmelte seine Mutter. »Was hat er dir denn da gegeben?«

Er schnürte das Bündel auf und wickelte das weiche Ziegenleder auseinander. Etwas Metallisches blitzte ihm entgegen, und sein Herz schlug schneller.

In seinen Händen lag der Dolch, für den Magnus von Finsterwalde Ansgar ein halbes Vermögen im Voraus bezahlt und an dem sie wochenlang geschuftet hatten. Ein Meisterwerk aus Damaststahl, in mehrfachen Schichten gehärtet, leicht und dabei so scharf, dass er sich den rechten Zeigefinger ritzte, als er sanft über die Klinge strich. Sein kühler Jadegriff mit Drachenköpfen und gelben Saphiraugen schmiegte sich perfekt in seine Hand – eine Waffe, wie für ihn geschmiedet. Mit den wertvollen Steinen hatte Magnus' Goldschmied die Klinge zu dem kostbarsten Dolch vollendet, den Kieran je gesehen hatte. Warum hatte Ansgar ihn nicht wie geplant an Magnus abgeliefert?

»Aus dir wird Großes werden.«

»Wir haben keine Zeit, zu diskutieren und ihm den Dolch zurückzugeben«, seufzte seine Mutter und zog ihn kurz entschlossen weiter. »Das werden wir nach unserer Rückkehr tun. Pass gut darauf auf.«

Keine Wolke am Himmel und ein Bauer, der Käfige mit Legehennen zum Verkauf in die nächste Stadt fuhr und sie ein Stück des Wegs auf seinem Ochsenkarren mitnahm. Besser konnten sie es tags darauf nicht treffen.

»Heute kommen wir bis Braidatann«, sagte Laura mittags optimistisch und fuhr mit dem Zeigefinger den Weg auf der Karte entlang, die sie vor einiger Zeit von der alten Merla in Haljaensheim bekommen hatten.

Kieran war sich da nicht so sicher. Er traute der Krämerin, der seine Eltern in der Vergangenheit alle möglichen Dinge abgekauft hatten, nicht über den Weg, und der Preis, den sie für diese grobe Wegzeichnung verlangt hatte, war reiner Wucher gewesen. Der Anblick der buckligen Alten weckte zudem unangenehme Kindheitserinnerungen in ihm. Er hatte sie immer für die böse Hexe aus den Märchen gehalten, die ihm seine Mutter vor dem Einschlafen erzählt hatte. In Gedanken sah er sie wieder vor sich, wie sie über den Dorfplatz von Haljaensheim gehumpelt war und sich ihren Weg mit ihrem dunklen Stock voller eingeschnitzter Symbole gebahnt hatte. Merlas Pupillen unter den fettigen, ihr ins Gesicht hängenden grauen Haaren sahen so trüb aus wie geronnene Milch. Jeder, der es nicht besser wusste, hielt sie für blind. Aber sie konnte sich, wenn sie wollte, mit ihrem Stab blitzschnell zur Wehr setzen. Das hatte auch ein Bauernjunge erfahren, der sich ihr damals in den Weg gestellt hatte, vor ihr herumgesprungen war und der Alten Grimassen zur Belustigung der anderen Kinder geschnitten hatte. Es war unmöglich gewesen, ihren Bewegungen zu folgen, als sie mit dem Stab nach dem Jungen geschlagen und ihn verjagt hatte.

Kieran vertrieb die unangenehme Erinnerung und konzentrierte sich wieder auf den Weg vor ihnen. Die Dämmerung zog wie ein Schleier über das Land, während die Felder und Wiesen endlich einem Wald wichen, und damit bestätigte sich Kierans

Verdacht, die auf der Karte eingezeichneten Strecken und Längenangaben würden nicht mit den wirklichen Gegebenheiten übereinstimmen. Sie hätten besser die ursprünglich geplante Rast eingelegt, denn zu Fuß kamen sie nun natürlich langsamer voran. Der Karte nach sollten sie schon längst vor Braidatanns Stadttoren stehen. Stattdessen ragte der Pechwald mit seinen riesigen Tannen und Schwarzstämmen dunkel und bedrohlich vor ihnen auf. Ihr eigentliches Ziel lag dahinter. In der Karte der Alten war eine Abkürzung durch den Wald eingezeichnet. Würden sie dem Weg um den Wald herum folgen, kämen sie niemals vor dem Schließen der Stadttore zur zehnten Stunde an. Zudem war die Wahrscheinlichkeit, von Wegelagerern überfallen zu werden, im Dickicht des Forsts, in den sich niemand hineinwagte, deutlich geringer. All das sagte er seiner Mutter, doch sie zögerte.

»Man erzählt sich schlimme Dinge von den Wesen in diesem Wald.«

Kieran lachte. »Seit wann bist *du* denn abergläubisch?« Niemand begegnete dem Dorfklatsch mit so viel Skepsis wie seine Mutter.

»An die Grauen und Dermoths Magie habe ich früher auch nicht geglaubt, bis ich sie erlebt habe«, gab sie düster zurück.

»Falls du es wieder einmal vergessen haben solltest: Ich bin bewaffnet und kein kleines Kind mehr.«

»Schon gut!« Sie sah zu ihm auf und lächelte.

Kieran war in den vergangenen zwei Jahren so hochgeschossen, dass er mit seinen fünfzehn Jahren einen Kopf größer als seine Mutter war. In Momenten wie diesem hatte er das Gefühl, sein Erwachsenwerden war ihr zu schnell gegangen.

Der Wald verschluckte sie, als hätte er nur auf sie gewartet. Mit den letzten Sonnenstrahlen schwand die Wärme, und Kieran schlug sich die Kapuze seines Umhangs im Gehen über den Kopf. Nur das Knacken der dürren Äste unter ihren Füßen und das Knistern der Blätter durchbrachen die gespenstische Stille. Das Mondlicht wurde von dem dichten Blattwerk fast gänzlich erstickt. Die zerfurchte Rinde der Schwarzstämme verzerrte sich im Schein ihrer Fackel zu garstigen Fratzen, und Astlöcher wurden zu dunklen Augen, die sie verfolgten. Weder seine Mutter noch Kieran sprachen ein Wort.

Sie waren etwa eine Stunde unterwegs, da glaubte Kieran, hinter sich etwas wispern zu hören. Er drehte sich um, konnte jedoch nichts erkennen. Doch schon wenige Schritte weiter schwoll das Geräusch zu einem vielstimmigen Flüstern an.

Er tauschte einen erschrockenen Blick mit seiner Mutter und griff nach seinem Bogen, aber sie löschte hastig die Fackel und rief: »Lauf!«

Sie rannten mitten hinein in das finstere Dickicht, weg von dem Pfad, der sie zu einem offenen Ziel machte. Doch was auch immer hinter ihnen her war, konnte sie offenbar im Dunkeln mühelos verfolgen. Herabhängende Zweige und Büsche zerkratzten Kieran Gesicht und Arme. Das Flüstern ging jetzt in ein lang gezogenes Heulen über und klang wie ein Schlachtruf. Natürlich hatte Kieran die Geschichten über den Pechwald gehört. Wolfsmenschen, Spriggans, Bärenhalblinge. Alle möglichen Kreaturen konnten sie verfolgen. *Hoffentlich keine Spriggans.* Den bösartigen Mischlingen von Nachtalben und Riesen sagte man nach, Menschenblut würde ihnen so gut schmecken wie Magnus von Finsterwalde der Wein. Der Magie ihrer albischen Vorfahren beraubt, besaßen sie dennoch unmenschliche Kräfte, waren brutal und grausam.

Mitten im Laufen hängte Kierans Mutter ihm plötzlich einen Lederbeutel um den Hals. »Da lang!«, befahl sie und deutete mit dem Arm nach rechts. Kieran tat, wie ihm geheißen, flog über Moos, Wurzeln und Laub, bis sein Herz flatterte, die Lungen stachen und der Puls so laut in seinen Ohren rauschte, dass er weder das Heulen der Kreaturen noch seinen eigenen schweren Atem hörte. Der Wald dehnte sich abseits des Pfades zu einem endlosen Labyrinth. Er schaute sich um, und erst jetzt bemerkte er die Abwesenheit seiner Mutter. Keuchend blieb er stehen und drehte sich einmal um die eigene Achse.

Kieran hatte sie verloren.

Zumindest schien er auch seine Verfolger abgehängt zu haben. Die Schnur des schweren Beutels scheuerte unangenehm an seinem Hals. Er zog ihn über den Kopf, und während er ihn mit zitternden Händen öffnete und den Inhalt betastete, schnappte er nach Luft.

Münzen! Seine Mutter hatte ihm all ihre Ersparnisse anvertraut. Er spürte etwas Feuchtes, hob den Beutel hoch und schnupperte daran. Es roch süß und metallisch nach ... Blut. Kierans Knie wurden weich. Sie hatte sich verletzt, damit die Kreaturen dem Geruch ihres Blutes folgten und nicht ihm!

Finn
Khaos, 19. April 2019 n. Chr.
Kerzen flackerten auf dem Couchtisch im Wohnzimmer wie die unausgesprochenen Fragen in Sis' Augen. Finn war mit jagendem Herzen nach unten gestürmt, hatte sich auf das Sofa fallen lassen und gehofft, Sis und Luke würden einfach wieder zu Bett gehen und ihn in Ruhe lassen. Aber natürlich waren sie ihm gefolgt. Seine Schwester hatte die Kerzen angezündet und sich seufzend neben ihn gesetzt.

»Was war das eben?«, fragte sie.

»Muss geschlafwandelt sein«, murmelte Finn.

Luke, der mit verschränkten Armen vor ihm stand, durchschaute ihn sofort. »Ich hab schon Dutzende Male bei dir übernachtet. Du bist nie geschlafwandelt. Also, was war los?«

Dass Luke mit den Fragen begann, brachte ihn aus dem Konzept. Sis hätte er schneller abgewiegelt. Er dachte an die letzte halbe Stunde, den Albtraum, das Aufwachen, seine verzweifelte Wut und daran, wie er in das Zimmer gestürmt war, wo diese Albtraumtrips immer ihren Anfang nahmen. Gänsehaut kroch über seine Arme.

»Finn?«, flüsterte seine Schwester.

Er gab sich einen Ruck und zog sich das T-Shirt über den Kopf. Seine Schwester stieß einen spitzen Schrei aus.

»Was ... was ist das?« Sie starrte auf seine Schulter, die mit blauvioletten Hämatomen, frisch blutenden Kratzern und verkrusteten Wunden übersät war.

»Wer hat dir das angetan?«, fragte Luke scharf und beugte sich zu ihm hinunter.

Finn lächelte matt. Und dann erzählte er ihnen alles. Das Schattenspiel der flackernden Kerzen war die einzige Bewegung in ihren versteinerten Mienen.

»Kann er ... sich die Wunden selbst zugefügt haben?«, fragte Sis Luke, nachdem Finn geendet hatte. Ihre Stimme zitterte.

»Hältst du mich für bekloppt?«, fragte Finn aufgebracht.

Luke untersuchte seine Schulter genauer, und Finn biss die Zähne zusammen, um bei seinen Berührungen nicht aufzuschreien. »Unwahrscheinlich«, brummte sein Freund. »An einige Stellen kommst du gar nicht ran, ohne dich total zu verrenken. Hier sind auch ein paar Kratzspuren – wie von spitzen Nägeln –, und deine«, er deutete auf Finns Hände, »sind rund geschnitten.«

Sis atmete scharf ein. »Okay. Und dieser *Mann* hat zu dir gesagt ...«

»Der Junge sei nutzlos für ihn und *ich* der wahre *Überbringer*. Er würde ihn töten, wenn ich sie ihm nicht endlich bringe.«

»Ihm *was* nicht bringst?«

»Keine Ahnung! Denn dann bist du plötzlich auf der Bildfläche erschienen, und ich hatte eine Scheißangst, dass er dich sieht und dich ebenfalls verletzt.«

Luke marschierte Richtung Küche. »Wollt ihr auch was trinken?«, rief er über die Schulter hinweg.

»Kannst du einen Pfefferminztee machen?« Sis zog die Wolldecke auf der Couch um ihre Schultern, obwohl es gar nicht kalt im Raum war. Eine Weile saßen sie schweigend nebeneinander und lauschten dem klappernden Geräusch von Tassen, bis das Wasser im Teekessel zu pfeifen begann.

»Tess hätte das Haus besser verkauft«, murmelte Sis und sah sich mit sichtlichem Unbehagen um. »Ich möchte hier nicht länger bleiben.«

»Dann glaubst du mir?«

Sie lehnte ihren Kopf an seine gesunde Schulter, und plötzlich gewann er den Eindruck, als ob er der ältere Bruder wäre und sie vor dem, was hier geschah, beschützen müsste.

»Ich weiß nicht, was ich glauben soll. Deine Verletzungen, diese Träume, Gott, du weißt doch selbst, wie das klingt! Ich will dich nicht auch noch verlieren, Finn.« Bevor er etwas erwidern konnte, sprach sie hastig weiter. »Weißt du, seit Tess mir das erste Mal von Kieran erzählt hat, habe ich diese Scheißangst, du könntest auch eines Tages verschwinden.«

Das erklärte, warum sie immer wie eine Glucke um ihn herumwuselte.

»Genau deswegen wollte ich euch nichts davon erzählen! Ich will hier nämlich nicht weg. Nicht, bis ich nicht herausgefunden habe, ob der Junge am Fenster Kieran ist und was das alles zu bedeuten hat.«

Jetzt war es raus, und sie würden ihn endgültig für verrückt halten. Sis hob den Kopf von seiner Schulter. »Kieran? Du glaubst doch nicht etwa …«

Ein Aufschrei, gefolgt von einem Scheppern und Klirren, unterbrach sie. Luke, der eben mit den Getränken zurückgekommen war, starrte mit aufgerissenen Augen über ihre Köpfe hinweg zum Terrassenfenster, ein leeres Tablett in der Hand. Scherben und eine Lache aus Tee bedeckten den Boden. Finn riss den Kopf herum. Hinter ihnen an der Fensterscheibe, im Kerzenschein kaum mehr als ein Schemen, stand ein Mann.

Kieran

Erebos, Jahr 2516 nach Damianos, erster Mond des Sommers, Tag 30

Kieran glaubte, sich im Dickicht des Pechwaldes im Kreis zu bewegen. Wohin er auch lief, die Baumriesen mit ihren ausladenden Ästen versperrten ihm die Sicht auf den Himmel, und der Pfad, den sie verlassen hatten und der sie nach Braidatann führen sollte, blieb ebenso unauffindbar wie seine Mutter. Bis auf eine Schwarzkopfeule und ein paar Waldmäuse war ihm seit einer gefühlten Ewigkeit kein Lebewesen mehr über den Weg gelaufen. Deshalb atmete er erleichtert auf, als er endlich eine Lichtung erreichte. Hier ergoss sich das Mondlicht über Moos, Farne und Sträucher, und er blickte hinauf zum Firmament, um durch den Stand der Sterne seine Position und die Himmelsrichtung zu bestimmen, in der Braidatann liegen musste. Er konnte nur hoffen, dass es seiner Mutter gelungen war, den Kreaturen, die sie verfolgt hatten, zu entkommen, und dass er sie vor den Stadttoren antreffen würde. Während er den Kopf wieder senkte, sah er es.

Etwas Massiges, Dunkles.

Er nahm den Bogen von der Schulter, zog einen Pfeil aus dem Köcher und legte ihn zwischen Zeige- und Mittelfinger an die Sehne. Vorsichtig schlich er auf das Ding zu. Ein einzelner Baum war das jedenfalls nicht, dazu war seine Form zu symmetrisch. Kieran erkannte Erlen- und Buchenzweige, Schwarzdornhecken, deren weiße Blüten im Mondlicht wie Perlen schimmerten, und Efeu. Je länger er auf das Gestrüpp starrte, desto bekannter kam ihm die Form vor, und plötzlich machte er gehobelte Bretter darunter aus und eine schmale Tür. Das war ... eine von Pflanzen umwucherte Hütte. Wie ein wildes, zottiges Tier, geduckt zum Sprung, kauerte sie inmitten der Lichtung.

Für einen kurzen Moment glaubte Kieran, Kerzenschein zwischen den Ritzen aufflackern zu sehen. Doch während er einen weiteren Schritt darauf zumachte, erlosch es, nur noch silbernes Mondlicht fiel auf die Blätter über dem verwitterten Holz. Unschlüssig blieb er stehen. Der Wind flüsterte in den Zweigen, als wollte er ihm ein Geheimnis verraten, und das Laub raschelte einladend, während er einen herabhängenden Ast beiseiteschob, der sich über den Türgriff gelegt hatte. Den gespannten Bogen immer noch in der Hand, drückte er den zerfurchten Holzriegel mit dem Ellenbogen herunter – da geschah es.

Etwas Schwarzes, Stachliges schoss aus dem Gestrüpp hervor, schlang sich blitzschnell um seine Hüfte und riss ihn von den Füßen. Der Bogen glitt ihm aus der Hand, und er wurde erbarmungslos gegen die morschen Bretter des Hauses geschleudert. Als sein Hinterkopf auf das harte Holz schlug, verlor er fast das Bewusstsein. Dornen sprossen in Sekunden aus den Schwarzdornästen, die nun begannen, ihn wie eine fette Spinne ihre Beute an der Hüttenwand einzuspinnen. Panisch schrie Kieran auf und versuchte, sich loszureißen. Vergebens.

Plötzlich flog die Tür auf, und jemand stürzte heraus. Unter dem langen schwarzen Umhang und einer tief ins Gesicht gezogenen Kapuze konnte Kieran nichts erkennen. Schweiß brach ihm aus, während er um sich schlug und sich immer mehr in dem Gestrüpp verfing. Die Dornen waren inzwischen so lang wie Magnus' Dolch. Jede seiner Bewegungen handelte ihm nur unzählige Schnitte ein, so tief, dass das Blut ihm warm über die Haut lief.

Benommen von dem Schlag auf den Kopf und abgelenkt von dem brennenden Schmerz, sah er nur verschwommen, wie etwas aus dem Wald auf ihn zurannte. Klein, flink, pechschwarz mit einem buschigen Schwanz. Ein Fuchs.

»Hilfe!«, krächzte Kieran, denn eine Ranke drückte ihm bereits die Luft ab. Doch der Fremde reagierte nicht. Und dann beherrschte Kieran nur noch ein Gedanke: der Dolch!

Sein Körper brannte wie eine einzige offene Wunde. Verzweifelt versuchte er, an ihn heranzukommen. Gerade als die ersten Dornen begannen, sich in seinen Hals zu bohren, spürte er den kühlen Jadegriff in seiner Hand. Mit letzter Kraft riss er die Waffe aus dem Leder und stach auf das Gestrüpp ein, das ihn fesselte. Ein schauriges Ächzen ertönte, und ein Ast, so dick wie Ansgars muskulöse Oberarme, flog vom Hausdach herunter und schlug ihm in einer einzigen fließenden Bewegung den Dolch aus der Hand. Kieran keuchte auf. Die Ranken schmückten mittlerweile seinen Kopf wie eine tödliche Krone, und er konnte nur mit Mühe darunter erkennen, wie der Fuchs neugierig auf das Stück Stahl zuschlich, das vor ihm auf dem Boden gelandet war. Er legte die Ohren an und betrachtete den Dolch. Ein dunkler Dorn berührte jetzt Kierans Stirn, wuchs und bohrte sich unaufhaltsam in seine Haut. Ein weiterer näherte sich seinem Auge. Unfähig, den Kopf zu drehen, schloss er die Lider und wartete auf den Schmerz.

Das Blut rauschte ihm so laut in den Ohren, dass er das heisere Knurren erst hörte, als der Druck schlagartig nachließ und die Ranken ihn freigaben. Er fiel kerzengerade nach vorne und schlug mit dem Gesicht hart auf dem Waldboden auf. Stöhnend setzte er sich wieder auf. Sein ganzer Körper schmerzte, seine Nase blutete und fühlte sich gebrochen an.

Da begann der Fuchs, sich zu verändern. Mit Entsetzen sah Kieran, wie sein Körper sich dehnte und in die Höhe schraubte. Das Fell des Tiers spannte, riss am Rückgrat entzwei und hing nur noch wie eine leere, tote Hülle an der Gestalt, bis es endgültig abfiel. Vorderpfoten und Hinterläufe wurden zu Armen und Beinen, die in schwarzen Gewändern steckten. Die Schnauze verformte sich und machte Platz für ein menschliches Antlitz, zu dessen Seiten sich die aufgerichteten Ohren des Fuchses legten und Ohrmuscheln bildeten. All das geschah so schnell, dass Kierans Aufschrei erst die Stille durchschnitt, als die Verwandlung bereits vollendet war.

Vor ihm stand ein hochgewachsener, schlanker Mann im Alter seines Vaters. Aus seinem hageren Gesicht musterten ihn dunkle Augen mit unverhohlener Neugier. Die hohe Stirn mit den sorgsam gestutzten Augenbrauen gab ihm das Aussehen eines Edelmannes, nur seine schlichte schwarze Kleidung sprach dagegen. Über dem schmalen Mund thronte eine Nase mit ausgeprägtem Höcker, die seinem Gesicht Ähnlichkeit mit einem Raubvogel verlieh.

»Wer bist du?«

Weil er nicht sofort antwortete, machte der Fremde eine Handbewegung, und die Ranken, die das Haus umgaben, krochen erneut auf ihn zu wie giftige Vipern.

»Kieran Winter!«, rief er rasch.

»Woher hast du den Dolch?«

»Von Ansgar, dem Schmied in den Silberspitzbergen.«

»Du hast ihn gestohlen«, folgerte der Mann. Die Dornenranken hatten mittlerweile Kierans Stiefel erreicht.

»Nein!«, protestierte er und rutschte rückwärts. »Er hat ihn mir geschenkt.«

»Lüg nicht! Warum sollte Ansgar einem Bauersjungen wie dir ein so wertvolles Geschenk machen?«

»Ich ... ich bin sein Lehrling«, stammelte er.

Der Fremde verzog spöttisch den Mund und sah zu der Gestalt aus dem Haus. »Hast du das gehört, Aswin? Neuerdings verschenkt Ansgar sagenhafte Schätze an seine Lehrlinge. Vielleicht solltest du dich auch von ihm anwerben lassen?« Der Angesprochene rührte sich nicht und schenkte ihm keine Antwort. Ein kräftiger Stich in die Wade lenkte Kierans Blick wieder auf sein Bein, um das sich die Ranke geschlungen hatte und ihn nun am Fleck hielt. So konnte er nicht aufspringen. Kieran warf sich zur Seite und rollte einmal um sich selbst über den Boden, aber die Dornen bohrten sich nur noch tiefer in sein Fleisch und waren wie eine Fußfessel, die es ihm unmöglich machte, sich zu befreien.

»Halt still!«, rief der Mann und ging vor ihm in die Hocke. Sein Blick fixierte Kierans Oberkörper. Die Dornen hatten sein Hemd zerfetzt, und durch das Wälzen am Boden war der Stoff jetzt endgültig heruntergerutscht. Der Fremde kniff die Augen zusammen, hob die Hand in seine Richtung, und Kieran schrie auf, als sich etwas Kühles scharf wie Stahl mitten in seine nackte Brust bohrte.

Kapitel 4

Sis

Khaos, 19. April 2019 n. Chr.

Heißes Wachs spritzte über den Tisch, als Sis die Kerzen auspustete. Der Rauch waberte gespenstisch im Mondlicht, während sie zur anderen Seite des Raumes in den Küchenbereich liefen und sich hinter der Bartheke versteckten. Luke hantierte in den Küchenschubladen herum und drückte ihr und Finn kurzerhand ein Küchenmesser in die Hand. Angespannt lauschten sie in die Schwärze der Nacht.

Ein scharrender Laut.

Das Geräusch eines Schlüssels in der Eingangstür.

Und das brachte Sis wieder zur Besinnung. *Luke treibt doch eindeutig zu viel Kampfsport!* Sie legte das Messer zurück auf die Theke. Stattdessen zog sie ihr Handy aus der Jogginghose und tippte die Notrufnummer der Polizei ein. Das Display erhellte mit seinem bläulichen Lichtschein die unmittelbare Umgebung, und ihr Daumen schwebte über dem Wählsymbol.

»Was tust du denn da?«, fragte Luke nervös, ohne die Eingangstür aus den Augen zu lassen. »Mach das aus, so sieht der Kerl uns doch sofort.«

Zum Antworten blieb Sis keine Zeit, weil in dieser Sekunde die Tür aufschwang und Licht in den großräumigen Wohn-Ess-Bereich bis zu ihnen fiel. Sis hatte in der Schule Spanisch als Wahlfach gehabt und rief daher laut: »Stehen bleiben! Oder ich rufe auf der Stelle die Polizei!«

Der Lichtkegel verharrte an der Eingangstür. »Wer seid ihr?« Die Stimme des Fremden war tief und melodisch, aber nicht bedrohlich. Sie klang eher amüsiert.

»Die Hauseigentümer. Und Sie?« Möglicherweise hatten sie hier in der Gegend einen Wachservice, der ab und an nach dem Rechten schaute.

»Hat Tess euch geschickt?«, fragte der Unbekannte.

Auf Deutsch.

Kurz darauf saßen sie mit Ramón López Cruz, der sich als Freund ihres Vaters vorgestellt hatte, bei Kerzenschein am Esszimmertisch. Schwarze, schulterlange Haare, die bereits mit einigen grauen Strähnen durchzogen waren, fielen ihm ins Gesicht. Bartstoppeln bedeckten seine Wangen, und unter buschigen Augenbrauen musterten dunkelbraune Augen Sis eindringlich, während sie ihm von Tess' Schlaganfall, der eigenartigen Botschaft und ihrer Reise hierher erzählte. Seine Miene wurde immer ernster.

»Wissen Sie vielleicht, wo unsere Eltern sind?«, fragte Finn, und es versetzte Sis einen Stich, wie viel Hoffnung in seiner Stimme lag.

Doch der Spanier schüttelte den Kopf. »Nein. Aber ich bin derjenige, der sie zuletzt lebend gesehen hat.«

Luke stieß einen leisen Pfiff aus und wechselte einen Blick mit Sis.

»Wo? Was ist denn passiert?« Ihr Herz klopfte lächerlich schnell.

»Das ist eine lange Geschichte.« López seufzte und warf einen kurzen Blick auf seine Armbanduhr. »Ich mache euch einen Vorschlag. Ihr packt eure Sachen und kommt mit zu mir. Ich wohne nicht weit weg. Hier habt ihr weder Strom noch Warmwasser. Schlaft euch bei mir aus, gönnt euch eine warme Dusche, und morgen besprechen wir alles in Ruhe.«

Die Aussicht, endlich wieder heiß duschen zu können, war unglaublich verlockend.

»Wer sagt, dass wir Ihnen vertrauen können?«, warf Luke ein.

López griff in seine Jackentasche, zog aus seiner Brieftasche ein zerknittertes Foto und reichte es Sis. Luke und Finn beugten sich neugierig zu ihr hinüber. Sie erkannte eine deutlich jüngere Version von ihm neben einem lachenden Mann mit blauen Augen – ihrem Vater! Sis schluckte. Michael Winter sah auf dem Bild so glücklich aus. Warum sollte er von einem Tag auf den anderen verschwinden?

»Wann wurde das aufgenommen?« Sie drehte das Foto um, und ein Überraschungslaut entfuhr ihr, als sie die handschriftliche Notiz las.

Strebe nicht immer nach der Sonne! Nur der Mond bringt dem Sohn des Wolfs die Antworten auf die Fragen der Nacht.
In Freundschaft, Michael

»*Sie* sind der Sohn des Wolfs aus Tess' Nachricht!«, rief sie und sah zu ihm auf.

»Nichts Besonderes, nur die Bedeutung meines Namens. López.« Der Spanier lächelte, weil er ihnen die Enttäuschung vom Gesicht ablas. »Ihr könnt mich gerne Ramón nennen. Meine Tochter Luna ist in eurem Alter, sie wird sich freuen, euch kennenzulernen, und außerdem«, seine Miene verdüsterte sich, während er seinen Blick durch das Zimmer schweifen ließ, »seid ihr hier nicht sicher.«

Was meinte er? Einbrecher? Doch Luke und Finn nickten bereits zustimmend.

Die Sonne stand bereits hoch am Himmel, als Sis am nächsten Morgen die schweren Vorhänge in Ramóns Haus aufzog und aus dem Fenster blickte. Sie sah auf die Uhr. Himmel, schon elf! Finn und Luke waren offenbar bereits aufgestanden, denn beide Matratzen im Stockbett des Gästezimmers waren leer.

Ramóns Haus lag nicht weit von dem ihrer Eltern entfernt, auf einem Hügel, der unmittelbar an das Stadtzentrum des kleinen Küstenortes anschloss. Von hier aus konnte man direkt zu dem Fischereihafen und über das Meer schauen. Blau und rot getünchte Boote lagen am Kai. Sis glaubte, ein Aroma von Fisch und Tang in der Brise auszumachen, die ihr entgegenschlug. Ihr Gastgeber hatte auf der Fahrt in seinem Jeep vergangene Nacht erzählt, dass er auf dem Meer in der Bucht Tintenfische angeln gewesen war und nur deshalb bei ihnen oben im Haus das Licht entdeckt hatte. Er hatte geglaubt, Einbrecher wären dort zugange, hatte sein Boot in den Hafen gebracht, sich den Schlüssel zu ihrem Haus geschnappt und war mit dem Jeep zurückgekommen, um nach dem Rechten zu sehen.

»Hola, Sis!« Sie drehte sich um. Vor ihr stand ein Mädchen in Finns Alter. »Ausgeschlafen? Ich bin Luna. Dein Bruder und dein Freund löchern mich seit einer Stunde mit Fragen. Ich wollte dir Luke schon zum Wachküssen reinschicken, aber er hat sich geweigert.«

Na toll! Und ich bin offenbar Dornröschen.

»War eine lange Nacht«, seufzte sie. »Und Luke ist nicht mein Freund.«

Luna hob die Augenbrauen. Über ihrer schwarzen Jeans hatte sie ein hellgraues Oversize-Shirt lässig verknotet.

»Also, jedenfalls nicht einer zum Küssen.«

Luna grinste. Ihr schwarzes Haar war zu einem dieser lockeren Zöpfe geflochten, die man nur mit Naturlocken richtig hinbekam. Er verlief quer über den Kopf asymmetrisch zur linken Seite und fiel ihr bis zur Hüfte. Mittendrin stach eine silberweiß gefärbte Strähne hervor, was einfach genial war. Ein paar störrische Locken hatten sich aus dem Zopf gelöst, und Luna pustete sie aus den Augen, während sie auf Sis zuging. Auch ohne Mascara waren ihre Wimpern beneidenswert lang und dicht. Mit ihren hüftlangen hellblonden Haaren, die absolut glatt waren, und ihren gletscherblauen Augen hatte Sis plötzlich das Gefühl, äußerlich das komplette Gegenteil von Luna zu sein. Und nicht nur das – sie wirkte irgendwie *brav* neben ihr. Etwas, dass Finn ihr schon öfter unter die Nase gerieben hatte. Gegensätzlichere Geschwister als Sis und ihn konnte es gar nicht geben. Wenn er mit dem Gongschlag das Schulgebäude betrat, saß sie bereits seit einer Viertelstunde auf ihrem Platz. Ihre Hefte zierten weder Eselsohren noch Colaflecken, und nie stand am Rand einer ihrer Klausuren die Bemerkung »unleserlich«. Sie half Tess bei der Hausarbeit, ging selten auf Partys und kam abends immer zur vereinbarten Zeit nach Hause. Heimlich auf dem Dachboden mit iPod und In-Ears abzutanzen, war vermutlich das »Verrückteste«, bei dem Finn sie je erwischt hatte.

»Ich hoffe, die zwei Jungs sind dir nicht total auf die Nerven gegangen«, sagte sie schließlich zu Luna.

»Halb so wild. Komm runter zum Frühstücken! Papá ist noch unterwegs. Wenn ihr wollt, zeig ich euch hinterher Haus und Garten. Beides hat euer Vater entworfen. Ein Wahnsinnsarchitekt. Und deine Mutter war Ärztin, nicht wahr?«

»Scheint so«, murmelte Sis. Alle wussten mehr über ihre Eltern als sie.

»Wir treffen uns dann gleich in der Küche.«

Luna wandte sich zum Gehen und hatte gerade die Tür erreicht, da rief Sis ihr nach. »Warum sprechen du und dein Vater so gut Deutsch?«

Luna drehte sich um und lächelte. »Papá spricht viele Sprachen. Das braucht er als Baumeister und Bildhauer beruflich, und außerdem war er mit deinen Eltern gut befreundet. Ich gehe in Barcelona auf die Deutsche Schule. Da haben wir zweisprachigen Unterricht.«

»Habt ihr jetzt auch Ferien?«

»Ja, zum Glück!« Sie verzog grimmig das Gesicht. »Sonst wohne ich nämlich bei meiner Tante Nuria in Barcelona.« Sah nicht so aus, als würde sie sich besonders gut mit ihrer Tante verstehen.

Den Bauch voll Schokoladencroissants und Milchkaffee, erkundeten sie wenig später den riesigen, terrassenförmig auf mehreren Ebenen angelegten Garten. Hohe Zypressen spendeten Schatten auf den mit Naturstein ausgelegten, von duftendem Lavendel gesäumten Wegen. Orangen-, Zitronen- und Aprikosenbäume grenzten an Gemüse- und Kräuterbeete. Sis stolperte über ein steinernes Untier mit sechs kräftigen Beinen und riesigen Pranken mit langen, scharfen Nägeln. Sein Löwenkopf besaß eine wilde Mähne, und aus dem weit aufgerissenen Maul ragten spitze, dolchartig gebogene Zähne. Ein steinerner Feuerstrahl strömte zwischen ihnen hervor und reichte bis zu dem Lavendelstrauch vor ihr.

»Der wollte dir ein Bein stellen«, spottete Luke. »Die sehen krass aus.« Er deutete auf weitere Figuren in ihrer Nähe. Einige erinnerten Sis an Fabelwesen, andere an dämonische Wasserspeier an Traufrinnen von Kirchendächern.

»Woher habt ihr die?«, fragte Finn.

»Die hat alle Papá gemacht«, erklärte Luna, und ihre Wangen röteten sich. »Er steht auf diesen Fantasy-Kram.«

»Cool«, sagte Finn, und Luke stupste mit der Fußspitze gegen den Schwanz des Untiers. »Hast du ein Glück«, bemerkte er neidisch. »Meiner würde höchstens Aktienkurse in Stein ritzen.«

Sis stimmte in das Lachen der anderen mit ein, doch es blieb ihr im Hals stecken. Denn hinter einem Zypressenspalier erhob sich plötzlich ein Gebäudeblock, der architektonisch überhaupt nicht zu dem Rest passen wollte. Düster, mit einer Mischung aus rauchschwarzen Glaselementen und dunklem Metall, strahlte der Quader etwas Bedrohliches aus. Und als wäre das nicht genug, thronte davor ein mächtiger steinerner Wolf mit hochgezogenen Lefzen und messerscharfen Zähnen. Sein muskulöser Körper war angespannt, bereit zum Sprung.

»Wahnsinn! Diese Augen«, murmelte Finn. Er tätschelte dem Wolf den Kopf wie einem Hund. Sis konnte an den Augen nichts Besonderes entdecken. Vielleicht wollte ihr Bruder einfach nur nett zu Luna sein.

»Was ist das für ein Gebäude?«, fragte sie.

»Papás Atelier. Er macht ein furchtbares Geheimnis daraus. Niemand außer ihm darf hinein.« Sie verdrehte die Augen. »Nicht einmal ich.«

Kieran
Erebos, Jahr 2516 nach Damianos, erster Mond des Sommers, Tag 30
Kierans Brust brannte, als würde der Gestaltwandler ihn mit einem glühenden Eisen wie Vieh brandmarken. Aber er biss die Zähne zusammen, darauf konzentriert, seinen Schmerz nicht weiter herauszuschreien. Auf seiner Haut, direkt über dem Herzen, leuchtete nun ein bläulich-weißes Symbol, ganz ähnlich einem gezackten, zur rechten Seite hin offenen Kessel. Aswin, der sich bislang von nichts beeindruckt gezeigt hatte, gab einen

überraschten Laut von sich und trat nun ebenfalls näher. Während er vor ihm in die Hocke ging, konnte Kieran einen Blick unter seine Kapuze werfen. Zu seiner Überraschung war Aswin ein junger Mann, nur wenig älter als er selbst.

»Perthro?«, fragte dieser angespannt. »Wie ist das möglich, Vater?«

Kieran krallte die Finger in die Erde und biss die Zähne zusammen. Endlich ließ der Mann seine Hand sinken. Der Schmerz verebbte so schnell, wie er gekommen war, und das Leuchten erlosch mit dem Symbol auf Kierans Brust. Ein Fingerschnippen, und die Dornenranken schnellten von seinen Beinen weg zurück zur Hütte. Kieran setzte sich zitternd auf und bemühte sich, ruhiger zu atmen. Ihm war schlecht. Er hatte nicht gewusst, dass andere Magier außer Dermoth und den Schattenkriegern in dieser Gegend ihr Unwesen trieben, und der Fremde schien mächtiger als Damianos' Statthalter zu sein. Was machten er und sein Sohn hier im Pechwald? Kieran zog das, was von seinem Hemd übrig war, wieder notdürftig über die Brust und stand auf. Seine Knie fühlten sich wacklig an. Er versuchte, die Entfernung zum Dickicht abzuschätzen. Unmöglich, den beiden Fremden ohne eine Ablenkung zu entkommen.

»Was habt Ihr mir auf die Haut geschrieben?«, fragte er.

»Du kennst die Rune auf deiner Brust nicht?« Aswins Stimme klang verwundert.

»Woher sollte ich?«, blaffte er. *Ruhig, Kieran! Er kann jederzeit wieder den Schwarzdorn auf dich loslassen, und dann war's das mit deiner Flucht.* »Ich bin schließlich kein Magier.«

Aswin lachte auf und schüttelte den Kopf. Sein Vater warf ihm einen missbilligenden Blick zu. »Du weißt nicht, von wem das Zeichen stammt?«, fragte nun auch er nach.

Hatte der Mann den Verstand verloren? Er selbst hatte doch eben erst …

»Ich habe nur sichtbar gemacht, was verborgen bleiben sollte.«

Es dauerte ein paar Sekunden, bevor Kieran begriff, und ihm wurde schwindlig.

»Ihr meint«, er zog sein zerrissenes Hemd beiseite und starrte auf seine nackte Brust, ohne etwas anderes zu erkennen als von den Dornen aufgeschürfte Haut, »das Zeichen ist immer noch da?«

»Kannst *du* die Rune sehen?«, wandte der Gestaltwandler sich an seinen Sohn.

Aswin beugte sich etwas zu Kierans Brust hinunter, kniff die Augen zusammen und fixierte die Stelle über seinem Herzen. Einen Moment lang befürchtete Kieran, er würde ihm ebenfalls Schmerzen zufügen, aber der junge Mann nickte nur und murmelte: »Ein blasser Schimmer. Wirklich außergewöhnlich gut getarnt.«

Getarnt? Was, bei allen schwarzfüßigen Feuersalamandern...

Aswins Vater nickte zufrieden, und seine nächsten Worte klangen wie eine Belehrung für seinen Sohn. »Die Perthro-Rune oder Schicksalsrune ist eines der stärksten magischen Symbole. Sie bewahrt Geheimnisse und weist auf eine außergewöhnliche Bestimmung ihres Trägers sowie seine okkulten Fähigkeiten hin. Sie kann ihn schützen oder eben jene Kräfte hemmen.« Er wandte sich wieder an Kieran. »In deinem Fall vermutlich beides.«

»In kurzen Worten: Mein Vater vermutet in dir eine magische Begabung«, erklärte Aswin spöttisch, der ihm sein Unverständnis wohl vom Gesicht abgelesen hatte. »Und irgendjemand hat diese Rune auf deiner Brust angebracht, um deine Magie zu unterdrücken und gleichsam vor anderen zu verbergen. Er oder sie muss ziemlich mächtig sein, um so einen Zauber zu bewirken.«

»Unmöglich!«, stieß Kieran hervor. »Niemand in meiner Familie besitzt magische Fähigkeiten.«

Aswin zuckte die Schultern und schlenderte zu Magnus' Dolch, hob ihn auf und strich über die Klinge. »Du bist also Ansgars *Lehrling*? Erzähl mir nicht, *du* hast den geschmiedet.«

»Gib ihm den Dolch zurück!«, befahl sein Vater barsch, und Aswin zuckte zusammen.

Einen Augenblick dachte Kieran, sein Sohn würde sich weigern. Doch dann reichte er ihm die Waffe. Die verächtlichen Worte seines Vaters über Dermoths schwarzes Pulver, mit denen er den Stein sprengte, kamen Kieran in den Sinn. »*Das hat nichts mit Magie zu tun.*« Nächtliches Flüstern seiner Eltern, wenn er schon in den Schlaf überglitt. Die Reisen seines Vaters als Baumeister. War ihm vielleicht all die Jahre etwas entgangen?

So feindselig das Äußere der Hütte, so angenehm war sie in ihrem Inneren. Ein Feuer prasselte im Kamin, und Kieran wärmte seine klammen Hände an einem Becher Tee. Misstrauisch schnupperte er daran. Unwahrscheinlich, dass der ältere Magier seine Wunden heilte und seine Kleidung mit Magie wieder instand setzte, nur um ihn hinterher zu vergiften. Trotzdem blieb er auf der Hut. Vorsichtig nippte er an dem Getränk und linste über den Becherrand zu Aswin, der den Umhang abgelegt hatte und ihm mit hochmütiger Miene gegenüber an dem schmalen Holztisch saß. Er hatte das Glück, seinem Vater nicht allzu ähnlich zu sehen. Weichere Gesichtszüge, eine ebenmäßige Nase, nur die dunklen Augen und das schulterlange, dichte Haar hatte er von ihm, wenn auch das seines Vaters schon silbergraue Strähnen in dem glänzenden Schwarz aufwies.

»Mein Name ist Duncan Steel. Ich bin der Großmeister des Clans der Hunolds, und das ist mein Sohn Aswin. Erzähl mir mehr von dir. Wer sind deine Eltern?«

Ein Weißmagier! Kieran starrte ihn fassungslos an. Er kannte die Namen der zwölf Weißmagierclans nicht von seinen Eltern, die nichts von Magie hielten. Doch Rangar und Ulric hatten ihm davon berichtet. Früher hatten sie drei gehofft, in ihr Reich zu gelangen und mächtige Zauber zu erlernen. Leider waren die Weißmagier so unerreichbar weit entfernt für ihn gewesen wie die Sterne am Firmament. Je älter er geworden war, desto mehr hatte er all die Geschichten über sie und ihre Welt für reine Märchen gehalten, obwohl man hinter vorgehaltener Hand in der Dorfschenke raunte, dass manche ihre Welt Aithér verließen und nach Erebos kamen, um mit Damianos zu verhandeln.

»Ich erzähle Euch, was immer Ihr wissen wollt. Nachdem ich meine Mutter gefunden habe. Wir sind auf dem Weg nach Braidatann von wilden Kreaturen verfolgt worden, und ich weiß nicht, ob sie ihnen entkommen konnte oder meine Hilfe braucht.«

»Deine Hilfe?« Aswin lachte. »Eben konntest du dich nicht einmal selbst aus den Schwarzdornen befreien.«

Kieran wollte ihm zu gerne beweisen, wie er mit seinen Fäusten Aswins Nase der seines Vaters ähnlich machen konnte. Nur war dazu keine Zeit.

»Lass ihn, Aswin!« Steels Augen ruhten nachdenklich auf Kieran. »Pack die Sachen. Wir werden ihm helfen.«

»Aber Vater ...«

»Tu, was ich dir sage!«

Aswins Augen wurden so schmal, dass sie unter den langen schwarzen Wimpern fast vollkommen verschwanden. Aber er beugte sich dem Willen seines Vaters.

Kierans Begleiter bewegten sich nahezu lautlos und mit einer Schnelligkeit und Geschicklichkeit in dem dichten Wald, als wäre ihnen jede Tanne und jeder Strauch persönlich vertraut. Nach etwa einer halben Stunde erklang in der Ferne tatsächlich lautes, bedrohliches Heulen. Steel hob warnend den Zeigefinger an den Mund.

»Was auch passiert: *Bleib hier!*«, raunte er Kieran zu.

Dann teilten er und Aswin sich auf und verschmolzen in unterschiedlichen Richtungen mit der Finsternis. Kieran lauschte ungeduldig in die Nacht. »*Bleib hier!*« Als ob er ein kleines Kind wäre! Zornig stieß er einen losen Ast beiseite, setzte sich auf einen vom Sturm entwurzelten, jungen Baum und sprang bei jedem Geräusch wieder auf. Nach einiger Zeit glaubte Kieran, bereits seit Stunden hier auszuharren, da hörte er plötzlich einen hellen Schrei.

Er rannte sofort los. Zweige schlugen ihm ins Gesicht, und er riss sich am Dickicht die Haut auf, so schnell bahnte er sich einen Weg. Erst nahm er einen hellen Schein wahr, und dann entdeckte er sie.

Das Gesicht seiner Mutter wurde orangerot von den Flammen eines Lagerfeuers beleuchtet, und Kieran fand darin so viel Angst und Ekel, wie er sie noch nie zuvor in ihrer Miene gesehen hatte. Zwei gewaltige Wesen auf kräftigen, langen Beinen, mit schwarzem, verfilztem Fell, hielten sie mit ihren Klauen an den Armen fest und zerrten sie zu ihren Artgenossen. Insgesamt waren es zwölf, die sich an ihrem Feuer wärmten.

Wo, bei allen Waldgeistern, steckten Steel und sein Sohn? Seinen Bogen spannend, schlich Kieran geduckt hinter Büschen näher und dankte im Stillen Ulric, der ihn bis zur Erschöpfung hatte üben lassen, blitzschnell hintereinander Pfeile an die Sehne zu legen und abzuschießen, bevor er bereit gewesen war, mit ihm zusammen auf die Jagd zu gehen. »*Wenn dich im Wald ein wilder Keiler überrascht, und du triffst ihn nicht mit dem ersten Pfeil oder verletzt ihn nur leicht, musst du schnell sein, oder du kannst dich auf eine tödliche Bekanntschaft mit seinen messerscharfen Hauern gefasst machen.«*

Die zwei Spriggans, die seine Mutter festhielten, konnte Kieran erledigen, doch hinterher war sein Überraschungsmoment dahin, und er musste darauf bauen, dass sie schnell genug entkam. Er würde ihr Deckung geben, aber konnte er die übrigen zehn rechtzeitig erwischen, bevor sie ihn erreichten? Unwahrscheinlich. Blieb nur zu hoffen, der Angriff brachte sie dazu, Reißaus zu nehmen, weil sie nicht wussten, ob nur ein einzelner Mensch sie bedrohte.

In diesem Moment riss eine der Kreaturen den Kopf seiner Mutter an den Haaren zurück und näherte sich mit gebleckten Zähnen ihrem Hals. Kieran sprang hinter dem Busch hervor, zielte und ließ den Pfeil von der Sehne schnellen. Bevor der in die Schläfe getroffene Spriggan zu Boden sank, hatte er schon den nächsten Pfeil angelegt und schoss. Er traf die andere zu ihm herumwirbelnde Kreatur mitten in die Stirn. Zum Glück reagierte seine Mutter schnell.

»Lauf, Kieran!«, schrie sie, das Gesicht vor Panik verzerrt, während sie ihm entgegenrannte. Ihr Vorsprung war viel zu gering, und die ersten Spriggans hetzten seiner Mutter bereits hinterher. Kieran riss den nächsten Pfeil aus dem Köcher und noch einen. Er hatte drei weitere dieser blutgierigen Biester erwischt, als seine Mutter ihn erreichte, am Arm packte und mit sich reißen wollte. Dadurch verfehlte er den nächsten Angreifer, der ihnen jetzt gefährlich nah kam.

»Renn weiter! Ich gebe dir Deckung!«, brüllte er seiner Mutter zu. Natürlich dachte sie gar nicht daran, ihn allein zu lassen, und Kieran hatte die Intelligenz der Bestien überschätzt. Sie machten sich offensichtlich keine Gedanken darüber, ob er allein war oder sie von mehreren Angreifern bedroht wurden. Zu siebt stürmten sie mit schaurigem Geheul auf ihn und seine

Mutter zu. Die Krallen, die sich in Kierans Oberarm schlugen, waren schwarz vor Dreck und geronnenem Blut. Ein Gestank von fauligem Fleisch schlug ihm entgegen, und blutunterlaufene Augen fixierten ihn gierig. Er ließ den Bogen fallen und riss mit einer Hand seinen Dolch aus dem Gürtel, während er mit der anderen den Spriggan abzuwehren versuchte.

Aus dem Augenwinkel sah er seine Mutter, die sich ebenfalls wehrte, indem sie einer der Kreaturen zwei Finger ins Auge stieß. Diese jaulte schaurig auf, und Kieran stach dem Wesen vor ihm den Dolch in die Brust. Blut spritzte ihm entgegen. In der nächsten Sekunde traf ihn ein Schlag in den Magen, und er stürzte rückwärts zu Boden und krümmte sich vor Schmerz. Schon war die Kreatur über ihm, riss ihr Maul auf und entblößte lange Fangzähne, spitz wie die einer Wildkatze.

Kieran hielt den Jadegriff des Dolchs so fest umklammert, dass er glaubte, seine Fingerknöchel müssten zerspringen, während er blindlings um sich stach. Weitere Spriggans stürzten sich auf ihn. Das Gebrüll von allen Seiten schnürte ihm die Kehle zu. Ein Hieb traf ihn im Gesicht, seine Unterlippe platzte auf, und seine Schneidezähne fühlten sich locker an. Warmes Blut sammelte sich in seinem Mund, und er spuckte es aus, wirbelte auf dem Boden herum und rammte seine Stiefel mit voller Kraft gegen den nächsten Angreifer. Neben ihm schrie seine Mutter auf, und dann durchbrach ein ohrenbetäubender Knall den Kampflärm. Einige Sekunden lang klang alles gedämpft, als hätte ihm jemand Schafwolle in die Ohren gestopft. Die haarigen Fratzen fuhren herum und wandten ihm den Rücken zu. Kieran nutzte die Gelegenheit und stemmte sich vom Boden hoch.

Grünes Feuer schraubte sich in den Nachthimmel und nahm die Gestalt eines gewaltigen Drachen an. Zischend und Funken sprühend beugte er sich hinunter und spuckte seinen glühenden

Atem den Bestien entgegen. Zum Glück setzte Kierans Gehör wieder ein. Er steckte den Dolch in seinen Gürtel, bückte sich, schnappte sich seinen Bogen und packte seine Mutter am Arm, die mit offenem Mund auf die Feuerwogen starrte. Sie sahen nicht nur so aus, sie klangen auch wie ein fauchender Drache. In letzter Sekunde brachten sie sich hinter dem Stamm eines Baumriesen in Sicherheit, bevor die ersten Feuerzungen die Spriggans erreichten. Ihre Schmerzensschreie hallten schaurig durch die Nacht. Ein paar liefen an ihnen vorbei, und Kieran erlegte noch einen mit seinem Pfeil. Dann war nichts als das Knistern und Fauchen der Flammen zu hören. Er linste um den Stamm herum. Der Feuerdrache brach in sich zusammen und verpuffte in der blauschwarzen Nacht. Funken regneten vom Himmel herab, und dort, wo der Rauch sich lichtete, standen zwei Männer: Duncan und Aswin Steel.

Finn
Khaos, 19. April 2019 n. Chr.
Beim Mittagessen schaufelte Finn sich eine zweite Portion gegrillten Fisch und Gemüse auf den Teller, während Sis ihren Gastgeber für seine Steinfiguren im Garten lobte. Small Talk war nicht so sein Ding. Das hatte er auch an diesem Morgen merken müssen, als er Luna offenbar schamlos angegafft hatte, bis ihre Augen schmal geworden waren.

»Hey, noch nie ein Mädchen gesehen?«

Jedenfalls keines wie dich. Aber das hatte er natürlich nicht geantwortet, sondern: »Sind die weißen Strähnen echt oder gefärbt?«

Seither vermied er, sie direkt anzuschauen, sondern betrachtete sie verstohlen, wenn sie nicht auf ihn achtete. Luna war verdammt hübsch. Er hatte das Gefühl, alles über sie in Erfahrung bringen zu wollen und gleichzeitig lieber nichts. So was hatte er noch nie empfunden. Finns Blick glitt zur Anrichte mit den obligatorischen Familienfotos.

»Ist deine Mutter verreist?«, fragte er sie.

Zu seiner Überraschung zuckte Luna zusammen, und ihre Miene verdüsterte sich. Auch Ramón hielt mitten in der Bewegung inne. »Maria Teresa ist ein Jahr nach dem Verschwinden eurer Eltern an Leukämie gestorben«, erklärte er an ihrer statt.

»Oh ... das ... tut mir leid.« *Fettnäpfchen sind wirklich deine Stärke, Finn!* »Ähm ...«, er suchte nach einem harmlosen Themenwechsel, »wie hast du die Augen des Wolfs so gut hinbekommen? Sind Lampen in der Statue verbaut?«

Für ein paar Sekunden herrschte Schweigen. Alle starrten Finn an.

»Das muss der Lichteinfall gewesen sein. Die Augen sind aus Stein wie der Rest des Wolfs«, erklärte Lunas Vater und faltete langsam seine Serviette auf.

Unmöglich! Und dann bemerkte Finn, wie die Serviette in Ramóns Händen zitterte.

»Erzählst du uns jetzt von unseren Eltern und Kieran?«, kam Sis Finn zu Hilfe. »Was ist damals wirklich geschehen? Tess wollte nie darüber sprechen.«

Finn sah hinüber zu dem großen Fenster, das das Esszimmer von der Terrasse trennte. Die Schiebetür war einen Spalt geöffnet, und ein Windstoß fegte die helle Gardine zur Seite und gab den Blick auf das Atelier und den davor lauernden steinernen Wolf frei. Der Himmel hatte sich verdunkelt. Ein Gewitter zog auf.

Ramón seufzte, und während er zu erzählen begann, klang seine Stimme rau und bedrückt. »Es war ebenfalls an einem Karfreitag vor zwölf Jahren, als Michael, Laura und der kleine

Kieran verschwanden. Wir hatten herrliches Wetter, beinahe sommerlich. Eure Eltern sind sogar schon mit euch zum Baden am Strand gewesen.« Er trank einen Schluck Wein. Die Stille im Raum war plötzlich so gewaltig wie eine Kathedrale. Finns Herz klopfte schneller. »Dort hat das ganze Unheil seinen Lauf genommen, denn du hast etwas im Sand gefunden.«

»*Ich?*« Finns Kehle wurde staubtrocken. »Was denn?«

»Eine halbmondförmige Scheibe aus Gold mit zwölf kleinen Ketten, an denen Dreiecke hingen, mit einer Inschrift, die keiner von uns verstand. So früh am Morgen war außer euch kein Mensch am Strand. Niemand, der das Schmuckstück gerade erst verloren haben könnte. Und so beschlossen deine Eltern, es erst einmal mitzunehmen. Um das wertvolle Stück bei eurer Strandwanderung nicht zu verlieren, hängte Laura es an ihre Halskette. An diesem Tag kam …«

Ein greller Blitz und ein darauffolgender Donner unterbrachen ihn. Die Gardinen wurden von einem Windstoß weit ins Zimmer getrieben und fegten die Servietten vom Tisch. Luna sprang auf, zog die Schiebetür zu und drückte auf einen Schalter daneben. Sieben längliche, an einem schmiedeeisernen Gestell hängende Lampenamphoren aus Milchglas verströmten warmes Licht.

»An diesem Tag kam ich zu euch. Wir standen gerade im Wohnzimmer, und Laura fiel das Schmuckstück wieder ein. Sie nahm die Kette vom Hals und reichte sie mir.« Er stockte und zog die buschigen Augenbrauen zusammen, als bereite es ihm Schmerzen, weiterzusprechen. »Ich erkannte sofort, was das war: eine Fibel.«

Finn hob die Augenbrauen. Doch Sis beugte sich mit leuchtenden Augen vor. »Du meinst, eine Gewandnadel, mit der man früher Kleidung zusammengehalten hat, weil es noch keine Knöpfe gab?«

»Ganz genau«, erwiderte Ramón.

»Wie alt war sie denn?«

Finn stöhnte. Wen interessierte, wie *alt* sie war? Mit Schaudern fiel ihm wieder ein, wie Sis und Tess ihn vor einem Jahr genötigt hatten, das Germanische Nationalmuseum zu besuchen, und seine Schwester sich mit Tess stundenlang über den alten Kram unterhalten hatte, während ihm die Füße eingeschlafen waren.

»Sehr alt. Vielleicht über zweitausend Jahre.«

»Und die hab ich einfach so am Strand gefunden?«

Ramón nickte und schenkte sich Wein nach. »Als ich sie in die Hand nahm, überkam mich ein mulmiges Gefühl.« Er schwenkte versonnen das Glas.

»Wieso mulmig, Papá?« Lunas Wangen glühten vor Begeisterung. Auch sie hörte diese Geschichte offenbar zum ersten Mal.

»Ich glaubte, etwas Verbotenes zu berühren. Etwas Mächtiges. Ich ahnte, dass sie gefährlich ist! Michael meinte, man sollte sie zur Polizei bringen.«

»Mann, das wäre doch das Blödste, was man tun kann, wenn man einen Schatz findet«, warf Luke ein.

Sis rollte die Augen. »Danke für deinen kriminellen Beitrag!«

»Gern geschehen.« Er grinste.

»Ob das blöd gewesen wäre oder nicht, werden wir leider nicht mehr herausfinden. Ein paar Sekunden später waren eure Eltern nämlich spurlos verschwunden.« Ramón stellte sein Glas so heftig auf den Tisch, dass der Wein überschwappte und einen hässlichen Fleck auf der Tischdecke hinterließ.

»Wie, verschwunden?«, rief Finn verblüfft.

»In dem Moment, als ich die Fibel deiner Mutter zurückgeben wollte, kam Kieran durch die Terrassentür hereingelaufen. Ihr drei hattet draußen Fangen gespielt. Er schnappte mir die

Kette aus der Hand, und Laura zog ihn lachend in ihre Arme und hob ihn hoch.«

Die Stille im Raum wurde nur durch das laute Prasseln des einsetzenden Regens unterbrochen. Wütend klopfte er an die Scheiben, löste den Staub von den Steinplatten der Terrasse und hinterließ im unteren Bereich des Glases kleine braune Spritzer. Finn spürte, wie sein Puls in derselben Heftigkeit zu rauschen begann.

»Ich kann euch nicht sagen, *was genau* Kieran gemacht hat. Wenn ihr nur wüsstet, wie viele Stunden, Tage, Monate und Jahre ich über diesen kurzen Augenblick nachgegrübelt habe! Im entscheidenden Moment habe ich zu eurem Vater gesehen. Er hat den Arm um Laura gelegt gehabt. Da geschah es. Ihre Körper verschwammen vor meinen Augen, wurden einfach durchsichtig. Blankes Entsetzen zeigte sich auf ihren Gesichtern. Kieran begann zu weinen und ließ die Kette mit der Fibel fallen. Ich machte einen Schritt auf sie zu, aber in der nächsten Sekunde griff ich ins Leere. Sie waren einfach weg. Zurück blieb nur das verdammte Schmuckstück.«

Finn fühlte sich, als hätte er ihm eine Ohrfeige verpasst. »Was soll das?« Er sprang auf. »Warum belügt ihr uns alle? Erst Tess, jetzt du? Wir sind doch keine Kleinkinder mehr, ihr könntet uns endlich mal die Wahrheit sagen!«

»Papá ist kein Lügner!«, rief Luna empört.

»Oh, gerade *du* weißt, Dinge geschehen, für die man keine Erklärung findet, nicht wahr?« Ramón legte die Fingerspitzen aneinander und lächelte geheimnisvoll. »Warum hast du am Fenster letzte Nacht laut geschrien?«

»Das ist meine Sache!«

»Finn!« Sis sah zu ihm auf. »Vielleicht hilft es weiter.«

Ja, klar! Finn presste die Lippen aufeinander und schielte zu Luna. Sie erwiderte böse seinen Blick. Verdammt!

»Du bist genauso hitzköpfig wie dein Vater. Denk nach! Wenn ich euch belügen wollte, hätte ich dann nicht eine glaubwürdigere Geschichte erzählt?«

»Der Punkt geht an ihn«, erwiderte Luke trocken.

Finn wollte ganz bestimmt nicht erzählen, wie seine Albträume real wurden. Luna würde ihn hinterher doch für vollkommen bekloppt halten.

Mit einem Ruck stand Ramón auf und legte ihm die Hand auf die Schulter. »Gehen wir in mein Atelier.«

Kapitel 5

Kieran

Erebos, Jahr 2516 nach Damianos, erster Mond des Sommers, Tag 31

Natürlich hatten sie Braidatann in der Nacht zuvor nicht mehr vor der Sperrstunde erreicht. Doch Steel besaß einen Passierschein, der ihm zu jedweder Uhrzeit die schweren Stadttore öffnete. Ihr Weg war schweigend verlaufen. Kierans Mutter hatte dem Weißmagier mit einem Lächeln für seine Hilfe gedankt, das ihre Augen nicht erreicht hatte. Kieran kannte den Ausdruck darin. Niemand verbarg Angst so gut hinter der Maske von Höflichkeit wie sie. Aber er hatte Steel Antworten versprochen, die dieser einforderte. Laura hatte sie auf den nächsten Tag verschoben, wenn sie ausgeruht waren, und ließ sich spätnachts, als sie allein in ihrem Zimmer in der Gastwirtschaft auf den harten Strohbetten lagen, erst einmal von Kieran erzählen, wie er Steel begegnet war. Was sie hörte, gefiel ihr nicht.

»Nach alldem traust du ihm?«, flüsterte sie. »Wäre dir nicht der Dolch aus der Hand gerutscht, hätte er dich von diesen magischen Dornen umbringen lassen!«

»Das ist nicht gewiss.«

»Kieran! Du bist doch sonst nicht so blauäugig. Er ist gerissen. Und wir haben keine Ahnung, was sein eigentlicher Auftrag hier in Erebos ist.«

»Er ist ein mächtiger Weißmagier. Wenn er gewollt hätte, hätte er dich auch foltern können, um Antworten zu bekommen, statt uns vor den Spriggans zu retten, deine Wunden zu heilen und dich zu *bitten*, ihm mehr von uns und dem Ziel unserer Reise zu erzählen.«

Seine Mutter verzog das Gesicht. Dass Steel darauf bestanden hatte, sie magisch zu heilen, war nicht unbedingt etwas, an das sie erinnert werden wollte.

»Wenn er wirklich ein Unterhändler der Weißmagier ist, der in Temeduron ein und aus geht, wie er behauptet, kann er uns helfen, Vater zu befreien.«

Sie seufzte. »Zu schön, um wahr zu sein.«

Am Morgen saßen sie in einem kleinen Gastraum, der von der Schankstube durch eine dicke Holztür getrennt war. Bislang hatten sie Steel nur von dem Unglück in den Silbertrostminen, der Verhaftung seines Vaters und Kierans Lehrzeit bei Ansgar erzählt. Nun fragte Steel jedoch erneut nach der Perthro-Rune auf Kierans Brust. Seine Mutter trank einen Schluck Lindenblütentee und hielt sich an dem tönernen Becher fest, als könnte er ihr Halt geben.

»Bei unserer Ankunft in den Silbertrostminen haben wir allen im Dorf erzählt, wir kämen aus Moriaba in den Schattenlanden. Doch das stimmt nicht.« Ein Blick voller Schuldgefühle huschte zu Kieran. Er hielt den Atem an. »Vor etwas mehr als elf Jahren sind wir durch Zufall aus einer anderen Welt hierher nach Erebos gelangt. Mein Mann sagt, er stamme aus dem Weißmagierclan der Ubalden und sei ein Nachfahre Elios. Kennt Ihr diese Namen, Duncan?«

Ihre Worte verhallten in der Stille wie Funken, die zwischen Späne und Holzfasern schlüpften, scheinbar zu schwach, um etwas zu entzünden. Doch dann, wie aus dem Nichts, kräuselte sich ein Rauchfaden, strebte himmelwärts, und man sah plötzlich ein Glimmen. Das Glimmen in Steels Augen, als er ihre Bedeutung begriff.

Kierans Mund klappte auf. Er hörte das zum ersten Mal, und die Namen sagten ihm überhaupt nichts. Dafür reagierte Aswin umso heftiger.

»Unmöglich!«, rief er.

»Schweig, Aswin!«, donnerte Steel. »Laura spricht die Wahrheit. Ich habe gleich vermutet, dass sie und Kieran nicht aus Erebos stammen. Und *du* weißt genau, was Ariana über die Ubalden niederschrieb.«

Wer bei allen Trollen war Ariana? Hatten sie alle den Verstand verloren?

»Wir nennen die Welt, aus der Ihr kommt, Khaos, die verlorene oder die verwirrte Welt«, fuhr Steel fort.

»Tatsächlich? Wir fühlten uns dort alles andere als *verloren*. Das ist eine Eigenschaft, die ich eher dieser Welt zuschreiben würde.«

Steel lächelte herablassend. »In Euren Adern fließt kein magisches Blut. Erebos und Aithér können Euch nicht das bieten, was sie für Euren Gatten und Euren Sohn bereithalten: die Fähigkeit, ihre Magie in vollem Umfang auszuschöpfen.«

Kieran brachte kein Wort heraus. Seine Mutter und Steel zerschlugen gerade alles in Trümmer, woran er seit seiner Kindheit geglaubt hatte.

»Michael fühlt sich hier genauso unwohl wie ich!«

»Seid Ihr sicher? Vielleicht hat er auch nur Angst davor, sich der Magie zu öffnen, die ihn hier umfließt.«

In ihrem Gesicht flammte Zorn auf. »Mein Mann ist kein Feigling! Vergesst nicht, er hat sich bei dem großen Unglück in den Silbertrostminen Dermoth und seinen Grauen widersetzt!«

Aber Steel verzog nur die Lippen und erwiderte kalt: »Zweifelsohne eine mutige Entscheidung, sich für ein paar Tagelöhner in den Minen Kräften entgegenzustellen, gegen die man unausgebildet nichts ausrichten kann, wohl wissend, wie schutzlos man dadurch seine Frau und seinen Sohn ihrem Schicksal überlässt.«

Unter dem Tisch ballte Kieran die Hände zu Fäusten, und seine Mutter erbleichte. »Wie könnt Ihr es wagen ...«, zischte sie.

»Beruhigt Euch. Ich werde die Entscheidungen Eures Gatten nicht mehr infrage stellen. Gebt mir die Informationen, die ich von Euch benötige, und ich werde Euch sogar behilflich sein, ihn zu befreien.«

Sie kniff die Augen zusammen. »Welche Informationen?«

»Wie genau seid Ihr in diese Welt gelangt?«

»Wenn ich *das* wüsste, Duncan Steel, wären wir schon lange nicht mehr hier.«

»Ihr entsinnt euch nicht? Und Euer Gemahl?« Das gierige Funkeln in seinen Augen strafte seinen ruhigen Tonfall Lügen. Stille trat ein. Lauras Gesicht zeigte keine Regung. »Ich denke, Michael weiß darüber Bescheid und hat es mir nur verheimlicht«, sagte sie.

Kieran hielt den Atem an. Er kannte seine Mutter zu gut, um den leisen Unterton der Lüge nicht in ihrer Stimme zu bemerken.

»Wer hat die Magie Eures Sohnes mit der Perthro-Rune unterdrückt? War das auch Euer Gemahl?«

Ein warnender Blick seiner Mutter streifte Kieran. »Vermutlich. Er kennt meine Angst vor Magie. Vielleicht befürchtete er, ich würde meinem Sohn weniger Gefühle entgegenbringen, wenn ich seine magischen Fähigkeiten entdecke.«

Kierans Herz raste. Für seinen Geschmack spielte seine Mutter gerade ein viel zu gefährliches Spiel mit diesem mächtigen Mann. Was würde Steel tun, sobald ihre Lügen aufflogen? Aber der Weißmagier schien ihre Erklärung zu schlucken. Sich über den Tisch vorbeugend, raunte er: »Da Ihr schon die Magie Eures Gemahls gescheut habt, was, denkt Ihr, erwartet euch in Temeduron? Die gesamte Festungsanlage ist von einem magischen Schutzschild umgeben, und Schattenkrieger bewachen in einem Abstand von wenigen Metern jeden Mauerabschnitt. Besuch von Gefangenen ist strikt untersagt. Ohne einen Passierschein kommt ihr nicht einmal in die Nähe des äußeren Tors.«

»Könnt Ihr denn nicht als Unterhändler der Weißmagier die Festung betreten?«

»Natürlich. Allerdings wird jeder meiner Schritte dort von den Schattenkriegern oder Dermoth überwacht. Unmöglich, auf direktem Wege in Erfahrung zu bringen, was mit Eurem Gemahl geschehen ist. Eine Nachfrage würde nur ihr Misstrauen wecken und ihm womöglich schaden. Doch ich habe Verbindungsleute, die ebenfalls Zugang zu Temeduron haben. Von ihnen werde ich zumindest erfahren, ob er überhaupt noch am Leben ist. Mehr kann ich Euch vorerst nicht versprechen.«

Angst färbte die Augen von Kierans Mutter dunkel.

Steel räusperte sich, und Aswin fragte Kieran unvermittelt: »Wollen wir uns die Pferde ansehen?«

Kieran starrte ihn an. Sein gesamtes Leben war gerade auf den Kopf gestellt worden. Er sollte über ihm unbekannte magische Kräfte verfügen, und sie mussten besprechen, wie sie seinen anscheinend ebenfalls magisch begabten Vater befreien konnten – was bei allen Waldgeistern interessierten ihn die Ponys auf der Koppel? Aswin hätte ihn ebenso gut fragen können, ob er mit ihm Gänseblümchen pflücken gehen wollte.

Aswins Miene war undurchschaubar. Dafür wurde der Gesichtsausdruck seiner Mutter weich, während sie ihm die Hand auf die Schulter legte. »Geht nur, Kinder. Duncan und ich sehen uns in der Zwischenzeit den Weg nach Temeduron auf der Karte an.«

Kinder! Kieran wollte Aswin verprügeln. Ihm brannten tausend Fragen auf den Lippen, aber vielleicht war es tatsächlich besser, sie seiner Mutter erst hinterher zu stellen, wenn sie allein waren.

Die Sonne stach ihm in die Augen, als sie die Schenke verließen. Natürlich schlug Aswin nicht den Weg zur Pferdekoppel ein, wo sich um diese Tageszeit jede Menge kleiner Kinder drängten und zusahen, wie Pferdehändler die Vorzüge ihrer Tiere anpriesen und ein Schmied Hufe beschlug. Vielmehr marschierte er geradewegs auf das Stadttor zu.

»Wohin gehen wir?«, fragte Kieran wutschnaubend.

»Jedenfalls nicht zu den Gäulen«, erklärte Aswin verächtlich.

»Das sehe ich. Was sollte das dann eben?«

»Mein Vater möchte mit dir reden. Allein.«

»Dein Vater hockt mit meiner Mutter in der Schenke.«

Sie quetschten sich an einem Ochsengespann vorbei, das mit Fässern und Kisten beladen war. Die Wachen schenkten ihnen nicht viel Aufmerksamkeit, während sie durch den Torbogen traten, sondern hielten den Karren an, um den Inhalt der Fässer zu inspizieren.

»Oh, der berühmte Verstand der Ubalden!«, spottete Aswin, verließ den breiten Weg und schlug sich zwischen die Felder, die an die Stadtmauer grenzten.

Zähneknirschend folgte Kieran dem jungen Magier. Der Hafer war noch grün und reichte ihm nur bis zu den Knien, als sie auf einem schmalen, ausgetretenen Pfad im Gänsemarsch hintereinander zwischen zwei Äckern zu den Apfelbäumen liefen, die ihre Blüten bereits verloren hatten. Er wusste so gut wie nichts über die Weißmagierclans und darüber, was man ihnen nachsagte, aber er wollte sich das vor Aswin nicht anmerken lassen.

»Eifersüchtig?«

Steels Sohn lachte laut auf. »Bestimmt nicht!«

Verflucht. Er musste ihm anders kommen.

»Wofür sind denn die Hunolds bekannt?«

»Ganz einfach. Wir sind die Besten.«

Oh, er wollte sich wirklich mit ihm prügeln und ihm diesen Hochmut aus dem Gesicht schlagen! Das Funkeln in Aswins Augen warnte ihn. Vermutlich wartete er nur auf Kierans Angriff, um ihn hinterher mit seiner Magie, gegen die er nichts ausrichten konnte, zu demütigen. Nein. Diese Genugtuung würde er ihm nicht verschaffen.

Eine Weile schwiegen sie, dann fragte er: »Du glaubst also nicht an Arianas Aufzeichnungen?« Vielleicht verriet er ihm wenigstens etwas über sie.

Aswin lehnte sich an den Stamm eines Apfelbaums und zuckte die Schultern. »Eine über 2500 Jahre alte Prophezeiung? Selbst wenn ich daran glauben würde – *du* bist ganz sicher nicht der *Überbringer*, den alle erwarten.«

Das wurde ja immer besser. Kieran wählte seine Worte sorgfältig, um noch mehr aus ihm herauszukitzeln. »Was macht dich da so sicher?«

Aswins Blick war kalt. »Weißt du überhaupt, *was* du in diese Welt bringen sollst? Du bist doch völlig unwissend, kennst nicht einmal deinen Stammbaum. Falls denn die Ubalden wirklich deine Vorfahren sind und dein Vater nicht einfach nur ein Hochstapler ist.«

Es war zwecklos, ihm etwas vorzumachen. »Nein, ich weiß von alldem nichts. Vermutlich liegt das an dem Zeichen auf meiner Brust.«

Aswin zog die Stirn in Falten und schien nachzudenken.

»Ich glaube nicht, dass dein Vater Perthro auf deine Brust geschrieben hat. Die Silbertrostminen werden jährlich von Dermoth inspiziert. Ihm oder seinen Grauen wäre die Magie deines Vaters schon längst aufgefallen, da Damianos unseresgleichen hier nicht ungefragt duldet.«

»Vielleicht hat er sich auch durch Perthro vor ihm geschützt.«

»Kein Magier wäre so dumm, sich selbst seiner Magie zu berauben und damit hilflos einem Mann wie Dermoth auszuliefern. Die Rune auf deiner Brust ist außergewöhnlich stark. Selbst mein Vater konnte sie nicht brechen. Wie soll so was einem Magier aus Khaos gelungen sein?«

»Die Schmerzen, die dein Vater mir zugefügt hat ...«

»... waren sein Versuch, die Rune aufzuheben und dir deine Magie zurückzugeben. Wer auch immer diesen Schutz auf deine Brust geschrieben hat, muss mächtiger als mein Vater sein. Das ist äußerst merkwürdig.«

Kieran hätte ihm gerne weitere Fragen gestellt, doch in diesem Moment deutete Aswin auf das Stadttor, von dem Steel mit eiligen Schritten auf sie zukam. »Viel Vergnügen mit meinem *Vater*.« Er sprach das Wort mit einem Unterton aus, der nicht einen Funken Zuneigung enthielt. Aswin stieß sich von dem Stamm ab und ging ihm entgegen. Soweit Kieran erkennen konnte, wechselten sie kein Wort miteinander. Steel machte eine ernste Miene, als er ihn erreichte.

»Wir haben nicht viel Zeit, Kieran. Deine Mutter wird nach dir suchen. Aber ich bitte dich um eines: Versuch, dich zu erinnern. Du musst einen Schlüssel besessen haben, der dir das Tor zu den anderen Welten öffnet. Wenn ihr wirklich aus Khaos stammt, muss einer von euch dreien diesen Gegenstand besitzen. Er ist wertvoller als alles, was du dir vorstellen kannst. Sieh her. Ich zeige dir meinen. Du musst mir jedoch schwören, niemandem davon zu erzählen.«

»Versprochen.«

Der Weißmagier schob seinen Umhang beiseite und zog eine Kette mit einem silbernen, fingerbreiten Ring unter seinem Hemd hervor. In dessen Mitte befand sich ein nachtblauer Edelstein, der von vier Schlangenköpfen gehalten wurde, deren Körper sich zu dem Rand des Rings hinschlängelten. Die Augen der Schlangen bestanden ebenfalls aus Saphiren. Instinktiv streckte Kieran die Hand danach aus, um das Schmuckstück zu berühren, ließ sie dann jedoch sinken. Etwas Unheimliches ging davon aus, das konnte er fühlen. »Was ist das?«, fragte er Steel fasziniert.

»Meine Fibel, der Schlüssel zu Aithér«, erklärte er. »Die Welt der Weißmagier. Mit ihr kann ich zwischen Aithér und Erebos reisen.«

»Auch in unsere Welt, nach Khaos?«

»Nein.«

»Aber Ihr seid so mächtig.«

»Mächtig?« Steel lachte und schob die Fibel wieder unter seinen Umhang. »Du weißt nichts von Macht oder Magie. Ich kenne deinen Vater nicht, und ich verstehe nicht, warum er seine Magie nicht nutzt und dich nicht darin unterwiesen hat, sondern die Magie in euch beiden hemmte. Aswin wird von mir seit seinem vierten Lebensjahr ausgebildet. Er hat die Aufnahmeprüfung an der Meisterschule von Adelar Stanwood als bester Anwärter bestanden und ...« Steel brach ab und lächelte. »Entschuldige, davon verstehst du natürlich nichts.«

Steel sprach voller Stolz und Liebe von seinem Sohn. Kieran konnte sich nicht erklären, warum Aswin seinem Vater nicht ähnliche Gefühle entgegenbrachte. »Ehrlich gesagt kann ich mir nicht vorstellen, tatsächlich magische Fähigkeiten zu besitzen.«

Einen Augenblick lang herrschte Schweigen. Nur das Geräusch eines Spechts, der emsig an einen Baumstamm klopfte, durchbrach die Stille. Steel legte ihm seine Hände auf die Schultern. »Deine Magie ist sogar außerordentlich stark für einen Jungen, der niemals die Möglichkeit hatte, sich darin zu üben. Ich spüre sie, obwohl sie von einem starken Zauber gehemmt wird. Deine Zweifel sind unberechtigt. Denkst du, du hast durch Zufall unseren Unterschlupf im Pechwald gefunden? Er ist von einem magischen Schutz umgeben.«

»Das habe ich gemerkt.« Schaudernd dachte Kieran an die Ranken und spitzen Dornen.

»Ich spreche nicht von dem Fleischfressdorn. Du hättest das Haus eigentlich gar nicht entdecken dürfen. Für Menschen, in deren Adern kein magisches Blut fließt, ist es vollkommen unsichtbar. Deine Mutter hätte nur einen Baum wahrgenommen und wäre einfach daran vorbeigelaufen.« Kieran starrte ihn an. »Dass dir das unbewusst trotz des Perthro-Schutzes gelungen ist, zeigt deutlich, wie stark die Magie in dir ist. Vergiss euren Plan, nach Temeduron zu gehen, vertrau dich mir an, und ich kann dich zu einem außergewöhnlichen Magier in Aithér machen.«

Kierans Mund wurde trocken.

»Du hast keine Vorstellung davon, wie mächtig Damianos ist. Du hast bislang nur seine grauen Schattenkrieger und Dermoth kennengelernt, nicht wahr?«

Er nickte beklommen. Steel beugte sich vor, sodass Kieran seinen Atem auf seiner Stirn spüren konnte. Seine Stimme war jetzt nur noch ein Raunen, nicht lauter als das Flüstern des Windes in den Blättern über ihnen. »*Schattenkrieger* oder *Graue*, wie sie abfällig auch genannt werden, vertuscht, was sie wirklich sind: ermordete Weißmagier. Damianos entzieht ihnen Tag für Tag ihre Magie, so lange, bis ihre seelenlosen Hüllen zu schwach sind, um ihn weiter nähren und seine Macht steigern zu können. Dann zerfallen sie zu Staub.«

Ein Faustschlag in den Magen hätte Kieran nicht härter treffen können. Die Grauen, die er sein ganzes Leben lang in den Silbertrostminen gefürchtet und gehasst hatte, sollten Damianos' Opfer sein?

»Wie mächtig ist Damianos?«, flüsterte er, obwohl er die Antwort fürchtete.

Ein eigentümlicher Ausdruck legte sich auf Steels Gesicht, während er seine Hände von Kierans Schultern nahm. Eine Mischung aus Hass, Furcht und Bewunderung. »Kein anderer Magier kann sich mit ihm messen. Was du von Aswin und mir gesehen hast, ist wie ein winziger Tropfen im Vergleich zu dem Wasser, das ein reißender Fluss führt.«

»Weshalb verlasst Ihr dann Aithér, um in seine Welt zu kommen?«

»Ich agiere als Spion im Auftrag der Weißmagier. Mehr darf ich dir nicht verraten. Doch du sollst wissen, was euch in Temeduron erwartet. Damianos wird eure Bitte um Gnade nicht abweisen – er wird euch gar nicht erst anhören. Falls dein Vater noch am Leben ist, was ich persönlich bezweifle, dann nur, weil man seine Magie entdeckt hat. Und in diesem Fall wird Damianos einen Schattenkrieger aus ihm machen, um sie ihm zu entziehen und seine eigene Magie zu mehren.«

Kierans Knie wurden weich, und er taumelte zurück, als hätte Steel ihn geschlagen. »NEIN!«, stieß er hervor.

Der Weißmagier sah ihn ungerührt an.

»Dir blüht dasselbe Schicksal. Dein Vater hat bislang nichts unternommen, um dich auszubilden und vor dieser Gefahr zu schützen. Im Gegenteil. Er hat dich ungeachtet deiner außergewöhnlichen Kräfte mit der Perthro-Rune zu einem Leben als nicht magischer Sklave verdammt und sich vermutlich auch selbst mit diesem Schicksal abgefunden. Was für eine Verschwendung! Je schneller du dich mit seinem Versagen abfindest, umso besser. Vergiss Temeduron und schließ dich mir an. Nur ich kann dich nach Aithér in Sicherheit bringen.«

Finn
Khaos, 19. April 2019 n. Chr.
Regen schlug Finn auf der Terrasse wie eine kalte Wand entgegen. Innerhalb von Sekunden klebte ihm das T-Shirt nass am Körper, während er Ramón über die unebenen, rutschigen Natursteine zu dem düsteren Nebengebäude folgte. Während er an der Wolfsstatue vorbeikam, glaubte er erneut, die Augen aufleuchten zu sehen. Er blieb stehen. In dem steinernen Gesicht konnte er sogar deutlich die gelbe Iris erkennen und dunkle Pupillen. Der düstere Blick schien jeder seiner Bewegungen zu folgen. *Jetzt verlierst du endgültig den Verstand!*

Im warmen Atelier angekommen, atmete er erleichtert auf und sah sich neugierig um. Nur eine Werkbank mit einer etwa dreißig Zentimeter hohen Steinskulptur und ein schmales Regal mit Farbpigmenten in Gläsern, Pinseln und Spachteln gaben der Bezeichnung recht. Doch deckenhohe Bücherregale aus dunklem Holz ließen vielmehr auf eine Bibliothek mit Arbeitsplatz schließen. Dafür sprachen auch die zwei gewaltigen Schreibtische an den dunkel getönten Scheiben. Auf einem lag ein Laptop. Der andere war mit Büchern, Papier- oder Pergamentrollen und Notizzetteln bedeckt.

»Setz dich.« Ramón deutete auf einen der Stühle und nahm ihm gegenüber Platz.

Finn strich sich die nassen Haare aus der Stirn, während er dem intensiven Blick aus Ramóns dunklen Augen standzuhalten versuchte.

»Die Augen des Wolfs leuchten wie bei lebendigen Tieren,

wenn im Dunkeln Licht auf ihre Netzhaut und die reflektierende Zellschicht dahinter fällt. Aber nur du und ich lösen diesen Effekt aus. Deshalb konnten die anderen auch nichts davon sehen.«

»Wie bitte?« Finn verstand kein Wort.

»Quid pro quo. Nun musst du mir erzählen, was in dem Haus eurer Eltern passiert ist.«

Dass er ihm jetzt ausgerechnet mit Latein kommen musste! Dennoch war er viel zu neugierig, was er noch von Ramón erfahren würde, und deshalb erzählte er ihm, was seit Tess' Unfall mit ihm nachts geschah.

»Zeigst du mir diese Verletzungen einmal?«, fragte Ramón sichtlich besorgt.

»Quid pro quo«, spottete Finn.

»Magie.«

»Hä?«

»Das, was bei lebendigen Wölfen das Licht ist, ist bei dem steinernen Wolf da draußen Magie.«

»Aber nur du und ich lösen diesen Effekt aus.« Finn starrte ihn an, und es dauerte ein paar Sekunden, bis der Groschen fiel.

»Moment, du willst jetzt nicht ernsthaft sagen, dass wir beide ...«

»Magier sind. Genau das.«

Anscheinend hast nicht nur du deinen Verstand verloren.

»Ich kann mir vorstellen, wie sich das für dich anhört. Glaub mir, ich weiß genau, wovon ich rede. Der Mann, den du in deinen Visionen gesehen hast, ist ebenfalls ein Magier. Ich vermute, er hat deine Familie in seine Gewalt gebracht und hält sie nun gefangen.«

Alles klar! Als Nächstes würde er ihm erzählen, Außerirdische hätten sie entführt und der Erde drohe ein intergalaktischer Krieg! »Du nimmst mich jetzt auf den Arm, oder?«

»Keineswegs.«

»Okay, nehmen wir mal an, ich glaube dir. Was will der Typ dann von mir? Und wo versteckt er meine Eltern und Kieran?«

»Das müssen wir noch herausfinden. Aber was er will, weißt du.«

Lunas Vater lehnte sich zurück und verschränkte die Arme vor der Brust. Woher sollte Finn wissen, was ... und dann begannen sich die unverständlichen Wortfetzen des Leopardenmannes in seinem Kopf mit dem, was Ramón ihnen heute erzählt hatte, zu verbinden und zu einem Bild zu formen.

»*Bring sie zu mir, oder er stirbt.*«

»Das Ding, das ich am Strand gefunden habe!«, stieß Finn hervor. »Diese *Fibel*.«

Ramón nickte.

»Wo ist sie jetzt? Du hast behauptet, Kieran hätte sie fallen gelassen.«

»Ich habe sie hier im Atelier in Sicherheit gebracht.«

»Zeig sie mir!«

»Du wirst sie zu sehen bekommen, wenn du bereit bist.«

»Bereit wozu?« Wut loderte in seinem Bauch auf. Ramón hatte verdammt noch mal kein Recht, sie ihm vorzuenthalten.

»Bereit zu glauben, was ich dir über Magie verrate.«

Finn versuchte, Ramóns Lächeln zu ignorieren, holte tief Luft und zählte innerlich bis zehn. »Also gut. Ich glaube dir, dass du davon überzeugt bist, der Fremde und wir wären *Magier*.«

Der Spanier lachte schallend auf und beugte sich vor. »Dios mio, entschuldige, aber du bist gerade so sehr wie dein rational denkender Vater. Es geht doch nicht darum, dass *ich* davon überzeugt bin, sondern *du*. Und jetzt hör mir bitte gut zu. Als ich zwölf war, begegnete mir auf dem Rückweg von der Schule eine Frau. Ihr Gesicht war so runzlig wie die Olivenbäume auf dem Feld neben uns. Auf einen dunklen Stab gestützt, stand sie plötzlich hinter mir, wie aus dem Nichts gekommen. Sie behauptete, meine Großmutter mütterlicherseits zu sein. Ich hatte sie noch nie zuvor gesehen. Sie erzählte mir von einer anderen Welt, in der magisch veranlagte Menschen ihre Kraft besser erschließen könnten. Um in diese Welt zu gelangen, bräuchte man einen Schlüssel, der jedoch vor langer Zeit verloren gegangen wäre. Ich suchte jahrelang danach, und ich glaube, dass diese Fibel der Schlüssel zur Weltenüberquerung ist.« Ein wehmütiger Zug lag auf seinem Gesicht.

»Du hast ihr diesen Quatsch wirklich abgenommen?«

»Mir blieb gar nichts anderes übrig. Mein Vater war ein harter Mann«, rechtfertigte Ramón sich. »Er hatte schreckliche Angst vor meiner Andersartigkeit. Als ich die ersten Experimente mit meiner Magie unternahm, wurde ich von ihm verprügelt, bis ich grün und blau war. Die Aussicht, in eine andere Welt entfliehen zu können, übte einen ganz besonderen Reiz auf mich aus.«

»Du bist mit zwölf einer verrückten Alten begegnet, und seither glaubst du, dass du ein Zauberer bist? Ernsthaft?«

»Ich bevorzuge den Begriff *Magier*. Und du bist ebenfalls einer.«

Tick, tick, tick. Die silberfarbene Uhr auf Ramóns Schreibtisch hallte überlaut in seinen Ohren wider. Finn presste die Lippen zusammen und schaute zu Boden, aber es half nichts, das Lachen brach einfach aus ihm heraus. »Ich habe nichts dagegen«, gluckste er und hob den Kopf, »doch in mir schlummert ganz bestimmt keine Magie. Oder fehlt mir etwa nur der passende Zauberstab?«

Ramón machte eine wegwerfende Handbewegung. »Zauberstäbe sind für Magier ebenso unnötig wie Kristallkugeln für Hellseher. Reiner Showeffekt für die Zuschauer!«

»Na dann ...« Finn lachte erneut.

Der Spanier hob drohend den Zeigefinger. »Solange du nicht daran glaubst, ist es, als wolltest du eine Funktionsgleichung lösen, obwohl du längst nicht begriffen hast, dass eins plus eins zwei ist. In Anbetracht deines Alters und der Tatsache, wie heftig du dich dagegen wehrst, ist die Magie in dir erstaunlich stark. Kein Wunder, du entstammst einer mächtigen Magierfamilie, den Ubalden.«

Das wurde ja immer besser.

»Hör mal ...«, warf er kopfschüttelnd ein, aber Ramón beugte sich blitzschnell vor und drückte ihm den Zeigefinger auf die Brust. »Ich werde es dir beweisen!«

»Du bringst mir Zaubertricks bei?«

Ramón verdrehte die Augen und stand auf. »Wir sind hier nicht in Las Vegas bei *Magic up your boring life*! Verdammt, Tess hätte mir das nicht allein aufbürden sollen!«

»Was hat denn Tess damit zu tun? Erzähl mir bloß nicht, sie ist auch eine Magierin!« Er ahnte die Antwort bereits, bevor Ramón nickte. »Und was ist mit Sis? Sie hat an dem Wolf nichts Auffälliges gefunden. Ebenso wenig Luna.«

»Meine Tochter stammt wie ich vom Clan der Gundolver. Sie hat ihre Fähigkeiten bislang noch nicht entdeckt, und ich möchte sie nicht gerade jetzt, wo du von dem fremden Magier verfolgt wirst, darauf stoßen. Ich werde ihr erst davon erzählen, wenn ich die Zeit für reif halte. Kein Wort von unserer Unterhaltung darf diesen Raum verlassen.«

»Die anderen würden mir ohnehin kein Wort glauben.«

Er glaubte es ja selbst nicht.

»Deine Schwester und dein Bruder besitzen ebenfalls magische Kräfte. Kieran hätte den Fibelzauber sonst nicht aktivieren können. *Die Hüterin des Zauberliedes*. Das ist ein Name mit einer mächtigen Magie, noch hat Sisgard sie leider nicht erschlossen.«

»Kein Wunder. Sis hasst diesen Namen«, verriet Finn.

»Man ist nicht immer zufrieden mit dem, was einem in die Wiege gelegt wird. Euer Freund ist nicht magisch. Erlernen kann man Magie nicht, nur vervollkommnen.«

»Luke ist auch ohne Magie ein guter Freund«, sagte Finn verärgert, stand auf und ging ans Fenster. Der Regen hatte aufgehört, und der steinerne Wolf glitzerte nass unter den ersten hinter den Wolken hervorbrechenden Sonnenstrahlen. Er sah so echt aus, man konnte glauben, er würde sich jeden Moment die Tropfen aus dem Fell schütteln.

»Wenn meine Vermutung stimmt und der Magier, der dir erschienen ist, dich wirklich als *Überbringer* bezeichnet hat, bist du vermutlich der Einzige, der diese Fibel benutzen und deine Familie aus dieser Welt retten kann. Mir ist das jedenfalls nicht gelungen.«

Kapitel 6

Kieran
Erebos, Jahr 2516 nach Damianos, zweiter Mond des Sommers, Tag 1
Kieselgraue, stumpfe Augen eines Schattenkriegers mit dem Gesicht seines Vaters suchten Kieran in seinen Träumen heim. Aber in dem dämmrigen Zustand kurz vor dem Erwachen streifte ihn die lebhafte Erinnerung an etwas Neues, und er schreckte hoch. »*Du musst einen Schlüssel besessen haben, der dir das Tor zu den anderen Welten öffnet*«, hallten die Worte von Steel in seinen Gedanken wider.

Blinzelnd versuchte er, in das Hier und Jetzt zurückzukehren. Erstes Morgenrot drang durch die Ritzen ihrer Unterkunft. Seine Mutter hatte die Augen noch geschlossen. Ihr hellblondes, kurzes Haar lag über ihrer Wange, und Zorn kroch in ihm hoch, weil sie hier so friedlich schlief, während er die halbe Nacht lang wach gewesen war, nachdem sie ihn kurz vor dem Zubettgehen mit einer weiteren Überraschung überrumpelt hatte. »In Khaos leben deine ältere Schwester und dein Zwillingsbruder.«

Er hatte Geschwister! Einen Zwillingsbruder! Und sie waren sich angeblich so ähnlich, dass selbst ihre Großmutter sie manchmal verwechselt hatte. Traurig hatte Kieran sich ausgemalt, wie er mit ihm und seiner Schwester aufgewachsen wäre. All die Jahre hatten seine Eltern ihn belogen.

»Ich kann mir denken, wie du dich fühlst, doch du darfst das niemandem verraten«, hatte seine Mutter ihn beschworen.

Was wusste sie schon davon, wie er sich fühlte? Er war noch nie so wütend auf seine Eltern gewesen.

»Auch Steel nicht? Dass wir aus Khaos stammen, weiß er längst.«

»Dem ganz besonders nicht.«

Vor elf Jahren waren sie bei ihrer Weltenüberquerung auf halbem Wege zwischen Haljaensheim und den Silbertrostminen in Erebos gelandet. Seither hatten seine Eltern nicht gewagt, von dort wegzuziehen, in der Hoffnung, Kierans Großmutter, der Freund seines Vaters oder ihre Kinder würden irgendwann zu ihnen finden.

»Und das Zeichen auf meiner Brust?«

»Ich wusste nichts davon. Kurz nach unserer Ankunft hier in Erebos hat dein Vater dich eines Tages mitgenommen. Er sagte, er müsse etwas tun, um dich vor Gefahren zu schützen, und ich dürfe nicht dabei sein. Ihr seid zwei Tage fort gewesen. Ich bin verrückt geworden vor Angst um euch. Nach eurer Rückkehr hast du einige Wochen lang nachts Albträume gehabt und geweint.«

»Na großartig! Und du hast ihn nicht zur Rede gestellt?«

»Natürlich! Aber er hat sich geweigert, mir irgendwas zu erzählen.«

Kieran starrte jetzt auf die Holzbalken an der Decke über sich und wünschte, er hätte von alldem viel früher erfahren. Schließlich stand er auf, schlüpfte in seine Kleidung und schlich auf Zehenspitzen hinaus, um seine Mutter nicht zu wecken. Als er über die Schwelle des Gasthauses trat, sah er in der Ferne, wie Nebel watteweich über dem Gras hing, eine Decke gewebt aus feuchtkühler Nacht, aber die aufgehende Sonne brannte bereits Löcher in ihr zartes Gewebe. Am Brunnen auf dem Marktplatz erspähte er plötzlich Aswin und seinen Vater. Sie waren gerade dabei, ihre Wasservorräte aufzufüllen. Das war die Gelegenheit, um Steel unter vier Augen zu sprechen.

»Ich danke Euch für Euer Angebot, ich werde jedoch meine Mutter nicht allein nach Temeduron ziehen und meinen Vater im Stich lassen«, erklärte er dem Weißmagier. Der Entschluss war ihm nicht leichtgefallen. Von so einem Angebot hatte er schon als kleiner Junge geträumt.

»Deine Entscheidung spricht für deinen Charakter. Ein Sohn sollte zu seinem Vater halten.« Steel warf Aswin einen finsteren Blick zu, woraufhin dieser ihm den Wassereimer, den sie aus dem Brunnen hochgezogen hatten, auf dem Brunnenrand zuschob und mit steinerner Miene den Kopf abwandte.

»Heute Morgen beim Aufwachen habe ich mich an einen Gegenstand erinnert. Er sieht nicht aus wie Eure Fibel. Er war golden und hatte eine ungewöhnliche Form.«

Der Weißmagier ließ die Kelle mit dem Brunnenwasser, die er zum Auffüllen seiner Feldflasche benutzt hatte, zurück in den Eimer fallen.

»Beschreib ihn mir genauer!« Für einen Moment funkelten seine Augen wie die einer Katze, die ihre Beute anvisierte.

Ich traue ihm nicht, Kieran.

Was sollte Steel schon mit einer alten Erinnerung anfangen können? Er besaß das Schmuckstück schließlich nicht.

»Er war ...« Kieran versuchte, die Bilder seines Traums wieder heraufzubeschwören. Aber sie waren wie einzelne Mosaikstücke, die sich nicht richtig zusammenfügen ließen. Möwen in den Wolken. Ein Mädchen mit langen Zöpfen, das ihm hinterherlief. »*Ich fang dich, Kieran!*« Sein Vater und ein fremder Mann, der seiner Mutter etwas reichte, das Kieran ihm aus der Hand nahm. »... gebogen wie ein Halbmond. Kleine Dreiecke hingen in Ketten daran.«

Aswin wirbelte zu ihm herum und stieß dabei mit dem Ellenbogen gegen den Eimer, der in den Brunnen zurückfiel und ein lautes Platschen von sich gab, als er auf dem Wasser aufkam. Er starrte Kieran mit großen Augen an.

»Sag mir«, raunte Steel aufgeregt, »wo befindet sich diese Fibel jetzt?«

»Dann war das also tatsächlich eine Fibel? Die der Ubalden?«, rief Kieran, und im nächsten Moment hörte er eilige Schritte und die kalte, schneidende Stimme seiner Mutter.

»Was geht hier vor?«

Steel drehte sich langsam um und erwiderte lächelnd ihren sengenden Blick. »Guten Morgen, Laura.«

»Verschwinde!«, zischte sie Kieran zu. Ihre Stimme war heiser vor Zorn. »Du auch!« Die Aufforderung galt Aswin, der die Augenbrauen hob und zu seinem Vater sah. Der Weißmagier nickte zustimmend.

Unschlüssig, was sie tun sollten, liefen Aswin und Kieran diesmal tatsächlich zur Pferdekoppel, die so früh am Morgen noch von keiner Kinderhorde belagert war. Sie lehnten sich an den Zaun und betrachteten eine Weile die grasenden Tiere.

»Ist sie immer so?«, fragte Aswin, ohne den Blick von den Pferden zu nehmen.

»So aufbrausend? Nein, normalerweise ist meine Mutter ... ach, was weiß ich!« Wie peinlich, dass sie ihn so vor Steel und Aswin angefahren hatte! Aber der erwartete Spott blieb aus.

»Sie will dich beschützen.« Der junge Magier klang, als spräche er zu sich selbst.

Kieran schluckte. Das war das Letzte, was er von Aswin erwartet hatte.

»Na ja, tun das nicht alle Mütter?«

Während Aswin sich langsam zu ihm umdrehte, lag ein eigenartiger Glanz in seinen Augen. »Manchmal«, sagte er, und bei seinem Tonfall stellten sich Kieran die Nackenhaare auf, »verlassen sie ihre Söhne, weil sie zu stark lieben.« Mit diesen rätselhaften Worten wandte er sich ab und marschierte mit langen Schritten zum Stadttor.

Kieran sah ihm betroffen nach und beschloss dann, zum Marktplatz zu gehen, wo erste Händler gerade ihre Stände aufbauten. Braidatann lag nicht so weit abseits der Handelsrouten wie ihr Dorf in den Silberspitzbergen, und deshalb war die Auswahl der angebotenen Waren auf dem Markt viel größer. Gefärbte Stoffe, Lederbänder mit Drachenzahnanhängern, Würfel und Kämme aus Schildpatt – nichts schien hier Mangelware zu sein. Aber alles hatte seinen Preis. Eine Bürste aus heller Silberweide mit besonders hübsch eingravierten Ornamenten und eingelegten Halbedelsteinen ließ Kieran sofort an Serafinas volles rotblondes Haar denken. Er sah sie wieder vor sich auf dem schneebedeckten Feld im Winter, die Wangen gerötet vor Kälte. Mit den ersten Strahlen der aufgehenden Sonne fing ihr Haar Feuer und bekam einen goldenen Glanz. Sein Herz zog sich schmerzhaft zusammen.

»Kieran!« Er wirbelte herum. Seine Mutter kam mit gerunzelter Stirn auf ihn zu. »Wie konntest du Steel nur von der Fibel erzählen?« Ihre Stimme bebte.

»Also wusstest du davon! Du belügst mich immer noch!«

»Ich habe dich nicht belogen!« Ein Töpfer warf ihnen einen neugierigen Blick zu, und sie zog ihn ein paar Stände weiter und senkte ihre Stimme. »Wenn ich dir Dinge verheimlicht habe, dann nur zu deinem Schutz.«

»Hör endlich auf, mich wie ein Kind zu behandeln, Mutter! Steel hat mir angeboten, mich nach Aithér mitzunehmen und zum Magier auszubilden.«

Sie blieb stehen, als wäre sie gegen eine Mauer gerannt.

»Sieh mich nicht so an! Glaubst du, ich lasse Vater im Kerker verrecken? Ich habe natürlich abgelehnt«, flüsterte er aufgebracht.

Sie schloss die Augen und atmete zittrig aus.

»Es tut mir leid, Kieran. Du hast ja recht. Wir beide müssen offener sein, und ich …«, sie öffnete die Augen wieder und lächelte zaghaft, »… muss mich endlich daran gewöhnen, dass aus dir ein junger Mann geworden ist.«

Er nickte grimmig. »Ich habe Steels Fibel gesehen. Er hat mir erzählt, er könne damit die Welten überqueren, und vergangene Nacht habe ich plötzlich von der Fibel der Ubalden geträumt. Wo ist sie jetzt?«

»Bei unserer Weltenquerung ist sie dir aus der Hand gefallen. Das ist der Grund, warum dein Vater und ich glauben, jemand kommt, um uns nach Khaos zurückzuholen.«

»Das hättest du mir schon gestern verraten können, statt zu behaupten, ihr wüsstet nicht, wie ihr in diese Welt gelangt seid.«

»Du hast mir ebenfalls nichts von Steels Fibel erzählt«, konterte seine Mutter. »Kann er denn damit auch nach Khaos reisen?« Hoffnung schimmerte in ihren Augen.

»Nein, nur zwischen Aithér und Erebos. Aber Steel ist ein Weißmagier, keiner von Damianos' Dienern. Er will uns nur helfen.«

»Woher willst du das wissen? Das ist das, was er dich glauben lassen möchte. Steel interessiert sich mehr für dich als für deinen Vater.«

»Warum sollte er? Vater könnte die Antworten auf all seine Fragen haben!«

»Weil …«, ihre Stimme wurde zu einem Wispern, denn ein Händler mit einer Kiste Äpfeln ging gerade an ihnen vorüber, »der Prophezeiung dieser Ariana nach die Fibel bei dem erstgeborenen jüngsten Nachfahren ihres Mannes Elio eine ganz besondere Magie entfaltet.« Sie runzelte die Stirn. »Zumindest hat mir dein Vater das so erklärt. Elio war gewissermaßen der Stammvater der Ubalden. Kieran, sag mir die Wahrheit, hast du Steel von deinen Geschwistern erzählt? Weiß er von Finn?«

Er schüttelte den Kopf.

»Gut«, sie atmete erleichtert auf, »er darf nie von ihm erfahren.« Eine dunkle Ahnung beschlich Kieran. »Weil nämlich nicht du, sondern Finn der Erstgeborene ist. Und es war auch er, der die Fibel in Khaos gefunden hat.«

Die Worte trafen ihn wie eine Ohrfeige. Sein Bruder sollte wegen ein paar Minuten Zeitunterschied bei der Geburt besondere Magie mit dieser Fibel bewirken können und er nicht?

»Dein Vater hat mir von diesem ganzen Magie-Kram erst erzählt, als es uns von einer Sekunde zur anderen in diese Welt verschlagen hat. Du kannst dir nicht vorstellen, wie wütend ich auf ihn war.«

»Nein? Dann verstehst du vielleicht, wie ich mich jetzt fühle!« Er ignorierte ihre betroffene Miene und fuhr fort: »Aber letztlich haben doch Vaters Eltern schon versagt, weil sie ihn nicht zum Magier ausgebildet und auf eine Weltenquerung vorbereitet haben.«

Ihre Augen blitzten auf. »Das lehrt dich Duncan Steel also? Deinen Vater zu verachten?«

»Nein, so ist es nicht.«

»Kieran, er ist gefährlich! Du siehst in ihm nur den Retter. Ist dir jemals in den Sinn gekommen, er könnte vielleicht nur aus Eigennutz handeln?«

»Was hat er denn davon, uns zu helfen?«

»Ich weiß nicht. Noch nicht. Aber sein Interesse an dieser Fibel und dir ist enorm.«

Erebos, Jahr 2516 nach Damianos, zweiter Mond des Sommers, Tag 5

Mit den Pferden, die Steel und seine Mutter in Braidatann gekauft hatten, kamen sie zügig voran. Trotz des unguten Gefühls seiner Mutter war Kieran froh, den Weißmagier an ihrer Seite zu haben. Je mehr sie sich Damianos' Festung näherten, umso größer wurde die Gefahr, Schattenkriegern zu begegnen. Sie nutzten Wege abseits der Handelsrouten, auf denen Bauern, Fischer, Händler und fahrendes Volk mit Eseln, Packpferden und Karren nach Temeduron zogen. Zum Glück war das Wetter trocken, sodass sie nicht mit schlammigem Boden zu kämpfen hatten.

Die Schwarzen Lande schienen endlos zu sein. Mancherorts streckten Rauchschwaden ihre gierigen Finger durch dürres braunes Gras und erschwerten das Atmen. An anderer Stelle waren ganze Felder oder Wälder verbrannt, und zwischen den gespenstischen Gliedern ihrer ausgebrannten Skelette wuchs nur Unkraut. Von Damianos' Schergen zerstörte Dörfer und Ruinen säumten ihren Weg. In einem dieser verfallenen Gemäuer machten sie Rast. Dunkel und grimmig ragte die Burgruine auf einer Anhöhe in den Himmel.

»Von hier aus können wir am besten sehen, ob sich uns jemand nähert«, begründete Steel seine Entscheidung und reichte Kierans Mutter die Hand, um ihr vom Pferd zu helfen. Er war so galant wie sie misstrauisch.

»Was haben die Menschen Damianos angetan?«, fragte sie, während sie schaudernd die zerstörte Siedlung musterte.

»Ihr habt Dermoth kennengelernt. Es braucht nicht viel, um seinen Unmut zu erregen.«

»Und Damianos lässt seinem Statthalter das alles durchgehen?«

Steel lächelte. »Damianos widmet sich vor allem seiner Magie. Was die einfachen Leute oder die Adligen in Erebos treiben, interessiert ihn so wenig, wie Ihr Euch Gedanken über die Bienen auf den Sommerwiesen macht. Solange Ihr den Honig bekommt, ist alles gut.«

»Reizende Ansichten. Wenn er weiterhin zulässt, dass Dermoth und seinesgleichen das Volk so unterdrücken, wird es Aufstände geben.«

»Das bezweifle ich. Und wenn, würden sie schneller niedergeschlagen werden, als Ihr Euch vorstellt. Er ...«

Kieran hörte ihrer Diskussion nicht länger zu und folgte Aswin, der hinunter zu einer Quelle ging, um die Feldflaschen aufzufüllen. Aber Steels Sohn war wortkarg wie immer, und er hatte keine Lust, ihm wie ein Hund hinterherzulaufen. So kam es, dass sie sich voneinander entfernten, obwohl Steel ihnen eingeschärft hatte, unterwegs zusammenzubleiben. Mit vollen Feldflaschen wanderte er weiter an dem Wasserrinnsal entlang, das breiter wurde und in einen Fluss mündete. Er zog sich das Hemd und die Stiefel aus, stellte sich in das eisige Nass und wusch sich Staub und Schweiß von der Haut. Tat das gut! Durch das Plätschern des Wassers hindurch hörte er auf einmal ein leises Rascheln, aber da war es schon zu spät.

Kieran wirbelte herum, sprang aus dem Fluss und sah sich gehetzt um. Plötzlich knickten seine Beine weg, die Muskeln versagten ihm den Dienst, und noch im Fallen konnte er ihre Umrisse zwischen den Bäumen erkennen.

Sie waren zu zweit.

Ihre unmenschlich blutleeren Antlitze zeigten keine Gefühlsregung. Hart schlug er am Boden auf, mit dem Gesicht im Uferschlamm, am ganzen Körper gelähmt, und verfluchte sich dafür, nicht in Aswins Nähe geblieben zu sein. Damianos' Schattenkrieger bewegten sich ausgesprochen leise. Das Rascheln ihrer langen schieferfarbenen Gewänder und das Knacken von Ästen unter ihren Stiefeln waren kaum zu hören.

Einer stieß Kieran brutal in die Seite und drehte seinen Körper dadurch auf den Rücken. Unter den tief ins Gesicht gezogenen Kapuzen blickten ihm identische kieselgraue, stumpfe Augen entgegen. Kalt und leblos in versteinerten Mienen. »Er hat magisches Blut in sich.«

Bei den heiseren Worten zog sich sein Herz vor Schreck zusammen.

Dir blüht dasselbe Schicksal.

»Dann nehmen wir ihn mit«, entgegnete der Zweite. Seine Stimme klang vollkommen emotionslos. Er zog unter seinem Umhang einen Strick hervor und beugte sich über ihn. Während er Kieran die Arme an den Körper fesselte, streifte ihn sein Atem, und ihm wurde auf der Stelle übel. Der Graue roch faulig, beißend und leicht süßlich nach verwesendem Fleisch. Fliegen umschwirrten seinen Kopf. Die spinnenartigen, langen Finger glitten über seinen Körper und banden ihm auch die Füße zusammen.

»Trag ihn zu den Pferden. Und vergiss nicht, den Zauber zu lösen, wenn du ihn auf dem Gaul festgebunden hast, sonst trocknen seine Augen aus, und blind ist er dem Meister nur halb so nützlich.«

Der Schattenkrieger griff nach ihm, um ihn hochzuhieven, doch plötzlich verzerrte sich seine Miene, seine Augen traten hervor, und er fasste sich an den Hals, als bekäme er auf einmal keine Luft mehr. Dann sackte er röchelnd in sich zusammen. Sein Gefährte reagierte blitzschnell, riss Kieran an den Fesseln hoch und drückte ihm ein Messer an die Kehle. Etwas Rotes blitzte auf seinem wächsernen Handrücken auf. »Wer bist du? Zeig dich, sonst töte ich ihn!«, rief er und sah sich um.

Der abscheuliche Atem des Grauen umwaberte Kieran, und die Stille pochte laut in seinen Ohren. Dann raste eine Druckwelle von hinten auf sie zu. Das Messer flog seinem Angreifer aus der Hand, und nahezu zeitgleich spritzte Kieran etwas Feuchtes, Warmes ins Gesicht.

Übel riechendes Blut.

Er stürzte zu Boden, weiterhin unfähig, sich zu bewegen, und der Körper des Schattenkriegers brach über ihm zusammen. Ekel übermannte Kieran, dann folgte Bewusstlosigkeit.

Als er wieder zu sich kam, lag er, immer noch gelähmt, auf dem Rücken, der tote Graue nur eine Handbreit daneben. Aswin ragte über ihm auf und hatte in seinen Blick so viel Verachtung gelegt, dass er sich sehnlichst wünschte, seine Augen schließen zu können. Ausgerechnet er musste sein Retter sein.

»Das hast du wirklich prima hinbekommen, Kieran!« Steels Sohn trat einen Schritt näher und stieß ihm mit dem Fuß leicht in die Seite. »Hast du eine Ahnung, wie schnell sie nach denen suchen werden?« Er wies mit einer Kopfbewegung auf die Grauen. Ihre Leichen stanken mittlerweile so entsetzlich, als würden sie schon seit Wochen hier verwesen. »Weißt du was? Leiste ihnen doch noch ein bisschen Gesellschaft. Das hättest du ohnehin bald getan.« Er drehte sich um, hob seine Trinkflaschen auf und stieg die Anhöhe hoch. Brennende Verzweiflung erfasste Kieran.

Er ließ ihn tatsächlich hier liegen!

Eins, zwei, drei ... Unfähig, sich zu bewegen, zählte er immer weiter, nur um irgendetwas zu tun, damit er bei dem Gestank nicht den Verstand verlor. Bei hundert spürte er jäh, wie sich die Starre löste. Endlich konnte er die Augen schließen. Sie brannten wie Feuer, nur seine Tränen linderten ihre Trockenheit. Vorsichtig richtete er sich auf. Immer noch halb blind, blickte Kieran auf die toten Schattenkrieger. Ein Windstoß hob die Kapuze des einen an, und er stieß einen Schrei aus. Unter dem Tuch steckte ein bleiches Skelett. Das Fleisch, das ihn vor wenigen Minuten umgeben hatte, war verschwunden, und jetzt zerfielen auch seine Knochen zu Staub. Schaudernd wich Kieran zurück, griff nach seinen Feldflaschen und rannte zurück zum Lager. Aswin hatte vermutlich seinen Lähmungszauber mit Zeitverzögerung gelöst, um ihm eine Lektion zu erteilen. Das würde er ihm heimzahlen. Irgendwann. Wenn er wenigstens ansatzweise die Chance hatte, gegen dessen Magie zu bestehen.

Im Lager lächelte seine Mutter Kieran an, als er ihr die Flaschen reichte. »Hast du gebadet?«, fragte sie und strich ihm eine tropfnasse Haarsträhne aus den Augen.

Er nickte und wechselte über ihre Schulter hinweg einen raschen Blick mit Aswin. Offenbar hatte er nichts von dem Angriff der Grauen erzählt. Wenigstens war er keine Petze!

Erschöpft ließ er sich neben dem prasselnden Feuer nieder. Aswin saß ihm gegenüber auf der anderen Seite des Feuers. Er wirkte vollkommen gelassen und unbeteiligt. Ruhig schnitt er sich ein Stück Brot von dem Laib, den Steel ihm reichte. Gänsehaut breitete sich auf Kierans Körper aus. Aswin hatte sie kaltblütig ermordet! Wenn er Steels Worten Glauben schenken durfte, dann waren das auch einmal Weißmagier gewesen. Wie konnte er nur so teilnahmslos dasitzen?

Kieran fand nur eine einzige Erklärung für sein Verhalten: Aswin hatte nicht zum ersten Mal Graue getötet.

Ramón
Khaos, 19. April 2019 n. Chr.
Finn brauchte Zeit, um all die Ungeheuerlichkeiten, die Ramón ihm eben eröffnet hatte, zu verdauen. Aber Zeit war ein verdammter Luxus, auf den man besser verzichtete, wenn einem ein Magier auf den Fersen war, der vor nichts zurückschreckte, um seine Ziele zu erreichen. Und alles, was Finn ihm von seinen

nächtlichen Erlebnissen erzählt hatte, sprach dafür, dass sein Verfolger ein besonders skrupelloser Schwarzmagier war.

Der Junge, der seinem Vater nicht nur wie aus dem Gesicht geschnitten war, sondern sich ebenso störrisch seiner Magie verweigerte, starrte aus dem Fenster, als hätte er alle Zeit der Welt. *Du kannst froh sein, dass er nicht sofort lachend aus deinem Atelier gestürmt ist, nachdem er das Wort »Magie« gehört hat*, schalt er sich selbst. Während sein Blick ebenfalls zu dem steinernen Wolf wanderte, musste er an Michaels Widmung auf dem Foto denken.

Strebe nicht immer nach der Sonne! Nur der Mond bringt dem Sohn des Wolfs die Antworten auf die Fragen der Nacht.

Er schmunzelte. Die Sonne als Symbol für die Magie, nach der er, Michael zufolge, nicht weiter suchen sollte. Strahlend hell, aber unerreichbar und vor allem tödlich. *»Denk nur an Ikarus!«*, hatte Finns Vater damals spöttisch gesagt und ihm geraten, sich dem Mond, dem normalen, magielosen Leben zuzuwenden und nicht weiter nach dem Zugang zu einer anderen Welt zu forschen. Zugegeben, Michael hatte seine persönlichen Gründe gehabt, die Kräfte in sich zu leugnen.

»Du hast es also nicht geschafft.« Finns Stimme riss ihn aus seinen Gedanken.

»Die Fibel zu benutzen?«

Der Junge nickte. Ramón fuhr sich durchs Haar. »Ich kann die Magie, die dieser Fibel innewohnt, nicht aktivieren. Ich spüre lediglich ihre Kraft. Und deiner Großmutter gelang dies ebenso wenig.«

»Deshalb hast du uns hierher eingeladen. Du brauchst mich, um diese magische Welt zu finden. Also erzähl mir nichts von der Rettung meiner Familie.«

Ramón schluckte den Ärger über die Beleidigung hinunter. Sollte Finn tatsächlich jemals in die andere Welt gelangen, würde ihm ein gesundes Misstrauen nützlich sein. »Du täuschst dich. Michael ist einer meiner besten Freunde ... Woher dein plötzlicher Sinneswandel? Glaubst du nun selbst an deine Magie?«

Finn drehte sich zu ihm um. »Natürlich nicht! Aber du und der Typ aus meinen Träumen haltet mich für den *Überbringer*, also sollte irgendwas passieren, sobald ich die Fibel in die Finger bekomme, oder nicht?«

Ramóns Mundwinkel zuckten, und er schüttelte ungläubig den Kopf. »Ich habe mich getäuscht. Du bist noch schlimmer als dein Vater! Unterschätz die Macht der Fibel besser nicht!«

»Wenn ich herausbekomme, wie man sie benutzt, werde ich dich in diese andere Welt mitnehmen«, versprach der Junge großspurig, und Ramón musste lächeln.

»Du ahnst nicht, was mir das bedeuten würde.«

»Aber ich habe eine Bedingung. Von mir aus erzähle ich den anderen erst einmal nichts von dem Wolf und meiner angeblichen Magie, solange wir das Fibelexperiment mit allen zusammen machen.«

»Also gut. Geh schon mal vor zu den anderen. Ich komme gleich mit der Fibel nach.«

Kieran
Erebos, Jahr 2516 nach Damianos, zweiter Mond des Sommers, Tag 6
Bei Einbruch der Abenddämmerung erreichten sie die bewaldeten Hügel vor Temeduron. Nebel klebte wie Spinnweben auf den Feldern, und die feuchte Kälte kroch aus dem wabernden Weiß unter Kierans Mantel. Fröstelnd schlug er die Kapuze hoch. Immer noch quälte ihn der Gedanke an die Grauen, die

Aswin getötet hatte. Er fragte sich, ob man bereits nach ihnen suchte, welche Konsequenzen Aswin drohten und warum sie die Magie in ihm erst jetzt und nicht schon früher erkannt hatten. Aber vielleicht hatte Steel zumindest einen Teil seines Runen-Schutzzaubers brechen können.

»Temeduron liegt auf einer Felseninsel mitten im Drakowaram«, erklärte Steel. »Es ist spät, und der Nebel versperrt uns die Sicht. Wir werden hier bis zum Morgengrauen rasten. Ich übernehme die erste Wache. Aswin, du wirst mich um Mitternacht ablösen, also sieh zu, dass du ein wenig Schlaf bekommst. Kieran, du wirst ...«

Aswin schnaubte verächtlich. »Wenn *der* auch eine Wache übernehmen soll, mach ich kein Auge zu!«

»Möchtest du mir vielleicht etwas sagen, Sohn?«

»Nein, Vater.«

Da war sie wieder, die eigentümliche Art, wie Aswin das Wort »Vater« aussprach. Nicht liebevoll oder bewundernd. Sein Tonfall war kalt, und etwas anderes schwang darin mit, das Kieran zunächst nicht benennen konnte. Und dann wusste er es plötzlich. Mühsam unterdrückter Hass.

Erebos, Jahr 2516 nach Damianos, zweiter Mond des Sommers, Tag 7

Der Schattenkrieger vor mir hat den Kopf unter der Kapuze zu tief gesenkt, um sein Gesicht zu erkennen. Blitzschnell greife ich zu meinem Dolch und werfe ihn mitten in seine Brust. Ohne einen Laut von sich zu geben, sackt er in sich zusammen. Während er auf dem Boden aufschlägt, verrutscht die Kapuze seines Umhangs. Rotblondes Haar ergießt sich über ein Antlitz, das mir so lieb ist wie sonst nichts auf dieser Welt – bevor es sich verformt, rosige Wangen von bleichen Knochen faulen, die schließlich zu Asche zerfallen.

»NEIN! Serafina!« Ihr Name schmeckte bitter auf Kierans

Lippen, als er schweißgebadet aus dem Schlaf hochschreckte. Nur wenige Schritte von ihm entfernt lehnte Aswin an einem Baumstamm. Im fahlen Licht des Mondes leuchtete sein Gesicht bleich vor dem Dunkel des Waldes.

»Serafina?«, fragte er und hob eine Augenbraue.

Kieran wickelte die Decke enger um sich und ignorierte ihn. Natürlich hatte Aswin ihm die Wache nicht zugetraut, ihn nicht geweckt und ungefragt seine Schicht übernommen. Ein kurzer Seitenblick verriet ihm: Durch den Schrei waren seine Mutter und Steel aufgewacht.

»Möchtest du Temeduron sehen, Kieran?«, fragte der Weißmagier und gähnte.

Kieran nickte, rappelte sich auf und gesellte sich zu Steel, der bereits vorausgegangen war. Auf der Anhöhe angekommen, ließ er gespannt den Blick über das gleiten, was vor ihm lag. Der Nebel hatte sich verzogen, und fern am Horizont schnitten die Klingen erster Sonnenstrahlen durch die Finsternis, färbten den Himmelssaum in das Blau dunkler Saphire und tauchten den See in ein gespenstisches Dämmerlicht. Drakowaramte wie der schwarz-grün gemaserte Schuppenkörper einer gewaltigen Schlange. Die Farbe rührte nicht nur von der dichten Bewaldung her, sondern auch von einem strahlenden smaragdgrünen Licht, das Temeduron wie eine Aura umgab. Der magische Schutzwall! Noch nie hatte Kieran etwas gesehen, das Schönheit und Schrecken so untrennbar vereinte. Er flirrte, war in ständiger Bewegung, vibrierte, loderte auf wie grünes Feuer und wirbelte in Kreisen, die sich plötzlich in Schwärze auflösten oder zu neuen Formen verbanden. Ein sinnlicher Tanz der Magie.

Im Zentrum dieses faszinierenden Schauspiels lag die meist gefürchtete Festung von Erebos. Sie ruhte in der Mitte des Sees auf einer Insel, erreichbar nur durch eine einzige kolossal lange

Brücke, die am diesseitigen Ufer von zwei der dreizehn Wachtürme Temedurons flankiert wurde. Eine erste Kontrolle für alle, die Einlass erbaten. Majestätisch thronten die elf übrigen rabenschwarzen Türme auf der Insel. Fünf von ihnen waren in einem äußeren Mauerring eingebettet und mit Wehrgängen untereinander verbunden.

»Erkennst du die Form?«, fragte Steel, als hätte er seine Gedanken gelesen. »Die Festung entspricht in ihrer Anordnung dem Insigne von Damianos' Macht. Die Türme der Außenmauer sind die Eckpunkte eines fünfzackigen Sterns. Dort, wo ihre Wehrgänge sich kreuzen, stehen die fünf Türme der inneren Festungsmauer und bilden ein Pentagramm. Zusammen mit dem äußeren Mauerring und dem fünfzackigen Stern im Inneren nennt man diese Konstruktion ein Pentakel.«

»Hat diese Form eine Bedeutung?«, fragte Kieran und spähte zu dem gewaltigen Hauptturm im inneren Burghof, der ebenfalls fünfeckig war und schätzungsweise hundert Meter hoch in den Himmel ragte. Auf seiner Spitze konnte Kieran ein im Morgenlicht feuerrot leuchtendes, spitz zulaufendes Gebäude ausmachen. »Und was ist das? Ein gläsernes Dach?«

Steel lachte. »Eine Pyramide. Und ja, alles, was du hier siehst, hat eine Bedeutung. Die besondere Konstruktion erleichtert Damianos' magische Beschwörungen.«

Alle Wehrgänge verfügten über Schießscharten, und den Außenmauerring zierten dämonische Steinskulpturen.

»Sie können zum Leben erwachen«, raunte der Weißmagier.

Bei der Vorstellung überlief Kieran ein kalter Schauder.

»Verstehst du jetzt, warum ihr unmöglich allein in diese Festung gelangen könnt?«

Kieran nickte benommen. Temeduron war uneinnehmbar.

»Kannst du den Magieschild erkennen?«

»Die smaragdgrüne Lichtaura? Der Schild ist … wunderschön. Unheimlich und trotzdem einzigartig«, flüsterte er ehrfürchtig.

Steel sah ihn für ein paar Sekunden mit großen Augen an. Dann lachte er. »Kieran Winter aus dem Clan der Ubalden, du wirst dich doch nicht etwa zur Schwarzen Magie hingezogen fühlen? Ausgerechnet *du*?«

»Er fühlt sich zu gar keinem Hokuspokus hingezogen«, sagte jemand mit vor Zorn bebender Stimme hinter ihnen. Seine Mutter.

»Ihr könnt die Magie in Eurem Sohn nicht wegreden, Laura. Er benötigt eine starke Hand, die ihn in dieser Zeit leitet, er braucht …«

»Seinen Vater«, unterbrach sie ihn schroff. »*Das* ist der Grund, warum wir hier stehen, Duncan.«

Einen Moment lang glaubte Kieran, Steel würde ihr widersprechen, aber dann wandte er sich nur mit den Worten »Wie Ihr meint« ab und ging zurück zum Lager. Minuten später verabschiedete er sich von ihnen, gab Aswin Anweisungen und brach auf, um Erkundigungen über Kierans Vater in der Festung einzuholen.

Der Tag verging in unerträglicher Eintönigkeit, und das Warten auf Steel wurde zu einer wahren Zerreißprobe für Kierans Nerven. Selbst Aswin wurde zunehmend unruhig. Sie hatten mit ein paar Stunden Wartezeit gerechnet. Doch etwas musste geschehen sein, denn es wurde Mittag, dann Nachmittag, und von Steel fehlte immer noch jede Spur. Die aufgeladene Atmosphäre fühlte sich an wie die Ruhe vor einem Sturm.

Und der kam am Abend.

Mit den letzten Sonnenstrahlen hielten die Nebelschleier wieder Einzug in Vernacums Forst. Klebrig kalt und wie weiße Spinnweben hingen sie in langen Fäden zwischen den Bäumen und Sträuchern, wie von Geisterhand gewebt. Zu dritt saßen sie um ein magisches, rauchloses Feuer, das Aswin entzündet hatte. Mit hochmütigem Blick und verschlossenem Gesicht hatte er ihre Anwesenheit tagsüber ertragen wie das lästige Summen von Fliegen. Selbst Kierans Mutter hatte es nicht geschafft, hinter diese eisige Fassade zu schlüpfen. Gerade versuchte sie erneut, ein Gespräch mit ihm zu beginnen, da erahnte Kieran hinter ihm eine Bewegung mehr, als er sie sah.

»Aswin!«, flüsterte er gepresst und starrte an ihm vorbei zwischen die Bäume. Steels Sohn wirbelte herum.

Ihre Augen waren so schmutzig grau wie ihre Umhänge, und sie schoben sich aus dem Dickicht wie ein Rudel hungriger Wölfe. Damianos' Schattenkrieger mussten sie schon vor einer Weile eingekreist und beobachtet haben.

Kierans Mutter kippte zur Seite und blieb reglos liegen. Bevor er aufspringen konnte, packte jemand ihn von hinten und hielt ihn fest. Kieran kam nicht einmal dazu, nach seinem Dolch zu greifen. Einzig Aswin wehrte sich erbittert. Ein blaues Licht hüllte seinen Körper wie ein Schutzschild ein, während er gegen die Angreifer kämpfte. Die Magie der Grauen prallte zunächst an ihm ab, doch langsam bekam sein Schild Risse.

Kieran trat dem Schattenkrieger, der ihn festhielt, gegen das Schienbein und kam kurzfristig frei. Aber als er Aswin zu Hilfe eilen wollte, traf ihn etwas von der Seite und fuhr durch ihn hindurch wie glühendes Eisen. Keuchend stürzte er zu Boden. Unfähig, wieder aufzustehen, versuchte er, näher an das Kampfgeschehen heranzurobben. Verwesungsgeruch umhüllte ihn und erinnerte ihn an seinen Traum. Aswin hatte offenbar einige der Grauen getötet. Doch dann sackte er auf die Knie, und sein Magieschild erlosch. Aswins dunkle, verzweifelte Augen waren das Letzte, was Kieran sah, bevor die Finsternis ihn verschlang.

Kapitel 7

Sis
Khaos, 19. April 2019 n. Chr.
Draußen war die Dunkelheit angebrochen, und ihre Gesichter spiegelten sich verschwommen in den regenbeschlagenen Terrassenfenstern. In der Fensterlaibung lauerte ein Gecko auf die winzigen Nachtfalter, die an die Scheiben flatterten. Vor ihnen auf dem Tisch lauerte die Fibel. Sanft schimmerte ihr Gold im milchigen Schein der Lampen.

Sis konnte Ramóns Erzählung über das Verschwinden ihrer Familie keinen Glauben schenken. Eine halbe Ewigkeit waren er und Finn im Atelier gewesen. Vermutlich hätte sie sich nichts dabei gedacht, wäre Luna nicht immer nervöser geworden. Mit zusammengepressten Lippen war sie vor der Terrassentür auf und ab marschiert. Irgendwann hatte sie sich zu ihnen auf die Couch im Wohnzimmer fallen lassen.

»Ich liebe Papá. Aber ich weiß, er verheimlicht mir Dinge. Und die haben mit dem Bunker da draußen zu tun.« Sie hatte zu dem Atelier hinübergestarrt, als wäre das Gebäude vermint und würde jeden Moment explodieren. »Einmal, ich war damals noch klein, bin ich ihm hinterhergeschlichen. Ich hab nur verschwommene Erinnerungen daran. Da war … so ein merkwürdiges Licht und … etwas, das mir plötzlich um den Kopf schwirrte. Wie ein metallisches Insekt.«

»Ich steh mit Insekten auch auf Kriegsfuß«, hatte Sis sie zu beruhigen versucht, obwohl ihr bei ihren Worten ganz anders geworden war. *Du solltest besser auf deinen Bruder aufpassen.*

»Es war kein lebendiges Tier. Es war«, Luna hatte hektisch ihr Zopfende gezwirbelt, »ach, ich weiß auch nicht. Vielleicht habe ich mir das alles nur eingebildet. Aber seither habe ich nie wieder diesen Raum betreten dürfen.«

»Willst du uns davor warnen, dass dein Vater verrückt ist?« Luke war schon immer sehr direkt gewesen. Das hatte ihm in der Schule jede Menge Ärger mit Lehrern eingehandelt.

»Nein! Also, er würde Finn niemals etwas antun, falls ihr das jetzt denkt!«, war Luna erschrocken aufgefahren. »Aber was Papá gerade über eure Eltern und Kieran gesagt hat, klang verrückt, oder nicht?« Luke und Sis hatten sich angesehen und zustimmend genickt. »Und dann nimmt er Finn mit in sein Atelier! Sein Heiligtum! Ich werde daraus einfach nicht schlau. Hat dein Bruder wirklich in eurem Elternhaus in der Nacht geschrien?«

Und da hatte sie nachgegeben und ihr von Finns eigenartigen Visionen erzählt. Doch das war ein Fehler gewesen. Hinterher hatte sie sich wie eine Verräterin gefühlt, und Luna war umso nervöser gewesen.

Als Finn schließlich mit nachdenklicher Miene aus dem Atelier zurückgekehrt war, war er ihrem fragenden Blick ausgewichen. Bevor sie etwas aus ihm hatte herausbekommen können, war Lunas Vater ihm gefolgt und hatte die Fibel auf den Tisch gelegt.

Fünf Augenpaare richteten sich jetzt auf den Halbmond und die daran befestigten kleinen goldenen Dreiecke. Die Fibel schmückten weder Edelsteine noch aufwendige Verzierungen. Dafür eine unleserliche Schrift. Als hätte ein Kind unbeholfen Kerben in das weiche Gold geritzt, mal schräg, mal gerade.

Sie lief in seltsamen Mustern über die Dreieckplättchen und den Halbmond. Ramón zog eine kleine Lupe aus seiner Hosentasche und hielt die Fibel darunter. Neugierig beugten Finn und Sis sich darüber. Die einzelnen Goldplättchen waren dünn gearbeitet, winzige, kreisförmige Wölbungen an den Rändern waren ihr einziges dekoratives Element. Einem Dreieck fehlte ein Stück. In den Halbmond waren kleine Löcher gestanzt, an denen die feingliedrigen Ketten mit den Dreiecken hingen. An einem Mondende war eine Metallspirale angebracht. Seine Mitte zierte ein goldener Ring. Es sah hübsch aus, wie ein Vollmond im Halbmond.

Ramón legte Finn die Fibel vorsichtig in die Hand, als könnte sie ihn verbrennen, und ließ ihn keine Sekunde lang aus den Augen. Beide wirkten angespannt. Was auch immer sie im Atelier besprochen hatten, schien ihren Bruder mehr aufgewühlt statt beruhigt zu haben. Minutenlang drehte Finn das Schmuckstück in seinen Händen, rieb an den Metallplättchen und zupfte an den Ketten. Glaubte er etwa, ihre Eltern würden einfach wieder erscheinen, wenn er sich daran zu schaffen machte? Die Enttäuschung in seinem Gesicht schmerzte Sis.

»Zeig mal her«, sagte sie sanft und nahm ihm das Schmuckstück ab. Dann reichte sie die Fibel an Luke und Luna weiter. Aber natürlich schaffte keiner von ihnen, irgendetwas damit zu bewirken. Das war doch alles Blödsinn!

Kieran
Erebos, Jahr 2516 nach Damianos, zweiter Mond des Sommers, Tag 8
Feuchte, modrige Kälte kroch unter Kierans Kleidung, und der Geruch von Angst, Blut und Tod hing über ihm wie ein ge-

wispertes Versprechen: *Wir haben dich schon erwartet.* Er wollte nichts davon hören. Nur schlafen. Sein Kopf fühlte sich an, als steckte er in einer Presse, und er sah immer wieder seine Mutter vor sich, wie sie zu Boden sank, und Aswin, von Damianos' Schattenkriegern umzingelt wie von einer Meute blutgieriger Spriggans. Was hatten sie mit ihnen gemacht? Etwas raschelte, dumpfe Schritte näherten sich. Dann berührte jemand seine Stirn.

»Kieran, mach die Augen auf«, sagte jemand sanft.

Nur ein magischer Trick. Er kann nicht hier sein.

»Der hat nur Angst und stellt sich schlafend.«

Aswins spöttische Stimme ließ ihn die Augen aufreißen. Er lebte! In dem Dunkel, das Kieran umgab, war Aswins Gesicht nur ein fahler Schemen. Er erkannte ihn trotzdem. Hinter ihm ragte eine grobe Steinmauer auf. Die einzige Lichtquelle bestand aus einer winzigen, vergitterten Öffnung, durch die Mondlicht den Raum flutete. Langsam drehte er den Kopf und unterdrückte nur mühsam einen Aufschrei. Hohlwangig, die Augen in tiefen, dunklen Höhlen liegend, mit Schrammen im Gesicht und langen, ausgedünnten, verfilzten Haaren, war sein Vater nur noch ein Schatten des stolzen, unbeugsamen Mannes, der er vor seiner Verhaftung gewesen war. Ein schmutziger Vollbart ließ ihn um Jahre älter aussehen, und er roch nach Schweiß und Blut. Das bleiche Mondlicht gab seiner sich über die Wangenknochen spannenden, pergamentartigen Haut einen grünlich glänzenden Schimmer. Kieran war froh, als eine Wolke vor den Mond zog und ihn in gnädiges Halbdunkel tauchte.

»Wo sind wir?«, krächzte er.

Sein Vater kauerte sich neben ihn und strich ihm mit zitternden Fingern über die Wange. »In Temedurons Kerkern.«

Mühsam richtete Kieran sich auf. Der Raum war kahl und so niedrig, dass sein Vater im Stehen den Kopf beugen musste. Auf dem Boden lag Stroh, das so ekelhaft roch, wie es aussah. Doch das war nicht das Schlimmste. Die Mauern um sie herum schienen auf eigenartige Weise lebendig, sie pulsierten wie die narbige, schuppige Haut eines Ungeheuers mit einer glänzenden Patina aus Schimmel und Dreck. Als würden die Steine die Angst und Verzweiflung ausatmen, die alle vor ihnen Eingekerkerten erlitten hatten. An der Wand gegenüber entdeckte Kieran eine schwere Holztür mit einer kleinen Klappe auf Bodenhöhe. Sein Vater folgte seinem Blick.

»Darüber geben sie uns so was Ähnliches wie Essen.«

»Wenn ich dich so anschaue, ist es ungenießbar.«

Sein Vater grinste. »Kein Vier-Sterne-Restaurant.«

»Kein was?« Kieran verstand nicht, wovon er sprach.

Sein Vater strich sich eine fettige Haarsträhne aus der Stirn und murmelte: »Nicht so wichtig. Diese Mauern machen mich ... müde. Unkonzentriert.«

»Wo ist Mutter?«

»Sie haben sie von uns beiden getrennt, als sie uns hierhergeschleppt haben«, antwortete Aswin. Er saß im Schneidersitz nur wenige Schritte entfernt und sah Kieran nachdenklich an. »Du bist bewusstlos gewesen. Laura ist aufgewacht, kurz nachdem wir Temeduron betreten haben, und hat sich wie eine Wahnsinnige gebärdet, weil sie nicht von dir getrennt werden wollte. Doch sie konnte ohne Magie nichts gegen die Schattenkrieger ausrichten.«

»*Deine* magischen Fähigkeiten haben dich auch nicht sehr viel weitergebracht«, entgegnete Kieran wütend, auch wenn ihm bewusst war, wie ungerecht er war. Aswin hatte sein Bestes gegeben, um sie zu verteidigen. Es tat dennoch gut, jemandem die Schuld an der Ausweglosigkeit ihrer Situation zu geben. »Und wo steckt überhaupt dein Vater? Er hat uns angewiesen, in Vernacums Forst zu warten. Das war offensichtlich ein Fehler!«

Aswin sah ihn nur kalt an und schwieg.

»Hör auf, Kieran. Wir sitzen alle im selben Boot«, warf Kierans Vater ein.

»Aber *er* kann zaubern. Warum öffnest du nicht einfach die Tür, oder ist das zu viel verlangt? Reicht deine Magie nur aus, um Graue abzuschlachten?«

»Kieran!«, rief sein Vater entrüstet.

Hass sprühte aus Aswins Augen, als er entgegnete: »Du und dein Vater habt genauso viel Magie im Leib wie ich. Selbst wenn ihr nicht so erschreckend ungeübt wärt und wir alle zusammen unsere Kräfte auf diese Tür richten könnten, würde sie sich nicht öffnen. Sie ist magisch geschützt, du Trottel. Denkst du, Damianos hat uns hier in ein normales Verlies gesteckt? Das ist ein Kerker für magische Gefangene. Was meinst du wohl, warum deine Mutter nicht bei uns ist? Für sie tut es auch ein einfacher, absperrbarer Ziegenstall.«

Kieran schwieg betroffen. Aber Aswin kam jetzt erst richtig in Fahrt. »Schau dir deinen Vater doch mal genauer an, Kieran vom Clan der Ubalden.« Er sprach seinen Namen wie ein Schimpfwort aus. »Er ist schon länger hier. Und er ist erstaunlich stark für jemanden, der so wenig mit seinen Fähigkeiten umzugehen weiß. Sonst wäre er bereits tot. Spürst du denn nicht die schwarze Magie, die von den Mauern ausgeht? Ihre Steine laben sich an deiner Angst, deiner Hoffnungslosigkeit und deinen schlimmsten Erlebnissen. Sie werden stärker, je schwächer du wirst. Sie beherrschen deine Gedanken, verwirren sie, quälen dich mit grausigen Visionen und verändern deine Erinnerungen. Du wirst dich nach einer Weile nur noch an wenig aus deiner Vergangenheit erinnern können, und das, was in deinen Gedanken zugänglich ist, wird falsch und verzerrt sein. Du verwechselst Realität und Traum, und während du schläfst, suchen dich entsetzliche Albträume heim.« Aswin machte eine Pause, um seine Worte auf Kieran wirken zu lassen. »Bist du geübt darin, deine wahren Gefühle vor ihnen zu verbergen? Ich denke nicht. Du bist schnelles Futter für sie. Wenn du bereits dem Wahnsinn verfallen bist, werde ich noch weiterleben. Aber auch für mich wird das Ende kommen. Und dann werden sie mich zu einem Schattenkrieger machen. So wie zuvor deinen Vater und dich.«

Finn
Khaos, 20. April 2019 n. Chr.
Pfefferminzgeruch schlug Finn entgegen, als er um halb drei Uhr nachts durstig und verschlafen hinunter ins Esszimmer wankte, um einen Schluck Wasser zu trinken. Unten stand frisch aufgebrühter Tee in einer Glaskanne auf dem Tisch bereit. Anscheinend war er nicht der Einzige mit unruhigem Schlaf. Diese verdammten Albträume!

Er holte sich einen Becher von der Anrichte, schenkte sich die dampfende Flüssigkeit ein und trank einen großen Schluck. Die Schiebetür zur Terrasse stand einen Spaltbreit offen, und vom Atelier schimmerte Licht herüber. Experimentierte Ramón etwa immer noch mit dieser Fibel herum? Finn wusste nicht, was er von seinem Gerede über Magie halten sollte. Vielleicht war er verrückt, und die Fibel hatte überhaupt nichts mit ihrer Familie zu tun? Aber woher kamen dann seine Träume – oder was auch immer sie waren? Er sollte besser noch einmal mit ihm über alles reden.

Kühle Luft umfing Finn, während er in den Garten ging, überzog seine Arme mit Gänsehaut und trieb ihm endgültig den Schlaf aus den Augen. Durch den Regenschauer vom Nachmittag roch es jetzt intensiv nach feuchter Erde, Lavendel und Rosmarin. Eine Bewegung zwischen den Sträuchern ließ ihn innehalten. Etwa zwei Meter entfernt kauerte eine schwarze Katze und beobachtete ihn misstrauisch.

»Hey, du kleiner Räuber«, murmelte Finn und ging langsam vor ihr in die Hocke. »Bist du auf Mäusejagd?« Er streckte behutsam die Hand aus, um sie zu streicheln. Zumindest eine Katze hätte ihnen Tess als Haustier erlauben können, wenn ihr ein Hund zu aufwendig in der Pflege war.

Die Verwandlung ging zu schnell vor sich, um auch nur darüber nachzudenken, sich in Sicherheit zu bringen. Zierliche, weiß getupfte Pfötchen wuchsen innerhalb von Sekunden zu Pranken groß wie sein Gesicht. Der schmale Körper wurde zu einem wahren Koloss aus Muskeln, und die Schwärze des Fells schmolz zu kleinen Punkten und legte die goldgelbe Farbe des Leoparden darunter frei. Hinter den schwarzen Schlitzen der Katzenpupillen funkelte die Iris plötzlich in blutrotem Feuer.

Mit einem einzigen Satz warf sich das Raubtier auf Finn und stieß ihn zu Boden. Das aufgerissene Maul mit den langen, spitzen Eckzähnen war nur noch wenige Zentimeter von seinem Gesicht entfernt. Ein ekelerregender Geruch schlug ihm entgegen, Speichel tropfte auf seine Wangen. Sein Schrei erstickte in einem Röcheln, viel zu leise, um jemanden auf sich aufmerksam zu machen. Wie gelähmt starrte er in die blutroten Augen. Ein bedrohliches Knurren ertönte. Der Leopard riss seinen Kopf zur Seite und sprang von Finn herunter. Blitzschnell rollte er von der Raubkatze weg, stemmte sich hoch und stockte, als das Fauchen und Knurren in seinem Rücken lauter wurde. Er wirbelte herum. Auf dem Leoparden lag jetzt ein mächtiger Wolf. Die Tiere lieferten sich einen erbitterten Kampf. Blut rann der Raubkatze über den Nacken, aber auch der Wolf war verletzt. Seine rechte Vorderpfote hatte sich rot gefärbt, und er humpelte. Sie umkreisten sich lauernd, knurrten und fauchten.

Einen Wimpernschlag lang starrte Finn auf die hochgezogenen Lefzen des Wolfs und die Reißzähne der Katze, dann drehte er sich um und rannte um sein Leben. Die Tür des Ateliers stand sperrangelweit offen, und noch im Laufen wurde ihm plötzlich bewusst, dass die Wolfsstatue vor dem Atelier verschwunden war. Das Herz schlug ihm bis zum Hals, er atmete viel zu hektisch und spürte bereits ein schmerzhaftes Stechen in der Seite. Es waren nur ein paar Meter bis zur Tür, aber gefühlt war sie kilometerweit entfernt. Als er sie endlich erreichte, stürzte er hinein, schlug sie hinter sich zu und drehte den Schlüssel im Schloss herum.

Kieran
Erebos, Jahr 2516 nach Damianos, zweiter Mond des Sommers, Tag 10
Der dritte Tag in Temedurons Kerker fühlte sich an wie drei Jahre Gefangenschaft. Zeit war in der Eintönigkeit der magischen Wände und ihren dämonischen Einflüsterungen eine enge Rüstung, die einem die Luft abschnürte und einen mit ihrem Gewicht erdrückte.

Einzig die Aussicht aus dem kleinen, vergitterten Fenster ließ Kieran etwas befreiter atmen. Von hier konnte er über den Drakowaram und Vernacums Wälder blicken. Selbst bei Tag war das Wasser düster und unheimlich. Das smaragdgrüne Licht des magischen Schutzwalls der Außenmauern hinterließ gespenstisch seine Spuren. Am ersten Tag hatte er stundenlang davorgestanden und bald alle möglichen Wesen in seinen Wirbeln entdeckt. Schlangen, Drachen, Frauen mit langen Haaren, Fischkörpern und totenkopfähnlichen Gesichtern, Pferde mit ausgemergelten Körpern, auf denen Skelette ritten. Irgendwann war Aswin zu ihm getreten und hatte ihn in die Rippen gestoßen. »Schau da nicht so lange rein!«

»Warum nicht?«, war Kieran aufgebraust.

»Wegen ... ach, das verstehst du eh nicht!«

»Und warum lässt du mich zur Abwechslung nicht mal an deinem ach so großen Magierwissen teilhaben?«

Aswin hatte nur geschwiegen und verächtlich den Mund verzogen. Neid war eine Schlange, die mitten ins Herz biss und dort ihr bitteres Gift verströmte.

Aber nicht nur die unheimliche Atmosphäre beschäftigte ihn. Von Kierans Mutter und Steel fehlte nach wie vor jede Spur, und sein Vater behauptete, nichts von der Perthro-Rune auf Kierans Brust zu wissen. Er hatte nicht einmal geahnt, dass er selbst eine besaß.

»Als ich vor Damianos gezerrt wurde, ist sie ihm sofort aufgefallen. Er hat sie entfernt.« Schmerzfrei war das sicher nicht verlaufen. »Von ihrer Entstehung weiß ich nur noch, wie ich mit dir im Arm im Wald aufgewacht bin. Du hast geweint, und ich habe mir schreckliche Sorgen um dich gemacht. Wie ich dahin gelangt und warum ich überhaupt mit dir zusammen fortgegangen war, wusste ich nicht mehr. Und deine Mutter war so ratlos wie ich.«

»Wer auch immer eure Magie unterdrückt und unter der Perthro-Rune verborgen hat, muss gleichzeitig dafür gesorgt haben, dass ihr euch beide nicht mehr an den Vorfall erinnert«, hatte Aswin überlegt. »Das wundert mich nicht. Es ist in Erebos bei Todesstrafe verboten, einen aus Aithér flüchtigen Weißmagier zu verstecken und nicht an Damianos auszuliefern.«

»Wir stammen doch gar nicht aus Aithér, sondern aus Khaos«, hatte Kieran eingeworfen und registriert, wie sein Vater zusammengezuckt war und ihm einen warnenden Blick zugeworfen hatte. Dass sie aus dieser Welt stammten, hatte seine Mutter ihm und Steel jedoch schon verraten gehabt. Aswin wusste nur nicht, dass dort Geschwister auf sie warteten.

»Von Khaos wissen die wenigsten hier«, hatte Aswin erwidert. »Sie hätten euch weiterhin für Weißmagier aus Aithér gehalten, die versuchen, sie zu belügen.«

»Besser, wenn niemand davon weiß!«, hatte sein Vater eingewandt, und Kieran hatte zustimmend genickt.

Am Nachmittag hörten sie plötzlich Schritte auf dem Gang. Die Tür zu ihrem Kerker wurde aufgerissen, und vier graue Schattenkrieger glitten in das Verlies. Je zwei von ihnen kamen auf Aswin und Kieran zu und zerrten sie hinaus auf den Gang. Dort trennten sich ihre Wege. Magische Feuerfackeln warfen ihr gespenstisch grünes Licht über den Stein. Der Gang zweigte mehrfach ab, und obwohl Kieran versuchte, ihn sich zu merken, fühlte er sich bald wie in einem Labyrinth. Mehrere Treppen und Abzweigungen später gelangten sie zu einer gewaltigen Tür. Auf jedem der beiden Flügel prangte armlängengroß ein schwarzer, fünfzackiger Stern, um dessen Spitzen sich ein goldener Kreis schlang. In ihrer Mitte bildeten die Verbindungslinien ein Fünfeck, dessen blutrotes Inneres wiederum ein Dreieck darstellte. Alle Teilbereiche der Figur waren mit roten Runen versehen. Nur das Dreieck in der Mitte trug eine goldene Rune, die leuchtend hervorstach.

Kieran hätte zu gerne gewusst, welche Bedeutung die magischen Symbole auf der Tür besaßen. Bevor er sich jedoch weiter darüber Gedanken machen konnte, legte einer seiner Bewacher die Hand auf das rote Dreieck. Auf seinem wächsernen Handrücken leuchtete kurz eine identische Tätowierung auf, und mit ihrem Verblassen schwang die Tür auf.

Ruhig, Kieran!, sagte er sich, dann klappte ihm der Mund auf.

Vor ihm erstreckte sich ein Saal von nie zuvor gesehener Größe und Pracht. Einer der Schattenkrieger gab ihm einen Stoß in den Rücken, und er stolperte hinein. Der Raum war fünfeckig, sie befanden sich also im Hauptturm in der Mitte der Festung. Die Seitenwände waren abwechselnd mit deckenhohen Fenstern und Spiegeln ausgestattet, die das eigene Bild hundertfach zurückwarfen und den Saal endlos erscheinen ließen. Jeder Spiegel wurde von täuschend echt aussehenden, goldgeschuppten Schlangen mit funkelnden Rubinaugen umschlungen. Während Kieran den Raum durchquerte, glaubte er, ihre Blicke würden ihm folgen.

Zwischen den Spiegeln verwandelten die Fenster mit ihren bunten Glasmosaiken, die Drachen, Riesen, Spriggans und andere dämonische Gestalten zeigten, das Tageslicht in ein Farbenmeer, das den Saal flutete. Ein schwerer, süßlicher Duft ging von goldenen Schalen aus, die in den aufgerissenen Mäulern der steinernen Drachen an den Wänden steckten und aus denen Flammen den Raum erhellten, als würden sie Feuer speien. Ihre smaragdgrünen Augen strahlten mit den Rubinaugen der Schlangen um die Wette, und Drachenschwänze und Schlangenkörper verwoben sich ineinander.

Aus dem schwarzen Granit zu Kierans Füßen blitzten ihm winzige diamantene Einschlüsse wie Sterne entgegen; er wanderte über das imaginäre nächtliche Firmament, bis er das Pentagrammsymbol im Boden erreichte, das durch goldene Mosaiksteine aus dem Schwarz hervorstach. Seine Sternzacken erstreckten sich über den gesamten Fußboden. Das Dreieck im Inneren des Fünfecks bestand aus rotem Karneol. Kieran hörte in Gedanken seine Mutter schimpfen. *Was für eine Verschwendung! Damit könnte man alle Einwohner der Silberspitzberge jahrzehntelang ernähren.*

»Stehen bleiben!«, befahl einer der Grauen, als Kieran die

Mitte des Dreiecks erreicht hatte, und riss ihn aus seinen Gedanken.

Seine Bewacher bezogen zu beiden Seiten des Fünfecks Stellung, und er hob den Kopf. Erst jetzt nahm er die Gestalt vor sich wahr.

Auf einem Thron mit Armlehnen aus goldenen Raubkatzenköpfen saß ein hochgewachsener, hagerer Mann in einer langen schwarzen Robe. Verglichen mit dem Prunk des Raumes war sein Gewand überraschend schlicht. Über seinem alabasterweißen Gesicht klaffte das Maul eines Leopardenschädels, dessen Zähne sich in seine hohe Stirn zu bohren schienen. Wie Haare fiel das Fell des Leoparden auf seinen Rücken herab. Blutrote Augen stachen unter milchweißen Augenbrauen und Wimpern hervor, und zusammen mit den eingefallenen Wangen verliehen sie seinem Gesicht etwas Totenkopfähnliches. Unmöglich zu sagen, wie alt er war.

Kieran spürte ein kaltes Prickeln über seinen Rücken wandern. Das war also Damianos, der Herrscher über Erebos, und neben ihm stand sein Statthalter. Bei Dermoths Anblick loderte Wut in Kieran auf. Der Rotbärtige verzog abfällig die Mundwinkel und betrachtete ihn wie ein lästiges Insekt, das er besser auf der Stelle zerquetschen sollte.

Eisige Kälte erfasste Kieran, als Damianos zu sprechen begann, denn er hörte seine Stimme nicht nur, sie hallte in seinen Gedanken wider wie ein gruseliges Echo. »Willkommen, Kieran Winter vom Clan der Ubalden.«

Bevor er etwas erwidern konnte, zischte ihm einer der Grauen zu: »Knie gefälligst nieder, du Wurm!«

Kieran straffte trotzig die Schultern und blieb stehen. Einer der Schattenkrieger wollte ihn packen, doch Damianos hob milde lächelnd die Hand. Dann schnippte er mit den Fingern. Das Geräusch war noch nicht in Kierans Ohren verhallt, da wurde sein Körper von einer Schmerzwelle erfasst, die intensiver war als alles, was er bislang an Qualen empfunden hatte. Er keuchte und schlug zusammengekrümmt mit den Knien auf dem Karneol auf, während Damianos' Stimme sanft, fast zärtlich, wisperte: »Du solltest dich mir besser nicht widersetzen. Ich könnte dich mit einem einzigen Wimpernschlag töten.«

Kieran japste nach Luft, seine Lungenflügel schienen zu zerspringen, die Blutgefäße in seinem Kopf zu platzen. Er konnte keinen einzigen vernünftigen Gedanken mehr fassen. Schlagartig hörte es auf.

»Sieh mich an!«

Kalter Schweiß tropfte Kieran von der Stirn, und es gelang ihm nur mit Mühe, den Kopf zu heben.

»Mir ist berichtet worden, du würdest aus Khaos, der verlorenen Welt, stammen.«

Die Nackenhaare sträubten sich ihm. Woher zum Teufel wusste er das? Sein Vater hatte Damianos gegenüber behauptet, aus Aithér zu kommen. Hatte er seine Mutter verhört?

»Du hast zur Überquerung eine Fibel benutzt. In Form eines Halbmondes mit zwölf goldenen Dreiecken, richtig?«

Kierans Kopf bewegte sich gegen seinen Willen, zeigte ein Nicken. Gänsehaut kribbelte über seine Arme, als er begriff, dass er Damianos nicht belügen konnte. Sein Körper würde ihm alles verraten, was er wissen wollte.

»Wisse, diese Fibel gehört nicht dir. Ich habe sie vor mehr als 2500 Jahren deinem Vorfahren Elio ...«, er schien nach den richtigen Worten zu suchen, »... in einem gerechten Kampf abgenommen. Aber er betrog mich. Er sorgte dafür, dass sie verschwand, unauffindbar für mich, unerreichbar für so lange Zeit.« Damianos legte nachdenklich die Stirn in Falten, dennoch klang seine Stimme unverändert ruhig, während er fortfuhr: »Für diese Dreistigkeit musste ich ihn natürlich töten.«

Zeig ihm nicht deine Angst, Kieran!

Das Gefühl des Grauens wanderte jedoch behutsam und zielstrebig über ihn wie eine Spinne beim Weben ihres Netzes.

»Wo ist die Fibel jetzt?«

»Ich … ich weiß es nicht«, stammelte Kieran wahrheitsgemäß.

»Versuch, dich zu erinnern. Wer war bei dir, als du sie benutzt hast?«

»Meine Eltern«, erwiderte er und bemühte sich, seiner Stimme einen möglichst festen Klang zu verleihen.

Damianos hob die Augenbrauen. »Tatsächlich? Nur sie allein?«

»Und ein Fremder. Er wollte meiner Mutter die Fibel geben. Aber ich zog sie ihm aus der Hand.«

Er sprach die Wahrheit. Finn und seine Schwester waren bei dieser Übergabe nicht dabei gewesen. Es war Kieran gelungen, ihre Existenz vor dem Schwarzmagier zu verbergen!

Damianos musterte Kieran eindringlich. Dann ging alles sehr schnell. Eben noch hatte er auf seinem Thron gesessen, und plötzlich ragte er unmittelbar vor ihm auf.

»Erhebe dich!«

Kieran gehorchte. Damianos stand jetzt so nah vor ihm, dass er seinen Atem im Gesicht spüren konnte. Kieran hatte keine einzige Bewegung wahrnehmen können. Er starrte auf Damianos' Brust. Dort hing an einer langen goldenen Kette das Insigne seiner Macht. Das in einem Ring eingefasste Pentakel mit dem Dreieck aus leuchtend roten Rubinen in der Mitte des Pentagramms. War das Damianos' Fibel?

Dürre Finger griffen Kieran ans Kinn und hoben seinen Kopf, sodass er ihm direkt in die blutroten Augen blicken musste. Die Kälte in ihnen stieß wie Eis in seinen Verstand, pfählte seine Gedanken, und ihm schwindelte. Mit der anderen Hand berührte der Schwarzmagier seine Brust. Es fühlte sich an, als würde er ihm einen Eiszapfen mitten ins Herz rammen. Kierans Knie wurden weich, aber bevor sie ihm den Dienst versagten, zog Damianos seine Hände zurück, und der Schmerz erlosch in nachlassenden Wellen. Verschwommen registrierte er, dass auf seinen Handkanten schwarze Symbole eintätowiert und Damianos' Nägel lang und gefeilt waren.

Er ist eitel, Kieran. Diese Information könnte dir noch nützlich sein.

»Ich warte schon seit so vielen Jahren auf dich«, wisperte Damianos. »Auf dich und die Fibel. Hätte ich doch nur von deiner Anwesenheit in meinem Reich gewusst! Wie konntest du mir nur verborgen bleiben? Wer schützte dich und deinen Vater vor mir mit der Perthro-Rune?«

»Das weiß ich nicht.«

»Und wo ist die Fibel jetzt?«

»Irgendwo in Khaos.« Auch diese Worte sprudelten wie von selbst aus seinem Mund, und Kieran konnte die Augen nicht von dem Magier wenden. Seit dieser ihn an der Brust berührt hatte, hatte sich seine Wahrnehmung verändert, er sah plötzlich schärfer, und die Farben schienen satter. Das Rot in Damianos' Augen bewegte sich in kreisenden Wirbeln, und seine Gestalt umfloss eine dunkle Aura, die er zuvor nicht an ihm bemerkt hatte.

»Wir müssen die Fibel deines Clans gemeinsam finden«, raunte Damianos. »Du bist ihr Überbringer. Nur *du* kannst ihre Macht entfalten. Ich spüre deine Magie, Kieran. Sie ist einzigartig, so viele dunkle Schatten in einem Sohn des Lichts.« Er lachte leise. »Wer hätte das ausgerechnet bei dem Nachfahren Elios erwartet? Folge mir, und ich kann dich zu einem der mächtigsten Magier meines Reichs machen! Stärker als Steel, mächtiger als er oder dein Vater jemals sein könnten.« Seine

Stimme war jetzt einschmeichelnd, man konnte ihr kaum widerstehen.

Dermoth rang nach Atem und warf Kieran einen mörderischen Blick zu.

»Kieran Winter, Sohn der Ubalden, bist du bereit, mein Lehrling zu werden? Wirst du mir die Treue schwören und dich meinem Willen unterordnen? Wirst du alles in deiner Macht Stehende tun, um mir die Fibel deines Clans zu beschaffen?«

Kieran starrte Damianos fassungslos an. Und in die Stille hinein hörte er seine Stimme klar und deutlich: »Ja, Meister.«

Kapitel 8

Finn
Khaos, 20. April 2019 n. Chr.
Schwer atmend lehnte Finn mit dem Rücken an der Tür. Das Blut rauschte ihm in den Ohren. Wie lange stand er schon hier? Sekunden? Minuten? Jäh fiel ihm die Ruhe auf. Von draußen drangen keine Kampfgeräusche mehr herein. Nichts als das sanfte Rauschen des Windes in den langen Palmenzweigen neben Ramóns Atelier.

Dann durchbrach ein Laut die Stille und setzte sich vibrierend in seinem Rücken fort: Jemand klopfte an das Holz.

Finn lief es eiskalt über den Rücken.

»Mach auf!«, tönte Ramóns Stimme gedämpft durch die Tür.

Hastig wirbelte Finn herum, sperrte auf und prallte zurück. Ramóns Gesicht war kalkweiß und schmerzverzerrt, sein Hemd voller Blut. Er hinterließ eine rote Spur auf dem Boden. Finn warf die Tür zu, schloss sicherheitshalber wieder ab und folgte ihm. Lunas Vater hielt die rechte Hand über das Waschbecken und nahm aus dem Schrank darüber ein Fläschchen Desinfektionsmittel heraus. Ein tiefer Spalt klaffte zwischen seinem Daumen und dem Zeigefinger, aus dem pulsierend Blut strömte. Die Finger hatten schon eine bläuliche Farbe angenommen.

»Das Vieh hat dich gebissen!«

Ramón lachte grimmig. »Glücklicherweise nicht, sonst würdest du jetzt keine Hand, sondern lediglich einen Stumpf sehen. Das hier«, er deutete auf die stark blutende Wunde, »ist für einen Leoparden ein Kratzer. Ich muss die Hand nur nähen.«

»Willst du nicht lieber ins Krankenhaus?«

Er schüttelte den Kopf und entnahm dem Arzneischrank eine schmale, längliche Zange und ein steril verpacktes Plastikstück, das sich, während Finn es für ihn öffnete, als Nahtset mit einer gebogenen Nadel und blauem Kunststofffaden entpuppte. Schaudernd sah er Ramón dabei zu, wie er mit der Zange die Nadel in seine Haut führte und die Wunde in geübten Stichen vernähte. Zum ersten Mal machte er das sicher nicht. Hinterher half Finn ihm, die Hand zu verbinden.

»Du kannst von Glück reden, dass der Magier dich nicht ernsthaft verletzen wollte und ich gerade im Atelier war.« Ramón drückte zwei Schmerztabletten aus einem Blister und spülte sie mit einem Glas Wasser runter.

Finn antwortete nicht, zu absurd war der Gedanke, der ihm gerade durch den Kopf schoss. Die rechte Vorderpfote des Wolfs war verletzt gewesen. »*Du* warst der Wolf, der mir zu Hilfe geeilt ist!«, flüsterte er.

»Allerdings. Und bevor du fragst: Ich kann dir diesen Zauber jetzt unmöglich erklären. Dazu verstehst du noch zu wenig von Magie, und wir haben keine Zeit zu verlieren.«

»Okay!« Finn schüttelte ungläubig den Kopf. »Darf ich wenigstens erfahren, warum der Typ mit dem Raubkatzen-Faible mich angeblich nicht verletzen wollte? Ich hatte eher den Eindruck, er wollte mich in Stücke reißen.«

Lunas Vater tippte mit dem Finger seiner unverletzten Hand gegen Finns Brust. »Hier hat er dich mit seinen Pranken erwischt, nicht wahr?«

Finn nickte. Ein bitterer Geschmack machte sich bei der Erinnerung in seinem Mund breit. Der ekelerregende Geruch des Mauls über ihm, diese Mischung aus Blut und verwesendem Fleisch. Er atmete tief durch, um den Gedanken zu vertreiben.

»Wo sind dann die Kratzer auf deiner Brust?«

Verwirrt tastete er seine Brust und die Schultern ab. Keine frischen Verletzungen.

»Eine Raubkatze fährt normalerweise *immer* ihre Krallen aus, wenn sie ihr Opfer anspringt. Du müsstest tiefe Wunden haben. Ich denke, er wollte dir nur ein wenig Angst einjagen, um dich zum Handeln zu zwingen.«

»Das ist ihm gelungen!«

»Was hast du überhaupt mitten in der Nacht draußen getrieben?«

Finn verkniff sich die Gegenfrage, was Ramón nachts in seinem Atelier tat. »Ich bin aufgewacht und runtergegangen, um was zu trinken, und hab das Licht im Atelier entdeckt. Bisher hat er mich nie direkt angegriffen. Wie konnte er mich hier bei dir überhaupt finden?«

Der Spanier ließ sich müde auf einen Stuhl fallen. »Eure Großmutter war bis zu ihrem Schlaganfall eure Geheimniswahrerin.«

»Unsere was?«

»Eure Erinnerungen an Spanien und das Auffinden der Fibel wurden als Geheimnis in ihr verankert. So hat sie euch die ganze Zeit über geschützt. Stell sie dir wie einen zwischengeschalteten Filter vor.«

»Wie eine Firewall am PC?«

Er lachte. »So ähnlich. Mit ihren Kräften konnte sie euch gegen magische Einflüsse abschirmen. Nachdem deine Eltern und dein Bruder verschwunden waren, habe ich Sis und dich damals sofort aus dem Haus fortgeschafft und zu mir ins Atelier gebracht. Tess ist aus Deutschland angereist und führte mit mir die notwendigen Schutzzauber aus. Durch ihren Schlaganfall muss dieser Schild gebrochen sein. Deshalb konnte der Magier dir plötzlich erscheinen.«

»Und was jetzt? Selbst wenn ich wollte – und ich will ganz sicher nicht –, hab ich keine Ahnung, wie ich ihm die Fibel *überbringen* soll.«

»Ich wollte dich das vorhin nicht vor den anderen fragen, aber hast du denn überhaupt nichts gespürt, als du die Fibel berührt hast?«

»Du meinst *Magie*? Woher soll ich wissen, wie sich so was anfühlt?«

»Ein Kribbeln, Wärme, irgendwas?«

»Hm, die Schrift schien kurz aufzuflackern.«

»Das ist doch schon mal ein Anfang. Lass uns schlafen gehen! Ich werde dir morgen etwas zeigen, was deine ganze Aufmerksamkeit beanspruchen wird.«

Kieran
Erebos, Jahr 2516 nach Damianos, zweiter Mond des Sommers, Tag 10

Was hatte er getan? Kieran fühlte sich wie betäubt nach seinen eigenen Worten, obwohl er nun nicht mehr unter Damianos' Bann stand.

Dieser Mann war für die Gefangennahme seines Vaters und das Leid so vieler Menschen verantwortlich, und er schwor ihm die Treue? Zählte so ein Schwur überhaupt, wenn er ihn dazu gedrängt hatte?

Ein feines Lächeln glitt über Damianos' Gesicht, der seine

Gedanken erraten haben musste. »Nicht immer sind wir uns unserer *wahren Wünsche* bewusst. Meine Magie hat dir lediglich geholfen, sie auszusprechen.«

Das Geräusch von Stiefelabsätzen, die sich ihm von hinten näherten, riss Kieran aus seinem Entsetzen, und er hörte Damianos sagen: »Duncan, Ihr werdet ihn in den nächsten Tagen wie besprochen vorbereiten. Danach kann Dermoth seine Ausbildung in die Hand nehmen, bis er so weit ist. Anschließend werde ich diesem rohen Diamanten ...«, sein Blick glitt zurück zu ihm, »den letzten Schliff verleihen.«

Kieran fuhr herum und unterdrückte nur mit Mühe den Impuls, Steel ins Gesicht zu spucken. Von wegen Spion im Auftrag der Weißmagier! Er war mit Damianos verbündet! Die Erkenntnis traf ihn wie ein Fausthieb in den Magen.

Benommen folgte er ihm zurück in das Labyrinth der Gänge. Steel hielt vor einer Tür aus dunklem Ebenholz, die weder eine Türklinke noch einen Knauf besaß. Stattdessen war in die Mitte mit roter Farbe eine Rune in Form eines Krähenfußes gemalt. Er hielt seine Hand darüber, und das Zeichen leuchtete kurz auf.

Die Tür schwang auf und offenbarte einen Raum, der verglichen mit der Pracht des Thronsaals winzig und karg eingerichtet wirkte. Neben einem Bett stand ein Tisch mit zwei Stühlen und unter einem schmalen, vergitterten Fenster eine große Truhe. Ein Kerzenhalter auf dem Tisch spendete hellgrünes, magisches Licht.

Nachdem sie beide das Zimmer betreten hatten, schloss Steel mit einem Wink die Tür und ließ sich auf einem der Stühle nieder.

»Setz dich!« Seine Stimme klang so müde, wie er aussah.

Kieran rührte sich nicht von der Stelle. »Verräter!«, zischte er und ballte die Hände zu Fäusten. »Ihr habt ihm alles erzählt!«

»Ich kann dich mit meiner Magie jederzeit dazu bringen, dich zu setzen. Aber ich habe kein Interesse daran, meine Energie an dich zu verschwenden. Von mir aus bleib stehen.«

»Ihr arbeitet für Damianos! Meine Mutter ahnte von Anfang an, dass wir Euch nicht trauen können.«

»Laura ist eine sehr kluge Frau, Kieran. Leider, oder sollte ich besser sagen, *zum Glück*, ist sie für Damianos von wenig Wert, da in ihren Adern kein magisches Blut fließt. Er kann sie nicht zu einer Grauen machen. Ihr Weiterleben hängt also von deiner Kooperationsbereitschaft ab.«

Er weiß genau, wo er dich am besten treffen kann.

Kieran atmete gegen seine Wut an und setzte sich.

»Schon besser. Niemand hat dich gezwungen, einer Lehrzeit zuzustimmen. Deine Neigung zur schwarzen Magie hat für dich entschieden. Und denkst du wirklich, ich habe meinen eigenen Sohn in Gefahr gebracht und euch alle verraten? Ich habe dich für klüger gehalten.«

»Ihr geht hier ein und aus, und Damianos vertraut euch.«

»Richtig. Das habe ich dir verschwiegen.« Steel beugte sich vor, sodass sein Atem ihn streifte, und raunte: »Dennoch habe ich dich nicht belogen. Ich bin im Auftrag der Weißmagier hier. Aber ich kann dir, Damianos' künftigem Lehrling, nicht alles erzählen.«

»Aswin weiß genauso wenig wie ich von Euren Machenschaften, nicht wahr? Habt Ihr eine Ahnung, wie heldenhaft er gekämpft hat, um uns zu retten?«

Steel zuckte zusammen, als hätte er ihn geschlagen.

Auch ich kenne deine Schwächen, Verräter!

»Aswin fühlt, dass Ihr ihn belügt und hintergeht, und daher kann Euer eigener Sohn Euch keine Liebe entgegenbringen.«

Steel sprang so ruckartig auf, dass der Tisch Kieran hart gegen die Brust schlug.

»Schweig!«, donnerte er. Jegliche Farbe war aus seinem Gesicht gewichen. »Mein Sohn geht dich nichts an!«

»Ich könnte das alles Aswin verraten.«

Steel lächelte kalt. »Dazu wirst du keine Gelegenheit mehr haben.«

Kierans Hände auf dem Tisch zitterten, und er drückte sie gegen die Platte, um das zu verbergen.

»So rührend ich deine Sorge um meinen Sohn auch finde, du solltest jetzt eher an deine eigene Familie denken. Dein Vater ist kurz davor, seine Erinnerungen und seinen Willen zu verlieren. Die Wirkung der magischen Mauern ist dir inzwischen bekannt. Dein Meister kann ihn jederzeit zu einem seiner grauen Schattenkrieger machen. Deine Mutter ist hier ganz in der Nähe in einem ähnlichen Zimmer wie diesem eingesperrt. Damianos hat vorgeschlagen, sie Dermoth als Dienerin zuzuteilen, eine Belohnung für seine Mühe, dich auszubilden. Ich muss dir nicht erst erklären, was das für sie bedeuten würde.«

Vor Kierans Augen tauchte Dermoths massige Gestalt auf, sein feistes Gesicht mit dem stets sorgfältig gestutzten roten Vollbart. Er war so blutrünstig und grausam wie eitel. In den Silbertrostminen gab es niemanden, der mehr gefürchtet wurde, und die Schankfrauen im Wirtshaus erzählten schlimme Dinge über seine Beweise von *Zuneigung*. Väter versteckten ihre heiratsfähigen, hübschen Töchter bei Verwandten anderenorts, sobald Dermoth zur Inspektion der Minen kam. Kieran wurde übel. Doch er durfte sich vor Steel seine Panik nicht anmerken lassen, deshalb fragte er ruhig: »Dermoth ist kein Grauer, dennoch besitzt er Magie. Warum?«

»Einst war er ein Weißer Zauberer. Jetzt ist er die rechte Hand deines Meisters. Vor Jahren lief er freiwillig aus Aithér zu ihm über, weil er nur bei ihm seine dunklen Neigungen voll ausleben kann.«

Du wirst diese Lehrzeit trotzdem überstehen.

»Was verlangt Ihr, um meine Mutter zu retten?«

Steel setzte sich wieder. »Vertrau mir!« Kieran schnaubte auf, aber er fuhr fort: »Ich habe Damianos ein Geschäft vorgeschlagen. Er weiß, du musst dich erst mit deiner neuen Stellung abfinden, und hat sich daher bereit erklärt, deine Mutter mit mir und Aswin nach Aithér ziehen zu lassen, wenn er sieht, wie du deinen Schwur einhältst und dich als guter Lehrling erweist.«

»Und mein Vater?«

Steel seufzte. »Hier konnte ich nichts erreichen. Er wird nach wie vor seine Geisel sein, um dich unter Kontrolle zu halten.«

Kieran schloss einen Moment die Augen. »Wie lang soll diese Lehre dauern? Wann lässt Damianos meinen Vater und mich wieder frei?«

»Das hängt von deiner Lernbereitschaft und deinen Fähigkeiten ab. Und davon, wie schnell du es schaffst, die Fibel der Ubalden aus Khaos hierherzuschaffen.«

»Wie soll ich denn überhaupt nach Khaos gelangen? Ihr sagtet doch, das ist mit Eurer Fibel nicht möglich.«

»Der Meister hat seine eigene Fibel erschaffen. Sie ist stärker als die Fibeln der zwölf Magierclans zusammen. Mit ihr kann er alle drei Welten bereisen: Khaos, die Welt, aus der du stammst, dann die Welt, aus der ich komme, Aithér, und seine eigene Welt, Erebos. Alles, was du hier siehst, ist sein Werk. Erebos und Aithér wurden vor 2516 Jahren von ihm ins Leben gerufen. Hast du dich nie gefragt, woher unsere Zeitrechnung stammt?«

»Er hat Erebos und Aithér *erschaffen*?«

»Zusammen mit der dreizehnten Fibel.«

Kierans Magen verkrampfte sich schmerzhaft. Himmel, wie mächtig musste man sein, um ganze Welten entstehen zu lassen?

»Das ist keine Gefangenschaft, Kieran.« Er schnaubte, aber Steel fuhr unbeirrt fort: »Du könntest viel von ihm lernen und solltest dich geehrt fühlen. Er hatte bislang noch nie einen Lehrling.«

»Was war dann Dermoth für ihn? Hat er ihm nie etwas beigebracht?«

»Einzelne Zauber, ja. Auch ich habe von ihm gelernt. Doch nie hat er einen von uns als seinen *Lehrling* bezeichnet. Er muss Besonderes mit dir vorhaben.«

Kieran spürte, wie er gegen seinen Willen errötete. »Aber ich bin nicht wie Dermoth!«

Steel lachte. »Das will ich hoffen! Schwarze Magie ist nicht zwangsläufig mit Grausamkeit und Willkür gleichzusetzen. Was nicht dem strengen Kanon der Weißmagier entspricht, muss nicht unbedingt schlecht sein.«

Er hatte ohnehin keine andere Wahl. Dafür hatte Steel gesorgt.

»Gut, ich werde mich anstrengen. Doch mein Vater muss aus dem magischen Kerker entlassen werden.«

»Wie gesagt, Vergünstigungen hängen von dir ab.« Steel räusperte sich. »Da ist noch was. Deine Mutter wird sich weigern, mit mir zu kommen, solange du und dein Vater hier gefangen gehalten werdet. Ich muss sie von eurem Tod überzeugen.«

»Nein!« Kieran sprang auf. »Das wird sie umbringen!«

»Ich werde ihr anfangs einen Beruhigungstrank verabreichen. Laura ist stärker, als du denkst. Streng dich an, dann dauert deine Lehrzeit nur ein paar Monate, maximal ein Jahr. Bis dahin wirst du es wohl geschafft haben, die Fibel zu beschaffen?«

Lag da ein lauernder Unterton in seiner Stimme? Kieran lief im Zimmer auf und ab. »Wer gibt mir die Gewissheit, dass Damianos meinen Vater und mich gehen lässt, sobald ich ihm die Fibel der Ubalden besorgt habe?« Er stoppte seinen Lauf, weil ihm ein neuer Gedanke kam. »Warum holt er sich die Fibel der Ubalden nicht selbst aus Khaos, wenn er so mächtig ist und mit der dreizehnten Fibel alle drei Welten bereisen kann?«

Steel lächelte herablassend. »Das Aufspüren der Fibel gelingt nur dem Mitglied des jeweiligen Clans. Khaos ist groß. Wo soll Damianos denn ohne Anhaltspunkte mit der Suche anfangen? Bis auf die Fibel aus dem Clan der Ubalden hat er uns Weißmagiern alle elf Fibeln abgenommen, als er Erebos erschuf. Auch ich habe meine Fibel nur leihweise von ihm zurückerhalten, damit ich ihm besser dienen kann.« Er stand auf und raunte Kieran kaum hörbar ins Ohr: »Verstehst du jetzt, welche Sonderstellung mir das bei den Weißmagiern verschafft? Warum sie alle Hoffnung auf mich setzen?«

Ein Doppelspion! Eine gefährliche Rolle, die Steel hier spielte. »Ich werde Damianos die Fibel nur unter der Bedingung besorgen, dass er Vater und mich dann gehen lässt.«

Steel lachte kalt auf. »Du bist wahrlich nicht in der Position, Forderungen zu stellen. Damianos kann dich jederzeit zur Mithilfe zwingen, indem er dich oder deinen Vater foltert. Und solange deine Mutter hier verweilt, schwebt auch sie in höchster Gefahr. Glaub mir, Dermoth führt derartige Befehle seines Herrn mit ausgesprochener Hingabe aus.«

Kieran schluckte. »Was bewirkt meine Fibel denn so Besonderes? Wozu braucht er sie, wenn seine eigene so viel stärker ist?«

Steel wich seinem Blick aus. »Das weiß ich nicht. Nur Damianos selbst kann dir das beantworten.«

Er log. Das fühlte Kieran genau.

»Gewinn sein Vertrauen, und mach dich für ihn unentbehrlich! Je fähiger du im Umgang mit der Schwarzen Magie wirst, umso besser. Die Rune, die bislang deine Magie gehemmt hat, hat er von deiner Brust entfernt, du kannst dich ihr jetzt öffnen. Vielleicht will Damianos dich an seiner Seite behalten und fördern, so wie Dermoth. Deine Magie ist stark. Ich werde dir heute und in den nächsten Tagen einige Grundlagen beibringen. Danach musst du mit Dermoth auskommen. Er wird kein angenehmer Lehrer sein. Wenn du mit ihm so redest wie eben mit mir, erwarten dich Qualen, die du dir gar nicht vorstellen kannst. Hüte also deine Zunge. Der Meister wird dir ganz gewiss nicht beistehen!«

»Wann habt Ihr eigentlich geplant, mich ihm auszuliefern? Bereits im Pechwald?«, fragte Kieran kalt.

»In Braidatann, als du mein Angebot ausgeschlagen hast, mit mir nach Aithér zu kommen. Und bevor du mich weiterhin verurteilst, was, denkst du, wäre geschehen, wenn du und deine Mutter hier blauäugig allein aufgetaucht wärt und nach deinem Vater gefragt hättet? Man hätte die Magie in dir sofort erkannt, und deiner Mutter wäre spätestens nach Dermoths Folter das Geheimnis eurer Herkunft entschlüpft. Du würdest im Kerker verrotten oder zu einem Grauen werden, nachdem du ihm die Fibel verschafft hast. Nur meiner blumigen Schilderung deiner Klugheit, Besonnenheit und deiner besonderen schwarzmagischen Neigung verdankst du, dass er überhaupt daran denkt, dich als Lehrling anzunehmen.«

»Ihr erwartet jetzt nicht allen Ernstes meinen *Dank*?« Kierans Stimme zitterte vor Zorn. »Ihr habt uns ihm auf einem Silbertablett geliefert, um Euch bei ihm einzuschmeicheln und weil Erebos' Gesetze verbieten, flüchtige Weißmagier zu verbergen. Ihr wolltet Euren Hals retten, falls wir ihm hinterher von der Bekanntschaft mit Euch erzählt hätten.«

Kieran verriet ihm nicht, dass er von diesem Gesetz erst durch Aswin erfahren hatte. Aber er sah Steel die Verärgerung darüber an, ihn nicht so leicht manipulieren zu können. Der Weißmagier deutete auf die Truhe im Raum und befahl barsch: »Zieh jetzt deine Lehrlingskleidung an! Zumindest was deine Klugheit anbelangt, habe ich Damianos nicht belogen. An deiner Besonnenheit musst du noch arbeiten, wenn du hier überleben willst.«

Kieran ging zu der Truhe. Sie war mit magischen Symbolen verziert, deren Bedeutung sich ihm nicht erschloss. In ihr lagen, auf Samt gebettet, schwarze Gewänder, ein schweres, in dickes Leder eingebundenes Buch, einige Pergamentrollen, ein Tintenfass mit Federkielen und ein kleines Messer, um sie anzuspitzen. Gleich daneben entdeckte er den Dolch, den Ansgar ihm geschenkt und den ihm die Grauen bei ihrem Überfall abgenommen hatten. Außerdem verschiedene Kästchen und Gefäße.

Seine Lehrlingskleidung bestand aus einer schwarzen Hose und einer knielangen Tunika, auf deren Brust mit goldenem und rotem Faden Damianos' Machtinsigne gestickt war, Pentagramm und Dreieck. Auch der lange schwarze Reiseumhang mit Kapuze war mit demselben Symbol verziert. Während er die Kleider hochhob, kamen sie ihm viel zu groß vor, doch eigenartigerweise passten sie ihm wie angegossen, als er sie überstreifte. Steel fing seinen verdutzten Blick auf.

»Ein Anpassungszauber. Sie schmiegen sich bei der ersten Anprobe perfekt an deinen Körper an. Solltest du …«, er schmunzelte, »im Laufe der Zeit ein wenig aus den Fugen geraten, so werden sie sich deinen neuen Körperformen angleichen.«

»Wenn das Essen hier so gut ist wie im Kerker, dann müssen sie eher eingehen.«

Er lachte. »Ich denke, du wirst als Lehrling besser verpflegt werden. Dein Frühstück und eine Mittagsbrotzeit sollst du hier in deinem Zimmer einnehmen. Das Abendessen findet für dich im Thronsaal mit Damianos statt. Er wird dich zu deinem Tag befragen. Sieh zu, immer Positives zu berichten.«

»Kann ich meinen Vater besuchen und ihm alles erzählen?«

»Du darfst ihm sagen, dass du Damianos' Lehrling geworden bist. Aber über die einzelnen Lehrinhalte musst du Stillschweigen bewahren. Richte ihm aus, deine Mutter ist bei mir in Sicherheit. Möchtest du jetzt gleich zu ihm?«

»Natürlich!« Kierans Herz schlug schneller vor Freude.

»Damit habe ich gerechnet und Damianos um Erlaubnis gebeten.«

Lluís
Khaos, 20. April 2019 n. Chr.

Kommissar Lluís Balmes Jiménez von der katalanischen Polizei blickte ungehalten von der Zeitung auf, weil sein Kollege Javier ihm fünf Minuten nach Dienstbeginn einen E-Mail-Ausdruck auf den Tisch legte. Drei Jugendliche sahen ihm von den Fotos entgegen. »Was bringst du mir?«

»Ein Ermittlungsersuchen aus Deutschland. Die drei sind von daheim ausgerissen und werden hier in der Gegend vermutet. Zumindest haben sie ersten Nachforschungen der deutschen Kollegen zufolge Zugfahrkarten nach Figueras gekauft und auch benutzt.«

»Und warum soll ausgerechnet ich das übernehmen?«, fragte Lluís ungehalten. Ermittlungen dieser Art fielen schließlich in Javiers Ressort.

»Anzeige haben die Eltern des älteren Jungen erstattet«, fuhr der ungeachtet seines Einwands fort. »Die Eltern dieser beiden da«, er deutete auf ein hübsches Mädchen mit langem blondem Haar und einen schwarz gelockten Jungen, »sind hier bei uns vor zwölf Jahren als vermisst gemeldet worden. Eigenartiger Zufall, nicht wahr? Du erinnerst dich vermutlich an den Fall. Ramón López Cruz hat sie zuletzt gesehen.«

Lluís verschluckte sich an seinem Kaffee, und der Husten

verhinderte glücklicherweise eine unüberlegte Antwort. Natürlich erinnerte er sich! Ramón war einer seiner engsten Freunde. Sie waren zusammen zur Schule gegangen, und wenn es jemals zwei Jungen gab, die mehr Streiche ausgeheckt und deren Folgen gemeinsam durchgestanden hatten, wollte er auf der Stelle seine Zeitung fressen. Beide hatten sie ein schwieriges Verhältnis zu ihren Vätern gehabt. Gemeinsames Leid schweißte zusammen. Als das deutsche Ehepaar mit ihrem kleinen Sohn damals verschwunden war und sein Freund sich wie ein Wahnsinniger gebärdet und in alle möglichen Widersprüche verstrickt hatte, hatte es ihn viel Mühe gekostet, die Verdachtsmomente gegenüber Ramón zu entkräften. Er war schon immer für die Leute ein verschrobener Außenseiter gewesen und somit ein leichtes Opfer für böswillige Spekulationen.

»Lass mich raten! Der Chef will erneut Ramón überprüfen?«

»Genau! Nur deswegen dachte ich mir, *du* kümmerst dich besser darum.«

Lluís seufzte, als Javier mit beschwingten Schritten das Büro verließ, froh, diese unangenehme Aufgabe vom Tisch zu haben.

Sis

Khaos, 20. April 2019 n. Chr.
Fangnetze, hoch wie Heuhaufen, türmten sich im Fischereihafen neben der Mole, und ein intensiver Geruch von Fisch, Algen und Tang schlug Sis entgegen. Sie nahm ihn jedoch erst wahr, als Luke die Nase rümpfte. In Gedanken war sie ganz woanders. Warum bestand Ramón darauf, mit Finn allein die Fibel zu untersuchen? Und seit wann war ihr Bruder an antiken Artefakten interessiert? Glaubte er etwa diesen ganzen Schwachsinn vom Verschwinden ihrer Eltern?

»Letztens ist ihnen sogar ein Eisbär ins Netz gegangen«, sagte Luke.

»Ein Eisbär?« Sis schaute ungläubig auf.

Luna grinste und stupste ihn am Arm. »Siehste, sie bekommt doch noch was mit.«

»Ich hab dich gerade drei Mal gefragt, ob wir in der Kneipe da drüben Calamari und Pommes essen wollen, aber du starrst auf dieses Netz, als ob eine lebendige Meerjungfrau drin stecken würde.«

Der Vorwurf in Lukes Stimme machte sie wütend. Für ihn war das hier nur Urlaub und Abenteuer.

»Ich wüsste eben gerne, was die zwei Geheimniskrämer treiben.« Ihr Blick wanderte zu dem Hügel über dem Hafen. Irgendwo da oben stand Lunas Elternhaus. Sie hatte die Idee gehabt, ihnen ihre Lieblingsplätze im Dorf zu zeigen und an den Strand zu gehen. Erst zum Abendessen wollten sie wieder zurück sein. Jetzt war es kurz vor drei am Nachmittag, und die Zeit verrann zäh wie Sirup. Sis sehnte sich danach, sich auf das Rad zu schwingen und zurückzufahren, und war verärgert, weil Ramón und Finn die Fibel allein weiter untersuchen wollten. Irgendwas war faul an der Sache. Sie konnte nur noch nicht sagen, was.

»Sis ist nur sauer, weil sie selbst auf den alten Kram steht und gerne mitgemacht hätte.« Luke zwinkerte Luna zu.

»Von wegen!«, flunkerte Sis. »Und Finn hat plötzlich Interesse daran, Hieroglyphen auf einer Fibel zu entziffern?« Sie verdrehte die Augen. »Der steht doch schon mit Latein auf Kriegsfuß.«

»Something is rotten in the State of Denmark«, deklamierte Luke mit der Hand auf dem Herz.

Luna kicherte. »Hamlet hat recht!« Sie zwirbelte das Haarende ihres Zopfs. »Ich kenne meinen Vater. Wenn er sich wirklich einbildet, die Fibel hätte irgendwas mit dem Verschwinden eurer Eltern zu tun – und wir sind uns sicher alle einig darüber, dass das pure Einbildung ist –, dann hat er sie so oft in den Händen gehabt, dass ihr Gold durch ihn matt gerieben sein muss. Und zu der Inschrift wird er wochenlang online und in der Unibibliothek von Barcelona recherchiert haben. Er ist unmöglich erst durch Finn darauf gekommen. Außerdem nehme ich ihm nicht ab, er hätte die gesamte Hand einbandagiert und Ibuprofen geschluckt, nur weil er sich heute früh beim Brotschneiden verletzt hat. Alles sehr mysteriös!«

»Und was nun?« Sis knabberte nervös an ihrer Unterlippe.

Ein blau-weißer Streifenwagen bog auf den Parkplatz des Hafens ein.

»Jetzt futtern wir erst einmal Calamari und gönnen uns hinterher ein Eis. Daheim lässt uns Papá bestimmt nur vor verschlossenen Ateliertüren warten. Die erzählen uns hinterher schon noch, was sie mit dieser Fibel getrieben haben.« Luna klang, als spräche sie aus Erfahrung.

Sie schoben die Fahrräder ein Stück zur Seite, doch der Streifenwagen fuhr nicht vorüber, sondern hielt auf ihrer Höhe. Die jungen Beamten musterten sie misstrauisch, als hielten sie die drei für Diebe, die von einem der Verkaufsstände im Hafen Muscheln geklaut hatten. Luna zog verwundert die Augenbrauen hoch und sprach sie auf Katalanisch an. Schließlich drehte sie sich zu Luke und Sis um und erklärte mit einem strahlenden Lächeln auf Deutsch: »Lasst euch jetzt nichts anmerken! Die fahnden nach euch. Ich habe ihnen falsche Namen und eine falsche Adresse genannt und behauptet, ihr hättet eure Ausweise bei uns daheim.«

Sis fühlte sich, als hätte Luna sie geohrfeigt. Aber Luke hob die Hand und sagte lässig grinsend: »Hola!«

An dem war doch ein Schauspieler verloren gegangen! Sis

bemühte sich um ein freundliches Nicken, während Luna weiter mit den Beamten diskutierte. Das Herz schlug ihr bis zum Hals.

»Wir fahren langsam voraus, hab ich ihnen versprochen. Wenn ich *Jetzt* schreie, folgt ihr mir, so schnell ihr könnt. Ich kenne ein paar Gassen, da kommen sie mit dem Streifenwagen nicht durch. Wir hängen sie ab, radeln nach Hause und besprechen mit Papá, was zu tun ist.«

»Geht klar«, meinte Luke und grinste noch breiter.

Sis' Knie wurden weich. »*Die fahnden nach euch.*«

Kapitel 9

Kieran
Erebos, Jahr 2516 nach Damianos, zweiter Mond des Sommers, Tag 10

»Lehrling? Bist du übergeschnappt, Kieran? Damianos wird dich benutzen und hinterher umbringen! Falls du überhaupt diese sogenannte Lehrzeit überstehst. Ich meine, Dermoth …« Kierans Vater rang nach Luft und schlug mit der Faust gegen die Wand. »Das hältst du doch nicht einmal eine Woche durch! Du hast ja keine Ahnung …«

»Danke für dein Vertrauen in meine Fähigkeiten.« Kieran hatte gewusst, sein Vater würde nicht begeistert über seine neue Position in Temeduron sein, aber er hatte nicht mit einem derartigen Ausbruch gerechnet.

Sein Vater stöhnte auf und legte ihm die Hände auf die Schultern. »Ich spreche von Dermoths Launen und möglicher Folter, der du bei ihm als Lehrling ausgesetzt sein wirst.«

»Ich habe überhaupt keine andere Wahl.«

Und dann erzählte er ihm von Steels Plan, zumindest seine Mutter in Aithér vor Dermoths Willkür in Sicherheit zu bringen. Sein Vater wurde noch eine Spur blasser.

»Ich will diesen Kerl kennenlernen, der euch erst Damianos ausliefert und jetzt Laura bei sich aufnehmen möchte! Sei vorsichtig! Sein eigener Sohn misstraut ihm.«

Bei dem Gedanken an Aswins Hochmut schnaubte Kieran: »Mit dem Angeber habe ich kein Mitleid. Im Gegenteil. Ich brenne darauf, besser zu werden als er.«

Sein Vater zuckte zusammen. »Himmel, Magie ist kein Spiel und auch keine Mutprobe unter euch jungen Männern! Ganz besonders nicht die schwarze. Hast du dich je gefragt, warum ich meine magischen Kräfte früher nie benutzt habe? Warum ich Laura und dir nie davon erzählen wollte?«

Er lief auf dem schmutzigen Stroh des Kerkers auf und ab. Endlich blieb er stehen. »Es gab einen Unfall«, flüsterte er. »Ich hatte einen älteren Bruder, Silas. Er ... wir ...«, er brach ab und wischte sich über die Augen, »wir haben experimentiert. Mit Magie, die wir noch nicht verstanden. Silas war außerordentlich talentiert und ein richtiger Draufgänger. Damals habe ich niemanden mehr bewundert. Und er genoss es, wenn er mich mit seinen Kunststücken beeindrucken konnte. Dein Großvater war ebenfalls stolz auf ihn und hat ihm mehr beigebracht, als für sein Alter angemessen war. Himmel, er war doch erst acht!« Den letzten Satz brüllte er verzweifelt heraus.

Kieran zuckte zusammen und deutete auf die Tür, hinter der die Schattenkrieger auf ihn warteten. Sein Vater beruhigte sich wieder und raunte: »Silas ist bei einem magischen Experiment gestorben. Ich stand daneben, unfähig, irgendetwas zu unternehmen, um seinen Tod zu verhindern und meinen Bruder zu retten. Damals zerbrach etwas in mir. Ich schwor mir, die Finger von Magie zu lassen, leugnete meine Fähigkeiten, sah sie wie eine Krankheit, die man besser verheimlicht. Nachdem wir in diese Welt gekommen waren, konnte ich sie nicht länger abstreiten. Ich habe bitter bereut, von meinem Vater nichts gelernt zu haben. Hätte ich euch doch nur besser schützen können!«

Tränen glänzten in seinen Augen.

»Gerade deshalb muss ich mich in dieser Lehrzeit anstrengen«, entgegnete Kieran.

»Dermoth ist eine Sache, aber unterschätze deinen Meister niemals. Damianos ist ein uraltes Wesen und hatte Jahrtausende Zeit, Menschen zu studieren. Mit seiner Erfahrung kannst du nicht konkurrieren. Dich zu manipulieren, muss ein Kinderspiel für ihn sein.«

»Klingt so, als ob du ihn gar nicht für einen Menschen hältst«, schnaubte Kieran.

»Ich weiß nicht, was er ist – sicher kein normaler Mensch und auch kein gewöhnlicher Magier. Niemand wird so alt, ohne wider die Natur zu handeln.«

»Wie schon gesagt, ich habe keine Wahl, und je mehr ich über Magie lerne, umso größer ist die Wahrscheinlichkeit, uns alle irgendwann zu befreien.« Doch die Augen seines Vaters blieben dunkel vor Sorge.

Zurück in seinem neuen Zimmer, musterte Steel ihn kurz und lächelte spöttisch. »Lass mich raten. Dein Vater ist nicht begeistert von deiner neuen Lehrstelle?«

Kieran ignorierte die Frage und betrachtete das Pergament, das der Weißmagier auf dem Tisch ausgebreitet hatte. Einen Grundriss von Temeduron.

Auf einen Wink von Steel hin erhoben sich aus dem Papier einzelne Abschnitte zu einer dreidimensionalen Darstellung, die Farbe annahm, bis eine perfekte Miniatur der Festung vor ihm schwebte. Sogar die unheimlichen Wesen tauchten aus dem Drakowaram auf und verschwanden wieder im See oder sprangen über die Brücke mit ihren zwei äußeren Türmen. Staunend umrundete Kieran den Tisch, um sich kein Detail entgehen zu lassen. Die zehn Türme der Festung bildeten mit ihren Wehrmauern den Stern und das Fünfeck nach und stellten mit dem gewaltigen fünfeckigen Hauptturm in ihrer Mitte Damianos' Machtinsigne dar. Die ganze Anlage schien ein weitverzweigtes System von Gängen und Treppen zu sein, die sowohl miteinander als auch mit dem Turm in ihrem Zentrum verbunden waren. Der besaß an seiner Spitze eine dreiseitige Pyramide aus blutrotem Glas. Wie das Dreieck in Damianos' Zeichen, nur dreidimensional.

»Beeindruckend«, gab Kieran zu.

Steel lächelte. »Allerdings. Erinnerst du dich an den magischen Schutzschild, der Temeduron umgibt?«

Wie könnte er den vergessen.

»Temeduron erzeugt ihn.«

»Wie bitte?« Er verstand nicht.

»Zahlenmagie, Kieran. Die Anordnung der Türme, ihre Winkel, ihre Form, die Lage der Gänge sind nicht etwa zufällig. Sie erfolgten unter millimetergenauen Berechnungen. Es heißt, nachdem der letzte Stein Temedurons seinen Platz gefunden hatte, schwebte Damianos über der Spitze der gläsernen Pyramide und löste mit einem Zauber den magischen Schutzschild über der Festung aus. Unter normalen Umständen hält so ein Schild nur, solange ein Magier ihn mit seinen magischen Kräften speist. Damianos würde bei der Größe der Festung also unzählige Zauberer benötigen, um den Schild aufrechtzuerhalten. Bei Temeduron funktioniert der Schutz jedoch anders. Der Schild hält seit seiner Entstehung, einmalig angestoßen durch Damianos selbst. Die besondere Bauweise der Festung funktioniert wie ein Perpetuum mobile.« Kieran hob fragend die Augenbrauen, und Steel erläuterte: »Die einmal ausgelöste Magie durch Damianos bleibt ewig in Bewegung und wird nie verbraucht. Er ist ein genialer Mathematiker und war ein Schüler von Thales von Milet.«

»Wer soll das sein?«

»Ein berühmter Philosoph und Mathematiker, der vor über 2600 Jahren lebte.«

Ein uraltes Wesen ... Kieran fröstelte.

Finn
Khaos, 20. April 2019 n. Chr.
Auf der dunklen Schreibtischplatte in Ramóns Atelier schimmerte die Halbmondfibel wie der Mond am nächtlichen Firmament. Ihre aufgefächerten Ketten mit den Dreiecken wirkten wie leuchtende Sterne. Sie hatten die Fibel von der Kette genommen, um sie näher zu untersuchen. Vielleicht war sie wie eines dieser japanischen Holzkästchen, die einen geheimen Schließmechanismus in sich bargen. An ihr Geheimfach gelangte man erst nach Betätigung von unzähligen Arbeitsschritten in exakter Reihenfolge. Hätte das sein vierjähriger Bruder damals hingekriegt? Finn verwarf den Gedanken sofort wieder.

»Wenn dieser Magier hier als Raubkatze herumschleicht, um mich anzufallen, kann er doch offenbar die Welten überqueren. Wozu braucht er dann die Fibel? Und warum verwandelt er sich nicht in einen Menschen, bricht ins Atelier ein und holt sie sich einfach?«

Ramón ließ gerade eine Tasse Kaffee aus der Espressomaschine durchlaufen – die dritte an diesem Morgen – und warf ihm einen müden Blick zu. Finn war sich sicher, nach dem Angriff der letzten Nacht hatte der Spanier kein Auge mehr zugemacht. Er selbst hatte auch nicht mehr viel Schlaf abbekommen.

»Dieses Gebäude wurde von mir magisch verriegelt. Aber ich stimme dir zu, ein mächtiger Magier wie er müsste den Schutz brechen können. Das alles ist äußerst mysteriös, und ich kann es mir selbst nicht erklären.«

Ramón kehrte zu ihm an den Schreibtisch zurück, stellte den Kaffee ab und angelte etwas aus dem Stiftebehälter, das er ihm reichte. Eine Lupe.

»Schau dir die Inschrift auf der Fibel doch einmal genau an! Ich habe sie mit allen antiken Schriften verglichen, die ich kenne. Keine Übereinstimmung! Sie wurde nicht einfach eingeritzt, sondern präzise eingebrannt wie mit einem modernen Hightechlaser. Nur existierte diese Technik vor über zweitausend Jahren noch nicht. Wer auch immer sie geschmiedet hat, verfügte über sehr starke Magie. Ich glaube, die Fibel ist weit mehr als ein Schlüssel zu der anderen Welt.«

Finn betrachtete die fremdartigen Symbole auf dem Gold durch die Lupe. »Warum lässt sich der Magier nicht einfach auf einen Handel mit mir ein? Die Fibel gegen meine Familie.«

»Stattdessen hat er dir gedroht, Kieran zu töten, wenn du sie ihm nicht persönlich bringst«, überlegte Ramón laut.

»Du denkst also auch, der Junge am Fenster ist mein Zwillingsbruder?« Er spürte die Hand des Leopardenmannes auf seiner Schulter wie einen Phantomschmerz.

»Davon bin ich überzeugt. Diese Fibel muss mit einem Schutz versehen sein, um den Missbrauch ihrer Macht zu verhindern. Anders kann ich mir das Verhalten des Magiers nicht erklären. Ohne dich scheint sie für ihn wertlos zu sein. *Du* bist derjenige, der ihre Macht entfalten kann.«

»Ich hab doch keine Ahnung, wie ich sie aktivieren soll!«

»Du hörst mir nicht genau zu!« Ramón beugte sich über den Tisch. Seine dunkelbraunen Augen durchbohrten ihn. »Mit einer einmaligen *Aktivierung* würde er sich nie zufriedengeben, sonst hätte er dir längst einen Handel angeboten. Für einen Magier seines Formats ist es ein Leichtes, in deine Gedanken einzudringen und dir qualvolle Visionen zu bereiten. Teilweise macht er das jetzt schon. In seiner Welt wärst du ihm vollkommen ausgeliefert, eine Marionette, um seine Ziele zu erreichen – welche auch immer das sein mögen –, und er wird dich niemals gehen lassen. Uns läuft die Zeit davon. Wir wissen nicht, *wann* er wieder zuschlägt, nur, *dass* es passieren wird. Ich kann versuchen, dir ein paar grundlegende Dinge zu deinem Schutz beizubringen. Ob dich das ausreichend gegen ihn wappnen wird, bezweifle ich. Nicht mal ich würde gegen ihn ankommen. Er war durch den Wolf nur überrumpelt.«

»Sind alle Magier solche Pessimisten?«

Ramón seufzte, zog die Schublade seines Schreibtischs auf und holte eine schwarze Lederhalskette mit silbernem Anhänger heraus. Vorsichtig legte er sie in Finns Hand.

»Was fühlst du?«

Nicht schon wieder ein Schmuckstück! Er öffnete gerade den Mund zu einer Erwiderung, da spürte er plötzlich eine Bewegung auf der Handfläche. Um ein Haar hätte Finn die Kette fallen lassen. *Was zur Hölle ...* Auf seiner Haut, in etwa so groß wie sein Daumennagel, krabbelte ein silberner Käfer auf vier filigranen Beinen. Zwei weitere Beinchen hielten über seinem Kopf eine runde Scheibe, in der ein türkisblauer Stein eingebettet war. Im nächsten Moment begann er zu leuchten.

Unfähig, seinen Blick abzuwenden, beobachtete Finn, wie der kleine Käfer feine silberne Flügel entfaltete und aufflatterte. Zuerst dachte er an einen Aufziehmechanismus. Nur, wann hätte Ramón den aktivieren sollen? Das Käferamulett verwandelte sich in ein blau leuchtendes, um seinen Kopf schwirrendes metallisches Insekt. Geblendet schloss er einen Moment die Augen. Als Finn sie wieder öffnete, war der Spuk vorbei. Das Amulett ruhte friedlich an der Lederkette und schmiegte sich in seine Hand.

»Meine Großmutter hat ihn mir geschenkt.«
Und du hast dich mit Lego zufriedengegeben!

»Skarabäen sind Mistkäfer und wurden im alten Ägypten hochverehrt. Sie symbolisieren schöpferische Lebenskraft und wurden wegen ihrer glänzenden Flügel mit der Sonne in Verbindung gebracht. Der türkisblaue Topas symbolisiert den Himmel. Diese Amulette waren heilig.«

Heilige Mistkäfer? Finn hob die Augenbrauen.

»Um Zugang zu deiner Magie zu erhalten, musst du dich von Zweifeln und Ängsten lösen.«

Ein plötzlicher Schmerz in seinem Zeigefinger ließ Finn zusammenzucken. Er senkte den Blick und entdeckte einen Blutstropfen. Dieser Mistkäfer bewegte sich wieder und hatte ihn in den Finger gebissen! Hastig versuchte er, ihn loszuwerden. Erst schüttelte er die Hand, dann zog er an dem Amulett, doch je mehr er sich anstrengte, umso stärker verbiss sich der Käfer in seiner Haut. Mittlerweile quoll zu Finns Entsetzen immer mehr Blut in einem dünnen Rinnsal unter den zappelnden Silberfüßen hervor, und der Stein funkelte in allen erdenklichen Blautönen.

»Was zum Teufel ...«

»Wut hilft dir nicht weiter. Der Skarabäus wird dir von großem Nutzen sein.« Ramón stand auf, schlenderte zur Kaffeetheke und schenkte sich ein Glas Wasser ein.

»Ein Vampirkäfer, der mir das Blut aussaugt?«

Der Biss schmerzte inzwischen höllisch. In seiner Frustration holte Finn mit dem Arm weit aus und schlug die Hand auf die Tischkante. Der Schmerz explodierte in seinem Finger, ließ ihn aufstöhnen, und sein halber Arm fühlte sich plötzlich taub an, als würde ihn ein Gift lähmen. Der Käfer dagegen schien keinen Kratzer abbekommen zu haben.

»Keine Sorge. Wenn er dich töten wollte, hätte er das längst getan«, konstatierte Ramón seelenruhig.

»Dieses Ding kann mich *töten*?«

»Wenn er möchte. Lass los, Finn! Er beißt dich nur, weil er deine Zweifel spürt. Gib dich deiner und seiner Magie hin. Glaube!«

Finn schnaubte entnervt, denn im Augenblick beherrschte ihn nichts als Wut. Wie ein Feuer fraß sie sich durch sein Inneres und ließ seinen Puls rasen. Vor Finns Augen tauchten die abenteuerlichsten Bilder auf. Wie er den Käfer zertrümmern würde, sobald er ihn vom Finger bekam. Mit einem Stein, nein, besser mit einem Hammer. Er könnte ihn in einen Schraubstock spannen und … Der Skarabäus schien seine Gedanken lesen zu können, denn er riss nun in einem wilden Tanz seine Haut zu einer schmerzhaft pulsierenden, offenen Wunde auf. Und Ramón sah seelenruhig zu und rührte sich immer noch nicht. Langsam wurde Finn schwindlig beim Anblick seiner mittlerweile blutüberströmten Hand. *Lass los, Finn!*

Er atmete tief durch und versuchte, sich zu konzentrieren. Wenn der Schmerz echt war – und das war er zweifelsohne –, dann steckte wirklich Magie in diesem Mistkäfer. Und in dem steinernen Wolf und in Ramón und … okay, vermutlich auch in ihm selbst, sonst würde er das alles hier nicht wahrnehmen. Finn starrte in das leuchtende Blau der Himmelsscheibe. Langsam ließ der Schmerz nach, die Flügel des Käfers öffneten sich, und … er schwebte. Der Schreibtisch unter ihm war riesig. Luft umströmte ihn wie Wasser, er schwamm darin wie der Skarabäus. Falsch, er war eins mit dem Käfer. Eine hohe metallische Stimme wisperte in ihm: »*Das wurde langsam mal Zeit. Willst du mich immer noch in Stücke hacken?*«

»*Du kannst meine Gedanken lesen?*«

»*Ich habe dich als neuen Herrn angenommen. Das erlaubt mir, in deine Gedanken und Gefühle einzutauchen. Was ich von dir Jammerlappen bisher wahrgenommen habe, lässt mich daran zweifeln, ob das nicht ein gewaltiger Fehler war.*«

Das Ding war so mörderisch wie unverschämt.

»*Entschuldige mal! Anhänger schwirren einem normalerweise nicht um den Kopf und saugen einem das Blut aus den Fingern. Meine Gedanken waren reine Strategien zur Selbstverteidigung, und du bist sauer, weil ich nicht sofort an deine Herrlichkeit geglaubt habe?*«

Aus dem Inneren des Skarabäus ertönte ein glockenhelles Lachen. »*Mmmmh, meine Herrlichkeit. Das gefällt mir.*«

»*Das war Ironie.*«

»*Gefällt mir trotzdem. Aber falls dir die Anrede ›Eure Herrlichkeit‹ nicht zusagt: Ich heiße Amun.*«

Im nächsten Augenblick fand Finn sich auf dem Stuhl wieder, mit dem Skarabäus in der unverletzten Hand, als hätte das Amulett ihn nie gebissen.

»Beeindruckend.« Ramóns Augen funkelten belustigt. »Hat er zu dir gesprochen? Das macht er nämlich nicht immer. Er ist äußerst ... eigenwillig.«

»Ach nein!« Fasziniert strich Finn Amun über die Flügel. Die Scheibe auf dem Kopf des Käfers flackerte kurz auf.

»Er hat mir vor langer Zeit einmal einen großen Dienst erwiesen, doch seitdem hat er sich mir verschlossen. Der Skarabäus ist sehr mächtig. Er wird dir den Zugang zu deiner Magie erleichtern und kann dir in brenzligen Situationen zur Seite stehen.«

Der Nachmittag zog sich zäh in die Länge. Finn sollte die Grille auf den Blättern draußen im Garten laufen oder die Katze über die Terrasse schleichen hören! Schweiß tropfte ihm von der Stirn, und er versuchte, sich zu konzentrieren. Aber wie konnte Ramón nur Geräusche wahrnehmen, die ganz offensichtlich nicht für das menschliche Gehör bestimmt waren?

»Du musst lernen, schneller und präziser zu denken. Du

wirst es mit Gegnern zu tun bekommen, die ihren Geist jahrelang darin geschult haben, ihre Umgebung in all ihren Facetten wahrzunehmen. Diese Zeit hast du nicht«, erklärte Ramón.

Doch mittlerweile machte sich der Schlafentzug der letzten Nacht bemerkbar. Finns Gedanken flogen ziellos durch die Luft, und die Augenlider fielen ihm immer wieder zu. Ein Kribbeln auf der Brust verriet ihm, dass der Skarabäus erneut zum Leben erwacht war.

»*O Meister der Ungläubigkeit!*«, tönte die spöttische Stimme Amuns in seinem Kopf. »*Soll ich dich beißen, um deine Zweifel zu zerstreuen?*«

»*Bloß nicht! Ich glaube schon daran.*«

Der Käfer begann, auf seiner Brust zu tanzen, und Finn konzentrierte sich erneut auf die Katze im Garten.

»Jetzt bist du auf dem richtigen Weg«, sagte Ramón lächelnd. »Was genau bist du? Was ist dein Ziel?«

Ich will die Katze hören, sie verfolgen. Ich bin ... ein Hund. Der kann viel besser hören als ein Mensch. Um die Katze zu jagen, wird er auf das leiseste Trippeln ihrer Tatzen achten. Er wird seine Ohren aufstellen und ...

Finn stockte der Atem. Die Geräusche drangen schlagartig auf ihn ein, er riss die Hände hoch und presste sie auf die Ohren. Das Zirpen einer Grille schallte überlaut durch die Luft, ein extrem helles Piepsen gehörte wohl zu einer Maus, und der Wind in den Blättern klang wie ein Radiosender, der die Frequenz verloren hatte. Schließlich hörte er die Katze. Sie lief nicht durch den Garten, aber sie bewegte sich. Kleine, schmatzende Laute wurden von einem streichenden Ton unterbrochen. Sie putzte sich! Doch das war nicht alles. Finn wusste ganz genau, wo sie steckte. Im östlichen Teil des Gartens.

Ramón schmunzelte, während er ihm das erzählte. »Deine Sinne sind noch stumpf und deine Magiebeherrschung mangelhaft. Du musst erst die Kontrolle über sie erlernen, sonst wird die Magie dich umbringen.«

»Wie das?«

»Anfänger im Umgang mit Magie können sich in dem, was sie visualisieren, verlieren und wahnsinnig werden.«

»Und wie spüre ich, wann ich aufhören muss?«

»Du wirst mit der Zeit ein Gefühl dafür entwickeln, mit deinen Kräften zu haushalten. Für den Anfang hast du den Skarabäus. Er wird dich leiten und rechtzeitig warnen. Machen wir eine Pause. Ich habe etwas Neues für dich.«

Sie gingen zurück ins Atelier, und der Magier zog einen länglichen Lederbeutel aus einer Wandnische und legte ihn vor Finn auf den Tisch. Nach dem ganzen Gerede über Magie und Verteidigung erweckte die Form des Pakets in ihm die Hoffnung auf eine Waffe – vielleicht ein Schwert? Doch Ramón zog einen schlichten dunklen Holzstab heraus.

Seine Mundwinkel zuckten, als er Finns Enttäuschung sah. »Das ist Nilakazie, fast so schwarz wie Ebenholz, weil der Stab über tausend Jahre alt ist.«

»Noch ein Ding, das mich umbringen will?« Der Skarabäus auf seiner Brust zuckte, und ein metallisches Kichern drang an sein Ohr.

»Wart's ab«, lachte Ramón und zeigte ihm die Hieroglyphen, die ringsum im Holz verliefen.

Finn strich vorsichtig darüber. Wie Blindenschrift. In seinen Fingern kribbelte es, als stünde der Stab schwach unter Strom.

»Pass auf!« Ramón warf ihn in einer eleganten Drehbewegung in die Luft. Die Schriftzeichen glühten orangerot auf, bevor er zu Boden fiel. Und kein Stab mehr war.

Finn wich erschrocken zurück, denn eine schwarze Schlange schnellte auf ihn zu. Sie wuchs und schraubte sich bis auf seine Gesichtshöhe.

»Du musst ihr einen Namen geben!«, rief Ramón.

Die Schuppen der Schlange schimmerten wie dunkle Kristalle, und ihre zischelnde Zunge berührte fast seine Nasenspitze. Fasziniert hob er die Hand zu ihrem Kopf. Ihre Haut war unerwartet warm und rau.

»Kyra«, sagte Finn. So hieß die Labradorhündin eines Mitschülers.

Der Name schwebte in der Luft, und im nächsten Augenblick fiel der Schlangenkörper in sich zusammen. Vor ihm lag wieder der dunkle, mit Hieroglyphen verzierte Stab.

»Habe ich was falsch gemacht?«, fragte Finn besorgt.

»Nein. Sie ruht nur, bis du sie brauchst. Trag sie bei dir. Wenn der Magier dich erneut angreifen sollte …«

Das Trampeln von Schuhen auf Pflastersteinen und lautes Klopfen an der Ateliertür unterbrachen ihn. »Papá!« Lunas Stimme klang gehetzt, und sie klopfte noch fester an die Tür. »Mach auf!«

Kieran
Erebos, Jahr 2516 nach Damianos, zweiter Mond des Sommers, Tag 27

Die Tage, in denen Steel Kieran auf seine Ausbildung bei Dermoth vorbereiten sollte, flogen schnell dahin. Er brachte ihm bei, wie er sich in der komplizierten Festungsanlage zurechtfand. Denn die Zahlenmagie, die beim Bau von Temeduron berücksichtigt worden war, sorgte nicht nur für den äußeren Schutzschild, sondern ließ die Gänge im Inneren für Uneingeweihte zu einem Labyrinth werden, in dem sie sich heillos verliefen. Steel zufolge waren früher immer wieder Skelette von Händlern in abgelegenen Kellergängen gefunden worden. Sie hatten nach

Ablieferung ihrer Ware gedacht, den Schattenkriegern entwischen und auf ihrem Rückweg schnell in den Schatzkammern Temedurons reiche Beute machen zu können. Aber ohne die Grauen hatten sie nie mehr aus Temeduron herausgefunden.

Obwohl Kieran sich hier inzwischen gut auskannte, hatte er weder seine Mutter noch Aswin zu Gesicht bekommen. Er konnte nur hoffen, er würde wenigstens seinen Vater nach Steels Abreise regelmäßig sehen.

»Das hängt von dir und deinen Leistungen ab« war alles, was er zu hören bekam, und all das setzte ihn schon unter Druck, bevor die eigentliche Lehrzeit überhaupt begonnen hatte.

Die Abendessen mit Damianos waren weit weniger schlimm als befürchtet. Aber Kieran brachte anfangs kaum einen Bissen hinunter, und das, obwohl die erlesensten Speisen aufgetischt wurden. So unbeherrscht und zornig Dermoth wirkte, so kalt und gefühllos war Damianos. Teilnahmslos lauschte er Steels Berichten über Kierans Fortschritte und stellte ihm Fragen. Er wurde nie laut, sondern sprach stets mit dieser weichen, sanften Stimme, die Kieran ein kaltes Prickeln auf der Haut bereitete.

»Man weiß nie, woran man bei ihm ist«, hatte Steel ihn gewarnt. »Damianos wird dich in demselben Tonfall loben, wie er den Befehl erteilt, dich zu erdrosseln.«

Am Vortag seines Abschieds von Steel rief Dermoth Kieran zu sich in seine Gemächer.

»Du wirst aufstehen, sobald ich den Raum betrete, und dich vor mir verneigen. Sprich nur, wenn ich dich dazu auffordere. Beende deine Sätze immer mit ›mein Gebieter‹. Bis auf deine Kammer darfst du keinen weiteren Raum ohne meine vorherige Erlaubnis betreten. Du darfst die Festung keinesfalls verlassen.« Dermoth grinste höhnisch. »Nicht dass dir das jemals glücken würde. Hast du alles verstanden?«

»Ja, Herr«, sagte Kieran, benommen von dem harschen Vortrag, und im nächsten Moment schoss ein sengend heißer Schmerz durch seinen Kopf. Genüsslich beobachtete Dermoth, wie Kieran die Hände hochriss und gegen die Schläfen presste. Erst als er in die Knie ging und nur noch japsende Laute vor Qual von sich gab, nahm er den Fluch von ihm. Er beugte sich hinunter und fixierte Kieran mit seinen kleinen blassblauen Augen.

»Wie war das?«

»Ja, mei…mein Ge…Geb…bieter!«, stammelte Kieran mit klappernden Zähnen. Ihm graute davor, mit diesem Monster von Lehrer allein zu sein, aber der Tag kam schneller, als ihm lieb war.

An dem Morgen, an dem Steel sich von Kieran verabschiedete, bevor er mit seiner Mutter und Aswin Richtung Aithér aufbrechen würde, hatte er seltsamerweise das Gefühl, einen Freund zu verlieren. All seine Vorsätze, ihn zu hassen, hatte er in den letzten Tagen aufgegeben.

»Wie hat meine Mutter reagiert?«, fragte Kieran und ging unruhig vor dem Weißmagier auf und ab.

Steel verzog das Gesicht. »Das willst du nicht wissen. Glaub mir.«

Er schluckte. »Weiß wenigstens Aswin, dass wir noch leben?«

»Nein. Er kennt dieselbe Version wie deine Mutter: Damianos hat dich und deinen Vater zu einem Grauen gemacht. Pass auf dich auf, Kieran. Ich habe dich zu Damianos geführt. Ich werde dich auch wieder hier rausholen. Verlass dich darauf!«

Leere Worte. Wie sollte er ihn jemals befreien können?

Kieran fragte sich nicht zum ersten Mal, wie sein Leben verlaufen wäre, hätte er gegenüber seiner Mutter darauf bestanden, das Angebot anzunehmen und mit Steel nach Aithér zu gehen. Doch damit hätte er seine Eltern dem Tod ausgeliefert, denn seine Mutter wäre seinem Vater nach Temeduron weiter gefolgt. Nein, er hatte in Wahrheit nie eine Wahl gehabt. Und jetzt hing ihrer aller Schicksal nur noch von ihm ab. Von ihm allein.

Sis
Khaos, 20. April 2019 n. Chr.
Sis sah sich neugierig um, als Ramón sie in sein geheimnisumwobenes Atelier ließ, konnte jedoch nichts Besonderes entdecken.

»Papá, draußen steht Lluís! Wir sind von der Polizei verfolgt worden. Sie fahnden nach Sis, Finn und Luke, weil sie von zu Hause abgehauen sind«, erklärte Luna außer Atem. Wie zur Bestätigung klingelte es. »Wir konnten die Streife abhängen, aber dann ist Lluís mit seinem Wagen zu ihnen gestoßen und hat mich in letzter Sekunde ums Eck biegen sehen. Er muss mich erkannt haben.«

Ramón erbleichte. »Verdammt, ausgerechnet Lluís!«

»Wer ist denn dieser Lluís?«, fragte Finn, der mit einem eigenartigen Holzstab in der Hand neben Lunas Vater stand.

»Ein Polizist. Er ist mit Papá befreundet«, antwortete Luna.

Besagter Freund drückte erneut energisch die Klingel.

»Kannst du ihn nicht abwimmeln?«, wollte Luke wissen.

»Ich spreche mit ihm. Ihr vier bleibt auf alle Fälle hier im Atelier, verstanden?«

Alle nickten stumm. Beunruhigt sah Sis Ramón nach, wie er zur Terrassentür lief und im Haus verschwand.

»Hey, was ist das für ein cooles Teil?«, rief Luke.

Sis musterte den dunklen Holzstab in Finns Hand nun ebenfalls genauer.

»Vorsicht, Luke! Das Ding hat ein Eigenleben.«

»Im Ernst? Jetzt sag bloß nicht, das ist ein XXL-Zauberstab.«

Irgendwas an Finns Miene kam Sis eigenartig vor. Mit schnellen Schritten ging er zum Schreibtisch und steckte etwas ein. War das die Fibel gewesen?

»Ich war zuletzt als Kleinkind hier drin«, murmelte Luna unterdessen andächtig. Mit großen Augen sah sie sich um, ging zu einer Regalwand und strich die Buchrücken entlang.

»Was habt ihr hier überhaupt getrieben?«, fragte Luke.

»Die Fibel untersucht.«

»Mit dem Stecken da?«

Luna drehte sich um. »Wisst ihr was? Ich schleich mich über Papás Weinkeller ins Haus und belausche das Gespräch.«

»Gute Idee, ich komm mit!«, verkündete Finn rasch und lief zu ihr.

»Was? Nein, Ramón hat gesagt, wir sollen …«, rief Sis, aber ihr Bruder schlüpfte bereits so schnell aus der Tür, dass Luna ihm kaum folgen konnte. Seufzend drehte Sis sich zu Luke um und fing seinen intensiven Blick auf. »WAS? Bin ich dir jetzt wieder zu gluckenhaft?«

Er zuckte zusammen, und zu ihrer Überraschung fehlte ihm die übliche schlagfertige Antwort. Die Stille zwischen ihnen dehnte sich unangenehm aus, während er sie immer noch anstarrte. »Ich …«, stotterte er und fuhr sich linkisch durchs Haar, »so war das damals gar nicht gemeint. Ehrlich, Sis, ich find's toll, wie du dich um deinen Bruder kümmerst. Andere Mädchen würden das nicht tun, und das macht dich irgendwie einzigartig … einfach … besonders.«

Ach du Schande. Flirtete Luke etwa mit ihr?

»Okay.« Hilfe suchend schaute sie sich um und entdeckte die Kaffeemaschine. »Ähm ... magst du auch einen Kaffee?«

»Gerne.« Er presste das Wort so erleichtert heraus wie Finn früher das *Amen* nach einer langen Kirchenpredigt an Weihnachten, und Sis kehrte ihm rasch den Rücken zu, um Kaffee zu machen.

Kapitel 10

Kieran
Erebos, Jahr 2516 nach Damianos, erster Mond des Herbstes, Tag 28
Zwei Monate waren seit Steels Abreise vergangen.

Eine Zeit, die früher für Kieran nur so dahingeflogen war, besonders im Sommer, wenn er mit Ulric und Rangar in den Wäldern um die Silbertrostminen herumgestreift oder in den Silberspitzbergen geklettert war und die überwältigende Aussicht vom Gipfel genossen hatte. Jetzt war Zeit sein Kerker – wie eine der riesigen Sanduhren, die Damianos in seiner Alchemiekammer aufbewahrte. Zäh flossen ihre schwarzen Körner durch die winzige Öffnung, die sein altes Leben mit seinem neuen verbanden, und er stand bis zu den Knien im Sand und fragte sich verzweifelt, ob die Schwärze ihn nicht irgendwann ersticken und unter sich begraben würde.

Vier bis fünf Stunden, mehr Schlaf gönnte er sich nicht, um so viel und so schnell wie möglich zu lernen. Vormittags studierte er die Grimoires, aufwendig gestaltete Lederfolianten über Zauberei, von denen Damianos eine überwältigende Menge in seiner Bibliothek besaß. Sie war atemberaubend und füllte den gesamten zehnten Turm der Festung aus. Bücherarkaden, Säulen und Wendeltreppen führten zu den einzelnen Emporen mit hölzernen Regalen über zehn Stockwerke bis zur Spitze. Kein Sterblicher konnte diese Menge an Büchern im Lauf seines Lebens lesen. Kieran fragte sich, ob das Damianos gelungen war. Ebenerdig schmückte die Mitte des Saals ein Mosaik in Form des Symbols Alpha. Blickte man von dort nach oben, so konnte man winzig klein in der Kuppel das goldene Omega erkennen. *Anfang und Ende*, hatte Damianos ihm erklärt und hinzugefügt, auch die Zahl Zehn des Turms würde für Vollkommenheit und Vollendung stehen.

Das eigentliche Übel seiner Ausbildung folgte immer am Nachmittag in Form von Dermoths Unterricht. Mittlerweile hatte Kieran eine Technik entwickelt, um dessen Verachtung, den Hohn und die Beschimpfungen an sich abprallen zu lassen. Er stellte sich Dermoth als kleinen, bösartigen Zwerg vor, der sich von seiner Angst und seinem verletzten Stolz nährte. Erst als der fette Zwerg in seinem Kopf fast platzte, gelang es Kieran, ihm sein Festmahl zu entziehen. Seine Schimpfreden perlten jetzt an ihm ab wie Regentropfen an einer scharfen Klinge. Schwieriger war der Umgang mit seiner Brutalität. Eines Abends, als er mit aufgeplatzter Lippe und blauem Auge zum Abendessen erschien, warf ihm sein blutäugiger Meister einen langen Blick zu.

»Was ist mit deinem Gesicht geschehen, Lehrling?«, fragte er mit dieser betörend sanften Stimme, die einen allzu leicht vergessen ließ, wie grausam Damianos sein konnte.

Kieran wollte Dermoth nicht die Genugtuung geben, sich bei seinem Meister auszuheulen.

»Ich bin auf der Treppe gestürzt, Herr.«

Damianos hob die Hand und richtete sie auf sein Gesicht. Er hielt den Atem an. Wollte er ihn bestrafen, weil er gelogen hatte? Dermoth grinste bösartig. Helligkeit hüllte sein Gesicht ein und wärmte ihm die Haut. Als das Licht wieder erlosch, fühlte er, wie seine Blutergüsse und Verletzungen binnen Sekunden heilten.

»Sieh zu, dass er nicht allzu oft die Treppen hinunterstürzt. Ich brauche seine vollen Kräfte«, befahl der Meister scharf.

»Ja, Herr«, beeilte sich Dermoth zu sagen, und Kieran genoss das Zittern in seiner Stimme.

Von da an hielt sich Dermoth zurück, und Kierans Alltag besserte sich. Aber die Einsamkeit blieb.

Neben den viel zu seltenen Besuchen bei seinem Vater bestand Kierans einziger Lichtblick in der Beschäftigung mit der Alchemie.

Die Alchemiekammern befanden sich im elften Turm der Festung, die größte von ihnen lag im Erdgeschoss. Über eine Außentür gelangte man in einen Garten, in dem verschiedene Kräuter, Pilze, Gift- und Heilpflanzen angebaut wurden. Im Inneren der Kammer standen dunkle, sorgfältig verkorkte Gläser mit lichtempfindlichen Mixturen aneinandergereiht auf Regalen. Glaskolben, Destilliergefäße, Mörser und Stößel auf dem riesigen Eichentisch stimmten Kieran wehmütig. Wie oft hatte er seiner Mutter geholfen, Heilkräuter zu zerkleinern und zu Tinkturen und Pasten zu verarbeiten.

Dermoth konnte der Alchemie nichts abgewinnen. Folterflüche waren seine einzige große Leidenschaft. An dem Tag, da er Kieran die große Alchemiekammer zum ersten Mal gezeigt hatte, sprach er verächtlich vom *notwendigen Übel*, das es in der Beschäftigung mit Magie zu erlernen galt, und Kieran hatte blitzschnell seine Chance erkannt. »Mir ist dieses Quacksalbern mit Tinkturen und der ganze Aufwand mit dem Grünzeug auch zuwider«, hatte er gelogen.

Wie erwartet hatte sich Dermoths Gesicht zu einem höhnischen Grinsen verzogen.

»Ab heute gehört es zu deinen täglichen Pflichten, nach den Pflanzen in diesem Garten zu sehen. Damianos legt auf die Alchemie ganz besonders viel Wert. Wenn seine Pflanzen dahinsiechen, wird mit dir zu meinem allergrößten Bedauern in Kürze dasselbe geschehen.«

Dieser kleine Sieg über Dermoth und die damit einhergehende Befriedigung halfen Kieran dabei, Tag um Tag zu überstehen. Doch heute führte Dermoth ihn leider nicht in den Garten, wo er ein paar Stunden vor ihm Ruhe gehabt hätte, sondern blieb in der Alchemiekammer vor einem hohen Schrank aus dunklem Holz mit goldenen Runen stehen. Als er sie berührte, sprang die Tür auf. Neugierig versuchte Kieran, einen Blick auf das Schrankinnere zu erhaschen. Alle Fächer waren vergoldet. Er erspähte schwere Lederfolianten und Pergamentrollen, dann verschloss Dermoth den Schrank wieder. In seinen Händen hielt er ein in schwarzes Leder eingebundenes Buch, das mit goldenen Metalleinfassungen verziert war. Auf der Vorderseite prangte ein Kreis aus Diamanten mit einem Rubin in ihrer Mitte. Auf der Rückseite funkelte ihm das Machtinsigne seines Meisters entgegen. Wie ein rohes Ei legte Dermoth das Buch auf den Eichentisch.

»Dieses Werk hat der Meister selbst verfasst. Es beinhaltet seine wichtigsten Forschungen im Bereich der Alchemie der letzten 2500 Jahre, die Essenz seines alchemistischen Wissens. Du findest darin Abschriften der Smaragdtafeln von Hermes Trismegistos, Auszüge aus Dschābir ibn Hayyāns Werken, Schriften von Nicolas Flamel, Paracelsus und vielen mehr. Damianos hat sie um eigene Ideen und Erkenntnisse ergänzt und vervollständigt. Aus mir unerklärlichen Gründen wünscht er, dass *du*«, er sprach das Wort voller Abscheu aus, »Einblick in dieses außergewöhnliche Werk erhältst. Bisher war ich der einzige Adept, dem er dies gestattete.« Aus einer Schublade zog er Stoffhandschuhe. »Die wirst du tragen, wenn du die Pergamentseiten berührst. Sie sind mit Gold und Purpur verziert. Fass sie also niemals mit bloßen Händen an!«

»Ja, Gebieter«, beeilte sich Kieran zu sagen und konnte kaum erwarten, einen Blick in das Buch zu werfen. Er setzte sich an den Tisch und betrachtete ehrfürchtig den Einband.

»Wofür steht der Kreis mit dem Punkt?«

»Dieses Zeichen symbolisiert die Allmacht unseres Herrn. Er steht als Magier in der Mitte des Kreises, unangreifbar und unantastbar aufgrund seiner Vollkommenheit und seiner Göttlichkeit. Er gebietet über alles und jeden.« Dermoths Gesicht nahm bei den letzten Worten einen verzückten Ausdruck an.

Göttlichkeit? Das fehlte noch! Vorsichtig klappte Kieran den Einband auf. Was er sah, verschlug ihm den Atem. Auf der ersten Seite waren in smaragdgrüner Farbe zwei Tafeln abgebildet. Zwischen ihnen wand sich eine Säule aus purem Blattgold. Ein purpurfarbener Kreis fasste die Tafeln ein, und über ihm stand in Blattgold:

»*Visita Interiora Terrae Rectificando Invenies Occultum Lapidem.*«

Die Anfangsbuchstaben waren besonders schön illustriert. Vorsichtig strich er über die Seite und flüsterte den Enthüllungszauber, den Steel ihm beigebracht hatte: »Aperta!« Die Worte begannen zu vibrieren, schwebten ihm entgegen, Buchstaben vermischten sich in der Luft und bildeten neue Zusammensetzungen in seiner Sprache. »*Dringe mittels Reinigung in das Innere der Erde, so findest du den verborgenen Stein.*«

Kieran sah sich die grünen Tafeln näher an. Auch sie enthielten goldene Inschriften. Insgesamt konnte er dreizehn Sätze erkennen.

I. *Wahr ist es ohne Lüge, unzweifelhaft und wahrhaftig:*
II. *Das, was unten ist, ist so wie das, was oben ist, und das, was oben ist, ist wie das, was unten ist, um die Wunder des Einen zu vollziehen.*

Weiter kam er nicht, denn Dermoth zog das Buch unter ihm

fort, klappte den Einband zu und sperrte Damianos' Werk zurück in den Schrank. »Das reicht für heute. Denk darüber nach. Heute Abend wirst du Damianos erklären, was damit gemeint ist.« Der Hohn in seiner Stimme war nicht zu überhören.

Frustriert ging Kieran hinaus in den Garten. Seine Wut auf Dermoth war so groß, dass er sie wie einen festen Knoten in seinem Magen spürte. Während er das Unkraut jätete und die Kräuter goss, fragte er sich, was um Himmels willen diese mysteriösen Sätze bedeuten sollten. *Was unten ist, ist das, was oben ist?* Er war sicher, er würde keine Lösung dafür finden, selbst wenn er den ganzen Nachmittag bis zum Abendessen darüber nachgrübelte. Damianos würde enttäuscht von ihm sein, und genau das bezweckte Dermoth.

Fieberhaft überlegte Kieran, was er nun tun sollte. Vielleicht hatte sein Vater schon einmal davon gehört. Zweimal im Monat durfte Kieran ihn eine halbe Stunde lang im Kerker aufsuchen. Hoffnungsvoll machte er sich auf den Weg.

Als er sich schließlich die Tür von den Wachen öffnen ließ, kauerte sein Vater unter dem Fenster und hob abwehrend die Hände. Sein Blick war wild. Er schien ihn überhaupt nicht zu erkennen. Sein Gesicht war geschwollen, ein Auge blau, und an Stirn und Unterlippe klebte getrocknetes Blut. Kieran rang nach Luft.

»Wer hat dir das angetan, Vater?«, rief er entsetzt.

»Weiche, Dämon!«, brüllte dieser mit erhobenen Händen.

»Vater, ich bin es doch, Kieran!«

Aber sein Vater drückte sich noch fester an die Wand, die Augen voller Panik. Kieran blieb stehen. Sein Vater war nicht einfach nur verprügelt worden. Jemand hatte seinen Geist verwirrt. Das Blut pochte laut in Kierans Schläfen. Er drehte sich auf dem Absatz um und riss die Tür auf. Die wachhabenden Schattenkrieger musterten ihn ausdruckslos, während er an ihnen vorbeieilte und den Weg zu den Gemächern des Statthalters einschlug. Seit Wochen ertrug er Dermoths Misshandlungen und Demütigungen. Nun war er offenbar dazu übergegangen, seinen Vater zu foltern, um Kieran zu verletzen, nachdem Damianos ihn gemaßregelt hatte. Die lang unterdrückte Wut überrollte Kieran in ungeahnter Heftigkeit, mischte sich mit der Verzweiflung über die Aussichtslosigkeit seiner Lage und ließ ihn jede Vorsicht vergessen.

Dermoths Gemächer befanden sich im zwölften Turm der Festung direkt unter dem Dach und großzügig über zwei Etagen verteilt. Neben wertvollem Mobiliar und dichten Teppichen waren ihm vor allem die ausgestopften Tiere und eine ganze Wand voll Waffen, Fallen und Foltergeräten verschiedenster Art in unangenehmer Erinnerung geblieben. Er trommelte lautstark gegen die Tür, und als Dermoth öffnete, verzichtete er auf Höflichkeitsfloskeln und stürmte an ihm vorbei ins Innere.

»Warum hast du meinen Vater gefoltert, du Schwein?«, schrie er, und erst jetzt nahm er die Magd wahr, die mit angstgeweiteten Augen und halb geöffneter Bluse zitternd im Raum stand. An ihrem Hals blühten rote Würgemale.

»Verschwinde!«, befahl Dermoth ihr barsch, und sie huschte mit einem erleichterten Gesichtsausdruck hinaus.

Dermoths Augen verengten sich zu winzigen Schlitzen, während er mit einem Wink die Tür hinter der fliehenden Magd schloss und einen Zauber murmelte, den Kieran nicht verstand. Er betrachtete ihn blutgierig, und zu spät erkannte Kieran, dass er sein Kommen wohl schon erwartet und sich darauf gefreut hatte.

Du musst ihn zuerst angreifen. Nur so hast du überhaupt eine Chance zu überleben.

Sein Blick heftete sich auf Dermoths Gesicht. Bevor der Magier seinen Mund öffnen konnte, bahnten sich der aufgestaute Zorn, all die erduldeten Verletzungen und geschluckten Beleidigungen ihren Weg, schossen in Kierans Hand, die er zur Verstärkung seines Fluchs hochriss und auf Dermoth richtete. »Ignis domino inferius et superius!« Seine Stimme klang selbst in seinen eigenen Ohren fremd und Furcht einflößend.

Feuer dem Gebieter unten und oben!

Ein Fluch, den er in diesem Wortlaut noch nie benutzt hatte. Ein Fluch, in dem so viel wildes Feuer vor Hass loderte wie in seinem Inneren. O ja, er wollte ihn mit den Flammen verzehren, in die er die halb toten Minenarbeiter geworfen hatte. Auf das *oben* und *unten* musste er durch Damianos' Alchemiebuch gekommen sein. Die Magie, die Kieran damit auslöste, war so mächtig, dass er von den Füßen gerissen wurde und gegen die Wand stieß, bevor er auf dem Boden aufschlug.

Zum Glück.

Denn so verfehlte ihn Dermoths nahezu zeitgleich gebrüllter Fluch um Haaresbreite, prallte auf eine bunt bemalte Vase auf einer Anrichte und sprengte sie in tausend Stücke. *Er hätte dich getötet oder zumindest deine Knochen zersplittert!*

Das Geräusch der herabrieselnden Scherben war nichts im Vergleich zu dem ohrenbetäubenden Kreischen, das Dermoth ausstieß. Sein Körper stand lichterloh in grünen, magischen Flammen. Er drehte und wand sich vor Schmerz, rief alle möglichen Gegenflüche, schien jedoch außerstande, Kierans Fluch aufzuhalten. Die Flammen bildeten einen vollkommenen Kreis um den Körper in ihrer Mitte.

Atemlos starrte Kieran Dermoth an.

Er würde sterben.

Nicht dass ihn das besonders traurig stimmte. Aber er hatte ihm nur eine Lektion erteilen wollen. Was würde Damianos tun, sobald er erfuhr, wer seinen Statthalter getötet hatte?

»Ignis extingue!«, rief er den Befehl zum Löschen von Feuer.

Die Flammen loderten unbeirrt weiter. Schweiß brach Kieran aus. Feuer war eines der vier Elemente. Wasser das Gegenelement.

»Aqua ignem extingue!«, donnerte Kieran dem durch den Raum wirbelnden Feuerball mit Dermoth in seiner Mitte zu. Ein Wasserschwall fegte auf ihn zu und verdampfte ergebnislos, sobald er die Feuerzungen berührte. Mittlerweile brannten schon die Vorhänge lichterloh, und auf dem Teppich flackerten erste Flammen.

O verdammt!

Kieran musste den Meister rufen. Nur Damianos konnte das Feuer noch stoppen. Welche Strafe sein Handeln nach sich ziehen würde, verdrängte er, rannte zur Tür und versuchte, sie zu öffnen. Vergeblich. Auch die Fenster blieben verschlossen. Dermoth musste sie mit einem besonderen Schließzauber versiegelt haben, um zu verhindern, dass Kieran seiner Folter entkam.

In diesem Moment wurde ihm bewusst, er würde zusammen mit Dermoth verbrennen. NEIN! Angst griff mit ihren scharfen Klauen nach seiner Kehle und drückte zu. Er durfte nicht sterben! Nicht so! Ohne ihn würde sein Vater zu einem Grauen werden und seine Mutter den Rest ihres Lebens bei Steel fristen. Und Serafina? Kieran schob die Gedanken an alle, die er liebte, fort und konzentrierte sich auf einen möglichen Ausweg. Mit aller Kraft klopfte er gegen die Fensterscheiben und versuchte, die Wachposten auf den Türmen auf sich aufmerksam zu machen. Aber sie zeigten keine Reaktion. Das magisch verstärkte Glas ließ sich nicht brechen, und sein Klopfen drang wohl nicht laut genug nach draußen.

Dermoth hatte mittlerweile aufgehört, Flüche herauszuschreien. Er brüllte nur noch haltlos vor Schmerzen. Von der Hitze schweißgebadet und wegen des zunehmenden Rauchs hustend, sank Kieran neben der Tür zusammen.

»Helft mir, Herr!«, flüsterte er und dachte an Damianos. »Oh, bitte, helft mir!« *Sonst muss ich mit diesem Drecskerl verbrennen.*

»Das wäre doch äußerst bedauerlich bei einem so begabten Lehrling«, raunte jemand sanft neben ihm.

Er wirbelte herum, und sein Herzschlag setzte aus. Damianos stand wie aus dem Boden gewachsen vor ihm und musterte ihn mit unergründlichen Augen. »Elio würde wahrhaftig nicht gutheißen, wie viel schwarze Magie in seinem jüngsten Nachfahren steckt!«

»Herr«, keuchte Kieran, sprang auf und deutete auf Dermoth. »Ich kann das Feuer nicht mehr aufhalten! Ich kenne den Gegenzauber nicht.«

Damianos' Mundwinkel zuckten belustigt. Sein tobender, in Flammen stehender Statthalter schien ihn nicht sonderlich zu beeindrucken. »Hat Dermoth dich nun doch zu sehr gereizt?«

»Ja, Herr«, gab Kieran kleinlaut zu.

»Benutze niemals Flüche, deren Wirkung du nicht von ganzem Herzen wünschst, Lehrling. Zumindest so lange, wie du dir noch nicht hundertprozentig sicher sein kannst, die Gegenzauber zu beherrschen.« Er lächelte nachsichtig. Dann kniff er die Augen zusammen, konzentrierte sich auf das von Kieran entfachte Feuer und sprach: »Aqua servo superius et inferius!«

Wasser dem Diener oben und unten? DAS war der ganze Gegenzauber? Kierans Wangen wurden heiß. Wie hatte er nur so dumm sein können! Der ursprüngliche Zauberspruch hatte den Teilsatz *inferius et superius* enthalten. Er hätte ihn beim Gegenfluch natürlich umgekehrt anwenden müssen.

Ein Wasserwirbel erschien zu Dermoths Füßen und wand sich um seinen Körper nach oben bis zu seinem Kopf. Wasserdampf stieg auf und verflüchtigte sich. Zeitgleich erlosch das Feuer im Raum. Dermoth brach bewusstlos mit aufgeplatzter, verbrannter Haut blutend auf dem Boden zusammen. Damianos ging auf ihn zu, richtete die Hand auf ihn und begann, ihn zu heilen. Bis auf die versengten Haare und den roten Bart, auf den Dermoth so stolz gewesen war, sah er kurz darauf aus wie zuvor. Auch sie hätte Damianos ihm wiedergeben können, aber offenbar wollte er ihm eine Lektion erteilen. Mit einer Bewegung seines Arms ließ der Meister ihn zum Bett schweben. Mit offenem Mund verfolgte Kieran den Heilungsprozess. Steel hatte recht gehabt, was Damianos' Zauberkünste betraf.

»Er wird bis morgen früh schlafen. Folge mir!«, befahl Damianos.

Kieran presste die Lippen aufeinander, und seine Knie wurden weich.

Jetzt erwartete ihn seine Strafe.

Ramón
Khaos, 20. April 2019 n. Chr.
Noch nie zuvor war Ramón so unglücklich darüber gewesen, seinen besten Freund aus Kindheitstagen zu sehen.

»Lluís! Wie schön, dass du mal wieder vorbeikommst!«, heuchelte er und kam sich dabei ziemlich hinterhältig vor. Aber indem er so tat, als hätte Luna ihn nicht längst über die Verfolgungsjagd ins Bild gesetzt, nahm er Lluís erst einmal den Wind aus den Segeln.

»Ach ... weißt du ...«, Lluís suchte nach Worten, »ich dachte, ich schau einfach mal, wie es dir und Luna so geht.« *Sicher doch. Und deshalb drückst du mir fast die Klingel kaputt.* »Sie ist bestimmt in den Ferien bei dir!«

»Natürlich. Genügt schließlich, wenn sie während der Schulzeit Nuria in den Wahnsinn treibt.«

Lluís folgte ihm lachend ins Hausinnere, wo Ramón ihn ins

Wohnzimmer führte. Denn von hier aus hatte man einen guten Ausblick über den Obstgarten und nicht über die Terrasse und das daran angrenzende Atelier.

»Deine Schwester ist eine ziemlich resolute Person.«

»Nuria könnte mit ihrem Sinn für Ordnung und Disziplin bei der königlichen Garde anheuern. Aber sie liebt Luna heiß und innig, auch wenn sie sich das nicht anmerken lässt. Ein Glas Sherry?«

»Gern.«

Während Ramón zur Anrichte ging, die Flasche öffnete und den goldgelben Wein in schmale Gläser schenkte, erzählte er Lluís ausführlich von seinen neuen Steinkunstwerken und wie sehr er auf eine Ausstellung bei einem Galeristen in Barcelona hoffte.

»Und was gibt's bei dir Neues?« Er reichte ihm das Glas.

»Ach, das Übliche. Trickdiebstähle, Händler, die am Strand gefälschte Markenware an Touristen verhökern.« Lluís' Blick wurde durchdringend, als er gedehnt hinzufügte: »Und ein paar Teenager aus Deutschland, die von daheim abgehauen sind und angeblich hier herumlungern.«

Ramón zuckte nicht mit der Wimper. »Hast du schon mal bei den Campingplätzen oder am Strand nachgeschaut? In den meisten Fällen machen die nur Party, bis ihnen das Geld ausgeht, und fahren dann reumütig wieder nach Hause.«

Sein Freund setzte zu einer Antwort an, stockte und spähte plötzlich an ihm vorbei in den Garten. Blitzschnell sprang er auf – wie ein Jagdhund, der Beute witterte, und riss die Schiebetür auf.

»Luna!«, brüllte er.

»Was willst du denn von ihr?«, rief Ramón ihm hinterher, aber Lluís gab keine Antwort. Er war oft genug bei ihm zu Gast gewesen und kannte den Garten wie seinen eigenen. Ramón schaffte es erst an der Mauer zum Nachbargrundstück, ihn einzuholen und am Arm festzuhalten. Dort half Finn Luna gerade hinüber, bevor er sich mit einem letzten gehetzten Blick in ihre Richtung selbst hinterherschwang.

»Du hast mich hintergangen, Ramón!«, fauchte Lluís außer Atem.

»Ich dachte, du wolltest Luna und mich nur besuchen.«

Lluís schnappte nach Luft. »Stell dich nicht blöd! Du bringst mich in eine unmögliche Lage! Ich müsste dich mit aufs Revier nehmen und auf der Stelle dein Haus durchsuchen lassen.«

»Tu, was deine Pflicht ist. Doch von mir erfahrt ihr nichts.«

»Ach, hör schon auf! Ich kenne dich gut genug!«

Schnaufend setzte sich Lluís auf eine Steinbank. Der Duft von Lavendel und Zitronenmelisse wehte vom Kräuterbeet herüber, und er schloss für einen Moment die Augen und wischte sich den Schweiß von der Stirn. Ramón legte ihm die Hand auf die Schulter. »Tut mir leid, mein Freund. Glaub mir, mit Schuleschwänzen oder Partymachen haben die drei nichts am Hut. Du weißt, sie sind bei mir gut aufgehoben.«

Sein Freund lachte belustigt auf und schüttelte den Kopf. »Du kannst streunende Katzen und entlaufene Hunde bei dir aufnehmen, Ramón, aber doch keine Kinder!«

»Sie sind nicht dauerhaft bei mir. Ich bin ihnen nur bei einer Suche behilflich.«

»Wie lange wird die dauern?«

»Das kann ich dir nicht sagen.«

Lluís schnaubte verächtlich und stand auf. »Du warst schon immer ein Träumer. All der Hokuspokus! Weißt du was? Du lebst nicht in dieser Traumwelt. Seit dem Tod deiner Frau weniger denn je. Du hast eine Tochter, für die du verantwortlich bist. Kennst du diese Jugendlichen, mit denen sie jetzt unterwegs ist, gut genug? Manchmal bist du so naiv wie ein Dreijähriger. Ich habe Dinge gesehen, die möchtest du nicht in deinen schlimmsten Albträumen erleben. Zehnjährige auf der Intensivstation, deren Leben an einem seidenen Faden hing, nachdem sie sich mit ihren Freunden bis zur Besinnungslosigkeit betrunken haben, drogenabhängige Dreizehnjährige, deren Körper ...«

»Es reicht, Lluís!« Ramóns Stimme grollte wie die des Wolfs. Sein Freund wandte sich kopfschüttelnd zum Gehen. »Ich gebe dir genau zwei Tage, um das hier in Ordnung zu bringen. Dann bringst du mir die Kinder aufs Revier oder schickst sie nach Hause. Sonst muss ich dich verhaften.«

Kieran
Erebos, Jahr 2516 nach Damianos, erster Mond des Herbstes, Tag 28
Kieran hatte den Kerker erwartet, aber Damianos führte ihn zu seiner Überraschung in die Alchemiekammer und öffnete dort seinen Geheimschrank. Er deutete hinein.

»Warum ist das Innere dieses Schranks aus Gold?«

Fieberhaft überlegte Kieran, was er in den vergangenen Monaten über Gold gelesen hatte. »Gold ist das edelste der Metalle ...«, begann er vorsichtig, »... das reinste Metall ... und wird oft mit der Sonne gleichgesetzt. Sie spendet Leben.« Verflucht, was wollte Damianos denn nur von ihm hören?

»Gold symbolisiert das Allerheiligste. In diesem Schrank bewahre ich meinen Schatz des Wissens auf. Sag, warum beschäftigen sich Meister der Alchemie mit der Transmutation, der Verwandlung unedler Metalle in Gold?« Kieran starrte ihn verblüfft an. »Ich sehe schon, Dermoth hat diesen Aspekt deiner Ausbildung sträflich vernachlässigt. Wisse, in der Alchemie existieren zwei Ebenen. Eine materielle und eine geistige.

Adepten gelingt die materielle Verwandlung von Blei in Gold natürlich nicht, nur Meistern ihres Fachs«, erläuterte Damianos. »Mit der geistigen Ebene wird es noch schwieriger. Gold wird in der Tat mit der lebensspendenden Sonne gleichgesetzt. Die Transmutation, die man bei Metallen vornehmen kann, ist jedoch auch bei Menschen möglich. Natürlich nicht bei nicht magischen Schwachköpfen.«

Kieran schluckte und dankte im Stillen Duncan Steel, der seine Mutter von hier fortgeschafft hatte.

»Was, denkst du, entspricht der Verwandlung eines Menschen? Was könnte das höchste Ziel, die höchste Ebene sein, die ein Mensch durch Transmutation erreicht?«

Woran könnte Damianos gelegen sein? »Wissen«, antwortete er. »Und Macht.«

Damianos schüttelte unwillig den Kopf und begann, im Raum auf und ab zu wandern. »Darüber verfüge ich bereits im Übermaß. Ich versichere dir, das ist nicht das höchste Ziel, das zu erreichen einem bestimmt ist. Denn was nützt einem dieses Wissen, was nützt einem Macht, wenn sie mit dem Tode untergehen? Das, was bei den Metallen das Gold ist, entspricht bei dem Menschen der höchsten Stufe geistiger Kraft: die Überwindung des schwachen, kranken und sterblichen Körpers und die Erlangung von Unsterblichkeit.«

Er war wahnsinnig geworden! Der Meister drehte ruckartig den Kopf zu ihm, und ein eiskalter Schmerz fuhr in Kierans Gedanken. Damianos' blutige Pupillen funkelten, und er donnerte: »*Das*, Lehrling, ist deine wahre Bestimmung, deshalb halte dich nicht mit profanen Dingen wie der Rache an Dermoth auf. Denn *du* wirst mich diesem Ziel näher bringen. Du und die Fibel der Ubalden.«

Der Raum begann, sich zu drehen, und Kieran suchte Halt an einem Stuhl.

»Fühlst du dich zu schwach dafür?« Damianos' Stimme klang lauernd.

»Ich ... nein, es ist nur ...« Kieran wusste nicht, was er sagen sollte. Ihm war vollkommen übel. Damianos wollte unsterblich werden! Das hätte er sich denken können. Schließlich hatte er es – auf welchem Weg auch immer – bereits geschafft, über 2500 Jahre zu leben. »Ich mache mir nur solche Sorgen um meinen Vater.«

Der Meister blinzelte überrascht. »Um deinen *Vater*?«, echote er, als würde Kieran sich um Stubenfliegen auf der Fensterbank sorgen.

»Er ist krank. Die magischen Mauern im Kerker setzen ihm zu. Und Dermoth hat ihn heute gefoltert. Daher unser Streit.« Kieran holte tief Luft und setzte alles auf eine Karte. »Bevor ich Euer Lehrling wurde, habe ich meiner Mutter einen Eid geschworen, meinen Vater zu beschützen. Wenn er stirbt oder einer Eurer Schattenkrieger wird, dann kann ich Euch nicht mehr dienen, trotz aller Bewunderung für Euch.«

Damianos sah ihn an, als hätte er den Verstand verloren.

»*So viel* bedeutet dir dieser Mann?« Er lachte kalt auf. »*Vater*. Verstehst du nicht, was *ich* dir biete? Damit du die Magie der Fibel in vollem Umfang entfalten kannst, bin ich bereit, dich, ein absolutes *Nichts*, zu einem der mächtigsten Magier der drei Welten zu machen! Und du sorgst dich um deinen *Vater*! Dieser Mann ist bedeutungslos. Er hat dich gezeugt, mehr nicht.«

Kieran fragte sich, was wohl in Damianos' Kindheit schiefgelaufen war. Der Schwarzmagier zog die weißen Augenbrauen zusammen und begann, in der Alchemiekammer gedankenverloren auf und ab zu wandern. Schließlich blieb er vor ihm stehen. »Also gut, Lehrling. Wenn dir dieser Mann so am Herzen liegt, werde ich seine Haftbedingungen erleichtern. Dafür wirst du ab sofort deine Studien im Bereich der Alchemie vertiefen.

Dermoth wird dich andere Dinge lehren. Das Duellieren.« Er verzog höhnisch den Mund. »Das dürfte euch beiden kaum Schwierigkeiten bereiten. Deine Alchemieausbildung übernehme ich fortan persönlich. Du wirst täglich vier Stunden damit zubringen.«

»Habt Dank, Herr«, presste Kieran hervor.

»Wir werden bald nach Khaos reisen. Vielleicht schon Anfang nächsten Jahres.«

Damianos holte das wertvolle Buch hervor, das Kieran von Dermoth an diesem Morgen zu sehen bekommen hatte. »Setz dich!«

Kieran gehorchte, und er schlug die erste Seite auf. »Seit wann widmest du dich dem Studium dieses Werks?«

»Dermoth hat mir euer Werk erst heute Morgen gezeigt und auch nur die ersten beiden Seiten.«

Damianos hob die Augenbrauen. »Und doch hast du die Worte *inferius* und *superius* in deinen Fluch gegen ihn eingearbeitet? Was bedeutet dieser zweite Satz der Tabula Smaragdina für dich? Überlege wohl! Wenn du mir eine sinnvolle Antwort geben kannst, wird dein Vater sofort aus dem magischen Kerker in eine normale Kammer überführt werden.« Um seine Lippen spielte ein grausames Lächeln.

Kieran schluckte den bitteren Geschmack in seinem Mund hinunter und dachte nach. »Das, was unten ist, ist wie das, was oben ist, und das, was oben ist, ist wie das, was unten ist, um die Wunder des Einen zu vollziehen«, las er und hoffte, ein plötzlicher Geistesblitz würde auf ihn herabfahren. Damianos' Lächeln wurde breiter. *Gib nicht auf!* Wenn er diese Zeilen an den Anfang seines Buches gesetzt hatte, dann mussten sie ihm besonders wichtig sein, so bedeutsam wie seine Unsterblichkeit. Aber was hatten oben und unten damit zu tun?

Blei, Gold, oben, unten, Unsterblichkeit.

Die Worte zermarterten ihm den Kopf. Gerade als er sah, wie Damianos zum Reden ansetzte, wurde alles in ihm still. Das pochende Rauschen seines Blutes verstummte, und er flüsterte heiser: »Das, was unten ist, ist das, was oben ist. Das bedeutet, alles ist bereits in uns vorhanden. Wir sind schon ein Spiegelbild des Menschen, der wir sein können. Das Blei ist bereits Gold. Man muss nur aus dem Blei entfernen, was nicht Gold ist, um Gold zu erhalten. Genauso muss man aus uns Menschen das entfernen, was uns sterblich macht, um unsterblich zu werden. Indem ich diese Worte in den Fluch eingebunden habe, den ich auf Dermoth losließ, nahm ich ihm die Möglichkeit, zu entkommen. Er war in dem ewigen Kreislauf des Feuers eingeschlossen.«

Kieran sah von dem Buch auf. Das Lächeln auf Damianos' Zügen war erloschen. Seine Augen, die er zu schmalen Schlitzen zusammengezogen hatte, glühten. Die Lippen zwischen den hohlen Wangen zittern.

Es war falsch. Er wird dich und Vater bestrafen!

In der nächsten Sekunde lachte Damianos. Lachte, wie Kieran ihn noch nie lachen gehört hatte. Und das war viel gruseliger als sein eisiger Blick.

»Du bist wirklich ein erstaunlicher Junge, Kieran Winter.« Er schüttelte belustigt den Kopf. »Ich habe mich monatelang mit diesem Satz herumgequält. Trotz deiner Jugend und Unerfahrenheit bist du an Intelligenz und Gelehrigkeit Dermoth haushoch überlegen. Kein Wunder, dass er so eifersüchtig auf dich ist. Für heute ist Schluss. Du darfst auf dein Zimmer gehen.« Er trat an Kieran heran und strich ihm in einer väterlichen Geste über das Haar. Gänsehaut bildete sich auf seinen Armen. »Ich werde veranlassen, die Haftbedingungen deines Vaters zu verbessern.«

Kapitel 11

Finn
Khaos, 20. April 2019 n. Chr.
Ramóns kleines Fischerboot schwankte, weil sie im Hafen alle gleichzeitig an Bord sprangen. Rasch sah Finn zu Luke hinüber, doch der setzte ein wahres Pokerface auf und ließ sich nicht anmerken, ob ihm womöglich schon schlecht wurde. Aber auch wenn es so wäre – umdrehen konnten sie nun nicht mehr. Luke hätte schließlich protestieren können, als Luna ihnen vorgeschlagen hatte, mit dem Boot erst einmal zu ihrer Tante Nuria nach Barcelona zu fliehen. Nachdem Ramóns Tochter und er über den Weinkeller ins Haus geschlichen und die Unterhaltung ihres Vaters mit seinem Polizistenfreund Lluís belauscht hatten, hatte Luna sofort reagiert: »Lass uns erst einmal abhauen. Papá fällt hinterher bestimmt eine Lösung ein, und die Polizei wird uns nicht bei Tante Nuria, sondern hier suchen. Lluís weiß genau, wie sehr ich mit meiner Tante auf Kriegsfuß stehe.«

»Warum denn ausgerechnet mit dem Boot?«, hatte Finn in Gedanken an Lukes Seekrankheit gefragt, während sie hastig die Rucksäcke mit ihren Sachen im Gästezimmer gepackt hatten.

»Weil wir so Polizeikontrollen in öffentlichen Verkehrsmitteln wie Bus oder Bahn entgehen.«

Mädchen waren für Finn bislang entweder launisch oder wie

Sis gewesen: Alles musste seine Schwester zehnmal durchdenken, Listen schreiben und vorausplanen. Ramóns Tochter dagegen war gerissen, spontan, temperamentvoll und verdammt mutig. Fasziniert beobachtete er nun, wie sie sich an Bord bewegte. Fachmännisch verstaute sie die Persenning – so nannte sie die Abdeckung des Boots – in der kleinen Kajüte, schaltete den Strom ein, lüftete den Motor und überprüfte Tankfüllung und Beleuchtung.

»Für alle Fälle«, sagte sie augenzwinkernd. »Auch wenn ich hoffe, in vier bis fünf Stunden im Hafen von Barcelona zu sein.«

»Wie viele Kilometer ist Barcelona denn entfernt?«, fragte Finn überrascht und versuchte, das Kribbeln in seinem Bauch bei ihrem Anblick zu ignorieren. Ihre Wangen waren gerötet, die braunen Augen funkelten abenteuerlustig, und sie schenkte ihm eines ihrer verschmitzten Lächeln, die ihn automatisch wie ein Idiot zurückgrinsen ließen.

Reiß dich mal zusammen, Finn!

»Rund achtzig Seemeilen. Mit dem Auto wären wir in zwei Stunden dort. Aber auf dem Meer weiß man das nie genau. Bei hohem Wellengang könnte die Fahrt auch schon mal einen ganzen Tag dauern. Machst du die Leinen los?«

»Klar.« Er sprang von Bord, bemüht, so zu tun, als wäre er geübt darin, Bootsknoten zu lösen. Kein leichtes Unterfangen, wenn man in Süddeutschland aufgewachsen war. Seemeilen. Er würde später heimlich googeln, wie viele Kilometer das waren.

Eine salzige, feuchte Brise schlug ihm ins Gesicht, während er zurück an Deck sprang. Luna startete den Motor. Das laute Dieseltuckern übertönte die schrillen Schreie der Möwen im Hafen.

Zum wiederholten Male tastete Finn nach der Fibel in seiner Hosentasche. Zum Glück war sie während ihrer rasanten Fahrt mit den Fahrrädern zum Hafen nicht herausgerutscht.

Sicherheitshalber zog er sich die Lederkette mit dem Skarabäus vom Hals, öffnete den Verschluss und hängte die Fibel zu dem silbernen Mistkäfer. Kaum hatte er sich die Kette wieder umgehängt, durchfuhr ihn ein so heftiger Schmerz, dass er gegen Sis taumelte.

»Pass doch auf!«, rief sie erschrocken.

Er konnte nicht antworten, weil er die Zähne zusammenbiss, um nicht aufzuschreien, und kehrte ihr den Rücken zu. Wie sollte er seiner Schwester auch erklären, dass Ramóns hübsches Amulett ihm gerade eine Brandwunde verpasst hatte? Denn genau so fühlte es sich an. Hastig riss er sich die Kette wieder herunter. Sis beäugte ihn argwöhnisch von der Seite. »Ich hab mir nur mit dem Verschluss die Haut eingeklemmt.«

Sie wandte sich erneut Luke zu, der verdächtig bleich im Gesicht geworden war und sich mit beiden Händen so krampfhaft an der Reling festhielt, dass seine Knöchel weiß hervortraten. Das Boot schwankte gerade wegen der Bugwelle eines Ausflugsschiffs noch mehr als zuvor. Finn nutzte ihre Ablenkung, öffnete die Hand und starrte den Skarabäus an.

Er starrte böse zurück.

»*Nimm sofort dieses Ding von der Kette!*«

»*Du spinnst wohl! Ich bin dein Herr, und du dienst mir, nicht umgekehrt!*«

»*Ich gehorche dir nur, wenn es Sinn macht.*«

»*Es macht Sinn! Ich darf die Fibel nicht verlieren.*«

»*Sie ist gefährlich, und sie beeinträchtigt meine Kraft, Grünschnabel. Du kannst uns nicht zusammen an einer Kette tragen. Entweder sie oder ich.*«

Grünschnabel? Na warte! Finn zog den Skarabäus von der Kette und stopfte ihn kurz entschlossen in seine Jeans. Danach hängte er sich die Kette mit der Fibel wieder um den Hals. Im nächsten Moment zischte eine Möwe dicht über seinen Kopf hinweg und stieß einen gellenden Schrei aus. Alle duckten sich, Luna fluchte laut auf Spanisch und gab noch ein wenig mehr Gas. Frischer Wind kam auf, doch in die stickige Kajüte wollte Finn sich nicht zurückziehen. Die einzige Sitzbank auf dem kleinen Fischerboot hatten Luke und Sis in Beschlag genommen. Der beugte sich gerade über die Reling und kotzte. Na toll. Finn suchte sich einen trockenen Fleck im Heck neben den nach Fisch und Tang riechenden Netzen und Keschern. Das Schaukeln ließ ihn müde werden. Der Schlafmangel der letzten Tage machte sich deutlich bemerkbar.

Er musste eingenickt sein, denn als er wieder zu sich kam, lag er mitten in dem Fischernetz, und kalte Gischt spritzte ihm ins Gesicht. Der Himmel hatte sich verdüstert. Er warf einen Blick auf die Uhr. Über vier Stunden waren seit ihrer Abfahrt vergangen! Luna saß nicht mehr am Steuer, sondern stand davor, um während des starken Wellengangs besser manövrieren zu können. Sis hatte ihren Arm um Luke gelegt, der inzwischen grün im Gesicht war. Finn zog sich an der Reling hoch.

Vor ihm brandete das aufgewühlte Meer an die schroffen Küstenfelsen, und Windböen trieben eine Horde Wolkenmonster über ihnen hinweg, malten dunkle Fratzen vor den Mond und die ersten Sterne am Himmel. Luna hatte die Beleuchtung an Bord eingeschaltet, aber der bleiche Schein des Lichts wirkte alles andere als beruhigend. Finn hatte im Gegenteil das Gefühl, beobachtet zu werden wie ein Tier im Wald, das in der Dunkelheit von der Taschenlampe eines Jägers angestrahlt wurde, bevor dieser zum Schuss ansetzte. Und genau da hörte er erneut das keckernde Lachen einer Möwe. Sie kreiste direkt über dem Boot. Er taumelte einen Schritt zurück. Die Augen der Möwe funkelten blutrot.

Sein Mund wurde trocken, und er vergaß zu atmen. Unmöglich!

Instinktiv fasste er sich an den Hals, doch dort hing nicht mehr der Skarabäus, der ihn beschützen sollte, sondern die Fibel, und als seine Finger sie berührten, durchschnitt die heisere Stimme des Magiers wie ein Messer seine Gedanken. *»Bring sie mir! Ich warte schon so lange darauf.«*

Die Lederkette – eben noch hing sie ihm schlaff um den Hals – zog sich jetzt wie eine Schlinge mit unbarmherziger Gewalt zu. Finn röchelte. Mit rasendem Herzen griff er danach, um sich Luft zu verschaffen.

Aber jedwedes Feingefühl war aus seinen Fingern verschwunden. Es fühlte sich an, als würde er dicke Handschuhe tragen, und er konnte das feine Lederband nicht mehr fassen. Er stürzte vornüber auf die Knie und fiel zurück ins Fischernetz. Niemand bemerkte seinen Kampf, denn Sis stand mit dem Rücken zu ihm bei Luke, der über der Reling hing, Luna steuerte das Boot, und das Tosen des Sturms und das Brummen des Motors überlagerten sein verzweifeltes Fußstampfen auf dem Deck ebenso wie sein Würgen. Die Möwe stürzte auf ihn herab, als wollte sie ihn mit ihrem scharfen Schnabel die Augen aushacken. Das Tier weidete sich an seinem hilflosen Anblick, pickte mit dem scharfen Schnabel nach ihm, und Finn verlor jedes Zeitgefühl, während Schmerzen seinen ganzen Körper erfassten.

Du bist der Überbringer der Fibel!

Arme und Beine kribbelten durch den Sauerstoffverlust. Finns Kopf schien zu zerspringen, und in seinen Ohren hörte er auf einmal eigenartige, klingelnde Geräusche. Alles verschwamm vor seinen Augen. Kurz meinte er noch, Sis und Luke zu sehen, etwas wirbelte durch die Luft – war das der Schlangenstab vor der Möwe? Dann verengte sich sein Sichtfeld, die schwarzen Ränder wurden größer und größer, schon konnte er nichts mehr erkennen. Er würde ersticken! Gerade als sein Herz zu stolpern begann, schoss ihm ein letzter Gedanke durch den Kopf, und er tastete mit zitternden Fingern nach der Fibel und schob sie sich in seinen nach Luft ringenden Mund, bevor er die Lippen aufeinanderpresste und den Kampf gegen die Bewusstlosigkeit endgültig verlor.

Kieran
Erebos, Jahr 2516 nach Damianos, Samhain
Als Kieran am Morgen von Samhain, dem Tag, an dem die Schleier zwischen der Welt der Lebenden und der Toten hauchdünn waren, seine Kammer verließ und auf den Gang trat, fühlte er, dass etwas anders war. Eine gespannte Erwartung lag in der Luft, und die Grauen wisperten untereinander von *der Ankunft*, bevor er sie von einem der Wehrtürme aus sah.

Steel war zurückgekehrt! Er ritt mit drei Männern und zwei Frauen über den Platz vor dem fünfeckigen Turm und wurde von Schattenkriegern eskortiert. Im ersten Moment hoffte Kieran, seine Mutter wäre bei ihm oder zumindest Aswin. Zu gerne hätte er ihm gezeigt, was er inzwischen beherrschte. Er vermisste Serafina und seine Freunde aus den Silberspitzbergen. In der Festung lebten zwar Knechte und Mägde in Kierans Alter, doch der Umgang mit nicht magischem Personal war ihm streng verboten worden, und Kieran wollte niemanden der Gefahr von Dermoths Folter aussetzen. Mit den Grauen war ohnehin keine Kommunikation möglich, und seinen Vater durfte er nur selten sehen. Einsamkeit war der Rost, der an der Rüstung nagte, unter der er seine Verzweiflung, Wut, Hoffnungen und Sehnsüchte verbarg.

Seine Enttäuschung darüber, dass Steel ohne seinen Sohn angereist war, wich jedoch blankem Entsetzen, als er zusah, wie seine Mitreisenden in die magischen Verliese geschafft wurden. Kierans Alchemiestunden entfielen, und er bekam weder Steel noch Damianos oder Dermoth zu Gesicht, obwohl er darauf brannte, Neuigkeiten zu erfahren. Stunden später klopfte es an der Tür, und ein Schattenkrieger reichte ihm ein Stück Pergament. Kieran erkannte Damianos' schön geschwungene Handschrift.

> Braue mir ein Sedativum aus Valeriana und Passiflora in der zwölffachen Potenzierung. Diesem fügst du das Gift des Fingerhuts in fünffacher Konzentration, eine Prise gemahlene Wolfszähne und drei Tropfen des Gifts der Schwarzen Mamba bei. Erhitze den Trank in der Retorte und fülle den destillierten Sud in fünf Phiolen ab, die du mir unverzüglich bringst.

Kieran schnappte nach Luft. Dieser Trank war nicht nur lähmend, sondern auch hochgiftig. Die Beigabe des Sedativums würde seine Opfer schläfrig machen und dafür sorgen, dass das Gift sich ungehindert in ihrem Körper ausbreiten konnte. Er unterdrückte ein Schaudern und machte sich sofort an die Arbeit.

Als Kieran den Thronsaal betrat, saßen sein Meister, Steel und Dermoth an der langen Tafel, an der sie sonst zu Abend aßen. Dermoth sah aus, als hätte Steel ihm ein neues Folterinstrument für seine Sammlung geschenkt. Wollte er sich mit den Tränken etwa an den Gefangenen austoben? Kieran näherte sich den drei Magiern und verneigte sich tief vor Damianos, um ihm anschließend die Phiolen zu überreichen. Auf einen Wink seines Meisters hin setzte er sich neben Steel, seinen typischen Platz neben Dermoth ignorierend, der ihn finster musterte. Damianos quittierte das mit einem kleinen Lächeln. Er nahm eine der Phiolen, entkorkte sie und schnupperte daran.

»Du hast mir einen gelehrigen Schüler verschafft, Duncan.«
Steels Schultern strafften sich. »Das freut mich, Herr.«
»Weißt du, welche Nacht heute ist, Kieran?« Aus blutroten Augen sah Damianos ihn forschend an.
»Samhain, Meister.«
»Und was bedeutet das?«
»Die Nacht des Winteranfangs und die letzte Nacht des alten Jahres. Sie ist eine der drei Geisternächte. In ihr kann man, der Legende nach, Kontakt zu den Wesen der Anderswelt und zu Toten aufnehmen.«
Dermoth lachte spöttisch auf. »Der Legende nach ...«
»Wäre es nicht *deine* Aufgabe gewesen, ihn besser darauf vorzubereiten?«, fragte Damianos sanft.
Dermoths Augen weiteten sich in Panik. »Verzeiht, Meister. Ich dachte nicht, dass er ...«
»Dass er was, mein Lieber?« Bei diesem Tonfall bekam selbst Kieran eine Gänsehaut. Nicht zum ersten Mal hatte Dermoth ihm Wissen vorenthalten und sein Meister ihn dafür gerügt.
»... überhaupt davon Kenntnis haben sollte, Herr«, quiekte Dermoth.
»Und warum bist du nicht auf die Idee gekommen, mich zu fragen?«
»Ich ...« Er reckte plötzlich sein Kinn und rief: »Euer Lehrling ist Euch nicht so treu ergeben, wie Ihr denkt. Kieran folgt Euch nur, weil er an seinem Vater hängt. Ich dachte nicht, Ihr würdet das Risiko eingehen, ihn in Eure tiefsten Geheimnisse einzuweihen.«
Wovon bei allen Waldgeistern sprach er?
»Denkst du, ich weiß das nicht, mein Lieber? Er hat mich in dieser Hinsicht nie belogen. Ich habe beschlossen, einstweilen über diese Schwäche hinwegzusehen. Aber heute Abend wirst du Stärke beweisen, nicht wahr?«

Kieran nickte stumm, während Steel erbleichte und aufkeuchte.

»Ihr wollt Kieran das Ritual durchführen lassen, Herr?« Der Blick, mit dem er ihn streifte, war eine beunruhigende Mischung aus Mitleid und Grauen.

Dermoth kicherte in seinen Bart, und in Kieran kroch langsam eine dunkle Ahnung hoch. Welches *Ritual*? Und plötzlich wurde ihm alles klar, und der Schock war so groß, dass er sich mit beiden Händen an der Tischkante festhalten musste. *Fünf* Fläschchen des Gifttranks waren abgefüllt. *Fünf* Menschen hatte Steel nach Temeduron verschleppt! Weißmagier, wie er aus ihrer Inhaftierung im magischen Zelltrakt schließen konnte. Menschen, die Kieran vergiften sollte, um graue Schattenkrieger aus ihnen zu machen, damit Damianos sich ihrer Magie bedienen konnte.

Mühsam würgte er die Magensäure hinunter, die ihm in den Mund schoss. Von wegen geheimer Auftrag der Weißmagier! Steel verschaffte Damianos seine Menschentribute, aus denen er seine Grauen rekrutierte, und Aswin hatte er nicht mitgenommen, weil dieser von dem Treiben seines Vaters nichts wissen sollte!

Der Meister beobachtete lächelnd jede noch so leise Regung in Kierans Gesicht. Seine Gefühlskälte war wie ein aus Finsternis gewebter Mantel, der sich um Kieran legte. »Bereitet dir etwas Sorge, Lehrling?«

Kierans Vater würde der Nächste sein, wenn er sich weigerte.

»Nein. Ich tue, was Ihr befehlt, Herr«, erklärte er mit fester Stimme.

»Du besitzt ihn tatsächlich«, sagte Damianos liebevoll. »Den viel gerühmten Verstand der Ubalden.« Er beugte sich vor und raunte: »Ich kann fühlen, wie die schwarze Magie deinen Geist schärft. Rede dir nur nicht ein, du würdest das hier für deinen

Vater tun.« Dermoth entfuhr ein Schnauben. »Kierans Magie ist anders als deine, mein Lieber. Sie ist nicht unkontrolliert, zornig und auf Gewalt ausgerichtet. Wir sind wie Raubkatzen, nicht wahr? Wir nutzen unsere Intelligenz. Wir schleichen uns an unsere Beute heran, umkreisen sie lautlos, um sie nicht zu verschrecken. Erst dann, wenn wir vollkommen sicher sind, dass wir gewinnen werden, schlagen wir zu. Schnell, unbarmherzig und erfolgreich.« Inzwischen zitterte Kieran vor Kälte. »Du spielst deine Rolle gut, Lehrling. Außerordentlich gut für deine Jugend. Auch ich musste schnell erwachsen werden. Der Tag wird kommen, da wirst du dir nichts sehnlicher wünschen, als mich zu töten.«

Kieran schüttelte nur stumm den Kopf, aus Angst, der Meister würde die Lüge aus seinen Worten heraushören. Damianos' Lächeln wurde breiter. »Wir werden sehen. Geh jetzt auf dein Zimmer. Steel wird dir in Kürze folgen, um nachzuholen, was Dermoth bedauerlicherweise wieder versäumt hat.« Er runzelte die Stirn. Seine Handbewegung kam so schnell wie unerwartet. Dermoth glitt mit einem Aufschrei von seinem Stuhl und krümmte sich vor Schmerzen am Boden.

Und Kieran empfand ... nichts. Weder Mitleid noch Schadenfreude. Er verfolgte die Folterung so gelassen, als würde er Damianos beim Essen beobachten. Das Quälen bereitete seinem Herrn offenbar kein Vergnügen, sondern schien ihn zu langweilen. Trotzdem ließ der Meister erst nach einer Viertelstunde von seinem Statthalter ab. In diesem Augenblick erkannte Kieran zwei Dinge:

Grausamkeit war für Damianos nur eine Waffe, um seine Ziele zu erreichen. Und die Ausübung schwarzer Magie begann, Kieran ebenfalls abzustumpfen.

Ramón
Khaos, 20. April 2019 n. Chr.
Ramón lief vom Esszimmer zum Wohnzimmer und in die Küche, nur um seinen Rundgang von Neuem zu beginnen. Wie ein Wolf in einem viel zu engen Zwinger. In der vergangenen Stunde hatte er Lunas Handynummer bestimmt schon hundertmal gewählt und sich ebenso oft dafür verflucht, nicht nach der Nummer von Sis oder Finn gefragt zu haben.

Drogenkonsum und Komasaufen! Lluís hatte ja keine Ahnung! Ihre Freundschaft könnte auf ganz andere Weise für Luna gefährlich werden, nämlich dann, wenn der Magier Finn erneut überfiel, und das würde er zweifelsohne tun. Und wegen dieser dummen Polizeikontrolle waren sie ihm jetzt schutzlos da draußen ausgeliefert. Plötzlich kam Ramón ein Gedanke. Mit langen Schritten stürmte er zu seinem Geländewagen und fuhr los.

Als er den Hafen erreichte und den Steg, an dem sein Fischerboot sonst vertäut war, leer vorfand, stieß er einen wilden Fluch aus. Prüfend sah er aufs Meer hinaus. Starker Wind zog auf, und die See wurde rauer. Sie würden es niemals vor Einbruch der Dunkelheit nach Barcelona schaffen!

Er stürmte in Emelas kleine Fischerkneipe, zusammen mit dem Wind, der ihm die Haare zerzauste. In letzter Zeit war er ein seltener Gast gewesen. Genau genommen hatte er seit Maria Teresas Tod die Kneipe nicht mehr betreten. Mit kräftigen Schritten lief er auf die Theke zu. Emela, die gerade den Tresen mit einem Tuch abwischte, hielt ungläubig in der Bewegung inne. Die Unterhaltungen der Fischer verstummten, und alle starrten ihn an. »Ich brauche ein Boot«, sagte er mit fester, lauter Stimme. »Ich zahle jeden Preis. Aber ich brauche das Boot sofort.«

Niemand rührte sich. Ramón wiederholte seine Frage, fordernder, ungeduldiger. »Meine Tochter ist da draußen«, fügte er hinzu und deutete auf das aufgewühlte Meer.

Da erhob sich ein junger Mann am Ende des Tresens. »Ich bin Manuel. Mein Vater kennt Sie. Sie haben ihm einmal in einem Sturm das Leben gerettet. Von mir aus können Sie mein Boot haben. Bringen Sie es nur heil wieder zurück.«

Ramón musterte den jungen Mann überrascht. Schwarzes, krauses Haar und ein breites Gesicht, braune, freundliche Augen. Verschwommen tauchte vor seinen Augen eine ältere Version des Mannes vor ihm auf. Doch er konnte sie im Augenblick nicht zuordnen. In seinem Kopf herrschte ein zu großes Durcheinander. Er nickte ihm zu. »Danke.«

Manuels Boot war etwa achteinhalb Meter lang, die Netze ordentlich zusammengerollt und verstaut, das Deck sauber geschrubbt und offenbar erst kürzlich frisch lackiert worden. Ramón wurde bewusst, dass dieser junge Mensch ihm vielleicht gerade seinen wertvollsten Besitz, seine Lebensgrundlage, anvertraute. »Ich passe darauf auf«, versicherte er, als Manuel ihm die Zündschlüssel gab und er an Bord sprang.

Die Nacht war so schwarz wie die Angst, die in seinem Herzen nistete. Nur ein einziges Mal hatte er bisher ähnlich empfunden. Damals, als der Arzt ihn über Maria Teresas Blutwerte aufgeklärt und ihr eine Lebensdauer von nur wenigen Wochen attestiert hatte. Ramón umklammerte das Steuerrad fester. Nicht jetzt. Nicht gerade jetzt durfte er an seine verlorene Liebe denken oder an die Gefahr, die seiner Tochter und den anderen Kindern drohte. Stattdessen konzentrierte er sich auf die aufgewühlte See, auf mögliche Untiefen und den Wind, der ihm die Gischt ins Gesicht peitschte. Eine Ewigkeit schien vergangen zu sein, als er inmitten der inneren und äußeren Finsternis ein tanzendes Licht auf dem Wasser entdeckte. So klein und zerbrechlich! Er erkannte sein Boot, lange bevor er sich ihm näherte. Quälende Minuten verstrichen, bis er es erreichte. Minuten, in denen er sich die schlimmsten Unfälle ausmalte. Minuten, in denen er mit allem rechnete.

Aber nicht damit.

Luna kauerte an Deck, Steuer und Boot vollkommen dem Spiel von Wind und Wellen überlassend, die es immer weiter aufs offene Meer hinaus trieben. Ihr Haar war zerzaust, und ihre schmalen Schultern bebten. Als sie den Bootsmotor hörte, sah sie auf. Das Gesicht seiner Tochter leuchtete im Schein der Bootslampe bleich wie der Mond, und ihre Augen waren gerötet vom Weinen. Ramón hatte kaum Manuels Boot mit dem seinen vertäut, da sprang sie schon in einem großen Satz zu ihm herüber und stürzte sich in seine Arme. Sie zitterte am ganzen Körper, und ihre Lippen bebten. Atemlos stieß sie hervor: »Sie sind weg, Papá! Sie waren plötzlich alle weg!«

Sein Magen verkrampfte sich, doch er musste sie beruhigen. »Ich weiß, Luna, ist ja gut, das ist nicht deine Schuld!«, flüsterte er heiser und strich ihr über die kalte, nasse Stirn.

»NICHTS ist GUT!«, schluchzte sie. »Finn, Sis und Luke haben sich einfach vor mir ... aufgelöst. Sie wurden immer blasser, und auf einmal waren sie fort. Diese verdammte Möwe! Sie hatte rote Augen und ...«

»Dios mío«, hauchte Ramón. Seine letzte Hoffnung, Finn könnte es ganz von allein geschafft haben, den Fibelzauber zu aktivieren, zersprang mit diesen Worten und hinterließ ein Trümmerfeld von Schuld. Er hatte sich geschworen, Michael, Laura und Kieran zurückzuholen. Stattdessen waren nun auch noch ihre beiden anderen Kinder und deren Freund mitsamt der Fibel diesem skrupellosen Magier in die Hände gefallen. Er hatte versagt! Tränen sammelten sich in seinen Augen, und seine Kehle wurde eng.

»Worüber hast du mit Finn im Atelier gesprochen?« Lunas Verzweiflung schlug jetzt in Zorn um. »WO SIND SIE JETZT?«

Weil er nicht sofort antwortete, sprang sie auf. Seit dem Tod ihrer Mutter hatte er seine Tochter niemals so aufgebracht erlebt. »Schluss mit all den Geheimnissen! Sag mir endlich die Wahrheit, Papá!«

»Also gut, cariño«, seufzte Ramón und stand ebenfalls auf. »Ich verspreche, ich erzähle dir alles. Aber erst daheim bei einer Tasse Tee. Schaffst du denn die Heimfahrt?«

Luna wischte sich mit dem Handrücken die Tränen vom Gesicht und reckte trotzig ihr Kinn. »Das fragst du nicht im Ernst?«

Sis

Die Sterne am nächtlichen Himmel verengten sich zu winzigen Punkten, bildeten kreisförmige Schlieren und wirbelten Sis in einen Sog aus Finsternis. Ihre Finger krallten sich so fest in Finns Jacke, dass sie befürchtete, ihre Nägel würden brechen, doch ihr einziger Gedanke war: *Du darfst deinen Bruder nicht verlieren. Nicht auch noch Finn!* Wind und Wellenrauschen vermischten sich mit Lukes Stimme, der ihren Namen rief. Jemand drückte ihren Arm. Unmöglich, ihn in dieser Schwärze auszumachen, und Lunas Schreie verstummten so abrupt, als hätte sie jemand mit einer Schere abgeschnitten. Die Luft wurde Sis aus der Lunge gepresst, und sie verlor vollkommen die Orientierung. Und dann ...

... war es vorbei. Stille drückte ihr gegen die Ohren, und sie glaubte, in einem Vakuum gelandet zu sein. Aber in einem Vakuum konnte man nicht atmen, berichtete ihr Verstand.

Schwerelos, schwebend – das war ihr erster Eindruck. Als hätte sie sich ins All katapultiert. Und plötzlich riss die Dunkelheit auf – wie in einem Kino, in dem sich der Vorhang öffnete.

Vor ihr erstreckte sich ein weites Land, goldgelbe Getreideähren, gesäumt von Klecksen roter Mohnblüten und blauer Disteln. Am Horizont sah sie die Kuppen schneebedeckter Berge, dazwischen schlummerten sanfte Hügel und Wälder. Die Sonne tauchte alles in ein goldenes Licht, und über ihr wölbte sich ein Himmel in märchenhaftem Blau. Wo war sie?

Plötzlich wurde das Licht fahl, der Himmel nahm einen milchigen Vanilleton an, ergraute, und die Ähren wurden blass. Zwischen ihren Füßen krochen schwarze Schlieren hervor und wanden sich schlangengleich an ihren Unterschenkeln hoch. Sis sprang zur Seite, fuhr herum, und ihr Herzschlag setzte aus.

Vor ihr lag immer noch ein Meer von Feldern, aber hier war das Korn niedergetrampelt und an manchen Stellen schwarz verbrannt. Dunkle Rauchgespinste wallten wie Nebel über das ganze Land. Am Himmel türmten sich schwarzgraue Sturmwolken auf, und Wind schlug ihr plötzlich Aschefetzen und einen Geruch von Verwesung ins Gesicht. Doch das war es nicht, was sie so sehr entsetzte, dass ihr eiskalt wurde.

Es war die Schlacht, die vor ihr tobte. Sie konnte nichts hören, kein Schwert, das auf Metall stieß, keinen Schild, der brach, keine Schreie von Verletzten, aber sie sah schmerz- und angstverzerrte Gesichter, sah in die starren Augen von Toten, sah das Blut der Gefallenen und die finsteren Kreaturen, die über die Kämpfer in ihren schimmernden Rüstungen und bunten Gewändern herfielen – auf dem Land und aus der Luft. Sie brachen wie eine Welle über sie hinein und fegten alles Leben hinweg.

Sis machte ein paar Schritte rückwärts. Sie musste fliehen. Wo auch immer sie hier gelandet war, gleich würden diese Bestien sie erreichen! Unmittelbar neben ihr leuchtete plötzlich etwas auf. Letzte Sonnenstrahlen, die ihren Weg durch die sich auftürmenden Sturmwolken fanden, warfen ihr Licht auf eine glänzende Rüstung, und Sis musste blinzeln, weil sie für einen Moment geblendet war. Der junge Mann, der zwischen einer Gruppe von Bäumen auf sie zustolperte, nahm sie nicht wahr. Sein Umhang hing zerrissen, blutbespritzt und schmutzig über seinem Kettenhemd, das Schwert lag kraftlos in seiner Hand, und sein Blick streifte sie und drang durch sie hindurch, als wäre sie nur ein Geist. Vielleicht war sie das auch? Sis konnte sich keinen Reim auf das machen, was sich da vor ihren Augen abspielte.

Jetzt hatte der junge Mann sie fast erreicht. Er war höchstens ein oder zwei Jahre älter als sie. Sein kinnlanges blondes Haar klebte schweißnass an seiner Stirn, und seine Pupillen waren geweitet und verdrängten das unglaubliche Blau seiner Augen. Blau wie der Sommerhimmel über den Bergen am Horizont, den sie eben noch bewundert hatte. Sein schmales, fein geschnittenes Gesicht verzog sich vor Schmerz, und er brach zusammen und sackte zur Seite. Ohne nachzudenken, stürzte Sis auf ihn zu und kniete sich neben ihn. Jetzt erst entdeckte sie die Wunde an seinem Hals. Blut quoll über das Kettenhemd und tränkte den Umhang, den das Wappen eines Löwen im Sprung zierte. Blut, hellrot wie die Bläschen, die sich nun auch auf seinen Lippen bildeten, als er zu sprechen versuchte.

Abgrundtiefe Verzweiflung lag in seinen Augen, und Sis hob instinktiv die Hand, strich ihm das Haar aus der Stirn. Seine Haut war eiskalt, aber sein unruhig umherschweifender Blick schien sie zu suchen.

»Ich bin hier«, flüsterte sie. »Ich bin bei dir. Du bist nicht allein.«

Das war das Einzige, das sie ihm noch geben konnte: das Gefühl, dass jemand im Angesicht des Todes bei ihm war. Seine

Gesichtszüge entspannten sich. Sie konnte es sich selbst nicht erklären, aber auf irgendeine Weise fühlte sie sich mit dem jungen Mann verbunden. Er hob die behandschuhte Hand und berührte ihren Arm. Jetzt sah er sie fest an, nur für einen Bruchteil von Sekunden, und ein jungenhaftes, zaghaftes Lächeln glitt über seine bebenden Lippen. Es schnitt ihr mitten ins Herz.

Dann wurde das Schwarz seiner Pupillen plötzlich größer, verdrängte das Azurblau seiner Iris, schob sich über das Weiß des Augapfels, und Finsternis ballte sich wie eine Faust um sie beide. Sis wurde die Luft aus der Lunge gepresst, sie rang nach Atem, konnte nichts mehr sehen und hatte das Gefühl, in einen tiefen Abgrund zu stürzen. Der Druck um ihren Arm wurde noch fester. Sie versuchte, sich zu befreien, doch er ließ nicht los. Er würde sie mit sich in seine Finsternis reißen.

Teil 2 | Die Geburt eines Dämons

598 vor Christus, Königreich von Kusch, heutiger Sudan
Schlangengleich wanden sich die Flammen an den Palastmauern hoch, erfassten Vorhänge und Wandteppiche, die sie in leuchtende Fackeln verwandelten. Gleißend gelbe Funken stoben in den blauschwarzen Nachthimmel und verglühten. Das Gebäude stöhnte unter dem Ansturm der Flammen wie ein verwundetes Tier. Schreie drangen von allen Seiten auf ihn ein.
Der Palast brannte.
Sein Palast. Der Palast seiner Vorväter.
Stille.
Als Aspelta, der Pharao des Königreichs Kusch, an jenem verhängnisvollen Morgen in seinem Palast erwachte, rang er nach Luft, und einen Moment lang glaubte er, den beißenden Geschmack des Rauchs in seinen Lungen und die Glut des Feuers auf seiner schweißnassen Haut zu spüren.
Ein Albtraum? Eine Vision?
Er runzelte die Stirn und lauschte angespannt. Der Sturm, der seit Tagen über den Gebel Barkal, den heiligen Berg, hinweggefegt und die Tempelanlagen, den Palast, ja ganz Napata mit einer schmutzig gelben Staubschicht bedeckt hatte, schwieg. Doch eben diese Stille erfüllte Aspelta mit Grauen. Denn das Brüllen und Tosen des Sandsturms hatte verhindert, dass sein Urteil gegen die Priester vollstreckt werden konnte.

Verbrennen bei lebendigem Leib.

Es war Unrecht, sie zu töten, noch dazu auf so grausame Weise. Der Vorwurf, sie hätten ihm nach seinem Leben getrachtet, eine blanke Lüge. Aber sein Herz brannte vor Hass, der Durst nach Rache war noch ungestillt, und er wusste, das leiseste Anzeichen von Schwäche konnte ihn seinen Thron kosten. Seit er als kuschitischer Pharao das Erbe seines Bruders Anlamani angetreten hatte, stellten sie sich ihm in den Weg. Sie waren gegen seine Pläne, die Ägypter und Assyrer anzugreifen und sein rechtmäßiges Erbe als Pharao über Oberägypten anzutreten. Zwei Jahre lang hatten sie nichts gegen ihn unternehmen können. Doch dann …

Aspelta schloss die Augen und spannte seinen muskulösen Körper an. Der bittere Geschmack des Zorns durchströmte ihn wie Gift, und er kämpfte mühsam gegen die aufsteigende Übelkeit an, als er an seinen Sohn dachte.

Eine *Missgeburt*, einen *Dämon* hatten die Priester ihn genannt und von ihm verlangt, ihn zu töten! Oh, er würde dafür sorgen, dass sein Sohn am Leben blieb, auch wenn er ihm niemals auf den Thron folgen konnte.

Vor seinen Augen tauchte Asatas tränenüberströmtes Gesicht auf, und er hörte wieder ihre schrillen Schreie, ihr Flehen, während er seiner geliebten Frau das Kind aus den Armen genommen hatte. Man sagte ihm nach, er sei stark. Aber die Kraft, die er an diesem Tag hatte aufbringen müssen, war unmenschlich gewesen.

Mit einem Ruck stand Aspelta auf und ging auf den Balkon. Mit jedem Atemzug in der Morgenluft wurde sein Kopf klarer, die düsteren Bilder verblassten, und die Übelkeit wich dem Gefühl von Entschlossenheit. Die Sonne tauchte den Palast in goldenes Licht, und die Gebäude warfen lange Schatten in den Sand. Heute war der Tag der Abrechnung.

Etwa sechshundert Kilometer südlich von Napata erreichte unterdessen Pije, Aspeltas treuester Gefolgsmann, ein winziges Dorf in der Nähe von Meroe, unweit des Nils. Ein paar schlichte Hütten aus Lehm und Stroh gruppierten sich um stoppelige Felder. Fischer und Bauern. Einfache Leute, die von den Vorkommnissen in der Hauptstadt des Reiches nicht die geringste Ahnung hatten.

Die Reise war anstrengend gewesen, zumal die junge Amme, die ihn begleitete, nicht in der Lage zu sein schien, das Kind zu beruhigen. Der Säugling schrie unablässig, als könnte er bereits jetzt das Ausmaß seines Schicksals begreifen. Pije hielt sein Kamel an und setzte den Wasserschlauch an die Lippen, bevor er ihn an die Frau zum Trinken weiterreichte. Sie gab ihm den Säugling, sichtlich froh, ihn eine Weile nicht im Arm halten zu müssen. Der Junge war in leichte Tücher gewickelt und sein Gesicht mit einem Schleier bedeckt. Vorsichtig hob Pije ihn an und sah auf das Kind herab, das ausnahmsweise einmal schlief. Ein kaltes Prickeln lief trotz der Hitze über seinen Rücken.

Haut und Haare, selbst die Augenbrauen und Wimpern, waren weiß wie Ziegenmilch, obwohl sein Vater schwarz war, wie alle Mitglieder der Königsfamilie. Doch das allein hätte die Priester nicht in Aufruhr versetzt. Es waren die Augen des Jungen. Im Schatten schimmerten sie unnatürlich hell, mehr grau als blau, aber fiel auf sie Sonnenlicht, leuchteten sie wie frisches Blut. Nur Seth, der Gott des Chaos und des Verderbens, besaß rote Augen. Die Priester hatten die Wahrheit gesprochen. Dieses Kind war ein Dämon.

Kapitel 12

Sis
Aithér, Jahr 2517 nach Elio, dritter Mond des Frühlings, Tag 20
Helligkeit brannte auf Sis' Augenlidern und ließ sie blinzeln. Über ihr wölbte sich ein strahlend blauer Himmel, die Sonne stand hoch am Zenit und schien sengend auf sie herab. Unter ihr war alles weich und körnig. Benommen richtete sie sich auf. Sand? Ungläubig hob sie eine Handvoll davon auf und ließ ihn zwischen ihren Fingern hindurchrieseln, schwarz wie zerriebenes Lavagestein. Sis brauchte ein paar Sekunden, in denen ihr Kopf verzweifelt eine logische Erklärung für all das suchte. Eben noch war Nacht gewesen. Eben noch waren sie auf Lunas Boot gewesen. Und dann hatte sie diese vollkommen krasse Vision einer mittelalterlichen Schlacht gehabt und war einem sterbenden jungen Ritter begegnet. Ein Schauer überlief sie bei dem Gedanken daran. Immer noch glaubte sie, seine Hand auf ihrem Arm zu spüren. Neben ihr regte sich etwas.

»FINN!« Sie beugte sich über ihren Bruder. »Bist du okay? Sag doch was!«

Mit weit aufgerissenen Augen starrte er sie an. An seinem Hals stachen feuerrote Striemen hervor, sein Kopf war nass von der Meeresgischt, und der schwarze Sand klebte ihm überall in den Haaren und auf der Stirn. An seiner rechten Schläfe sickerte etwas Blut aus einer Wunde. Diese verdammte Möwe!

Er verzog das blasse Gesicht, und erst jetzt entdeckte Sis das schwarze Lederband, das immer noch vom Hals zu seinen Lippen führte und in seinem Mund verschwand. Finn richtete sich auf und spuckte es aus.

Die Fibel!

»Wo zur Hölle sind wir?« Jemand legte den Arm um ihre Schultern. Erleichterung machte sich in ihr breit, als sie Luke sah. »Geht's euch beiden gut?«

Sis nickte benommen. Lukes Gesicht wies ebenfalls zahlreiche Verletzungen von dem scharfen Möwenschnabel auf, und er war noch ein wenig grün von der Seekrankheit, doch seine Augen funkelten bereits wieder.

»Krass, oder?« Er deutete auf das schwarze Dünenmeer um sie herum. In der Ferne konnte Sis ein paar seltsame dunkle Felsformationen im Sand ausmachen. Wie gewaltige steinerne Pilze ragten sie in den Himmel. Kein Wasser, keine Pflanzen, kein Haus weit und breit.

»Ihre Körper verschwammen vor meinen Augen, wurden einfach durchsichtig.«

Alles war so verdammt schnell gegangen. Erst jetzt kam Sis zum Nachdenken.

Sie hatte auf dem Boot ein Klopfen in ihrem Rücken gehört, sich umgedreht und Finn auf dem Rücken liegend entdeckt. Mit den Füßen hatte er auf den Schiffsboden gestampft und versucht, eine gewaltige Möwe, die ihn mit ihrem scharfen Schnabel angegriffen hatte, mit den Armen abzuwehren. Luke war blitzschnell losgesprungen und hatte nach dem seltsamen Stab von Ramón in Finns Rucksack gegriffen. Mit diesem war er auf das Tier losgegangen, das sich daraufhin kreischend auf ihn gestürzt hatte. Erst da hatte Sis die Lederkette entdeckt, die Finn die Luft abschnürte. Sie war zu ihm gelaufen und hatte an ihr gezerrt, um sie zu lockern, während ihrem Bruder schon die

Augen aus den Höhlen getreten waren. Und dann hatte Finn begonnen, sich einfach vor ihr aufzulösen. Instinktiv hatte sie sich an seiner Jacke festgehalten, und Luke hatte sie in letzter Sekunde am Arm gepackt.

Sis sah sich in der Wüstenlandschaft um.

»Sag nicht, wir sind jetzt dort, wohin unsere Eltern und Kieran verschwunden sind«, keuchte sie. Ihr Herz schlug schneller, und eine wilde Mischung aus Angst, Unglauben und Hoffnung überwältigte sie. Finn wich ihrem Blick aus. »Verdammt, Finn! *Das* hast du mit Ramón geplant? Warum hast du uns denn nicht verraten, was du vorhast?«

»Ich hatte doch keine andere Wahl«, murmelte ihr Bruder.

»Na klar! Du hättest wenigstens ...« Sie brach ab, musterte die Striemen an seinem Hals und atmete tief durch. Es hatte keinen Sinn, auf Finn wütend zu sein. Er hatte das selbst nicht geplant. »Verrätst du uns wenigstens, was ihr ursprünglich vorhattet und wo wir jetzt sind?«, fragte sie sanfter.

»Ich habe keine Ahnung. Die Möwe ...« Er brach ab und sah sie verunsichert an.

Sis kannte diese Miene. Er setzte sie auf, wenn er etwas ausgefressen hatte und nicht recht wusste, wie er mit der Wahrheit herausrücken sollte.

»Das war keine normale Möwe, nicht wahr?«, kam Luke ihm zu Hilfe. »Die hatte mit deinen eigenartigen Träumen zu tun.«

»Träume? Die war schon ziemlich real!« Sis zog ein Taschentuch aus der Jeans und tupfte vorsichtig die Schrammen in Lukes Gesicht ab. Es tat so gut, etwas Vernünftiges in dieser absurden Situation zu machen, weswegen sie erst nach einer Weile bemerkte, wie Luke eine Spur zu viel Farbe ins Gesicht schoss.

»Hey, halb so wild«, winkte er verlegen ab.

Als sie sich wieder ihrem Bruder zuwandte, stahl sich gerade ein Lächeln auf seine Miene. »Was ist denn so lustig?«

»Dass Ramón und ich nicht früher drauf gekommen sind!« Er hielt ihnen triumphierend die Kette mit der Fibel entgegen. »Wie man sie benutzt. Kieran war damals erst vier Jahre alt. Und was machen kleine Kinder?«

»Sie stecken alles in den Mund«, sagte Luke.

»Richtig!« Ihr Bruder strahlte. »Seht ihr den Ring da?« Er deutete auf den kreisförmigen Bogen in der Mitte des Halbmonds. »Während ich die Fibel in den Mund genommen habe, damit der Magier sie nicht in die Finger kriegt, habe ich unbewusst die Zungenspitze durch diesen Ring geschoben.«

»Der *Magier*?« Sis wechselte einen Blick mit Luke.

»Was auch immer er ist, ich hoffe, er ist uns nicht gefolgt«, sagte Luke und sah sich unbehaglich um.

Insgeheim hoffte Sis verzweifelt, sie wäre auf dem Boot eingeschlafen oder ohnmächtig geworden und würde jeden Moment aufwachen. Verstohlen zwickte sie sich in den Arm. Nichts geschah. »Na schön. Nur um das noch einmal zu testen: Steck dir die Fibel wieder in den Mund und bring uns zurück!«

»Nein!«, widersprach Finn bestimmt.

»Würde ich vorerst lieber sein lassen«, bekräftigte Luke.

»Wir wissen nicht, wo wir hier sind und welche Gefahren auf uns lauern. Es ist elend heiß und – soweit ich das von hier aus erkennen kann – kein Wasser weit und breit. Wahrscheinlich verdursten wir demnächst. Ich wüsste zumindest gern, dass wir jederzeit zurückkehren *können*!«, rief sie.

»Beruhig dich mal! Wir können uns doch erst einmal umschauen. Vielleicht finden wir tatsächlich eure Eltern und Kieran.«

»Eben! Wenn wir jetzt zurückkehren, wird der Magier mich nur wieder überfallen. Ramón behauptet, er will mich zu seiner Marionette machen, weil nur ich die Macht der Fibel entfesseln kann.«

»Sag mal, hat der dir Drogen verabreicht?« Sis musterte ihren Bruder misstrauisch.

»Die hätten wir dann wohl alle geschluckt.« Luke deutete kopfschüttelnd auf die unbekannte Landschaft um sie herum.

»Was ist mit Luna? Hast du mal daran gedacht, ob *sie* unsere Hilfe gegen deinen *Magier* braucht?«, versuchte Sis es mit einer neuen Taktik.

Finn zuckte zusammen, als hätte sie ihn geschlagen. Unschlüssig nahm er die Fibel in die Hand.

»Warte!«, rief Luke. »Ich habe kein gutes Gefühl dabei. Lasst uns erst mal da drüben bei den Felsen Schatten suchen, und du erzählst uns, was du und Ramón überhaupt alles besprochen habt.«

Eine gute halbe Stunde später hatten sie die ersten schiefergrauen Felsen erreicht, und Sis war so schwindlig von Finns Bericht, dass sie sich fragte, ob sie einen Sonnenstich bekommen hatte. Der Schweiß lief ihr den Rücken hinunter, aber der Wind, der hier heiß zwischen den Felsen hindurchfegte, trocknete ihn wie ein gewaltiger Föhn. Sie war durstig, und ihr Verstand weigerte sich immer noch, Finn zu glauben. Doch ihre Augen belehrten sie eines Besseren, als sie an dem glatten Felsen emporsah, der, am Boden bauchig, nach oben spitz zulief und in etwa zehn Metern Höhe in einem ovalen Schirm mündete, der ihnen Schatten spendete.

»Hinkelstein 3.0«, kommentierte Luke und deutete auf weitere Felsen in der Umgebung. »Oder Stonehenge. Passend zu Ramóns Ideen von einer Welt voller Magie.« Er war nach Finns Erzählung ein wenig blass geworden, schien das alles jedoch viel leichter wegzustecken als sie.

Magische Fähigkeiten sollte sie haben! Kopfschüttelnd berührte Sis den Stein. Er war trotz der Hitze so kühl und glatt wie geschliffener Marmor und schien unter ihrer Hand plötzlich nachzugeben. Erschrocken zog sie die Finger wieder zurück und betrachtete die einzelnen Felsformationen. Kreisrund wie Stonehenge war die Anordnung nicht. Vielmehr schlängelten sie sich wie ein Schatten spendender Säulengang zu einem gewaltigen Felsmonolithen in einiger Entfernung, der aussah, als hätte ein Riese ihn von weit her mitten in diese Wüste geworfen. Vielleicht von den Bergen, deren Ausläufer in der Ferne auszumachen waren.

»Glaubst du, er hat Luna etwas angetan?«, fragte Finn und hantierte nervös mit dem schwarzen Stab herum, der ebenfalls in diese seltsame Welt katapultiert worden war, weil Luke die Möwe damit bekämpft hatte.

»Keine Ahnung«, seufzte Sis. »Wenn stimmt, was Ramón dir erzählt hat, ist er nur hinter dir her. Und ich nehme an, ihr Vater sucht bereits nach ihr. Dieser *Magier* ... und Ramóns Verwandlung in den steinernen Wolf – richtig gruselig ist das.« Ein Schauer lief ihr über den Rücken, und sie legte die Hand an die Stirn, um zu dem Felsmonolithen zu spähen. Finn folgte ihrem Blick.

»Dort kreisen Vögel«, murmelte Luke.

Sis nickte. »Schauen wir uns das mal an.«

»Auf einmal so abenteuerlustig?«, feixte Luke matt.

Sie verdrehte die Augen. »Wo Vögel sind, ist auch Wasser. Ich denke nur an unser Überleben.«

Kieran
Erebos, Jahr 2516 nach Damianos, Samhain
»Siebenundfünfzig, achtundfünfzig, neunundfünfzig ...«

Wie in Trance zählte Kieran die länglichen Steine an der

Wand gegenüber, als sich die Tür öffnete. Jemand betrat sein Zimmer. »Sechzig, einundsechzig ...«, murmelte er mechanisch weiter. Seit er wieder zurück war, konzentrierte er sich nur auf die Steine. Das hielt ihn vom Nachdenken ab.

»Kieran!«

Steel stellte sich vor seinen Stuhl und versperrte ihm die Sicht. Er war kreidebleich. Nicht dass er sonst besonders rosig ausgesehen hätte, so hatte Kieran ihn jedoch noch nie erlebt. Irgendetwas wollte er ihn doch fragen ...

»Bist du wirklich so kaltblütig?« Der Weißmagier kniff die Augen zu schmalen Schlitzen zusammen. »Und willst du gar nicht wissen, wie es deiner Mutter geht?«

Da zerbrach etwas in Kieran. Als ob Steels Worte die Eisschicht um sein Herz gesprengt hätten. Falls er wirklich das Ritual durchführte, würde er fünf unschuldige Menschen ermorden! Seine Finger begannen zu zittern, und er presste die Lippen fest aufeinander.

Steel beugte sich vor und drückte seine Schultern. »Reiß dich zusammen, Junge! Das ist der schlechteste Zeitpunkt, schwach zu werden. Wenn ich auch sagen muss, wie erfreut ich über deine Reaktion bin. Ich dachte schon, Damianos hätte dich bereits zu einem Monster wie Dermoth gemacht.«

Tränen liefen Kieran über die Wangen.

»Ich weiß, wie du dich jetzt fühlst. Aber du musst versuchen, dich damit abzufinden. Er darf keine Schwäche in dir vermuten. Solltest *du* es nicht tun, wird es jemand anderes übernehmen. Du kannst die Welt nicht retten, bevor du dich nicht selbst gerettet hast.«

»Und das reicht Euch?«, flüsterte Kieran. »Das ist alles, was Ihr an Moral braucht, um Weißmagier aus Aithér zu entführen und zu Damianos' Schlachtbank zu führen?«

Steel ließ seine Schultern abrupt los. Er atmete tief durch.

»Da hast du dir ja eine hübsche Vorstellung von mir gezimmert, Junge. Die Welt ist leider nicht so simpel schwarz-weiß, wie du sie dir vorstellst.« Er lachte bitter auf, und der gequälte Ausdruck in seinen Augen wurde so wild, dass Kieran sich unwillkürlich ein Stück fester an die Stuhllehne drückte. »Du wärst außerordentlich überrascht, wenn du die ganze Wahrheit erfahren würdest.«

»Dann verratet sie mir!«

»Nein. Du brauchst einen klaren Kopf heute Nacht.« Steel nahm den Tonkrug, der auf dem Tisch stand, und schenkte ihm einen Becher Wasser ein.

»Trink!«, befahl er.

Kieran gehorchte. »Wie geht es meiner Mutter?«, flüsterte er.

Seufzend lehnte sich Steel ihm gegenüber an die Truhe und verschränkte die Arme vor der Brust. »Schlechter, als mir lieb ist. Sie kann den vermeintlichen Verlust ihrer Familie nur schwer verkraften. Derzeit forsche ich nach wirksameren Beruhigungstränken.«

Kieran wischte sich die Tränen mit dem Ärmel vom Gesicht. »Was kann ich tun?«

»Tu. Was. Er. Sagt. Ich werde dir jetzt genau erklären, was heute Abend geschieht. Und denk daran: Zeig Damianos gegenüber niemals Schwäche. Sonst ist dein Vater der Nächste. Wie geht es ihm?«

»Besser. Damianos hat ihn zur Belohnung für meinen Fleiß aus den magischen Kerkern befreit. Er ist jetzt in einer Kammer wie dieser hier untergebracht.«

»Ohne Bewachung?«, fragte Steel verblüfft.

»Natürlich nicht. Zwei Graue halten Wache. Und Damianos hat seine Magie wieder mit der Perthro-Rune gehemmt.«

Der Mond war gerade erst aufgegangen und hing leuchtend rot über dem grünlichen Wasser Drakowarams, als Kieran mit Steel zur Plattform des Hauptturms aufbrach. Bislang war ihm der Zugang zur Spitze des Turms mit seiner gläsernen Pyramide versagt gewesen. Ein paarmal hatte er von Weitem etwas Gewaltiges, Dunkles darin verschwinden sehen. So viele Geheimnisse lauerten in Temeduron, die Kieran noch nicht kannte. Seufzend drehte er sich zu Steel um.

»Schwebezauber!«, befahl der Weißmagier. Langsam stiegen sie auf. Die Luft war eisig, und der Wind wehte hier viel stärker als am Fuß des Turms. Unterwegs spürte er einen kräftigen Luftzug, und ein riesiger Schatten legte sich über ihn. Um ein Haar verlor Kieran die Kontrolle über seinen Zauber und stürzte in die Tiefe.

Hinter ihnen flog in einer langen, fließenden Bewegung ein furchterregendes Ungeheuer mit Schuppen wie aus schwarz glänzendem Metall und einem Kopf, der einer Mischung aus Raubkatze und Feuersalamander glich. Rauch quoll aus seinen Nüstern, und auf seinem Rücken saß Damianos zwischen zwei spitzen, dreieckigen Knochenzacken. Gerade als sie die Plattform des Turms erreichten, setzte es zur Landung an. Der Luftzug seiner gewaltigen Flügel war so stark, dass er Kieran wie eine Wand entgegenschlug und er die Beine fest in den Boden stemmte, um nicht nach hinten umzukippen. Damianos sprang ab, und das Wesen verschwand in einem sich öffnenden Spalt in der Pyramide.

»Gefällt er dir?«, fragte Damianos.

Kieran war immer noch überwältigt von dem Anblick. »Ein Drache, Herr?«

Sein Meister nickte. »Das ist Onyx. Du wirst bald mit ihm Bekanntschaft machen.«

Nach allem, was Kieran bereits an Schauermärchen über

Drachen gehört hatte, klang das nicht verheißungsvoll. Nie hätte er gedacht, man könnte einen Drachen überhaupt so weit bändigen, um ihn zu reiten. Damianos wandte sich ab und ging auf die Mitte der Plattform vor der Pyramide zu. Dort standen seine Schattenkrieger mit den fünf gefangenen Weißmagiern und Dermoth. Um sie herum pulsierte blutrot Damianos' Machtinsigne. Die äußeren Zacken des Sterns loderten etwa zwei Meter hoch und bildeten eine magische Sperre, aus der sie nicht ausbrechen konnten. Kieran mied ihre Blicke.

»Schau sie dir nur gut an«, forderte sein Meister ihn auf. »Viele sind halb ohnmächtig vor Angst, wenn sie hier vor mir stehen. Diese Exemplare haben bessere Nerven. Jammerschade, dass ich nicht mehr Zeit habe, die Hintergründe ihrer Gefangenschaft zu erfahren. Wäre doch amüsant zu wissen, womit sie den Weißen Synod verärgert haben. Aber vielleicht erzählst du mir das ein andermal, Duncan.«

Steels Miene blieb ausdruckslos.

Exemplare? Für Damianos waren das gar keine Menschen! Und was hatte das mit dem Weißen Synod zu bedeuten? Wussten die anderen Weißmagier etwa hierüber Bescheid? Kieran sah zu Steel hinüber, dessen bleiche Miene vollkommen versteinert war.

»Bald ist dein Vater dran!«, raunte ihm Dermoth im Vorbeigehen hämisch zu.

Der Anblick der Gefangenen war schwer zu ertragen. Zwei Männer, um die dreißig oder vierzig Jahre alt, starrten mit hassverzerrten Gesichtern Damianos an. Ein weiterer hatte einen Arm um die ältere der beiden Frauen gelegt. Doch diese Geste drückte keine Stärke aus. Seine Hände bebten vor Angst. Die junge Frau kauerte am Boden. Plötzlich hob sie den Kopf und sah ihm direkt ins Gesicht. Ihre Augen waren riesig und dunkel vor Furcht. Kierans Kehle schnürte sich zu, und seine Hände wurden schweißnass, während ihr gemurmeltes Flehen ihm das Herz brach. Instinktiv hatte sie das einzige Wesen auf diesem Turm ausgemacht, das noch zu einem Gefühl von Mitleid fähig war. Jetzt saugte sich ihr Blick an ihm fest, sie konnte nicht ahnen, wie machtlos er selbst war.

»Flöße ihnen nun die Tränke ein, Lehrling«, befahl Damianos in diesem Moment. Seine Macht umstrahlte ihn wie eine Aura, gewebt aus Dunkelheit und Tod.

Kieran war speiübel. Einen Schritt nach vorne tretend, nahm er Damianos eine Phiole aus der Hand. Die junge Frau hatte die meiste Angst. Sie musste er zuerst erlösen. Doch das war ein Fehler. Kieran hatte nicht mit der sinnlosen Kampfbereitschaft der Männer gerechnet, und als er durch den roten Magieschild in das Pentagramm trat, brach die Hölle los.

Einer der jüngeren Männer schnellte auf ihn zu und rammte ihm sein Knie in den Bauch. Schmerzerfüllt klappte er zusammen, und das war sein Glück, denn der Mann hatte bereits seine Hand nach dem Trank ausgestreckt und verfehlte das Fläschchen nur um ein paar Millimeter. Instinktiv zog Kieran beide Hände an und rollte sich zur Seite, als der Weißmagier auch schon mit den Füßen gegen seinen Rücken und seinen Kopf trat. Der metallische Geschmack von Blut breitete sich in seinem Mund aus, und für einen Moment wurde ihm schwarz vor Augen. Zusammengekrümmt lag er bäuchlings am Boden, den Trank fest unter sich begraben, und konnte nur daran denken, die Flasche keinesfalls zu zerbrechen. Während er fieberhaft überlegte, ob er innerhalb des Schilds überhaupt Magie bewirken konnte – denn die Weißmagier konnten das offenbar nicht –, raubten ihm ihre Tritte und Schläge die Luft.

»Nehmt ihm doch endlich den verdammten Trank ab, ihr Idioten!«, brüllte einer der Männer.

Der Stimmlage nach war es der Ältere. Mehrere Hände griffen nach Kieran, anscheinend waren nun auch die Frauen in das Kampfgeschehen involviert, und er spürte, wie sie an seinen Armen zerrten, um ihn herumzudrehen. Ein Gesicht schwebte über ihm. Der junge Mann hatte langes braunes Haar und graue Augen. *Grau werden sie auch nach seiner Verwandlung bleiben*, schoss es Kieran in den Kopf. Der Weißmagier drückte ihn mit seinem ganzen Gewicht zu Boden, während er brutal versuchte, ihm den Trank aus den Fingern zu brechen. Währenddessen legte der ältere Mann seine Hände um Kierans Hals und drückte zu.

Und da endlich setzten sein Verstand und der Wille zu überleben wieder ein. »Dormite subito!«, krächzte er mit letzter Kraft und konnte nur hoffen, dass der Bann innerhalb des Schildes nicht seine Magie betraf, sonst war er verloren. Der Druck an seiner Kehle verschwand. Die Augen seines Gegenübers wurden schlagartig starr, und er brach über ihm zusammen. Mühsam rollte Kieran ihn von sich herunter und richtete sich schwankend auf. Seine Kehle, der Kopf, ja, sein ganzer Körper schmerzte entsetzlich, und um ihn herum herrschte eine unheimliche Stille.

In dem roten Lichtschimmer nahm er wahr, dass die anderen Weißmagier ebenfalls in einen tiefen Schlaf gesunken waren. Dem Himmel sei Dank, die Flasche mit dem Gifttrank war heil geblieben. Nicht auszumalen, was Damianos mit ihm angestellt hätte, wäre sie zu Bruch gegangen. Schwer atmend wurde ihm plötzlich bewusst, dass er, Dermoth und Steel dem Angriff vollkommen tatenlos zugesehen hatten. Keiner war ihm zu Hilfe geeilt. Warum auch? Innerhalb des Schutzwalls waren offenbar nur die Weißmagier gebannt gewesen, nicht Damianos' Lehrling. Er hätte sich das denken können und alle sofort lähmen sollen, sobald er den Wall durchschritt. Was hatte er erwartet? Sie würden ihm freiwillig die Fläschchen abnehmen und trinken? Dumm. So dumm! Er musste ein wahrhaft erbärmliches

Schauspiel abgeliefert haben! Kierans Wangen wurden heiß vor Scham. Ein grausiges Lachen zerriss die Stille, und er bekam eine Gänsehaut. Damianos' Zähne glänzten hell zwischen seinen blutleeren Lippen.

»Sieh an, hast du dich letztendlich doch noch daran erinnert, ein Magier zu sein, Lehrling?«, fragte er höhnisch, während seine eisigen Augen ihn zornig durchbohrten. »Mach dich endlich an die Arbeit!«

Zeig ihm keine Schwäche!

Kieran kniete nieder und flößte der jungen Frau den Zaubertrank in ihren halb geöffneten Mund. Dann verließ er hinkend das Pentagramm, um die nächsten Phiolen zu holen.

»Warum hast du sie mit einem Schlafzauber belegt?«, fragte Damianos. »Du hättest sie lähmen können, damit sie mitbekommen, wie du ihnen den Trank verabreichst. Das hätte sie weitaus mehr gequält, und nach den Schmerzen, die sie dir zugefügt haben, sollte das die mindeste Rache sein, die du an ihnen ausübst. Besser wäre es natürlich gewesen, du hättest sie vorab gefoltert. Dermoth hat dir doch sicher die notwendigen Zauber beigebracht?«

O ja, das hatte er. Kieran erinnerte sich mit Grauen an diesen »Unterricht«. Anfangs hatte er sich geweigert, Insekten und Ratten, die er in den Gängen zu diesem Zweck hatte einfangen sollen, zu quälen. Aber Dermoth hatte ihm auf seine einfühlsame Art verdeutlicht, er würde jeden einzelnen Zauber, den er verweigerte, an ihm selbst oder seinem Vater ausüben.

»Du bist zu weich, Kieran.« Damianos fasste ihn nachdenklich am Kinn und zwang ihn, ihm in die Augen zu schauen. »Ich bin mir nicht sicher, ob du das, was ich von dir verlange, auch bewältigen wirst. Vielleicht habe ich zu große Erwartungen in dich gesetzt. Erwartungen, die du aufgrund deiner dir angeborenen Schwäche nicht erfüllen kannst.«

»Verzeiht meine Dummheit, Herr.« Kieran straffte die Schultern. »Ich verspreche, ich werde daraus lernen. Bestraft mich, doch lasst mich weiter Euer Lehrling sein.«

Damianos' Augen begannen zu funkeln, und sein Mund verzog sich spöttisch. »Gut.« Er wandte sich an Dermoth. »Hol seinen Vater!«

Kierans Herzschlag setzte aus. Fassungslos starrte er Dermoth nach, der mit einem freudigen Grunzen vom Turm schwebte. Unterdessen reichte Damianos Kieran die Tränke für die anderen Weißmagier. Während er erneut auf den Schutzwall zuschritt, zitterten seine Hände so heftig, dass er jede Phiole mit zwei Händen an ihre geöffneten Lippen halten musste, um nicht die Hälfte zu verschütten. Sobald er fertig war, trat er aus dem Schutzschild und stellte sich neben seinen Meister. Er schaute durch seinen Vater hindurch, der mit Dermoth in diesem Augenblick auf dem Turm erschien, schaute durch die gefangenen Weißmagier hindurch, durch die Mauern, durch diesen ganzen verfluchten Ort, als wäre alles nicht wahr, sondern nur ein böser Traum.

»Bring es zu Ende, Lehrling!«, flüsterte Damianos zärtlich und legte ihm die Hand auf die Schulter.

Das Pentagramm begann, rot zu pulsieren, und Kieran hob in einer fließenden Bewegung seinen Arm und sprach feierlich und mit fester Stimme die lange Beschwörungsformel, die Steel ihm beigebracht hatte. Der Schutzwall loderte hoch auf, und die Körper der Weißmagier schwebten etwa einen halben Meter über dem Boden. Kierans Worte rissen ihnen die Gewänder vom Leib, verbrannten ihre Haut, ihre Muskeln und Sehnen. Das magische Licht malte ihre bleichen Knochen blutrot. Und Kieran sprach monoton weiter, mit kalter, unbeteiligter Stimme. Als die letzten Worte zu den Toten schwebten, verflüchtigte sich der wirbelnde Schild wie Nebel. Fünf Gestalten, die wie ein wächsernes Abbild ihres früheren Selbst aussahen, traten vor Damianos und verneigten sich als neugeborene Schattenkrieger vor ihm. Alle besaßen nun identische kieselgraue, tote Augen.

Kieran wandte sich zu seinem Meister um. Damianos glich einer Statue, der man neues Leben eingehaucht hatte. Seine alabasterweiße Haut glänzte wie flüssiges Silber, seine Augen funkelten lebendiger denn je, und die Magie, die ihn umfloss, hatte ein so tiefes Schwarz erreicht, dass er glaubte, darin aufgesogen zu werden. Der Mond tauchte die Steine zu Kierans Füßen in das Blutrot, das jetzt an seinen Händen klebte. Was würde nun mit seinem Vater geschehen? Er stand mit eingefallenen Schultern neben Dermoth, den Blick fest auf seinen Sohn gerichtet. Kieran las darin keinen Vorwurf oder Trauer, nur blankes Entsetzen, Scham und unendlichen Schmerz.

»Herr?«, hörte er Dermoths Stimme. Damianos' Statthalter konnte es wohl kaum erwarten, seinen Vater zu foltern.

Würde er nach allem noch die Kraft aufbringen, das mitanzusehen? Kierans Magen verkrampfte sich schmerzhaft. Der letzte Funken Bewunderung für die Magie seines Meisters war mit diesem Ritual erloschen. Damianos hatte recht gehabt. Der Tag würde kommen, an dem er sich sehnlichst seinen Tod wünschte. Und in diesem Augenblick schwor sich Kieran, noch mehr zu lernen, sich noch mehr anzustrengen, nichts unversucht zu lassen, um Damianos' Macht zu brechen und diesen grausamen Opfern ein Ende zu setzen.

»Bring den Gefangenen wieder zurück!«

»Herr?« Dermoth schaute drein, als hätte Damianos ihm seine Waffensammlung weggenommen und im Drakowaram versenkt.

»Du hast mich verstanden.«

»Aber ...« Pure Verzweiflung drang aus seinen Worten.

Damianos' Stimme wurde schneidend. »Zweifelst du meine Befehle an?«

»Nein, Herr. Natürlich nicht«, stammelte sein Statthalter. Der Meister drehte sich zu Kieran um, nahm die Hand von seiner Schulter, legte seine langen, dünnen Finger unter sein Kinn und zwang ihn, den Kopf zu heben. Und was er in seinen Augen las, gefiel ihm. Er lächelte. »Sieh ihn dir genau an, Dermoth. Dass sein Vater ihn bei der Durchführung des Blut-Rituals beobachtet hat, ist für ihn mehr Strafe als alle Folter, die du dir hättest ausdenken können.«

Hass überrollte Kieran mit einer Wucht, die ihm den Atem raubte.

Denn jedes seiner Worte war wahr.

Finn
Aithér, Jahr 2517 nach Elio, dritter Mond des Frühlings, Tag 20
Der Felsmonolith, ein gewaltiger basaltschwarzer Block, thronte auf dem schieferfarbenen Sand wie ein Relikt aus einer anderen Welt, und das Kreischen der ihn umkreisenden Vögel war unerträglich laut. Finn konnte immer noch nicht glauben, dass er es geschafft hatte, dem Tod zu entrinnen. Der Schreck saß ihm tief in den Gliedern, auch wenn er sich das vor Luke und seiner Schwester nicht anmerken lassen wollte. Aber er ertappte sich dabei, wie er nach Tieren mit blutroten Augen Ausschau hielt, auch jetzt, als er die Augen mit der Hand beschattete und hinaufstarrte. Das Felsplateau, über dem die Vögel kreisten, war einige Hundert Meter hoch. Im Gegensatz zu der grauschwarzen Ödnis ringsum schillerte ihr Gefieder in bunten Farben. Für ihre geringe Größe hatten sie erstaunlich breite Flügel, lange Hälse und gebogene Schnäbel und auf ihrem Kopf eine Haube

wie ein Kakadu. War er hier wirklich sicher? Oder konnte der Magier ihm hierher folgen?

»Wetten, die verschwinden irgendwo da oben im Gestein«, überlegte Luke.

»Vielleicht haben sie dort ihre Nistplätze«, vermutete Sis.

Finn ging ein paar Schritte weiter und entdeckte einen Spalt im Felsen, gerade breit genug, um sich hindurchzuzwängen.

»Dahinter könnten Giftschlangen, Skorpione, Spinnen und was weiß ich noch alles lauern.« Sis musterte den Spalt argwöhnisch.

»Dann warte eben draußen, bis wir die Lage sondiert haben«, schlug Finn vor.

»Wir trennen uns besser nicht!«

»Ich geh vor«, bot Luke an und zückte sein Handy.

»Hoffst du auf Empfang?«, zog Sis ihn auf.

Er grinste. »Ich check nur mal schnell ab, ob die WLAN haben.« Er aktivierte die Taschenlampenfunktion und leuchtete ins Innere des Spalts. Zu dritt beugten sie sich vor und spähten hinein. Vor ihnen öffnete sich ein Gang, dessen Wände grauweiß gemasert wie Marmor waren. Kein Lebewesen weit und breit. Entschlossen zwängte Luke sich hinein, und sie folgten ihm. Schon nach wenigen Schritten weitete sich der Weg, und durch einen breiten Riss im Felsen flutete Sonnenlicht das Innere. Das Gestein wölbte sich hier in bizarren Formen, und seine Maserung verlief von einem tiefen Schwarz zu Anthrazit, Grau und Alabasterweiß.

»Wunderschön!«, raunte Sis andächtig.

»Pst! Horcht mal!«, flüsterte Luke. Sie spitzten die Ohren, und jetzt hörte Finn es auch. Erst nur dumpf die Vogelschreie und dann … »Da plätschert Wasser!«

Sis deutete auf die Felswände. »Ich frage mich die ganze Zeit über schon, ob das Sandstein ist. Hier sieht es wie in einem

Canyon aus, durch den früher Wasser geströmt ist.« Luke und Finn wechselten einen verschmitzten Blick, während Sis ihnen etwas von Schichtung, Schieferung und Kluftrichtung erzählte. Darüber schien sie sogar ihre Furcht vor giftigem Getier vergessen zu haben. Sie gingen weiter, und vor ihnen lösten sich jetzt dunkle und taghelle Gänge ins Innere ab, bis sie plötzlich in einer von buntem Licht durchtränkten Höhle standen, die selbst Sis die Sprache verschlug. Gewaltig, wie sie war, mit einem kuppelartigen Gewölbe und zahlreichen Rissen hoch oben im Felsen, durch die Licht einfiel, fühlte man sich wie in einer Kathedrale. In der Mitte der Höhle schimmerte ein See. Unzählige Farben spiegelten sich darin, denn auf einer steinernen Halbinsel erhob sich ein Baumriese, dessen zerfurchter Stamm sich weit in die Höhe schraubte. Er reichte bis zu den Felsöffnungen, durch die seine Äste und Blätter ragten und für den farbenfrohen Lichteinfall sorgten. Dieser Baum war anders als alles, was Finn bislang gesehen hatte. Ein frischer, herber Duft umgab ihn, und seine Blätter schillerten in zarten Pastellfarben.

Finn folgte Luke über einen schmalen Weg, der wie eine Brücke zum Baumstamm führte. Rosafarbene, pastellgelbe und violette Blätter beschneiten das schwarze Sandgestein rings um den Stamm herum. In Fetzen hingen abgestorbene Rindenstücke an ihm herunter, als hätte sich dieser wie eine Schlange gehäutet. Er schillerte in allen erdenklichen Regenbogenfarben, aber in viel kräftigeren Tönen als sein zartes Blätterdach, in dem die Vögel herumflatterten, die sie von außen gesehen hatten. »Wahnsinn!«, flüsterte Sis und ging in die Hocke, um eine Handvoll Blätter aufzuheben. »Die sind ganz zart. Wie Rosenblüten.« Sie schnupperte daran. »Riechen frisch, ein wenig nach Minze und Zitronenmelisse.«

Luke griff nach einer der bunten Baumrinden und entfernte ein Stück vom Stamm. Noch während er sich damit zu ihnen umdrehte, hallte ein hoher Schmerzenslaut wie der Schrei eines Kindes durch die Höhle, und Finn zuckte erschrocken zusammen. Ein schauriges Echo warf den Laut mannigfach zurück, und nachdem der letzte Ton verklungen war, herrschte eine Stille, die sich wie eine schwere Decke über sie legte. Die Vögel hatten in ihrem Gesang innegehalten, und selbst das Plätschern des Wassers war auf einmal nicht mehr zu hören.

Dann erhob sich ein Rauschen, als würde sich ihnen eine Lawine nähern.

Nur war es keine Lawine.

Es waren die Vögel, die in einer einzigen bunten Wand aus der Baumkrone zu ihnen herabstießen wie ein wütender Bienenschwarm.

Kapitel 13

Kieran

Erebos, Jahr 2517 nach Damianos, zweiter Mond des Winters, Tag 12

»Genug für heute!« Dermoth musterte Kieran mit einer Mischung aus widerwilliger Anerkennung und Furcht. Er wischte sich mit einem Seidentuch den Schweiß von der Stirn und spottete gehässig: »Der Herr weiß deinen neuen Eifer sicher zu schätzen, aber du solltest nicht zu spät zu deinem ersten Treffen mit dem Drachen kommen. Und hoffen, dass Onyx schon gespeist hat.«

»Ich danke Euch für Eure Fürsorge, *mein Gebieter*«, erwiderte Kieran ironisch. Sie standen im Hof des inneren Mauerrings der Festung. Einige Diener waren neugierig in den Nischen unter den Wehrgängen stehen geblieben, um sie zu beobachten, bis die Grauen sie vertrieben. Seit Samhain arbeitete Kieran wie ein Besessener an seiner Duelliertechnik und schwarzmagischen Flüchen. Doch während Dermoth und Damianos glaubten, er würde das aufgrund des Angriffs der Weißmagier tun oder um sein Versagen an Samhain wieder wettzumachen, konnte Kieran an nichts anderes denken, als irgendwann einmal im Kampf seinen Meister besiegen zu können.

Zwei Schattenkrieger schlossen sich ihm wortlos an, während er sich auf den Weg machte, keine Eskorte, sondern seine

Diener, Zeichen von Damianos' Wertschätzung. Sie bedeuteten ihm ebenso wenig wie die größeren Gemächer, die er nun über dem Badehaus im achten Turm der Festung bewohnte. Wie es seiner Mutter bei Steel erging, wusste er nicht, und seinen Vater hatte er seit Samhain nicht mehr besucht. Wie sollte er ihm als Mörder unter die Augen treten? Tage und Nächte waren vergangen, in denen er sich fragte, ob es noch einen wesentlichen Unterschied zwischen ihm und den leblosen Hüllen der Grauen gab.

Wenig später betrat Kieran die gläserne Pyramide, wo sein Meister bereits auf ihn wartete. Durch das rote Glas der Außenwände herrschte im Inneren ein gedämpftes kupfergoldenes Licht. Die besondere Farbe, hatte ihm Damianos erklärt, schützte die Haut des Drachen vor den Sonnenstrahlen. Kieran hatte erwartet, das Glas würde den Raum wärmen. Doch das Gegenteil war der Fall. Es war frostig kalt und roch nach Heu, das als Lager für den Drachen im hinteren Teil der Pyramide auf dem Steinboden ausgebreitet war. Bis auf einen Wassertrog und das Tier selbst war der riesige Raum leer. *Ein luxuriöser Stall für ein wertvolles Reittier*, dachte Kieran.

Der Drache sah gefährlich aus, tödlich, und auf bizarre Weise auch anmutig. Onyx hob den schuppigen Schädel. Sein gewaltiger Körper glänzte wie eine polierte schwarze Rüstung, und in seinen bernsteingoldenen Augen las Kieran nur Misstrauen.

»Mit einem einzigen Atemzug kann er dich verbrennen«, sagte Damianos aufmunternd zur Begrüßung.

Furchtlos ist, wer mit der Angst im Herzen weitergeht!

Sein neuer Leitspruch. Aus dem Augenwinkel sah er Damianos zufrieden lächeln, während er, ohne zu zögern, auf den Drachen zutrat und die Hand nach seinen Nüstern ausstreckte.

Wie ein scheues Wildpferd atmete das Untier seinen Geruch ein.

»Ich möchte, dass du ihn dazu bringst, dich auf sich reiten zu lassen. Er duldet bislang keinen anderen Reiter, nur mich.«

Kieran sah überrascht auf. »Wohin soll ich mit ihm fliegen, Herr?«

»Das werde ich dir beizeiten mitteilen. Du wirst in Zukunft Aufträge für mich erledigen.«

Aufträge außerhalb von Temeduron? Ein weiterer Vertrauensbeweis. Sein Herz schlug schneller bei dem Gedanken daran, er könnte vielleicht zu den Silbertrostminen fliegen und Serafina und seine Freunde wiedersehen.

Seine Hoffnung wurde jedoch schnell zerstört, denn der Drache war störrischer als der Esel, mit dem Ansgar die Kohle vom Meiler zur Schmiede transportierte. Auch in den folgenden Tagen erzielte Kieran keine Fortschritte. Onyx schnupperte an seiner ausgestreckten Hand, doch sobald er sich ihm nähern wollte, fauchte er und zog sich zurück. Daran, auf ihn zu klettern, war nicht zu denken. Eines Abends versuchte er, in seinen Geist einzudringen, um zu ihm zu sprechen. Bevor Kieran auch nur an eine Abwehr denken konnte, spie Onyx eine Flamme aus und verbrannte ihm die Hand. Brüllend vor Schmerz rannte er aus der Pyramide und steckte die Finger in den eisigen Schnee, bevor er sie mit einem Zauber wieder heilte. Er zitterte vor Wut. Was bildete sich dieses blöde Vieh überhaupt ein? Er war ein Schwarzmagier! Er könnte den Drachen jederzeit mit einem Lähmungszauber schachmatt setzen und dann ein Feuer durch seinen Körper jagen oder ihm jeden einzelnen Knochen brechen. Sein Repertoire an Folterflüchen übertraf nach seinem Studium der Grimoires mittlerweile das Dermoths. Dieser Gedanke ließ seinen Zorn schlagartig verpuffen. Nein. Blutrünstig wie Dermoth wollte Kieran niemals werden. Dann schon lieber gefühllos wie Damianos. Er dachte kurz nach und fasste einen neuen Plan.

Finn
Aithér, Jahr 2517 nach Elio, dritter Mond des Frühlings, Tag 20
»Lauft!«, rief Sis. Finn und Luke wirbelten herum und rannten um ihr Leben. Der Sand staubte unter ihren Füßen, aber das Rauschen in Finns Rücken wurde lauter, begleitet von einem zornigen, ohrenbetäubenden Kreischen. Er strauchelte, als er Lukes schmerzerfülltes Brüllen hinter sich hörte.

»O mein Gott! Luke!«, schrie Sis.

Finn fuhr herum, und ihm stockte der Atem. Von seinem Freund war nichts mehr zu erkennen. Er war vollkommen eingehüllt in einer bunten Wolke aus Vögeln, die ihn attackierten. Falsch. Das waren gar keine Vögel. Es waren … taubengroße Flugechsen mit messerscharfen Zähnen. Einige flogen pfeilschnell in ihre Richtung, beäugten sie kurz, drehten wieder ab und stürzten sich erneut auf Luke. Sie besaßen kein Gefieder, sondern hautbespannte Flügel wie Fledermäuse. Ein dreieckiger rot-gelber Hautlappen zierte wie eine leuchtende Krone ihren Kopf. Sis stürmte auf sie zu, schlug mit den Händen nach den geflügelten Monstern und bewarf sie mit Sand, erntete jedoch nur zornige Schreie und Bisse im Gesicht und auf den Armen.

»Finn! Jetzt hilf mir doch!«

Sosehr er ihren Mut gerade bewunderte – es war aussichtslos. Wie sollten sie gegen diese Übermacht von Biestern ankommen? Sein Herz raste, und er überlegte fieberhaft, wie er Luke retten könnte. Kyra! Und wenn die Schlange aus dem Stab nicht nur die Vögel, sondern auch seinen Freund angriff? *Der*

Skarabäus! Hastig zog er den kleinen silbernen Käfer aus der Jeans.

»Himmel, was tust du denn da?«, rief Sis aufgebracht, während Lukes Schreie immer lauter wurden.

Schon lag der Mistkäfer in seiner vor Aufregung zitternden Hand. Aber er rührte sich nicht. Verdammt!

»Bitte, Amun! Lass mich jetzt nicht im Stich!«

Keine Reaktion. Sis stürmte zu Finn und packte ihn am Arm. Tränen liefen ihr über die von den Bissen blutenden Wangen. »Wenn wir uns zu ihm durchschlagen, kannst du uns alle mit der Fibel wieder nach Hause schaffen.«

Zusammen mit diesen mörderischen Echsen, die sich in ihnen verbeißen würden? Unmöglich! Er würde diese Bestien ganz bestimmt nicht auf ihre Welt loslassen, damit wäre Luke auch nicht geholfen. Aber Sis hatte ihn auf etwas anderes gebracht. Finn zog sich die Lederkette vom Hals, fädelte die Fibel aus dem Band und drückte sie seiner Schwester in die Hand.

»Was soll ich damit?«

»Vertrau mir!«

Rasch hängte er den Skarabäus zurück an die Kette. Gerade, als er sie sich über den Kopf zog, brach der Echsenschwarm mitsamt Luke zusammen. Sis schrie entsetzt auf.

Beeil dich, wenn noch etwas von deinem Freund übrig bleiben soll!

Lektion eins: Glaube! Finn schloss die Augen, ignorierte Sis' verzweifeltes Schluchzen und das Kreischen der Flugechsen und konzentrierte sich auf die Aufgabe. *Ich werde Luke retten. Ich werde Luke retten. Ich werde ...* Zart, ganz zart begann der Skarabäus, sich zu regen.

»Ich soll dir also helfen, ja?«, tönte die hohe, metallene Stimme beleidigt in seinem Kopf. *»Du bist der unfähigste Magier, der mir je untergekommen ist, Finn Winter!«*

»Bitte! Luke stirbt. Schimpfen kannst du hinterher!«

»Also gut. Denk an deine Lektion mit der Katze. Diesmal musst du nicht besser hören, sondern fliegen können.«

Fliegen? Okay. Fliegen. Haha, nichts leichter als das. Die Panik, Luke zu verlieren, schnürte Finn die Kehle zu, und er schüttelte hilflos den Kopf. Sofort biss der Skarabäus ihm in die Brust. *»Glaub daran, du Dickschädel! Nur in Gestalt eines Raubvogels kannst du sie vertreiben.«*

Bilder von Raubvögeln jagten durch seine Gedanken und zeigten mit einem Mal ganz klar das Abbild eines Adlers. Vergangenen Herbst hatten sie eine Greifvogelschau im Wildpark besucht. Ein Weißkopfseeadler war besonders majestätisch gewesen. Er erinnerte sich deutlich daran, wie das Tier seine gewaltigen Schwingen ausgebreitet und im Sturzflug seine Beute gerissen hatte. Ein vorbeizischender Blitz, dem man kaum mit den Augen folgen konnte. Finn konzentrierte sich und fühlte, wie der feste Boden plötzlich unter seinen Füßen verschwand. Wärme durchflutete ihn, und ein Prickeln – wie Brause auf der Zunge, nur viel, viel stärker – erfasste seinen Körper. Und da begriff er; es war seine eigene Magie, die hier in dieser Welt offenbar ganz andere Dimensionen hatte als zu Hause. Seine Arme veränderten sich. Dort, wo zuvor noch Haut gewesen war, sprossen Federn. Aber nicht nur das. Finn fühlte sich mit einem Mal eigenartig. Er konnte viel schärfer sehen, und sein Blickfeld weitete sich, dafür war sein Gehör schlechter. Er musste halb Mensch, halb Adler sein. Das bewies auch die Reaktion seiner Schwester. Sis stolperte rückwärts, während er in die Höhe schoss, die Augen vor Entsetzen geweitet, die Hände vor den Mund geschlagen.

»Gut so. Konzentriere dich!«, bestärkte ihn der Skarabäus.

Die Magie, die ihn durchströmte, schmeckte wie Honig auf seiner Zunge, und das Gefühl von Macht war unbeschreiblich, ließ ihn schwindeln und fast seine Aufgabe vergessen. Doch dann sah er mit dem scharfen Blick eines Adlers die geflügelten Echsen unter sich und stürzte in dieser mächtigen Vogelgestalt pfeilschnell hinab, mitten hinein in den blutrünstigen Schwarm. Aber es waren so viele; wo er nach einem mit seinem scharfen Schnabel hackte, erschienen zehn andere.

»*Hör auf den Baum!*«, rief Amun in seinen Gedanken.

Den Baum? Finn versuchte, sich auf das Rauschen der Blätter zu konzentrieren.

Und endlich formte sich das Brausen zu Silben und Worten: »*Du bist der, der ihnen vor langer Zeit prophezeit wurde! Befiehl ihnen!*«

Von Luke war unter dem Echsenschwarm nichts mehr zu sehen. Lebte er überhaupt noch? Buntes Licht pulsierte vor seinem geschärften Adlerblick.

Die Sprache war so wenig von seiner Welt wie die Stimme seine eigene, und er spürte die Magie dieses Ortes bis in seine Krallen und die Spitzen seiner Flügel, als er den Echsen befahl: »*Verschwindet von hier!*«

Das monströse Gewimmel aus Flügeln, Zähnen und Krallen unter ihm kam schlagartig zum Stillstand. Dann erhob sich der Schwarm wie ein einziger Körper und schnellte an ihm vorbei aufwärts, höher, immer höher, bis er zwischen den Blättern des Baums durch die Felslöcher ins Freie gelangte und verschwand.

Kieran
Erebos, Jahr 2517 nach Damianos, zweiter Mond des Winters, Tag 12
Onyx schnaubte dunkle Rauchwölkchen vor Wut, als Kieran mit Kissen, Decke, Papier, Feder und Tinte bewaffnet zu ihm

zurückkehrte. Er hatte wohl gehofft, ihn endgültig durch das Verbrennen seiner Hand vertrieben zu haben.

Falsch gedacht, Drache! Wir werden sehen, wer den längeren Atem hat.

Kieran warf seine Decke und das Kissen in die Nähe der Eingangstür auf den Steinboden und setzte sich mit dem Rücken zu dem Drachen im Schneidersitz darauf. *Mit einem Atemzug kann er dich verbrennen.* Gänsehaut machte sich auf seinen Armen breit, doch er verdrängte die Worte seines Meisters und schnappte sich stattdessen Feder, Tinte und einen Bogen Papier. Dann begann er zu schreiben. Nach einer endlosen Weile, in der nur das Kratzen der Feder auf dem Papier zu hören war und er Onyx' bohrenden Blick im Rücken spürte, vibrierte der Boden. Krallen scharrten über den Stein, Füße tappten, und ein schleifendes Geräusch musste der Drachenschwanz sein. Kurz darauf fühlte Kieran einen warmen, feuchten Atem im Nacken.

Neugier, dein Name ist Drache!

In schwungvollen großen Buchstaben stand auf Kierans Blatt:

Ein Rätsel
Wer fließt pfeilschnell durch die Luft wie flüssiges Metall,
hat Schuppen gleich geschliffenen Edelsteinen?
Wer stürzt hinab, bringt seine Feinde zu Fall
und beschützt stets tapfer die Seinen?
Anmutig anzusehn, von aller Furcht befreit,
setzt er in Flammen, bringt Stein zum Glühen.
Doch ist er auch stets zum Kämpfen bereit,
ist auch sein Feuer furchtbar und schön zugleich,
so funkelt goldener Bernstein in seinen Augen weich,
und seine Klugheit kann ich fühlen.

Stille. Womöglich hatte Kieran zu dick aufgetragen. Oder er hatte die Klugheit des Drachen aufgrund der Erzählungen seines Meisters überschätzt, und der konnte überhaupt nicht lesen. Also nahm er einen zweiten Bogen und begann, in schwungvollen Federstrichen ein Bild von Onyx zu malen. Er musste alle Beherrschung der Welt aufbringen, um sich nicht umzudrehen, als er glucksende Geräusche in seinem Rücken hörte. Lachte der Drache etwa? Zugegeben, das, was er da zu Papier brachte, sah aus wie eine lang gezogene Waldeidechse mit eckigem Kopf und übergroßen Glupschaugen. Das Schönste an ihr waren die Flügel, die er elegant rechts und links des Körpers platzierte und gerade dunkel schraffierte, als plötzlich eine tiefe Stimme in seinem Kopf dröhnte.

»Lass das!«

Ungerührt tauchte Kieran die Feder wieder in das Tintenglas und malte weiter. Onyx knurrte, und seine Haare stellten sich ihm im Nacken auf. Ein Feuerschnauben, und er wäre nur ein Haufen Asche. Laut seufzend drehte er sich zu ihm um.

Der mächtige Drachenschädel war nur noch etwa eine Armlänge von ihm entfernt. Er konzentrierte sich auf das Bernsteingold seiner Augen, in denen die schwarzen Pupillen schlangengleich zu einem Schlitz geformt waren, und fragte in Gedanken: *»Warum?«*

»Die Zeichnung ist genauso hässlich wie du.«

Na, besten Dank aber auch! Immerhin. Er hatte ihn dazu gebracht, mit ihm zu kommunizieren. Kieran legte das Blatt neben sich auf den Boden und sprang auf, weil Onyx das Papier mit einem gezielten Feuerstrahl in Flammen setzte.

Zufrieden zog er den Kopf zurück, drehte sich um und tappte zu dem hinteren Teil der Pyramide, wo er sich zum Schlafen einkringelte. Dieser Drache war nicht so stur wie Ansgars Esel, er war noch sturer als Ansgar selbst! Fröstelnd zog Kieran seinen Umhang enger um sich und schlüpfte bis zur Nasenspitze unter die Decke. Wärmer wurde ihm dadurch nicht, denn der Steinboden war so unbequem wie kalt. Er verfluchte die Idee, sein warmes, gemütliches Bett gegen diese unwirtliche Drachenbehausung getauscht zu haben, nur um Onyx' Zutrauen zu gewinnen. Draußen stürmte der Winterwind, ließ das Glas der Pyramide ächzen und trieb dunkle Wolken vor die Sichel des Mondes.

»*Na los, komm schon zu mir. Hier ist es gemütlicher, und ich kann dich wärmen*«, brummte Onyx.

Kieran glaubte, sich verhört zu haben. Dennoch schnappte er sich Decke und Kissen und wanderte zu ihm. Der Drache lag auf frischem Heu und schob seinen langen, schuppigen Schwanz ein wenig beiseite, sodass sich eine kleine Kuhle bildete. Vorsichtig kletterte Kieran hinein und schmiegte sich an ihn. Seine Haut war wohlig warm und die Schuppen überraschend weich, fast wie Samt.

»*Eins steht fest, Junge. Du bist ein Künstler der Worte, nicht der Bilder.*«

Kieran lächelte, schloss die Augen, atmete den Duft des frischen Heus und fiel in einen tiefen Schlaf.

Sis
Aithér, Jahr 2517 nach Elio, dritter Mond des Frühlings, Tag 20
Sis blickte den Flugechsen nicht nach, die durch die Baumkrone ins Freie verschwanden, sondern stürzte neben Luke auf die Knie. Kleidung und Haut hingen ihm in Fetzen am blutüberströmten Körper. Seine Augen waren geschlossen, und im ersten Moment dachte sie, er wäre tot.

»Luke«, flüsterte sie und tastete nach seinem Puls. Zart wie

Schmetterlingsflügel, war er kaum noch zu spüren. Er musste in ein Krankenhaus. Sofort! Finn sollte sie auf der Stelle in ihre Welt zurückbringen! Aber ihr Bruder war zu einem Adler geworden. Sie hob den Kopf und sah Finn, der jedoch zum Glück wieder seine menschliche Gestalt angenommen hatte und mit kreidebleicher Miene auf Luke hinabstarrte. Plötzlich nahm sie eine Bewegung in seinem Rücken wahr. Ihr Herzschlag setzte aus, und sie schrie: »Hinter dir, Finn!«

Dort stand ein Mann. Seine dunklen Augen funkelten vor Zorn. Finn wirbelte herum und wich ein paar Schritte zurück. Groß und dürr, mit langem, verfilztem Haar und einem ebenso ungepflegt wirkenden Vollbart, glitt der Fremde behände wie eine Schlange auf sie zu. Er war drahtig, mit einem Gesicht, so zerfurcht wie die bunte Rinde des verhängnisvollen Baums.

»Ihr habt Indradhanus Taru entweiht!« Seine Stimme klang rau und kratzig, als hätte er sie schon lange nicht mehr benutzt. Dafür sahen die gelb-orange Tunika mit ihren roten Ziernähten und die über seinen Schultern hängende schmutzige graue Wolldecke umso abgenutzter aus.

»Wir haben *was* getan?«, fragte Finn entgeistert.

»Stellt euch nicht dumm! Wozu wolltet ihr die Rinde des heiligen Baums? Gedachtet ihr, euch einen Talisman gegen schwarze Flüche anzueignen, oder …«, der Tonfall des Alten wurde schärfer, »hattet ihr vor, euch zu bereichern, indem ihr sie hinter den Bergen verkauft?«

»Das ist ein Missverständnis!«, rief Finn. »Wir wussten nicht, wie heilig Ihnen der Baum ist, ehrlich. Wir kommen aus einer anderen Welt. Bitte helfen Sie uns!«

»WAGE NICHT, SO FRECH ZU LÜGEN!«, donnerte der Mann und deutete auf das Stück Rinde in Lukes blutverschmierter, verkrampfter Hand. Er zog die Stirn in Falten, und seine dunklen Augen sprühten jetzt vor Wut.

»Aus einer anderen Welt? Wollt ihr mich zum Narren halten? Glaubt ihr, nur weil ich mich aus eurem Reich zurückgezogen habe, um das Leben eines Einsiedlers zu führen und auf den zu warten, der die Macht des Blutäugigen brechen kann, nehme ich jedem dahergelaufenen Dieb ab, er wäre der, den Ariana aus einer anderen Welt prophezeit hat? Ich will mit eurem Egoismus, eurem unzureichenden Verständnis von Magie, eurer Arroganz, Uneinigkeit und eurer Grausamkeit nichts mehr zu tun haben!« Der Alte trat jetzt so nah an Finn heran, dass Sis erschrocken aufsprang. Er überragte selbst ihren Bruder um Kopflänge.

»Ich bin NICHT verrückt«, zischte er heiser, während der verzerrte Ausdruck seines Gesichts und die glühenden Augen seine Worte Lügen straften. »Wagt nicht noch einmal, Keravina zu betreten! Und richtet den anderen Weißmagiern aus, ich werde den Nächsten, der sich an dem heiligen Baum vergreift, eigenhändig im See ertränken.«

Etwas zerbrach in diesem Moment in Sis, vielleicht der letzte Versuch, das alles hier rational begreifen zu wollen, und übrig blieben nur ihre Verzweiflung über Lukes beängstigenden Zustand, die Panik, er könnte sterben, und unbändige Wut.

»Sis, nicht ...«, rief Finn, um sie aufzuhalten, doch da hatte sie den Mann schon am Arm gepackt und mit einer Kraft, die sie sich selbst nicht zugetraut hätte, von ihm weggerissen.

»Fassen Sie meinen Bruder nicht an! Er lügt nicht! Er hat Sie gerade freundlich um Hilfe gebeten, und Sie bedrohen ihn und halten ihm einen Vortrag über irgendwelche Streitereien zwischen Magiern. *Wer* ist hier also arrogant und egoistisch? Halten Sie Ihre blumigen Reden gefälligst Ihrem dämlichen Baum und lassen uns in Ruhe, damit wir in unsere Welt zurückkehren und unseren Freund retten können!«

Der Alte blinzelte, dann fragte er deutlich sanfter: »Von welchem Clan stammt ihr?«

»Von den Ubalden«, seufzte Finn.

Als ob das jetzt wichtig wäre! Sis stapfte zurück zu Luke und hob seinen blutüberströmten Kopf in ihren Schoß.

»Lass uns endlich von hier verschwinden, Finn!«, rief sie, aber der Fremde versperrte ihm den Weg. »Ihr seid *Ubalden*?«, fragte er und betonte jede Silbe auf eine eigenartige Weise, die ihr ein Kribbeln auf der Kopfhaut verursachte.

»Ja, verdammt!« Finn schob sich an ihm vorbei.

»Du lügst nicht«, flüsterte der Alte sichtlich erschüttert. »Wie ist das möglich? Bist du etwa Norwin Deegans Sohn?«

Finn schüttelte den Kopf, während er sich neben Sis und Luke kauerte. »Ich kenne keinen Norwin«, sagte er und zu ihr gewandt: »Hast du die Fibel?«

Sie nickte und öffnete ihre Hand, um sie ihm zu geben, als der Mann mit einem für sein Alter erstaunlichen Satz neben sie sprang und die Fibel mit weit aufgerissenen Augen anstarrte. Rasch schloss sie die Hand darum, doch er machte keine Anstalten, sie ihr abzunehmen.

»Heilige Götter! Ihr stammt wirklich aus Khaos!« Unermessliche Glückseligkeit breitete sich auf seinem Gesicht aus, und seine Augen füllten sich mit Tränen. Finn nahm Sis verstohlen die Fibel aus der Hand und griff mit der anderen nach Lukes Arm. Sie tat es ihm gleich, doch bevor er die Fibel zu seinem Mund führen konnte, rief der Fremde: »Wartet! Die Wunden der Tapejaechsen sind magisch. Ihr könnt sie in eurer Welt nicht heilen. Euer Freund wird bereits beim Übergang nach Khaos sterben.«

Aus den Falten seiner Tunika zog er ein kleines goldfarbenes Fläschchen, das er rasch entkorkte.

»Was ist das?«, fragte Sis misstrauisch.

»Amrital. Die einzige Medizin, die Tapejabisse heilen kann.« Er nickte in ihre Richtung. »Du wirst sie auch brauchen, wenn du nicht in den nächsten Stunden dem Wahnsinn verfallen willst.«

Ich fühle mich jetzt schon dem Wahnsinn verfallen.

Aber bei seinen Worten wurde Sis erst das Brennen der Bisswunden im Gesicht und auf den Armen bewusst. In ihrer Angst um Luke hatte sie den Schmerz verdrängt. Der stöhnte nicht einmal mehr auf, als der Greis seinen Kopf anhob, ihm den Mund aufdrückte und ein paar Tropfen goldgelber Flüssigkeit zwischen die blutigen Zähne träufelte. Sie hielt Lukes eiskalte Hand und kämpfte gegen die Tränen.

»Wie habt ihr überhaupt geschafft, die Tapejaechsen zu vertreiben?«

»Finn hat sich in einen Adler verwandelt«, murmelte sie benommen. *Vielleicht wirkt das Gift bereits, und du hast dir diese Verwandlung nur eingebildet.*

»Und *das* hat sie verjagt?« Der Alte reichte die Medizin an Finn weiter. Er trank beherzt einen Schluck und gab ihr das Fläschchen.

Nicht nachdenken, Sis. Trink einfach! Erleichtert stellte sie fest, dass die Medizin dieser Welt süß und nicht bitter schmeckte. Nur ein bisschen herb – wie flüssiger Waldhonig.

Finn zuckte die Schultern. »Ich habe ihnen einfach befohlen zu verschwinden. Ihr heiliger Baum hat mir den Tipp gegeben.«

Ungläubig starrte der Greis ihn an. »Dann ... dann bist du wirklich ... bei Elio! Ich habe einen erwachsenen Mann erwartet, einen starken Kämpfer und mächtigen Magier!« Er schüttelte den Kopf, besann sich schließlich auf Lukes Heilung und begann, in einer unverständlichen Sprache zu singen. Sis und Finn tauschten einen skeptischen Blick, während der Alte nun auch noch seine Hände über ihrem Freund ausbreitete. Die Luft unmittelbar über ihm veränderte sich und schimmerte auf einmal regenbogenfarben. Sie hüllte Luke vollkommen ein, floss wellenförmig seinen Körper entlang und wurde immer farbloser, je länger der Gesang andauerte. Erst verflüchtigten sich alle dunklen Farben wie Blau, Braun, Dunkelgrün, dann Violett, Rot, Hellgrün, Orange und schließlich Gelb. Am Ende blieb nur leuchtend weißes Licht übrig, das Sis dazu brachte, die Augen zu schließen. Das Lied berührte etwas tief in ihr, und ein seltsames Glücksgefühl erfasste sie. Es währte leider nur wenige Sekunden, danach dröhnte die Stille wie Lärm in ihren Ohren, und alles in ihr verzehrte sich vor Sehnsucht, die Melodie erneut zu hören. Sie öffnete die Augen und sah in das warme Braun von Lukes Iris. »Luke!«

Er blinzelte verwirrt. Seine Haut war makellos, ohne einen einzigen Tropfen Blut. Genau wie ihre und Finns Hände.

Kieran
Erebos, Jahr 2517 nach Damianos, zweiter Mond des Winters, Tag 13

Ein Schnauben riss Kieran aus dem Schlaf, und seine Welt war in dämmriges Blutrot getaucht. Er brauchte ein paar Sekunden, bis er begriff, dass es nur die Glaskonstruktion der Pyramide war, die über ihm spitz zusammenlief und durch die das Mondlicht auf ihn fiel. Der wohlig-warme Körper, auf dem er lag, bewegte sich sanft, versuchte, ihn zurück in den Schlaf zu schaukeln. Kieran drehte den Kopf und sah neben sich Onyx' mächtigen schwarzen Drachenschädel ruhen. Seine Augenlider waren noch geschlossen, doch sein warmer Atem strich ihm sanft über das Gesicht. Langsam streckte er die Hand aus und berührte den Kopf. Der Drache öffnete träge die Augen. Geschmolzenes Bernsteingold. Wie konnte ein so tödliches Tier in Damianos' Diensten so warm blickende Augen haben?

»*Ich finde kein Vergnügen daran, auf seinen Befehl hin zu töten*«, tönte Onyx in Kierans Kopf.

Er zuckte zusammen. »*Kannst du etwa meine Gedanken lesen?*«

»*Nur diejenigen, die mich betreffen, und solche, die du mir freiwillig übermittelst.*«

Erleichtert atmete Kieran auf.

Onyx stieß einen glucksenden Laut aus. »*Angst, ich könnte Damianos etwas von dir erzählen, das du lieber für dich behältst?*«

»*Würdest du das tun? Was bedeutet er dir?*«

Onyx schwieg einen Moment und legte den Kopf schief.

»*Ich denke, er bedeutet mir so viel wie dir.*«

Wie aufschlussreich! Aber vielleicht trieb Onyx dieselbe Angst um, seine wahren Gefühle zu offenbaren, und er war Damianos gegenüber ebenfalls nicht so loyal, wie er vorgab. »*Soll heißen?*«

Der Drache rückte mit seinem Kopf näher und stupste Kieran, sodass er zurück in die Kuhle zwischen seinem Bauch und dem Drachenschwanz fiel.

»*Was soll das?*«, lachte Kieran.

»*Nur eine kleine Warnung, Lehrling. Unterschätz mich nicht. Wenn du mich verrätst, mache ich … wie nanntest du das doch gleich … einen glühenden Stein aus dir!*«

Grinsend rappelte Kieran sich auf und strich ihm zärtlich über die Nüstern. Onyx strahlte so viel Stolz und Würde aus. Schon seine Augen verrieten, dass er nicht heimtückisch war.

»*Wollen wir Freunde sein?*«, fragte er. »*Weißt du, ich könnte gerade wirklich gut einen brauchen.*«

Das Glucksen des Drachen wurde diesmal von ein paar Rauchwölkchen begleitet, und Onyx' Augen blitzten belustigt auf.

»*Tatsächlich? Vielleicht brauche ich aber keinen?*«

»Jeder braucht Freunde. Zumindest einen.«

»Ich habe nicht einmal meine Familie gekannt. Dein Meister hat mich in meinem Ei aus Aithér zu sich geholt, und ich bin in seiner Gefangenschaft hier in Erebos aufgewachsen. Einmal bin ich geflohen. Nachdem er mich wieder eingefangen hatte, habe ich es bitter bereut.«

Kieran wollte sich nicht ausmalen, wie hart er für seinen Fluchtversuch bestraft worden war.

»Er hat mir beigebracht, in eurer Sprache zu denken, und mich Flugmanöver gelehrt, wie es eine Drachenmutter nie hätte besser tun können. Freundschaft oder gar Liebe konnte er mir jedoch nicht schenken.«

Der Drache beugte sich vor und stupste Kieran gegen die Brust. *»Ich habe euch beobachtet. Wir beide sind für Damianos besonders wertvolle Waffen, er pflegt und schützt uns wie ein Ritter sein Schwert oder seine Rüstung. Er ist stolz auf seinen Besitz. Sollte einer von uns allerdings zugrunde gehen, wird er nicht um uns trauern.«* Überwältigt von diesen klugen Worten, starrte Kieran den Drachen an. *»Du bist anders«*, fuhr Onyx fort. *»Ich habe dich gestern absichtlich verletzt und gereizt, um deine Reaktion zu testen. Wärst du wie Damianos oder Dermoth, hättest du versucht, mich mit deiner Magie zu bezwingen, was, nach allem, was ich über dich gehört habe, ein Kinderspiel für dich gewesen wäre. Du hättest mir aus Rache sehr starke Schmerzen zufügen können. Aber du hast keine Neigung zu unnötiger Grausamkeit, obwohl du dich zu schwarzer Magie hingezogen fühlst. Das ist äußerst faszinierend. Nicht nur für den Meister.«*

»Ja«, gab Kieran zögernd zu. *»Steel hat das ebenfalls gesagt.«*

»Hüte dich vor ihm, Kieran! Steel ist gefährlich. Wer weiß schon, was seine wahren Gefühle und Absichten sind, seit Damianos seine Frau zu einer Grauen gemacht hat.«

Kieran glaubte, sich verhört zu haben, und mit einem Mal

klopfte sein Herz hart gegen seine Brust. »*Aswins Mutter ist eine Schattenkriegerin? Wie konnte das geschehen?*«

Die grausige Erinnerung an das Ritual stieg in ihm auf. Daran, wie Steel den Geschehnissen mit unbewegter Miene beigewohnt hatte. Hatte er auch zusehen müssen, als sie seine eigene Frau zu einer Grauen gemacht hatten? Hatte er es womöglich sogar selbst getan? Ihm wurde schlecht.

»*Das weiß ich nicht.*«

»*Und warum bringt Steel ihm überhaupt die Weißmagier? Damianos hat während der Zeremonie irgendetwas vom Weißen Synod gesagt. Wissen sie etwa darüber Bescheid?*«

Onyx sah ihn mit dem Blick seines Vaters an, wenn es um etwas Unangenehmes ging und er überlegte, ob er ihm das zumuten konnte.

»*Jetzt komm schon. Ich muss das wissen!*«

»*Nein. Du musst erst einmal lernen, wie du deinen Geist vor Damianos abschirmst.*« Der Drache schnaubte ihm einen Schwall heißer Luft entgegen. »*Ich kann dir das beibringen.*«

Kieran klappte der Mund auf. Onyx konnte ihm beibringen, wie er seine Gedanken vor Damianos verbarg, falls der in seinem Kopf herumwühlte?

»*Das würdest du tun?*«

»*Was bleibt mir anderes übrig? Er schaut sich sonst noch in deinem Kopf diese hässliche Zeichnung von mir an, die ich vernichtet habe!*«

Kierans Lachen blieb ihm im Hals stecken, als der Drache verkündete: »*Und jetzt mach dich bereit. Wir fliegen.*«

»*So früh?*«

»*Hat der Lehrling etwa Angst?*«

Kieran hoffte, Onyx las gerade nicht seine Gedanken, denn er log: »*Natürlich nicht! Aber muss ich Damianos nicht um Erlaubnis bitten?*«

»*Sagen wir einfach, du hast mich furchtbar verärgert, und ich habe dich mit dem Fliegen überrumpelt, um dir eine Lektion zu erteilen.«*

Ehe Kieran sichs versah, schnappte der Drache nach seinem Umhang und stapfte mit ihm im Maul baumelnd aus der Pyramide. Seinen ersten Flug mit dem Drachen hatte er sich anders vorgestellt. Onyx trat an den Rand der Landeplattform. Weder die Schattenkrieger noch das nicht magische Dienstpersonal, das so früh bereits auf den Beinen war, beachteten den Drachen. Schließlich flog er häufig zur Jagd. Er spreizte seine Flügel und senkte sie langsam auf und ab. Sein Atem war heiß, und seine Flügelschläge fächerten Kieran Eisluft entgegen. Weiße Winternächte waren auf Temeduron bitterkalt. Es roch nach Schnee und Rauch von den Feuern, die überall in der Festung entfacht worden waren.

Ihm stockte der Atem, als sie abhoben. Unter ihm wurde die Festung kleiner, und er hörte weit entfernt einen Aufschrei. Einer der Grauen hatte anscheinend entdeckt, dass Onyx nicht allein war, doch da waren sie schon über Temeduron hinweggeflogen und segelten über das grün leuchtende Wasser Drakowarams.

Onyx drehte seinen Kopf und setzte Kieran auf seinem Rücken ab. Sofort klammerte er sich an den Drachenzacken vor ihm. Die Kälte stieß ihm wie ein Messer in die Lunge. Seine Zähne klapperten aufeinander, die Hände wurden klamm, und er spürte, wie sich auf seinen Wangen Eiskristalle bildeten. Er würde erfrieren, wenn er nicht bald einen Wärmezauber ausführte. Dazu müsste er jedoch eine Hand von Onyx' Zacken lösen, und das passte ihm bei dieser Geschwindigkeit gar nicht.

»Entspann dich, Kieran. Falls du fällst, fang ich dich wieder auf. Außerdem meine ich mich zu erinnern, der Schwebezauber ist dir nicht ganz unbekannt, oder etwa doch?« Er gluckste.

So dumm hatte Kieran sich schon lange nicht mehr gefühlt.

»*Wohin fliegen wir?*«, fragte er ihn einige Minuten später. Langsam gewöhnte er sich an die Geschwindigkeit, und warm war ihm nach dem Wärmezauber auch.

»*Lass dich überraschen. Jemand möchte dich sprechen.*«

Kieran platzte fast vor Neugier, doch mehr bekam er nicht aus Onyx heraus, also entspannte er sich und genoss die Aussicht. Ein einzigartiges Erlebnis, die Welt von hier oben zu betrachten! Die Sonne war aufgegangen, ergoss ihre Strahlen über die Landschaft und tauchte verschneite Wiesen und Felder in funkelnde Pracht. Man sah so unglaublich weit, selbst die Silberspitzberge konnte Kieran am Horizont ausmachen, und Sehnsucht nach seinem früheren Leben überkam ihn. Seine Eltern hatten das Dorf nie als Zuhause empfunden, so wie er. Ihr Herz hing an Khaos, an seinen Geschwistern, die sie dort hatten zurücklassen müssen. Kein Wunder, wie leicht seine Mutter Abschied hatte nehmen können.

Stunden später erreichten sie einen Ort, der Kieran nur allzu bekannt vorkam: den Pechwald. Das düstere Dickicht unter ihnen verschluckte jeden Sonnenstrahl. Onyx kreiste über dem Tannendunkel, steuerte zielstrebig auf eine winzige Lichtung zu und setzte elegant zur Landung an. Ausgerechnet vor der Holzhütte, die ihn mit ihren Dornen fast getötet hätte! Aber inzwischen hatte er gelernt, wie er sich gegen ihre Magie wehren konnte. Sein erster Gedanke galt Steel. Doch Onyx hatte nicht gerade schmeichelhaft über ihn gesprochen. Unwahrscheinlich, dass er ausgerechnet ihn treffen sollte. Kieran sprang vom Rücken des Drachen ab. Gespannt hob er die Hand zu dem Gestrüpp aus Zweigen und Ranken, das die Hütte umgab wie eine stachlige Hülle, und sprach den Zauber, der den Rankenschutz aufhob. Dann drückte er den Holzriegel nach unten und trat ein.

Diesmal brannte kein Feuer im Kamin, und durch die winzigen Fensteröffnungen drang nur spärlich Licht. Seine Augen brauchten einen Moment, um sich an das Dunkel zu gewöhnen. An dem schmalen Holztisch saß eine Gestalt in einem langen, schweren Umhang, den Kopf vollständig unter einer Kapuze versteckt. Mit einem eleganten Ruck schob der Fremde sie in den Nacken und offenbarte ihm sein Gesicht.

Kapitel 14

Finn
Aithér, Jahr 2517 nach Elio, dritter Mond des Frühlings, Tag 20
Natürlich konnte Luke es nicht lassen, ihn *Finn the Eagle* zu nennen, nachdem man ihm erzählt hatte, wie Finn sich in einen Adler verwandelt hatte. Sis schaute ihren Bruder verständnislos an, weil er seinen Freund dafür unsanft in die Seite boxte. Sie hatte sicher noch nie von *Eddie the Eagle* gehört, der als schlechtester Skispringer aller Zeiten traurige Berühmtheit erlangt hatte. Wenigstens ging es Luke wieder so gut, dass er seine Witze reißen konnte.

Sie gesellten sich zu dem seltsamen Alten, der vor dem heiligen Baum am See wartete. Das Wasser war tatsächlich trinkbar und hatte eine ähnlich erfrischende Wirkung wie ein Energydrink. Finn beschloss, sich ein Fläschchen davon abzufüllen, bevor sie wieder in ihre Welt zurückkehrten.

»Mein Name ist Arun Suryal«, erzählte der Fremde. »Ich bin ein Weißmagier aus dem Clan der Dhiranen und lebe schon seit vielen Jahren hier in Keravina. Dieser Landstrich liegt jenseits des Gebirges Albiza Fergunja und damit weit entfernt von den Clans der Weißmagier. Gibt es in der Welt, aus der ihr kommt, viele Magier?«

»Nein«, sagte Finn. »Wir sind bislang nur einem einzigen begegnet, Ramón López aus dem Clan der Gundolver.«

Suryal nickte. »Dann stammt ihr tatsächlich aus Khaos, der Welt der nicht magischen Menschen.« Er warf Luke einen langen Blick zu. Anscheinend nahm er ihm die Entweihung seines Baums immer noch übel.

»Nur wenige Weißmagier blieben einst zurück. Die meisten sind hier, in Aithér, der lichten Welt.« Suryal seufzte. »Ariana hat prophezeit, dass die Magier in Khaos ihre Kräfte verlieren, da sie nicht nach Aithér reisen können, und ihnen irgendwann die Magie ganz abhandenkommt. Schuld daran ist der verhängnisvolle Fluch des Blutäugigen und seine Weltenaufspaltung vor 2517 Jahren.«

»Der Typ, der mich verfolgt, hat die Welt geteilt?«, fragte Finn ungläubig. »Durch einen Fluch?«

»Ursprünglich wollte er aus der bestehenden Welt eine neue, finstere voller schwarzer Magie schaffen. Euer Vorfahr Elio, der Großmeister vom Clan der Ubalden, konnte dieses Ritual in letzter Sekunde vereiteln. Allerdings gelang es ihm nicht vollständig, den Fluch abzuwenden. Dadurch wurde die bestehende Welt in drei Teile zerrissen.«

»Drei? Es gibt also eine weitere Welt?« Sis runzelte die Stirn. »Aithér – das klingt griechisch.«

»Ihre Namen erhielten die Welten von den Priestern der Orphiker, einer Religionsgemeinschaft, die in den ersten Wirren nach der Weltenteilung großen Zulauf gefunden hat. Anfangs hat man gehofft, Damianos besiegen und die Welten rasch wieder einen zu können. In der Kosmologie der Orphiker steht Aithér für das *Licht*. Sie ist heute die Heimat von uns Weißmagiern. Die Welt des Blutäugigen mit ihren schwarzmagischen Wesen ist Erebos, die *Finsternis*. Khaos steht für *Verwirrung*, die Welt der unwissenden Nichtmagier.« Luke verzog das Gesicht, doch Suryal wandte sich an Finn. »Deine Ankunft wurde uns von Elios Frau Ariana vorhergesagt. Du bist der Ubalde, der nach hundert Generationen die zwölfte Fibel zurückbringen wird.«

»Hundert Generationen! Und was soll ich mit der Fibel tun?«

»Sie verschafft uns wieder Zugang zu Khaos und ist das letzte fehlende Stück zu der Allmacht des Blutäugigen. Wir müssen sie vor ihm beschützen. Man sagt, nur mit ihr könne er sein ursprüngliches Vorhaben vollenden. Hat man dir das nicht erzählt?«

»Nein. Ich habe erst vor zwei Tagen von meinen magischen Kräften erfahren.«

Suryal riss überrascht die Augen auf und musterte Finn. »Aber du konntest dich in einen Adler verwandeln. Du musst von jemandem ausgebildet worden sein.«

»Also, ähm ... der Skarabäus hat mir geholfen, und Señor López vom Clan der Gundolver hat mir ein paar magische Grundlagen beigebracht ...«

Luke lachte. »Sozusagen ein Crashkurs in Sachen Magie.«

»Aber es stimmt doch!« Finn wusste selbst, wie unglaubwürdig er klang, und zog deshalb die Kette mit dem Skarabäus unter seinem Hemd hervor, um sie Suryal zu reichen.

Ein Lächeln glitt über das Gesicht des Alten. Vorsichtig setzte er ihn auf seinen Handrücken und raunte ihm ein paar Worte zu. Amun reagierte sofort. Er spreizte seine silbernen Flügel und flatterte ein Stück nach oben, umkreiste seinen Kopf und landete wieder auf der Handfläche des Magiers.

»Kneif mich mal, Sis«, flüsterte Luke ungläubig.

»Nach Finns Showeinlage als Adler wundert mich nichts mehr.«

Suryal gab ihm Amun zurück. »Der Skarabäus kann nur das aus dir herausholen, was an Magie in dir steckt.« Unter seinem neugierigen Blick fühlte Finn sich wie ein Insekt auf dem Seziertisch eines Biologen. »Wie bist du denn an die Fibel und den Skarabäus gekommen?«

Suryal hörte ihrem Bericht über die Ereignisse seit Tess' Schlaganfall mit wachsender Unruhe zu. »Wir müssen schnellstmöglich Deegan verständigen, Stanwood und Aragus. Die Zeit ist knapp. Keiner von euch beherrscht den Figurationszauber, und selbst wenn ihr ihn beherrschen würdet, wäre es äußerst unwahrscheinlich, dass ihr ihn über eine so weite Entfernung aufrechterhalten könntet. Nur wenige Magier sind dazu in der Lage.« Er fing ihre verständnislosen Blicke auf. »Mithilfe des Figurationszaubers kann man sich von einem Ort zu einem anderen bewegen. Wir müssen uns sofort auf den Weg machen, um die Albiza Fergunja noch vor der Schneeschmelze zu überqueren. Anderenfalls dauert es Wochen, in denen die herabdonnernden Wassermassen und Lawinen eine Überschreitung des Drachenpasses verhindern. Der Blutäugige hat dich in Khaos in unterschiedlicher Gestalt verfolgt. Ich frage mich, warum er nicht seine richtige benutzt und was es mit deinem Zwillingsbruder Kieran auf sich hat. Ich muss das dringend mit Stanwood besprechen. Du kannst nicht zurückkehren, du bist in Khaos vor Damianos nicht mehr sicher. Nur wir Weißmagier können dir in Ereduron ausreichend Schutz gewähren, bis wir herausfinden, was mit eurer Familie geschehen ist.«

»Sie glauben, er wird mich hier ebenfalls verfolgen?«

»Es wird nicht lange dauern, bis er oder seine Schergen auftauchen. Der Blutäugige kennt die Prophezeiung und weiß, dass du nach hundert Generationen in unserer Welt erscheinen wirst, nur der genaue Zeitpunkt und der Ort sind ihm nicht bekannt«, erwiderte Suryal düster. »Einer der Gründe, warum ich in dieser unwirtlichen Gegend ausgeharrt habe, während mich alle anderen für verrückt erklärt und die Prophezeiung Arianas für das wirre Gestammel einer senilen Frau gehalten haben.«

»Woher wussten Sie überhaupt, dass wir ausgerechnet hier erscheinen werden?«

»Ich hatte vor vielen Jahren eine Vision. Damals stand ich aus persönlichen Gründen knapp davor, meinem Leben ein Ende zu setzen. Sie hat mich daran gehindert.«

Finn wechselte einen schockierten Blick mit Sis. Luke knetete nachdenklich das Stück Baumrinde, das ihn fast das Leben gekostet hatte. »Wie lange wird diese Reise dauern? Haben Sie überhaupt genügend Proviant für so eine Tour? Schlafsäcke? Zelte?«

Nur mit Mühe verkniff sich Finn ein Grinsen, als er Suryals verständnislose Miene sah.

»Das kommt ganz auf eure Kondition an und darauf, ob wir den Drachenpass unbeschadet überqueren können. Mit ein bis zwei Wochen müsst ihr schon rechnen. Und um die Verpflegung mach dir mal keine Sorgen.«

»Zwei Wochen?!« Sis schaute ihn ungläubig an.

»Was ist denn an diesem Pass so besonders?«, hakte Luke nach.

Suryal zog die Augenbrauen hoch. So viel Unwissenheit ging offenbar über seinen Verstand. »Die Drachen natürlich.«

Kieran
Erebos, Jahr 2517 nach Damianos, zweiter Mond des Winters, Tag 13
Von allen Menschen dieser Welt hätte er Aswin am wenigsten erwartet.

»Schön, dich gesund und wohlauf zu sehen, Kieran, wo doch mein Vater nicht müde wird, deinen Tod zu beweinen«, sagte er mit dem bekannten, überheblichen Lächeln.

Dann hatte Steel also tatsächlich weder Kierans Mutter noch seinem Sohn die Wahrheit erzählt. Aber wie kam Aswin nun ohne seinen Vater hierher? Hatte er ihm die Fibel gestohlen? Und woher kannte er Onyx?

Kieran zog sich einen der hohen Stühle heran und setzte sich ihm gegenüber. Aswins Gesicht war eine undurchdringliche Maske. Stolz, kalt und schön.

»Was willst du von mir?«

»Was haben du und mein *lieber* Vater vereinbart?«

»Was gibst du mir, wenn ich dir das verrate?«

Aswins Augen blitzten auf. Er lehnte sich vor. »Du lernst schnell. Wie wäre es mit einem Abwehrzauber, um Damianos aus deinem Kopf zu bekommen?«

Also *das* hatte Onyx gemeint, als er behauptete, er könne ihm beibringen, wie er seinen Geist vor Damianos abschirmte. Ganz schön schlau.

»In Ordnung.«

»Du zuerst«, sagte Aswin und strich sich lässig eine schwarze Haarsträhne aus der Stirn.

Kieran dachte allerdings daran, wie er ihn neben den vermodernden Grauen zurückgelassen hatte. »Das hättest du wohl gerne.«

»Dann eben nicht.« Aswin stand auf und ging zur Tür. »Leb wohl. Wie schade, ich würde so gerne deine Mutter von dir grüßen lassen. Aber ich bin sicher, sie schließt ihren toten Sohn liebevoll in ihre abendlichen Gebete ein.«

Bastard.

»Warte!«, rief Kieran eine Spur zu hastig.

Aswin drehte sich betont langsam um. »Jaaa?«, fragte er gedehnt.

Übte er eigentlich heimlich vor dem Spiegel, um seiner Mimik den perfekten hochmütigen Schliff zu geben?

»Ich sag es dir. Doch du musst mir erst schwören, mir hinterher auch den Zauber beizubringen.«

»Die Welt ist voller Misstrauen ...«

»Schwöre bei deiner ermordeten Mutter.«

Aswins Maske fiel in sich zusammen wie ein zu hoch gestapeltes Kartenhaus. Er riss seinen Arm nach oben. Bevor Kieran noch reagieren konnte, landete er ziemlich unsanft wieder auf seinem Stuhl. Na, der konnte was erleben! Er schrie Aswin einen Fluch entgegen, der ihn rückwärts gegen die Tür krachen ließ. Sie flog auf, und er stürzte mit einem dumpfen Geräusch draußen auf den Waldboden. Steels Sohn brüllte vor Wut. Kieran sprintete ihm nach, was ein Fehler war, denn Aswin revanchierte sich, indem er den Fleischfressdorn in Bewegung setzte, der ihn mit seinen langen Ranken von den Füßen fegte und an die Wand des Hauses presste.

»Na? Kommt dir das nicht irgendwie bekannt vor?«

Während sich Kieran schon die ersten Dornen ins Fleisch bohrten, beschloss er, den Schmerz noch einen Moment auszuhalten und erst Aswin zu verletzen, bevor er sich selbst befreite. Wütend ließ er eine der Ranken wie eine Peitsche auf das Gesicht von Steels Sohn herabsausen, was diesen vor Schmerz aufschreien ließ. Seine Haut sprang in einem langen feuerroten Striemen auf und verunstaltete sein Märchenprinzgesicht. Rasch löste Kieran sich von der widerwärtigen Pflanze. Keine Sekunde zu früh, denn nun raste ein Feuerball auf ihn zu, dem er nur mit einem Hechtsprung zur Seite ausweichen konnte.

Ha! Komm du mir nicht mit Feuer! Das beherrschte er auf eine Weise, die Aswin gar nicht schmecken würde. In Gedanken an Dermoth fing er an, den verhängnisvollen Zauber zu sprechen, als zwischen ihnen schlagartig eine etwa drei Meter hohe Feuerwand auflöderte und eine tiefe Stimme schmerzhaft in seinem Kopf dröhnte. Instinktiv riss er die Hände hoch, um sich die

Ohren zuzuhalten, und durch das Feuer hindurch sah er, wie Aswin es ihm gleichtat. Leider zwecklos, Onyx' Stimme polterte weiterhin in ihren Gedanken. Den Drachen hatten sie beide ganz vergessen.

»Wenn ihr zwei vorhabt, euch gegenseitig abzufackeln, kann ich euch die Arbeit erleichtern. Ein kleiner Strahl reicht aus, um euch in Asche zu verwandeln. Hört ihr jetzt mit dem Unfug auf, oder soll ich euch zu den Seelen eurer Vorfahren schicken?«

Kieran senkte seine Arme. Schweiß lief ihm über die Stirn, und sein Atem ging schwer. Onyx hatte recht. Dieser Kampf war vollkommen kindisch. Die Feuerwand erlosch. Aswins dunkle Augen funkelten ihn böse an. Aber der Drache näherte sich ihm von hinten und gab ihm mit seinem gewaltigen Kopf einen Stups, der Aswin fast zu Boden stürzen ließ. Im letzten Moment fing er sich, kurz entspannten sich seine Gesichtszüge, und ein ehrliches Lächeln erhellte sein Antlitz. Ohne den Hochmut und den Spott in seinen Zügen sah er richtig sympathisch aus. Sanft strich er Onyx über die Nüstern. Dann nahm seine Miene wieder den gewohnt kalten, maskenhaften Ausdruck an, als er auf ihn zuschritt. Schwer atmend blieb er einen halben Meter vor ihm stehen. »Gut. Ich schwöre bei meiner Mutter, ich werde dir beibringen, wie man seine Gedanken verbirgt.«

Kieran nickte zufrieden, und Aswin gab sich Mühe, die Wunde in seinem Gesicht zu behandeln. »Soll ich dir helfen?«

»Damit du mir eine Nase wie die meines Vaters hext? Ganz sicher nicht.«

Keine schlechte Idee. Kieran grinste. »Du könntest im Gegenzug die Wunden auf meinem Rücken behandeln. Da komm ich nämlich auch schwer ran und muss das Risiko eingehen, von dir einen Buckel angehext zu bekommen.«

Aswins Mundwinkel zuckten. Dann gab er sich einen Ruck und kam näher. Es kostete ihn sichtlich seine ganze Selbstbeherrschung, sich von ihm behandeln zu lassen. Aber Kieran widerstand der Versuchung, ihn zu verunstalten. Nachdem er die Heilzauber gesprochen und die Wunde sich verschlossen hatte, besprach er die Narbe, bis sie sich auflöste.

Interessiert beobachtete Aswin ihn. »Du hast in der Zwischenzeit ziemlich viel gelernt. Zieh dein Oberteil aus und zeig mir deinen Rücken.«

Kieran gehorchte, obwohl er den Befehlston unerträglich fand. Sein Hemd war blutüberströmt. Während Steels Sohn ihm den Rücken heilte, führte er einen Reinigungszauber daran aus. Wärme kribbelte über seine Haut und vertrieb das Brennen und den Schmerz.

»Willst du mir jetzt endlich verraten, was mein werter Vater hinter meinem Rücken plant?« Aswin trat wieder vor und sah ihn forschend an.

Kieran zog das Hemd über und ging zurück in die Hütte, wo er ein Feuer im Kamin entfachte. Aswin setzte sich an den Tisch und beobachtete ihn ungeduldig.

»Dein Vater hat mich Damianos als Lehrling ausgeliefert, damit ich ihm die zwölfte Fibel beschaffe und ihre Macht entfalte. Er hat das schon in Braidatann geplant. Du musstest bei uns bleiben und mit uns verhaftet werden, damit wir keinen Verdacht schöpfen. Zumindest hat er meine Mutter vor Dermoth in Sicherheit gebracht«, erklärte Kieran und setzte sich zu ihm. »Damianos droht mir, meinen Vater zu foltern und zu einem Grauen zu machen, wenn ich mich ihm nicht füge. Und was Letztere anbelangt – dein Vater ist derjenige, der die Weißmagier aus Aithér zu ihm schafft, um sie in einem schwarzmagischen Ritual zu töten und Schattenkrieger aus ihnen zu machen.«

Aswin schwieg. Seine Augen hatten sich verdunkelt.

»Was weißt du von meiner Mutter?«, fragte er nach einer Weile, und bei der Kälte in seiner Stimme fröstelte Kieran.

»Ich habe nur etwas gehört … ob es wirklich wahr ist, kann ich nicht sagen«, antwortete er ausweichend, um Onyx nicht zu verraten.

»Meine Mutter wurde vor zwölf Jahren von Damianos in Gestalt eines Leoparden aus Aithér entführt und nach Erebos verschleppt, wo sie zu einer seiner Grauen wurde. Hinterher scheint mein Vater die *ehrenwerte Aufgabe*, Weißmagier an Damianos auszuliefern, übernommen zu haben.«

Kieran schauderte. »Das tut mir leid«, sagte er ehrlich betroffen.

»Sie ist tot, und nach all den Jahren wird ihre graue Hülle gewiss nicht mehr existieren«, analysierte Aswin kalt.

Ein Stein ist gefühlvoller. Vielleicht war es auch nur seine Art, den Verlust zu verarbeiten. Und er hatte recht. Länger als ein paar Jahre existierten die Grauen nicht. Er hatte erlebt, wie sie allmählich an Kraft verloren und, sobald das letzte Fünkchen Magie in ihnen aufgebraucht war, sekundenschnell verwesten und zu Staub zerfielen.

Nach einem bedrückten Schweigen hob Aswin den Kopf und sah ihn ernst an. »Liebst du deine Mutter?«

Was für eine Frage! Das Blut begann, in seinen Schläfen zu pochen. »Willst du mir etwa drohen? Wenn du ihr ein Haar krümmst …«

Aswin lachte verächtlich auf. »*Das* traust du mir zu?« Er beugte sich über die Tischplatte, und sein Gesicht war jetzt nur zwei Handbreit von seinem entfernt, während er zischte: »Ich habe dir dein verdammtes Leben gerettet, als die Grauen dich unterwegs erwischt haben. Ich glaubte, dir und deiner Mutter das Leben zu retten, als ich in Vernacums Forst gegen sie kämpfte. Von den Machenschaften meines Vaters wusste ich nichts. Warum sollte *ich* deiner Mutter also etwas antun?«

Vielleicht aus Wut darüber, dass ich noch eine habe und du nicht.

»Ich frage dich deshalb, weil sie ... also, sie ...« Aswin stockte mitten im Satz.

»WAS?«, rief Kieran und entfachte nur ein spöttisches Lächeln auf Aswins Gesicht.

»Sie schwebt in einer gewissen Gefahr in Ash Hall.«

»Ash Hall?«

»Der Herrensitz der Hunolds.«

»Welche Gefahr? Lass dir gefälligst nicht alles aus der Nase ziehen!«

Aswin lehnte sich zurück und spielte gelangweilt mit der Schließe seines Mantels. »Ich bin nicht verpflichtet, dir etwas zu verraten.«

Kieran zählte innerlich bis zehn, um nicht sofort auf ihn loszugehen. Dermoths Folterflüche huschten farbenfroh durch seine Gedanken und hinterließen rote Blüten vor seinen Augen.

»Bitte«, presste er unendlich mühsam hervor. »*Bitte* erklär mir, warum sie in Gefahr schwebt.«

Endlich schien Aswin genug mit seiner Angst gespielt zu haben. Er kippte in seinem Stuhl ein wenig nach hinten. Plötzlich ließ er ihn zu Boden knallen und erwiderte eisig: »Mein Vater hat sich in sie verliebt.«

Kieran glaubte erst, sich verhört zu haben. Doch dann dachte er an all die höflichen Worte unterwegs, Steels Blicke und seine Komplimente. Warum war er nicht stutzig geworden, als Steel ihm verraten hatte, dass er so viel Zeit mit der Entwicklung von Tränken verbrachte, um sie zu beruhigen? Das tat ein berechnender Mann wie er bestimmt nicht ohne Grund! Steel war offenbar überzeugt davon, dass sein Vater früher oder später zu einem Grauen werden würde, und warb bereits jetzt schon um die künftige Witwe.

»Was hat er vor?«, flüsterte er und würgte den bitteren Geschmack in seinem Mund hinunter.

»Schwer zu sagen. Er verbringt mir zu viel Zeit in unserem Labor. Vielleicht will er einen Liebestrank entwickeln, der sie glauben lässt, sie hätte schon immer nur ihn geliebt. Oder einen Vergessenstrank, der stärker wirkt und nicht mehr rückgängig zu machen ist.«

Ersteres rief Übelkeit in Kieran hervor. Letzteres war ihm neu.

»Dermoth behauptet, Vergessenszauber wirken nur für einen begrenzten Zeitraum. Und was bitte ist ein *Labor*?«

»Laboratorium nennt man bei uns in Aithér neuerdings die Alchemiekammern.« Aswin verzog abfällig den Mund und verschränkte die Hände ineinander. »Seit die Nichtmagier mehr Rechte einfordern und sich auf Naturforschung und Experimente stürzen und wer weiß was alles erfinden, um ihre fehlende Magie auszugleichen, hat sich unsere Welt im Vergleich zu Erebos ganz schön verändert. Wenn du wüsstest! Mein Vater behauptet, es wird nicht lange dauern, bis in Aithér Unruhen und Aufstände gegen den Weißen Synod ausbrechen. Wir hätten den Nichtmagiern in der Vergangenheit nicht so viele Zugeständnisse machen sollen.«

Kieran hatte von dem Rat der Weißmagier in Damianos' Bibliothek gelesen. Bislang hatte er das politische System in Aithér verglichen mit dem in Erebos für fortschrittlich gehalten. Dass Aswin nun so massiv gegen die Nichtmagier wetterte, zu denen schließlich auch Kierans Mutter gehörte, gefiel ihm nicht.

»Ach ja? Hältst du Damianos' brutale Unterdrückungsherrschaft hier in Erebos etwa für besser?«, fragte Kieran kopfschüttelnd. »Zurück zu dem Liebestrank ...«

»Der war nur eine Vermutung von mir. Vielleicht versucht mein Vater auch, Damianos zu überreden, deinen Vater schneller aus dem Weg zu räumen, um seine romantischen Ziele besser durchzusetzen.«

Seine Worte bohrten sich wie die langen Stacheln des Fleischfressdorns in Kierans Herz. Gegen Steels echsenhautglatte, undurchdringliche Fassade war Dermoth geradezu ein offenes Buch. Wie hatte er nur so naiv sein und glauben können, er würde ihnen selbstlos helfen?

»Warum erzählst *du* mir das eigentlich alles?«, fragte Kieran misstrauisch.

»Interessiert es dich etwa nicht?«, gab Aswin lässig zurück.

Arroganter Mistkerl! »Er ist dein Vater. Was hast du davon, dass du ihm in den Rücken fällst?«

»Lass mich nachdenken. Ich will nicht unser Familienansehen besudeln lassen, wenn er eine Frau heiratet, die bar jeder Magie ist?«

Jetzt war er zu weit gegangen. Seltsamerweise schaffte Kieran es gerade deshalb, ruhig zu bleiben. Ihn ergriff eine Kälte, die ihm selbst unheimlich war. Während Aswin ihn aufmerksam beobachtete, wurde er innerlich zu Stein. Die Wut, die ihn vorher dazu gebracht hatte, ihn anzugreifen, hing in der Luft wie gefrorener Atem. *Das werde ich dir heimzahlen. Aber heute ist nicht der richtige Zeitpunkt.*

Es war wie bei der Durchführung des Rituals. Seine Magie schaltete seine Gefühle aus und gab seinem Verstand die Möglichkeit, kalt, berechnend, ausschließlich Risiken und Chancen abwägend zu agieren.

Du brauchst Aswin. Sei nicht so dumm, dich ausgerechnet jetzt mit ihm zu überwerfen.

Vielleicht hatte Damianos recht mit seiner Behauptung, er wäre ihm in seiner Magie und seiner Denkweise ähnlich. Auch wenn es das Letzte war, was Kieran sein wollte. »Was verlangst du von mir, damit du meine Mutter vor ihm beschützt?«

Aswins Augen wurden schmal, und er nickte zufrieden. »Bring ihn um«, sagte er tonlos.

Kieran lachte kalt auf. »Um deine Mutter zu rächen? Wenn ich Damianos so einfach umbringen könnte, würde ich mich doch nicht als sein Lehrling bei ihm verdingen!«

»Ich spreche nicht von Damianos«, raunte er heiser. »Ich spreche von meinem Vater.«

Seine dunklen, ernsten Augen zertrümmerten den Eispanzer, der sich um Kierans Herz gelegt hatte, und bohrten sich mitten hinein. »Bist du wahnsinnig?« Instinktiv rutschte er auf seinem Stuhl ein wenig zurück.

»Ich war noch nie klarer bei Verstand, Kieran vom Clan der Ubalden. Glaub mir, ich habe es selbst unzählige Male versucht. Ich stand nächtelang vor seinem Bett. Ich hasse ihn so abgrundtief, dass ich es manchmal kaum ertrage, im gleichen Raum mit ihm zu sein. Aber ich habe versagt. Ich bin zu schwach.« Er senkte den Kopf, als würde er sich dafür schämen.

»Nun, zu deiner Beruhigung, Aswin vom Clan der Hunolds. Ich versichere dir, die meisten Menschen hätten gewisse Schwierigkeiten, ihren eigenen Vater zu meucheln«, entgegnete Kieran. Jetzt klang er schon ebenso zynisch wie Aswin.

Das Lächeln im kalten, schönen Antlitz von Steels Sohn, als er den Kopf wieder hob, sah gruselig aus. »Ich habe dich wahrhaft unterschätzt, Kieran.«

»Wohl kaum. Sonst wärst du nicht hier, um mir solch einen Handel vorzuschlagen.«

Aswin lächelte noch breiter. »Wirst du es tun?«

»Warum hasst du ihn so?«

»Das geht dich nichts an.«

»Dann kann ich dir nicht helfen.«

»Und deine Mutter?«

»Ich werde andere Wege finden, sie zu retten.«

Aswin lachte höhnisch auf. »Viel Glück.«

Langsam erhob er sich und ging auf die Tür zu.

»Warte! Du bist mir noch was schuldig. Hast du nicht versprochen, du würdest mir beibringen, wie ich Damianos aus meinem Kopf bekomme?«

Einen Moment lang glaubte er, Aswin würde ihn einfach stehen lassen. Doch Versprechen nicht einzuhalten, insbesondere bei einem Schwur auf die verstorbene Mutter, widersprach anscheinend der Ehre eines Hunolds.

»Nur, wenn du mir umgekehrt zusicherst, meinem Vater nichts von meiner Bitte zu erzählen.«

Das hätte er ohnehin nicht vorgehabt.

Stunden später war Kieran einfach nur erschöpft und wünschte Aswin insgeheim die Spriggans an den Hals. Wahrlich kein einfacher Zauber! Grundsätzlich bestand das Geheimnis darin, hoch konzentriert eine andere Erinnerung aufzubauen, die Kieran in Gedanken Damianos präsentieren konnte, um die Wahrheit zu verschleiern. Sie musste so detailliert, so fein ausgearbeitet und farbenfroh sein wie eine echte Erinnerung. Aber Aswin entdeckte die richtige Version jedes Mal in seinem Kopf.

»Konzentrier dich! Verankere sie mit dem ›Memoria Tene‹ in deinem Kopf.«

Ja doch. Wie oft denn noch? Ein ziehender Schmerz machte sich in seinem Kopf bemerkbar, dann ging er vorüber.

»Ich sehe mir jetzt an, woran du dich erinnerst«, warnte Aswin, als er begann, seinen Kopf zum wiederholten Male zu durchwühlen. Bestimmt klappte es wieder nicht. Nachdem er fertig war, fühlte Kieran sich leicht schwindlig. Aswin schaute ihn an. »Hast du das heute zum ersten Mal versucht?«

Er nickte. »Was glaubst du wohl? Damianos oder Dermoth haben schließlich kein Interesse daran, mir das beizubringen, und müssen die Grimoires, in denen dieser Zauber steht, vor mir verborgen haben. Oder denkst du, ich sitze zum Spaß hier und lasse mir von dir in meinem Kopf herumwühlen?«

Aswin stand auf und legte seinen Umhang an, den er für die Magielektion ausgezogen hatte. »Der Unterricht ist beendet«, sagte er kühl.

»Himmel, ihr Hunolds seid vielleicht arrogante Mimosen!«

»Arrogant?«, fragte sein Gegenüber mit hochgezogenen Augenbrauen.

»Ja, arrogant. Du weißt, dass du besser bist als ich, und reibst mir das, wo es nur geht, unter die Nase. Lass uns noch einmal beginnen. Ich bemühe mich, diesmal alles richtig zu machen.«

Doch Aswin marschierte zur Tür. Wütend sah Kieran ihm nach. Mit der Hand am Griff drehte Steels Sohn sich um.

»Du täuschst dich, Ubalde. Meinen Vorsprung verdanke ich nur längerer Ausbildung und Zeit. Ich bin gut. Dennoch habe ich Tage gebraucht, bevor ich diesen Zauber einigermaßen anwenden konnte. Du beherrschst ihn schon nach einigen Stunden Übung in demselben Maße. *Du* bist der Bessere von uns beiden.«

Sis
Aithér, Jahr 2517 nach Elio, dritter Mond des Frühlings, Tag 20
Arun Suryal war für sein Alter erstaunlich zäh. Er marschierte in einem Tempo, dem Sis kaum folgen konnte. Zugegeben, sie war nicht so ein Sportfreak wie Luke und Finn. An Leichtathletik hatte sie so wenig Interesse wie an Ballsportarten. Das Einzige, was ihr schon immer Spaß gemacht hatte, war Tanzen. Sis geriet regelrecht in Trance, wenn sie sich zu ihren Lieblingssongs mit Kopfhörern in ohrenbetäubender Lautstärke auf dem Dachboden austobte. Vielleicht war doch was dran an dem verhassten Namen *Sisgard*. Eigentlich hatte sie dieses Jahr Luke fragen wollen, ob er mit ihr zu einem Tanzkurs gehen würde.

Dann hätte sie einen festen Partner gehabt und müsste nicht befürchten, von schrägen Typen angequatscht zu werden. Aber seit Lukes seltsamen Andeutungen und den Blicken, die er ihr neuerdings zuwarf, hielt sie einen gemeinsamen Tanzkurs für keine gute Idee mehr.

Die Schule, der Tanzkurs, was sie nach dem Abi machen sollte – all das war plötzlich in weite Ferne gerückt, und Sis konnte nicht sagen, dass sie traurig darüber war. Das war sogar ihrem Bruder aufgefallen.

»Pass auf, Sis hat Blut geleckt«, hatte Finn sie unterwegs aufgezogen. »Wir kriegen sie gar nicht wieder nach Hause!«

»Umso besser.« Lukes ungewohnt schüchternes Lächeln, wenn er sie ansah, machte ihr das Herz schwer, weil sie für ihn jederzeit durchs Feuer gehen würde, sein Lächeln jedoch einfach nicht auf dieselbe Weise erwidern konnte.

Wie sehr Sis das Gefühl von Verantwortung daheim erdrückt hatte, wurde ihr erst jetzt bewusst.

Die Last, die wir täglich tragen, bemerken wir, wenn sie von uns fällt, hatte sie irgendwo einmal gelesen.

Schon früh hatte sie sich darum bemüht, Aufgaben zu übernehmen. Sie hatte Finn zum Fußballplatz oder zu Freunden begleitet und ihn auch wieder abgeholt, mit ihm Hausaufgaben gemacht, beim Kochen und Rosenschneiden geholfen, mit Tess Wäsche zusammengelegt, ihre Kontoauszüge abgeheftet und online alle Rechnungen bezahlt. Fernab von allen Problemen daheim begriff Sis, wie sie damit versucht hatte, wiedergutzumachen, dass ihre Eltern einfach abgehauen waren. Mit jedem weiteren Schritt in diese neue Welt fiel diese Last von ihr, und sie fühlte sich, als würde ihr Leben plötzlich auf null gestellt. Finn kam hier besser zurecht, Tess konnten sie aktuell nicht helfen, und sie hoffte, Ramón hatte es geschafft, Luna vor dem Blutäugigen zu beschützen.

»Keine weitere Weltenüberquerung, bevor wir nicht mit den Weißmagiern gesprochen haben«, hatte Suryal sie gebeten. »Die Gefahr, dass der Blutäugige euch in Khaos auflauert, ist viel zu groß.« Sis wollte auch gar nicht so schnell zurück.

Suryal hatte sie mit gruselig aussehenden Feldflaschen aus bunter Echsenhaut ausgestattet, die er eine halbe Ewigkeit mit dem Wasser des Sees gefüllt hatte. Er behauptete, ihr Trinkvorrat würde für mindestens zwei Wochen ausreichen, da das Innere der Flasche weit größer war, als ihr Äußeres und ihr Gewicht vermuten ließen.

»Und was gibt's zum Essen?« Finn linste bei ihrer ersten Rast neugierig über Lukes Schulter, der das Gesicht verzog.

»Frag lieber nicht«, schnaubte er. »Frumen Dingsbums. So eine Art Magier-Einmannpackung für unterwegs. Schmeckt wie Styropor und ist laut Suryal unglaublich nahrhaft.«

»Frumentarias«, berichtete Suryal aufmunternd, »wird euren Körper und euren Geist stärken.«

Sis nahm tapfer ein Stück davon. Das Zeug ähnelte angeschimmeltem Tofu. Vorsichtig biss sie ein Stück ab und verzog den Mund. Luke hatte unrecht. Es schmeckte nicht nach Styropor. Es schmeckte noch viel schlimmer.

Bis auf das Essen gefiel ihm aber diese Welt. Kein Wunder, schließlich war er in seinem Elternhaus nie besonders glücklich gewesen. Luke hatte ihr begeistert erzählt, dass Suryal, als er ihn von den Tapejaechsenbissen geheilt hatte, etwas mit seinen Augen angestellt haben musste. Seine Kontaktlinsen waren ausgeschwemmt worden, und dennoch sah er nun vollkommen klar.

Die Sonne neigte sich dem Horizont zu, und langsam gingen die schwarzen Wanderdünen in eine trockene Steppenlandschaft über.

Und während sich in weiter Ferne Bäume an die Ausläufer eines schneebedeckten Gebirges schmiegten und nur langsam näher kamen, löcherten Finn und Luke Suryal immer wieder mit Fragen. So erfuhren sie, dass Ramón und Luna in dieser Welt ebenfalls Verwandte aus dem Clan der Gundolver hatten, einen gewissen Darion und seine Frau Selina Aragus.

»Sobald wir mit den Weißmagiern gesprochen haben, hole ich Ramón und Luna nach!«, verkündete Finn. »Ich habe es ihm versprochen.«

Suryal brummte nur etwas Unverständliches in seinen Bart.

»Warum haben Sie eigentlich den Kontakt zu allen anderen Magiern abgebrochen?«, fragte er den Alten.

»Meinungsverschiedenheiten. Ich führe euch nur zu ihnen, weil nach der Weissagung der Überbringer Damianos' Macht ein Ende setzen kann. Wenn ich mich auch frage, wie ein so junger Mann wie du das jemals bewältigen soll. Mit den Mitgliedern des Weißen Synods möchte ich allerdings nichts mehr zu tun haben.«

»Der Weiße Synod?« Luke hob die Augenbrauen.

»Das ist unser Rat. Jeder der zwölf Magierclans schickt seine Großmeister in den Synod. Sie nehmen sich die Freiheit, Gesetze zu erlassen und über die anderen Magier und Nichtmagier zu bestimmen. Sie richten, sie bestrafen und entscheiden über Tod oder Leben.« Bitterkeit schwang in seinen Worten mit.

»Wie lange leben Sie denn schon allein?«

»Seit zwölf Jahren.«

»Genauso lange, wie unsere Eltern und Kieran fort sind.« Suryal blieb so abrupt stehen, dass Luke fast in ihn hineinlief, und heftete seinen Blick auf Finn. Kopfschüttelnd marschierte der Alte weiter und brummte etwas von *Zufall* in seinen verfilzten Bart.

Aithér, Jahr 2517 nach Elio, dritter Mond des Frühlings, Tag 21
Jeder Muskel schmerzte höllisch, ihre Knochen schienen Zentner zu wiegen, und Sis hatte Blasen an den Füßen, als sie tags darauf endlich die Ausläufer der Albiza Fergunja erreichten. Majestätisch erhob sich das Felsmassiv in den letzten goldenen Sonnenstrahlen. Schneebedeckte Gipfel färbten sich vor einem immer dunkler werdenden Himmel rot, und riesige Tannen warfen lange Schatten auf ihren Weg. Nach der Hitze des Tages genoss Sis die kühle, vom Duft nach Gras und Kieferzapfen durchtränkte Luft. Unmittelbar vor ihnen erstreckten sich runde oder ovalförmige Hügel. Auf ihren Kuppen erhoben sich Felsblöcke, die mit den pilzförmigen Steinanordnungen Keravinas nichts gemein hatten. Verzerrte Fratzen schauten ihnen aus dem verwitterten Stein entgegen. Luke lehnte sich an einen. »Können wir nicht hier im Schutz dieser Felsen übernachten?«

»Ganz sicher nicht!« Suryal sah ihn so entgeistert an, als hätte er vorgeschlagen, kopfüber vom Baum hängend schlafen zu wollen.

»Was ist denn an denen so besonders?« Finn streckte die Hand nach dem Stein aus und riss sie sofort zurück.

Der Alte schmunzelte und deutete auf Luke. »In den Adern deines Freundes fließt kein magisches Blut, doch du hast sie gehört, nicht wahr?«

Finn nickte beklommen. Jetzt packte auch Sis die Neugier. Ohne auf die Warnung ihres Bruders zu achten, berührte sie einen Stein in nächster Nähe. Eisige Kälte schnitt ihr schmerzhaft in die Hand und setzte sich in einem Prickeln über den ganzen Körper fort. Gleichzeitig schlug ihr ein unmenschlicher Schrei in einer Druckwelle entgegen, so grauenerregend, dass ihr Herzschlag stolperte. Ein Laut, wie man ihn nur im Augenblick des Todes ausstößt. Schwer atmend zog sie die Hand zurück. Luke sah sie besorgt an. »Alles okay?« Er hatte anscheinend wirklich nichts gespürt.

»Was ist das?«, flüsterte Sis an Suryal gewandt.

»Ein Megalith, ein sehr alter Grabstein.«

»Dann ist das hier so eine Art Friedhof?« Luke trat einen Schritt zurück.

Sis studierte die Bodenerhebungen um sie herum. »Das sind Hügelgräber, nicht wahr?«

»In der Tat, über tausend Jahre alt, aus einer Zeit, in der die Magierclans noch den Mut aufbrachten, gegen den Blutäugigen vorzugehen.« Auf seiner Stirn bildeten sich tiefe Falten. »Ihre Anführer zu töten und zu seinen grauen Schattenkriegern zu machen, reichte ihm in seiner Wut nicht. Sie wären dadurch viel zu schnell von ihrem Leid erlöst worden. Er hat sie verflucht, bis zum Ende aller Zeiten Draugar zu sein.«

»Draugar?«, wiederholte Finn.

»Wiedergänger. Untote. Wenn wir, wie dein Freund gerade vorschlug, im *Schutze* ihrer Grabsteine nächtigen, würden wir den nächsten Sonnenaufgang nicht mehr erleben.«

Sis schluckte. »Dieser Schrei, den ich gehört habe ...«

»... war der Schrei, den der Magier ausstieß, bevor er in das Schattenreich überging, seine Seele aus ihm herausgesogen und er zum Draugr wurde. Sein Körper hat überlebt, aber seine Seele ist für alle Ewigkeit im Schattenreich gefangen«, erklärte Suryal verbittert.

»Wenn sie gegen den Blutäugigen gekämpft haben, wollen sie uns bestimmt nichts antun, oder? Wir stehen doch dann auf derselben Seite!«, sagte Finn.

»Nein. Ein Draugr kennt keine Seiten mehr. Er hat seine Seele verloren und nur eines im Sinn: sich für das erlittene Unrecht zu rächen. An jedem, der ihm über den Weg läuft. Er besitzt erstaunliche magische Fähigkeiten. Viel mehr, als er zu

Lebzeiten innehatte. Solltest du je einem begegnen, sieh zu, dass du so schnell wie möglich die Flucht ergreifst.«

»Und wie erkennt man einen Draugr?«, wollte Luke wissen.

»Glaubt mir, wenn ihr je das Pech habt, einem zu begegnen, werdet ihr ihn erkennen. Und jetzt kommt. Wir müssen noch ein Stück weiter nach oben steigen. Dort befindet sich eine kleine Höhle, in der wir sicher übernachten können.«

Als sie ihr Ziel schließlich erreichten, war die Dunkelheit bereits angebrochen. Der Höhleneingang lag versteckt hinter Tannen und Sträuchern und bestand aus einem etwa einen Meter breiten Spalt über dem Erdboden. Ins Innere gelangte man nur kriechend.

Drinnen erwartete sie eine Überraschung. Die Höhle war größer als gedacht. Schätzungsweise zwanzig Meter breit und doppelt so hoch wie Finn. Der steinige Boden war mit getrocknetem Laub und Moos ausgelegt, und in den Nischen gab es ein paar Wolldecken. Offenbar waren sie nicht die Ersten, die hier übernachteten.

Suryal schwenkte in der Mitte der Höhle kurz seine Hand und murmelte: »Ignis expers fumi!«

Flammen loderten auf und bildeten ein wärmendes Lagerfeuer.

»Wahnsinn!«, sagte Luke beeindruckt. »Aber räuchert uns das nicht ein?«

Sis gab ihm grinsend einen Stoß in die Seite. »Frisch deine Lateinkenntnisse auf. *Expers fumi* heißt *ohne Rauch*.«

»Latein!«, stöhnten Luke und Finn im Chor und zogen leidende Grimassen, während sie sich vor dem Feuer niederließen.

Suryal sah sie verwirrt an. »Latein? Die Zaubersprüche wurden über Jahrtausende entwickelt und haben keine einheitliche Sprache. Du wirst feststellen, die Sprüche klingen ganz unterschiedlich, nach anderen Sprachen. Je nachdem, wer den Zauber erschaffen hat. Ein guter Magier entwickelt im Laufe seines Lebens eigene Zauber. Wer in der Gemeinschaft der Weißen Zauberer lebt und den Gesetzen des Weißen Synods unterliegt, muss diese Sprüche einmal jährlich vorstellen. Werden sie für gut befunden, so werden sie katalogisiert und eventuell sogar in den Lehrplan von Stanwoods Schule aufgenommen. Gelten sie als mangelhaft oder gefährlich, wird das Benutzen des Spruchs verboten. In den Schwarzen Büchern werden alle Sprüche verzeichnet, deren Benutzung nicht gestattet ist.«

»Klingt ganz schön bürokratisch«, warf Finn ein.

Suryal nickte grimmig.

»Ich habe mich die ganze Zeit über schon gefragt, warum wir uns ohne Sprachprobleme unterhalten können«, warf Sis ein. »Während Sie unsere Wunden mit dem Lied geheilt haben, konnte ich nichts verstehen. Der Feuerzauber war auf Latein. Und nun unterhalten wir uns mühelos. Wie kann das sein?«

Suryal setzte sich zu ihnen, zog einen Lederbeutel mit Frumentarias heraus und reichte ihn herum. »Die Worte, die Magie enthalten, verändern sich nicht. Man muss sie in ihrer ursprünglich erdachten Fassung sprechen. Wenn ihr also einen Zauber hört, dessen Worte ihr nicht versteht, stammt er aus einer Sprache, die vor über 2500 Jahren gesprochen wurde. Die neu erdachten Zaubersprüche werdet ihr ebenso verstehen wie mich jetzt.«

»Aber warum?«

»Weil in früheren Zeiten die Weißmagier unterschiedliche Sprachen beherrschten, was es dem Blutäugigen leichter gemacht hat, uns zu täuschen. Seit der Aufspaltung der Welten existiert weder in Aithér noch in Erebos Sprachverwirrung. Das ist vermutlich das einzig Gute, das der Blutäugige mit seiner immensen Macht bewirkt hat.«

»Wie spannend, dass man hier nicht mit Sprachbarrieren zu

kämpfen hat! Dann müsste es doch leichter für die Regierenden sein, sich zu einigen.«

Suryal lachte laut auf. »Bei Elio, nichts liegt den Clans ferner als eine Einigung. Man kann auch in derselben Sprache wunderbar aneinander vorbeisprechen.«

Bevor Sis ihn weiter nach dem Weißen Synod und dem politischen System des Landes fragen konnte, unterbrach Finn ihre Unterhaltung. »Kann jeder Magier der Ubalden meine Fibel benutzen?«

»Jedem Mitglied ist der Gebrauch der Fibel seines Clans möglich. Warum fragst du?«

»Also, Sie scheinen nicht viel von den anderen Weißmagiern und ihren Gesetzen zu halten. Besteht nicht die Gefahr, dass dieser Synod mir die Fibel einfach wegnimmt, um mit den hier lebenden Ubalden Magie mit ihr zu bewirken?«

Sis hielt den Atem an. Richtig, warum sollten die hier lebenden Ubalden ihre Clanfibel ausgerechnet ihrem magieunerfahrenen sechzehnjährigen Bruder überlassen? Zumal sie sich erhofften, damit gegen diesen mächtigen Schwarzmagier vorgehen zu können. Wenn sie ihre Fibel verloren, hatten sie keine Möglichkeit mehr, in ihr altes Leben zurückzukehren.

»Ist es nicht so?«, forschte Finn weiter, und sein Tonfall wurde schärfer. »Bekommen Sie eine Belohnung, wenn Sie uns zu den Weißmagiern gebracht haben? Werden Sie dann wieder in diesen Synod aufgenommen?«

»Finn!«, versuchte Sis, ihn zu beruhigen, doch Suryal blieb erstaunlich gelassen, schien sogar amüsiert statt verärgert.

»Wirklich, ein typischer Ubalde. Hitzköpfig, tollkühn und vor allem vorlaut. Ihr Ubalden müsst einfach immer anecken. Das scheint euch im Blut zu liegen.«

»Die Dhiranen scheinen nicht besser zu sein, sonst wären Sie nicht mit den ganzen anderen Magiern verstritten und würden ein Leben als Einsiedler führen!«, kam Sis ihrem Bruder zu Hilfe.

Suryal lachte. »Nun, unsere Clans haben sich in der Vergangenheit tatsächlich gut verstanden. Streitlustig und kampflustig gesellt sich gern, nicht wahr? Doch euer Wissen über die Fibel ist unzureichend. Jeder Ubalde kann sie zur Weltenüberquerung nutzen. Aber ihre besondere Magie kann nur der Überbringer entfachen, der letzte Erstgeborene der direkten Linie von Elios Ubaldenstammbaum.« Suryals Gesicht schien hinter den Flammen des Feuers jünger. In seinen dunklen Augen funkelten goldene Lichtpunkte. »Kein anderer kann dir diese Bürde abnehmen, mein junger Freund.«

Finn sah alles andere als begeistert aus.

»Genau genommen bin ich die Erstgeborene«, warf Sis stirnrunzelnd ein.

Suryal hob die Augenbrauen. »Du bist aber ein Mädchen.«

»Und?«, fragte sie gereizt.

»Ich kann mir nicht vorstellen, dass sich die Prophezeiung auf eine junge Frau bezieht. Seit Jahrtausenden gehen alle von einem männlichen Überbringer aus.« Die Vorstellung schien ihn vollkommen zu überrumpeln.

Bevor Sis zu einer scharfen Erwiderung ansetzen konnte, kam Luke ihr zu Hilfe. »Mann, seid ihr Magier rückständig! Bei mir im Training sind einige Mädchen, gegen die ich lieber nicht kämpfen möchte. Außerdem sind Finn und Kieran Zwillinge. Die Prophezeiung wird doch nicht auf Minuten abzielen.«

»Der Blutäugige selbst hat in Finn den Überbringer erkannt und ihn verfolgt«, verteidigte Suryal seine Sichtweise.

»Er kann sich doch täuschen«, entgegnete Luke. »Und wenn jeder Clan seine eigene Fibel hat, warum seid ihr alle dann nicht schon längst nach Khaos gereist?«

»Damianos hat uns Magiern alle anderen Fibeln vor über

2517 Jahren abgenommen und einen Zauber bewirkt, der sie in ihrer Macht einschränkt. Nur mit der verlorenen Fibel der Ubalden und Damianos' eigener Fibel ist eine Weltenüberquerung nach Khaos möglich.« Suryal beugte sich vor. »Versteht ihr jetzt endlich, warum Finn und seine Fibel für uns so wichtig sind?«

»Moment, wollen Sie damit sagen, der Magier, der hinter meinem Bruder her ist, ist über 2500 Jahre alt?«

»So ist es.«

Das verschlug Sis erst einmal die Sprache.

»Und die anderen?« Finn heftete ungläubig den Blick auf ihn.

»Ich bin fünfundsechzig Jahre alt, und meine Lebenserwartung, wie auch die der anderen Magier, entspricht der eurigen.«

»Ist der Blutäugige dann so eine Art unsterblicher Supermagier?«, fragte Sis.

»*Was* er ist, weiß niemand so genau. Manche halten ihn seiner roten Augen wegen für einen Dämon. Doch in einem Punkt bin ich mir sicher: Er *wird unbesiegbar* sein, sollten ihm dein Bruder und diese Fibel in die Hände fallen, vielleicht sogar unsterblich.«

Kein Wunder, dass er Finn wie besessen verfolgte.

»Glaubt mir, die Umstände meines Abschieds machen es mir nicht leicht, zum Weißen Synod zurückzukehren. Aber ich werde alles in meiner Macht Stehende tun, um das zu verhindern und dich in ihre Obhut zu bringen. Allein kann ich dich nicht vor dem Blutäugigen beschützen.« Der Alte stand auf, holte sich eine Decke und machte sich daran, sich in einer Nische schlafen zu legen. Dabei brannten Sis tausend Fragen auf den Lippen.

»Und wie konnte er als einziger Magier Jahrtausende überleben?«

»Er ist ein Schwarzkünstler. Welche Magie er dazu auch

verwendet hat, es muss etwas Abscheuliches dahinterstecken. Etwas, das sich gegen die menschliche Natur richtet. Niemand weiß, welchem der alten Magierclans er ursprünglich entstammt. Unsere zwölf Clans waren seit Jahrtausenden auf der ganzen Welt verstreut und symbolisierten die Vollkommenheit des reinen, machtvollen Geistes. Manche sagen, Damianos wäre die Reinkarnation des dreizehnten Magiers, der den Legenden nach von einer finsteren Gottheit abstammt und die Welt in den Untergang führen wird. Ich glaube schon lange an keine Götter mehr, und ich weigere mich, seine Abstammung für sein Tun verantwortlich zu machen. Wenn ihr mich fragt, hat er sich mit Formen der Magie eingelassen, die seinen Geist zerstörten und ihn unmenschlich werden ließen. Er ist gefährlich, unvorstellbar mächtig und skrupellos. Unseren Vorfahren ist es nicht gelungen, ihn in seine Schranken zu weisen, als er noch ein Kind und schwach war. Nun bezahlen wir den Preis. Keiner von uns kann sich mit seiner Magie messen. Er verfügt über ein Heer von magischen Dienern, die wir die Grauen oder Schattenkrieger nennen. Diese rekrutiert er aus unseren eigenen Reihen. Wir können nichts gegen ihn unternehmen, ohne einen erneuten Krieg zu riskieren. Die Verluste wären noch viel größer, und es gäbe keine Aussicht auf einen Sieg. Selbst die angesehensten Familien haben ihre Söhne und Töchter an ihn verloren.«

Suryal sprach hastig, seine Worte sprudelten aus ihm hervor – wie eine Last, die er schon lange mit sich führte. Doch dann hielt er abrupt inne, als ob jemand eine Tür zu seinem Inneren zugeschlagen hätte. Ein Ausdruck tiefsten Schmerzes überzog sein Gesicht, und er sah zu Finn.

»Nur *du* kannst ihn aufhalten. Deshalb werden sie dich unter allen Umständen vor ihm beschützen, selbst wenn es zu einem Krieg kommen sollte. Denn ist Damianos erst einmal unsterblich und besitzt alle Fibeln, ist nicht nur diese, sondern auch die Welt, aus der ihr kommt, für immer verloren.«

Und als wäre damit alles Nötige gesagt, kehrte Suryal ihnen auf seinem provisorischen Schlafplatz den Rücken zu und zog die Decke über sich.

»Na dann, bloß kein Druck, Finn«, erklärte Luke kopfschüttelnd und reichte ihnen je eine Wolldecke.

Kapitel 15

Kieran
Erebos, Jahr 2517 nach Damianos, zweiter Mond des Winters, Tag 13
Er sah sie schon von Weitem. Damianos und Dermoth standen auf der Plattform, zwei schwarze Gestalten vor der blutrot im Sonnenuntergang leuchtenden Glaspyramide, und Kierans Hände, die sich am Drachenzacken festhielten, wurden feucht. Die Wachposten mussten bereits ihren Anflug gemeldet haben.

»*Denk daran, was Aswin dir beigebracht hat*«, tönte der Drache in seinem Kopf. »*Und an unseren Ablauf der Ereignisse.*«

Ein kalter Windstoß schlug Kieran entgegen, als Onyx die Drachenflügel zur Landung spreizte und gegen die Flugrichtung fächerte, um die Geschwindigkeit zu bremsen. Sanft setzte er auf der Plattform auf. Kieran war kaum von seinem Rücken gesprungen, da herrschte Dermoth ihn an: »Wo warst du? Was fällt dir ein, die Festung ohne meine Erlaubnis oder die des Herrn zu verlassen, Lehrling?«

Kieran ignorierte ihn und verbeugte sich stattdessen tief vor Damianos. »Verzeiht, Herr. Der Drache und ich hatten einen Streit. Er hat mich überwältigt und entführt.«

Sein Instinkt mahnte ihn zur Vorsicht. Auch wenn die Miene seines Meisters schwer zu lesen war, erriet er doch seine Verärgerung. Allein, dass er sich die Mühe gemacht hatte, ihn hier und nicht in seinem Thronsaal zu empfangen, verhieß Gefahr. Kieran konzentrierte sich auf die mit Onyx verabredete Version und öffnete eben den Mund, als Damianos die Lücke zwischen ihnen schloss, ihn am Kinn packte und zwang, ihm in die zornfunkelnden Augen zu sehen. Die Brutalität, mit der er in seine Gedanken stieß, war wie ein Messer, das in einer Wunde wühlte. Kieran versank in dem Rot seiner Iris, verlor sich in seinen Erinnerungen und biss die Zähne aufeinander vor Anstrengung, um nichts Unüberlegtes preiszugeben. Sein Kopf hämmerte wie wild, seine Augen brannten, und dann entwischte ihm ein Gedanke aus dem dichten Geflecht, das er um die Wahrheit spann. Ein Gedanke, den er Damianos niemals hatte zeigen wollen.

Das Bild von Serafina und seine Hoffnung, er könnte mit Onyx bis zu den Silbertrostminen fliegen, nur um sie wieder in den Armen zu halten wie an dem Tag der Verhaftung seines Vaters.

Das brachte ihn völlig aus dem Konzept. Er geriet in einen Strudel, in dem seine Sehnsucht nach ihr Löcher in sein fein gewebtes Netz aus Lügen riss, sah die Hütte im Pechwald plötzlich vor sich, seine Hand, die den Riegel berührte, und gerade als er befürchtete, zu versagen, schaffte er den Schwenk zur Vergangenheit. Die Dornenranke riss ihn von den Füßen, presste ihn an die Hüttenwand, und ein schwarzer Fuchs stürmte aus dem Wald. Damianos ließ ihn abrupt los und ging zu Onyx. Nur mühsam unterdrückte Kieran sein Zittern. Wenn Damianos herausbekam, dass Aswin ihm beigebracht hatte, seine Gedanken vor ihm zu verbergen, war er geliefert. Aber Drachen waren stark. Onyx hatte ihm von der ihm eigenen, inneren Magie erzählt, mit der Drachen ihren Geist abschirmen konnten.

»Dermoth!«, rief Damianos, nachdem er die gedankliche Zwiesprache mit Onyx beendet hatte, und hob die Hand.

Nein! Mit einem bösartigen Grinsen im Gesicht trat sein

Statthalter neben ihn. Sie folterten Onyx, bis über seine schwarzen Schuppen Blut lief und Mohnblumen auf den grauen Stein unter ihm malte. Und Kieran konnte nichts tun, außer dem tapferen Drachen in die Augen zu sehen, um ihm auf diese Weise Kraft zu geben, bis sie dunkel vor Schmerz wurden, und er glaubte, jeden einzelnen Fluch am eigenen Leib zu spüren. Nachdem Damianos endlich aufgehört hatte, fügte Dermoth ihm noch zwei weitere tiefe Wunden am Bauch zu, bevor er genug hatte. Onyx brach zusammen und rührte sich nicht mehr. War er tot? Das erregte Funkeln in Dermoths Augen brachte Kieran vor Wut zum Zittern.

»Du wirst heute Nacht nicht ruhen, Lehrling, sondern zur Strafe für euer eigenmächtiges Verschwinden den Drachen heilen!«, befahl Damianos. »Wenn ich morgen früh auch nur einen Kratzer an ihm entdecke, wirst du ihn höchstpersönlich erneut foltern und hinterher wieder zusammenflicken, so lange, bis es dir gelingt.«

Alles, nur das nicht. Noch während die beiden ihn verließen, stürzte Kieran zu Onyx und berührte seine wunden Nüstern. Nur ganz schwach konnte er seinen warmen Atem spüren. Dann rannte er zum Ende der Plattform, sprang, ohne anzuhalten, in den Abgrund und sprach erst im Fallen den Schwebezauber, der ihn gerade noch rechtzeitig abbremste, damit er sich nicht das Genick brach. Er schlug dennoch unsanft auf, strauchelte, rappelte sich auf und lief zu den Alchemiekammern, um Tränke zur Unterstützung seiner Heilzauber zu holen.

Halt durch, Onyx!

Ihn zu heilen, beanspruchte die ganze Nacht und raubte Kieran all seine Kraft. Erst um vier Uhr morgens war der Zustand des Drachen so weit stabil, dass er erschöpft einschlief, obwohl Kieran die Wunden, die er geheilt hatte, weiter besprach, bis sich auch die vernarbten Schuppen lösten und Platz für neue machten. Als die Morgenröte den Kampf gegen ihre dunklen Nachtschwestern gewann und ihre purpurne Flagge über dem Turm hisste, war Kieran so ausgelaugt, dass Dermoth leichtes Spiel in einem Duell gegen ihn gehabt hätte. Müde schmiegte er sich in die warme Kuhle zwischen Onyx' Schwanz und Bauch und schloss die Augen.

Die Sonne stand schon hoch am Zenit, als Kieran wieder die Augen aufschlug. Onyx funkelte ihn mit seinen warmen Bernsteinaugen an, und er sprang auf. *»Wie fühlst du dich?«*
»Wie ein mehrfach wiedergekäutes Büschel Gras im Magen einer Kuh.«
»Hättest du mich nicht zu Aswin gebracht, wäre dir das hier erspart geblieben«, sagte er bitter.
»Hör zu, junger Magier. Das war kein selbstloses Handeln. Du bist das erste menschliche Wesen, dem ich zutraue, unserem Herrn die Stirn zu bieten.«
»Mach dir lieber nicht allzu viele Hoffnungen.« Freunden muss man vertrauen können. Onyx hatte ihm bewiesen, wie vertrauenswürdig er war. Jetzt war Kieran am Zug. *»Ich bin nicht der, für den Damianos mich hält, sondern sein Zwillingsbruder. Er ist der Erstgeborene von uns beiden und hat somit die Macht, die Kraft der Fibel zu entfalten.«*
Onyx entfuhr ein überraschtes Schnauben, und seine Augen loderten. *»Dann sieh gefälligst zu, dass du ihn findest und auf deine Seite ziehst, bevor Damianos das tut.«*
»Wie denn? Er lebt in Khaos.«
Wenn Onyx nachdachte, stiegen aus seinen Nüstern kleine Rauchkringel. *»Bring Damianos dazu, mit dir so bald wie möglich die Fibel in Khaos zu suchen. Zeig dich eifrig bemüht, diesen unerlaubten Ausflug mit mir wiedergutzumachen. Vielleicht erfährst du in Khaos mehr über deinen Bruder.«*

Erebos, Jahr 2517 nach Damianos, zweiter Mond des Winters, Tag 21

»Du bist ungeduldig, Lehrling. Bevor wir nach Khaos aufbrechen, muss ich erst erfahren, was dein Vater über den Verbleib der Fibel weiß.«

Kieran hatte eine Woche gewartet, bis er den Meister auf die Suche nach der Fibel ansprach, hatte seine Studien weiterbetrieben und sich so unauffällig wie möglich verhalten. Nun saß Damianos ihm gegenüber an dem Tisch in der Alchemiekammer und hatte mit seiner Antwort dafür gesorgt, dass Kieran noch mehr Fragen hatte als zuvor.

»Ich sehe die Verwunderung in deinem Gesicht. Dein Vater ist erstaunlich geschickt darin, seine Gedanken vor mir zu verbergen. Anfangs habe ich gedacht, dass nur die Perthro-Rune ihn vor meinem Zugriff schützt. Doch selbst in der Zeit nach ihrer Entfernung gelang es ihm, alles, was sein Leben in Khaos betrifft, zu verschleiern. Von deiner Mutter und dir erfuhr ich erst durch Steel.«

»Wie kann das sein?«, rief Kieran. Er musste sich zusammenreißen, damit Damianos nicht die Bewunderung aus seinen Worten heraushörte. Und warum hatte sein Vater ihm das nie während ihrer anfänglichen gemeinsamen Zeit im Kerker erzählt?

Damianos erriet seine Gedanken. »Dein Vater war klug genug, dir das zu verheimlichen. Denn hättest du versucht, deine Gedanken vor mir zu verbergen, hätte ich dir auf schmerzhafte Weise Gehorsam beigebracht.« Auf Kierans Armen bildete sich eine Gänsehaut. »In dem trüben, dunklen Wasser, das dein Vater mir zeigt, die Gedanken herauszufischen, die er darin versenkt hat, ist unmöglich. Es hätte ein großer Magier aus ihm werden können, wäre er nicht so dumm gewesen, sich gegen seine Magie zu wehren. Umso besser, wenn ich ihn nun durch dich ausspionieren kann. Du musst ihn nur davon überzeugen, mir nicht treu zu dienen.«

Dazu brauchte er nicht viel Überzeugungskraft. Dennoch konnte Kieran seinen Schrecken kaum verbergen. Seit dem Ritual an Samhain hatte er seinen Vater nicht mehr besucht.

»So unlösbar ist diese Aufgabe für dich?«, fragte Damianos schmunzelnd, als er sein Unbehagen bemerkte, und Kieran war froh, dass er seine Miene auf ganz andere Weise interpretierte.

»Ich gestehe, ich bin nicht besonders erpicht darauf, ihn zu treffen und mir wieder einmal seine Vorwürfe anzuhören. Nachdem er mir bei der Ausführung des Rituals zugesehen hat, wird er mir nicht abnehmen, dass ich Euch nicht mit ganzem Herzen diene. Aber ich kann versuchen, etwas aus ihm herauszubekommen.«

Damianos nickte zufrieden. »Es fällt dir also nicht schwer, ihn zu belügen?«

»Er ist derjenige, der mich belogen hat. Jahrelang wusste ich nichts von meinen magischen Fähigkeiten. Ich habe von Euch in wenigen Monaten mehr gelernt als in all den Jahren bei meinem Vater. Ihr seid meine Zukunft. Er ist Vergangenheit. Ihr seid viel mehr Vater für mich.«

Die Worte fühlten sich wie Gift auf seiner Zunge an, aber sein Auftritt war so überzeugend, dass Damianos aufstand und ihm die Hand auf die Schulter legte. »Wenn du die Macht der Fibel für mich erschließt, werden wir beide eine Magie bewirken, die du dir nicht ansatzweise vorstellen kannst. Du könntest als mein Sohn unsterblich an meiner Seite bis ans Ende aller Zeiten herrschen.«

»Ich werde Euch nicht enttäuschen, Herr.«

Die Grauen, die vor der Tür seines Vaters Wache hielten, scheuchte Kieran mit einer Handbewegung fort und genoss für einen Moment die Macht, mit der Damianos ihn ausgestattet hatte. Süß wie Honig konnte sie einem auf der Zunge liegen. Doch sie hatte einen bitteren Beigeschmack, und als er die magischen Schutzzauber von der Tür entfernte, fühlte er sich grauenvoll. Sein Vater war sein Gewissen. Die Tür fiel hinter Kieran ins Schloss, und ehe er sichs versah, wurde er in kräftige Arme gerissen und so fest gedrückt, dass ihm fast die Luft wegblieb.

»Endlich! Geht es dir gut, Kieran?«

Kein Vorwurf. Nur Besorgnis. Er schluckte schwer. »Den Umständen entsprechend.«

Sein Vater löste sich von ihm, und Kieran musterte ihn. Er hatte sich verändert, seit er nicht mehr in dem magischen Verlies untergebracht war. Man hatte ihm saubere Kleidung gegeben und ihm erlaubt, sich zu waschen. Auch seine Verpflegung schien sich den volleren Wangen nach gebessert zu haben. »Ich bin fast wahnsinnig geworden vor Angst um dich. Haben sie dir verboten, mich zu besuchen?«

»Ich ... nachdem ich das Ritual durchgeführt hatte, dachte ich, du würdest mich nicht mehr sehen wollen.«

»Du hattest doch gar keine andere Wahl! Und jetzt erzähl mir, was alles geschehen ist«, polterte er.

Während seines Berichts wanderte sein Vater unruhig durch den Raum. Als er von Steels Absichten Kierans Mutter gegenüber erfuhr, packte er einen Stuhl und schleuderte ihn zornig gegen die Wand, sodass ein Stuhlbein brach. Kieran konnte sich ein Grinsen nicht verkneifen. Selbstbeherrschung war noch nie die Stärke seines Vaters gewesen. Er hob die Hand und murmelte einen Wiederherstellungszauber.

»Ich bin stolz auf dich.«

»Ach, das war doch nichts«, entgegnete er verlegen.

»Ich spreche nicht von dem Zauber. Du bist reifer geworden,

ernster. Du lässt dich nicht so leicht zu unbedachten Handlungen hinreißen wie dein dummer Vater.«

»Von wegen dumm! Du hast mir nie verraten, wie du Damianos aus deinen Gedanken sperren kannst.«

Er seufzte. »Weil ich befürchtet habe, du würdest es mir gleichtun wollen, und dann hätte er dir nicht mehr vertraut und dich gefoltert. Das, was Aswin dir beigebracht hat, ist eine viel bessere Möglichkeit des Schutzes für dich, die ich leider nicht beherrsche, denn sie ermöglicht dir, Damianos unbemerkt zu belügen. Erzähle Damianos nichts von Finn oder Sisgard. Berichte ihm von deiner Großmutter und von meinem Freund Ramón. Sag ihm, Ramón sei ein Magier aus dem Clan der Gundolver, der die Fibel vermutlich in meinem Haus versteckt hat.«

»Hältst du es für klug, ihn auf deinen Freund zu stoßen?«

»Wenn du ihm nur Belangloses hinwirfst, wird er dir nicht glauben. Du darfst sein Vertrauen nicht verlieren. Nur so kannst du Finn schützen.«

Natürlich drehte sich wieder alles nur um Finn. Die Eifersucht auf seinen Zwillingsbruder war ein spitzer Widerhaken in seinem Fleisch.

»Ramón ist nicht so hilflos wie ich.« Er blickte beschämt auf seine Hände. »Im Gegensatz zu mir hat er sich seit seiner Kindheit mit seiner Magie beschäftigt. Ich kenne nicht das ganze Ausmaß seiner Fähigkeiten, aber ich hoffe, er wird sich zu wehren wissen.«

»Gegen Damianos?« Kieran lachte bitter auf. »Vater, dir ist wohl nicht bewusst, wie mächtig er ist. Keiner der Weißmagier könnte sich ihm je widersetzen.«

Sein Vater lächelte hintergründig. »Hier in Erebos. Gilt das auch für Khaos? Oder Aithér?«

»Wie meinst du das?«

»Weißt du, Kieran, ich langweile mich hier zu Tode. Wenn man über Monate hinweg eingesperrt ist, muss man etwas tun, um nicht dem Wahnsinn zu verfallen, und ich habe nachgedacht. Pausenlos. Ich versuche, die Puzzlestücke, die du mir lieferst, mühsam zu einem Bild zusammenzusetzen, während du dich auf deine Ausbildung konzentrierst und keine Zeit für solche Grübeleien hast. Der einzige Schluss, den ich aus Damianos' Verhalten und seiner Scheu, Khaos zu betreten, ziehen kann, ist der, dass in dieser Welt seine Macht irgendwie eingeschränkt ist.«

Kierans Herzschlag setzte aus, nur um eine Sekunde später mit Ungestüm wieder einzusetzen.

Sein Vater hob warnend die Hand. »Sei vorsichtig und verschließe unsere Unterhaltung und deine Gedanken vor ihm, wie Aswin es dir beigebracht hat. Ich möchte zu gern wissen, warum er seinen Vater umbringen will. Neues Grübelmaterial für mich. Und jetzt geh, bevor Damianos Verdacht schöpft.«

Finn
Aithér, Jahr 2517 nach Elio, dritter Mond des Frühlings, Tag 22
Die Luft war stickig, und auf der grau-schwarz zerfurchten Felsdecke tanzten Licht und Schatten. Begleitet wurden sie von einem unmelodischen Geräusch, das links von Finn kam. Er wandte den Kopf. Suryal lag dort auf dem Rücken und schnarchte wie eine rostige Säge, die über Metall schliff. Verschlafen setzte Finn sich auf und trank einen Schluck Wasser aus der Feldflasche, während seine Gedanken wieder um das eine Thema kreisten, das ihn nicht losließ. Was dachten sich diese Magier eigentlich? Hieß es bei Ramón noch, er allein könnte seine Familie retten, so sollte er für Suryal mithilfe der Fibel

gleich den blutäugigen Möchtegern-Gott besiegen und alle drei Welten retten! War er etwa Harry Potter?! Was hatte Kieran doch für ein Glück, der Zweitgeborene zu sein! Andererseits fragte er sich, ob Kieran wirklich, wie in seinen Visionen gesehen, in der Gewalt von Damianos war oder der ihn das nur glauben lassen wollte.

Kopfschüttelnd starrte er in die rauchlosen Flammen. Das Feuer verzehrte sich nicht und wucherte auch nicht über den Kreis, den Suryal darum gezogen hatte. Himmel, er wusste noch nicht mal, wie man magisch Feuer machte! Was hatte der Alte für einen Spruch gesagt? *Ignis expert fumo!*, nein, *Ignus expers fumi!*, oder war es etwa *Ignes expers fuma*!? Zur Hölle, er hätte besser aufpassen sollen! Sis hatte sich das bestimmt auf Anhieb gemerkt. Sie konnte Vokabeln bereits nach einmaligem Hören auswendig. Außerdem hatte Suryal die Hand bewegt. Ging das so? Finn fuchtelte im Höhlendunkel in der Luft herum. Seit er in diese Welt gekommen war, fühlte er, wie seine Sinne mit jedem Tag schärfer wurden, er konnte weiter sehen, besser hören, Gerüche intensiver aufnehmen. Luke hatte bei den gruseligen Hügelgräbern nichts gemerkt, er und Sis dagegen schon. Ramón hatte recht gehabt! Diese Welt bot Menschen mit magischen Kräften so viel mehr als Khaos.

Bei dem Gedanken an den Spanier tauchte sofort Lunas Bild in ihm auf und mit ihr das schlechte Gewissen. Wie war es ihr auf See ergangen? Hatte sie rechtzeitig dem Magier entkommen können? Er würde die beiden hierherholen, sobald sie bei den anderen Weißmagiern in Sicherheit waren. Und bis dahin ... schadete es nicht, ein paar Dinge zu üben, mit denen er sie später beeindrucken konnte. Ein Lächeln glitt über sein Gesicht. Er schnappte sich den Schlangenstab und robbte leise durch den Höhlenausgang ins Freie.

Draußen hing der Nebel so dicht über dem Gras, dass er kaum die Hand vor Augen sehen konnte. Finn schob die Tannenzweige beiseite und entfernte sich nicht mehr als ein paar Schritte vom Höhlenspalt. Mit Schwung ahmte er Suryals Geste während des Feuerzaubers nach.

»Ignus expers fumi!«

Nichts geschah. Okay, dann war es doch der andere Spruch gewesen.

»Ignes expers fuma!«

Wieder nichts. Verdammtes Latein! Irgendwo schrie eine Eule, und Finn zuckte zusammen und wirbelte herum. Auf einmal hatte er das unbestimmte Gefühl, beobachtet zu werden. Ob die Eulen hier auch angriffslustige Bestien wie diese Flugechsen waren? Oder amüsierte sich hinter dem mit Zweigen verdeckten Höhleneingang nur Luke gerade über ihn? Seine Wangen wurden heiß, und er stapfte sicherheitshalber ein paar Schritte weiter, bis er glaubte, aus dem Sichtfeld der Höhle zu sein, hob wie in einer Fechtpose den Arm und richtete den Stab auf einen kleinen Busch. Vielleicht würde das den Zauber verstärken. Die andere Hand bewegte er nach Suryals Vorbild, öffnete den Mund und …

»Ignis expers fumi!«, raunte jemand mit heiserer Stimme.

Die Haare stellten sich Finn im Nacken auf, und zeitgleich loderte der Busch vor ihm gleißend hell auf, grüne Flammen schlugen ihm entgegen.

Sein Herz klopfte ihm bis zum Hals. Langsam – wie in Zeitlupe – drehte er sich um. Da stand er, und jetzt wusste Finn, was Suryal gemeint hatte.

»Wenn ihr je das Pech habt, einem Draugr zu begegnen, werdet ihr ihn erkennen.«

Der Untote war so bleich, dass das Mondlicht dagegen golden schien. Er starrte ihn aus Augen an, die ihm wie schwarze

Löcher tief ins Gesicht geschnitten waren. Keine Iris und kein Weiß um die Pupille, nur endlose Dunkelheit. Nichts regte sich in seiner Miene, weder Freude noch Hass oder Furcht. *Sie sind seelenlos, Finn.* Er fröstelte.

Der Draugr war so verdammt jung! Das machte seinen Anblick besonders gruselig. Er hatte sich die Magier und Magierinnen, die gegen den Blutäugigen gekämpft hatten, älter und erfahrener vorgestellt. Das Wesen vor ihm sah jedoch aus, als wäre es zum Zeitpunkt seines Todes höchstens siebzehn oder achtzehn gewesen. Ein bläulich weißer Schimmer umfloss seine Silhouette in einer gespenstischen Aura und spiegelte sich im Metall der Schulterplatten wider.

»Bist noch nicht besonders gut im Zaubern, was?«

Der jugendliche Spott in der flüsterleisen, untoten Stimme hörte sich schaurig an. Der Draugr machte einen Schritt zur Seite und verschränkte die Arme über seinem Kettenhemd, das unter dem langen Umhang hell hervorblitzte. Doch Finns Blick wanderte zu dem Schwertgürtel und der Waffe, die silbern über seiner schwarzen Hose und den hohen, geschnürten Lederstiefeln funkelte. Ein mit Edelsteinen und Ornamenten verzierter Griff, der Traum jedes kleinen Jungen, der Ritter spielen wollte.

Für ihn ging das Spiel tödlich aus. Wie wird wohl dein Spiel gegen Damianos enden?

Er verdrängte den Gedanken, im Moment hatte er wahrhaft andere Probleme. Hellblondes, kinnlanges Haar fiel dem Draugr in sein wächsernes Gesicht, und um seinen Hals schmiegte sich etwas Dunkles. Erst dachte Finn, es wäre ein Reif, dann erkannte er die offene Wunde. Das Blut, das daraus hervorquoll, war allerdings schwarz.

»Wie alt bist du? Zwölf?«

»Sechzehn!«, antwortete Finn entrüstet, während er verzweifelt überlegte, wie er unbemerkt zurück zur Höhle gelangen sollte. Aber war das klug? Ihm fielen wieder Suryals Worte ein: »*Sieh zu, dass du so schnell wie möglich die Flucht ergreifst.*« Was, wenn selbst Suryal nichts gegen einen Draugr ausrichten konnte? Dann gefährdete er nur die anderen.

Das Lachen des Untoten war so furchterregend wie sein Aussehen.

»Sechzehn? Da bin ich in meinen ersten Kampf gegen Damianos' Schattenkrieger gezogen, und *du* beherrscht noch nicht mal einen einfachen Feuerzauber?«

Finns Puls raste, und seine Gedanken überschlugen sich. Er musste ihn von der Höhle fortlocken und sich gleichzeitig selbst in Sicherheit bringen. Nur wie?

Auf seiner Brust regte sich der Skarabäus.

»*Ihr Ubalden geltet doch als unerhört tapfer*«, tönte er metallisch in seinem Kopf. »*Keine Lust auf einen hübschen Zweikampf?*«

»*Nein, danke. Selbstmordambitionen beißen sich mit unserem viel gelobten Verstand.*«

»*Den scheint vor allem deine Schwester abbekommen zu haben. Sie ist nicht so dumm und verlässt nachts die Höhle.*«

Wut flammte in Finn auf, und er drückte den Stab fester. Reizende Hilfe! Wenn das alles war, was der Skarabäus in brenzligen Situationen beisteuerte, dann war er im wahrsten Sinne ein *Mistkäfer*.

Der Draugr machte einen Schritt auf Finn zu. Um seinen schmallippigen Mund spielte ein hämisches Lächeln.

»Lass mich raten – Abwehrzauber kannst du ebenso wenig?«

Er sah aus wie einer, der es zu Lebzeiten gewohnt gewesen war, Diener herumzukommandieren. Dafür sprach auch sein Waffenrock, der einen aufgestickten Löwen im Sprung zeigte, und sein wertvolles Schwert. Finn wollte gar nicht erst wissen, was er alles an magischen Flüchen auf Lager hatte.

»Zaubern kann doch jeder Idiot! Kämpfen nicht!« Die Wut

auf den Käfer gab seiner Stimme eine ungeahnte Selbstsicherheit. Verblüfft öffnete der Draugr den Mund und legte den Kopf schief. Der Skarabäus kicherte auf Finns Brust. Und da verstand er. Amun hatte ihn absichtlich provoziert, damit seine Wut die Angst verdrängte. Leider verpuffte der Effekt schlagartig, als der Draugr sein Schwert zog. Scheiße, war das riesig!

»Also gut. Will mal nicht so sein. Ich gebe dir noch die Möglichkeit zu einem ehrenhaften Kampf, bevor du stirbst. Wie wär's? Stöckchen gegen Schwert?« Er deutete auf den Stab und bleckte die Zähne.

Ein metallischer Geruch von Blut schlug Finn entgegen. Seine Knie wurden weich.

»*Das* nennst du ehrenhaft?«

Der Untote hob die Augenbrauen. Er sah verwirrt aus. Offensichtlich war er nicht gewohnt, mit seinen Opfern vor deren Tod zu diskutieren, außer sie winselten ihn um Gnade an.

»Hast ja ein ganz schön loses Mundwerk! War selbst mal so einer. Hat mir nur nicht viel eingebracht, wie du unschwer erkennst.«

»Wie alt warst du denn, als du im Kampf gefallen bist?«

Fast hätte er »als du gestorben bist« gesagt. War ein Untoter überhaupt wirklich gestorben?

Vergiss es und konzentrier dich lieber auf deine Flucht!

Der Draugr griff sich mit der linken Hand an die Wunde an seinem Hals. Widerlich, wie das schwarze Blut über sie floss.

»*Neuer Plan: Schmeiß den Schlangenstab auf ihn, verwandle dich in den Adler und flieg ihm davon!*«, schlug der Skarabäus vor.

Aber Finn starrte nur wie hypnotisiert auf das schwarze Blut. Amun tänzelte auf seiner Brust und biss zu, um mehr Aufmerksamkeit zu bekommen. Finn zuckte zusammen, doch das Grauen packte ihn erneut, weil der Draugr in so flinken, geschickten

Bewegungen mit dem Schwert die Luft durchschnitt, dass er dem silbrigen Funkeln kaum noch folgen konnte.

Statt Fußball hättest du besser Fechten als Wahlfach genommen.

»Achtzehn. War damals der Beste meines Jahrgangs. Mein Vater hat mir verboten, mich Damianos zu stellen. Aber wir waren zu siebt, kannten keine Furcht und wollten die Welt retten.« Seine Stimme klang wehmütig.

Finn schluckte. Zu siebt. Aus den Augenwinkeln spähte er nach rechts und links. Aber der Nebel war so dicht, er hätte die anderen Draugar vermutlich erst bemerkt, sobald sie ihre Arme nach ihm ausstreckten. Der Skarabäus lief inzwischen in senkrechten Bahnen auf seiner Brust auf und ab.

»Skarabäus an Magieranfänger! Hörst du mich? Ich sagte, schmeiß den Stab zur Ablenkung auf ihn und FLIEG LOS! Falls möglich, BEVOR er dich mit diesem niedlichen Schwert da in Scheiben schneidet!«

Finn hob seinen Stab und dachte an den Weißkopfseeadler. Verwandlung war der einzige Zauber, den er bislang beherrschte. Das ahnte der Draugr sicher nicht, wenn er doch noch nicht mal ein kleines Feuer entfachen konnte. Und das Monster würde nicht damit rechnen, dass er freiwillig seinen Stab wegwarf. Das Überraschungsmoment war seine einzige Chance. Er musste schnell sein.

Sehr schnell.

Der Draugr nahm mit seinem Schwert Position ein, und Finn tat es ihm gleich. *Jetzt!*

»KYRA!«, brüllte er und schleuderte dem Untoten in einer einzigen rasanten Bewegung den Stab ins Gesicht, während er sich um die eigene Achse drehte und sich zeitgleich in die Gefühlswelt des Adlers versetzte. Federn sprossen sekundenschnell aus seinen Armen, und er hob vom Boden ab. Unter ihm versuchte der junge Draugr, die schwarze Schlange, die ihm an den Hals gefahren war, abzuwehren. Kyra schnellte zu seinen Füßen, umschlang sie und brachte ihn zu Fall. Der Untote stieß ein markerschütterndes Brüllen aus, das von den Gebirgshängen widerzuhallen schien. Unten im Tal vernahm Finn ein grausiges Echo. Die Antwort der anderen Draugar aus ihren Hügelgräbern. Er war jedoch schon zu weit entfernt, gewann an Höhe und flog bergauf, weg von der Höhle und den Megalithen im Tal. Jetzt fehlte ihm nur noch ein geeigneter Platz, um sich bis zum Tagesanbruch zu verstecken. Dann sollten die Draugar wieder in ihren Gräbern verschwunden sein. Hoffte er zumindest. So schlimm, wie Suryal behauptet hatte, war die Begegnung gar nicht gewesen.

Etwas zischte und pfiff plötzlich in seinem Rücken. Finn wandte nur leicht den Kopf, als Adler hatte er ein weiteres Sichtfeld – und kam ins Trudeln. Mehrere Draugar jagten mit wehenden Gewändern und hassverzerrten Fratzen hinter ihm her. Dazu mussten sie nicht einmal eine andere Gestalt annehmen. Ihre Körper glitten flügellos über den nächtlichen Himmel. Einigen von ihnen fehlten Arme oder Beine. Ein Untoter besaß kein Gesicht mehr. Seine rattenzerfressenen Kleider hingen ihm in Streifen vom Körper, und um seine Handgelenke trug er eiserne Ketten, die ein rasselndes Geräusch im Flugwind verursachten. Doch nicht ihr schauriges Aussehen oder die Tatsache, dass sie fliegen konnten, ließ Finns Herz stolpern. Sondern die Erkenntnis, woher das pfeifende Geräusch kam: Sie flogen schneller als er. Viel schneller. Wie ein Pfeil jagten sie auf ihn zu, obwohl er in der Gestalt des Adlers nun wirklich nicht langsam war.

»*Ein Draugr besitzt erstaunliche magische Fähigkeiten. Viel mehr, als er zu Lebzeiten innehatte.*«

Verdammt! Ein leuchtend roter Blitz schoss plötzlich an Finn vorbei. War das ein Fluch? Er änderte seinen Kurs, flog

Zickzack, stieß immer wieder im Sturzflug hinab, streifte die Wipfel von Tannen und jagte erneut in die Luft. Aber diese Manöver kosteten ihn seinen Vorsprung. Und Kraft.

»Gib auf, Kleiner!«, brüllte ein riesiger Draugr, dessen rechter Arm unter dem Kettenhemd aus einem vor Blut sprudelnden Stumpf bestand. »Am Ende kriegen wir dich doch!«

»Lass uns den Spaß, Calatin!«, rief der junge Draugr, gegen den er den Schlangenstab geworfen hatte. »Nichts ist langweiliger als eine schnelle Jagd! Denkt daran, er gehört mir. Ich habe eine Rechnung mit ihm offen.«

Finn fühlte, wie seine Kräfte langsam schwanden, gleichzeitig erfasste ihn ein eigenartiger Schwindel, und die Draugar kamen unaufhaltsam näher. Amun regte sich.

»Natürlich kommt das jetzt gerade ungelegen. Ich sage es dir dennoch: Wenn du dich nicht bald zurückverwandelst, bleibst du für immer in der Gestalt eines Adlers gefangen. Du bist zu erschöpft und noch nicht geübt genug darin, dem Sog deiner Magie lange zu widerstehen.«

»Ach, ja? Soll ich den Draugar dann die Arbeit erleichtern und gleich mein eigenes Grab schaufeln?«

»Sicher, dass sie deine Leiche überhaupt beerdigen wollen? Vergiss die Draugar und halte lieber nach einem geeigneten Landeplatz Ausschau!«

Vergiss die Draugar? Der hatte gut reden! Trotzdem befolgte Finn Amuns Anweisung. Unter sich konnte er nichts entdecken, das ihm ausreichend Schutz vor seinen Verfolgern bot. Das Denken fiel ihm schwerer, und seine Sinne richteten sich plötzlich auf Neues, eine Maus im Feld. Der Instinkt, ihr hinterherzujagen, wurde auf einmal übermächtig. Waren das erste Anzeichen dafür, dass ihm die Rückverwandlung in einen Menschen bald nicht mehr gelingen würde? Da! Ein kleines Wäldchen, Tannen und Laubbäume, dichtes Unterholz. Finn stürzte wie ein Blitz abwärts. Er bremste den Flug zu spät ab und verwandelte sich zu früh. Unsanft schlug er in seiner menschlichen Gestalt auf harten Wurzeln und Ästen am Boden auf. Als er aufstehen wollte, durchfuhr ihn ein brennender Schmerz im linken Knöchel. Stöhnend betastete er seinen Fuß. Fühlte sich gebrochen oder zumindest verstaucht an. Auch das noch! Über ihm ertönte das grausige Pfeifen, und er kroch rasch auf allen vieren ins Gebüsch. Keine Sekunde zu früh. Die Draugar landeten unweit der Stelle, an der er eben aufgekommen war. Sie waren zu fünft. Schwarze Augenlöcher scannten jeden Millimeter der Umgebung ab, und er fragte sich mit einem Kloß im Hals, ob sie nachts ebenfalls besser sahen als zu Lebzeiten.

»Ausschwärmen!«, befahl der Einarmige, den der junge Draugr Calatin genannt hatte. Anscheinend war er der Anführer des schaurigen Trupps. Die Draugar verteilten sich und marschierten in verschiedene Richtungen los. Der gesichtslose Draugr näherte sich dem Gestrüpp, hinter dem er sich verbarg. *Nicht atmen!* Seine Muskeln waren so angespannt, dass sie zu schmerzen begannen. Der Draugr stand weniger als einen halben Meter von ihm entfernt. Langsam kam das entstellte Gesicht näher. Der Untote witterte in die Luft wie ein Tier, das seine Spur aufnehmen wollte. Er beugte sich über ihn. Kalter Schweiß brach Finn aus, und –

Der Schrei eines Raubvogels durchschnitt die Stille der Nacht, und etwas stieß aus den Wipfeln einer hohen Tanne auf den Draugr herab. Ein Falke! Er pickte mit seinem Schnabel nach dem Kopf des Untoten, der mit einem grimmigen Aufschrei sein Schwert zückte und sich gegen den geflügelten Angreifer wehrte. Er verfehlte den Falken um Haaresbreite, konnte jedoch seinen Schlag nicht mehr bremsen und durchschnitt in einer Halbdrehung einen Teil des Gestrüpps, hinter dem Finn kauerte.

»Na, sieh mal einer an. Wen haben wir denn da?«

Die Stimme des jugendlichen Draugr ließ den älteren Gesichtslosen herumfahren. Ein Satz, und er war neben ihm, packte Finn an der Schulter und zerrte ihn mit unmenschlicher Kraft aus dem Gebüsch. Dann stand Finn dem jungen Draugr erneut gegenüber. Seine Gefährten umringten sie.

»Oisinn, mach's nicht so kurz wie beim letzten Mal. Er hat mich zu sehr geärgert.« Calatins Worte strichen über ihn wie die Klinge eines Messers.

Der junge Draugr grinste hämisch. »Du wolltest gar keinen Kampf, nicht wahr? Du hast mich belogen, um deine Schlange auf mich zu hetzen, bevor du feige fliehst. Memme!«

In das letzte Wort hatte er so viel Verachtung gelegt, dass Finns Wut erneut seine Angst besiegte. »Ich bin kein Feigling.«

»Oh, der Kleine hat was gesagt, Oisinn!« Der Gesichtslose kicherte, und die anderen Draugar fielen in sein Lachen ein.

»ICH BIN KEIN FEIGLING!«, brüllte Finn ihnen lauter entgegen, nur um dieses schreckliche Geräusch zu übertönen.

Oisinn hob seine behandschuhte Hand. Augenblicklich trat Stille ein. Lüstern, geradezu gierig schauten die Draugar zu ihm. Finn spannte jeden Muskel an. Der Schmerz traf ihn dennoch wie eine Welle heißen Feuers, so gewaltig, dass ihm die Luft wegblieb und Tränen in seine Augen schossen. Er sackte auf die Knie und biss die Zähne zusammen, bis sie ein mahlendes Geräusch von sich gaben. *Schrei nicht! Gönn ihnen nicht diese Genugtuung!* Vor seinen Augen pulsierte der Waldboden, und er zitterte am ganzen Körper, als der Schmerz abebbte. Langsam stand er wieder auf. Seine Knie versagten ihm fast den Dienst. Trotzig hob er den Kopf und stellte sich Oisinns durchdringendem Blick.

»Sehr gut«, flüsterte er. »Mach es mir nicht zu leicht. Dann hab ich viel mehr Spaß an der Sache.«

Er hob erneut die Hand. Diesmal machte er einen kleinen Schlenker, und Finn wurde in die Luft katapultiert, überschlug sich und krachte mit dem Rücken voran aus etwa zwei Meter Höhe auf den Waldboden. Einen Moment lang war er nicht sicher, ob das Knacken, das er beim Aufschlagen gehört hatte, sein Rückgrat oder die Äste am Boden gewesen waren. Der Schmerz war einfach überall. Die Draugar lachten. Aber Finn versuchte erneut, sich aufzurichten. Verschwommen sah er etwa fünf Meter entfernt den zerhackten Strauch. Dort, auf einem der unversehrten Äste, saß jetzt der Falke. Er hatte seinen Kopf zur Seite geneigt und funkelte ihn mit seinen kleinen dunklen Augen an. Etwas an ihm kam Finn verdammt bekannt vor.

»Bist du etwa schon müde?«

Die Druckwelle erfasste ihn diesmal völlig unvorbereitet und schleuderte ihn erneut in die Luft. Er schlug mit dem Gesicht nach unten auf dem Bauch auf. Blut sammelte sich in seinem Mund, und er spuckte aus. Sein Schädel fühlte sich wie gespalten an. Mit den Händen krallte Finn sich im Moos fest, als könnten die kühlen Flechten ihm Halt geben. Langsam hob er den Kopf. Blut lief ihm aus der Nase über den Mund, und er sah nur noch unscharf. Jetzt war der Busch mit dem Falken unmittelbar vor ihm. Goldene Lichtpunkte glommen in seinen Augen auf. *Suryal!*, durchfuhr ihn die Erkenntnis, und im nächsten Moment spürte er, wie Wärme ihn durchflutete und ihm neue Kraft gab. Worte formten sich in seinem Kopf, und der Skarabäus regte sich. Sein Spott war ihm angesichts der prekären Lage vergangen. »*Konzentrier dich! Suryal will dir etwas mitteilen. Öffne dich seinem Geist!*«

»He, das ist doch das Mistvieh, das mich angegriffen hat. Na warte!«, rief der gesichtslose Draugr.

Sein Fluch raste auf den Falken zu, und Finn konnte das Wort gerade noch verstehen, das er ihm hatte mitteilen wollen.

Mit einem gellenden Schrei flog der Falke auf und verschwand zwischen den Bäumen. »*Fibel.*«

Natürlich! Der Weltensprung hatte ihn schon einmal gerettet. Selbst wenn der Blutäugige in Khaos auf ihn lauern sollte – schlimmer als das hier konnte es wohl kaum werden. Langsam schob Finn die Hand in die Jeans. Doch Oisinn war ihm gefolgt und stand jetzt unmittelbar hinter ihm. Wie sollte er die Fibel herausziehen, ohne den Draugr darauf aufmerksam zu machen? Er sah nur eine einzige Möglichkeit.

»*Sei vorsichtig, Meister!*«, wisperte der Skarabäus, der seine Gedanken las.

Ein Lächeln zuckte Finn angesichts dieser Anrede übers Gesicht. Er setzte sich auf und drehte sich zu Oisinn um.

»Ist ...«, er schluckte das Blut im Mund hinunter und bemühte sich um eine feste Stimme, »ist das etwa schon alles, was du draufhast, Oisinn?«

Die Draugar brachen in schallendes Gelächter aus.

»Der nennt dich sogar schon bei deinem Namen. Habt ihr zwei auf eure Freundschaft gebührend angestoßen?«

Oisinns schwarze Augen richteten sich brennend auf ihn, als er einen Schritt näher trat. Finn, die Hand immer noch in der Jeans, die Fibel fest umklammert, erklärte: »Ich habe keine Angst vor dir. Du tust mir leid. Du hast deine Seele verloren, bevor du richtig gelebt hast, und ...«

»SCHWEIG!«, donnerte Oisinn.

Der Skarabäus machte auf seiner Brust einen erschrockenen Satz, und der Fluch, der Finn aus dem Mund des Untoten traf, schleuderte ihn knapp fünf Meter hoch in die Luft und ließ ihn rücklings gegen den Stamm einer Tanne prallen. Genau diese Reaktion hatte er erwartet. Während er durch die Luft aufwärtsschoss, riss er die Fibel aus der Hosentasche, und bevor er wieder fiel, lag sie schon in seinem Mund. Finn schmeckte das Metall des goldenen Fibelrings und schob die Zungenspitze hindurch. Der Skarabäus vollführte auf seiner Brust einen wahren Freudentanz. Der Boden kam näher, gleich würde er aufschlagen, und das konnte er aus dieser Höhe nicht überstehen. Doch die Draugar verblassten vor seinen Augen, und er wirbelte in einem finsteren Strom, in dem es weder oben noch unten gab, nur Wärme und Stille. Erschöpft schloss Finn die Augen und dachte an Luna und daran, wie sehr er sich darauf freute, sie wiederzusehen.

Kieran
Erebos, Jahr 2517 nach Damianos, dritter Mond des Winters, Tag 4
Die Seiten unter seinen behandschuhten Fingern waren so braun und brüchig, dass Kieran befürchtete, sie könnten beim Umblättern zerfallen. Inkrusten in den Holzfasern lieferten sich einen Wettstreit mit Schimmel um die Zerstörung von Worten, die vielleicht besser nie zu Papier gebracht worden wären. Viele Grimoires in Damianos' Bibliothek waren in einem schlechten Zustand. Die Bücher über Magie stammten aus allen möglichen Welten. Diejenigen aus Khaos, die nicht den kirchlichen Bücherverbrennungen als Teufelswerk zum Opfer gefallen waren, wurden häufig in feuchten Kellern oder unter Grabsteinen entdeckt. Nicht anders verhielt es sich mit Werken aus Aithér, die vom Weißen Synod verboten worden waren, weil sie nicht dem strengen Kanon der Weißmagier entsprachen. Auch sie waren an geheimen Orten versteckt worden, die ihrer Haltbarkeit nicht zuträglich waren. Eine exakte Kopie der von Zerfall bedrohten Werke anzufertigen, gehörte seit Wochen zu Kierans neuen Aufgaben. Der Duft von Papier und Leder haftete inzwischen an seiner Lehrlingskleidung wie die Tinte an seinen

Fingern. Außerdem durchstöberte er die Grimoires nach allen Zaubern, die das Aufspüren von Talismanen oder anderen magischen Gegenständen betrafen.

»Die Magie in Khaos ist schwach«, hatte sein dunkler Meister ihm am Morgen erklärt. »Wenn du die Fibel der Ubalden in dieser Welt finden willst, musst du deine Sinne schärfen und durch Aufspürzauber verstärken. Dafür überlasse ich dir ab heute Nachmittag für einige Stunden meine eigene Fibel.«

Nach diesen Worten hatte sich Kieran den ganzen Vormittag über kaum auf seine Arbeit in der Bibliothek konzentrieren können, und je näher der Moment rückte, in dem er das erste Mal Damianos' Fibel in den Händen halten würde, desto nervöser wurde er.

Endlich war der Mittag angebrochen, und er schlug vorsichtig das Buch vor ihm zu. Nachdem er seine Mahlzeit heruntergeschlungen hatte, eilte er zu der Alchemiekammer, um rechtzeitig da zu sein. Kieran riss die Tür auf und blieb wie angewurzelt stehen, als er die Gestalt am Tisch wahrnahm. Das Leopardenfell floss wie Haar über die Rückenlehne seines Stuhls, und erschrocken fragte sich Kieran, ob er seinen Meister missverstanden hatte und zu spät dran war. Vorsichtig trat er näher. Damianos hatte seine Fibel bereits abgenommen und spielte gedankenverloren mit den Fingern an ihrer Kette, während sein Blick ins Leere ging. Kieran wagte nicht, ihn zu stören. Endlich sah er auf.

»Ich erinnere mich an den Tag, an dem ich sie schuf, als wäre es gestern gewesen«, sagte Damianos feierlich und hob den Kopf. »Setz dich zu mir, Lehrling!«

Kieran tat wie geheißen, und Damianos schob seine Fibel zu ihm über die Tischplatte. Ihr goldener Ring umarmte den fünfzackigen Stern, dessen Spitze nach unten gerichtet war, genau wie die Nadel, die früher ein Gewand gehalten hatte. Ein Pentakel zur Beschwörung von schwarzer Magie. In der diamantenbesetzten Mitte funkelten die blutroten Rubine wie ein stetig pulsierendes Herz.

»Die drei Grundpfeiler«, sagte Damianos und deutete auf das innere Dreieck, »zum Ausführen schwarzer Magie sind ...«

»Wissen, Beherrschen, Glauben«, murmelte Kieran andächtig und konnte die dunkle Macht bereits spüren, während sein Finger nur knapp über der Fibel schwebte. Sie breitete sich wellenförmig wie bei einem Magneten aus. Kieran spürte, wie sich ihm die Haare im Nacken aufstellten. Ganz vorsichtig tippte er sie an – und zuckte zurück, als hätte er seine Fingerkuppe verbrannt. Er rang nach Atem.

Damianos lachte dunkel auf. »Meine Fibel ist das mächtigste magische Artefakt, das in allen drei Welten existiert, Lehrling. Lass sie langsam auf dich wirken. Solange du dich nicht gegen mich wendest, geschieht dir durch sie nichts.«

Genau das war das Problem. Noch nie zuvor hatte Kieran etwas berührt, das ihn so stark mit schwarzer Magie durchströmte. Woher sollte er wissen, ob die Fibel nicht seine zwiespältigen Gefühle Damianos gegenüber erkannte? Behutsam nahm er sie in die Hand. Der Boden kam ihm entgegen, und er stemmte sich gegen den Tisch, um nicht umzukippen. Seine Nackenhaare sträubten sich, und Gänsehaut machte sich auf seinen Armen breit. Doch dann schien sein Körper sich langsam an die Magie der Fibel zu gewöhnen, und der Schwindel versiegte. Zurück blieb nur ein dumpfes Gefühl von Abwehr.

»Ich werde meine Fibel an verschiedenen Orten verstecken, und du musst versuchen, sie aufzuspüren. Obgleich ihre Macht schwächer ist, wird die Fibel der Ubalden für dich leichter zu finden sein als meine, weil sie zu deinem Clan gehört. Sie sucht dich«, erklärte Damianos.

»Wie kann denn ein Gegenstand mich *suchen*?«

»Du ziehst die Fibel deines Clans auf eine Weise an, wie die Sonne Blumen dazu bringt, ihre Köpfe nach ihr auszurichten. Vertrau deinen Instinkten und lass dich beim Aufspüren von deinem Gefühl leiten. Als erstgeborener Sohn der Ubalden bist du ihr Herr.«

Wenn *das* die Voraussetzung war, würde er die Fibel niemals finden.

Kapitel 16

Kieran
Erebos, Jahr 2517 nach Damianos, Imbolc
Am Festtag des Frühjahrsanfangs, dem zweiten Vollmond nach Yule, brannten überall in der Festung Feuer. Seit Tagen reisten Fürsten aus allen Ländern von Erebos mit ihrem Gefolge an. Sie brachten dem Meister reiche Geschenke und wurden in den Gästezimmern untergebracht. Von dort durften sie sich nur an der Seite der ihnen zugeteilten Schattenkrieger durch Temeduron bewegen. Einige von ihnen, darunter ausgerechnet sein ehemaliger Landesherr Magnus von Finsterwalde und dessen junge Gattin, hatte Kieran in Empfang genommen und ihre mit Goldfäden bestickten purpurnen Jacken und die kegelförmige, mit einem zarten Schleier geschmückte Haube der Frau bestaunt. So prachtvolle Gewänder hatte er noch nie zu Gesicht bekommen. Es hatte sich herumgesprochen, dass Damianos neuerdings einen Lehrling hatte, und Kieran war sich nicht sicher, ob er sich von den teils misstrauischen, teils ehrfürchtigen Blicken geschmeichelt fühlen sollte. Magnus musterte ihn eindeutig mitleidig.

Im Innenhof waren bunte Zelte aufgeschlagen worden. Dermoth hatte Gaukler, Bärentänzer und jede Menge Schausteller zur abendlichen Feier geladen, die für Unterhaltung sorgen sollten. Nach all den Monaten der Isolation und harter Arbeit, in denen Kieran Onyx kaum zu Gesicht bekommen hatte, konnte er sich an dem abwechslungsreichen Treiben gar nicht sattsehen.

»*Einer der Gaukler behauptet, ein Drachenei zu besitzen*«, sagte er mit glühenden Wangen zu Onyx, der neben ihm vom Hauptturm hinuntersah.

»*Das kann er auch nur euch Menschen weismachen!*«, schnaubte der Drache. »*Er ist ein Scharlatan. Das Ding, das er für ein Ei ausgibt, ist roter, blank polierter Marmor aus den Steinbrüchen von Carbernar.*«

»*Hoffentlich sind ihre anderen Künste nicht ebenso kümmerlich*«, lachte Kieran. »*Ich möchte nicht wissen, was der Meister hinterher mit ihnen anstellt.*«

»*Darüber brauchst du dir keine Sorgen zu machen.*« Verwundert hob Kieran den Blick. »*Damianos hat kein Interesse an solchen Vergnügungen. Er inszeniert diese Feierlichkeiten nur einmal jährlich, um die Fürsten an ihre Blutschwüre und an seine Allmacht zu erinnern.*«

»*Als ob sie die vergessen könnten!*«

»*Er wird einen oder mehrere von ihnen zu Beginn der Zeremonie für irgendein Vergehen demonstrativ vor allen anderen bestrafen. Hinterher können die Übrigen dann umso erleichterter feiern.*«

Kieran drehte sich der Magen um. »*Wunderbar. Und das läuft jedes Jahr so ab?*«

Der Drache wiegte seinen mächtigen Schädel. »*Zumindest schon solange ich hier bei ihm bin.*«

»*Hoffentlich zwingt er nicht mich dazu, diese Strafe auszuführen*«, murmelte Kieran düster, dem die Lust auf die Feierlichkeiten schlagartig vergangen war.

Dabei hatte er sich so sehr darauf gefreut. Heute war schließlich sein sechzehnter Geburtstag. Er hatte es niemandem verraten, nicht einmal Onyx.

»*Das bezweifle ich. Du wirst leider auch von dem Festmahl nichts mitbekommen.*«

Jetzt hatte der Drache seine volle Aufmerksamkeit. »*Willst du damit sagen, Damianos möchte heute Nacht mit mir nach Khaos reisen?*«

Seit Tagen wartete er darauf, alle Vorbereitungen waren abgeschlossen, aber er hatte gedacht, sie würden erst nach dem Fest aufbrechen.

»*Damianos sind diese Empfänge zuwider. Eine gute Ausrede für ihn, die Unterhaltung seiner Gäste Dermoth zu überlassen, der sich mit Freuden als umschwärmter Burgherr aufspielen wird.*«

Das konnte Kieran sich nur zu gut vorstellen. Hoffentlich waren die Fürsten so schlau gewesen, ihre Töchter nicht hierher mitzunehmen.

Onyx sollte recht behalten. Nur wenig später wurde er zu seinem Meister gerufen und erhielt den Befehl, sich für ihre Reise bereit zu machen. Unterwegs zu seinen Gemächern, hörte er die Schreie der gefolterten Fürsten und war froh, nicht an Damianos' Seite stehen zu müssen. Eine Stunde später traf er seinen Meister in der Alchemiekammer.

»Gib mir deine Hand, Lehrling!«

Seine langen, knochigen Finger drückten fest die seinen, während er mit der anderen Hand die Fibel umfasste. Aus dem Augenwinkel sah Kieran, wie er Daumen und Zeigefinger von beiden Seiten gegen die roten Rubine drückte.

Im nächsten Moment wurden der schwere Eichentisch, die Tränke und die Grimoires in den Regalen in ein gleißend grünes Licht getaucht. Alles um Kieran herum begann sich zu drehen. Ein Wirbel aus Funken stieß ihm wie Eisbrocken ins Gesicht, gegen Hände und Arme. Ein Gefühl, als wäre er in einen grün funkelnden Eissturm geraten. Plötzlich schlug er auf dem Boden auf, und seine Finger krallten sich instinktiv in etwas Weiches, Körniges – Sand. Natürlich hatte er bereits zuvor Sand gesehen, in Stundengläsern. Das hier war jedoch eine regelrechte Sandlandschaft. Ein stetes an- und abschwellendes Rauschen drang an sein Ohr, er fuhr sich mit der Zunge über die Lippen und schmeckte Salz. Es roch nach Fisch, und als er den Blick hob, sah er zum ersten Mal in seinem Leben das Meer. Nein, er musste es schon als Kind gesehen haben, aber Kieran erinnerte sich nicht mehr daran. Der Vollmond spiegelte sich auf dem nachtschwarzen Wasser wie eine gleißend helle Straße zum Horizont. Kieran ließ den kühlen Sand durch seine Finger rieseln. Auf einmal hörte er ein Knurren in seinem Rücken. Er fuhr herum und schrie auf. Vor ihm saß ein Leopard. *Keine hastigen Bewegungen!* Fieberhaft überlegte er, ob er vor dem Biest fliehen oder es mit einem Fluch lahmlegen sollte und wo überhaupt sein Meister steckte, da tönte eine Stimme in seinen Gedanken.

»*Ich bin hier, Lehrling.*« Der Leopard stand auf und trat geschmeidig einen Schritt näher. Seine Pfoten hinterließen riesige Abdrücke im Sand. »*Hier in Khaos ziehe ich diese Tiergestalt vor. Komm jetzt! Zeig mir die von deinem Vater beschriebene Unterkunft!*«

Kieran schossen die Worte seines Vaters in den Sinn: »*Der einzige Schluss, den ich aus Damianos' Verhalten und seiner Scheu, Khaos zu betreten, ziehen kann, ist der, dass in dieser Welt seine Macht eingeschränkt ist.*«

Damianos war eitel. Freiwillig würde er sich niemals in ein Tier verwandeln. Aber wie stark war er in seiner Tiergestalt? Kieran horchte in sich hinein. Auch seine Magie fühlte sich in Khaos viel schwächer an. Der Leopard stieß ihn ungeduldig an, und er ging voraus zum Ende des Sandstrands und über eine schmale, lange Steintreppe zu einem Weg, der schwarz wie

Schlangenhaut im Schein des Mondes glänzte. In seiner Mitte waren in regelmäßigen Abständen weiße Striche gezogen. Kieran fragte sich, ob das eine magische Bedeutung hatte. Davon hatte ihm sein Vater bei der Wegbeschreibung zum Haus nichts erzählt. Sie folgten dem Weg, und nur wenige Minuten später erreichten sie die Tür eines Hauses, das sein Vater über den Klippen erbaut hatte.

»*Öffne sie!*«, befahl Damianos.

Kieran hob seine Hand und legte wohlweislich mehr Kraft in seine Worte, als er es in Erebos getan hätte.

»Aniero!« Die Magie stob von seinen Fingern, und das Schloss leuchtete kurz auf, bevor sie wie ein unnützer, schwacher Funken erlosch. Bei allen Waldgeistern! Dass er in dieser Welt so machtlos sein würde, hatte er nicht erwartet. Es kostete ihn einige Minuten, bis er die Tür aufbekam, und hinterher war er erschöpft. Zwischenzeitlich hatte er sich schon gefragt, ob er sie nicht leichter mit seinem Körpergewicht zertrümmern könnte, sie war jedoch aus dickem, massivem Holz und das Schloss komplizierter als in seiner Welt. Spätestens jetzt, verborgen von der Außenwelt, würde sich sein Meister in seine menschliche Gestalt zurückverwandeln – wenn er es könnte. Aber das tat er nicht.

»*Kannst du die Fibel fühlen?*«, fragte er Kieran in Gedanken.

Er schüttelte wahrheitsgemäß den Kopf und sah sich im Inneren des Hauses um. Feiner Staub lag auf dem Furnier von Schränken und dem fremdartigen Sitzmobiliar. In einer Ecke erspähte Kieran ein Regal. Die Bücher darin waren vollkommen anders als die Grimoires in Damianos' Alchemiekammer. Keine Lederfolianten und nicht von gewöhnlicher Hand geschrieben. Er schlug eines auf. Wie von Zauberhand auf das Papier gepresst, waren alle Buchstaben ebenmäßig, und die Bilder, die manche Seiten schmückten, stellten perfekte Abbildungen der Realität dar. Welche Meister mussten sie erschaffen haben! Und mit welcher Farbe? Kieran zog den nächsten Band heraus. Und noch einen. Vollkommen versunken in seine Betrachtungen, bemerkte er Damianos erst wieder, als er ein bedrohliches Fauchen neben sich vernahm. Um ein Haar ließ er das Buch fallen.

»Hier wirst du die Fibel kaum finden.«

»Verzeiht, Meister. Ich mache mich sofort auf die Suche.«

Doch der Leopard versperrte ihm den Weg. *»Nicht mehr nötig. Wir kehren um. Ich habe etwas anderes gefunden.«* Die Katzenaugen funkelten glühend rot.

Was war denn nur geschehen? Warum der überstürzte Aufbruch? Kieran konnte sich das nicht erklären, fühlte jedoch den Zorn seines Meisters wie eine herannahende Welle, die über ihm zusammenzuschlagen drohte.

Musik und Gelächter drangen bei ihrer Rückkehr vom Festsaal bis zu den Alchemiekammern durch. Die Feierlichkeiten waren also noch in vollem Gange. Damianos hatte wieder seine menschliche Gestalt angenommen, und seine Miene drückte Unheil aus, als er vor die Tür trat und einem der Grauen befahl, Dermoth zu holen. Kieran konnte sich auf das Verhalten seines Meisters einfach keinen Reim machen, aber er hatte das Gefühl, einen fürchterlichen Fehler begangen zu haben. Nur, wann und wie? Was hatte Damianos in dem Haus seiner Eltern in Khaos entdeckt? Sein Unwohlsein schlug in Entsetzen um, denn sein Meister erklärte plötzlich: »Wir gehen jetzt gemeinsam zu deinem Vater.«

Minuten später trafen sie zeitgleich mit dem Statthalter vor der Kammer ein. Dermoth roch so stark nach Wein und Schnaps, dass Kieran noch übler wurde. Sein Vater sprang vom Bett auf und wechselte einen kurzen, überraschten Blick mit seinem Sohn, bevor er auf die Knie fiel, wie es das Protokoll Temedurons verlangte.

»Wir waren in deinem Haus«, erklärte Damianos, und das Zittern in seiner Stimme übertrug sich auf Kieran. Er musste vor Zorn nahezu explodieren, wenn er seinen Tonfall so wenig beherrschte. »Wohin hat der Gundolver die Fibel gebracht?«

»Der Gundolver?«, wiederholte sein Vater.

Damianos wandte sich an Kieran. »Bring diesen Mann zum Reden!« Nein! Er konnte nicht ernsthaft von ihm verlangen, seinen eigenen Vater zu foltern.

»Tu, was ich dir befehle, Lehrling, sonst wird Dermoth diese Aufgabe übernehmen, und ich versichere dir, er wird sie gründlich ausführen!«

»Wartet!«, rief Kierans Vater. »Woher soll ich das wissen? Mein Sohn hat sie beim Weltensprung verloren.«

»Dein Erzeuger ist der erbärmlichste Feigling, der mir je untergekommen ist, und ein wahrer Meister der Lüge. Ebenso wie du.«

»Herr, ich habe euch nie …«, begann Kieran.

»Schweig!«, donnerte Damianos und schlug ihm ins Gesicht, sodass seine Lippe aufsprang und der kupferne Geschmack von Blut seinen Mund füllte. Aber der Schmerz erschreckte ihn nicht so sehr wie die Tatsache, dass Damianos derart die Kontrolle über sich verlor. »Ich habe dir die Welt geboten, Lehrling, und du hast mich hintergangen! Du wirst dein Zimmer für den rechtmäßigen Erben der Ubalden räumen und mit diesem Abschaum«, er deutete auf seinen Vater, »das magische Verlies teilen, bis ich mir beim nächsten Samhain eure Magie einverleiben werde.«

Und da begriff er.

Damianos hatte irgendwie herausgefunden, dass er einen Bruder hatte! All die Eifersucht, die Kieran auf Finn verspürt hatte, war mit einem Schlag verflogen, und er hoffte nur, er würde ihn niemals in die Finger bekommen.

»Besser, ich warte gar nicht so lange. Ich verzichte auf seine Magie und töte deinen verlogenen Sohn hier und jetzt.«

»NEIN!« Sein Vater sprang auf und wollte sich auf Damianos stürzen, aber Dermoth schleuderte ihn mit seiner Magie zu Boden und zwang ihn zurück auf seine Knie. Kieran brauchte all seine Beherrschung, um sich nicht zu rühren. Er kannte seinen Meister inzwischen besser. Wenn er ihn hätte töten wollen, würde er seinem Vater nicht erst damit drohen.

»Du kannst sein Leben vorerst retten. Sag mir die Wahrheit. Welcher deiner Söhne ist der wahre Überbringer, der Erstgeborene?«

»Finn«, hauchte sein Vater mit brüchiger Stimme, und Tränen liefen ihm über die Wangen.

»Das habe ich vermutet, sonst hätte er mir von seinem Zwillingsbruder erzählt.«

Michael schüttelte den Kopf. »Nein, Herr. Kieran weiß überhaupt nichts von seinem Bruder. Wir haben es ihm nie erzählt.«

Damianos wirbelte so schnell herum und drang in seine Gedanken ein, dass Kieran rückwärtsstolperte und gegen die Mauer stieß. Doch er hatte mit Onyx geübt, und es gelang ihm im letzten Moment, eine Unterhaltung mit seinem Vater in seiner Erinnerung aufzubauen, in der er ihn seinen einzigen, geliebten Sohn nannte. Der Schwarzmagier ließ von ihm ab. Seine Miene war unergründlich.

»Ich übernehme den Lehrling«, sagte er ruhig zu Dermoth. »Du den Vater. Aber lass ihn am Leben.«

Und in der nächsten Sekunde bestand Kierans Bewusstsein nur noch aus Schmerz. Er trug blutrote Knospen, die aufsprangen und riesige Blüten bildeten, die bald seinen ganzen Körper bedeckten wie Seerosen einen Teich.

Sie nahmen ihm die Luft zum Schreien.
Sie nahmen ihm die Luft zum Atmen.
Seine Gedanken zerstoben in Tausende Blütenblätter, die sich voll Finsternis saugten und langsam auf den schlammigen Grund seiner Bewusstlosigkeit sanken.

Sis
Aithér, Jahr 2517 nach Elio, dritter Mond des Frühlings, Tag 24
Jeder Schritt war eine Qual.

Aber Suryal war taub für ihre Proteste und stapfte mit einer Miene voraus, als hätte er das Gebirge zu seinem persönlichen Feind erklärt. Seit Finn sich vor zwei Tagen heimlich nachts aus der Höhle davongemacht hatte, war er noch einsilbiger geworden. Er hatte behauptet, Sis' Bruder würde entweder gar nicht mehr oder mühelos zu ihnen zurückfinden, und die Draugar würden in der folgenden Nacht jeden Stein auf der Suche nach ihm umdrehen, und deshalb müssten sie weiterziehen. Die Ungewissheit nagte an Sis wie Rost an Metall.

»Er kommt schon wieder«, sagte Luke, während sie rasteten, und warf ihr einen zuversichtlichen Blick von der Seite zu, den sie ihm nicht abnahm. Es bewahrheitete sich nicht, nur weil er es oft genug wiederholte.

Erschöpft legte sie den Kopf auf Lukes Schulter, wie früher, wenn sie zusammen im Wohnzimmer Serien angeschaut hatten, und sah über das Tal. Ihr normales Leben schien unendlich fern.

»Hey!« Er schob den Arm um sie. »Alles wird gut.«

Luke war für Sis wie ein Bruder, und sie wünschte, er würde auch nicht mehr in ihr sehen. Sie wollte gerade zu einer Antwort ansetzen, da begann ein paar Schritte vor ihnen die Luft zu flimmern wie an einem schwülwarmen Tag. Seltsam. Es war hier oben in den Bergen viel zu kühl für so eine Luftspiegelung. Auf einmal formte sich etwas Dunkles aus dem unklaren Gebilde, und sie sprangen auf, um zurückzuweichen. Suryal lief auf sie zu, und Sis schrie auf, als sie begriff, was das zu bedeuten hatte.

»FINN! O mein Gott, Finn!« Sie stürzte trotz Suryals Warnung in die Reste des Wirbels, fiel ihm um den Hals und zog ihn mit sich zu Boden. Finn stöhnte schmerzerfüllt auf, und Sis ließ erschrocken los. Erst jetzt sah sie sein geschwollenes Auge, tiefe Schürfwunden, blaue Flecken, Pflaster und Verbände. Tränen schossen ihr in die Augen. Dann nahm sie eine Bewegung neben sich wahr. »Luna!« Im nächsten Moment lagen sie sich in den Armen, und Finn nutzte die Gelegenheit, um zu Luke zu entwischen.

»Finn geht's furchtbar!«, flüsterte ihr Luna ins Ohr. »Er hat mehrere gebrochene Rippen, einen verstauchten Knöchel, vermutlich eine Gehirnerschütterung, und von seinen schlimmen Schürfwunden will ich gar nicht reden. Papá wollte ihn sofort ins Krankenhaus fahren. Aber dein Bruder ist stur wie ein Esel und wollte nur auf schnellstem Wege zu euch zurück.«

»Nichts Neues! Ach, Luna, ich bin so froh, dich zu sehen.«

Luna löste sich von ihr und grinste. »Und ich erst. Stimmt es wirklich, dass er hier als großer Retter der magischen Welt gehandelt wird?«

Finn unterhielt sich gerade angeregt mit Luke. Soso. Da wollte wohl jemand beeindrucken. »Anscheinend ist da was dran.«

»Geht es dir gut, Sis?« Lunas Vater tauchte neben ihnen aus dem Wirbel auf und drückte sie zur Begrüßung an sich. »Finn behauptet, der Magier, der euch begleitet, könne ihn heilen. Falls nicht, muss er sofort zurück und zu einem Arzt.«

Er löste sich mit besorgter Miene von ihr.

»Von wegen nichts mitbekommen!« Luke lachte laut in ihrem Rücken auf. »Ich konnte deine Schwester nur mit Mühe zurückhalten, während sie deinen netten Small Talk mit dem gruftigen Zombie vor der Höhle belauscht hat.«

Finn sah schuldbewusst zu ihr herüber. Sein rechtes Auge war zugeschwollen und wies eine beeindruckende Palette aus roten und blau-violetten Farbschattierungen auf, die Lippe war aufgeplatzt und blutig, Schrammen bedeckten sein ganzes Gesicht. Er sah aus, als hätte er an einem Boxkampf mit einem Schwergewichtsweltmeister teilgenommen.

»Das war mit Abstand das Übelste, das du dir bisher geliefert hast!«, rief Sis und verdrängte schaudernd das Bild des Draugr. Sie hatte nur einen flüchtigen Blick auf ihn erhaschen können, als er sich am Höhleneingang vorbei in die Luft zu Finns Verfolgung geschwungen hatte. Aber das hatte gereicht, um die Angst um ihren Bruder völlig aus dem Ruder laufen zu lassen. Mit den eindringlichen Worten, keinen Schritt aus der Höhle zu wagen, hatte Suryal sich an die Verfolgung der beiden gemacht.

»Ich wollte euch nicht erschrecken. Konnte doch nicht ahnen, dass der Draugr direkt vor der Höhle herumlungert. Eigentlich wollte ich nur Feuer machen.«

»Allein. Mitten in der Nacht. In Draugar-Gebiet!« Suryals Miene war so eisig wie seine Stimme. Er zog aus seinem Gewand den dunklen Schlangenstab hervor. »Den hast du verloren.«

»Ist das der Magier?«, flüsterte Ramón Sis mit hochgezogenen Augenbrauen zu, und sie nickte belustigt. Suryal sah schon ziemlich schräg aus. Selbst für einen unvoreingenommenen Mann wie Lunas Vater. Finn hinkte einen Schritt auf den Alten zu, nahm den Stab und strich zärtlich über das dunkle Holz.

»Danke für Ihren Tipp mit dem Weltensprung.«

»Wie hast du wieder zu uns gefunden?«

»Weil ihr weitergegangen seid? Das war zu erwarten. Deshalb habe ich mir statt der Höhle Sis, Luke und Sie ...«

Weiter kam er nicht. Suryal packte ihn so hart am Arm, dass Finn wegen seiner Prellungen aufschrie und ihm der Stab aus der Hand fiel. »Bist du von Sinnen? Hast du eine Vorstellung, was …«

Drei lange Schritte, dann stand Ramón vor ihm, und das Grollen in seiner Stimme ließ Sis nach Lunas Hand greifen. »Lassen Sie sofort meinen jungen Freund los!«

Suryal senkte den Arm und wandte sich Ramón zu. Ein belustigtes Lächeln huschte über sein faltiges Gesicht. »Der Gundolver, nehme ich an?«

»So ist es«, erwiderte Ramón scharf. Die beiden lieferten sich ein ziemlich beeindruckendes Blickduell. Zu Sis' Überraschung gab Suryal zuerst nach und deutete eine Verbeugung an. »Arun Suryal vom Clan der Dhiranen.«

Lunas Vater zögerte einen Moment, dann verbeugte er sich ebenfalls. »Ramón López Cruz vom Clan der Gundolver.«

»Keine Sorge, ich würde mir lieber meine Hand abhacken, als Eurem Schützling etwas anzutun.« Suryals Miene war immer noch finster. »Ausgerechnet dieser unbeherrschte, viel zu junge Heißsporn und die Fibel der Ubalden sind nämlich unsere allerletzte Hoffnung, die Macht des Blutäugigen zu brechen.«

»*Unbeherrschter Heißsporn*«, kicherte Luna hinter vorgehaltener Hand.

»Sei froh, dass du nicht den Draugr mitbekommen hast«, raunte Sis zurück. »Sah aus wie ein junger Ritter auf The-Walking-Dead-Trip.«

»War er wenigstens gut aussehend?«

Sis kam nicht dazu zu antworten, denn jetzt erhob Finn seine Stimme.

»Unbeherrscht? Ich wusste doch nicht, dass ein Draugr …«

»Ich spreche nicht von dem Draugr!«, donnerte Suryal. »DAS war schon schlimm genug! Ich spreche davon, warum du bei deiner Weltenüberquerung gleich *drei* Personen auf einmal als Transitusobjekt gewählt hast! Bist du dir darüber im Klaren, was passiert wäre, falls deine Schwester, Luke und ich uns getrennt hätten? Selbst wenn du – wie ich bedauerlicherweise feststellen muss – vollkommen unerfahren in Magie bist, hätte dir dein Ubaldenverstand sagen müssen, ein dreifaches Transitusobjekt könnte gefährlich sein!« Seine Brust hob und senkte sich heftig. Finn schielte mit hochrotem Kopf zu Sis und Luna herüber. »Du und deine Mitreisenden wärt in Stücke gerissen worden und die Fibel irgendwo zwischen den Welten verschwunden, für alle Zeit verloren!«

Luna trat einen Schritt vor. »Und? Ist doch alles gut gegangen. Für die Zukunft weiß er es. Kein Grund, so einen Wirbel zu machen. Schauen Sie sich lieber mal Finns Verletzungen an.«

Sis hätte am liebsten Beifall geklatscht. Finn bekam große Augen, und seine Ohren färbten sich dunkelrot. Ramón schmunzelte. »Darf ich vorstellen, meine Tochter Luna.«

Sie ging mit wiegenden Hüften zu ihm, und das Lächeln, das sie dem alten Magier schenkte, konnte einen Draugr entwaffnen. Suryals grimmige Miene wurde weich, und mit einem belustigten Seitenblick auf Finn fragte er: »Vielleicht möchtest du mir bei den Heilzaubern behilflich sein, Gundolverin?«

Sis musste sich abwenden, um nicht laut zu lachen, als sie Finns Miene sah.

Kieran
Erebos, Jahr 2517 nach Damianos, erster Mond des Frühlings, Tag 2
»Was war der Preis?«

Seine ersten Worte, als die Schwärze sich lichtete und Kieran das zerschundene Gesicht seines Vaters über sich schweben sah. Er mied seinen Blick. Aber die Schatten unter den fiebrig glänzenden Augen sprachen deutliche Worte. »Komm erst einmal wieder zu Kräften, Kieran.« Er reichte ihm einen Becher mit dem brackigen Wasser, das die Grauen ihnen im magischen Verlies gaben.

Kieran fühlte sich nicht entkräftet. Seine Kehle war ausgedörrt, doch geheilt – wie der Rest seines Körpers, und er wusste ganz genau, was das bedeutete. »Du hast Damianos den Weg zu dem Gundolver verraten!«

»Ich hatte gar keine andere Wahl!«, verteidigte Michael sich und rang die Hände. »Du hast keine Ahnung, in welchem Zustand du am Ende warst! Mehr tot als lebendig.«

»Was glaubst du, bin ich, sind wir beide, sobald Damianos Finn in seiner Gewalt hat?«, erwiderte Kieran zornig. »Du hast nichts damit erreicht, außer meinen Bruder und deinen Freund ebenfalls diesem Monster auszuliefern.«

Mit pochendem Herzen sprang er auf. Über das Gesicht seines Vaters bahnten sich jetzt Tränen ihren Weg. Man hatte ihn ebenfalls geheilt, nur nicht so gründlich wie Kieran. »Du bist noch so jung. Ich verstehe deine Wut. Doch du verlangst Unmenschliches von mir. Ein Vater kann nicht eines seiner Kinder zum Tode verurteilen, nur um sein anderes zu retten.«

»Faktisch hast du das aber getan«, murmelte Kieran düster.

»Nein. Hätte ich Damianos nichts von Ramón erzählt, wärst du deinen Verletzungen erlegen. Er hat mich notdürftig geheilt und dich halb tot zu mir in diese Zelle gesperrt. Hast du eine Vorstellung davon, wie unerträglich es war, dabei zuzusehen, wie dein Atem schwächer wurde, Blutblasen aus deinem Mund quollen, dein Puls immer langsamer schlug ...« Er brach ab und schloss bei der Erinnerung die Augen, und Kierans Hass auf seinen Meister wurde so groß, dass er glaubte, er müsste daran ersticken. »Ob es Damianos gelingen wird, Finn mit meinen Informationen in seine Finger zu bekommen, steht noch in den Sternen.«

»So gut wie sicher«, schnaubte Kieran. »Damianos spielt uns alle gegeneinander aus, wir sind nichts als Marionetten in einem Spiel, das er vor 2517 Jahren begonnen hat.«

»Glaubst du, ich weiß das nicht?« Sein Vater schluckte schwer und wischte sich die Tränen vom Gesicht. »Aber ich vertraue Ramón wie einem Bruder. Ich bete für ihn. Hoffentlich bewahrheitet sich die Prophezeiung Arianas.«

»Seit wann bist *du* denn gläubig?«, fragte er, doch sein Zorn war verraucht und machte Platz für Bitterkeit.

»Seit Damianos mich gelehrt hat, dass die Furcht vor dem eigenen Tod nicht das Schlimmste im Leben ist.«

Erebos, Jahr 2517 nach Damianos, dritter Mond des Frühlings, Tag 12

Nachts war es am schlimmsten.

Nachts krochen sie näher heran. Diese Mauern, die keine richtigen Mauern waren. Grüne, feucht-schimmlige Gebilde, die sich an ihrer Angst labten und ihre Hoffnung fraßen. Wie lange waren Kieran und sein Vater jetzt schon hier eingesperrt? Er wusste es nicht. Monate mussten vergangen sein! Hatte Damianos seinen Bruder und die Fibel gefunden? Nachts träumte er von ihm, wie er an der Seite des Meisters das Ritual durchführte, das ihn und seinen Vater zu Grauen machte.

Kieran versuchte, sich so lange wie möglich wach zu halten. Auch sein Vater schrie oft im Schlaf. Sie erzählten sich nicht ihre Träume. Sie sprachen über die Vögel, die mit der Ankunft des Frühlings am Fenster sangen. Oder über Onyx, der täglich immer zur selben Stunde seine eleganten Bahnen über den See zog und auffallend dicht an ihrem Fenster vorbeiglitt, die Bernsteinaugen fest auf Kieran gerichtet, um ihm Halt zu geben. Sie sprachen über fröhliche Tage in den Silberspitzbergen. Es fühlte sich an, als wären sie in einer Zeitblase gefangen.

Und dann riss eines Nachts ein Krachen Kieran aus dem Schlaf. Die Schläge schwerer Stiefel auf dem Steinboden folgten, und er blinzelte gegen den Schein einer Fackel an. Bevor er noch realisierte, dass Dermoth vor ihm stand, packten ihn zwei Schattenkrieger und zerrten ihn hinaus auf den Gang.

»Wo bringt ihr ihn hin?«, brüllte sein Vater, aber natürlich erhielt er keine Antwort.

Hatte der Statthalter eine Sondererlaubnis erhalten, ihn zu quälen? Doch sie liefen nicht in die Richtung, in der Dermoths Gemächer lagen, sondern zu den Alchemiekammern. Dort erwartete ihn sein Meister.

Damianos sah angegriffen aus. »Während du dich ausruhen konntest, habe ich experimentiert und etwas erschaffen, das dich interessieren wird«, sagte er, als wäre Kieran immer noch sein geschätzter Lehrling.

Wut flammte in ihm auf. Oh, wie gerne würde er Damianos zeigen, was er von seinem belehrenden Tonfall hielt! Der Meister befahl Dermoth und den Grauen, zu gehen, und zog das Tuch von einem verhüllten Gegenstand im Raum, und Kieran vergaß, sich gleichgültig zu geben. Vor ihm ragte ein etwa zwei Meter hoher Steinblock auf, schwarz wie die finsterste Nacht und blank poliert wie ein Spiegel.

»Ein Obsidian!«, stieß er ungläubig hervor. Den wertvollsten aller magischen Steine hatte er bislang nie größer als ein Hühnerei zu Gesicht bekommen und seine Heilwirkung an Onyx getestet, nachdem Dermoth und Damianos ihn gefoltert hatten. Ein Obsidian in dieser Größe war unvorstellbar wertvoll.

»Dachte ich mir, dass er dir gefällt«, sagte sein Meister selbstzufrieden. »Was weißt du über Obsidiane?«

Wollte er jetzt allen Ernstes wieder den Lehrmeister spielen? Doch Kieran tat ihm den Gefallen, viel zu begierig darauf, mehr über den Stein und seinen Zweck zu erfahren. »Sie bestehen aus vulkanischem Glas.« Nach all der Zeit im magischen Kerker fiel es Kieran schwer, sich zu konzentrieren. Damianos wartete geduldig, bis sich der diffuse Wirbel seiner Gedanken lichtete und er mit fester Stimme weitersprach. »Ein Obsidian entsteht, wenn heiße Lava durch kalte Luft oder Wasser einen Temperaturschock erleidet. Er gilt als schwarzmagischer Stein. Man sagt, so wie der Obsidian selbst durch schlagartiges Erstarren entsteht, so kann er im magischen Bereich auch überall dort eingesetzt werden, wo durch einen Schock eine Erstarrung oder eine Unterbrechung des Energieflusses stattgefunden hat. Er heilt stark blutende Verletzungen.«

Damianos verzog den Mund. Die Heilwirkung des Obsidians interessierte ihn herzlich wenig, das hätte er sich denken können. Kieran betrachtete die blank polierte Fläche. Das blasse, müde Gesicht eines dürren Jungen mit schwarzen, schulterlangen Haaren sah ihm entgegen. Damianos hatte einen Spiegel aus diesem Obsidianblock geschaffen. Und da fiel es ihm wieder ein. »Einige Magier benutzen den Obsidian als rauchenden Spiegel«, ergänzte er leise, und das erste Mal, seit er den Raum betreten hatte, kräuselte sich ein feines Lächeln auf dem Gesicht seines Meisters.

»Weiter«, forderte er.

»Man soll damit hellsehen können. Manche Magier behaupten, wer in einen Obsidianspiegel schaut, erkennt Bereiche seiner selbst, die ihm bislang verborgen geblieben sind. Der Spiegel soll alle störenden Gedanken, Bilder und Eindrücke wegsaugen, und übrig bleibt nur das nackte Selbst.« Kieran fröstelte ein wenig bei der Vorstellung, und er wandte seinen Blick von dem Obsidian ab.

»Du bist ein gelehriger Schüler. Ich hoffe, dein Bruder erfüllt meine Erwartungen an einen Lehrling ebenso gewissenhaft. Leider ist es mir in den vergangenen Wochen nicht gelungen, ihn oder die Fibel deines Clans in Khaos ausfindig zu machen.« Kieran verkniff sich eine äußere Regung, aber sein Herz klopfte schneller. »Jemand scheint ihn und die Fibel magisch zu schützen. Vermutlich der Gundolver. Ich habe deinen Bruder nicht in seiner Nähe entdecken können. Mich ihm bemerkbar zu machen, hielt ich für zu riskant. Er könnte deinen Bruder warnen. Doch die Zeit der Ankunft des Überbringers ist reif, ich fühle es deutlich. Deshalb habe ich vor einer Woche diesen Spiegel fertiggestellt. Seitdem verbringe ich nahezu jede freie Minute damit, hineinzublicken, um zu erkennen, wann und wie ich die Fibel erlangen werde.«

Na, kein Wunder, dass er so erschöpft wirkte! Kieran würde auch wahnsinnig dabei werden, ständig in dieses finstere Schwarz zu sehen. Da starrte er noch lieber auf die Mauern im magischen Verlies.

»Heute Morgen hatte ich endlich eine Vision. Darin tauchtest du auf.« Kieran schwante nichts Gutes. »Du bist nicht der Erstgeborene, aber derjenige, der mich zu ihm und der Fibel führen wird. Schau in den Spiegel, Lehrling, um einen ersten Kontakt zu deinem Bruder aufzunehmen!«

WAS? Das Herz klopfte Kieran bis zum Hals.

»Solltest du dich von dem Stein abwenden, bevor ich dir die Erlaubnis dazu erteile, wirst du meinen Zorn spüren!«

Der Obsidian schimmerte wie schwarze Seide. Wie viel magische Energie musste Damianos angewandt haben, um ihn herzustellen! Kieran fixierte die Augen seines Spiegelbilds. Seine Gedanken verwirrten sich zusehends, und er verstand, warum die Schriften berichteten, der Obsidian würde alle störenden Gedanken und die eigene Magie absorbieren. Ihm wurde schwindlig. Und dann glaubte er zu fallen. Mitten hinein in das Schwarz – wie in einen tiefen See. Entsetzt riss Kieran die Arme hoch, presste sie an den Rand des Steins, um nur ja nicht von ihm fortgesaugt zu werden. Er verlor jedes Gefühl für Zeit und Raum. Seine Spiegelbildaugen wirkten in dem Monolithen riesig und das Gesicht totenbleich unter den kurzen schwarzen Locken. Moment. Kurzes Haar?

Der Stein erwärmte sich unter seinen Handflächen, und er vergaß zu atmen. Der Junge, der ihm aus dem steinernen Spiegel entgegenblickte, trug überhaupt nicht sein Lehrlingsgewand, sondern eine weite, dunkle Hose, die zu seinen Fußknöcheln spitz zulief, und ein graues, kurzärmliges Hemd mit den Buchstaben NYC. War das sein Clanabzeichen? Das Bild wurde immer klarer. Hinter sich hörte er Schritte, und dann spürte er Damianos' Atem in seinem Nacken.

»Bring sie zu mir«, raunte er, und in der nächsten Sekunde bohrte er seine Finger ohne Vorwarnung so grob in Kierans Schulter, dass er vor Schreck aufschrie. Er glaubte, ein Echo seines Schreis in weiter Ferne zu hören. Dann brach das Geräusch ab, das Bild im Obsidian verschwamm, als hätte man einen Stein in einen See geworfen, und die unruhigen Wellen machten eine weitere Spiegelung unmöglich. Damianos ließ ihn los. In seinen rot glänzenden Augen lag ein beglücktes Strahlen.

Zurück im Verlies, lief Kierans Vater Haare raufend vor ihm auf und ab, und es fiel ihm sichtlich schwer, sich wieder zu beruhigen. »Bist du vollkommen sicher, dass es Finn war?«

»Er sah aus wie ich, nur mit kurzem Haar und seltsamen Gewändern.« Während er sie ihm schilderte, erschien ein breites Grinsen auf dem Gesicht seines Vaters.

»Jogginghose und T-Shirt.«

»So nennt man diese Kleidung? Und was haben die Buchstaben auf seinem Hemd zu bedeuten? NYC. Ist das ein magisches Symbol?«

Jetzt lachte er schallend. Kieran wurde warm ums Herz. Viel zu lange schon hatte er ihn nicht mehr lachen gehört. »Nein. Das ist nur, ach, ich erkläre es dir später. Aber ich schwöre, er wird dasselbe über deine Kleidung sagen.«

Verdutzt sah Kieran an sich herab. Was war denn an seiner schwarzen Lehrlingstracht eigenartig? Sein Vater kicherte immer noch vergnügt, und schließlich stimmte er darin ein.

»Er lebt, ist gesund und munter!«

Kieran verschwieg sicherheitshalber, dass er alles andere als *munter* gewirkt hatte, nachdem sein Blick auf Damianos gefallen war. Stattdessen beschrieb er ihm ausführlich den Fensterrahmen und die Umgebung. Sein Vater runzelte die Stirn und wurde wieder ernst.

»Das bedeutet, er ist in dem Haus in Spanien.«

»Was, wenn Damianos ihn bereits heute Nacht holt?«

»Möglich«, flüsterte sein Vater. »Obsidiane sind allerdings nicht so zuverlässig, wie du denkst. Manchmal zeigen sie uns, was gerade geschieht. Manchmal, was vergangen ist oder was die Zukunft bringt.«

»Ich dachte, du wolltest nichts mehr mit Magie zu tun haben, nachdem dein Bruder gestorben war.«

»Wollte ich auch nicht. Über Obsidiane weiß ich so viel, weil sie als Baumaterial eingesetzt werden. Ich habe viel darüber gelesen, unter anderem den Magiekram.«

Kieran grinste. »Du hättest bestimmt weiterblättern können!«

Nacht für Nacht sah er von nun an Finn im Spiegel und wünschte, er könnte ihn vor seinem dunklen Meister irgendwie warnen. Ihre Treffen im Obsidian raubten ihm zunehmend die

Kräfte, und er hatte den Eindruck, dass es Finn ähnlich erging. Eines Nachts verlor der Meister die Geduld, packte Kieran an der Schulter und schrie: »Er ist für mich nutzlos. *Du* bist der Überbringer. Komm, oder er stirbt!«

Die Augen seines Bruders weiteten sich. »Lass ihn los!«, brüllte er.

Kieran fühlte, wie sich Damianos' Schwarze Magie vor Wut wellenförmig um ihn herum ausbreitete, und erschrocken musste er mitansehen, wie sich Finns Miene verzerrte. Und da begriff er, dass sein Meister nicht nur über den Spiegel hinweg zu seinem Bruder sprechen, sondern ihn auch bestrafen konnte!

Ohne nachzudenken, riss er den Kopf zur Seite, packte Damianos' Hand und vergrub seine Zähne fest darin, bis er den kupfernen Geschmack seines Blutes im Mund spürte.

»Weg vom Fenster!«, hallte Finns Stimme durch die Schwärze des Steins. Plötzlich verblasste sein Bild, und im nächsten Moment überrollte Kieran eine gewaltige Welle von Schmerz. Feuer. In ihm, über ihm, seine Nerven zuckten, Muskelfasern zerrissen, Knochen zerbarsten. Sich vor Qualen windend, lag er in seinem eigenen Erbrochenen auf dem Steinboden der Alchemiekammer. Sein letzter Blick galt dem wieder trüb gewordenen Obsidian. Dann wurde er selbst zu Stein.

Kapitel 17

Finn
Aithér, Jahr 2517 nach Elio, dritter Mond des Frühlings, Tag 25
Es roch nach Schnee, als Finn erwachte, und für einen Augenblick dachte er, sie wären daheim, in Tess' Haus. Er setzte sich auf und wickelte sich fester in die Decke, die jemand in der Nacht über ihn ausgebreitet haben musste. Zumindest war es jetzt nur noch die Kälte, die ihm zusetzte, da Suryal seinen gebrochenen Fuß und seine Wunden erfolgreich geheilt hatte.

Verschlafen blickte er sich um und entdeckte Suryal und Ramón, die offenbar schon wach waren und ein Stück weit entfernt auf einem Felsen saßen. Ramón winkte ihm zu. Sich von dem wärmenden Feuer zu entfernen, war nicht gerade verlockend, aber er gehorchte und ging schlotternd zu ihnen hinüber.

»Ausgeschlafen?«, fragte der Spanier lächelnd.

»Ich d-denke sch-schon«, antwortete Finn mit klappernden Zähnen.

Suryal sah Ramón an. »Wollt Ihr es probieren?«

Er nickte und hob die Hand in Finns Richtung.

»M-M-Moment mal, w-wenn Sie jetzt von S-Suryal irgendwelche T-T-Tricks ausprobieren möchten, t-t-testen Sie die bitte an jemand a-a-anderem.« Finn warf einen Blick auf die Gestalten am Feuer und grinste verschmitzt. »Z-z-zum B-Beispiel an L-L-Luke.«

Ramón lachte auf, und seine dunklen Augen funkelten vergnügt. »Ich werd's ihm ausrichten, wenn er aufwacht. Zunächst bist du dran.«

Finn rutschte das Herz in die Hose, als Ramón auch schon loslegte: »Flue Calor frigus minuitur!«

Himmel, was war das? Finn klappte verblüfft der Mund auf. Ein Prickeln lief über seinen durchgefrorenen Körper, die Kälte ließ nach und machte wohliger Wärme Platz.

»Nur ein kleiner Wärmezauber«, beantwortete Ramón schmunzelnd seinen fragenden Blick.

»Cool! Wie geht das?«

»Du musst dir den Zauberspruch exakt einprägen. Aber das allein reicht nicht aus«, belehrte Ramón ihn.

Finn nickte. Er hatte seine Lektion gelernt. Konzentration. Seine Sinne schärfen. Daran glauben.

»Also«, sagte Finn gedehnt, »ich richte meine Hand auf Luke, spreche *Flue Caloris frigus minuitur!* und stelle mir die Wärme vor, die durch seinen Körper fließt, richtig?«

»Exakt. Bis auf den Spruch. Es heißt Calor und nicht Caloris.«

»Und bis auf die Tatsache, dass hier NIEMAND, schon gar nicht DU, Finn, einen Zauber auf mich loslassen wird!«

Ihre Unterhaltung hatte seinen Freund geweckt. Er saß, eingewickelt in seine Decke, ganz nah beim Feuer und sah alles andere als erfreut aus.

»Jetzt hab dich nicht so!«, flachste Finn. »Oder frierst du lieber?«

»Kannst den Zauber gerne an mir ausprobieren«, verkündete Luna plötzlich mutig, rieb sich den Schlaf aus den Augen und streckte sich schlaftrunken. »Na los, zeig, was du draufhast!«

Verdammt. Wie lautete noch mal der Spruch? Wer konnte sich bei diesem Lächeln schon auf Latein konzentrieren? Hitze schoss Finn in den Bauch, während ihn alle erwartungsvoll ansahen, und der Skarabäus begann zu allem Überfluss, vergnügt zu kichern: »*Hach, dieser Ausbruch von Geistlosigkeit angesichts der Liebsten ...*«

»Amun!«

»*Flue Calor frigus minuitur, Eure Verzücktheit!*«

Finn ignorierte seinen Spott und stellte sich stattdessen Luna im Sommer am Strand vor, ihr Gesicht voll Sommersprossen, die Haare nass vom Baden.

»Flue Calor frigus minuitur!«

Luna verwandelte sich zu seinem Glück – sie hätte ihn sonst vermutlich umgebracht – nicht in das visualisierte Bikini-Girl. Allerdings hatte sich auf ihrer Stirn eine tiefe Falte gebildet.

»Und?«, fragte er mit mulmigem Gefühl.

»Mir ist noch kälter als zuvor!«

»Aber ich ...« Hilfe suchend sah er zu Ramón, doch erst nachdem dessen Mundwinkel zu zucken begonnen hatten und er Luna und Sis in seinem Rücken kichern hörte, ging ihm ein Licht auf. Finn wirbelte herum, und prompt flog ihm ein Schneeball von Luna ins Gesicht.

»Das ist für den Schreck, den du mir auf dem Boot eingejagt hast!«, rief sie grinsend.

Dieses Mädchen machte ihn verrückt!

Stundenlang waren sie nun schon unterwegs, als sie eine steile Bergwand erreichten. Fels und Eis bildeten ein Mosaik, das so wenig einladend wirkte wie der schmale Pfad, der nach oben führte. Dafür hatte es endlich zu schneien aufgehört, die Sonne brach unter der grauen Wolkendecke hervor, und Luna schüttelte sich neben ihm die glitzernden Flocken aus dem Haar. Luke und Sis liefen schweigend vor ihnen. Die Magie begann, einen unsichtbaren Keil in ihre Gruppe zu treiben, und machte die beiden zu Außenseitern. Ramón wurde nicht müde, Suryal nach den verschiedensten Zaubern zu befragen, und dem Alten gefiel es, ihn unterwegs zu unterrichten. Beide hatten Sis getröstet und ihr gesagt, sie bräuchte nur ein paar Tage länger, bis ihre Magie sich der Welt von Aithér öffnete, weil ihr – im Gegensatz zu Luna – als Einziger neben Luke der Wärmezauber misslungen war. Finn wusste, woran das lag. Sis war schon immer ein Kopfmensch gewesen. Was sie rational nicht begreifen konnte, hielt sie für unmöglich, und solange sie nicht daran glaubte, würde ihr kein Zauber glücken.

Suryal blieb stehen, da ein Rauschen in der Ferne ertönte.

»Lawinen«, verkündete er. »Seid vorsichtig, wohin ihr euren Fuß setzt!«

»Keine Sorge, unsere Magier zaubern die im Handumdrehen weg«, spottete Luke. Sein Witz barg den Stachel von Eifersucht, aber Suryal reagierte gelassen.

»Uns sind ebenso Grenzen gesetzt wie dir, Feuerbringererbe.«

So nannte Suryal alle nicht magischen Menschen. Der Name stammte aus uralter Zeit von dem griechischen Gott Prometheus aus dem Geschlecht der Titanen, der Menschen der Legende nach aus Ton geschaffen und ihnen das Feuer gebracht hatte. Sis fand das ungeheuer faszinierend – Luke dagegen nur ärgerlich. Wer wurde schon gerne daran erinnert, anders zu sein als der Rest von ihnen?

Der Hang, den sie jetzt erklimmen mussten, war steil und ließ sich nur hintereinander in schmalen Serpentinen begehen. Je höher sie kamen, desto stärker wurde der Wind. Bei einer Schneeverwehung sackte Finn bis zu den Hüften in das kalte Weiß. Bis es ihm gelang, sich daraus wieder zu befreien, waren die anderen gut hundert Meter weitergelaufen. Er wischte sich den Schweiß von der Stirn und blinzelte gegen die Sonne.

Ein kleiner schwarzer Punkt tauchte am Himmel auf. Ohne auf den Weg vor sich zu achten, stapfte Finn los, immer noch auf den Punkt starrend. Er kam näher! Was war das nur? Ein Raubvogel? Ein weiterer Schritt. Knack.

Der Schnee unter seinen Füßen brach mit einem Mal weg, er fiel rücklings und schlug mit dem Hinterkopf auf gefrorenem Schnee auf. Halb benommen brauchte er einen Augenblick, bis er realisierte, dass er wie auf einem Snowboard mit dem Schneebrett in atemberaubender Geschwindigkeit Richtung Tal raste. Verzweifelt bemühte er sich, den Kopf aus dem Schnee herauszuhalten, doch ringsum war plötzlich alles weiß, und er wusste nicht mehr, wo oben und unten war. In seinen Ohren rauschte es laut, er ruderte mit Armen und Beinen, pulvrige Kälte drang ihm in Augen, Nase und Ohren. Sein Versuch zu schreien endete mit einer eisigen Ladung Schnee im Mund. Hustend und röchelnd rang er nach Atem. Ein paar Sekunden lang flog er plötzlich mitten durch die Luft, als die Lawine einen Grat passiert haben musste. Das Herz blieb ihm stehen bei dem Anblick der tiefen Schlucht mit den scharfkantigen Felsen unter sich.

»*ADLER!*«, brüllte der Skarabäus zeitgleich mit seinen eigenen Gedanken.

Doch bevor er sich verwandeln konnte, schob sich ein dunkler Schatten über ihn, etwas bohrte sich schmerzhaft in seine Brust und hievte ihn nur Sekunden vor dem Aufprall auf den Felsen nach oben. Starke, gleichmäßig anschwellende und abflauende Windstöße fegten den Schnee von ihm, Finn wischte den Rest aus seinen Augen und schrie auf. In seine Jacke hatten sich die Klauen eines gewaltigen Ungeheuers gekrallt und hielten ihn fest im Griff. Glänzende schwarze Schuppen bedeckten den Bauch der Kreatur, und riesige, fledermausartige Flügel hoben und senkten sich zu beiden Seiten. Finn verrenkte den Kopf, um einen Blick auf das Tier zu erhaschen. Ein langer, schlangenartiger Schwanz peitschte durch die Luft und gab ihm die endgültige Gewissheit.

Heilige Scheiße!

»*Tu was! Der Drache bringt dich sonst zu seinem Hort und verspeist dich zum Frühstück!*« Selbst Amun klang besorgt und verzichtete auf den üblichen Spott.

Finn war sich nicht sicher, ob er bei einer Verwandlung den Klauen des Drachen entwischen konnte. Aber eine andere Möglichkeit fiel ihm auch nicht ein. Da sie bereits flogen, fiel es ihm noch leichter, sich in die Gefühlswelt des Adlers hineinzudenken. Innerhalb von Sekunden schrumpfte sein Körper und sprossen ihm Federn. Bevor der Drache überhaupt realisierte, weshalb der Druck unter seinen Klauen nachgelassen hatte, schoss Finn mit Adlerschwingen zwischen ihnen heraus und an ihm vorbei hoch in den Himmel. Tief unter sich im Schnee konnte er ihre kleine Gruppe erkennen. Alle starrten zu ihm hinauf. Er flog eine Schleife und stürzte in atemberaubendem Tempo hinab. Geblendet von den Schuppen, die wie dunkle Kristalle in der Sonne glänzten, sah Finn erst im letzten Moment, dass hinter dem furchterregenden Schädel des Drachen eine Gestalt kauerte. Ihren langen Umhang mit Kapuze hatte er von Weitem für einen Drachenzacken gehalten.

Ein eigenartiges Ziehen machte sich plötzlich in ihm breit, und er bremste instinktiv seinen Sturzflug, um sich wieder in die Höhe zu schwingen. Suryal und Ramón brüllten seinen Namen. Sie verstanden offensichtlich nicht, warum er sich nicht endlich in Sicherheit brachte. Er flog jetzt auf Kopfhöhe des Drachen, und in der nächsten Sekunde drehte die Gestalt den Kopf. Die Kapuze fiel ihr durch Flugwind in den Nacken.

Der Anblick traf Finn wie ein Schlag. Er verlor jede Konzentration und stürzte wie ein Stein, rückverwandelt in sein eigenes Ich, vom Himmel. In letzter Sekunde schaffte er es, wieder zum Adler zu werden und neben Ramón unsanft im Schnee zu landen.

»Finn!« Sis stürzte auf ihn zu, und er nahm seine wahre Gestalt an.

»Extende scutum!«, brüllte Suryal. Ein vielfarbiges Licht schob sich gerade noch rechtzeitig wie eine riesige Glocke über sie. Denn schon spie der Drache einen gewaltigen Feuerball auf sie herab, der an dem Schutzschild verpuffte. Zornig zog er seine Kreise und versuchte erneut, den Schild mit seinem Feuer zu durchdringen. Suryal und Ramón hatten Mühe, den magischen Schutzschild aufrechtzuerhalten. Finns Puls raste. Mit einem Satz sprang er aus dem Schild heraus, schwenkte die Arme und brüllte: »Aufhören! Ich bin dein Bruder, Kieran!«

Doch der Drache hatte bereits sein Maul aufgerissen, und ein Feuerball raste wie ein Komet auf ihn zu. Viel zu schnell, um ihm auszuweichen. Viel zu schnell für Ramón oder Suryal, um ihm zu Hilfe zu eilen. Weniger als einen Meter entfernt schlug er in den Schnee ein, und die Druckwelle schleuderte Finn zurück unter den Schild. Flammen schmolzen das Eis und hinterließen ein hässliches schwarzes Loch im Boden.

Und da erkannte er die bittere Wahrheit. Sein Bruder freute sich nicht etwa, ihn nach all den Jahren wiederzusehen. Sein Bruder wollte ihn umbringen.

Kieran
Zwei Tage zuvor ...
Erebos, Jahr 2517 nach Damianos, dritter Mond des Frühlings, Tag 22
Diesmal hatte Damianos Kieran nicht sofort geheilt. Tagelang hatte er im Fieberdelirium in den Armen seines Vaters im Ker-

ker gelegen, seine beschwörende Stimme im Ohr: *Halt durch!* Die Schmerzen fraßen ihn auf. Die magischen Wände witterten seine Angst und rückten mit jeder verrinnenden Sekunde näher, um seinen Lebenswillen zu rauben.

»Halt durch, Kieran! Ich bin stolz auf dich, weil du dich ihm widersetzt hast. Doch jetzt ist nicht die Zeit für offene Konfrontationen. Jetzt ist die Zeit, den Spieß umzudrehen und deinen dunklen Meister zu unserer Marionette zu machen.«

Die Worte seines Vaters gaben Kieran neuen Mut. Er bewunderte ihn dafür, so stark zu sein, nach allem, was er hier erdulden musste. Ohne Hilfe würden seine Verletzungen hier nicht so schnell heilen, aber er nutzte die Zeit im Kerker dafür, seinen Geist für eine neue Begegnung mit Damianos zu stärken.

Und dann erschien Dermoth eines Tages wie ein geprügelter Hund, der nur widerwillig die Befehle seines Herrn ausführte. Er heilte Kieran so ambitioniert, wie er sich der Alchemie widmete. Als sie zusammen wenig später die Glaspyramide betraten, hinkte Kieran, und seine Schmerzen waren immer noch grausam. Doch außerhalb des magischen Verlieses konnte er sich auch selbst vollständig heilen – wenn ihm die Gelegenheit gegeben wurde. Onyx' bernsteinfarbene Augen leuchteten bei seinem Anblick golden auf. Damianos stand neben dem Drachen und fixierte ihn mit undurchdringlicher Miene, bevor er Dermoth und die Grauen mit einem Wink dazu aufforderte zu gehen. Wenige Schritte vor ihm fiel Kieran auf die Knie und senkte den Kopf. Demut ließ sich durch Gesten so viel leichter vorspielen, wenn der Hass in den eigenen Augen einen nicht verraten konnte.

»Steh auf, Lehrling!«, befahl sein Meister kühl.

Lehrling. Das bedeutete, er brauchte ihn noch, sonst hätte er ihn im Verlies verrotten lassen. »Herr ...«, wisperte er. »Ich habe

Euch bitter enttäuscht. Ich ertrage es nicht, diesen Titel weiterhin zu führen.« *Kein Wort gelogen.*

»Du hast deine Strafe gehabt«, erwiderte Damianos generös. »Ich habe in den vergangenen Tagen viel über dich nachgedacht und mich mit Onyx über dich unterhalten. All die Zeit warst du mir ein pflichtbewusster, eifriger Schüler. Ich hatte dir angeboten, dich zu dem mächtigsten Magier aller drei Welten an meiner Seite zu machen, bevor ich von der Lüge deines Vaters erfuhr. Und doch habe ich dir eine neue Chance gegeben.« *Von wegen Chance. Du hast mich gebraucht, um mit Finn über den Obsidian Kontakt aufzunehmen!* »Nur um erneut von dir enttäuscht zu werden. Aber Onyx behauptet, deine starke Zuneigung zu mir hat dich schwach werden lassen. Du hast Angst, mich an deinen Bruder zu verlieren.«

Dieser listige Drache!

»Meine Eifersucht auf den wahren Überbringer hat mich vollkommen überwältigt. Das hätte nicht geschehen dürfen.«

»Du musst lernen, deine Gefühle für mich besser unter Kontrolle zu bekommen. Die Fibel wiederzuerlangen und mithilfe deines Bruders ihre Macht zu entfalten, muss dein einziges Ziel sein.«

»Ja, Herr.«

»Dein Bruder ist nicht mehr in Khaos.«

»Was? Ist er hier?« Sein Magen verkrampfte sich, und er hob den Kopf.

»Nein. Er ist in Aithér. Ich möchte, dass du ihn dort mit Onyx suchst und mitsamt eurer Ubaldenfibel zu mir schaffst. Ich hoffe, du weißt diese Ehre und das Vertrauen, das ich dir damit erneut entgegenbringe, zu schätzen.«

Und ich hoffe, du erstickst beim Abendessen an einer Fischgräte.

»Mein Dank ist Euch gewiss, aber wollt Ihr mich denn nicht begleiten, Herr?«, fragte Kieran scheinheilig.

»Dazu fehlt mir die Zeit. Meine Studien zur Entfaltung der Macht der zwölften Fibel kann ich nicht gerade jetzt vernachlässigen, da ich kurz davorstehe, sie endlich zu besitzen. Ich denke doch, du wirst mit deinem magisch vollkommen unbewanderten Bruder allein fertigwerden?«

Studien! Was konnte es Wichtigeres für ihn geben, als den Überbringer und die Fibel in seine Gewalt zu bekommen? »Diesmal werde ich Euch nicht enttäuschen, Herr!«

Damianos zog eine Kette mit einem dunklen Anhänger aus seinem Umhang. »Damit kannst du mich rufen.«

Stirnrunzelnd betrachtete Kieran den schwarzen Obsidian in Tropfenform, in dessen Mitte die Ehwaz-Rune eingraviert war. Sie symbolisierte das Pferd, das auf seinem Weg rasch vorankommt und ein treuer Gefährte ist. Dieses Zeichen auf einem so mächtigen Stein war ein Talisman, der ihn vor Gefahren schützen sollte und gleichzeitig zur Treue gegenüber seinem Herrn ermahnte. »Wenn du mich über ihn anrufst, wird dein Gesicht in dem Obsidian in der Alchemiekammer erscheinen, und wir können miteinander sprechen.«

Kieran hängte sich die Kette um den Hals. Finn war in Aithér. Unglaublich! »Warum kam ich mit der zwölften Fibel hierher und Finn nach Aithér?«

Damianos drehte seine eigene Fibel gedankenverloren zwischen den Fingern. »Vor 2517 Jahren haben sich die Großmeister aller Weißmagierclans in der am Meer gelegenen Stadt Tartessos versammelt. Ich erläuterte ihnen meinen Plan, die alte Welt zu zerstören und eine einzigartige neue Welt voller Magie zu erschaffen.« *Voller schwarzer Magie*, ergänzte Kieran in Gedanken, aber er musste sich eingestehen, dass die Macht, die Damianos damals schon besessen hatte, unvorstellbar groß gewesen sein musste. »In alle Fibeln wob ich einen Zauber, um in diese neue Welt, Erebos, zu gelangen. Dein Vorfahr Elio hat mich jedoch betrogen. Er hat mir seine Fibel in letzter Sekunde entrissen und sie dem Meer übergeben. Es gelang ihm, meinen Zauber abzuschwächen und zu verändern. Statt einer neuen Welt entstanden drei Welten, und nur der Erste, der die Fibel der Ubalden nutzt, gelangt nach Erebos, alle anderen reisen damit von Khaos zu den Weißmagiern nach Aithér.«

Na, großartig. Du musstest ja damals unbedingt dieses verdammte Schmuckstück als Erster ausprobieren!

»Und von Aithér nach Erebos kann man mit der Ubaldenfibel auch gelangen?«

Damianos seufzte. »Vermutlich. Was hast du in den Büchern über die Prophezeiung von Elios Frau Ariana gelesen?«

Ein heikles Thema. Doch er würde ihm nicht abnehmen, dass er sich mittlerweile nicht genauestens darüber informiert hatte. »Hundert Generationen müssen seit der Erschaffung der drei Welten ins Land ziehen, bevor der jüngste Erstgeborene aus dem Stamm der Ubalden die Fibel findet und überbringt. Eine Generation umfasst in etwa fünfundzwanzig Jahre. Damit ergibt sich ein Zeitfenster seit dem Jahr 2500 bis zum Jahr 2525, in dem hundert Generationen ins Land gezogen sind«, erklärte Kieran.

»Eben dieses Zeitfenster von fünfundzwanzig Jahren ist das Problem. Ich konnte deine Ankunft hier in Erebos nicht auf einen bestimmten Zeitpunkt eingrenzen. Seit nunmehr siebzehn Jahren suche ich nach dem Ubalden mit der zwölften Fibel. Zudem wusste ich nicht, an welchem Ort du auftauchen würdest, und damit, dass du nicht der Überbringer bist und die Fibel in Khaos verblieb, konnte ich auch nicht rechnen.« Der Meister durchbohrte ihn mit seinem Blick, als müsste er eine Entscheidung treffen. »Was ich dir jetzt sage, behältst du für dich, Lehrling, falls du nicht möchtest, dass dein Vater den qualvollsten Tod stirbt, den Dermoth sich ausmalen kann.«

»Ich werde schweigen, Herr.«

In Kierans Bauch kribbelte es vor gespannter Erwartung.

»Ursprünglich existierte ein zweiter Teil der Weissagung, den ich aus allen mir bekannten Büchern habe entfernen lassen und dessen mündliche Überlieferung oder gar Niederschrift mit dem Tode bestraft wird. Laut diesem kann der Überbringer die Macht der Fibel dazu nutzen, mich im Kampf zu besiegen. Falls sich das bewahrheitet, werde ich mich irgendwann innerhalb der nächsten acht Jahre – dieses Jahr mit eingerechnet – gegen deinen Bruder behaupten müssen, also noch vor seinem vierundzwanzigsten Lebensjahr.«

»Unmöglich!«, rutschte es Kieran heraus. »Ihr sagtet doch eben, er sei magisch vollkommen unerfahren.«

Damianos lächelte geschmeichelt. »Selbstverständlich hat er keine Chance gegen mich. Dennoch wäre mir wohler, die Fibel möglichst schnell in meiner Gewalt und deinen Bruder tot zu wissen. Du hast daher keinen Grund, auf den Überbringer der Fibel eifersüchtig zu sein.«

Bittere Galle schoss Kieran in den Mund. Er wollte Finn gar nicht zu seinem neuen Lehrling machen! Er wollte ihn umbringen. Und hätte Kieran bei der Weltenüberquerung mit seinen Eltern die Fibel nicht verloren, hätte ihn dasselbe Schicksal ereilt. Und ausgerechnet *er* sollte Damianos jetzt seinen eigenen Bruder ausliefern!

»Wann sollen wir aufbrechen?«, überspielte Onyx sein Schweigen und gab ihm so Gelegenheit, sich zu sammeln, bevor sein Meister misstrauisch wurde.

»So bald wie möglich. Am besten gleich morgen. Ich werde euch mit meiner Fibel nach Keravina bringen, denn ich habe guten Grund zu der Annahme, dass er in dieser unwirtlichen Wüstengegend gestrandet ist. Zum Glück liegt sie weitab von den Siedlungen der Weißmagier, die versuchen werden, ihn und die Fibel vor mir zu verbergen. Triff Vorbereitungen für eine längere Reise. Nimm Heiltränke, Gifte und Waffen mit, was auch immer du für diese Aufgabe brauchst.«

»Wir werden gleich in der Früh aufbrechen«, beschloss Kieran.

»So eilig hast du es auf einmal?«, fragte Damianos mit Misstrauen in der Stimme.

»Jetzt, da ich weiß, dass Ihr ihn nicht an meiner statt als Lehrling annehmen wollt …«, beeilte sich Kieran, jeden Zweifel an seiner Loyalität zu zerstreuen.

»Ich würde wohl kaum einen so gerissenen und kaltblütigen Schüler wie dich in ihm gewinnen.« Er zögerte einen Moment. Dann fügte er mit einem feinen Lächeln hinzu: »Wenn du mir deinen Bruder und die Fibel bringst, lasse ich zur Belohnung für deine treuen Dienste deinen Vater frei.«

Kaum hatte Damianos sie verlassen, ließ sich Kieran gegen Onyx' Bauch fallen. Dieser pustete ihm seinen heißen Atem ins Gesicht.

»In einem Orkan die ersten Flugstunden zu absolvieren, ist leichter, als dein Freund zu sein, Junge!«, dröhnte seine Stimme in Kierans Kopf. *»Ich habe Stunden auf ihn eingeredet, um deinen Handlungen eine für ihn schmeichelhafte Version abzugewinnen! Aber weißt du, was das Schlimmste war?«* Kieran schüttelte grinsend den Kopf. *»Dass ich dich Nervensäge vermisst habe! Ein ausgewachsener, starker Drache wie ich vermisst so einen …«*

»Sprich es lieber nicht aus! Ich bin jetzt wieder sein überaus gerissener, kaltblütiger Lehrling.«

»Ein Feuerstrahl von mir, und du bist sein überaus kalter Aschehaufen. Im Übrigen soll ich dich von jemandem aus Haljaensheim grüßen lassen.«

Serafinas anmutige Gestalt tauchte vor Kierans Augen auf,

als wären sie nur ein paar Stunden und nicht fast ein ganzes Jahr getrennt gewesen. »*Von wem?*«, fragte er atemlos.

»*Der alten Merla.*«

»*Der alten Hexe?!*« Ein Schwall Eiswasser hätte nicht schneller seine Sehnsucht nach Serafina ernüchtern können.

Onyx gluckste. »*Richtig erkannt. Sie ist eine Hexe.*«

»*Ich hab's geahnt! Sie war mir als Kind schon immer unheimlich. Ich dachte, Damianos duldet außer Dermoth und den Schattenkriegern keine anderen Magier in Erebos.*«

»*Er lässt sie gewähren, weil sie ihm keinen Schaden zufügt und er an ihren besonderen Fähigkeiten interessiert ist.*«

»*Was denn für Fähigkeiten? Sie fertigt miserable Landkarten an.*«

»*Unterschätz sie nicht, Kieran. Sie ist eine Seherin, die einzige mir bekannte seit vielen Jahrhunderten. Damianos selbst hat bei all seiner Macht keine prophetischen Gaben. Er wollte von ihr erfahren, wo dein Bruder in Aithér aufgetaucht sein könnte. Sie hat von einer schwarzen Sandwüste gesprochen.*«

»*Hätte sie es ihm bloß nicht verraten!*«

»*Glaubst du, Finn hat eine Chance, allein in dieser unwirtlichen Gegend mit all ihren magischen Geschöpfen zu überleben? Merla hatte nicht im Sinn, Damianos einen Gefallen zu tun. Nur durch diese Information können wir ihm nun gegen Gefahren beistehen.*«

»*Als ob sie an Finns Wohlergehen gedacht hat!*«

»*Du solltest am allerwenigsten schlecht von ihr sprechen. Wer, denkst du, könnte dich und deinen Vater all die Jahre mit der Perthro-Rune vor Damianos verborgen haben?*«

Kapitel 18

Sis
Aithér, Jahr 2517 nach Elio, dritter Mond des Frühlings, Tag 24
Sis' Herz pochte fest gegen ihre Brust, als sie dem Drachen nachblickte, der plötzlich abdrehte und am Horizont verschwand. Wann hatte sie noch mal gesagt, sie fände diese Welt faszinierend?

»Bist du von allen guten Geistern verlassen, Finn?«, donnerte Ramón hinter ihr. »Warum bist du nicht unter Suryals Schild geblieben?«

Luna stand dicht neben Sis, und erst jetzt fiel ihr auf, dass sie während des Drachenangriffs nach ihrer Hand gegriffen hatte.

»Auf dem Drachen saß Kieran«, sagte Finn tonlos, das Gesicht weiß wie der Schnee unter ihnen, und Sis glaubte, nun selbst in eine Lawine geraten zu sein.

»Unmöglich!«, entfuhr es Ramón. Sein Gesicht verlor alle Farbe, die ihm seine Wut zuvor aufgemalt hatte.

»Warum sollte dein Bruder uns mit einem Drachen angreifen?«, fragte Luke und kam mit Suryal näher, der sich, erschöpft von seinem Zauber, auf ihn stützte.

»Woher soll *ich* das wissen?«, rief Finn zornig.

Luna ließ Sis' Hand los und berührte ihn sanft an der Schulter. »Hey, du bist in eine Lawine geraten, wärst ums Haar in den Tod gerissen worden, und hinterher hatte ein Drache dich in seinen Klauen«, versuchte sie, ihn zu beruhigen. »Vielleicht hat deine Fantasie dir nur einen Streich gespielt?«

Wenn Sis das gesagt hätte, wäre Finn explodiert. Einen Moment lang schien er wirklich über diese Option nachzudenken – bis Luke die Wirkung von Lunas Worten vermasselte.

»Na klar, und dann macht diese genmanipulierte fliegende Riesenechse auch noch einen auf Pyromanen. Ich meine, da muss man schon Nerven aus Granit haben, um nicht den Verstand zu verlieren.«

»Es heißt Nerven aus Stahl, du Sprichwort-Profi, und ich habe ganz sicher *nicht* den Verstand verloren. Der Kerl auf dem Drachen *war* Kieran!«

Suryal verengte die Augen. »Wie sah er aus?«

»Wir sind eineiige Zwillinge. Schauen Sie einfach mich an.«

»Und seine Kleidung?«

»Ein schwarzer Umhang mit Kapuze«, schnaubte Finn.

»Bist du sicher, dass die Farbe schwarz war?«

Röte kehrte in das Gesicht ihres Bruders zurück. »Nein, er war rosa mit pinken Tupfen!«

»Finn! Warum ist das wichtig?«, lenkte Sis ein, die eine unangenehme Ahnung beschlich.

»Wenn sein Umhang grau gewesen wäre, wäre euer Bruder bereits tot, eine leere Hülle, ein seelenloser Schattenkrieger seines dunklen Meisters, und das würde erklären, warum er dich angegriffen hat.«

Ihr Magen verkrampfte sich. »Sie glauben also auch, das war Kieran auf dem Drachen?«

»Auszuschließen ist das nicht. Die Visionen deines Bruders deuten darauf hin, dass der Blutäugige ihn in seiner Gewalt hat. Er könnte ihn losgeschickt haben, um Finn die Fibel abzunehmen.«

»Er wollte mich *töten*!«, brach es zornig aus Finn heraus.

»Sah ganz danach aus.« Suryal zog die kleine Flasche aus seinem Umhang und nahm einen Schluck Amrital. »Gleichgültig, was dieser Angriff zu bedeuten hat, wir müssen damit rechnen, dass er ihn wiederholt. Lasst uns weitergehen, und du«, er warf Finn einen grimmigen Blick zu, »tanzt diesmal nicht aus der Reihe und wählst deine Schritte sorgfältig.«

Den ganzen restlichen Tag hielt Sis immer wieder am Himmel Ausschau. Aber der schwarze Drache zeigte sich glücklicherweise nicht mehr. Traurig dachte sie an ihren Bruder. Was war Kieran nur widerfahren, dass er sich so skrupellos seinen Geschwistern gegenüber verhielt?

Als die untergehende Sonne den Schnee zu ihren Füßen rot färbte, hatten sie endlich die Steilwand bezwungen. Am Berggrat herrschte ein rauer Wind, der funkelnde Eiskristalle aufwirbelte und gegen ihre Gesichter schlug. Unten im Tal hatten sich dichte Nebelbänke gebildet. Ein paar mutige Fetzen lösten sich aus dem wallenden Grau und nahmen in den letzten rotgoldenen Sonnenstrahlen märchenhafte Gestalten an.

»Hier beginnt der Drachenpass«, verkündete Suryal und deutete auf den Gebirgsgrat, der sich zwischen zwei Bergen hindurchschlängelte und ins Tal zu den Ländereien der Weißmagier führte. »Er birgt viele Gefahren. Die Wege selbst sind vereist, in den tieferen Lagen voll Schotter, sodass man leicht den Halt verliert. Wir müssen einige Schluchten passieren und an mehreren Stellen Brücken überqueren. Ich hoffe nur, sie sind noch intakt. Ich bin diesen Weg jahrelang nicht mehr gegangen.«

»Hört sich verheißungsvoll an«, murmelte Luna.

»In diesen Höhen befinden sich einige Drachenhorte. Nach dem heutigen Erlebnis brauche ich euch nicht zu erklären, wie gefährlich diese Wesen sind.« Er fuhr sich gedankenverloren durch das schüttere Haar. »Dort vorne ist ein Spalt im Felsen, eng und nicht so bequem wie die Höhlen, in denen wir bisher übernachtet haben, aber wenigstens sind wir dort vor Wind, Wetter und Drachen geschützt.«

Kieran
Aithér, Jahr 2517 nach Elio, dritter Mond des Frühlings, Tag 24
Kieran stellte sich die Aufgabe, seinen magisch unerfahrenen Bruder in Aithér aufzuspüren, einfach vor. Er sah ihrer ersten Begegnung mit einer angespannten Mischung aus freudiger Erwartung und Sorge entgegen. Wie würde Finn wohl auf ein Wiedersehen reagieren? Und etwas anderes bereitete ihm Kopfzerbrechen. Als Damianos sie mit seiner Fibel in die Welt der Weißmagier gebracht hatte, hatte er wieder die Gestalt eines Leoparden annehmen müssen.

»*Das heißt noch gar nichts*«, warnte Onyx Kieran, als sie allein waren. »*Du kannst nicht sicher sein, dass seine Magie auch hier eingeschränkt ist. Vielleicht will er nur deine Loyalität auf die Probe stellen.*«

»*In Khaos ist meine Magie schwach gewesen. Doch hier fühle ich sie ebenso stark wie in Erebos. Sollte der Meister hier wehrlos sein...*«

»*Wehrlos?*« Onyx schnaubte Rauchkringel. »*Denk nicht einmal daran, ihn anzugreifen! Konzentriere dich lieber auf deinen Bruder.*«

Kieran hörte auf seinen Rat und suchte die Gegend ab. Sie fanden Blutspuren in einer Höhle, in der ein gewaltiger Regenbogenbaum stand, und Kieran vermutete Schlimmes. Wenn sein Bruder von der Magie dieser Welt nichts wusste, hatte er sicher auch nicht von den geflügelten Wächtern des heiligen Indradhanus Taru gehört. Zumindest schien Finn nicht allein zu sein. Sie waren den Fußspuren einer kleinen Gruppe im Sand gefolgt. Als die Landschaft in eine Steppe überging, wurde es schwerer, ihre Spur zu verfolgen, selbst für Onyx' scharfe Drachenaugen.

»Hinter der Albiza Fergunja liegen die Ländereien der Weißmagier. Mein Bruder muss Helfer gefunden haben. Wenn wir ihn noch rechtzeitig erwischen wollen, müssen wir uns beeilen.«

Sie durchkämmten das ganze Gebiet, bis sie tags darauf auf die nächste Spur stießen. Die eines Kampfes unweit von Hügelgräbern.

»Draugar«, verkündete Onyx besorgt.

»Damianos hat in seiner Bibliothek einige Werke über schwarzmagische dunkle Geschöpfe wie Spriggans, Werwölfe, Draugar und dergleichen. Nur wenige Flüche sind in der Lage, sie zu bezwingen. Falls überhaupt. Würde mich schon reizen, es mal mit einem von ihnen aufzunehmen.«

Nach Kierans Worten ging der Drache ohne Vorwarnung in einen Sturzflug über, sodass er sich nur mit Mühe auf seinem Rücken halten konnte. »ONYX!«, brüllte er.

»Dachte, wenn du schon Todessehnsucht verspürst, kenne ich angenehmere Möglichkeiten, rasch zu sterben.«

»Aus mehreren Hundert Metern Höhe auf dem Boden zu zerschellen, nennst du angenehm?«

»Halt dich von den Draugar fern, und sei es nur, um deinen armen Drachen vor Damianos' Wut zu schützen, sollte er dich als Knochenhaufen zurückbringen.«

Deinen Drachen. Zum ersten Mal hatte Onyx sich so genannt. Liebevoll tätschelte Kieran ihm den Hals.

Gegen Mittag erreichten sie erste schneebedeckte Berghänge. Seit zwei Tagen jagten Onyx und er Finn nun schon hinterher. Und endlich, weit entfernt, konnte der Drache einige dunkle

Punkte im gleißenden Weiß erkennen. Er flog schneller. Als sie näher kamen, war es sogar Kieran mit einem magischen Verstärkungszauber möglich, die einzelnen Personen der kleinen Gruppe auszumachen. Ein Alter im farbenprächtigen Orangegelb des Clans der Dhiranen schien die Gruppe anzuführen, ein schwarzhaariger Mann mittleren Alters lief neben ihm, zwei Mädchen – war eine von ihnen vielleicht seine Schwester? – folgten zusammen mit einem blonden Jungen. Und dann entdeckte er Finn und schnappte nach Luft. Er sah ihm so verdammt ähnlich!

Sein Bruder war etwas zurückgefallen und schien ihn direkt anzustarren, auch wenn er ihn auf die Entfernung unmöglich erkennen konnte – es sei denn, er beherrsche ebenfalls den Verstärkungszauber. Finn machte gerade einen weiteren Schritt nach vorne, da rutschte der Schnee unter seinen Füßen weg, und er schlug mit Rücken und Hinterkopf auf dem Eis auf, das ihn sofort mit sich Richtung Tal riss.

»ONYX!«, brüllte Kieran, aber das war unnötig, denn der hatte schon zum Sturzflug angesetzt. Die Lawine fegte über eine Felskante, und als kurz ein dunkler Fleck zwischen all dem Weiß auftauchte, griff der Drache mit seinen Krallen mitten im Flug zu und schoss mit seiner Beute wieder nach oben. Von dem heftigen Flugmanöver war Kieran übel geworden, und gleichzeitig war seine Freude über diesen allzu leichten Fang riesig. Doch er hatte seinen Bruder unterschätzt.

Hatte Damianos nicht etwas von »magisch unbegabt« gefaselt?

Sie hatten kaum ihre ursprüngliche Flughöhe erreicht, da schoss plötzlich ein Adler neben ihnen in den Himmel, und mit Entsetzen stellte Kieran fest, dass es Finn war. Ein Gestaltwandler! Wo zur Hölle hatte sein Bruder das gelernt? Kierans Anblick musste ein Schock für ihn sein, denn er stürzte jäh in die Tiefe und landete ziemlich unsanft in seiner menschlichen Form neben seinen Begleitern im Schnee. Und zu allem Überfluss baute jetzt der Dhirane auch noch einen Schutzschild über der Gruppe auf.

»*Kannst du den Schild zerstören, ohne die Personen darunter zu verletzen?*«

»*Zufällig kann ich mein Feuer so kontrolliert ausspeien, dass es versiegt, sobald der Schild zusammenbricht.*«

»*Dann tu das, oh, großer Drachenmeister!*«, rief Kieran mit mildem Spott.

Sobald der Schild brach, würde Onyx sich Finn schnappen.

Aber in der nächsten Sekunde sprang sein Bruder aus dem Schutzschild heraus, mitten vor Onyx' Feuer speiendes Maul. Kierans Herz setzte einen Schlag lang aus.

»STOPP!«, brüllte er, doch Onyx war viel zu sehr mit der Kontrolle seines Feuers beschäftigt und hatte seinen leichtsinnigen Bruder noch gar nicht bemerkt. Mit einem Satz sprang Kieran über den Zacken nach vorne zu dem Kopf des Drachen und riss ihn an seinen Ohren gewaltsam zur Seite. Sein im selben Moment ausgestoßener Feuerstrahl schlug haarscharf neben Finn in den Schnee ein und hinterließ ein gewaltiges schwarzes Loch. Kierans Knie und Hände zitterten. Bei allen schwarzfüßigen Feuersalamandern, er hätte um ein Haar seinen eigenen Bruder ermordet!

Finn
Aithér, Jahr 2517 nach Elio, dritter Mond des Frühlings, Tag 24
Er hatte dein Gesicht.
Er hatte ganz sicher dein Gesicht!
Und er wollte dich umbringen.

Kieran und der Drache wollten Finn einfach nicht mehr aus dem Kopf gehen. Müde lauschte er dem gleichmäßigen Atem der anderen und fand dennoch keinen Schlaf. Vor dem Felsspalt, hinter dem die niedrige Höhlennische lag, in der sie übernachteten, hatten sie zum Schutz vor Wind und Drachen Steine aufgehäuft. Dadurch war es nun furchtbar stickig und verdammt eng. Bei jeder Bewegung stieß er gegen Luke oder Suryal, der schon wieder zu schnarchen begann. Frustriert setzte er sich auf. Ramón hatte die erste Wache übernommen und lehnte an der Höhlenwand neben dem Felsspalt. Seine Augen waren geschlossen, und im ersten Moment fragte Finn sich, ob er eingenickt war, doch als ein Geräusch von draußen zu ihnen hereindrang, wirbelte Ramón blitzschnell herum. Er lugte zwischen den aufgeschichteten Felsbrocken ins Freie. Finn schlich zu ihm.

»Was ist da draußen?«, flüsterte er, aber Lunas Vater hob abwehrend die Hand und machte ihm ein Zeichen, nicht zu sprechen. In seinen braunen Augen lag ein Ausdruck, den er nicht deuten konnte, und im nächsten Moment hörte er eine Stimme, die ihm einen eisigen Schauer über den Rücken trieb.

»Ich weiß, dass du hier bist! Du kannst mir nicht entkommen. Ich werde dich, falls nötig, bis ans Ende deiner Tage verfolgen.« Ein höhnisches Lachen folgte den Worten. »*Mir* läuft die Zeit nicht davon. Einer der wenigen Vorteile, wenn man untot ist.«

Oisinn! Der Laut, der sich Finn unbewusst entrang, wurde von Ramóns Hand erstickt, die er ihm auf den Mund presste. Ein Rascheln ließ sie beide zusammenfahren. Zum Glück war es nicht einer von Oisinns gruseligen Zombie-Kumpeln, sondern Suryal. So laut, wie der im Schlaf schnarchte, hätte Finn nicht gedacht, er würde irgendetwas mitbekommen.

»Hast mich ganz schön an der Nase herumgeführt. Bist doch

nicht so ungeübt im Zaubern. Von wegen, du kannst kein Feuer machen – beherrschst sogar den Figurationszauber wie einer der Alten. Und auf dem Drachen hast du heute auch keine schlechte Figur gemacht.«

Figurationszauber? Suryal hatte etwas von einem Zauber erzählt, mit dem man an einen anderen Ort reisen konnte ... Natürlich! Oisinn wusste nichts von der Fibel. Er konnte sich sein plötzliches Verschwinden nur auf diese Weise erklären. Etwas polterte unmittelbar vor ihnen. Der Spalt, durch den Ramón schaute, hatte sich vergrößert, und Mondlicht fiel herein.

»Ich kann dich riiiieeeechen.«

Schweiß brach Finn aus, und sein Puls erreichte schwindelnde Höhen. Der Draugr wuchtete mit seiner Magie die Steine von dem Spalteingang! Suryals Miene verfinsterte sich. Finn wagte nicht zu sprechen und deutete nur mit einer hilflosen Geste auf die Fibel. Wer wusste schon, wie gut das Gehör eines magisch aufgepeppten Untoten war? Doch dann unterbrach eine andere Stimme das Poltern. Jung wie die Oisinns und nicht minder arrogant.

»Putz dir die Nase, Draugr, ich steh hinter dir!«

»Du zeigst dich mir freiwillig?« Oisinn lachte kalt auf. »An Todessehnsucht mangelt es dir jedenfalls nicht.«

Die Haare stellten sich Finn im Nacken auf. Das konnte nur eines bedeuten – da draußen stand jemand, der ihm zum Verwechseln ähnlich sah. Kieran.

Sis, Luke und Luna waren von dem Geschrei nun ebenfalls aufgewacht, und Suryal bedeutete ihnen durch Gesten, leise zu sein. Finn schob Ramón ein Stück zur Seite, um durch den schmalen Spalt zwischen den Felsbrocken nach draußen zu spähen. Der Untote stand mit dem Rücken zu ihm vor dem Felsen und verdeckte die Sicht auf sein Gegenüber.

»Verschwinde, Draugr!«

»Verschwinde?« Oisinn schüttelte ungläubig den Kopf. »Du kannst es mit mir nicht aufnehmen. Haben sie dir das in der Schule nicht beigebracht? Ich werde dich in Stücke reißen.«

»Das lass mal meine Sorge sein! Wie wär's mit einem magischen Duell?«

Verdammt, Finn wünschte, er könnte nur einen einzigen Blick auf Kieran erhaschen. Wie konnte sein Bruder nur so selbstsicher sein?

»Willst du mir jetzt wieder deine Schlange auf den Hals hetzen? Der Kinderscherz hat dir beim letzten Mal schon nichts gebracht. Aber gut. Im Gegensatz zu dir bin ich ein Ehrenmann.« Sein diabolisches Kichern und die folgenden heiser geraunten Worte ließen Finn jeden Schmerz, den er ihm zugefügt hatte, erneut durchleben. »Abschlachten kann ich dich hinterher immer noch.«

Und plötzlich konnte er nur an eines denken: Er musste Kieran warnen! Doch Ramón sah seine Reaktion voraus, schüttelte den Kopf und warf ihm einen strengen Blick zu. Unterdessen knisterten Magiefunken durch den Felsspalt. Suryal zog ihn von der Öffnung weg. Zu groß war die Gefahr, von einem der Flüche getroffen zu werden. Verdammt! Eine Maus müsste man sein!

Eine Maus.

»Respekt, Kleiner. Aber kannst du auch den abwehren?«, dröhnte Oisinns Stimme von draußen.

Der Skarabäus begann, auf Finns Brust zu tanzen. »*Suryal wird dich vierteilen, wenn du da rausgehst.*«

»*Und? Er ist mein Bruder. Ich muss sehen, was geschieht, und ihm zur Not beistehen.*«

Doch als das Schmuckstück auf seiner Brust aufglühte, begriff leider auch Ramón, was er vorhatte. »NEIN!«, zischte er leise, aber es war bereits zu spät. Seine Hände griffen ins Leere, während Finn in seiner neuen Tiergestalt durch den Felsspalt flitzte und sich zwischen zwei Felsbrocken neben dem Eingang versteckte. Und dann sah er sie und glaubte, sein kleines Mausherz müsste von dem schnellen Klopfen zerspringen.

Kierans Anblick ließ jegliche Zweifel, ob er wirklich sein Bruder war, verpuffen. Gleich groß, nur dünner als er, mit einem ernsten Gesichtsausdruck und dunklen Augenringen, stand er Oisinn gegenüber, und beide feuerten unablässig Flüche aufeinander ab. Eine grünlich flirrende Aura umgab ihn wie einen Schutzschild, und er bewegte sich rasend schnell, wich Flüchen geschmeidig aus und wehrte sich erbittert. Oisinn hatte einen ähnlichen Schild aufgebaut, dessen rot schimmerndes Licht jedoch langsam schwächer zu werden schien, denn nicht nur aus seinem Hals, sondern aus verschiedenen neuen Wunden unter seinem silbernen Kettenhemd quoll schwarzes Blut hervor. Sein Gesicht hatte einen verbissenen, hasserfüllten Ausdruck angenommen. Auch er bewegte seine Hände und rief unablässig Flüche. Ein paarmal gelang es ihm, Finns Bruder Verletzungen zuzufügen. Aber nach einem besonders schweren Schlag gegen seine Brust fiel er auf die Knie und starrte Kieran ungläubig an.

Etwas Warmes berührte Finn, und er quiekte auf. Eine weiße, struppige Ratte hatte sich neben ihn geschoben, und in seinem Kopf hörte er Suryal wettern: »*Lauf noch ein Mal weg, und du kannst dir jemand anderen suchen, der dich zu den Weißmagiern führt.*«

»Gib auf, Draugr!«, rief in diesem Moment Kieran, und Finn wollte am liebsten laut jubeln vor Stolz und Freude über seinen Sieg. Doch seine nächsten Worte dämpften seine Begeisterung. »Verschwende nicht deine Kräfte, sondern schließ dich mir lieber an. Siehst du nicht Damianos' Zeichen auf meiner Brust? Du hast nicht die geringste Chance gegen mich.«

Damianos' Zeichen! Jetzt erst fiel Finn die Stickerei auf seinem

Umhang auf. Ein goldener Kreis, der einen Stern umschloss. In seiner Mitte ein Pentagramm mit einem blutroten Dreieck.

»Wer bist du?«, keuchte Oisinn, während er sich erschöpft aufrappelte. Das Blut, das aus seinem durchlöcherten Leib drang, versiegte, und die Wunden im Gesicht begannen, sich wieder zu schließen. Kein Wunder, dass Draugar als unbesiegbar galten, wenn sie so schnell heilten.

»Sein Lehrling«, antwortete Kieran hörbar stolz.

Finn wurde schlecht.

»Du lügst! Damianos hatte noch nie einen Lehrling. In all den Jahrhunderten nicht. Er hat die Schattenkrieger, seine grauen Sklaven.« Oisinn spuckte abfällig aus. »Und ab und an haben wir mit ihm Geschäfte gemacht.«

»Jetzt hat er einen. Mich.«

Der Draugr lachte gehässig. »Was ist denn an dir so besonders, dass ausgerechnet DU sein Lehrling sein sollst?«

»Ich werde ihm einen Wahrsager ausliefern.«

»Die letzte echte Prophetin war meines Wissens Ariana. Und selbst deren Weissagungen werden angezweifelt. Wer ist es denn? Hast du schon seine Spur aufgenommen?«, spottete Oisinn sichtlich amüsiert und wischte mit Schnee die Blutflecken von seiner Rüstung.

»Du kennst ihn bereits. Du hast erst kürzlich gegen ihn gekämpft.«

Oisinn hielt inne, und Finns Mauskrallen kratzten weiße Kerben in den Stein.

»Keiner, gegen den ich in den vergangenen Jahrhunderten gekämpft habe, hat überlebt«, sagte Oisinn langsam.

Kieran verschränkte die Arme über der Brust und lächelte. »Mein Zwillingsbruder ist dir entwischt.«

Finn schloss die Augen. Alles drehte sich in seinem Kopf.

»Dein *Zwillingsbruder*?«, hallte die Stimme des Draugr ihm

durch Mark und Bein. »Bei Elio, dann warst das gar nicht du, der den Schlangenstab auf mich geworfen hat?«

»Sehe ich aus, als ob ich so dumm bin, Kinderspielzeug an einen Draugr zu verschwenden?«, schnaubte Kieran und kam näher. Jeder seiner Schritte fühlte sich wie ein Erdbeben in Finns Innerem an.

»Er kann nicht einmal Feuer entzünden, sich jedoch verwandeln und figurieren? Wie ist das denn möglich?«

»Wie bei fast allen Magiern mit prophetischen Gaben: Er ist nicht ganz bei Verstand.« Kieran machte eine entsprechende Geste zu seinem Kopf, und Finns Magen verkrampfte sich vor Wut. »Nur in seinen wenigen klaren Momenten ist er zu erstaunlichen Zaubern und Weissagungen fähig. Hilf mir, ihn zu finden, und mein Meister wird dich fürstlich dafür belohnen. Aber lass ihn am Leben. Damianos hat Besonderes mit ihm vor. Richte das auch den anderen Draugar aus.«

Der Untote dachte einen Augenblick lang über dieses Angebot nach.

»In Ordnung.« Er zog sich den Handschuh aus und streckte Kieran seine Hand entgegen. »Ich stelle nur eine Bedingung. Wenn dein Meister mit deinem schwachköpfigen Bruder fertig ist, will ich ihn haben. Wir haben noch eine Rechnung zu begleichen.«

»Ich werde es ihm ausrichten. In drei Tagen bin ich wieder zurück. Bis dahin verhältst du dich friedlich und versuchst nur, seinen Aufenthaltsort herauszufinden, verstanden?«

Oisinn lachte höhnisch. »Du kannst nicht über mich befehlen, Lehrling. Nicht einmal dein Meister kann das. Wir sind bereits tot und unsere Seelen in seiner Gewalt, vergessen? Nichts ist mehr von uns übrig, das Damianos uns nehmen könnte.«

»Mag sein. Aber du willst genauso wenig wie wir, dass uns dieser Fang durch die Lappen geht.«

»Also gut«, knirschte Oisinn zwischen den Zähnen. Ein grauenerregendes Geräusch. Doch nicht so gruselig wie das Klatschen, als sein Bruder den letzten Schritt auf den Untoten zumachte und mit seinem Handschlag ihren grausigen Pakt besiegelte.

Sis

Aithér, Jahr 2517 nach Elio, dritter Mond des Frühlings, Tag 25
Nachdem Finn nach draußen entkommen und Suryal ihm gefolgt war, gab es für Sis kein Halten mehr. Sie musste wissen, was geschah, und spähte vorsichtig durch den Felsspalt hinaus. Magiefunken hin oder her. Was auch immer in den vergangenen zwölf Jahren mit Kieran in dieser Welt geschehen war – geschwisterliche Gefühle hegte er ihnen gegenüber jedenfalls nicht. Zwillingsbruder? Der Junge vor dem Höhleneingang war das genaue Gegenteil von Finn, arrogant, berechnend und gefühlskalt. Die Tatsache, dass er wie eine dunkle Kopie ihres Bruders wirkte, machte es nicht eben leichter, das zu glauben.

Doch es wurde noch schlimmer, als der Draugr sich etwas drehte und sie einen genaueren Blick auf sein Gesicht werfen konnte, denn bei seiner ersten Begegnung mit Finn hatte sie ihn nur schemenhaft im Vorbeieilen gesehen. Sis stockte der Atem. Dort draußen stand eindeutig der Ritter, den sie bei ihrer Weltenquerung auf dem Schlachtfeld angetroffen hatte und der in ihren Armen schwer verwundet gestorben war. Hatte sie eine Vision von seinem Tod gehabt, oder war sie wirklich dabei gewesen?

Sie schauderte, denn ihr wurde bewusst, dass in dem Moment, als sie aus was auch immer erwacht war, der Schwarzmagier erschienen sein musste, um einen Draugr aus dem sterbenden Oisinn zu machen. Einen Untoten. Den Zombies in Filmen sah er allerdings überhaupt nicht ähnlich. Oisinn hatte ein markantes, schönes Gesicht, war mindestens so groß wie Luke und bewegte sich in dem schweren Kettenhemd im Duell mit Kieran leichtfüßig, geschmeidig und elegant. Sis fragte sich, was für ein Mensch er vor seinem Tod gewesen war. Ohne die ihn umgebende schwarzmagische Aura und seine tiefschwarzen Augen konnte man ihn für den tapferen Ritter aus Märchen halten, den man in der Not um Hilfe bat. Okay, in seinem jetzigen Zustand war das vermutlich keine so gute Idee. Und würde er sich an Sis erinnern? Hatte er vielleicht dieselbe Vision von ihr gehabt? Aber dann fiel ihr wieder ein, wie er sterbend blind nach ihr getastet hatte.

Oisinn und Kieran lösten sich nach ihrem Handschlag vor Sis' Augen auf, vermutlich mit dem Figurationszauber, von dem Suryal ihnen erzählt hatte. Der alte Magier und Finn nahmen wieder ihre menschliche Gestalt an, und Sis ahnte, wie Finn auf all das jetzt reagieren würde. Sie täuschte sich nicht. Mit einem zornigen Brüllen packte er einen Felsbrocken und schleuderte ihn weit über den Bergkamm.

»Ich mach ihn fertig! Soll der mir nur noch ein Mal über den Weg laufen! Was bildet sich dieser Arsch eigentlich ein? Hat mich seit zwölf Jahren nicht gesehen und spricht kein Wort mit mir. Greift mich stattdessen mit seinem Drachen an. Nennt mich einen Schwachkopf und beauftragt einen Draugr, ihm dabei zu helfen, mich diesem Schwarzmagier auszuliefern. Und ist sogar *stolz* darauf, sein *Lehrling* zu sein.«

Suryal machte sich unbeeindruckt von seinem Wutausbruch daran, die Steine magisch vom Höhleneingang zu entfernen, und Ramón unterstützte ihn von ihrer Seite aus.

»Kann ich dir helfen, Papá?«, wisperte Luna mit einem verlegenen Seitenblick auf Sis.

Aber sie war gerade viel zu aufgewühlt von dem Wiedersehen mit Kieran und Oisinn, um eifersüchtig darauf zu reagieren, dass allen anderen außer ihr in Aithér Magie regelrecht zuzufliegen schien. Luke natürlich ausgenommen. Hätte sie nicht bei der Berührung der Megalithen den Todesschrei der Draugar gehört, würde sie sich ebenfalls für nicht magisch halten.

»Ich wäre auch total sauer«, murmelte Luke neben ihr zu Finns Verteidigung. Der tobte unterdessen draußen weiter.

»Oh, ich kann ihn mir lebhaft vorstellen: *Meister, darf ich Euch den Umhang reichen? Meister, darf ich Eure Füße küssen? Bitte, Meister, lasst mich Euch meinen schwachsinnigen Bruder bringen, und sobald Ihr mit ihm fertig seid, erlaubt, dass ich ihn den Draugar zum Abschlachten vorwerfe ...*«

Der Höhleneingang lag nun frei, und sie schlüpften alle zu ihm hinaus.

»Es reicht langsam, Junge«, entgegnete Suryal kühl.

»Es reicht noch lange nicht!«, brüllte Finn in blanker Wut. »Wenn ich ihn wiedersehe, dann werde ich ... ich werde ...«

»Was?«, fragte Ramón kopfschüttelnd. »Dich ebenso verhalten wie er? Ihn angreifen, womöglich gar töten? Willst du das wirklich?«

»JA!«, fauchte ihr Bruder mit roten Flecken auf den Wangen und hasssprühenden Augen.

»Jetzt hör schon auf!«, stöhnte Sis, die genau wusste, dass nur sein Jähzorn wieder einmal aus ihm herausbrach. Finn würde Kieran höchstens eine saftige Abreibung verpassen, falls er die Gelegenheit dazu bekommen würde.

Luke klopfte ihm gönnerhaft auf die Schulter. »Klasse Idee! Aber hey, ich hab noch einen besseren Vorschlag. Nach allem, was ich bisher über diesen blutäugigen Magier von euch allen gehört habe, ist es bestimmt das reinste Vergnügen, bei ihm Lehrling zu sein. Hast du nicht gesagt, er nennt Kieran in deinen Visionen nutzlos? Und hat er dir nicht bereits damit gedroht, ihn zu töten? Er wird ihn also früher oder später selbst ins Jenseits befördern. Warum wartest du das nicht einfach ab? Dann musst du dir nicht die Hände schmutzig machen und hast die Befriedigung, dass es ihm bis zu seinem Ableben so richtig dreckig bei diesem Schwarzmagier ergeht!«

Sis wollte Luke auf der Stelle für diese Rede um den Hals fallen. Ihr Bruder starrte ihn mit offenem Mund an.

»Weise Worte, Feuerbringererbe«, pflichtete Suryal Luke bei.

»Tja, also, dort, wo ich herkomme, nannte man mich immer *Lukas, den Weisen*.«

Finns grimmige Miene fiel in sich zusammen, und im nächsten Augenblick explodierte er in schallendem Gelächter, bis ihm Tränen in die Augen traten. Luke grinste breit, und Sis lief auf sie zu, um sie beide zu umarmen.

»Schon besser! Die Rolle des dämonischen, blutrünstigen Rächers steht dir, ehrlich gesagt, nicht besonders.«

Luke knuffte Finn in die Seite, und dieser wischte sich die Tränen aus den Augen und stöhnte: »Hör endlich auf, uns zu erdrücken, Sis!« Und an Luke gewandt: »Mann, bin ich froh, dass du mit uns gekommen bist!«

»Nicht nur du«, bekräftigte Sis und lächelte Luke dankbar an.

»Gut!« Ramón trat zu ihnen. »Da wir uns nun alle wieder beruhigt haben, sollten wir versuchen, einigermaßen sachlich über das zu reden, was gerade geschehen ist.« Er warf einen ernsten Blick in die Runde. »Kieran ist dem Blutäugigen in die Hände gefallen und sein Lehrling. Seine Kleidung, sein Verhalten und insbesondere seine magischen Fähigkeiten lassen keinen anderen Schluss zu. Das heißt allerdings noch lange nicht, er tut das aus freien Stücken, Finn.«

Ihr Bruder wollte etwas erwidern, doch Ramón wehrte ihn mit einer Handbewegung ab. Bevor er weitersprechen konnte, warf Luna ein: »Was er mit diesem Zombie ausgehandelt hat, sagt eigentlich noch gar nichts über seine wahren Absichten aus. Wenn er Damianos' Lehrling ist, soll er dich ihm natürlich nicht als *Wahrsager* ausliefern. Dass er dich vor Oisinn einen Propheten und Schwachkopf nennt, muss einen anderen Grund haben.«

»Welchen denn?«, schnaubte Finn.

»Nicht zu verraten, wer du in Wahrheit bist, nämlich der *Überbringer*. Vielleicht will er Oisinn bloß täuschen, um ihn eine Weile von dir abzuziehen.«

»Du sprichst mir aus dem Mund, Cariño«, sagte Ramón lächelnd.

Daran hatte Sis auch schon gedacht. Lunas Vater fuhr fort: »Womöglich hat Kieran uns dadurch Zeit verschafft. Dennoch sollten wir uns ernsthaft Gedanken über ihn machen, denn Aruns bisherigen Erfahrungen mit Draugar zum Trotz scheint dieser Oisinn sich geradezu fanatisch an deine Fersen geheftet zu haben.«

»Das ist in der Tat ein mehr als ungewöhnliches Verhalten für einen Draugr. Ich mache mir große Sorgen deswegen«, stimmte Suryal stirnrunzelnd zu.

»Außerdem wissen wir immer noch nicht, was mit unseren Eltern geschehen ist. Es wäre gut, wir könnten von Kieran mehr über sie in Erfahrung bringen«, überlegte Sis laut.

»Oh, falls er mir zwischen den Anschlägen auf mein Leben mal die Gelegenheit gibt, Luft zu holen, werde ich ihn gerne nach ihnen fragen«, schnaubte Finn.

Kieran

Aithér, Jahr 2517 nach Elio, dritter Mond des Frühlings, Tag 25

»*Was hat er sich bloß dabei gedacht!*«

Kierans Stiefel hallten auf dem felsigen Boden, während er vor Onyx auf und ab schritt. Sie hatten sich nach seinem Kampf mit dem Draugr über Nacht in eine verlassene Drachenhöhle auf dem Drachenpass zurückgezogen. Dem Drachen gefiel es hier. Aus einer dieser zahlreichen Höhlen musste Damianos einst das Ei gestohlen haben, aus dem er geschlüpft war. Onyx hatte vor Tagesanbruch im Wald gejagt und kauerte jetzt satt und zufrieden neben ihm. Kieran hingegen hatte noch keinen Bissen von seinem Frühstück runtergekriegt. Die Vorstellung, wie nah sein Bruder bereits zweimal am Rande des Todes gewesen war, wirkte alles andere als appetitfördernd.

»*Wenn er wirklich der Überbringer ist, sollte er besser auf sich aufpassen!*«

Onyx gluckste. »*Schon mal von einem künftigen Feldherrn gehört, der sich feige versteckt?*«

»*Du nennst diesen Irrsinn, mit Schlangenstäben gegen Draugar zu kämpfen und hinter magischen Schutzschilden hervorzuspringen, Mut?*«

Onyx pustete ihm seinen heißen Atem ins Gesicht. »*Ich kann dein Selbstwertgefühl dahingehend stärken, dass du wesentlich klüger gehandelt hättest. Dennoch war es mutig. Ich glaube, er trat aus dem Schild heraus, um die anderen vor dir zu schützen.*«

»*Ich kann nur hoffen, Oisinn hält sich an die Abmachung. Hast du gesehen, wie schnell er von selbst geheilt ist? Eine zweite Runde gegen ihn hätte ich nicht mehr überstanden.*«

»*Deshalb habe ich dich auch vor diesem Kampf gewarnt. Aber deine Idee mit dem Pakt war gerissen. Dein Bruder wird allerdings weniger von eurem Gespräch angetan gewesen sein.*«

»*Ich bin schon froh, dass er nicht versucht hat, hinter dem Felsen hervorzuspringen, um dem Draugr die Wahrheit zu verkünden. Irgendwann werde ich die Gelegenheit finden, ihm alles zu erklären. Eigenartig, wie gut du dich in die Denkweise von Menschen hineinversetzen kannst. Manchmal bist du klüger als wir.«*

»*Ich sage das jetzt nur ungern. Im Allgemeinen bin ich IMMER klüger als ihr Menschen.*«

»*Und dabei auch noch so unerhört bescheiden …*«

Onyx ignorierte seinen Einwurf. »*Du weißt, dass Damianos mich großgezogen hat. Er ist nicht nur selbst ein Mensch, er hatte über zweitausend Jahre Zeit, das Verhalten von Menschen zu studieren, und hat dieses Wissen auf mich übertragen.*«

Kieran verschluckte sich an dem Wasser, das er gerade trank. »*Wie meinst du das?*«

»*Der Meister hat einen Zauber angewandt, bei dem er Teile seines Gedächtnisses in meinem Gehirn verankerte. Ich kann das Verhalten deines Bruders also mit dem von zahlreichen Menschen vergleichen, die vor Hunderten von Jahren gelebt haben.*«

Das musste ein großes Geheimnis zwischen ihm und Damianos sein, denn es offenbarte eine Möglichkeit, die plötzlich klar wie das Wasser eines Bergsees vor Kieran lag. Er öffnete den Mund zu einer Erwiderung, aber Onyx, der ihn genauestens beobachtet hatte, fing erneut zu glucksen an. »*Ich weiß genau, woran du denkst, kleiner Zauberer.*«

»*Ach, dann bin ich von all den Menschen, die in deinem Gedächtnis verankert sind, einer der durchschaubarsten?*«

»*Ganz im Gegenteil. Von all den Menschen – und das waren viele, glaub mir –, die Damianos in den letzten 2500 Jahren begegnet sind, hätte ich nur mit einer Handvoll Bekanntschaft machen wollen, und du stehst an erster Stelle.*«

Kieran knuffte ihn gegen den Bauch. »*Das sagst du jetzt nur so.*«

»*Du bist einer der klügsten Köpfe, die mir je begegnet sind. Ich habe dich genau studiert. So wie Damianos. Glaubst du, er hat dich wieder in den Lehrlingsstand erhoben, nur weil du ihm deinen Bruder ausliefern sollst? Er könnte auch Steel damit beauftragen, die Weißmagier zu überlisten. Damianos weiß genau, was er an dir hat.«*

Kieran lächelte. *»Wenn Damianos all seine Erfahrungen auf dich übertragen hat, dann macht ihn das in gewisser Weise berechenbar. Man könnte ihm mit deinem Wissen eine Falle stellen.«*

Onyx erwiderte vergnügt: *»Sagte ich doch, du bist klug.«*

»Genau. Und deshalb werde ich jetzt unseren Meister verständigen, damit er von dem Pakt erfährt, und die Schuld für alle Verzögerungen dem Untoten in die Schuhe schieben.« Während Kieran den Obsidian mit seinen Augen fixierte, veränderte sich das tiefe Schwarz des Steins und wurde silbrig, sodass er sich darin spiegelte. Es sah gruselig aus, wie sein eigenes Spiegelbild verschwamm und in Damianos' bleiche Züge überging.

Kieran erzählte ihm, was er bislang in Erfahrung gebracht hatte. Der ältere Magier, der die Gruppe anführte, bereitete Damianos Sorgen.

»Mir ist von Steel berichtet worden, der alte Suryal hätte nach dem Tod seiner Tochter den Verstand verloren, sein gesamtes Vermögen einem Diener, noch dazu einem Nichtmagier, überschrieben und wäre nach einem missglückten Selbstmordversuch in die Wildnis ausgewandert. Alle Weißmagier halten ihn inzwischen für verrückt oder tot.«

»Er war äußerst lebendig, als er einen Schutzschild über die Gruppe gelegt hat, weil ich sie mit Onyx angegriffen habe«, warf Kieran ein.

»Du hast Onyx auf sie Feuer speien lassen?« Er lächelte kalt. »Ich hätte nicht gedacht, dass du so abgebrüht bist. Wie haben sie reagiert?«

Vor dieser Frage hatte Kieran sich gefürchtet. »Finn ist vollkommen unerwartet aus dem Schild gesprungen, und ich konnte Onyx' Kopf nur im letzten Moment herumreißen, sonst hätte er ihn eingeäschert.«

»Das war unüberlegt, Lehrling!«

Schnell sprach er weiter. »Onyx und ich sind der Meinung, er tat das, um die anderen zu schützen. Deshalb haben wir beschlossen, einen Moment abzupassen, in dem er sich von der Gruppe entfernt. Doch als ich ihm abends auflauern wollte, konnte ich gerade noch verhindern, dass ein Draugr ihn entdeckte. Ich musste gegen ihn kämpfen.«

Das bleiche Gesicht in dem schwarzen Stein hob die Augenbrauen. »Draugar sind aufgrund ihrer Selbstheilungskräfte nahezu unbesiegbar. Aber wie ich sehe, hast du es unbeschadet überstanden.«

Nüchtern und knapp schilderte er dem Meister die Flüche, die er benutzt, und die List, die er hinterher angewandt hatte, um den Kampf zu beenden und den Untoten vorerst von Finn fernzuhalten. »Inspirierend, Kieran. Deinem Kampf hätte ich zu gerne beigewohnt, und deine Abmachung mit ihm war ein kluger Schachzug. So wie du den Draugr beschrieben hast, ist es Oisinn gewesen. Ein wirklich interessanter junger Mann. So leidenschaftlich, tapfer und zornig. Sein Clan, die Laujamagen, tragen den Löwen in ihrem Wappen zu Recht. Er war gerade erst achtzehn Jahre alt und dennoch der beste Nachwuchsmagier seiner Zeit, als er wagte, mich anzugreifen. Noch nie zuvor habe ich einen so jungen Menschen in einen Draugr verwandelt. Ich zweifelte an dem Gelingen.«

»Warum?«, fragte Kieran, da er sich an ein Buch aus Damianos' Bibliothek erinnerte. »In Euren Schriften habt Ihr beschrieben, dass man Kinder nicht verwandeln kann, da ihre Unschuld sich gegen das typische rachsüchtige Verhalten eines Untoten wendet. Mit achtzehn war Oisinn jung, aber ein Mann.«

»Zweifelsohne hielt Oisinn sich sogar schon früher für einen

Mann«, lachte Damianos, »denn er zog bereits zwei Jahre zuvor, mit nicht einmal sechzehn Jahren, gegen meine Schattenkrieger ins Feld. Entscheidend ist, wie sehr er sich seine reine Seele bewahrt hat. Der Übergang ist fließend, und man kann nur schwer sagen, ab welchem Alter die meisten Menschen die Schattenseiten des Lebens kennengelernt, finstere Gedanken geschmiedet und abgründige Gefühle wie Hass, Eifersucht, Neid und dergleichen erlebt haben, um diese Dunkelheit in ihnen herausarbeiten und verstärken zu können. Ich war neugierig und experimentierte mit ihm.«

Kieran starrte auf den Stein und musste sich zusammenreißen, um ihn nicht von sich zu schleudern. Sein Meister sprach über diesen jungen Mann wie über ein Insekt, dem er gerade die Beine ausriss! Er hatte ihn skrupellos in ein Monster verwandelt! Eine Welle des Mitleids erfasste ihn, und er bereute jeden einzelnen Fluch, den er in der Nacht gegen Oisinn gerichtet hatte.

»Wie du gesehen hast, ist mir seine Verwandlung in einen Draugr geglückt. Dennoch ist Oisinn in seinem inneren Wesen zutiefst zerrissen. Sein Draugr-Trieb erlangt nicht vollkommen die Herrschaft über ihn, und umgekehrt kann die ihm verbliebene Menschlichkeit nicht seine dunklen Draugr-Neigungen endgültig bezwingen. Hätte er nicht die grausamen Seiten des Krieges kennengelernt, an dem er zwei Jahre lang als einer dieser sinnlos rebellierenden Magier teilgenommen hat, wäre mir diese Verwandlung vermutlich niemals möglich gewesen. Jedenfalls ist er ein äußerst faszinierender Fall. Ich hätte gerne mehr Zeit, sein Verhalten zu studieren, und du solltest dich besser vor ihm hüten. Seine außergewöhnlichen Draugr-Kräfte gepaart mit dem Rest der ihm verbliebenen menschlichen Klugheit und seinen zerrissenen Emotionen machen ihn zu einem noch gefährlicheren und unberechenbareren Gegner als alle übrigen Draugar.«

Kapitel 19

Finn
Aithér, Jahr 2517 nach Elio, dritter Mond des Frühlings, Tag 27
Kierans Drohung, nach drei Tagen zurückzukehren, brachte Suryal dazu, sie unerbittlich anzutreiben. In den nächsten Nächten schliefen sie nur fünf Stunden und brachen vor Morgengrauen auf. Der Alte wollte die Albiza Fergunja rasch überwinden, um endlich die erste Siedlung der Weißmagier hinter dem mächtigen Gebirge zu erreichen.

»In Jadoo Mahal können wir uns erst einmal ausruhen, aber freut euch nicht zu früh. Es liegen noch mindestens fünf Tage auf Pferden bis zu unserer Hauptstadt Ereduron und dem Weißen Synod vor uns«, erklärte er sorgenvoll. »Zumindest kann ich euch in Jadoo Mahal besser vor Kieran und dem Untoten schützen als hier in der Wildnis. Und ich kann Kontakt zu Stanwood, dem Vorsitzenden des Synods, und zu den Großmeistern eurer Clans aufnehmen.«

»Pferde?«, rief Luna erfreut. »Ich war schon eine halbe Ewigkeit nicht mehr reiten. Das wird großartig werden!«

»Ja, bestimmt.« Finn wechselte einen verzweifelten Blick mit Sis. Für Reitunterricht hatte Tess ebenso wenig Geld übrig gehabt wie für Kampfsport. Ihm graute davor, sich vor Luna auf einem Gaul zu blamieren.

Natürlich durchschaute Ramóns Tochter ihn sofort und

zwinkerte ihm zu. »Gerade du musst dir keine Sorgen machen. Wenn dein Pferd dich abwirft, verwandelst du dich einfach.«

Im Gegensatz zu seiner Schwester waren Luna viele Zauber nach einiger Übung geglückt, nicht jedoch das Verwandeln. Das brachte neben Finn nur Ramón zustande. Wenigstens damit konnte er sie beeindrucken, falls er sich wie ein Idiot auf dem Pferd anstellte. Vielleicht lag sein Gestaltwandlergeschick auch an dem Skarabäus. Wenn sie erst in Jadoo Mahal waren, würde er Luna den Talisman ausleihen und mit ihr heimlich üben. Aber bevor es so weit war, lag noch ein gewaltiges Stück Anstrengung vor ihnen. Finn hatte gedacht, der Gletscher wäre das schwierigste Stück auf ihrem Weg. Nach einigen Stunden Gletscherüberquerung führte der Drachenpass sie jedoch steil bergab über loses Geröll und Schotter. Wind und Kälte hatten nachgelassen. Allerdings mussten sie wegen des geschmolzenen Gletschereises immer öfter Wildbäche überqueren. Das kostete sie Zeit und zwang sie zu Umwegen, da der Wasserstand an einigen Stellen zu hoch war, um den Bach gefahrlos zu überschreiten.

Am späten Nachmittag gingen Steinbrocken, Geröll und Schotter endlich in eine Gras- und Buschlandschaft mit ersten Bäumen über, die wesentlich leichter begehbar war. Mittlerweile waren alle viel zu erschöpft, um sich darüber richtig freuen zu können. Jeder Muskel schmerzte Finn, die Blasen an den Füßen heilten sie abends, nur damit sie tagsüber wieder neu aufblühten.

Schließlich erreichten sie einen Wald, der eigenartig aussah, als wäre er zu lange Umweltgiften oder Feuersbrünsten ausgesetzt gewesen. Kahle Baumskelette ragten in den Himmel, und die dichte Wolkendecke tauchte alles um sie herum in ein eintöniges dunkles Grau. Suryal blieb stehen. In der Ferne hörte Finn das Rauschen von Wasser.

»Alles in Ordnung, Arun?«, fragte Ramón.

»Hier beginnt der tote Wald, und dahinter liegt die Seelenschlucht. Man sagt, die Seelen der Toten ziehen die Lebenden in die Tiefe hinab. Ich persönlich denke eher, sie flüstern ihnen zu, erfüllen sie mit Schwermut und bringen sie dazu, freiwillig in die Schlucht zu springen. Wer nicht auf den Felsen zerschellt, ertrinkt im Fluss.«

Sis kauerte sich erschöpft neben Luna ins Moos und rollte die Augen. Gab es auf diesem Weg nur noch gruselige Hindernisse? Reichte es nicht schon, dass sie von Untoten und einem mörderischen Bruder und seinem Drachen verfolgt wurden? Luke und Finn gesellten sich zu ihnen.

»Alle, die ihre Gestalt nicht wandeln und über die Schlucht fliegen können, werde ich kurzfristig mit Taubheit belegen müssen, um ...«, fuhr Suryal fort.

Aber Finn nahm plötzlich aus dem Augenwinkel einen dunklen Schatten am Waldrand wahr und hörte den beiden Magiern nicht mehr zu. Wurden sie etwa beobachtet? In der nächsten Sekunde machte sein Herz einen Satz, weil er Kierans Stimme so nah hörte, als würde er direkt neben ihm stehen.

»*Na, Bruder, traust du dich zu mir, oder versteckst du dich lieber hinter Suryals Tunika?*«

Er fuhr zusammen und sah sich um. Keiner außer ihm schien etwas gehört zu haben. Alle verfolgten gebannt das Gespräch zwischen Suryal und Ramón.

»*Was willst du?*«, dachte Finn und versuchte, sich auf seine Worte zu konzentrieren. Doch Kieran schien seine Gedanken nicht hören zu können, denn er fuhr fort: »*Schade. Ich hatte dich eigentlich nicht für einen Feigling gehalten. Na dann. Wir sehen uns. Irgendwann.*«

Finn sprang auf. Wie zur Hölle machte Kieran das? Es musste ein Zauber sein, mit dem er seine Worte gezielt nur ihm schicken konnte. Finn presste die Lippen aufeinander und sah zu Suryal und Ramón. Er wusste, er sollte ihnen Bescheid geben und sich von Kieran fernhalten. Aber seine Neugier war viel zu groß. Was auch bei ihrem Treffen geschah, die Fibel durfte sein Bruder nicht in die Finger bekommen. Vorsichtig nahm er sie aus seiner Hosentasche und ließ sie unbemerkt in Lunas offenen Rucksack gleiten. Dann schlich er langsam auf die alten Eichen zu, die skelettartig ihre Äste nach ihm reckten, als wollten sie ihn umarmen. Weiße Nebelschleier zogen zwischen den kahlen Stämmen der Bäume hindurch wie körperlose Geister. Finns Herz schlug schneller. Gleich würde er seinem Bruder nach so vielen Jahren von Angesicht zu Angesicht gegenüberstehen. Er beschleunigte sein Tempo und folgte dem Rauschen des Flusses.

»Ich bin hier«, hörte er plötzlich ein Flüstern von rechts.

Er riss den Kopf herum und erstarrte. Nur wenige Schritte entfernt stand sein Bruder. Kieran trug denselben schlichten dunklen Umhang wie bei seinem Duell mit Oisinn, und unter seiner Kapuze quoll schulterlanges schwarzes Haar hervor und umrahmte sein bleiches Gesicht.

Finn bekam eine Gänsehaut. Bis auf die Frisur und die Kleidung sah sein Bruder ihm wirklich so ähnlich, dass es war, als blickte er in einen Spiegel.

Den ganzen Weg über hatte er sich zurechtgelegt, was er ihm sagen, die Vorwürfe, die er ihm machen würde. Doch jetzt sprudelte ungeplant etwas ganz anderes aus ihm heraus: »Danke, dass du mich vor deinem Meister gerettet hast.«

Kieran blinzelte verwirrt.

»Damals am Fenster, als du dem Blutäugigen in die Hand gebissen hast. Ohne dich hätte ich mich nicht gegen seinen Bann wehren können, glaube ich.«

»Ach, das …« Kierans Augen blitzten auf. »Das blieb nicht

ohne Folgen. Wenn du wüsstest, wie mächtig Damianos ist! Wir sollten ...«

Finn unterbrach ihn: »*Du* hast keine Ahnung, was für Folgen es hat, wenn du mich ihm übergibst. Er wird dich umbringen und mich zu seinem neuen Lehrling machen. Ich bin schließlich der Erstgeborene und damit der Überbringer, der die besondere Macht der Fibel entfalten kann. Willst du das wirklich riskieren?«

Kierans Gesicht gefror zu einer undurchdringlichen Maske, und Finn erkannte, dass er einen Fehler gemacht hatte. »Du glaubst also, *du* hast von ihm nichts zu befürchten, *Überbringer*?« Er lachte kalt, und sein Gesicht verzerrte sich. »Was so ein paar Minuten doch ausmachen können, nicht wahr?«

Und da begriff Finn. Kieran war eifersüchtig auf ihn. Neid führte zu Hass, und den glaubte Finn jetzt in seinen Augen zu sehen, während sein Bruder fortfuhr: »Die anderen werden dich gleich suchen. Komm lieber freiwillig mit mir, dann können wir über alles reden. Zwing mich nicht, dich zu überwältigen. Ich bin vielleicht nicht der *berühmte Überbringer*, aber immer noch stärker als du. Damianos hat mir viel beigebracht. Hattest du vergleichbare Lehrmeister?«

Nach dem Gespräch mit Oisinn musste Kieran klar geworden sein, dass er ihm haushoch überlegen war. Finn musste hier weg. Schnell.

»Nein«, gab er ablenkend zu. »Und selbst wenn ich einen vergleichbaren Lehrmeister gehabt hätte, würde ich nicht gegen dich kämpfen. Du bist doch mein Bruder!«

»Wie edel von dir!«, spottete Kieran. »Nun, dann wirst du ...«

Weiter kam er nicht, denn Finn drehte sich blitzschnell um die eigene Achse und rannte los. Er spürte den Skarabäus auf seiner Brust pulsieren, und seine Gedanken überschlugen sich.

Flucht. Verwandlung. Adler. Nicht möglich, zu dichter Baumbewuchs. Bis er in den Himmel stieg, wäre Kieran bei ihm.

»*Hase*«, pochte die metallische Stimme des Skarabäus in seinem Kopf.

Finn spürte, wie er in Bodennähe sank und mit der Geschwindigkeit eines Feldhasen in wendigen Zickzacksprüngen durch den Wald preschte. Kierans Fluch zischte haarscharf an ihm vorbei und verfehlte ihn nur um Millimeter. Das Rauschen kam näher. Der Nebel wurde zum Fluss hin dichter, und Finn wusste, dass sein Bruder ihn darin verlieren würde. Kieran erkannte das dummerweise ebenfalls. Ein Rascheln neben ihm, und Finn sah aus den Augenwinkeln eine riesige, getigerte Waldkatze über den Boden jagen. Sie setzte zum Sprung an, und er konnte nur durch einen flinken Haken ihren scharfen Krallen entwischen. *Prima Verwandlungstipp, Amun! Wildkatzen sind viel schneller als Hasen.* Sein Herz flatterte wie die Flügel des Skarabäus. Was wollte der Mistkäfer denn jetzt schon wieder?

»*Hör auf, dich ständig über mich zu beschweren, und denk an unsere erste Übungsstunde!*«, verkündete sein Talisman beleidigt, und Finn verstand. Genau in dem Augenblick, in dem die Kieran-Katze ein zweites Mal zum Sprung ansetzte, verschmolz er geistig mit seinem Amulett. Der Skarabäus flog gerade noch unter ihren Krallen hindurch und verschwand zwischen den Bäumen. Zitternd lugte er hinter einer Astgabel hervor. Kieran verwandelte sich in rasender Geschwindigkeit zurück. Auch in Verwandlungen war er wesentlich besser.

Er ist wahrscheinlich in allem besser als du.

Kieran schaute sich um. Sein Gesicht war durch die Anstrengung gerötet, aber er lächelte. »Nicht übel, Finn!«, rief er. »Hat sogar Spaß gemacht. Nur bist du viel zu neugierig, um gleich abzuhauen. Ich bin sicher, dass du hier ganz in der Nähe steckst, und das wird gleich dein Verhängnis werden. Du ...«

Finn wollte ihm weiter zuhören. Doch der Skarabäus flog einfach los, und er versuchte vergeblich, ihn aufzuhalten. Verdammt!

Wie Ramón sagte: Er war eigensinnig. Warum musste er auch unbedingt in die Gestalt seines Skarabäus schlüpfen, die diesem erlaubte, ihm seinen eigenen Willen aufzuzwingen! Der kleine goldene Mistkäfer flog, so rasch er konnte, Richtung Fluss, aber da Finns Wille gegen ihn arbeitete, war der Flug nicht gleichmäßig. Eher ein Vor-und-zurück-Zuckeln. Gerade als Finn es endlich schaffte, sich wieder von dem Skarabäus zu lösen und in seine richtige Gestalt zu schlüpfen, sah er vor sich im Nebel den Abgrund.

Die Seelenschlucht. Himmel, war die tief! Für einen Augenblick vergaß er sogar Kieran und starrte mit weit aufgerissenen Augen nach unten. Diesseits und jenseits der Schlucht stürzten die Felswände so steil hinab, als hätte ein Riese den Berg mit einem Messer glatt durchgeschnitten und mit seinen Pranken ein Stück weit auseinandergepresst. Die Klippen waren unüberwindlich, ein Hinabsteigen vollkommen ausgeschlossen. Dort, wo tief unten die Nebelschwaden ein wenig aufrissen, konnte Finn weiß schäumendes Wasser erkennen. Ein breiter Fluss mit Stromschnellen. Und in diesem Moment hörte er das Flüstern. Aus allen Richtungen, vielstimmig widergeworfen von den Felswänden. »*Finn!*« Was zur Hölle ... »*Komm zu uns, mein Sohn! Wir haben dich so sehr vermisst.*« Ein krächzender Laut verließ Finns Kehle, als er in den Nebelschwaden die Umrisse einer Frau und eines Mannes auszumachen glaubte. Seine Eltern. Das war doch vollkommen unmöglich, das war ...

Er hatte zu lange gezögert. Der Fluch seines Bruders traf ihn unvermutet und mit einer Wucht, die ihn nach vorne schleuderte und in den Abgrund stieß. Finn riss die Arme hoch und krallte sich in letzter Sekunde an einem Felsen fest, der am Klippenrand hervorragte. Als er den Kopf hob, wusste er, dass Kieran über ihm stehen würde. Sein Bruder musterte ihn erbarmungslos. Doch nicht der kalte Blick allein ließ sein Herz rasen. Kieran übte einen Bann auf ihn aus, der ihm nicht gestattete, seine Magie zu benutzen. Er konnte sich nicht mehr verwandeln. Unter sich die Schlucht, über sich sein Bruder. Jedwede Flucht unmöglich. Zumindest hatte Kierans Bann mit einem Schlag die flüsternden Stimmen in Finns Kopf ausgelöscht. Mit der linken Hand nestelte Kieran unter seinem Umhang einen silbernen Gegenstand hervor und hielt ihn an seine Lippen. Als er hineinblies, ertönte ein hoher, sirrender Ton.

»*Er ruft seinen Drachen. Tu was!*«, tönte der Skarabäus.

»*Und was? Ohne Magie kann ich mich nicht verwandeln und wegfliegen!*«

Der Skarabäus begann zu glühen. »*Spring!*«

Finn lachte bitter auf. »*Genial, Amun! Schon mal nach unten geschaut?*« Dieser verrückte Mistkäfer! Doch plötzlich erkannte er, weshalb der Skarabäus diesen Irrsinn vorschlug.

»*Kierans Zauber reicht nicht bis nach unten?*«

»*Eigentlich müsstest du dich verwandeln können, sobald seine Kraft nachlässt und bevor du aufschlägst*«, verkündete der Skarabäus.

»*Und uneigentlich?*«

»*Hab ich keine Ahnung, wie stark die Reichweite seiner Magie wirklich ist.*«

»*Oh, du bist wirklich enorm motivierend!*«

Noch war von dem schwarzen Drachen nichts zu sehen. Sollte er sich von seinem Bruder etwa wie ein Lämmchen zu dem Blutäugigen führen lassen? Er holte tief Luft und lächelte Kieran grimmig an. Dann stieß er sich mit beiden Beinen vom

Felsen ab, löste zeitgleich die Finger vom Stein und stürzte hinab in die Tiefe.

Drei Dinge brannten sich für immer in sein Gedächtnis ein.

Das berauschende Gefühl von Macht, das ihn vollkommen unerwartet erfasste.

Kierans markerschütternder Schrei: »NEIN!«

Und der Ausdruck von Angst, der das Blau in Kierans Augen in dunkle Nacht verwandelte.

Dann war er nur noch von Weiß umgeben. Durch die Geschwindigkeit des Falls stieß die kaltfeuchte Nebelluft hart in seine Lungen. Der Skarabäus kniff ihn in die Brust, und Finn versuchte, eine Verwandlung zustande zu bringen. Aber etwas hinderte ihn. War das Kierans Zauber? Wieso reichte seine verdammte Magie bis in diese Tiefen hinunter? Bevor er eine Antwort darauf finden konnte, schlug er in eisige Nässe, versuchte, nach Luft zu schnappen, und fühlte, wie Wasser, kalt wie Eis, seine Nase und seine Lungen füllte. Er schlug mit dem Hintern und dem Rücken auf Stein auf und wurde sofort weitergerissen.

Der Fluss!

Warum zur Hölle war er nicht tot? Ein Aufprall aus dieser Höhe hätte ihn auf den Felsen im Flussbett zerschellen lassen müssen. Finn strampelte mit Armen und Beinen und bemühte sich, zur Wasseroberfläche zu schwimmen, als er schlagartig spürte, wie etwas ihn am Kragen packte und mit sich riss. Er wurde aus dem Wasser geschleudert und landete unsanft auf dem felsigen Boden neben dem Fluss. Sein Kopf prallte gegen einen Stein. Einen Augenblick lang war ihm schwindlig, sodass er nur verschwommen etwas Dunkles neben sich erkennen konnte. Nass und kalt klebte die Kleidung an ihm. Er hustete, um das Wasser, das er verschluckt hatte, aus der Lunge zu bekommen. Endlich sah er wieder klarer. Aus dem Augenwinkel nahm er eine Bewegung wahr. Kieran kauerte direkt neben ihm.

Sein schwarzer Umhang war triefend nass, und seine schulterlangen Haare klebten ihm im Gesicht.

Er ist dir hinterhergesprungen, hat mit seiner Magie deinen Sturz abgebremst und dich gerettet!

Kierans Lippen begannen zu zucken, dann schüttelte er den Kopf und grinste plötzlich breit. »Hör mal, du musst wirklich der *Überbringer* sein. Niemand ist so verrückt und springt freiwillig in diesen Abgrund, ohne dass die Seelen ihn mit ihrem Lockruf gebannt haben!«

Zum ersten Mal seit ihrer Begegnung klang seine Stimme nicht herablassend. Nur erschöpft. Er strich sich die nassen Haare aus dem Gesicht.

»Ich pfeif drauf, der Überbringer zu sein«, murmelte Finn. »Eigentlich wollte ich nur dich und unsere Eltern zurückholen.«

»Zurückholen?« Kieran schaute ihn ungläubig an. »Nach Khaos? Wie stellst du dir das vor? Damianos hat unseren Vater in seiner Gewalt. Er wird keine Ruhe geben, solange er nicht die Fibel hat. Gib sie mir!«

»Ich hab sie gar nicht bei mir.«

Kierans Gesicht verdunkelte sich. »Wo ist sie?«

»Das werde ich dir nicht verraten.«

Sein Bruder stöhnte auf und verdrehte die Augen. Er wollte etwas erwidern, doch ein dumpfes Brüllen über ihren Köpfen ließ sie zusammenfahren. Finn schaute nach oben und versuchte, den dichten Nebel zu durchdringen.

»Onyx!«, rief Kieran erfreut.

»Wer …?«, begann Finn, aber über Kierans Kopf bildeten sich plötzlich bunte Lichtwirbel, die über seine Schultern wanderten und bald den ganzen Körper umschlossen. Panik trat in seine Augen. Finn riss den Kopf herum. Nur wenige Schritte entfernt stand Suryal im Nebel und hielt seinen Arm auf Kieran gerichtet.

»Nein!«, rief Finn erschrocken. »Tun Sie ihm nichts! Er hat ...«

Ein schauriges Brüllen unterbrach ihn. Der riesige Schatten des Drachen glitt in die Schlucht hinab, direkt auf sie zu. Suryal sah hoch, und er musste seine Kontrolle über Kieran für Sekunden verloren haben, denn Finns Bruder verwandelte sich blitzschnell in einen Raben und schoss nach oben. Bevor der Weißmagier reagieren konnte, verschwand er im dichten Nebel. Einen Augenblick lang kreiste der Drache noch über ihnen. Dann drehte er ab.

Sis

Aithér, Jahr 2517 nach Elio, dritter Mond des Frühlings, Tag 27
Der Tag neigte sich bereits dem Ende zu, als sie den letzten Bergkamm vor dem Tal erreichten. Suryal und Finn waren in der Gestalt von Adler und Falke zu ihrer Gruppe zurückgekehrt, und die Stimmung zwischen ihnen konnte eisiger nicht sein. Der alte Weißmagier hatte seither kein Wort darüber verloren, was Finn im Toten Wald getrieben hatte und ob sie den Drachen gesehen hatten, der hinterher am Himmel gekreist war. Finn war ihren Blicken ausgewichen und hatte den ganzen Weg über kaum ein Wort gesprochen.

Am Horizont flirrte die Sonne jetzt in einem leuchtenden Orange, und unter ihnen erwartete sie ein dichter Wald mit hohen Tannen und Fichten, der sich zum Tal hin an Blumenwiesen und Getreidefelder schmiegte. In der Ferne ragte ockergelb die mächtige äußere Festungsmauer einer Stadt auf. Ein Fluss schlängelte sich vom Gebirge her mitten hindurch und speiste einen Wassergraben, der die Mauern wie ein schimmerndes Seidenband einfasste. Metallbrücken, die zu den äußeren Stadttoren führten, funkelten wie pures Gold im Abendrot. Dahinter erhoben sich drei bis vier Stockwerke hohe, schlichte Häuser, die nicht so recht zu dem verspielten Baustil der Gebäude im inneren Mauerring passen wollten, besonders nicht zu dem gewaltigen sandsteinfarbenen Palast, der auf einer Anhöhe thronte. Zahlreiche Türme, Erker, Balkone, Stuck und goldene Kuppeln ließen ihn wie eine reich verzierte Sahnetorte aussehen.

Luke stieß einen Pfiff aus. »Wahnsinnsanlage!«

Suryal reagierte jedoch nicht darauf, sondern gab einen keuchenden Laut von sich. Der alte Weißmagier hatte den Kopf nach rechts gewandt, wo man am Fuße des Gebirges einen riesigen Wasserfall, Metallrohre, einen kleinen See und etwas, das wie eine monströse Fabrikanlage aussah, erkennen konnte. Dunkler Rauch quoll aus zahlreichen Schloten, und Schienen führten von Werkshallen durch die Felder bis zur Stadt und von dort aus in einem Halbkreis weiter ins Landesinnere hinein.

»Yamin«, murmelte Suryal mit einem Ausdruck von Bestürzung im Gesicht. »Was hast du nur getan?«

»Ist das Jadoo Mahal?«, fragte Ramón und deutete auf die Stadt, doch der Weißmagier eilte schon den Abhang hinab, als gelte es, sie zu erobern.

Sis' Knie brannten von dem raschen Abstieg und dem schnellen Lauf über die Felder. Dennoch näherten sie sich den goldenen Brückenkolossen erst mit Einbruch der Dunkelheit, und mit dem letzten verlöschenden Sonnenstrahl flammten Lampen in der Stadt und an den Brückenpfeilern auf. Suryal blieb wie angewurzelt stehen und starrte mit offenem Mund auf das Licht, sodass Luke in ihn hineinrannte.

»Bei Elio, was geht hier vor?«, rief der Alte außer sich.

Ramón trat neben ihn. »Was habt Ihr, Arun?«

Doch Suryal kam nicht dazu, zu antworten, denn in diesem Augenblick wurden sie von den vier Wachposten vor der Brücke entdeckt.

»Stehen bleiben! Wer seid Ihr? Feuerbringerbürger oder Magier?«

»Magier!«, rief Suryal entrüstet und straffte die Schultern. »Wir ...«

Die Wachen rissen ihre Gewehre hoch, klobige Musketen wie aus einem Kostümfilm, und als der alte Weißmagier ungeachtet ihrer Drohung einen weiteren Schritt auf sie zumachte, peitschte der erste Schuss. Gras und Erde spritzten vor ihm vom Boden auf.

Sis' Bruder sprang instinktiv vor Luna und hob die Hände hoch. »Wir sind unbewaffnet!«, rief Finn laut.

Einer der Wachposten lachte höhnisch. »Natürlich, seid ihr Magier das nicht alle?«

»Unwürdiger, du wagst es, mich mit dieser Maschine anzugreifen? Weißt du nicht, wer ich bin?«, brüllte Suryal, und Ramón musste ihn am Ärmel seiner Tunika festhalten, damit er nicht weiter auf die Wachen zuging.

Luke schob sich vor Sis und breitete die Arme schützend aus.

»Ich glaube«, wisperte sie, »Suryal hat keine Ahnung, was Gewehre sind und in welche Gefahr er sich gerade begibt.«

Der Weißmagier hob jetzt den Arm, was die Wachen zu einem neuen Warnschuss veranlasste, baute einen magischen Schutzschild um ihre kleine Gruppe auf und brüllte zornig: »Ich bin Arun Suryal, Großmeister der Dhiranen, Herrscher über diese Lande, über Jadoo Mahal und ...«

»Bürgermeister Yamin Suryalputra herrscht über Jadoo Mahal, Magier! Und sein Ziehvater ist längst nach dem Tod seiner Tochter zu den Seelen seiner Väter gegangen.«

»Das bin ich nicht!«, entrüstete sich Suryal. »Aber ja, ich habe Yamin meinen Besitz überschrieben, und er ist der rechtmäßige Herrscher. Gebt ihm auf der Stelle von meiner Ankunft Bescheid, wenn euch euer Leben lieb ist!«

Die zwei Männer tuschelten aufgeregt miteinander, ohne die Waffen zu senken, was Sis die Gelegenheit gab, sie eingehender zu betrachten. Sie trugen schwarze Waffenröcke mit Messingknöpfen, enge Hosen und hohe Stiefel. Einer der vier marschierte in den Wachturm neben der Brücke. Kurz darauf ertönte ein dumpfes, metallisches Dröhnen, so laut, dass Sis sich die Ohren zuhielt. Sie legte den Kopf in den Nacken und erspähte eine Glocke in der Turmspitze. Während sie noch schlug, öffnete sich ein Fenster im Turm, und der Wachmann hielt eine Laterne nach draußen, mit der er in Richtung Stadt Leuchtsignale gab. Sis kniff die Augen zusammen, aber Morsealphabet war das nicht. Als sie zurück zu Suryal sah, erkannte sie an seiner Miene, dass auch diese Technik dem Magier nicht bekannt war. Nach einer Weile kamen Leuchtsignale von einem Turm des Palasts zurück.

Die Antwort gefiel dem Wachposten offensichtlich nicht, denn seine Miene war grimmig, während er den Turm verließ und den anderen Männern zurief: »Tingar, Raswin, begleitet die *Gäste* des Bürgermeisters zum Palast!«

Suryal
Aithér, Jahr 2517 nach Elio, dritter Mond des Frühlings, Tag 27
Arun erkannte seine Stadt nicht wieder.

Während sie den Feuerbringererben durch die Straßen zu seinem ehemaligen Palast folgten, kam er aus dem Staunen nicht mehr heraus. Die gewaltige metallene Brücke, die bogenförmigen Laternen, die anstelle von magischen Fackeln Licht spendeten, der zweite Mauerring und die hohen Häuser dahinter – hätte es Suryal nicht besser gewusst, wäre er überzeugt davon gewesen, dass sein Ziehsohn all dies nur mithilfe von Magie in den vergangenen zwölf Jahren aufgebaut haben konnte. Von den eigenartigen Gebäuden am Fuße des Berges mit ihren rauchenden Schornsteinen, deren Funktion sich ihm noch nicht erschloss, ganz zu schweigen!

Doch Yamin würde sich eher die Hand abhacken, bevor er einen Magier um Hilfe bat. Dabei stammte er selbst aus dem Clan der Dhiranen. Sein Vater war über mehr Ecken mit Aruns verstorbener Großcousine verwandt, als sein Palast Balkone zählte. Einer seltenen Laune der Natur hatte Yamin es zu verdanken, dass ihm nicht ein Funken Magie innewohnte. Grund genug für seinen Vater, den Säugling nach seiner Geburt im Wald auszusetzen, nachdem auch keine der eilig herbeigerufenen Druidinnen Magie in ihm spüren konnte. Einer der Diener hatte die Rückkehr seines Herrn ohne den Jungen beobachtet und den Korb mit dem schreienden Kind in letzter Sekunde vor einem Greif gerettet, der bereits vom Himmel auf ihn herabstieß. Er brachte ihn nach Jadoo Mahal und legte ihn Aruns Frau zu Füßen, die damals selbst ein Kind trug, seine Tochter Anjouli, die ein halbes Jahr später zur Welt kommen sollte und bei deren Geburt sie starb.

So hatte Arun zwei Kinder aufgezogen, die bald unzertrennlich wurden. Yamin bedeutete in der alten Sprache Glückskind. Glück war jedoch schon immer ein launischer Gast in seinem Palast gewesen, und Arun hatte später durch falschen Stolz und Uneinsichtigkeit mehr Unglück über seinen Ziehsohn, seine Tochter und sich selbst gebracht, als sie zusammen ertragen konnten. Fast zwanzig Jahre waren vergangen, seit er ihn verstoßen hatte. Seither hatte er Yamin nicht mehr gesehen und nicht gewusst, ob ihn die Nachricht überhaupt erreicht hatte, dass Arun ihm all seinen Besitz vermacht hatte, nachdem er vor zwölf Jahren nach Keravina aufgebrochen war. Wie würde sein Ziehsohn ihn nun empfangen, da er nicht mehr selbst über Jadoo Mahal herrschte, sondern als Bittsteller kam?

Suryal wischte sich über die Augen und stieg die Treppen zu seinem Palast hinauf, als würde er zu seiner Hinrichtung geführt. Jede Stufe eine Bitte um Vergebung, die ihm niemand geben konnte. Er ignorierte das staunende Gemurmel der jungen Leute an seiner Seite, während sie duftende Gärten durchquerten und an beleuchteten Wasserspielen vorbeikamen. Nichts schien sich hier verändert zu haben, auch wenn es Arun ein Rätsel war, wie Yamin all dies ohne Magie bewerkstelligte. Aus dem Schatten eines Baumes löste sich eine hohe, schlanke Gestalt, und er hob den Kopf.

»Vater!«

Arun erstarrte. Der Mann, der auf ihn zuschritt, trug immer noch Yamins schöne Gesichtszüge, doch ein bitterer Zug hatte sich in seine Mundwinkel geschlichen, und seine braunen Augen spiegelten Aruns eigene Trauer. Nur sein Gang hatte sich nicht verändert. Mit forschen, geschmeidigen Schritten kam er auf ihn zu und zog ihn in seine kräftigen Arme.

»Du lebst!«, flüsterte er, und Suryal musste gegen das Beben in seinem Inneren ankämpfen, das ihn erschütterte.

»Ich wage nicht, dich um Verzeihung zu bitten. Aber gewährst du uns trotz all des Unrechts, das ich dir angetan habe, ein oder zwei Nächte Unterkunft?«, fragte er.

Yamin löste sich von ihm und sah ihn ernst an. »Was für eine Frage! Das ist immer noch dein Palast. Ich überschreibe ihn dir auf der Stelle zurück, wenn ...«

Doch Arun hob abwehrend die Hand. »Kein Wort davon, sonst verschwinde ich sofort wieder. Dass du diesen Besitz angenommen und nicht ausgeschlagen hast, erfüllt mich mit mehr Glück, als du dir vorstellen kannst.«

Ein feines Lächeln glitt über Yamins Züge, und seine Augen blitzten auf. »Du ahnst nicht, wie viel Überwindung es mich gekostet hat.«

Kapitel 20

Luna
Aithér, Jahr 2517 nach Elio, dritter Mond des Frühlings, Tag 27
Luna saß mit Sis in einem nach Kräutern duftenden Dampfbad auf einer warmen Mosaiksteinbank und fühlte sich wie im Himmel. Oder zumindest wie in einem dieser luxuriösen Wellnesstempel, für die ihr Papá niemals die Mitgliedschaft bezahlt hätte. Man hatte sie im Palast mit offenen Armen empfangen und ihnen Zimmer zugewiesen, die mit prächtigem Mobiliar, seidenen Vorhängen und weichen, riesigen Betten wie einem Märchen entsprungen waren. Nach den Strapazen, ausgestandenen Ängsten und Gefahren der Reise tat es unendlich gut, sich Schmutz und Schweiß vom Körper zu waschen. In dem Bad, das sie vorneweg genommen hatten, waren sogar Rosenblüten gewesen.

»Okay«, sagte Luna verschwörerisch zu Sis und beugte sich vor. »Fassen wir mal zusammen. Suryal hat seine Tochter verloren. Deswegen scheint er sich schuldig zu fühlen.«

»Einspruch, Watson. Du hast keinen Beweis für diese Behauptung«, erwiderte Sis und hob den Zeigefinger.

»Er hat versucht, sich das Leben zu nehmen!«

»Niemand weiß, ob das mit seiner Tochter zusammenhängt.«

»Wäre schon ein komischer Zufall. Yamin ist ein Nichtmagier, kein leiblicher Sohn, und er hat ihm all das hier«, sie machte eine umfassende Armbewegung, »hinterlassen. Und so wie die beiden miteinander umgehen, hatten sie einen heftigen Streit.«

»Vielleicht wegen der Technik?«

Luna kicherte. »Wie Suryal die Gewehre und die Lampen angestarrt hat.«

»Überleg mal: Wenn du keine Magie beherrschst und von Magiern umgeben bist, hast du nur zwei Möglichkeiten: Du ordnest dich ihnen unter, oder du entwickelst etwas, was du ihrer Magie entgegensetzen kannst. Neue Technologien zum Beispiel. Hast du die Fabrik unten am Berg gesehen?«

»Hat wie ein Wasserkraftwerk ausgeschaut.«

»Ja, aber Strom haben sie hier noch nicht.«

»Und die Beleuchtung?«

»Die Lampen sind mit Gas betrieben.«

»Woher weißt du das?«, fragte Luna verblüfft.

»Im Inneren leuchtet ein Glühstrumpf, und die Rohrleitungen sind viel zu groß für Stromkabel. Das Gas wird durch das Erhitzen von Steinkohle gewonnen. Ich vermute, im Berg wird Kohle abgebaut.« Physik war schon immer eines von Sis' Lieblingsfächern gewesen.

»Und Yamin wollte das alles schon früher erforschen, und der Alte war dagegen«, kombinierte Luna stirnrunzelnd.

»Möglich. Vielleicht ist seine Tochter bei einem technischen Experiment gestorben?«

Die Tür zu ihrem Bad ging auf, und eine ältere Frau mit hochgestecktem Haar unter einer hellen Haube teilte ihnen mit, ihre Kleider würden bereitliegen.

Luna und Sis wechselten nur einen kurzen Blick. Dann sprangen sie zeitgleich auf und stürmten zu den Wasserkübeln mit Eiswasser. Hellwach von der Abkühlung und mit glühenden Wangen liefen sie in den Ankleideraum, der an das Bad angrenzte. Dort lagen auf einer mit Samt bespannten Liege ein weißes und ein nachtblaues bodenlanges Kleid. Luna griff nach dem hellen, zarten Seidenstoff und hob es andächtig hoch. Der Halsausschnitt war mit feinen Perlen und Silberfäden bestickt, ebenso wie die kurzen Puffärmel und der gerüschte Saum des Kleides. Um die hohe Taille knapp unterhalb der Brust schmiegte sich ein silbernes Seidenband, in das Halbmonde gestickt waren.

»Wahnsinn«, murmelte Sis neben ihr. »So was in der Art habe ich mir immer für meinen ersten Ball vorgestellt.«

Sis' Kleid war ähnlich geschnitten wie ihres, aus zartem Musselin, statt der Perlen jedoch mit saphirblauen Steinen besetzt und ebenfalls mit Silberfäden bestickt.

Lunas Blick wanderte zu den Schuhen aus glänzender Seide. »Wir werden wie Prinzessinnen aussehen.« Und als sie das aussprach, schoss ihr ein Gedanke durch den Kopf, und sie legte das Kleid entschlossen zurück. »So was zieh ich nicht an.«

»Bist du verrückt? Warum denn nicht?«

»Weil ... das passt gar nicht zu mir.«

»Wie kommst du darauf? Das ist wie gemacht für dich!« Sis hob das Kleid hoch und hielt es an Lunas Brust. »Mit deinem dunklen Haar und der hellen Strähne im selben Ton wie das Silberband – Mensch, Luna, darin bist du ...«

»Verkleidet. Ich fühle mich ... unsicher darin.«

»Die haben unsere Kleider aber zum Waschen gebracht, und gleich gibt's Abendessen.«

Sie biss sich auf die Unterlippe. Und da begriff Sis und hob die Augenbrauen. »Du willst das Kleid nicht anziehen wegen Finn.«

»Er wird sich schieflachen, wenn er mich darin sieht«, stöhnte Luna verzweifelt, und seine Schwester begann zu lachen.

»Ihm werden die Augen nur noch mehr als sonst rausfallen.«
»Wie meinst du das?«
»Ehrlich, Luna. Finn ist wie ausgewechselt, wenn er mit dir

zusammen ist. Er mag dich.« Sis gab ihr einen Knuff gegen den Arm. »Sogar sehr.«

»Bist du sicher?« Luna fühlte, wie ihre Wangen rot wurden. »Aber Luke ist ganz anders. Ein Blinder würde erkennen, dass er verliebt in dich ist. Finn zieht mich immer nur auf.«

Sis' Miene verdunkelte sich. »Ich wünschte, Luke würde mich wie früher ansehen.« Einen Moment lang schwiegen sie beide. Dann grinste Sis. »Hey, nicht nur *wir* werden verkleidet sein! Hast du dir mal überlegt, was die Männer zum Anziehen bekommen werden? Komm schon, Luna. Das wird ein Mordsspaß. Stell dir vor, wir gehen auf einen Kostümball! Ganz ehrlich, die letzten Tage habe ich so viele Ängste ausgestanden, und meinen Bruder Kieran zu sehen«, sie verzog das Gesicht, »das war ein furchtbares Wechselbad der Gefühle.«

»Kann ich mir gut vorstellen«, pflichtete Luna ihr bei.

»Ich finde, wir haben es verdient, mal für ein paar Stunden abzuschalten und den ganzen Mist hinter uns zu lassen.«

»Du hast recht.« Luna schenkte ihr ein Lächeln, doch so selbstsicher, wie sie tat, fühlte sie sich nicht. Neben Finn durch die Wildnis zu stapfen, war etwas völlig anderes, als sich jetzt für ihn hübsch zu machen. Denn wäre er nicht gewesen, hätte Luna keinen großen Aufwand betrieben. So aber huschte sie mit Sis eine Stunde später herausgeputzt aus dem Ankleidezimmer. Zwei Zofen hatten ihnen die Haare mit heißen Eisen zu Locken geformt und mit glitzernden Spangen hochgesteckt, Rouge auf ihre Wangen getupft und ihre Lippen geschminkt. Luna starb vor Nervosität. Würde Finn sie in diesem Outfit einfach nur auslachen?

Aufgeregt kichernd, liefen sie den Gang hinunter und trafen am Ende vor einer breiten, mit einem Teppich ausgelegten Marmortreppe auf Finn und Luke. Lunas Knie wurden weich, und sie war froh, dass Sis sie an der Hand weiterzog. Finn lehnte lässig am Treppengeländer, und der Blick, mit dem er Luna anstarrte, traf sie mitten ins Herz. Er sah unverschämt gut aus in der engen, hellen Hose, dem marineblauen Frack mit langen Schößen über der gleichfarbigen Weste und dem darunterliegenden Hemd mit hohem Kragen. Seine schwarzen Haare glänzten, und eine widerspenstige Strähne hing ihm in die Stirn und weckte in ihr das Bedürfnis, sie ihm aus dem Gesicht zu streichen. Nur am Rande bekam Luna mit, wie Luke, der einen dunkelgrünen Frack trug, ihrer Freundin ein Kompliment machte, und sie fragte sich verzweifelt, wie sie reagieren sollte, wenn Finn jetzt ähnlich schmalzig werden würde. Dios mío, so was war einfach nicht ihr Ding!

Aber auf Finn war Verlass. Er bot ihr grinsend seinen Arm an und sagte: »Okay, die idealen Klamotten für die Weiterreise zu Pferd haben sie euch ja schon mal verpasst.«

Luna fiel ein Stein vom Herzen, sie lachte erleichtert auf und hakte sich bei ihm unter. »Dann musst du eben einen Schnellkurs in Gestaltwandeln mit mir machen, falls ich vom Damensattel falle.«

»Ich werde nach dem Dinner mein Bestes geben, Mylady.«

Kieran
Aithér, Jahr 2517 nach Elio, dritter Mond des Frühlings, Tag 27
Kieran wusste nun endlich, worin die besondere *Magie* des Überbringers bestand: Er zog Schwierigkeiten an wie Motten das Licht.

Wo immer Gefahren drohten, war Finn sofort zur Stelle, um sich mitten in sie hineinzustürzen – sei es, um sich unbesiegbaren Draugar auszuliefern, Feuer speienden Drachen vors Maul zu hüpfen oder kopfüber in die Seelenschlucht zu springen. Was würde ihn wohl als Nächstes erwarten? Er hätte sich aus Damianos' Alchemiekammer besser Beruhigungstränke statt Heilkräuter einpacken sollen!

Onyx und Kieran hatten Finn und seine Begleiter bis Jadoo Mahal verfolgt. Nachts würde sich hoffentlich eine bessere Gelegenheit ergeben, ihn unter vier Augen zu sprechen. Bei ihrem Rundflug über der Stadt hatte er nicht nur die Wachposten rund um den Palast gezählt, sondern auch beobachtet, bei welchem Zimmer Finn die Fensterläden zum Lüften geöffnet hatte, bevor er wegging, vermutlich zum Abendessen. Sein größtes Problem war die Helligkeit in der Stadt und dass er nicht ausreichend über die Wirkungsweise und die Gefahren der Maschinen der Nichtmagier Bescheid wusste. All das brachte ihn ins Grübeln.

»*Damianos und alle anderen mir bekannten Magier schauen auf Menschen ohne Magie herab. Doch was sie sich hier aufgebaut haben! Nichtmagier leben in Aithér ganz anders als in Erebos.*« Er lag, an Onyx gelehnt, in einer Talsenke, nicht weit von dem Palast entfernt, und blickte in den Sternenhimmel. Der Bauch des Drachen war so warm, da war ein zusätzliches Feuer unnötig.

»*Fragt sich nur, wie lange noch. Unruhen stehen unmittelbar bevor. Das hat Aswin mir verraten. Der Weiße Synod ist alles andere als glücklich über die Entwicklung. Dieser Yamin gewinnt zunehmend an Einfluss und lockt Nichtmagier von überallher an. Die Hälfte des Palasts dort drüben wurde zu einer Akademie umfunktioniert, um Nichtmagier besser auszubilden, und die Weißmagier fürchten ihre zunehmende Unabhängigkeit durch ihre Erfindungen*«, entgegnete Onyx.

»*Kann ich mir vorstellen*«, schnaubte Kieran. Er dachte an Serafina. Wie würde sie reagieren, wenn sie erfuhr, dass er ein Magier war? Ihn verabscheuen? Ihn fürchten? Das gefiel ihm ebenso wenig wie die Vorstellung, sie könnte ihn ausschließlich wegen seiner Magie Rangar vorziehen. Langsam verstand er, warum sein Vater seine Fähigkeiten vor seiner Mutter verheimlicht hatte.

Onyx' Kopf ruckte plötzlich hoch, und er blähte die Nüstern. »*Draugr*«, sandte er ihm in Gedanken.

Kieran sprang auf, wirbelte herum und ließ ein Feuer auflodern.

»Brauchst du Hilfe, Lehrling?« Oisinn schälte sich so gelangweilt aus den Schatten wie eine Raubkatze, die ihn schon lange im Visier gehabt hatte. Der Draugr hatte die Schonzeit tatsächlich eingehalten. Aber Finn befand sich weit entfernt von Draugar-Gebiet, und Kieran hatte gehofft, er würde der Jagd auf seinen Bruder ganz überdrüssig werden.

»Schön, dich zu sehen, Oisinn«, sagte er daher zynisch.

»Wer hat dir meinen Namen verraten?«

»Mein Meister.«

Oisinn zuckte zusammen. »Ist er hier?«, fragte er alarmiert.

»Nein, doch ich kann gerne Kontakt zu ihm aufnehmen, wenn du ihn zu sprechen wünschst.«

Der Draugr winkte rasch ab und setzte sich ungeladen zu ihnen. »Verrätst du mir auch deinen Namen?«

»Kieran.«

»Ohne meine Hilfe kannst du deinen Bruder nicht aus dem Palast entführen. Der Alte hat soeben nicht nur den Palast selbst, sondern die ganze Stadt mit mächtigen Schutzzaubern versehen.«

Verdammt! Kieran war zu sehr auf die Nichtmagier der Stadt konzentriert gewesen und hatte vergessen, dass es – wie Onyx ihm verraten hatte – früher einmal Suryals Palast gewesen war. Er besaß vielleicht nicht die enormen Schutzschilde von Temeduron, aber ein Magier von Suryals Format machte sicher keine halben Sachen. »Und wie willst *du* mir dabei behilflich sein?«

Oisinn beugte sich vor. Seine Augen funkelten, und sein Atem war kalt wie Eis. Er verzog sein bleiches Antlitz zu einem schaurigen Lächeln.

»Meine Magie ist genauso schwarz wie deine, und du hast mir kürzlich deine Fähigkeiten bewiesen. Die Schutzzauber des Alten sind stark. Einer von uns allein könnte sie nicht brechen. Doch wir beide zusammen ...«

Zweifelnd hob Kieran die Augenbrauen. Oisinns Grinsen wurde breiter. Unwillkürlich fielen ihm wieder Damianos' Worte ein. *Der beste Nachwuchsmagier seiner Zeit ...* »Dann hast du Erfahrung in der Beseitigung von Schutzzaubern?«

»Würde ich es dir anbieten, wenn ich Gefahr liefe, mich zu blamieren?«

»Wir müssen schnell sein. Sobald die Schutzzauber brechen, wird Suryal aufwachen und sich auf die Suche nach der Ursache machen.«

Dass er als Erstes nachsehen würde, ob seinem wertvollen *Überbringer* nichts fehlte, verheimlichte er dem Draugr. Kieran überlegte einen Moment. Das, was er nun vorschlagen musste, ging ihm gegen den Strich, aber ihm fiel keine andere Möglichkeit ein. »Die Entführung meines Bruders wirst du übernehmen müssen. Du kannst fliegen, ohne die Gestalt zu wandeln, und bist kräftig genug, ihn zu tragen.«

»Gut, dass du das einsiehst. Ich hatte schon befürchtet, mit dir darüber streiten zu müssen.«

»Du wirst ihm nichts antun, hörst du! Damianos braucht ihn bei voller Gesundheit.«

»Ich sagte dir bereits, du kannst mir nichts befehlen, Lehrling.« Oisinn betrachtete gelangweilt seine Fingernägel.

»Wenn du mir nicht ...«, Kieran überlegte kurz, »dein Ehrenwort darauf gibst, kannst du eine Zusammenarbeit vergessen.«

»Das *Ehrenwort* eines Draugr?«, lachte Oisinn höhnisch, während er den Kopf hob, aber Kieran hörte die Bitterkeit in seiner Stimme heraus.

»Ich kenne keine anderen Draugar«, erklärte Kieran. »Und um ehrlich zu sein, möchte ich auch keine weiteren kennenlernen.« Oisinns Lippen formten sich zu einem Grinsen. »Dennoch bist du anders als sie und das alles, was ich von Draugar bislang gehört habe. Du warst so jung wie ich, als er dich getötet hat, und du entstammst einem edlen Magierclan. Ich denke, ich kann mich auf dein Wort verlassen, wenn du bereit bist, es mir zu geben.«

Der Untote wurde ernst und starrte ins Feuer. Nach einer Weile nickte er zustimmend. »Du hast mein Wort. Ich werde deinem Bruder kein Haar krümmen. Sollte er mich allerdings angreifen, wirst du mir schon zugestehen müssen, mich zu verteidigen.«

»Solange du diese Verteidigung auf ein Minimum beschränkst ...«, räumte Kieran ein.

»Das verspreche ich dir. Sobald die Schutzzauber gebrochen sind und ich reingehe, solltest du dich aber mit deinem Drachen aus dem Staub machen. Ich schaffe deinen Bruder in ein Versteck nicht weit von hier.«

»Zeig es mir, dann kann ich dort auf dich warten, und keiner entdeckt mich.«

Oisinn lachte abfällig. »Damit wäre es kein *Versteck* mehr für mich.«

»Wo willst du dich denn treffen?«, fragte Kieran misstrauisch.

»Zwei Stunden später genau hier.«

»Gut. Lass uns abwarten, bis drüben im Palast die Lichter ausgehen und alle schlafen.«

Kieran löschte das Feuer, und zusammen starrten sie eine

Weile hinunter auf die Stadt. In der Dunkelheit konnte er Oisinns Gestalt nur schemenhaft wahrnehmen. Schon irgendwie unheimlich, neben einem der gefährlichsten magischen Wesen dieser und seiner Welt zu sitzen und sich zu unterhalten. Doch Oisinn war überraschend gesprächig. Er erzählte ihm von der Burg, auf der er gelebt hatte. Sein Vater war ein mächtiger Magier aus dem Stamm der Laujamagen gewesen. Ihr Wappen hatte ein gewaltiger Löwe im Sprung geziert, denn *Laujamag* bedeutete Löwe und Stärke.

Oisinn war ein guter Erzähler. Seine kalte Stimme wurde weich, zu seinen Lebzeiten musste sie sehr angenehm geklungen haben. Er lauschte ihm so fasziniert, dass er ihm um ein Haar etwas von seinem Frumentarias angeboten hätte. Als ob ein Untoter essen könnte! Onyx hatte seine Bewegung bemerkt und gluckste leise im Hintergrund.

Wenn Oisinn auf Kierans eigene Geschichte zu sprechen kam, wich er seinen Fragen, so gut es ging, aus. Ihm von der Weltenüberquerung zu berichten, war zu riskant. Er erklärte, seine Schwester und sein Bruder wären bei einer Tante aufgewachsen, und er wüsste nicht viel von ihnen.

»Du hast eine ältere Schwester?«, hakte der Draugr interessiert nach. Verflucht! Sisgard hätte er aus der Sache besser rausgehalten. »Warte, ist sie das hübsche Mädchen mit dem langen blonden Haar?«

Das sehnsüchtige Lächeln, das sich in seine Miene schlich, gefiel Kieran überhaupt nicht.

Sie mussten eine Ewigkeit warten, bis die Lichter im Palast erloschen, und eine weitere Stunde, bis auch die gebogenen Lampen in den Straßen ausgingen. Nur die Tore und Teile der Festungsmauern wurden um diese Zeit beleuchtet.

Lautlos näherten sie sich der Stadt, und Kieran spürte den

magischen Schild, der es ihm nicht erlauben würde, in seiner bevorzugten Gestalt des Raben auf den Palast zuzufliegen. Er deutete auf das Fenster, hinter dem er Finn vermutete. Dann richteten sie ihre Arme auf den flirrenden Schutzschild. Sekunden später rang Kieran nach Luft. Damianos und Dermoth hatten ihm jede Menge Zauber gezeigt, und er hatte sie nachgeahmt. Aber noch nie zuvor hatte er versucht, seine Kräfte mit einem anderen Schwarzmagier zu bündeln. Seine Magie traf nicht einfach neben der Oisinns auf den Schild. Vielmehr umschlangen sich ihre Zauber, verwoben sich ineinander zu einem komplexen Muster, das viel stärker war als die Summe ihrer einzelnen Kräfte. So wie einzelne dünne Fäden ein festes, schwer zu zerreißendes Seil bildeten. Und Kieran ergriff in der nächsten Sekunde ein überwältigendes Machtgefühl. Teile ihrer gemeinsamen Magie strömten zu ihm zurück. Sein Blut pulsierte, schien sich zu entzünden, und ihm wurde schwindlig. Ein Brennen und ein berauschendes Glücksgefühl erreichten sein Herz und raubten ihm fast den Verstand. Er glaubte plötzlich, die Kontrolle über seine Magie zu verlieren.

»Konzentrier dich, Kieran! Hast du das etwa bei Damianos nicht gelernt?« Oisinns spöttisches Lachen klang wie das Rasseln mit einer rostigen Kette. »Soso, der große Meister will dir lieber nicht beibringen, wie man seine Kräfte mit anderen bündelt! Könntest schließlich auf die Idee kommen, dich gemeinsam mit anderen gegen ihn zu verbünden, so wie ich damals.«

Und dann begann der Draugr, ihm ruhige Anweisungen zu erteilen, und unterwies ihn darin, ihre Kräfte und ihre Bewegungen besser zu synchronisieren. Oisinn war brillant! Einen Augenblick lang genoss Kieran einfach nur ihre Zusammenarbeit und vergaß, dass er ein Draugr war.

Und auf einmal brach der Schutzschild in sich zusammen.

Oisinn warf Kieran ein letztes schauriges Lächeln zu, bevor er sich in den Nachthimmel stieß wie ein silberner, Unheil bringender Greif.

Luke
Aithér, Jahr 2517 nach Elio, dritter Mond des Frühlings, Tag 27
Der steife Kragen des Hemds kratzte Luke am Hals. Zuletzt war er sich bei seiner Kommunion so lächerlich vorgekommen. Er riss die Tür auf und stieß mit Finn zusammen, der gerade bei ihm anklopfen wollte. Sie starrten sich an und brachen gleichzeitig in Gelächter aus. »Soll ich ein Foto für die Abizeitung machen?«, kicherte Finn und zupfte einen imaginären Staubfussel von Lukes Gehrock.

»Als ob dein Handy noch Akku hätte!« Luke sah zwei Dienerinnen nach, die mit langen Kleidern über den Armen in Richtung der Baderäume liefen, in denen die Mädchen verschwunden waren. »Wollen wir den Palast erkunden, bis die zwei fertig sind?«

»Wollte ich auch gerade vorschlagen.«

Zusammen liefen sie die breite Marmortreppe hinunter in die Empfangshalle. Alle Wände waren mit Fresken und Goldstuck verziert, Sitzmöbel mit Seide bespannt und die Vorhänge aus schwerem Stoff und mit bunten Blütenmustern bestickt. Nach mehreren menschenleeren Salons und einer riesigen Bibliothek, in der Sis sofort den Rest des Abends verbracht hätte, würde er ihr davon erzählen, hörten sie vom Ende des Gangs Stimmen hinter einer doppelflügeligen Tür. Ein Diener verließ mit einem Tablett voller Gläser und einer Karaffe den Raum, und Luke zog Finn, seinem Instinkt folgend, hinter eine Marmorsäule. Wie erwartet, bemerkte der Mann sie nicht, während er an ihnen vorbei nach rechts eilte, wo Luke die Küche vermutete. Sie schlichen näher zur Doppeltür, die einen Spaltbreit offen stand.

»Für meinen Vater war ich als Nichtmagier doch nur eine Missgeburt. Ohne dich hätte ich gar nicht überlebt!«, hörten sie Yamin schimpfen.

Lukes Magen verkrampfte sich.

»Und dennoch habe ich dich später ebenfalls verstoßen.« Suryals Stimme klang schwermütig. »Ich bin nicht besser als er und kann dir nicht sagen, wie oft ich später bereut habe, Anjouli nicht dir zur Frau gegeben zu haben, sondern Duncan.«

Stille füllte den Raum.

»Sie ist immer noch mein Leuchtstern«, murmelte Yamin. »Nur für sie arbeite ich täglich bis zur Erschöpfung, um das zu erreichen, woran wir beide geglaubt haben.«

»Die Gleichstellung von Magiern und Nichtmagiern? Ich wünschte, ich hätte eure revolutionären Visionen früher geteilt, statt mich von den machthungrigen Mitgliedern des Weißen Synods einwickeln zu lassen und sie ausgerechnet mit dem eisernsten Vertreter der alten Magiergarde zu verheiraten. Das werde ich mir nie verzeihen.«

»Dann hilf mir jetzt, Vater! Es ist nicht zu spät. Dein Ansehen ist immer noch hoch, und unsere Welt steht vor einem Umbruch.«

Suryal lachte bitter. »Niemand wird erfreut sein, mich nach meinem Abgang wiederzusehen.«

»Dein Auftritt im Synod war schon bemerkenswert. Du hast sie der Reihe nach zum Teufel gejagt und ihnen ihre Schwächen vorgehalten – das hätte niemand außer dir je gewagt. Als ich durch die alte Selina davon erfuhr, habe ich mich sofort auf die Suche nach dir gemacht. Zwei Jahre lang war ich ununterbrochen unterwegs, ohne dich zu finden. Die meisten hielten dich für tot. Ich allein wusste, dass der beste Magier von allen nur äußerst geschickt darin sein würde, seine Spuren zu verwischen.«

»Ich dachte, du würdest mich hassen und mein Vermögen ausschlagen.«

»Ja, ich habe dich gehasst, Vater. Nach Anjoulis Tod schwankte ich zwischen der Entscheidung, Steel, dich oder mich selbst umzubringen. Oder am besten alles hintereinander zu erledigen. Dann bist du verschwunden und hast mir deinen gesamten Besitz hinterlassen. Ich hätte in den vergangenen zwölf Jahren nicht ansatzweise das erschaffen können, was ich mit deinem Startkapital erreicht habe. Wir bauen Kohle mit Dampfmaschinen ab, betreiben Webstühle, die zehn Näherinnen ersetzen, wir beleuchten unsere Städte und haben neue Wege des Reisens erfunden, ohne Pferde und Kutschen. Und das ist längst nicht alles, woran wir forschen. Ich habe die klügsten Köpfe hier in deinem Palast versammelt. Der gesamte Nordtrakt wurde zu einer Akademie mit Forschungsstätten und Laboratorien ausgebaut, ein zweiter Mauerring mit Wohnungen für alle geschaffen, die bei uns Zuflucht vor den Magiern suchen.«

»Das habe ich gesehen. Anjouli wäre stolz auf dich. Und ich bin es ebenfalls.«

Luke hatte einen Kloß im Hals und zog Finn am Ärmel. Sie hatten nicht das Recht, eine so private Unterhaltung zu belauschen.

Kaum waren sie wieder im ersten Stock angelangt, kamen die Mädchen ihnen auch schon entgegen, und Sis' Anblick zog Luke den Boden unter den Füßen weg. Das nachtblaue Kleid umspielte ihre Figur, als wäre es eigens für sie geschneidert worden, und ihre gletscherblauen Augen funkelten mit den Schmucksteinen am Saum ihres Dekolletés um die Wette. Sie sah aus wie die Prinzessin aus einem Märchen. Hinreißend schön. Doch er kannte Sis lange genug und bemerkte, dass sie ihm auswich und seine Komplimente ihr unangenehm waren, jetzt, da ihnen eine andere Bedeutung zugrunde lag. Das schmerzte mehr als seine unerwiderte Liebe, und Luke wünschte sich sehnlichst, er könnte die Zeit zurückdrehen. Früher hatten sie so unbeschwert miteinander gelacht. Schwer zu sagen, wann genau er angefangen hatte, etwas anderes in Sis zu sehen, und es gelang ihm nur mühsam, diese neuen, verwirrenden Gefühle für sie wieder abzustellen. Aber er wusste, er musste es lernen, wenn er am Ende nicht auch noch ihre Freundschaft verlieren wollte. Liebe konnte man eben nicht erzwingen.

Das Abendessen an der langen Tafel aus dunklem Holz mit aufwendigen Intarsien schmeckte nach dem tagelangen Frumentarias himmlisch. Mehrere Kandelaber aus Gold unterstützten die edlen Gaslampen an den Wänden mit der Beleuchtung. Die hohen Wände des riesigen Saals waren aufwendig mit exotischen Pflanzen und Blüten bemalt, die sich, nur unterbrochen durch den weißen, schnörkeligen Stuck, an der Decke fortsetzten. Der Blütenstaub und Teile des Gefieders der Vögel waren mit Blattgold verziert. Luke kam sich fremd in der luxuriösen Umgebung und der edlen Kleidung vor. Als wäre er in dem Setting eines Kostümfilms gelandet. Doch das Essen war der Wahnsinn! Der Reis duftete köstlich nach Jasminblüten und Orange, und zum Fleisch wurden exotisch-fruchtige oder scharfe Soßen gereicht. Bei jedem Bissen schien der Geschmack zu variieren. Was zunächst salzig schmeckte, wandelte sich in süß, nur um hinterher einen scharfen Nachgeschmack zu haben.

»Reichst du mir mal das Salz?«, fragte Ramón, der in einem dunklen Frack und weißen Hemd mit hohem Kragen wie ein Dirigent aussah.

Luke beugte sich vor, griff nach dem Salzstreuer und gab ihn

Ramón. Gegenüber von ihm saß Suryal, der kaum wiederzuerkennen war. Er trug im Gegensatz zu ihnen allen keinen Anzug, sondern eine neue senffarbene Tunika, die jedoch aufwendig mit Goldstickereien und Mustern verziert war. Sein verfilztes Haar war gewaschen und zurückgebunden und der Bart in Form geschnitten worden. Die Gespräche zwischen Yamin und ihm kreisten um die Entwicklungen in Jadoo Mahal und Magierclans, deren Namen Luke und den anderen nichts sagten. Erst als sie beim Nachtisch, einer Creme mit Kirschen und Vanille, angelangt waren, die in bauchigen, geschliffenen Kristallgläsern serviert wurde, verriet Suryal seinem Ziehsohn, wer seine Gäste waren und woher sie kamen. Yamin verschluckte sich und hustete so stark, dass er erst einmal einen Schluck Wein trinken musste, bevor er seine Sprache wiederfand. Ihr Gastgeber trug einen schwarzen Frack aus Samt und ein weißes Leinenhemd mit hohem Kragen, an dessen kunstvoll geknoteter Schleife er jetzt aufgeregt zupfte, um sich Luft zu verschaffen, während er mit großen Augen Finn musterte. Luke unterdrückte ein Lachen. Finn versetzte ihm unter dem Tisch einen Stoß gegen das Schienbein.

»Der *Überbringer*? Bist du dir ganz sicher, Arun?«

»Zeig ihm die Fibel, Finn!«

Seufzend zog Finn sie aus der Tasche seiner Weste, und Yamin schnappte nach Luft. »Dann ist endlich die Zeit unserer Rache angebrochen!«

»Was hat denn mein Bruder mit einem Rachefeldzug zu tun?«, fragte Sis misstrauisch.

»Aruns Tochter Anjouli wurde von dem Blutäugigen ermordet«, erklärte Yamin.

»Damianos weiß bereits von Finns Ankunft hier in Aithér. Wir müssen schneller handeln, als mir lieb ist. Ich werde den Mitgliedern des Weißen Synods noch heute Abend eine Nachricht schicken, damit sie Vorkehrungen zu Finns Schutz treffen.«

»Warum nicht gleich jetzt? Je früher sie davon erfahren, umso besser. Ich würde zu gerne ihre Gesichter sehen, wenn sie deine Nachricht erhalten.« Yamin gab den Dienern einen Wink, den Tisch abzuräumen, und Suryal zog einen goldenen Ring von seinem Finger. Er legte ihn auf den Tisch und tippte ihn leicht an. Ein dumpfes Summen erfüllte den Raum, und Suryal murmelte mehrere Namen. Die meisten hatte Luke noch nie gehört. Nur Deegan, Stanwood und Aragus hatte Suryal schon einmal erwähnt. Nach dem zehnten Namen stoppte der Weißmagier, und zu ihrer Überraschung hob der Ring von der Tischplatte ab, um etwa einen halben Meter darüber zu kreisen. Suryal richtete seinen Finger auf ihn, und ein regenbogenfarbenes Leuchten umgab ihn.

»Initium. Concilium Securitatis«, murmelte der Weißmagier, und das Gold begann zu glühen und warf Buchstaben auf die Tischplatte darunter. Luke hielt den Atem an. »Kehre zurück nach Ereduron. Erbitte die höchsten Schutzzauber und Benachrichtigung Steels erst nach unserer Ankunft, aus zwölftem Grund. Arun Suryal, Großmeister der Dhiranen. Finis.«

Die Schrift erlosch, und der Ring sank sanft zurück auf den Tisch.

»DAS war alles? Warum haben Sie das nicht schon vor Tagen versucht?«, fragte Luke. »Die hätten uns viel früher zu Hilfe eilen können!«

Suryal zog die Augenbrauen zusammen und warf ihm einen lodernden Blick zu. »Erstens sollst du meine Handlungen nicht immerzu infrage stellen, Feuerbringererbe! Zweitens ist es unmöglich, die Ringverständigung jenseits des Albiza-Fergunja-Gebirges zu bewirken. Drittens wäre es Wahnsinn, sämtliche Mitglieder des Weißen Synods irgendwohin zu bitten, wo keine Schutzvorkehrungen getroffen werden können. Bei einem Angriff durch Damianos und sein finsteres Heer von Schattenkriegern würde die gesamte Magier-Elite auf einen Schlag vernichtet werden. Auch rechtlich ist das unmöglich. Das bringt mich zu viertens: Du ahnst nicht, wie kompliziert Politik bei uns abläuft. Und fünftens ist keiner von denen besonders erpicht darauf, mich wiederzusehen. Ich kann froh sein, dass sie rechtlich gezwungen sind, sich aufgrund der Berufung einer Versammlung aus Sicherheitsgründen, einem *Concilium Securitatis*, überhaupt mit mir zu treffen!«

Yamin, der neben Luke saß, klopfte ihm lächelnd auf die Schulter. »Sechstens: Gewöhn dich lieber daran: Magier bevorzugen keine einfachen Lösungen und sind anachronistisch, arrogant und vollkommen uneinsichtig.« Mit einem spöttischen Seitenblick auf Suryal ergänzte er: »Ausnahmen bestätigen natürlich die Regel.«

Der alte Magier verdrehte die Augen.

»Du wirst Gefallen an Luke finden, Yamin. Er ist mindestens so vorlaut wie du.«

»Arun, warum habt Ihr nur zehn Magier gerufen und nicht elf?«, unterbrach Ramón in diesem Moment nachdenklich.

»Der fehlende Magier ist ein gewisser Duncan Steel vom Clan der Hunolds, Aruns Schwiegersohn«, erklärte Yamin an seiner statt, und sein Gesicht wurde zu Stein. »Er hat nicht nur seine Ehefrau, Aruns Tochter, Damianos ausgeliefert, um feige sein eigenes Leben zu retten, er steht auch weiterhin in engem Kontakt mit dem Schwarzmagier.«

»Warum haben Sie dann den anderen Magiern die Nachricht geschickt, dass Steel nach unserer Ankunft benachrichtigt werden soll?«, hakte Sis bestürzt nach.

»Weil das Protokoll es so verlangt. Die Versammlung des Weißen Synods kann nur bei vollständiger Mitgliederzahl tagen. Deswegen habe ich die höchste Sicherheitsstufe und die Errichtung der Schutzzauber gefordert.«

»Der *zwölfte Grund*, das war Finn, oder?«, wollte Luna wissen.

»Ja. Eine Anspielung auf seine Clanzugehörigkeit und die zwölfte Fibel. Sicherheitshalber wollte ich nicht seinen Titel *Überbringer* verwenden. Wenn die geistigen Fähigkeiten der Synodsmitglieder sich in letzter Zeit nicht noch mehr verschlechtert haben ...«

»Was zu befürchten steht ...«, warf Yamin trocken ein.

Suryal zwinkerte ihm belustigt zu. »... werden sie wissen, wen ich damit meine. Ob sie mir allerdings Glauben schenken, wage ich zu bezweifeln. Sie werden denken, ich wäre nun endgültig übergeschnappt. Ein weiterer Grund, warum ich Steel nicht verständigt habe. Er hätte sich gegen die Schutzvorkehrungen ausgesprochen.«

»Damit würden sie aber gegen Paragraf 116 des *Magnus Liber Sapientiae* verstoßen. Glaubst du, das wagen sie?«, fragte Yamin.

»Wenn es um mich geht, ganz sicher«, entgegnete Suryal düster.

»Unwahrscheinlich. Ich glaube eher, sie werden all deine Forderungen erfüllen, in der Hoffnung, du erscheinst mit leeren Händen. Das ist die Gelegenheit für sie, dich nach Paragraf 25 Abschnitt 3 für geisteskrank zu erklären und dir deinen Synodsring abzunehmen und einem anderen Dhiranen zu übergeben, vielleicht sogar meinem leiblichen Vater. Er brennt darauf, all meine technischen Errungenschaften zu vernichten. Oder sie bezwecken eine Verurteilung wegen arglistiger Täuschung des Synods nach Paragraf 25 Abschnitt 2. Nun, du weißt, wem du dann ausgeliefert wirst.«

Lukes Bewunderung für den Nichtmagier stieg ins Grenzenlose. Yamin hatte offenbar das Rechtssystem der Magier genauestens studiert, um sie mit ihren eigenen Waffen zu schlagen. Er wünschte, er könnte sich einmal allein mit ihm über diese Welt unterhalten.

»Ich bin mir nicht sicher, ob ich überhaupt noch zu diesem Synod will«, erklärte Finn missmutig.

Suryal warf seinem Ziehsohn einen vorwurfsvollen Blick zu, woraufhin Yamin die Hände über dem Tisch faltete und sich an Luke vorbei zu Finn vorbeugte.

»Hör zu, Ubalde. Ich mag Magier nicht, und dafür habe ich meine Gründe. Dennoch sehe ich ein, dass sie dir weiterhelfen können. Du kannst dem Blutäugigen nicht allein gegenübertreten und brauchst ihre Unterstützung. Ich habe alles, was mir etwas bedeutet hat, durch ihn verloren. Ich bin zynisch, abgehärmt und desillusioniert. Aber in meiner Brust schlägt immer noch ein Herz. Ich will dir nur helfen und finde, du solltest nicht zu dem Synod reisen in der Hoffnung, dort würde ein Haufen netter Großmeister und Großmeisterinnen sitzen, die dich freudig in die Arme schließen und für den Überbringer eine Willkommensfeier ausrichten. Du bist alt genug für die Wahrheit.«

»Und die besteht aus einer Horde streitlustiger Personen, die hier das Sagen haben und Suryal um die Ecke bringen wollen? Ach ja, und einer von denen hat auch die Absicht, mich seinem dunklen Herrn und Meister auszuliefern, richtig? Da könnte ich am besten gleich mit meinem Bruder mitgehen!«

Yamin hatte während Finns Worten zu schmunzeln begonnen, jetzt blickte er ihn überrascht an. »Welcher Bruder?«

»Sieht unserem Ritter des Lichts zum Verwechseln ähnlich, steht allerdings auf der dunklen Seite der Macht und unterstützt das Imperium des Blutäugigen mithilfe Feuer speiender Drachen und blutrünstiger Draugar«, erklärte Luke.

Finn und Luna lachten. »Aber die Macht ist mit uns!«, riefen sie wie aus einem Mund.

»Das verstehe ich nicht«, sagte Yamin verwirrt.

»Finn hat einen Zwillingsbruder«, seufzte Ramón. »Er ist Damianos' Lehrling.«

Yamin erbleichte. »Bei Elio! Das hat uns gerade noch gefehlt.«

Oisinn
Aithér, Jahr 2517 nach Elio, dritter Mond des Frühlings, Tag 27
Der Schutzschild war kaum gebrochen, da schwebte Oisinn bereits über dem Palast und stieß zu dem Fenster hinab, das Kieran ihm freundlicherweise gezeigt hatte. Natürlich würde er seinem Bruder die Demütigungen, die er ihm vor den anderen Draugar zugefügt hatte, heimzahlen. Während er den Fensterladen magisch entriegelte, fragte er sich, ob er nicht auch Rache an Damianos üben sollte, indem er seinen jungen Propheten tötete und ihm seinen Kopf lieferte. Was konnte er ihm Schlimmeres antun als dieses schaurige Dasein zwischen Tod und endgültiger Erlösung? Doch dann kam ihm Kieran in den Sinn und das, was Damianos mit seinem Lehrling anstellen würde, wenn er von seinem Versagen erfuhr. Es sollte ihn eigentlich nicht kümmern. Zumindest die anderen Draugar würden sich nicht darum scheren und hatten Oisinn allzu oft mit seiner Weichherzigkeit aufgezogen. Aber er hatte die letzten Stunden in der Gesellschaft des Lehrlings mehr genossen als ganze Monate, die er mit ihnen verbracht hatte. Und so beschloss er beim Hineinschlüpfen in das dunkle Zimmer, dem Jungen eine Lektion zu erteilen, ihn jedoch zu verschonen.

Einer der Vorteile seines Zustands war, dass er nachts wie

eine Katze sah. Geräuschlos durchkämmte er den Raum auf der Suche nach seiner *Maus* und blieb wie angewurzelt vor dem Bett stehen.

Sie war noch viel schöner als aus der Ferne erahnt.

Ihr weißes, mit zarter Spitze und kleinen Rüschen eingefasstes Nachthemd hob und senkte sich unter ihren regelmäßigen Atemzügen. Hellblondes Haar floss vom Kopfkissen über den Bettrahmen und berührte den Boden. Die geschlossenen Augen umsäumten lange, dunkle Wimpern. Kierans Schwester besaß eine zierliche Nase, sinnliche Lippen, die leicht geöffnet waren, und einen Hals, so makellos anmutig wie der eines Schwans. Oisinns Blick glitt ein Stück tiefer, und er ertappte sich dabei, wie ihn Gefühle überrollten, die er gar nicht mehr empfinden durfte. Wie unter einem Zauberbann stehend, beugte er sich über sie, verharrte, weil ihr warmer Atem ihm entgegenschlug wie eine zarte Liebkosung auf seiner Wange. Ihr Duft weckte eine Erinnerung, die er nicht zuordnen konnte. Es fühlte sich an, als wäre er ihr schon einmal in seinem früheren Leben begegnet, aber er wusste nicht, wann oder wo, und überhaupt, das konnte doch gar nicht sein. Trotzdem erfüllte die Anwesenheit dieses unbekannten Mädchens ihn mit einer Welle des Friedens, die ihn in seinem ruhelosen Leben als Untoter vollkommen unerwartet überrollte und nach Luft schnappen ließ.

Ein Geräusch ließ ihn zusammenzucken. Im Palast begann sich etwas zu regen. Man hatte bemerkt, dass der Schutzschild gebrochen war, und er musste sich beeilen, um den Jungen noch zu erwischen. Warum war es nur so schwer, sich von der jungen Frau zu lösen? Sein Blick wanderte zu ihrem Mund. Oh, wenn er sie doch küssen könnte, wie er früher Mädchen geküsst hatte, verborgen in Erkern, auf Balkonen, manche sogar versteckt im duftenden Heu von Scheunen. Nur ein einziges Mal wieder die Hitze ihrer Haut, das Rauschen seines Bluts im Kopf fühlen.

Aber ein geraubter Kuss schmeckte unendlich bitter, er hatte es seit seinem Tod einmal versucht und war vor der Abscheu und dem Geschrei des Mädchens hinterher beschämt geflohen. Ein Kuss war nur dann süß, wenn er mit derselben Leidenschaft erwidert wurde. Eine spröde Nuance in dem Duft ihrer Haut sagte ihm, der Kuss dieser hinreißenden Lippen würde nach dem Wein wilder Vogelkirschen schmecken, fruchtig mit einem Hauch herber Mandel, berauschend und auf der Stelle süchtig machend.

Die Stimmen im Palast wurden lauter, während er sich über sie beugte und ihre Schläfe berührte, federleicht mit den Fingerspitzen über ihre Wangenknochen fuhr und zu ihren seidigen Lippen glitt, die sie jetzt geschlossen hatte. Oisinn registrierte das Zucken unter ihren gesenkten Lidern, sie wachte langsam auf. Und immer noch konnte er nicht gehen. Als sie die Augen aufschlug, ihre Pupillen sich zu dem bekannten Entsetzen weiteten, das alle ergriff, die seiner ansichtig wurden, und ihr Mund sich zu einem Schrei öffnete, war es wie ein Erwachen aus einem bittersüßen Traum. Er besann sich endlich wieder auf seine Aufgabe, drückte seine Hand auf ihren Mund und raunte: »Na, große Schwester? Wo hast du denn deinen vorlauten Bruder gelassen?«

Auf dem Gang waren jetzt Schritte zu hören, und Oisinn entschied blitzschnell, dass es zu spät war, um nach Kierans Bruder zu suchen. Aber nicht zu spät, um eine Geisel zum Austausch gegen ihn mitzunehmen. Er lächelte, und die Augen der jungen Frau wurden noch ein Stück größer vor Angst.

»Wird er dich retten kommen, wenn ich dich mitnehme, meine Schöne?«

Der Tritt in den Unterleib traf ihn so überraschend, dass er rückwärtstaumelte und ein paar äußerst schmerzhafte Sekunden brauchte, bis er realisierte, wie flink sie aus dem Bett gesprungen war und nun laut schreiend zur Tür lief. Ein Satz, und er war bei ihr. Bevor sie die Klinke berührte, schlang Oisinn die Arme um sie und drückte sie so fest gegen seine Brust, dass er ihr die Luft aus der Lunge presste und sie aufstöhnte. Er ignorierte ihr Zappeln und ihre Tritte, schob nur seine freie Hand im Laufen höher und auf ihren Mund, damit sie nicht auch noch die Wachen auf der Festungsmauer durch ihr Schreien auf sich aufmerksam machte. Nicht, weil er sich vor ihnen und ihren lächerlichen Feuer spuckenden Maschinen fürchtete, sondern weil er verhindern wollte, dass sie sie damit verletzten. Kierans Schwester war erstaunlich kräftig für ihre zierliche Statur, doch vermutlich wäre sie schon zu seinen Lebzeiten nicht gegen ihn angekommen – mit der Kraft eines Draugr konnte sie es keineswegs aufnehmen. Noch bevor jemand ihr in ihrem Zimmer zu Hilfe eilen konnte, schwang er sich mit ihr auf den Fenstersims und schoss senkrecht in den Nachthimmel. Sie hörte für ein paar Sekunden auf zu zappeln und gab ein wimmerndes Geräusch von sich. Oisinn drosselte sein Flugtempo ein wenig und fühlte, wie sie sich entspannte. Sie wusste, würde sie sich jetzt wehren, wäre es ihr Tod. Ihr Körper war warm und weich in seinen Armen, und ihre Haare dufteten nach Rosenblüten. Er atmete tief ein und genoss den Flug, drehte sogar eine Extrarunde, nur so lange, bis er in der Ferne den Drachen fliegen sah und befürchtete, Kieran könnte ihn entdecken. Dann landete er mit seiner wertvollen Beute vor seinem Versteck.

Kapitel 21

Sis
Aithér, Jahr 2517 nach Elio, dritter Mond des Frühlings, Tag 27
Der Wind rauschte ihr in den Ohren, fuhr unter den dünnen Stoff ihres Nachthemds und ließ Sis am ganzen Körper vor Kälte zittern. Es blieb ihr nichts anderes übrig, sie musste sich an dem Kettenhemd des Draugr festklammern, während sein Umhang ihr ins Gesicht schlug und ihr die Sicht auf die immer kleiner werdende Landschaft unter ihr raubte. Der Flug schien ewig zu dauern und war schlimmer als die Fahrt mit einer Hochgeschwindigkeitsachterbahn, und in so eine hätte sie sich auf dem Jahrmarkt nie freiwillig gesetzt. Sis verlor bald die Orientierung, schloss die Augen und konzentrierte sich angestrengt auf das Atmen, um dem Untoten nicht auf seine Rüstung zu kotzen – wer wusste schon, was er dann mit ihr anstellen würde. Endlich landeten sie, aber Sis hatte keine Ahnung, wie weit sie von Jadoo Mahal entfernt waren. Ihre Zähne klapperten vor Kälte aufeinander, während der Draugr sie durch einen engen Felsspalt in eine Höhle trug und überraschend sanft auf dem Boden absetzte. Sofort zog sie die Knie an und rutschte mit dem Rücken an die Mauer. Ihr war immer noch schlecht und schwindlig. Etwas Pelziges berührte ihre Hand, und sie schrie erschrocken auf.

Licht flammte auf, Oisinn hatte ein magisches Feuer vor ihr entzündet, und sie entdeckte eine graue Ratte, die ins Freie huschte. Das Herz klopfte ihr bis zum Hals, als sie langsam den Kopf hob, um den Draugr anzusehen. In drei Tagen war ihr Geburtstag. Sie würde nie achtzehn werden.

Unsinn! Wenn er dich hätte töten wollen, hätte er es schon längst getan!

Vielleicht will er sich nur Zeit damit lassen ...

Sein Blick durchbohrte sie, und sie konnte nichts tun, als zurückzustarren. Die Macht seiner magischen Aura war so stark, dass sie sie deutlich spüren konnte. Sie sah an seinem schlanken Körper hinab, registrierte die muskulösen Arme, das riesige, reich verzierte Schwert und sein im Schein der Flammen funkelndes Kettenhemd. Schließlich nahm sie die grässliche Wunde am Hals wahr. Ein Schauer lief ihr über den Rücken, während sie daran dachte, wie er vor ihr auf dem Feld gelegen hatte und langsam verblutet war. Er schien sich jedoch nicht an sie zu erinnern. Dann war das wohl nur eine Vision bei ihrer Weltenquerung gewesen. Aber warum hatte sie ausgerechnet von ihm geträumt? Vielleicht, weil er derjenige war, der ihrem Leben jetzt ein Ende setzen würde?

Als sie ihm wieder ins Gesicht blickte, hatte er eine Augenbraue nach oben gezogen und lächelte. Sis hatte noch allzu gut in Erinnerung, wie übel Finn dran gewesen war, nachdem die Draugar ihn zuletzt in ihren Fängen gehabt hatten, und schluckte. Würde er sie nun quälen, um sich an ihrem Bruder zu rächen? In ihrem Zimmer im Palast hatte er sie nach ihm gefragt. Ursprünglich musste er vorgehabt haben, ihn zu entführen. Doch sie und Finn hatten nach dem Abendessen die Zimmer getauscht, weil in ihrem eine riesige Spinne über dem Bett gesessen und so schnell zwischen irgendwelchen Mauerritzen verschwunden war, dass sie sie nicht mehr hatten fangen können. Sis hatte sich gegruselt und war davon überzeugt gewesen, das Biest würde nur darauf lauern, sie nachts zu überfallen.

Rückblickend wäre das eine wesentlich angenehmere Alternative gewesen.

Denk nach!

An magischen und körperlichen Kräften war der Draugr ihr zweifelsohne haushoch überlegen. Wenn sie sich also befreien wollte, musste sie ihn überlisten. *Stell dir einfach vor, das hier ist nur ein Film. Okay, ein Horrorfilm. Was würde die Heldin in dieser Situation tun?*

Sis nahm all ihren Mut zusammen und sagte gelangweilt: »Du hast Kieran die Geschichte vom Bruder mit den prophetischen Gaben nicht wirklich abgenommen, Oisinn? Ich hätte dich für klüger gehalten.«

Die Augen des Draugr wurden schmal, und er trat näher. Etwa einen Meter von ihr entfernt ging er in die Hocke. Sein schulterlanges blondes Haar glänzte im Schein des Feuers, das einen warmen Teint auf die bleichen, aristokratischen Gesichtszüge und das markante Kinn malte. Er sah so lebendig aus! *Und so verdammt attraktiv.* Sie dachte an seine hinreißend schönen Augen, die er vor der Verwandlung in einen Draugr in ihrer Vision gehabt hatte. Sis fühlte, wie ihre Wangen warm wurden.

»Lass mich deine Version hören. Vielleicht schenke ich ihr mehr Glauben.«

»Warum sollte ich dir unser Geheimnis verraten? Du hast doch nur vor, mich zu quälen und hinterher umzubringen.«

Er stutzte. Dann lachte er und beugte sich vor. »Netter Versuch, Mädchen. Aber ich verrate dir nicht, was ich mit dir vorhabe. Es sei denn, du gibst mir zuerst dein Geheimnis preis.«

Ganz schön gerissen für einen Zombie. Sie musste sich eine neue Taktik überlegen. Sein Blick wanderte über sie, und ihr Herz begann wieder zu jagen. Schlagartig wurde ihr bewusst, dass sie in einem hauchdünnen Nachthemd vor ihm saß, sie guckte an sich herab und verschränkte rasch die Arme über ihren Brüsten, die sich deutlich unter dem Stoff abzeichneten. Ihre Wangen brannten jetzt vor Scham. Oisinn bewegte sich, die feinen Glieder seines Kettenhemds klirrten leise, und dann schob sich seine Hand mit etwas Dunklem vor ihre Augen. Sein Umhang. Sprachlos sah sie ihn an.

»Na los, zieh ihn über!«

Vorsichtig zog sie ihn aus seiner Hand und wickelte sich darin ein.

»Wie heißt du?«

»Sis«, murmelte sie, während sie noch mit dem Umhang kämpfte. Verstohlen schnupperte sie daran. Wer wusste schon, wie lange er darin tot war. Aber erstaunlicherweise roch er nur ein wenig nach Erde, Wald und herb, nach Mann.

»Ein äußerst kurzer Name für eine so schöne junge Dame.«

Sis verdrehte die Augen. »Eigentlich heiße ich Sisgard. Ehrlich, ich hasse diesen Namen. Da, wo ich herkomme ...«

Sie brach ab und biss sich auf die Unterlippe. Verdammt, um ein Haar hätte sie sich verraten.

»Sisgard ist ein mächtiger Name. Mir gefällt er.«

Sie atmete innerlich auf. Er schien ihren Ausrutscher nicht bemerkt zu haben. »Hat Oisinn auch eine Bedeutung?«

Er verzog das Gesicht. »Das Hirschlein.«

Das Lachen platzte unvermittelt aus ihr heraus, und sie musste sich die Hand vor den Mund schlagen. »Der passt wirklich überhaupt nicht zu dir!«

»Was würde denn zu mir passen?«

Sie bewegte sich auf sehr dünnem Eis, das war ihr bewusst. Aber plötzlich erkannte sie ihre Chance. Wenn sie mit ihm flirtete, gewann sie Zeit, und womöglich sah er dann davon ab, ihr etwas anzutun.

»Nach dem, was ich von dir gehört habe, so was wie *der Waghalsige, der Edle*?«

Seine Hand schoss vor, griff in ihr Haar und ringelte eine Strähne um seinen Finger. Sis erstarrte und wagte nicht, sich zu bewegen. »Oder *der Feurige*? Ich beherrsche den Zauber besser als dein Bruder.«

Drohte er, ihr Haar zu verbrennen? Sie dachte daran, was Suryal über die Draugar gesagt hatte. Die Untoten wollten sich für das erlittene Unrecht rächen.

»Nicht ich habe dich getötet, sondern der Blutäugige!«

»Ich bin nicht *tot*, Süße, das ist ja gerade das Problem. *Dein* Problem«, fügte er grinsend hinzu, während er noch ein Stück näher an sie heranrückte.

Nur ein Film, motivierte sie sich erneut und straffte die Schultern.

»Nenn mich gefälligst nicht *Süße*. Ich sag schließlich auch nicht *Untoter* oder *Ungeheuer* zu dir.«

»Du bist ganz schön frech. Hast du eine Ahnung, wie mächtig ich bin? Welche Kräfte und welche Magie ich besitze? Glaubst du, du hättest nur den Hauch einer Chance, wenn ich Ernst machen würde?«

Unter all der Angst registrierte ihr Verstand etwas Entscheidendes. Er hatte *würde* gesagt. Sie war auf dem richtigen Weg.

»Entschuldige, wenn das gegen deine Draugr-Ehre verstößt. Aber für mich siehst du einfach nur wie ein attraktiver, junger Ritter mit etwas gewöhnungsbedürftigen Augen aus. Und sobald du meine Haare in Brand steckst, fackelst du deinen schönen Umhang gleich mit ab.«

Einen Moment lang herrschte Stille. Dann ließ er ihre Haarsträhne los und schob seine Hand unter ihr Kinn. Sie war so kalt wie der zugefrorene See, auf dem sie, Finn und Luke im Winter immer Schlittschuh liefen. Vielleicht sollte sie sich doch etwas eingeschüchterter geben. Im nächsten Augenblick veränderte sich sein Gesicht, und ein verschmitztes, jungenhaftes Lächeln glitt über die bleichen Züge. Es sah gruselig und hinreißend zugleich aus. Sis spürte, wie ihre Angst schwand und ihre Wangen erneut heiß wurden. Sein Grinsen wurde noch breiter, während er die Hand von ihrem Kinn nahm und die Augenbrauen hob.

»Attraktiv?«

Himmel, was waren Jungs doch eitel! Lebendig oder untot!

»Ich bin bestimmt nicht die Erste, die dir das sagt.«

Er wich ihrem Blick aus, und Sis glaubte, seine magische Aura würde ein wenig flackern. »Zumindest die Erste, seit ich ... in diesem Zustand bin.«

»Das tut mir leid«, flüsterte sie und meinte es so.

Oisinn strich sich eine Strähne aus der Stirn und sah sie ernst an. »Warum bei Elio hast du keine Angst vor mir?«

»Ich sterbe doch gerade vor Angst!«, entfuhr es ihr wahrheitsgemäß.

»Aber«, er schüttelte den Kopf, »wie du mit mir sprichst ... genau wie dein Bruder mit dem Schlangenstab!«

»Finn? Der fand dich auch attraktiv?«, fragte sie zweifelnd.

»Wohl kaum«, gluckste er.

»Was soll ich denn sonst tun außer reden? Einfach abwarten, bis du mich abmurkst?«

»Woher kommt ihr beiden? Wie ihr redet, die Kleidung, die ihr getragen habt ... so was habe ich hier noch nie zuvor bei einem anderen Magier gesehen. Etwas stimmt nicht mit euch. Und was meintest du damit, Kieran hätte mich belogen?«

Ein Untoter, der so einfühlsam war, ihr seinen Umhang zu überlassen, konnte nicht so grausam sein, wie Suryal behauptete. Sis folgte ihrem Instinkt und beschloss, alles auf eine Karte zu setzen.

»Wirst du mich freilassen, sobald ich dir alles verrate?« Er zögerte, und Sis fuhr fort: »Du bist nicht an dein Wort gegenüber Kieran gebunden, wenn es auf falschen Tatsachen beruht.«

»Ich kann dir nichts versprechen. Überzeuge mich, und ich bringe dich zurück zum Palast.«

»Warum sollte ich dir trauen?«

»Weil ich ein attraktiver, edler Ritter bin?«, fragte er neckend, doch mit traurigem Unterton zurück.

Sis lächelte und holte tief Luft. Dann begann sie zu erzählen. Alles. Von Anfang an. Nachdem sie geendet hatte, saß Oisinn so regungslos da, als hätte sie ihn mit Magie gelähmt. Sie wünschte, sie wäre dazu in der Lage. Plötzlich sprang er mit einem Satz auf.

»Ich wusste es!« Ein Stöhnen entrang sich seiner Brust. »Calatin und die anderen haben mich ausgelacht, weil ich euch weiter verfolgt habe, aber ich wusste, ihr seid anders!«

»Anders?«, fragte Sis vorsichtig und stand ebenfalls auf.

»Kein normaler Magier in Aithér redet so mit einem Draugr! Alle versuchen nur, so schnell wie möglich die Flucht zu ergreifen. Zu Recht, übrigens.«

Sis zog eine Grimasse.

»Lach nicht! Ich ahnte, ihr würdet nicht aus Aithér stammen.«

»Und was jetzt?«, fragte sie.

»Jetzt weiß ich, dass der Überbringer und seine Fibel mir vielleicht noch eine Chance auf Erlösung durch meinen endgültigen Tod bringen können. Den Tod, den ich so viele Jahrhunderte herbeigewünscht habe«, flüsterte er sehnsüchtig. »Wenn du wüsstest, welche Qualen ich in diesem Zwischendasein erleide! Sollte es deinem Bruder gelingen, den Blutäugigen zu besiegen, wird nicht nur meine Rache gestillt werden – alle, die er zu Draugar gemacht hat, werden von dem Fluch befreit werden und können friedlich sterben.«

Sis wurde von einer Welle des Mitleids überrollt. Spontan trat sie einen Schritt näher und ergriff seine eisige Hand. »Hoffentlich kann Finn dich erlösen.«

Oisinn zuckte bei ihrer freiwilligen Berührung überrascht zusammen, und seine schwarzen Augen hefteten sich brennend auf sie. Vollkommen unvermittelt zog er sie an sich und hob sie auf seine Arme. Sis keuchte erschrocken auf.

»Hab keine Angst«, murmelte Oisinn ihr ins Ohr. »Ich bringe dich nur zurück zum Palast. Zeit, sich mit deinem Bruder einmal ernsthaft zu unterhalten.«

Sie schlang die Arme um seinen Hals und legte ihren Kopf an seine Brust. Oisinn schob sich mit ihr durch den Felsspalt aus der Höhle und sprang dem schwarzen Nachthimmel entgegen.

Luke
Aithér, Jahr 2517 nach Elio, dritter Mond des Frühlings, Tag 28
Über eine Stunde lang hatten Luke und Yamin das Gelände außerhalb der Stadtmauern durchkämmt, aber nirgends auch nur eine Spur von Sis erspähen können. Luke war nach einem Streit mit Finn und den anderen Magiern nach draußen gestürmt, weil Suryal erklärt hatte, es wäre sicherer, sich im Palast zu verschanzen und abzuwarten, welche Forderungen der oder die Entführer von Sis stellten. Damit hatte er sich nicht zufriedengeben wollen. Er musste einfach nach ihr suchen, und Yamin hatte sich angeboten, ihn zu begleiten. Jetzt, bei ihrer Rückkehr, wenige Schritte vom Palast entfernt, war Luke erschöpft, und seine Wut war Verzweiflung gewichen. Er hob die Hand und betrachtete missmutig den langen Dolch, den Yamin ihm bei ihrem Aufbruch gegeben hatte. Er bestand aus mehreren Schichten und war aufwendig mit kreisförmigen Ornamenten verziert.

»Du wusstest von Anfang an, wir würden sie nicht finden.«

Suryals Ziehsohn nickte.

»Warum bist du dann überhaupt mit mir gekommen?«

»Ich weiß, wie du dich fühlst. Auch mir hat ein Magier einst die Frau, die ich liebte, genommen. Aber du wirst sie zurückerhalten, weil er nur nach ihrem Bruder sucht. Vorerst.«

»Was meinst du mit *vorerst*?«

Yamin seufzte. »Ich muss nur in deine naiven Augen blicken, um deine Zukunft vor mir zu sehen. Was, glaubst du, wird geschehen, wenn ihr beim Weißen Synod ankommt? Finn ist nicht ansatzweise so weit, sich jetzt schon Damianos zu stellen. Sie werden ihn an Stanwoods Magierakademie aufnehmen und ausbilden, zusammen mit seiner Schwester und Luna. Sisgard ist bereits ein sehr hübsches Mädchen. Sie wird sich zu einer atemberaubend schönen jungen Frau entwickeln und den Zugang zu ihrer Magie finden, den sie im Moment noch nicht entdeckt hat. Bald wirst du dich mit einer ganzen Horde junger Magier herumschlagen müssen, die sich alle um ihre Gunst bemühen. Sie werden versuchen, sie mit ihrer Magie zu beeindrucken, und wenn du dem dann nichts entgegenzusetzen hast, wirst du sie an irgendeinen dieser Aufschneider verlieren.«

Überrumpelt starrte Luke ihn an. »So war das damals bei dir und Anjouli, nicht wahr?«, flüsterte er betroffen.

Yamin nickte finster. »Ich war damals zu unentschlossen. Und irgendwann redete ich mir sogar ein, aus Liebe zu ihr auf sie verzichten zu müssen. Ich sagte mir, sie täte gut daran, einen Magier zu heiraten, da sie selbst Magierin war. Als ich endlich erkannte, dass ich mir ein Leben ohne sie nicht mehr vorstellen konnte, war es schon zu spät. Ihr Vater griff ein, schaffte mich fort, damit ich sie nicht mehr sprechen konnte, und ließ ihre Hochzeit wie geplant abhalten. Doch nur wenige Jahre später war Steel mit all seiner großartigen Magie nicht in der Lage, sie vor Damianos zu beschützen! Ich habe einen fürchterlichen

Fehler gemacht, und ich möchte nicht, dass du in dieselbe Falle gerätst.«

»Was ist geschehen?«

»Der Blutäugige hat sie als Tribut gefordert, getötet und zu einer Grauen gemacht. Und Steel hat dagegen im Synod keine Einwände erhoben, vermutlich, um sein eigenes erbärmliches Leben zu sichern.«

Luke erinnerte sich, was Suryal ihnen über die Grauen in Zusammenhang mit Kieran erzählt hatte, und schluckte.

»Was soll ich tun?«

»Schließ dich mir an. Ich habe euch beobachtet. Ihr alle wart über unsere Errungenschaften nicht halb so überrascht wie mein Ziehvater. Lass mich raten, in Khaos sind die Nichtmagier viel weiter mit ihren Erfindungen als wir?«

Ein Lächeln glitt über Lukes Lippen. »Ein wenig.«

Yamins Augen funkelten. »Wie sehr hinken wir ihnen hinterher?«

»Hm. Schätzungsweise zweihundert Jahre.«

Suryals Ziehsohn klappte der Mund auf. »Unglaublich! Wirst du uns helfen, diesen Vorsprung aufzuholen? Ich werde dir im Gegenzug alles beibringen, was du über diese Welt und die Magier wissen musst, damit du dich gegen sie behaupten kannst.«

Luke dachte einen Augenblick nach. Wenn sie in dieser Welt blieben und seine Freunde eine Magierschule besuchten, würde er das fünfte Rad am Wagen sein. Er konnte darauf verzichten, von ihren Schulfreunden gemobbt und lächerlich gemacht zu werden. Yamin war eine beeindruckende Persönlichkeit, er würde viel von ihm lernen. Er könnte Finn zwar bitten, ihn heimlich zurück zu seinen Eltern nach Khaos zu bringen. Doch das kam für ihn nach allem, was sie erlebt hatten, nicht infrage. Er wollte in der Nähe seiner Freunde bleiben, auch wenn ein wenig Abstand zu Sis und neue spannende Aufgaben ihm sicher guttun würden, um sich über seine eigenen Gefühle ihr gegenüber klar zu werden. Diese Welt war wie ein Geschenk, um dem Stress mit seinen Eltern und dem Alltagstrott der Schule zu entkommen. Er konnte hier so viel erleben und bewirken! Viel mehr als in Khaos, wo sein Vater ihm jetzt schon seine Ausbildung nach dem Abi vorschreiben wollte. Er blickte auf Yamins ausgestreckte Hand. »In Ordnung«, sagte er und schlug ein.

Bei ihrer Rückkehr in den Palast verflog seine Hoffnung, Sis wäre inzwischen aufgetaucht. Finn war bleich und von dem langen Warten offensichtlich zermürbt.

»Hast du dich jetzt wieder eingekriegt?«, giftete er ihm entgegen.

»Sorry, ich …«, begann Luke, wurde aber von Sis unterbrochen, die plötzlich laut über das Grundstück nach ihrem Bruder rief.

Finn wollte zur Tür laufen, doch Suryal war so flink zu ihm geglitten, als wäre er erst zwanzig Jahre alt. Er packte ihn mit eisernem Griff am Arm. »Warte! Das ist eine Falle.«

»Das ist Sis!«, rief Finn empört und wollte sich losreißen.

»Ja, das ist sie. Nur, seit wann beherrscht sie den Zauber, ihre Stimme magisch zu verstärken?«

Finn stutzte. Er trat ans Fenster und rief nach draußen: »Sis, bist du das?«

»Sag Suryal, er soll den Schutzschild aufheben, Finn!«

»Wer ist bei dir?«

Einen Moment lang herrschte Stille. Dann antwortete sie: »Ein Freund. Vertrau mir!«

»Das gefällt mir nicht«, mischte sich Ramón ein. Er ging mit kräftigen Schritten zum Fenster, die buschigen Augenbrauen fest zusammengezogen.

»Ich weiß, wie wir herausbekommen können, ob sie die

Wahrheit sagt«, erklärte Finn und brüllte nach draußen: »Nenn uns den Namen von Lukes Bruder, damit wir wissen, dass du es wirklich bist!«

»Luke hat keinen Bruder«, antwortete Sis. »Könnt ihr euch mal beeilen? Ich will nicht die ganze Nacht auf seinen Armen hier draußen in der Kälte verbringen!«

Ein raues Lachen ertönte im Hintergrund und ein leises »Also ich hätte nichts dagegen, Schönste«, dann brachen die Stimmen ab.

Lukes Knie wurden weich, und er umklammerte den Dolch fester.

»Ich entferne jetzt den Schutzschild«, verkündete Suryal angespannt.

Yamin griff nach Lukes Arm und zog ihn hinter eine Marmorsäule. Dann flog jemand auf das Fenster zu. Luke erkannte zunächst nur Sis in den Armen eines Mannes. Hinter ihr blitzte etwas silbern auf, und ein schwarzer Lederstiefel stieß das Fenster auf. Dann ging alles sehr schnell.

»In Deckung!«, brüllten Suryal und Ramón gleichzeitig. Suryal machte einen Satz nach hinten und riss Finn mit sich hinter einen Raumteiler mit Vasen und Porzellanfiguren. Ramón hatte Luna unter den Tisch gezogen. All das nahm Luke nur aus dem Augenwinkel wahr, denn sein Blick war weiterhin auf Sis geheftet, und als sich das Gesicht des Draugr hinter ihrem Haar hervorschob, setzte sein Herzschlag aus.

»LASS SIE LOS!«, brüllte er und stürzte mit erhobenem Dolch auf den Untoten zu. Der setzte Sis gerade ab. Ihre Augen weiteten sich, weil sie Luke auf sich zustürmen sah, und er rief: »Duck dich, Sis!«

Vielleicht würde es ihm glücken, dem Draugr den Dolch in die Brust zu rammen, bevor der seine Magie aufbauen konnte.

Allerdings machte Sis ihm einen Strich durch die Rechnung.

Schützend breitete sie die Arme vor dem Draugr aus und rief ihm entgegen: »Steck sofort das Messer weg, Luke!«

Er stockte mitten im Lauf, sprachlos vor Entsetzen. Was zur Hölle ging hier vor? Hatte der Draugr sie verhext? Ein heiseres Lachen erklang hinter ihr. Der Untote hatte die Situation erfasst und amüsierte sich köstlich.

»Lieb, dass du mich beschützen willst, Schönste. Aber lass deinen drolligen Helden nur zustechen. Er wird schon sehen, was er davon hat.«

Sie wirbelte zu ihm herum. »Lass Luke in Ruhe, Oisinn! Du bist nicht wegen ihm hier, sondern wegen Finn!«

Der Untote beugte sich vor, strich ihr eine Haarsträhne beiseite und flüsterte ihr etwas ins Ohr.

»FASS SIE NICHT AN!«, donnerte Luke außer sich vor Wut und machte einen weiteren Schritt auf ihn zu.

»Sonst was? *Was* machst du, wenn ich«, Oisinn strich demonstrativ erneut über Sis' Haare, und seine schwarzen Augen bohrten sich in seine, »sie noch einmal anfasse?«

Sis stöhnte genervt auf, doch da mischte sich Finn ein, der sich von Suryal losgerissen haben musste.

»Was hast du mir zu sagen, Draugr?«

»Mir gefällt dein Tonfall nicht, Junge.«

»Mir gefällt dein Auftauchen hier nicht. Warum hast du meine Schwester entführt?«

»Eigentlich wollte ich dich entführen, um dich deinem Bruder auszuliefern.«

»Und dann?«

»Wenn der Blutäugige mit dir fertig ist? Dich foltern und töten«, erklärte Oisinn schulterzuckend.

»Aber das ist doch jetzt gleichgültig!«, rief Sis, und Luke wechselte einen schockierten Blick mit Finn.

»Es ist GLEICHGÜLTIG, dass er mich töten will?«

»Nein, natürlich nicht. Himmel! Warum seid ihr Jungs nur immer so kompliziert und müsst euch aufspielen?!«

Fassungslos sah Luke, wie sie dem Draugr einen Stoß in die Seite versetzte, und Oisinn grinste. Er drehte sie an den Schultern herum und schob sie in ihre Richtung. »Geh schon zu ihnen. Sonst springt dein kühner Recke mit seinem Zahnstocher noch herbei, und dann kann ich leider für nichts mehr garantieren.«

»Du lässt Luke in Ruhe, sonst kannst du dir deine Pläne abschminken!«

Luke glaubte zu träumen. Wie redete sie denn mit diesem Monster?

»Dein Wunsch ist mir Befehl, Schönste.«

Sis kam mit einem triumphierenden Gesichtsausdruck und leicht geröteten Wangen auf Luke und Suryal zu, der mittlerweile zusammen mit Yamin und Ramón neben ihm stand. Zu seiner Erleichterung stellte Luke fest, dass Suryal Sis ebenfalls musterte, als wäre ihr ein zweiter Kopf gewachsen. Und plötzlich erfassten ihn tiefe Bewunderung und Stolz. Was und wie auch immer sie das angestellt hatte – es war ihr offensichtlich gelungen, einen ihrer gefährlichsten Feinde friedlich zu stimmen. Er legte ihr dennoch schützend den Arm um die Schulter.

»Du bist einzigartig!«, flüsterte er ihr ins Ohr. »Du erweckst sogar das Herz in einem Untoten!«

Dann hörte er Finn rufen: »Okay, hier bin ich also. Wollen wir jetzt reden, oder willst du mich gleich an Ort und Stelle lynchen?«

Luna tauchte neben ihrem Vater auf. Sie biss sich auf die Unterlippe und knetete nervös die Finger. Gebannt sahen alle zu, wie Finn auf Oisinn zuging.

»Kommt darauf an, ob es stimmt, was deine Schwester erzählt hat. Bist du der Überbringer?«

Suryal riss den Kopf herum und warf Sis einen vorwurfsvollen Blick zu.

»Leider behaupten das alle«, antwortete Finn zornig.

»Leider?«, echote Oisinn. »Jeder andere wäre stolz darauf!«

»*Stolz?*«, spuckte Finn aus. »Glaubst du, es macht mir Spaß, von dir und den anderen Draugar, meinem arroganten Bruder und seinem größenwahnsinnigen Meister verfolgt zu werden? Womöglich tauchen demnächst noch meine Eltern auf und wollen mir ein Messer in den Rücken rammen! Ich pfeife darauf, der Überbringer zu sein! Alle erwarten weiß Gott was für Heldentaten von mir, und bis auf das Verwandeln hab ich keine Ahnung von Magie.«

»Du bist aufrichtig, vorlaut, tapfer, unbeherrscht und liebst es offensichtlich, eigenmächtig zu handeln. Du kämpfst lieber allein gegen uns Draugar, bevor du andere um Hilfe bittest und sie dadurch in Gefahr bringst. Du bist, mit anderen Worten, der ideale Anführer für eine starke künftige Streitmacht gegen Damianos.«

»Das ist jetzt nicht dein Ernst?«

»Ich wusste nicht, wer du bist, hatte nur eine Vermutung, dass ihr nicht aus dieser Welt stammt. Sonst hätte ich niemals versucht, dich zu töten. Denn wenn du es schaffst, den Blutäugigen zu besiegen, werde ich als Draugr erlöst und finde nach Jahrhunderten dieses abscheulichen Daseins endlich den Tod, den ich schon auf dem Schlachtfeld gegen Damianos hätte erleiden sollen. Falls du jemals im Kampf gegen ihn meine Hilfe brauchst, kannst du auf mich zählen!«

Oisinn schlug sich die Faust gegen die Brust und deutete eine leichte Verneigung an. Finns Mund klappte vor Verblüffung auf, und Lukes Anspannung ließ nach. Zu früh. Oisinn kam noch einmal auf sie zu, schenkte Sis ein wehmütiges Lächeln und hob dann den Zeigefinger in seine Richtung. Luke unterdrückte den Reflex, sie von dem Untoten wegzuziehen, verstärkte jedoch den Griff um ihre Schultern. »Und *du* pass in Zukunft besser auf Sisgard auf, Junge. Sie ist es wert, für sie zu kämpfen.« Er griff sich an den Hals und zog sich eine silberne Kette mit einem dunklen Anhänger über den Kopf. Er bestand wie ein Medaillon aus zwei Teilen. Eines davon knipste er ab und steckte es ein. Die Kette mit dem übrig gebliebenen Teil reichte er Sis. »Damit kannst du mich jederzeit rufen, wenn du meine Hilfe brauchst. Sprich einfach meinen Namen und«, er warf Luke einen spöttischen Seitenblick zu, »denk an deinen attraktiven Ritter.«

Mit diesen Worten sprang er auf das Fenstersims und schwang sich in die Nacht hinaus.

Sis
Aithér, Jahr 2517 nach Elio, dritter Mond des Frühlings, Tag 28
Alle Blicke waren auf Sis gerichtet, und in der Stille, die in dem großen Speisesaal herrschte, hätte man ein Blatt zu Boden fallen hören. Luke nahm den Arm von ihrer Schulter, und mit brennenden Wangen senkte sie den Kopf, um die Kette und den Anhänger zu mustern, einen in silberne Rosen und Ranken eingefassten schwarzen Stein, in den der Kopf eines Löwen geritzt war.

Lunas Vater brach als Erster das Schweigen. »Michael und Laura haben dir den Namen Sisgard also nicht umsonst gegeben.«

Sis sah auf und verdrehte die Augen.

»Allerdings«, pflichtete Suryal ihm bei.

»Aber das hatte doch überhaupt nichts mit Magie zu tun! Ich hab einfach nur mit Oisinn geredet«, warf sie ein.

Finn erwachte wieder zum Leben. »Ach ja?«, fragte er gedehnt. »Was meinst du, was ich damals vor der Höhle versucht habe?«

Sis grinste. »Vielleicht gefiel ihm deine Art von Konversation nicht.«

»*Deine* schien ihm dafür umso besser zu gefallen«, sagte Luke rau, und sie runzelte die Stirn.

»Ich hab mir nur vorgestellt, er wäre ein ganz normaler Junge!«, verteidigte sie sich. »Das war neu für ihn. Und dann habe ich ihm von Finn und der Fibel erzählt. Oisinn sieht in dir eine Chance, endlich erlöst zu werden, und hat mich deshalb zu euch zurückgebracht. Das war alles.«

»*Normaler Junge?*« Luke schüttelte den Kopf.

»Also zumindest hat ER sich normaler aufgeführt als DU. Hast du ernsthaft gedacht, du könntest einen Untoten mit einem Dolch bekämpfen? Woher hast du das verfluchte Ding überhaupt?«

»Dieser verzweifelte junge Mann wollte dich unbedingt unter Einsatz seines Lebens aus den Klauen des Bösen befreien. Ich hielt es für angebracht, ihn zumindest zu bewaffnen«, erklärte Yamin unschuldig, setzte sich an den Tisch und schenkte sich eine Tasse Tee ein.

Sis schluckte schwer. Langsam bekam sie eine Ahnung davon, was sich hier in ihrer Abwesenheit abgespielt hatte.

»Danke, Luke«, murmelte sie. »Aber ich hab echt nichts davon, wenn du dich sinnlos für mich umbringst. Ich …«, flüsterte sie so leise, dass nur er sie verstand, »ich will dich nämlich nicht verlieren.«

Er sah sie schweigend an. So viel Schmerz und Sehnsucht lagen in seinem Blick. Gerade als sie es nicht mehr ertrug und sich abwenden wollte, lächelte er schief und wurde wieder zu dem alten verschmitzten Luke. »Hast recht, Sis. Deinen nächsten Entführer frag ich besser, ob er nicht einen Happen mit uns essen möchte, und setze ihm dann Frumentarias vor.«

Die Spannung im Raum löste sich in erleichtertes Lachen auf. Nur Suryal trat ans Fenster, starrte in den Nachthimmel hinaus und wollte sich anscheinend vergewissern, dass der Draugr wirklich fort war. Während er sich zu ihnen an den Tisch gesellte, war seine Miene nachdenklich.

»Auch wenn du es nicht hören willst: *Sisgard, die Hüterin des Zauberlieds* zu sein, bedeutet nicht, du würdest singend durch die Wälder hüpfen«, verkündete er und zupfte an seinem Bart. »Nur sehr wenige Magier in der Geschichte der Clans verfügten über die Magie, mit ihrem Lied selbst die Herzen ihrer ärgsten Gegner friedlich zu stimmen und sogar Tote herbeizurufen.« Sis verzog erschrocken den Mund. »Derzeit bist du die einzige mir bekannte Zauberliedhüterin. Hüter haben ein außergewöhnliches Einfühlungsvermögen. Das ist eine mächtige Gabe. Wer die Gefühle und Beweggründe seines Gegners durchschaut, kann ihn leichter beeinflussen. Und genau das hast du heute Abend unbewusst mit dem Draugr bewiesen. Du hast eines der gefährlichsten Wesen unserer Welt schlicht durch deine Ausstrahlung, deine unbewusste Magie und ein Gespräch bezwungen. Du hast etwas geschafft, was seit Jahrtausenden kein anderer Weißmagier zustande gebracht hat: einen Draugr dazu zu überreden, Milde walten zu lassen und dich zu verschonen. Das ist außergewöhnlich, ich bin sicher, Stanwood und die anderen Magier werden mir kein Wort glauben!«

Kapitel 22

Sis
Aithér, Jahr 2517 nach Elio, dritter Mond des Frühlings, Tag 28
Die ersten Sonnenstrahlen färbten am Horizont den Saum der Nacht lila, als Sis geweckt wurde. Zu ihrer Überraschung war sie die Letzte, die zum Frühstück eilte. Nach dem Schrecken der vergangenen Nacht hatte man sie wohl länger schlafen lassen. Das war auch gut so, denn sie hatte stundenlang über Oisinn nachgedacht und darüber, was Suryal über ihre besondere Gabe gesagt hatte. *Die Toten herbeirufen ...* Irgendwann würde sie ihm vielleicht von ihrer Vision von dem sterbenden Magier in Ritterrüstung erzählen. Aber jetzt hatten sie vorerst andere Sorgen.

Suryal hatte in aller Frühe eine Nachricht von den Weißmagiern erhalten und sich mit Ramón und Yamin beratschlagt. Kieran würde in den nächsten Stunden herausfinden, dass Oisinn ihm Finn nicht ausliefern würde, und sie dann angreifen. Sie mussten sich beeilen. Da sie alle nicht den Figurationszauber beherrschten, hatte Yamin vorgeschlagen, mit dem Feuerrappen zu fahren – so nannte er die Eisenbahn wegen der schwarzen Bemalung des Metalls. Während des Frühstücks versuchte Yamin, dem Weißmagier diese von den Nichtmagiern entwickelte Technologie zu erklären. Suryal schien wenig überzeugt. »Du kannst mir versichern, dieses Feuer und Rauch spuckende Maschinending wird uns nicht umbringen und in nur einer einzigen Tagesreise zum Weißen Synod bringen, obwohl wir sonst mehrere Tage zu Pferd brauchen würden?«

Finn und Luna kicherten.

»Ich gebe dir mein Wort«, sagte Yamin.

»Gut.« Suryal sah aus, als hätte er in eine Zitrone gebissen. »Dann lasst uns aufbrechen, solange der Weiße Synod noch auf Stanwood hört und uns zu empfangen bereit ist. Sie erwarten sicher heute schon unsere Ankunft, da sie selbstverständlich davon ausgehen, der lang ersehnte Überbringer, der die Macht Damianos' brechen wird, müsste über ganz besondere Magie verfügen, auf jeden Fall aber das Figurieren beherrschen.«

Finns Gesichtsausdruck verfinsterte sich. Luke warf ihm einen Apfel über den Tisch zu. »Ein paar Vitamine zur Magiebeschleunigung können nicht schaden ...«

Eine Stunde später standen sie am Bahnhof, und Suryal wurde noch ein Stück bleicher, als er das dampfende schwarze Ungetüm an der Spitze von zwanzig hübsch verzierten Personenwagen entdeckte. Ein paar Arbeiter schaufelten Kohle in den Kohlekasten, andere füllten Wasser nach. Sie waren aufgrund der von Suryal eingeforderten Schutzmaßnahmen die einzigen Passagiere auf dem Weg zum Weißen Synod. Zur besseren Tarnung sollten die überzähligen Personenwagen jedoch nicht abgekoppelt werden. Yamin hatte ihnen erklärt, dass sonst ein reger Verkehr zwischen den Siedlungen der Weißmagier und Jadoo Mahal herrschte. Die Nichtmagier brachten Waren wie Kleidung und andere Textilien, Porzellan, Goldschmiedearbeiten und Teppiche zu ihnen. Der Handel florierte und war der Grund, warum Yamins Erfindungen bislang zwar mit wachsamen Augen, doch nicht mit der Absicht, sie zu zerstören, verfolgt wurden.

Yamin hatte sich bereits von ihnen verabschiedet und umarmte zuletzt seinen Ziehvater herzlich, bevor der einstieg.

Sis stand ein wenig abseits und zupfte gerade ein Haar von ihrem Samtjäckchen, das sie über einem taubenblauen Reisekleid trug, als Luke zu ihr trat. »Gute Reise, Sis!«

Ihr Kopf flog so rasch hoch, dass sie sicher den breitkrempigen, mit Seide bespannten Hut verloren hätte, wäre er nicht mit einer Satinschleife unter ihrem Hals befestigt gewesen.

»Was soll das heißen? Du kommst doch mit uns!«

»Nein. Mein Platz ist hier bei Yamin.«

Sis sah zu dem Mann in olivgrüner Hose und dunklem, tailliertem Mantel mit hohem Stehkragen hinüber. Yamin nickte ihr beruhigend zu.

»Aber wir brauchen dich!«, rief sie und schenkte Luke einen flehenden Blick. »Ich brauche dich!« Sie bereute ihre Worte sofort.

»Sis, ich ... ich denke, du weißt, was ich für dich empfinde.« Bevor sie etwas erwidern konnte, hob er die Hand. »Sag jetzt nichts. Bitte. Ich bin nicht blöd. Du siehst in mir den Luke von früher, und das ist okay so. Für dich. Aber nicht für mich. Ich empfinde inzwischen so viel mehr für dich, und ich ... brauche einfach ein bisschen Abstand, um mir über einiges klar zu werden. Ich möchte dich nicht als Freundin verlieren.«

»Das wirst du nicht, niemals!« Sis kämpfte gegen die Tränen an, die ihr in die Augen schossen.

»Auf dich kommt eine Menge Neues zu.« Er lächelte schief. »Wart's ab, du wirst mich gar nicht vermissen.«

Ein Kloß bildete sich in Sis' Hals, während sie den Kopf schüttelte, und sein Gesicht verschwamm vor ihren Augen.

»Das stimmt nicht«, hauchte sie. »Und ich wollte dich nie verletzen, Luke«, sagte sie unglücklich. »Wirklich nicht.«

Er zog sie in seine Arme und drückte sie fest. »Das weiß ich doch.« Einen Moment verharrten sie in der Umarmung, während Sis ihren Kopf auf den Samtkragen seiner Jacke legte und sich an gemeinsame Nachmittage erinnerte, die sie miteinander verbracht hatten. Luke war ihr in den vergangenen Jahren so nah wie Finn gewesen.

Schließlich schob Luke sie wieder von sich und straffte die Schultern. Noch nie hatte sie ihn so traurig erlebt. Und noch nie so entschlossen und erwachsen. Vor ihr stand plötzlich ein ganz anderer Mensch, nicht mehr der abenteuerlustige Nachbarsjunge, der sie in diese verrückte neue Welt begleitet hatte. Und das lag nicht nur an der ungewohnten Kleidung.

»Wir sehen uns. Und wir schreiben uns.« Er zwinkerte ihr schelmisch zu. »Altmodische Briefe. Ich erwarte Parfumduft und gepresste Vergissmeinnicht.« Jetzt musste Sis doch lachen, obwohl ihr zum Weinen zumute war. »Und pass auf Finn auf. Ich kenne ihn. Wenn sie ihn an dieser Magierschule aufnehmen, wie Yamin behauptet, wird er einfach immer und überall anecken und alle Lehrer in den Wahnsinn treiben.« Damit drehte er sich auf dem Absatz seiner hohen Stiefel um und ging den Bahnsteig entlang zu Yamin. Zusammen marschierten sie weiter zurück zur Stadt.

Während sie ihrem besten Freund nachblickte, liefen die Tränen doch noch über ihre Wangen, und Sis fuhr erschrocken zusammen, als jemand sie an der Schulter berührte.

»Sag mal, hat Luke was vergessen? Wir fahren doch gleich ab und ...« Finn verstummte abrupt, weil er ihre Tränen sah.

»Scheiße!«, murmelte er. »Verdammt, Sis, konntest du nicht ...«

»Nein. Gefühle kann man nicht erzwingen, Finn. Sosehr man sich das manchmal auch wünscht.«

»Er hat sich nicht mal von mir verabschiedet«, murmelte er betroffen.

»Ihm ist das bestimmt nicht leichtgefallen. Ich glaube, er hatte Angst, du würdest ihn in lange Diskussionen verwickeln, damit er mitfährt.«

Einen Moment lang dachte sie, Finn würde wütend werden und sie anschreien, aber ihr Bruder hatte sich ebenfalls verändert. Er nickte nur, presste die Lippen fest aufeinander, drehte sich stirnrunzelnd um und ging zurück zu Luna, die ihn fragend ansah. Sis wischte sich die Tränen von den Wangen. »*Wir sehen uns.*« An diese drei Worte klammerte sie sich, als sie über die schmalen Metallstufen in den Zug stieg.

Die Fahrt dauerte über zehn Stunden und verlief wider Erwarten ohne Zwischenfälle. Finn hielt nach dem schwarzen Drachen und Kieran Ausschau, aber glücklicherweise konnte er sie nirgends erspähen. Wahrscheinlich rechnete ihr Bruder nicht damit, dass sie in dem Feuerrappen reisen würden, und vermutete sie immer noch in Jadoo Mahal.

Der Wagen, in dem sie saßen, war luxuriös eingerichtet. Samtbezogene Sitze, mit Gobelins bespannte Wände und Gaslampen sorgten für Bequemlichkeit. Sie bekamen heißen Tee, Sandwiches, frisches Gebäck und Obst. Sis aß wenig. Sie fühlte sich furchtbar. Luna versuchte eine Weile, sie abzulenken und in ein Gespräch über Bücher und Serien zu verwickeln, aber das erinnerte sie nur umso mehr an daheim. Sie fragte sich, wie es Tess inzwischen ging, ob sie weiterhin im Koma lag oder daraus aufgewacht war und nicht wusste, warum niemand sie besuchte und wo sie steckten. Oder ob sie ahnte, dass sie ihrer Aufforderung gefolgt waren und nun ihre Familie suchten. Und immer wieder dachte sie an Luke, an seinen traurigen Blick, und sie musste erneut mit den Tränen kämpfen. Wenn die Fahrt nur bald zu Ende wäre! Suryal konnte die Geschwindigkeit kaum fassen, Sis dagegen hielt das Schneckentempo nur mühsam aus.

Dreißig Stundenkilometer, schätzte Ramón und erzählte fast die ganze Fahrt über Suryal von den Technologien der Nichtmagier in Khaos.

Am späten Nachmittag musste Sis von dem eintönigen Rattern und Schaukeln eingenickt sein. Als sie wieder zu sich kam, hing die Sonne bereits tief über dem Horizont und tauchte die Felder, die an ihrem Fenster vorbeizogen, in ein warmes goldenes Licht. Kurz darauf fuhr der Zug in einen Bahnhof ein, und sie stiegen aus. Bis auf das Bahnhofsgebäude war weit und breit kein Haus zu erkennen. Ringsum erspähte sie nur Wiesen und Felder.

»Sind wir hier richtig?«, fragte Ramón, während er sich um die eigene Achse drehte.

»Bei der höchsten Sicherheitsstufe machen die Schutzzauber alle Gebäude unsichtbar«, erklärte Suryal. Er wirkte sichtlich angespannt.

Der Feuerrappe setzte sich hinter ihnen wieder in Bewegung und machte sich auf den Rückweg. Staub und trockene Grasbüschel wurden von dem Fahrtwind aufgewirbelt. Dann war es totenstill.

»Und was nun?«, fragte Finn.

»Wir senden ihnen ein Zeichen und warten.«

Suryal hob den Arm und murmelte etwas. Über die Felder zischte ein gleißender regenbogenfarbener Strahl, der plötzlich mitten in der Luft innehielt, als wäre er gegen etwas geprallt. Sis kniff die Augen zusammen und versuchte zu erkennen was dahinterlag. Einen winzigen Moment lang flirrte die Luft wie bei großer Hitze. Schließlich erlosch Suryals Licht, und alles sah aus wie zuvor. Der Alte setzte sich im Schneidersitz auf den Bahnsteig und legte beide Hände auf seine Knie. Luna zwirbelte an ihrem Zopf, und Finn schritt unruhig auf und ab. Dann schlug ihnen plötzlich kühler Wind entgegen, und ein weißes Licht breitete sich in Wirbeln vor ihnen aus. Zwei dunkle Punkte drehten sich darin, wurden größer, und Sis ahnte, was das war: der Figurationszauber. Sie bekamen Besuch.

Kaum war das Licht erloschen, standen zwei Männer vor ihnen auf dem Bahnsteig. Der Jüngere war im Alter von Ramón und hatte ein wettergegerbtes Gesicht mit einem kantigen Kinn und graublauen Augen, die Suryal musterten, als wollten sie ihn zu Eis gefrieren. Er zog seine Hand aus dem langen, blauen Umhang und fuhr sich durch schwarzes, an den Schläfen bereits ergrautes Haar, das glatt auf seine Schultern fiel. Aufgebracht, wie er war, ergriff er sogleich das Wort.

»Ihr kommt spät, Suryal. Gewiss hat es Euch großes Vergnügen bereitet, uns erst alle vergangene Nacht aufzuscheuchen und hinterher mehr als einen Tag lang warten zu lassen.«

»Aber Norwin, wir waren uns doch einig, Ihr lasst ihn erst einmal reden!«, lenkte der Ältere ein und sah Suryal auffordernd an. Er war in seinem Alter, hatte schulterlange silbergraue Haare, die mit einem schwarzen Lederband im Nacken zusammengehalten wurden, und nussbraune Augen.

Norwin schnaubte verächtlich, schwieg jedoch.

Irgendwoher kam Sis der Name bekannt vor. Plötzlich fiel es ihr wieder ein und Finn offenbar auch, denn er stieß einen überraschten Laut aus.

Norwin Deegan!

Das also war der Großmeister der Ubalden! Deegan nahm Finns schockierten Blick wahr, kniff die Augen zusammen und runzelte die Stirn. »Was glotzt du so, Junge? Haben wir dich erschreckt?«

Seine brummige Stimme hatte einen ironischen Unterton, und Sis sah den Zorn in Finns Augen aufblitzen. Sie hoffte, Suryal würde eingreifen, aber der saß in stoischer Gelassenheit auf dem Boden, als wollte er ausgerechnet jetzt in einer Yoga-Meditation versinken und keinen Laut mehr von sich geben. Bevor sie ihn daran hindern konnte, sagte Finn verächtlich: »Nein, mich kann hier langsam überhaupt nichts mehr erschrecken.«

»Finn!«, kam es leise warnend von Ramón.

»Einen wohlerzogenen Lehrling habt Ihr da, Suryal«, spottete Deegan.

»Arun Suryal, ich weiß, Euer Verhalten kann nicht an den Maßstäben gängiger Höflichkeitsregeln gemessen werden, nur muss ich sagen, Ihr überstrapaziert gerade meine Geduld. Ihr habt mich durch Eure Nachricht dazu gebracht, sämtliche Großmeister der Clans bis auf Steel zusammenzurufen. Wir haben, wie von Euch gefordert, die Schutzzauber errichtet, um den zu schützen, der die Fibel bringen soll. Was sonst könntet Ihr mit dem zwölften Grund gemeint haben? Oder war das nur eines Eurer geliebten Rätselspiele? Erklärt Euch oder gebt Euren Synodsring ab und verschwindet wieder dorthin, wo Ihr hergekommen seid! Dass wir Euch nicht wohlgesonnen sind, dürfte Euch, nach Eurem letzten Auftritt im Synod, klar sein«, sagte der ältere Zauberer ruhig, aber mit Nachdruck in der Stimme.

Das war also Stanwood, an den Suryals Nachricht gegangen war, der aktuelle Vorsitzende des Weißen Synods und der Leiter der Magierschule. Ein kurzer Blick auf Suryal verriet Sis, dass er gedachte, weiterhin im Nirwana zu bleiben. Sie räusperte sich, doch Finn kam ihr zuvor. Kurz entschlossen riss er die Fibel der Ubalden aus seiner Westentasche und trat, Ramóns abwehrende Handbewegung ignorierend, vor die zwei Magier, deren Augen sich angesichts des magischen Gegenstands weiteten.

Finn

Aithér, Jahr 2517 nach Elio, dritter Mond des Frühlings, Tag 28

»Mein Name ist Finn Winter. Ich bin der erstgeborene Sohn aus dem Clan der Ubalden in Khaos. Diese Fibel habe ich im Sand gefunden, als ich vier Jahre alt war, und ich kann nicht behaupten, dass ich darüber besonders glücklich bin. Meine Eltern und mein Zwillingsbruder sind durch dieses verfluchte Ding …«, er hob die Fibel hoch und bemerkte triumphierend, wie die kühle Fassade der Magier vor ihm zusammenbrach, »… vor zwölf Jahren verschwunden. Die Fibel blieb aber in Khaos und wurde bislang von Ramón López aus dem Clan der Gundolver versteckt und geschützt.« Finn deutete auf Lunas Vater, und die zwei Weißmagier folgten seinem Blick. »Meine Schwester Sisgard und ich wuchsen bei unserer Großmutter auf. Wir hatten keine Ahnung von Magie. Wir wussten überhaupt nichts von anderen Welten. Nachdem unsere Großmutter verunglückt ist, verfolgte mich plötzlich dieser rotäugige Magier, weil sie als Geheimnisfrau ausfiel.«

»Geheimniswahrerin«, warf Ramón schmunzelnd ein.

»Na, also eben: Geheimniswahrerin«, schnaubte er. »Anfangs hatte ich nur diese Visionen von ihm, und auf einmal hat er mich in Gestalt einer Raubkatze in Khaos überfallen. Ramón konnte mich zwar retten, doch weil die Polizei auftauchte, wollten wir sicherheitshalber nach Barcelona fliehen.« Finn stockte, als er die Verständnislosigkeit in den Blicken der Zauberer bemerkte. »Um es kurz zu machen: Dort versuchte der Blutäugige, mich in Gestalt einer Möwe mit der Kette der Fibel zu strangulieren. Durch pures Glück konnte ich die Magie der Fibel entfesseln und hierhergelangen. Wir trafen auf Suryal, und der meinte, wir müssten unbedingt zu euch Weißmagiern, da nur ihr uns helfen könnt, meine Eltern und meinen Zwillingsbruder wiederzufinden. Wobei, Letzterer hat inzwischen mich gefunden. Er ist jetzt Damianos' Lehrling und jagt mir mit einem schwarzen Drachen hinterher, um mich seinem Meister auszuliefern.«

Die Mienen der zwei Weißmagier gingen von Staunen zu Entsetzen über.

»In den letzten Wochen habe ich mehr erlebt als in den vergangenen sechzehn Jahren. Wir mussten die Albiza Fergunja und den Drachenpass zu Fuß überqueren, sind dabei in Lawinen geraten und von Draugar verfolgt worden. Um ein Haar wäre ich in der Seelenschlucht am Boden zerschellt. Ohne Suryal wären wir bereits tot. Es gibt also überhaupt KEINEN Grund, ihn so anzugiften.« Bei diesen Worten warf Finn insbesondere Norwin Deegan einen zornigen Blick zu, den dieser mit dem Heben seiner Augenbrauen quittierte.

»Ich habe, ehrlich gesagt, schon jetzt die Nase voll davon, der sogenannte *Überbringer* zu sein. Ich will nur mit meiner Familie wieder nach Khaos zurückkehren. Aber Sie ...«, Finn ging mit zwei schnellen Schritten auf den Großmeister zu, »Sie sind doch der Ubalde, der hier in Aithér lebt. Sie sehen aus, als ob Ihnen das Herumkommandieren nur so im Blut liegt. Ich schlage vor, Sie nehmen diese verdammte Fibel und machen damit, was auch immer damit getan werden muss.«

Mit diesen letzten Worten hatte er Deegans Hand ergriffen und ihm schwungvoll die Fibel der Ubalden hineingedrückt. Ramón entfuhr ein erstickter Aufschrei, doch Suryal blieb gelassen. Finn fühlte, wie seine Wut verrauchte und Erschöpfung übrig blieb. Er machte auf dem Absatz kehrt und setzte sich im Schneidersitz neben Suryal. Der Großmeister der Ubalden stand wie vom Donner gerührt am Fleck und starrte auf die Fibel. Stanwood beugte sich nun ebenfalls über sie. Die gespenstische Stille wurde durch Suryals belustigte Stimme unterbrochen. »Noch irgendwelche Zweifel, er könnte der Richtige sein, Adelar?«

Beide Magier hoben den Kopf und fixierten Finn. Aus den Augenwinkeln konnte er erkennen, wie sich das Lächeln auf Suryals Gesicht vertiefte und Stanwoods Mundwinkel zuckten, bis er schließlich laut lachte und Deegan auf den Rücken klopfte. »Ein Ubalde, wie er leibt und lebt, Norwin!«

»Wie darf ich das verstehen, Adelar?«

»Vorlaut, unbeherrscht, gegen Regeln verstoßend …«

»Tapfer und klug«, vollendete Deegan seinen Satz, und ein breites Lächeln glitt über sein zerfurchtes Gesicht, als seine graublauen Augen ihren kalten Ausdruck verloren. Er ging auf Finn zu und gab ihm die Fibel wieder zurück. »So leid es mir tut, Finn Winter, Sohn unseres glorreichen Clans. Aber diese Bürde kann ich dir nicht abnehmen. Selbst wenn ich wollte.« Ein spitzbübischer Zug trat auf sein Gesicht. »Und ich will ganz sicher nicht, denn wie du bereits feststellen musstest, ist es wirklich eine ganz und gar undankbare Sache, der *Überbringer* zu sein.«

Finn musste grinsen. »Na ja, einen Versuch war es wert!«

Deegan lachte schallend auf und wandte sich dann an Suryal. »Scheint so, als hättet Ihr im Laufe Eurer Reise mit diesem Jungen hier sämtliche Strafen abgebüßt, die wir Euch aufgrund Eures unverschämten Verhaltens vor zwölf Jahren hätten auferlegen können.«

»Es klingt doch immer wieder interessant, wenn ausgerechnet ein Ubalde von unverschämtem Verhalten spricht«, entgegnete Suryal trocken. »Aber ich stimme Euch zu. Einen störrischeren, eigensinnigeren Bengel kann man sich nicht vorstellen. Er hat eine geradezu krankhafte Neigung, sich in die unmöglichsten Situationen und Gefahren zu begeben, und macht, wo es nur geht, Ärger.« Finn schnappte nach Luft, Suryal war allerdings noch nicht fertig. »Neben diesen anspruchsvollen Tätigkeiten hat er, obwohl magisch vollkommen unausgebildet, blitzschnell gelernt, wie man die Gestalt wandelt, hat den Tapejaechsen am Indradhanus Taru befohlen, seinen halb toten Freund wieder freizulassen, hat mit Schlangenstäben gegen Draugar gekämpft und gedankenlos sein Leben für andere aufs Spiel gesetzt. Ich bin heilfroh, ihn endlich in eure Obhut zu übergeben.«

Deegans Augen fingen bei seinen Worten zu leuchten an. Er reichte Suryal die Hand, richtete sich auf und zog ihn mit sich nach oben. »Willkommen daheim, Arun. Verzeiht meine voreiligen Worte.« Er umarmte den alten Magier. Dann legte er Finn mit einem vielsagenden Blick den Arm um die Schultern.

»Nimm es dem alten Mann nicht übel, Finn«, raunte er verschwörerisch, während Suryal zu Stanwood ging, um diesen ebenfalls zu begrüßen und ihm Ramón vorzustellen. »Ohne uns wären die drei Welten schon längst vollkommen in der Gewalt des Blutäugigen. Wir sind anstrengend. Wir sind scharfsinnig. Wir mucken gerne auf. Wir sind eben Ubalden.«

Sis
Aithér, Jahr 2517 nach Elio, dritter Mond des Frühlings, Tag 28
An der Seite der Weißmagier schritten sie durch die Schutzzauber wie durch einen Vorhang, und dahinter entfaltete sich vor ihnen eine völlig bizarre Welt.

Sis konnte nicht sagen, was sie erwartet hatte. Vielleicht ein altes Schloss, eine Stadt mit einem Palast wie Jadoo Mahal oder eine mittelalterliche Burg.

Aber Ereduron, die Hauptstadt der Weißmagier in Aithér, sah vollkommen futuristisch aus, wie einer Zeitschrift für moderne Architektur entsprungen. Dabei war sie über tausend Jahre alt. Holz-, Metall- und Glaselemente wechselten sich in immer neuen Formen, Farben und fantasievollen Figuren ab. Zusammen mit einem See, den weitläufigen Parkanlagen und der Bepflanzung an Fassaden und auf den ausladenden Dachterrassen bildeten sie ein berauschend schönes Mosaik, in dem jedes Detail seinen Beitrag zu einem harmonischen Ganzen leistete. Überall in der Stadt schwebten bunte Laternen zur Beleuchtung oder spuckten steinerne Drachen und andere magische Wesen an den Fassaden Feuer. Verspielte Brücken über einer Vielzahl von Wasserkanälen verbanden die einzelnen Stadtteile. Staunend betrachteten sie gold- und silberglänzende Kuppeln, mit Marmor oder Granit gepflasterte Straßenzüge, Geländer und Handläufe aus farbenfrohem, geschliffenem Kristall und Rankpflanzen mit exotischen, duftenden Blüten. Und dabei fanden sie noch nicht einmal die Zeit, die Auslagen der Geschäfte zu bewundern, weil Suryal sie zur Eile trieb.

»Alle glotzen uns an«, murmelte Finn plötzlich.

So berauscht von dieser Vielzahl von Eindrücken, hatte Sis gar nicht auf die Menschen um sie herum geachtet. Tatsächlich folgten ihnen überraschte und auch böse Blicke. Sie konnte sich keinen Reim darauf machen, bis Luna, an Finn gewandt, zurückraunte: »Ich glaube, das ist wegen unserer Kleidung. Die Männer haben alle eine Tunika an wie Suryal, Stanwood und Deegan.«

Sis betrachtete eine junge Frau, die in einem Hauseingang verschwand. Sie trug ein langes bordeauxrotes Kleid mit einer schlichten Schnürung. Ganz ohne Rüschen, Schleifen oder ähnliche Verzierungen, wie ihre Reisekleider und Jäckchen sie aufwiesen. Doch dann wurde ihre Aufmerksamkeit von etwas anderem abgelenkt.

»Kneif mich mal, Finn«, murmelte Luna, als sie einen weiten Platz betraten und vor ihnen ein Gebäude aufragte, das mit weißem und dunklem Holz zu einem kauernden Adler geformt war. Sein gewaltiger Kopf umfasste zu beiden Seiten Metall- und Glaselemente. Zwei riesige, runde Panoramafenster an der Stirnseite stellten die Augen des Tieres dar. Der darunterliegende spitze Schnabel war eine lange Treppe aus hellem Sandstein. Zu beiden Seiten des Anwesens spannten sich gewaltige schwarz-metallene Streifen, die links einen Garten und rechts eine Terrassenanlage beschatteten und die Flügel des Adlers repräsentierten.

»Heute Abend seid ihr meine Gäste«, sagte Stanwood, der ihren Blicken gefolgt war. »Das ist der Sitz des Clans der Arnwalden.«

»Vielen Dank«, erwiderte Sis höflich. »Ein wahrhaft beeindruckendes Zuhause.«

»Adelar war noch nie ein Freund von Bescheidenheit«, spottete Deegan. »Wartet ab, bis ihr seht, welchen Aufwand er erst mit der neuen Schule betrieben hat.«

»Ich entsinne mich eines jungen Ubalden, der die alte Schule nur mit Widerwillen besuchte, weil er sie einen hässlichen Klotz nannte«, entgegnete Stanwood. »Dieses Gefühl wollte ich künftigen Magiergenerationen ersparen.«

»Ich bezweifle, dass sie sich freudiger von deinen Magistern piesacken lassen, nur weil du ihren Folterkammern ein hübsches Äußeres verpasst hast.«

»Hör nicht auf ihn, Finn Winter. Du wirst dich in Amdeghall wie zu Hause fühlen.«

Sis konnte sich nur mit Mühe ein Lachen verkneifen. Wenn er sich an dieser Schule wie an der daheim fühlte, waren das keine guten Aussichten für seine Magierausbildung.

Sie stiegen die lange Treppe hinauf und liefen an der Brüstung entlang um den Adlerkopf herum, um die Aussicht über die Stadt zu genießen. Auf der gegenüberliegenden Seite des Sees thronte ein ovales Gebäude, das mit einer netzartigen

Struktur aus Metall- und Glaseinsätzen linsenförmig überspannt war. Das Wasser schmiegte sich unmittelbar an das im Inneren hell erleuchtete Gebäude, sodass es sich in der Schwärze des Sees spiegelte und dadurch den Anschein erweckte, ein riesiges Auge würde einem entgegensehen. Die Pupille wurde durch den Spiegeleffekt vervollständigt, und das darübergespannte Metallgerüst bildete das Augenlid.

»Das ist der Sitz des Weißen Synods«, erklärte Deegan, der neben sie getreten war. »Ihr seht ihn morgen. Obwohl unser lieber Arun hier sicher ganz begierig darauf ist, seinen alten Freunden im Synod mal wieder die Meinung sagen zu können, denke ich, eine Handvoll Schlaf tut euch allen nach der langen Reise gut.«

Kieran
Aithér, Jahr 2517 nach Elio, dritter Mond des Frühlings, Tag 28
Weit nach Mitternacht erschien Oisinn endlich beim vereinbarten Treffpunkt. Er berichtete Kieran von einer Zimmerverwechslung und Sis' Entführung und behauptete, die Weißmagier hätten sich schlicht geweigert, den *Propheten* zur Freilassung seiner Geisel herauszurücken.

Natürlich hatten sie das! Suryal würde den Überbringer, die letzte Chance der Weißmagier, Damianos' Macht zu brechen, nicht freiwillig aushändigen. Aber das konnte er Oisinn wohl kaum erzählen.

»Was hast du dann mit meiner Schwester angestellt?«, flüsterte Kieran stattdessen voller Grauen.

Ein spöttisches Lächeln glitt über das Gesicht des Draugr. »Sie schläft.«

Kieran schnappte nach Luft. »Den Schlaf des Todes?«

Der Draugr gluckste. »Beruhige dich, ich habe sie wieder freigelassen. Aber vielleicht träumt sie gerade von mir.«

Den Albtraum wollte sich Kieran lieber nicht ausmalen. Allerdings freute es ihn, dass Oisinn nun endlich die Lust daran verloren zu haben schien, Finn weiter zu verfolgen.

»Sollten du oder dein Meister mir für meine Hilfe allerdings anbieten, mich von diesem elenden Dasein zu erlösen, findet ihr mich in den nächsten Wochen im Toten Wald«, hatte er verkündet und jedes Wort auf eine seltsame Weise betont.

Nachdem Oisinn fort war, legte Kieran sich schlafen. Am nächsten Morgen erspähte er den blonden Jungen mit Suryals Ziehsohn auf der Festungsmauer und dachte sich nichts weiter dabei, dass er seine Geschwister nirgends sah. Als er am späten Nachmittag durch das Belauschen zweier Wachsoldaten endlich begriff, dass sie früh am Morgen zusammen mit Suryal in diesem Feuer spuckenden Ungetüm auf Schienen entkommen waren, war es bereits zu spät, sie einzuholen – selbst mit einem fliegenden Drachen. Wütend schritt Kieran vor Onyx auf und ab.

»Und was nun? Ereduron ist besser geschützt als jede andere Stadt der Weißmagier. Dagegen sind Suryals Schutzzauber hier ein Klacks!«

»Schlaf erst einmal drüber«, schlug Onyx vor.

Was blieb ihm auch anderes übrig?

Er grübelte dennoch die ganze Nacht, und erst in den frühen Morgenstunden nickte er ein. Kieran träumte von Steel, seiner Mutter und von Oisinn und dessen Sehnsucht nach Erlösung. Als er die Augen aufschlug, fasste er einen neuen Plan.

Aithér, Jahr 2517 nach Elio, dritter Mond des Frühlings, Tag 29
Kieran gähnte und versuchte, es sich auf Onyx' Rücken so bequem wie möglich zu machen. Sie waren auf dem Weg nach

Ash Hall. Der Schlafmangel und die Anspannung der letzten Tage machten sich deutlich bemerkbar, daher schenkte er der Landschaft mehr Aufmerksamkeit, um wach zu bleiben. Schafe und Kühe waren winzige helle Flecken auf den Wiesen unter ihm. Flüsse schlängelten sich zwischen sanften Hügeln, und ein See schimmerte im dunklen Grün eines Waldes. Außerdem malte er sich aus, wie der Sitz der Hunolds wohl aussehen würde. Wenn sich bewahrheitete, dass man vom Charakter einer Person auf ihr Zuhause schließen konnte, erwartete ihn kein einladendes Heim. Duncan Steel und sein Sohn Aswin waren allem Anschein nach wohlhabend. Es musste ein großes Anwesen sein, jedoch kein mit Kuppeln, Türmen, Balkonen, Stuck, Springbrunnen und hübschen Gärten verspielter Palast wie der Suryals. Er tippte eher auf eine düstere, monumentale Burg mit alter Folterkammer und Verlies. Dann dachte er wieder an seinen Plan, und sein Magen zog sich zusammen. Zu viele Variablen, zu viele Dinge, die schiefgehen könnten.

»*Wir sind gleich da*«, sandte ihm Onyx gegen elf Uhr plötzlich in Gedanken.

Kieran kniff die Augen zusammen und richtete sich hinter dem Drachenzacken auf, um besser nach vorne spähen zu können. Vollkommen daneben hatte er nicht gelegen. Zwar war Ash Hall keine Burg, aber zweifelsohne ein düsteres Gebäude aus aschfarbenem Stein, daher vermutlich auch der Name. Zwei hohe, eckige Türme mit Zinnen standen zu beiden Seiten des Hauses, das durch drei symmetrische Gebäudeteile hervorstach. Mit wuchtigen Erkern versehen, ragte der Stammsitz trotzig gen Himmel. Das Herrenhaus war so streng wie seine Besitzer und ebenso kalt und abweisend. Ein schmuckloser, kurz geschnittener Rasenteppich lag diesseits und ein Tannenwald jenseits von Ash Hall. Sämtliche Wege waren dunkelgrau gekiest, und Büsche oder Blumen suchte man vergebens. Nur vor einer Terrasse wuchsen zwei Eichen und eine immergrüne Hecke. Kieran schüttelte den Kopf. Das perfekte Heim für Aswin und Duncan.

Stein gewordene Gefühlskälte.

Onyx flog eine elegante Schleife über dem Grundstück und landete am Rande des Tannenwalds. Ein Drache fernab des Albiza-Fergunja-Gebirges war nicht eben unauffällig. Daher mussten sie nicht lange warten. Ein kalter Windstoß schlug Kieran entgegen, aus dem ein zornesroter Steel figurierte. Bevor er auch nur den Mund zur Begrüßung aufmachen konnte, war der Weißmagier mit drei langen Schritten auf ihn zugestürmt und stoppte unmittelbar vor ihm.

»Hast du den Verstand verloren, Kieran?«, zischte er bedrohlich. »Ich gebe dir genau eine Minute, um deine Anwesenheit hier zu erklären, dann packst du den Drachen und verschwindest von meinen Ländereien!« Steels dunkle Haare wehten ihm in die Augen und gaben ihm ein wildes, unberechenbares Aussehen. Sein Blick war sengend.

Kieran straffte die Schultern und erwiderte ihn herausfordernd. »Da ich bedauerlicherweise nicht über die Fibel der Ubalden verfüge, müsste Euch bewusst sein, in wessen Auftrag ich hier in Aithér bin!«

Steel erbleichte. »Dein Meister kann unmöglich wollen, dass meine Diener und Aswin erfahren, wie ich auch unterjährig mit ihm Geschäfte mache.«

Kieran lachte kalt auf. »Geschäfte? Ihr meint, Ihr seid sein willfähriger Handlanger!« Offenbar nicht nur zur Ablieferung der Tribute.

Wieder funkelte Steel ihn erbost an. »Vorsicht, Lehrling! Du bist nicht in Temeduron. Auf meinen Ländereien habe ich das Sagen. Und ich lasse mich hier nicht von dir beleidigen! Ich kann dich jederzeit als unbefugten Eindringling hinrichten lassen.« Seine eisige Stimme ließ keinen Zweifel daran aufkommen, wie ernst es ihm war.

Kierans Wut wegen der Andeutungen, die Aswin über ihn und seine Mutter gemacht hatte, war jedoch zu groß, um einzulenken.

»Nur zu.« Er schnaubte höhnisch. »Die kleine Folter, die Ihr hinterher von Damianos erhalten würdet, macht Euch dann sicher auch nichts aus.«

»Du überschätzt offensichtlich deinen Wert für ihn.«

»Und Ihr den Euren«, gab Kieran kalt zurück.

Der Weißmagier holte tief Luft. »Sag, was du zu sagen hast, und verschwinde!« Eine Ader pulsierte an seiner Schläfe, er konnte sich anscheinend nur mit Mühe beherrschen. »Es war pures Glück, dass Aswin und deine Mutter gerade beim Mittagstisch im großen Salon saßen, die Diener im Keller und der Küche beschäftigt waren und nur ich am Fenster stand, weil ich Ausschau halten wollte, ob mein Jagdfalke zurückkehrt.«

»Welch idyllisches Bild!«, spottete Kieran. Aber die Worte versetzten ihm einen Stich.

»Du kannst deine Mutter nicht treffen, das weißt du!«, erklärte Aswins Vater deutlich milder. »Ihr Zustand ist instabil.«

»Vielleicht würde er sich bessern, wenn sie wüsste, dass ihr Sohn noch am Leben ist!«

»Nein.« Steels Ton war fest und duldete keinen Widerspruch. »Sie würde sofort mit dir zurück nach Erebos reisen wollen. Hier ist sie sicher. Oder möchtest du sie ebenfalls von Dermoth foltern lassen?«

Schlagartig tauchten die Bilder von Vaters geschundenem Körper wieder vor ihm auf. Kieran presste die Lippen aufeinander und schwieg.

»Ich werde nicht zulassen, dass deiner Mutter Leid zustößt. Wenn ich könnte, würde ich auch dich besser beschützen.«

»So wie Euren Sohn? Was ist zwischen Euch und Aswin vorgefallen?«

»Nichts, worüber ich mit dir sprechen möchte.« Er lächelte boshaft. »Was wäre eine altehrwürdige Familie ohne ihr düsteres Familiengeheimnis!«

Kieran lief ein Schauer über den Rücken. Dann besann er sich auf den Grund seiner Reise und erzählte ihm von Finn und was Onyx und er zwischenzeitlich in Aithér erlebt hatten. Am Ende eröffnete er ihm seinen Plan. Steel hatte während seines Berichts mehrmals die Fassung verloren, und als er geendet hatte, fixierte er ihn ungläubig. Im nächsten Augenblick fühlte Kieran, wie er in seine Gedanken einzudringen versuchte, und blockte ihn sofort, indem er sich das tiefgrüne Wasser Drakowarams vorstellte. Bei Steel musste er sich nicht die Mühe machen, ihm eine Lüge vorzugaukeln.

Ein Lächeln glitt dem Weißmagier über das Gesicht. »Deine Abwehr ist hervorragend. Sag, willst du deinem Meister tatsächlich deinen Bruder ausliefern?«

Du kannst ihm nicht trauen!

»Er braucht Finn, um die Macht der Fibel zu entfalten. Deshalb wird er ihn verschonen.«

»Und hinterher?«, bohrte Steel nach, und seine dunklen Augen loderten wie glühende Kohlen.

»Was soll das? Wollt gerade Ihr mich zu einer Rebellion gegen Damianos aufhetzen, die Ihr selbst nicht wagt?«

Steel schüttelte langsam den Kopf, und Bitterkeit umschattete seine Züge. »Wir beide wissen am besten, wie unmöglich man sich seiner Macht widersetzen kann. Wir sind Denker und keine reinen Gefühlsidioten und Fantasten wie die anderen Weißmagier.« Er sah Kieran ernst an. »Das liegt an unserer Neigung zur schwarzen Magie. Wir müssen uns notfalls über unsere Gefühle hinwegsetzen, um sie auszuführen. Nur wenige schaffen das. Deshalb ist Weiße Magie für die meisten von uns auch viel leichter zu erschließen. Verstand und Gefühl sind bei ihr im Einklang. Umgekehrt gibt es von den wenigen, die es schaffen, sich der schwarzen Magie ausreichend zu öffnen, um sie gut zu beherrschen, kaum jemanden, der seine Menschlichkeit nicht irgendwann verliert.«

Kierans Herz schlug ihm hart gegen die Brust. Steels Worte erinnerten ihn an die Nacht, in der er das Ritual hatte durchführen müssen, an die Gefühllosigkeit und Kälte, die hinterher in ihm geherrscht hatten. Hätte er ohne Steels Zuspruch bereits damals seine Menschlichkeit verloren?

»Genau das unterscheidet dich und mich von Dermoth und Damianos«, fuhr Steel eindringlich fort. »Auch Aswin schlägt in dieser Hinsicht nach mir. Dennoch habe ich ihn in Stanwoods Schule gegeben, um weiße Magie zu erlernen. Ich fürchte, die schwarze Magie könnte leicht die Oberhand über ihn gewinnen. Er ist durch seine Abneigung gegen mich zu anfällig für ihre finsteren Einflüsterungen. Womöglich wäre er versucht, sich freiwillig Damianos anzuschließen, nur um mehr von ihm zu lernen und gegen seinen Vater vorzugehen.« Kieran biss sich auf die Unterlippe. Wenn er wüsste, wie recht er mit seiner Vermutung hatte. »Ich kenne dich gut genug, um zu wissen, dass du Pläne schmiedest, um deinen Bruder zu retten. Du bist kein Unmensch! Sag mir ehrlich: Was hast du vor?«

Kieran blieb so nah wie möglich an der Wahrheit. »Damianos ist besessen davon, Finn in seine Gewalt zu bekommen«, erklärte er. »Einer von uns beiden wird ihn zu ihm schaffen müssen, sonst wird er notfalls sogar einen offenen Krieg riskieren, um die Weißmagier zu seiner Herausgabe zu zwingen.« Steel schüttelte den Kopf und wollte etwas entgegnen, aber Kieran fuhr hastig fort: »Unsere einzige Chance besteht darin, die wahre Macht der Fibel der Ubalden zu entschlüsseln. Da Finn noch magieunerfahren ist, wird ihm das nicht sofort gelingen. Das verschafft uns Zeit, seine Flucht für den Zeitpunkt vorzubereiten, wenn er ihrem Geheimnis auf die Spur kommt.«

Steel schritt gedankenverloren vor ihm auf und ab. »Das könnte funktionieren, ist jedoch äußerst riskant, besonders für dich. Aber nachdem du ihm deinen Bruder mitsamt Fibel ausgehändigt hast, wird Damianos dir endgültig vollends vertrauen. Ich bin einverstanden mit deinem Plan. Allerdings werde ich ihn auf meine Weise umsetzen und mir nicht die Mühe machen, deinen Bruder erst zu überreden und zu dir zu bringen. Mach dich auf eine Abreise nach Erebos in wenigen Stunden gefasst und verständige deinen Meister. Ich werde vor dem Weißen Synod eine Vorstellung geben, die Suryals Auftritt vor zwölf Jahren in den Schatten stellen wird. Ungeheuerlich, dass mich bislang noch niemand von der Ankunft des Überbringers in Kenntnis gesetzt hat! Suryal ist eine hinterhältige, gerissene Schlange. Es wird mir Spaß machen, ihm vor allen Versammelten seinen Giftzahn zu ziehen und mit Finn hierherzufigurieren. Dann kannst du ihn zu Damianos schaffen.«

»Figurieren? Unmöglich! Finn ist erst seit Kurzem in Aithér. Wenn er den Figurationszauber beherrschen würde, wäre Suryal nach meinen Angriffen niemals zu Fuß mit ihm bis Jadoo Mahal gewandert und hätte den Feuerrappen der Nichtmagier bestiegen, sondern wäre mit Finn sofort zum Synod figuriert und hätte später die anderen nachgeholt!«

»DAS, mein junger Freund, war bislang eines meiner bestgehüteten Geheimnisse«, verkündete Steel mit hörbarem Stolz in der Stimme. »Ich habe zusammen mit einem anderen sehr mächtigen Magier einen abgewandelten Zauber entwickelt, um Personen mit mir zu figurieren, die diesen Zauber selbst nicht beherrschen. Kein anderer Weißmagier beherrscht diese Kunst, womöglich nicht einmal dein Meister selbst. Welches Interesse sollte er auch daran haben, Nichtmagier oder magisch Schwache zu figurieren!«

»Bringt Ihr es mir bei?«, fragte Kieran überwältigt.

Der Weißmagier lachte und schüttelte den Kopf. »Erst beleidigst du mich, und jetzt soll ich dir meine tiefsten Geheimnisse anvertrauen?«

»Dann erklärt mir zumindest Euren Plan!«

Das tat er.

Kapitel 23

Finn
Aithér, Jahr 2517 nach Elio, dritter Mond des Frühlings, Tag 29
Finn wurde am nächsten Morgen vom Klopfen an seiner Tür geweckt. Verschlafen blinzelte er zum Stoff des Betthimmels hinauf, der die Morgenrottöne widerspiegelte. In der Nacht zuvor hatte er den Mond und den Sternenhimmel gezeigt. Viele Einrichtungsgegenstände funktionierten in Stanwoods Wohnsitz mit Magie, sie hatten noch nicht einmal die Hälfte davon erkundet.

»Herein!«, murmelte er schließlich und setzte sich im Bett auf. Er rechnete mit Arun, Norwin – die beiden hatten ihnen am Abend in der geselligen Stimmung nach einigen Gläsern Wein angeboten, sie beim Vornamen zu nennen – oder Ramón. Bei dem Gedanken an die Magier und dem, was ihm heute bevorstand, fühlte er Nervosität in sich aufsteigen. Finn wünschte, Luke wäre hier. Er verstand es wie kein anderer, ihn mit seinen Witzen abzulenken, wenn er vor Prüfungen aufgeregt war. Und zu den magischen Wundern hier würden ihm bestimmt eine Menge zynischer Kommentare einfallen.

Die Tür schob sich geräuschlos ins Mauerwerk, und zu Finns Überraschung huschte Luna ins Zimmer. Sie hatte dunkle Ringe unter den Augen, und ihre Miene war angespannt.

»Hey«, sagte sie und zwirbelte ihren Zopf. »Aufgeregt?«

»Ein bisschen.« Er schwang die Beine aus dem Bett und fuhr sich mit beiden Händen durchs Haar.

Luna trug eine silbergraue, eng anliegende Hose und darüber eine aufwendig mit magischen Symbolen bestickte, seidig glänzende Tunika, die auf Brusthöhe ein Wolfskopf unter zwei Adlerflügeln zierte. Spätabends hatten sie noch Besuch von Darion und Selina Aragus, den Großmeistern des Clans der Gundolver, bekommen. Die Begrüßung war herzlich gewesen, und sie hatten Luna diese Schuluniform der Gundolver für Stanwoods Magierakademie geschenkt. Der Wolfskopf symbolisierte ihren Clan, die Adlerflügel waren das Emblem der Akademie. Schon bald sollten sie, Finn und Sis mit ihrer Ausbildung beginnen.

»Steht dir gut«, sagte Finn anerkennend, und Luna wurde rot.

»Zumindest hält uns darin keiner mehr für rebellische Nichtmagier«, erwiderte sie grinsend.

»Ich hätte gut Lust, gerade deswegen heute in ihren Klamotten im Synod aufzutauchen.« Yamin war ein Schlitzohr. Er hatte ihnen nicht verraten, dass der Kleidungsstil von Jadoo Mahal für die konservativen Weißmagier ein rotes Tuch war. »Stell dir vor, ihr lang ersehnter Überbringer erscheint in den Kleidern der Revolution!« Der Gedanke gefiel ihm sogar immer besser. Er war wütend, weil Sis und Luna ihn nicht begleiten durften. Nur erwachsene Magier sollten den Ratsversammlungen des Synods beisitzen. Bei ihm als Überbringer machten sie eine Ausnahme.

Luna setzte sich neben ihn aufs Bett und boxte ihn in die Seite. »Lass es lieber sein.«

In Finns Bauch begann etwas zu flattern. Lunas Haare dufteten nach Hyazinthen, und ihr Lächeln ließ ihre Augen warm aufleuchten. Sein Blick wanderte von den niedlichen, kleinen

Grübchen auf ihren Wangen zu den schön geschwungenen Lippen und blieb wie hypnotisiert daran hängen.

»Ich wollte dir Glück wünschen. Ist ein wichtiger Tag heute für dich.«

»Danke.«

Er sah auf und wünschte sich, irgendwas Beeindruckendes von sich zu geben, doch ihm fiel plötzlich überhaupt nichts mehr ein, sein Kopf war wie leer gefegt.

Ihre langen, dichten Wimpern begannen zu flattern, und sie biss sich auf die Unterlippe, bevor aus ihr heraussprudelte: »Bitte sei vorsichtig, Finn! Ich hab ganz furchtbare Dinge heute Nacht geträumt und ... Himmel, ich will dich nicht noch mehr nervös machen, ich will dich nur warnen und ...«, sie atmete zittrig ein und nahm plötzlich seine Hand in ihre, »... und dir sagen, dass ich ... ich ...«

Die Worte blieben ihr im Hals stecken, aber Finn verstand sie dennoch. Zart wie Nebelschleier schwebten sie zwischen ihnen und bildeten zusammen mit seinen eigenen unausgesprochenen Worten endlich den Satz, den er seit Tagen nicht mal zu denken gewagt hatte. *Ich liebe dich.*

Und plötzlich fühlte er sich wie bei seiner ersten Verwandlung. Er ließ los, gab sich nur noch seiner Magie, seiner Intuition und seinen Gefühlen hin, beugte sich vor, und seine Lippen fanden die ihren. Ein Zittern lief durch Finns Körper, als Luna, die wilde, ungestüme Luna, seinen Kuss überraschend zaghaft und zärtlich erwiderte. Und Finn vergaß, dass er in ein paar Stunden vor den Weißen Synod treten würde. Er vergaß, dass er der von allen Magiern in Aithér lang herbeigesehnte Überbringer und damit die Enttäuschung des Jahrtausends für sie sein musste, ein Sechzehnjähriger, der kaum Magie beherrschte! Er vergaß die Last, seine Eltern finden, seinen Bruder aus den Fängen dieses brutalen Schwarzmagiers befreien und ihn wann und wie auch immer besiegen zu müssen. Für einen bittersüßen Moment gab es nur noch dieses wundervolle Mädchen in seinen Armen. Nur sie und das Glück, dass sie seine Gefühle erwiderte, brachten ihn dazu, sich besonders zu fühlen und stark genug, alles durchzustehen, was dieser Tag und die Zukunft für ihn bereithalten würden.

Ein Geräusch auf dem Flur ließ sie auseinanderfahren. »Alles wird gut werden«, flüsterte er, als er sich sanft von ihr löste und ihr über die Wange strich. »Das verspreche ich dir. Und in ein paar Tagen«, er zwinkerte frech, »zeigen wir den anderen in Stanwoods Akademie, was wir Jungmagier aus Khaos so draufhaben.«

Als er am frühen Nachmittag vor dem Gebäude des Weißen Synods stand, beschlich ihn dennoch ein mulmiges Gefühl. Arun sah nicht minder angespannt aus. Aber er schenkte ihm ein aufmunterndes Lächeln, und Ramón legte ihm eine Hand auf die Schulter. Bestimmt schob er ihn an zwei Wächtern vorbei durch die breite, gläserne Tür des gewaltigen Auges. Sie durchquerten ein Foyer, und Finn erhaschte einen Blick auf sich selbst in den lang gezogenen Spiegeln an den Wänden. Er hatte doch die Schuluniform der Ubalden angezogen, die Norwin ihm gebracht hatte. Sie war nachtblau, und anstelle eines Wolfes wie bei Luna war unter die Adlerschwingen auf seiner Brust ein silbernes Schwert, umrankt von Lindenblättern, gestickt, beides Symbole für Tapferkeit, wie Norwin ihm stolz erklärt hatte.

Am Ende der Eingangshalle gelangten sie in einen runden, durch eine gewaltige Glaskuppel lichtdurchfluteten Raum. In seiner Mitte waren Tische zu einer Tafelrunde angeordnet, an der Männer und Frauen in verschiedenfarbigen Tuniken saßen und in angeregte Gespräche vertieft waren. Kaum waren sie eingetreten, verstummten alle Unterhaltungen schlagartig, und die

Blicke richteten sich auf sie. Finn schluckte, als er bemerkte, wie sie erst an Ramón hängen blieben, dann zu seiner Uniform zurückwanderten und ungläubig zu seinem Gesicht hochflogen. Wesentlich schlimmer musste sich allerdings Arun unter ihren feindseligen Mienen fühlen.

Schließlich nahmen sie auf den letzten freien Stühlen Platz, nur einer blieb noch übrig, und die Türen schlossen sich hinter ihnen. Stanwood stellte erst Ramón vor, anschließend ihn.

»Verehrte Mitglieder, ich freue mich ganz besonders, Euch mit Finn Winter aus der Magierlinie des Clans der Ubalden in Khaos bekannt machen zu können. Er ist im Besitz der zwölften Fibel und mit dieser aus seiner in unsere Welt gelangt. Ihr wisst, welche Bedeutung das für uns hat und welche Aufgaben nun in nächster Zukunft vor uns liegen. Ihr alle kennt die Prophezeiung Arianas. Wir müssen ihn ausbilden, aber vor allem vor der Macht des Blutäugigen, der bereits von seiner Ankunft hier Kunde erhalten hat, beschützen.«

Ein besorgtes Murmeln ging durch die Reihen.

»Wer sagt Euch, dass Suryal uns nicht einen Betrüger vorsetzt, um sich erneut über uns alle lustig zu machen?«, rief eine weißhaarige Frau in einer tiefgrünen Tunika.

Suryal presste die Handflächen aneinander, erwiderte jedoch nichts.

»Finn, würdest du bitte den Mitgliedern des Synods deine Fibel zeigen«, forderte ihn Stanwood lächelnd auf.

Nickend zog er die Fibel aus seiner Schuluniform und hob sie hoch. In der einsetzenden Stille hätte man ein Blatt Papier herunterfallen hören können. Der Vorsitzende des Synods nahm sie ihm ab und ließ sie reihum gehen. Ein ehrfürchtiges Flüstern lief wie eine Welle durch die Anwesenden, wurde aber durch das abrupte Aufreißen der Tür gestört.

Der Mann, der mit hochrotem Gesicht in den Sitzungssaal stürmte, riss seinen schwarzen Reiseumhang in einem Ruck von sich und warf ihn auf den letzten freien Platz. Dann schaute er grimmig in die Runde. Seine dunklen Augen durchbohrten Stanwood geradezu, und er schien sich nur mit Mühe zu beherrschen, ihm nicht an die Kehle zu springen. »Was hat das hier zu bedeuten? Seit wann tagt der Weiße Synod ohne mich, und was soll dieser Aufstand wegen des *Überbringers*? Ihr wisst genauso gut wie ich, dass man Suryals Geschwafel keinen Glauben ...« Weiter kam er nicht, denn jetzt entdeckte er Finn, und ein Ausdruck höchsten Erstaunens spiegelte sich auf seinem Gesicht wider. Da er nicht weit entfernt von ihm stand, hörte Finn deutlich, wie ihm ein heiser geflüstertes »*Unglaublich*« entwich. Dann presste er die Lippen wieder aufeinander, und seine Miene wurde ausdruckslos. Er setzte sich neben Arun und zischte böse: »Das wird ein Nachspiel haben, Herr Schwiegervater!«

Finns Herz raste, und er linste zu Arun hinüber. Jegliche Farbe war aus dessen Gesicht gewichen. Seine Kiefer mahlten aufeinander, während er dem Blick seines Schwiegersohns standhielt. Das also war Steel, dem Arun die Schuld am Tod seiner Tochter gab. Warum nur hatte er *unglaublich* gesagt? Es schien, als hätte er Finn *erkannt*. Dabei war er diesem Mann noch nie zuvor begegnet. Moment, was, wenn er gar nicht *ihn* erkannt hatte, sondern ...

Jemand zupfte ihn am Ärmel, und Finn sah sich um. Er wurde von allen Seiten angestarrt.

»Stanwood hat dich gerade gebeten, dem Synod zu erklären, unter welchen Umständen du die Fibel gefunden hast«, flüsterte Arun ihm zu.

»Klar, natürlich.« Er verdrängte den Gedanken an Steel und begann zu erzählen. Als er zu der Stelle gelangte, an der Kieran die Fibel Ramón entrissen hatte, schwoll das Raunen der Magier an. Bislang hatte er seinen Zwillingsbruder nicht erwähnt. Nur Norwin und Stanwood wussten von ihm. Finn zögerte eine Sekunde. Dann richtete er seine Augen fest auf Steel und fuhr fort: »Kieran schaffte es, sie zu aktivieren, und landete mit meinen Eltern in Erebos, während die Fibel selbst zu Boden fiel und in Khaos blieb.« Er hob seine Stimme, um die schockierten Ausrufe der Magier nach seinen Worten zu übertönen. »Aber das wisst ihr sicherlich bereits von Duncan Steel.«

Alle Köpfe fuhren zu dem dunkelhaarigen Magier herum. Steels Miene war kurz entgleist, als Finn von seinem Zwillingsbruder gesprochen hatte. Jetzt war sein Gesicht maskenhaft. Ein spöttisches Lächeln kräuselte seine Lippen.

»Mir ist nicht bekannt, woher ICH das wissen sollte.«

»Ihr seid Kieran begegnet«, entgegnete Finn im Brustton der Überzeugung.

»Und woher, wenn ich fragen darf, beziehst du diese Kenntnisse, da du doch geradewegs aus Khaos kommst und mir noch nie zuvor begegnet bist?«, höhnte Steel.

»Von Kieran selbst«, log Finn und setzte damit alles auf eine Karte.

Steels Lächeln gefror, und ein Schatten huschte über sein Gesicht. Dann hatte er sich wieder unter Kontrolle. »Suryal, habt Ihr dem Jungen vielleicht Tollkirschenelixier verabreicht?«

»Finn ist Kieran hier in Aithér bereits zweimal begegnet«, bestätigte Suryal ausweichend, musterte Finn jedoch fragend. Natürlich ahnte er, dass keine derartige Unterhaltung zwischen ihnen stattgefunden hatte, denn das hätte er ihm längst erzählt.

Ein Raunen ging durch die Menge der Magier, und Aragus, der Gundolver, der sie am Vorabend besucht hatte, sprang zornig auf.

»Warum habt Ihr uns nicht davon berichtet? Rechtfertigt euch!«

Steel blieb gelassen sitzen. »Weil es nichts zu berichten gibt, Aragus. Wollt Ihr etwa jedem dahergelaufenen Jungen mehr Glauben schenken als mir?« Seine Stimme war ruhig, aber ihr Unterton so bedrohlich wie das Rasseln einer Klapperschlange.

Aragus war ein athletischer Mann mit dunklen Haaren, und in dieser kräftigen Geschmeidigkeit, wie er nun seinen Körper bewegte, lag etwas Bedrohliches. Wölfisch lauernd. Bereit, schnell zuzuschlagen.

»Wieso sollte der Junge Dinge behaupten, die nicht wahr sind?«, knurrte Aragus dunkel.

Steel hob in gespielter Verzweiflung die Hände. »Woher soll ich das wissen? Ich vermute, Suryal hat ihm das eingeredet, um wieder einmal gegen mich vorzugehen.«

Finn hörte deutlich Suryals Kieferknochen aufeinander mahlen. Lange konnte er Steels Attacken wohl nicht mehr ertragen. Ramón stand ebenfalls auf. Beide Gundolver fixierten sich in gegenseitigem Einvernehmen.

»Ich kann Suryals und Finns Worte ebenfalls bezeugen. Und ich hatte vorhin den Eindruck, dass Ihr ihn wiedererkannt habt. Da Ihr ihm, wie Ihr selbst zugebt, noch nie begegnet seid, lässt sich das ausschließlich durch seine Ähnlichkeit mit seinem Zwillingsbruder erklären.«

Steel verzog spöttisch den Mund. »Faszinierend, wie ausgerechnet die sonst im Synod so unambitionierten Gundolver in meiner Mimik lesen können wie in einem Buch.«

Aragus fuhr zu Steel herum. »Wagt es nicht, meinen Clan zu beleidigen! Gerade die Hunolds mit ihren finsteren Neigungen sollten erst vor ihrer eigenen Tür kehren, meint Ihr nicht?«

Steel stand nun ebenfalls auf und fixierte Aragus. Das höhnische Grinsen war von seinem Gesicht verschwunden und machte dem Ausdruck blanker Wut Platz. »Wenn ich nicht jährlich die Drecksarbeit für euch alle erledigen würde, wären viele von uns bereits tot. Also hört lieber auf, zu bellen wie ein Hund, Aragus«, zischte er heiser.

Hätte er eine Kiste Sprengstoff in der Mitte des Raumes entzündet, die Wirkung wäre nicht dramatischer gewesen. Von allen Seiten waren empörte Ausrufe zu hören. Aragus sprang elegant über den Tisch und stand jetzt in der Mitte der Runde, die Hand entschlossen gegen Steel erhoben, der sich ebenfalls über seinen Tisch geschwungen hatte, wenngleich auch nur halb so schnittig wie der Gundolver.

Finn warf einen Seitenblick zu Suryal und stellte verblüfft fest, dass dessen Anspannung vollkommen verflogen war und ein zufriedenes Lächeln auf seinen Lippen lag. Er rief ihm aufgrund der im Raum vorherrschenden Lautstärke zu: »Kein Grund zur Sorge, so läuft das hier ständig ab.«

»Ihr nennt mich einen HUND?«, brüllte Aragus, den Oberkörper vorgeneigt, die Augen sprühend vor Wut.

»Vom Wolf bis zum Schoßhündchen ist es auch kein weiter Weg«, spottete Steel.

Ramón hielt jetzt nichts mehr zurück. Er sprang ebenfalls in den Kreis und gesellte sich zu Aragus. Die beiden Gundolver nebeneinander sahen schon ziemlich imposant aus. Ihre Magie schien geradezu um ihre Körper zu pulsieren. Das entging Steel nicht, denn er wich ein paar Schritte zur Seite, zumal er Ramóns Zauberkräfte schwer einschätzen konnte.

In dem allgemein herrschenden Tumult hatten alle die zwölfte Fibel der Ubalden völlig vergessen. Ein alter Mann mit schütterem weißem Haar hielt sie gerade in der Hand. Er saß durch Steels Rückzug nur wenige Schritte von ihm entfernt und war offensichtlich von dem bedrohlichen Auf-und-ab-Schreiten der Kontrahenten so gefangen genommen, dass er nicht daran dachte, sie weiterzureichen. Zu spät begriff Finn, warum Steel zurückgewichen war. Mit einem Satz sprang dieser nun auf den Alten zu, entriss ihm mit einer raschen Handbewegung die Fibel und hielt sie hoch in die Luft. Eine weitere Fibel unter der Tunika hervorziehend, brüllte er: »Zurück! Oder ich bringe dieses hübsche Schmuckstück schneller zu Damianos, als euch allen lieb ist.«

Den entsetzten Aufschreien folgte eine unheimliche Stille, in der Finn sein Blut in den Ohren rauschen hören konnte. Warum besaß Steel noch eine eigene Fibel? Hatte Damianos sie doch nicht allen Magiern abgenommen? Und konnte er damit wirklich nach Erebos gelangen? Anscheinend schon, denn Ramón und Aragus wichen langsam zurück, Steel keine Sekunde aus den Augen lassend.

Benommen starrte Finn auf die Szene, die sich vor ihm darbot. Kälte breitete sich in ihm aus, und er stand auf. »Dazu habt Ihr kein Recht. Diese Fibel gehört mir und meinem Clan.«

Steel wandte den Blick nicht von Aragus und Ramón, während er ihm antwortete. »Du selbst hast mir das Recht dazu gegeben, weil du es gewagt hast, mich vor allen hier bloßzustellen und des Verrats zu bezichtigen. Der *Überbringer*! Dass ich nicht lache! Dein Zwillingsbruder ist wesentlich abgebrühter und gerissener als du, er hätte mich nie so plump angegriffen. Wenn einer diese Weissagung erfüllen kann, dann er.«

»Ihr gebt zu, von Kieran gewusst und uns diese wichtige Information zwölf Jahre lang verschwiegen zu haben?«, rief Norwin außer sich. Seine blauen Augen waren wie gefrorenes Eis in dem erstarrten Gesicht. Er hatte die rechte Hand so fest zu einer Faust geballt, dass die Knöchel weiß hervortraten. »Ihr habt einen Ubalden hinter unserem Rücken diesem Monster ausgeliefert?«

»Ich habe Kieran erst vor einem Jahr kennengelernt«, gab Steel mit fester Stimme zu. »Euch davon zu erzählen, wäre in mehrfacher Hinsicht ein Fehler gewesen. Erstens hättet ihr versucht, ihn zu befreien. Meine Rolle als euer Spion bei Damianos wäre nicht mehr tragbar gewesen, und wer würde euch dann noch Informationen über ihn und seine Pläne liefern? Ich habe, soweit es meine begrenzten Möglichkeiten erlaubten, mein Bestes gegeben, Kieran vor ihm zu schützen. Die ersten Zauber lernte er von mir. Er ist außergewöhnlich begabt. Seine Magie ist durch Damianos' Erziehung mittlerweile so stark geworden, dass er sich mit mir messen kann, was uns auch gleich zum zweiten Punkt führt: Er hat eine deutlich ausgeprägte Neigung zur schwarzen Magie.«

»Das ist nicht wahr!«, rief Ramón entrüstet. Er fuhr sich durch die Haare und machte in seiner Verzweiflung wieder einen Schritt auf Steel zu, der drohend die Fibel schwenkte. Aragus riss ihn zurück und flüsterte ihm etwas ins Ohr.

»DAS will natürlich keiner von euch hören, nicht wahr?« Steel lachte bitter auf. »Ihr Ignoranten habt nicht die geringste Ahnung davon, wie mächtig einen diese Magie machen kann. Ihr konntet ihre finstere Schönheit nie erfassen, hattet für mich und meine Neigungen immer nur Abscheu und Argwohn übrig. Und dann finde ich einen Jungen, der mir so ähnlich ist. Ein Junge, der aufgrund seiner außerordentlichen Gabe ein Recht darauf hat, Lehrling bei dem besten aller Schwarzmagier zu werden, und ihr denkt, ich wäre so dumm, ihn euch einfach auszuliefern, auf dass seine besonderen Talente in eurem weißmagischen Einheitsbrei verkümmern? Falsch gedacht!«

»Wie könnt Ihr so etwas behaupten? IHR habt ihn zu dem gemacht, was er ist, Ihr allein! Kieran hätte niemals aus freien Stücken ...«, brüllte Ramón, doch Finn unterbrach ihn.

Atemlos hatte er Steels Worten gelauscht, und plötzlich ergab alles einen Sinn. »Steel hat recht.« In Gedanken sah er seinen Bruder im Toten Wald vor sich und spürte erneut dessen dunkle Aura. »Kieran ist der schwarzen Magie zugeneigt.«

Zum ersten Mal wandte Steel den Blick von den beiden Gundolvern ab und musterte ihn mit offenem Interesse. Er ließ die Hand mit der Fibel sinken.

»Du ähnelst ihm wirklich sehr«, erklärte er ruhig. »Nicht nur äußerlich. Auch, was Mut und Wahrheitsliebe anbelangt.«

Finn sah, wie sich das böse Funkeln in Steels dunklen Augen auflöste und echter Neugier Platz machte. Er musste ihn für sich gewinnen und verhindern, dass der Magier seine Fibel zu dem Blutäugigen brachte. »Danke«, sagte er daher laut. Der Großmeister der Hunolds hob überrascht die Augenbrauen. »Danke für alles, was Ihr für meinen Bruder getan habt. Vermutlich wäre er ohne Euch gar nicht mehr am Leben.«

Ein vielstimmiges, anerkennendes Wispern ging durch die Reihen der Magier, und Finn bemerkte aus den Augenwinkeln, wie Ramón und Aragus sich entspannten. »Ich entschuldige mich für meine Worte von eben. Aber bitte, gebt mir meine Fibel zurück.«

Der Magier nickte, steckte seine eigene Fibel wieder weg und schritt langsam auf ihn zu. Vor ihm blieb er stehen, streckte ihm die Hand mit der Fibel der Ubalden entgegen und öffnete sie. Finn atmete erleichtert auf. Er hob den Arm, doch als seine Finger die Fibel berührten, schloss sich die Hand des Magiers wie ein Schraubstock um seine. Sein Blick flog nach oben, und er sah das listige Aufblitzen in Steels Augen.

Der Skarabäus biss ihn schlagartig in die Brust.

»*LAUF!*«, dröhnte er metallisch in seinem Kopf. Aber dazu war es zu spät.

Die entsetzten Schreie der Weißmagier wurden immer leiser. Vor ihm begann der Raum zu verschwimmen und machte Platz für eine Finsternis, in der er vollkommen die Orientierung verlor. Nur Steels Hand, die immer noch die seine umklammerte, gab ihm paradoxerweise Halt. Finn konnte vor Angst kaum atmen. Der Magier brachte ihn zusammen mit der Fibel nach Erebos. Würde er jetzt gleich dem Blutäugigen gegenüberstehen?

Die Dunkelheit verflüchtigte sich, und das helle, verschwommene Bild, das sich ihm bot, gewann langsam an Schärfe. Und dann sah er direkt in die überraschten Augen eines jungen schwarzhaarigen Mannes. Er lehnte mit der Schulter lässig an einem Kamin aus dunklem Granit, in dessen Innerem ein wärmendes Feuer prasselte. Steel lockerte endlich seinen schraubstockartigen Griff und ließ ihn los, während der Schwarzhaarige sich lässig vom Kaminsims abstieß und auf ihn zuschlenderte.

»Sieh an! Ist Kieran wieder von den Toten auferstanden, Vater?«

Der kalte Sarkasmus seiner Stimme ließ Finn überrascht zu Steel herumfahren. Dessen Sohn schien also ebenfalls über seinen Bruder Bescheid zu wissen – und hielt ihn für tot? Wo zur Hölle waren sie hier? Suryal hatte doch gesagt, man könne nicht gemeinsam figurieren. Verzweifelt versuchte er, sich zu orientieren und aus all dem schlau zu werden.

»Das ist nicht Kieran.« Steel atmete schwer und klang so erschöpft, als hätte er einen Marathonlauf hinter sich. Die Magie, die er eben aufgebracht hatte, musste ihn ziemlich angestrengt haben. »Sein Name ist Finn. Hat Kieran dir je von seinem Zwillingsbruder erzählt?«

Seinem Sohn klappte vor Überraschung der Mund auf. Bevor er etwas erwidern konnte, nahm ihm Steel die Antwort ab. »Offensichtlich nicht. Ich werde dir später alles erklären. In ein paar Minuten werden diese Idioten vom Weißen Synod hier erscheinen, um dich zu befragen, und entdecken, dass ich mit ihm nach Ash Hall figuriert bin. Wir müssen das Anwesen mit allen schwarzmagischen Schutzzaubern versehen, die ich dir beigebracht habe. Du übernimmst den linken Flügel, ich den rechten.«

»Du hast ihn direkt vor den Augen des Weißen Synods einfach entführt?«

»Ich sagte doch, für Erklärungen ist jetzt keine Zeit, Aswin!«, herrschte Steel ihn an, und der bewundernde Blick, der für einen kurzen Moment in den Augen des jungen Mannes aufgeflackert war, erlosch schlagartig, um dem Ausdruck kalter Verachtung Platz zu machen.

»Jawohl, Vater«, erwiderte er bissig, drehte sich abrupt um und verließ durch eine wuchtige dunkle Holztür den Raum.

Steel seufzte, marschierte zu einem kleinen Schrank neben dem Kamin, öffnete ihn und legte die Fibel der Ubalden hinein.

Finn beobachtete sein Tun mit wachsender Hoffnung. Er war nicht in Erebos, sondern offenbar immer noch in Aithér, auf Steels Anwesen! Wie konnte er den Weißmagier davon abhalten, seine Schutzzauber auszuführen? Steel dachte vermutlich, er würde keinerlei Magie beherrschen. Der Skarabäus unter seinem Hemd kniff ihn auffordernd in die Brust. »*Ja doch, ich weiß!*« Finn drehte sich um und näherte sich dem Sessel. Kurz bevor er ihn erreicht hatte, verwandelte er sich blitzschnell in eine Maus und huschte unter das Möbelstück. Steel fluchte und ließ den Sessel hochschweben, aber Finn war bereits unter den Couchtisch geschlüpft und, als der Weißmagier näher trat, flink zwischen seinen Füßen hindurch zu einer großen Vase weitergerast, die neben der Tür stand.

»Lass die Spielchen! Damit wirst du dich nicht retten können! Das kostet dich nur Zeit und Kraft.«

Dich aber auch, dachte Finn grimmig.

Außer sich vor Zorn, ließ Steel nun die restlichen Möbelstücke hochschweben. Finn hatte keine Chance, zu entkommen. Die Fenster und die Tür waren verschlossen. Wenn er seine richtige Gestalt annahm, würde Steel ihn sofort entdecken. Plötzlich hielt der Magier inne und dachte nach. Finn spürte die Gefahr, die von dem düsteren, mächtigen Mann ausging, und seine Maushaare sträubten sich.

»Womöglich brauche ich nur bessere Sinne, um dich aufzuspüren?«, verkündete er mit samtiger Stimme, und Finns Herzschlag setzte für eine Sekunde aus, als Steels Körper in sich zusammenfiel und zu einem schwarzen Fuchs wurde. Der reckte die schmale Schnauze in die Luft und witterte.

Nicht bewegen, ermahnte sich Finn. Aber das allein würde ihn nicht schützen. Er konnte schließlich nicht seinen Geruch tilgen. Geschmeidig, die Vase keine Sekunde lang aus den Augen lassend, pirschte der Fuchs auf Samtpfoten näher. Unmittelbar vor der Vase setzte er zum Sprung an. Rums. Die Vase fiel um, zersprang in tausend Stücke, und Finn glitt nur wenige Zentimeter an dem schwarzen Fuchs vorbei als Spatz in die Luft. Genau in diesem Augenblick öffnete sich die Tür.

»Hast du ...« Aswin stockte und starrte auf die Scherben vor der Tür, während Finn über seinen Kopf hinweg in den Gang schoss.

»Komm zurück!«, brüllte Steel.

Doch Finn flatterte schon zielstrebig in den ersten Stock des Gebäudes, in der Hoffnung, dort ein geöffnetes Fenster zu finden. Das Anwesen war riesig. Eine gewaltige Treppe aus Eichenholz führte zu einer Galerie, die zu beiden Seiten das Foyer umspannte. Die Fenster zwischen den zahlreichen goldgerahmten Gemälden waren aber allesamt verschlossen. *Beeil dich!* Am Ende der Galerie öffnete sich eine Tür, und ein blonder, breitschultriger Mann in einer hellen Uniform trat heraus. Er war so groß, dass er kaum durch den Türrahmen passte, und hatte glücklicherweise Finn den Rücken zugewandt. Rasch flatterte er an dem Hünen vorbei ins Innere des Zimmers, bevor dieser die Tür hinter Finn schloss. Von draußen vernahm er Steels aufgebrachte Stimme.

»Thomas, hast du einen Vogel gesehen, nicht größer als ein Spatz?«

»Nein, Herr.«

»Sperr ab und hilf mir suchen. Es ist ein verwandelter Jungmagier. Ich muss ihn so schnell wie möglich zu fassen bekommen.«

Finn hörte den Schlüssel im Schloss. Er war in dem Zimmer gefangen. Aber das bot ihm auch Schutz vor seinen Verfolgern. Zumindest für eine Weile. Ohne zu zögern, verwandelte er sich in seine menschliche Gestalt zurück und trat an eines der Fenster. Sie waren hoch und erinnerten ihn an Schlossbesuche, zu denen Tess und Sis ihn genötigt hatten. Die Griffe bewegten sich nicht. Vermutlich waren sie mit Magie geschlossen worden.

Ein Geräusch in seinem Rücken ließ ihn herumwirbeln, und sein Blick fiel auf ein Himmelbett, das mit schweren grünen Samtvorhängen eingefasst war. In der Mitte waren sie aufgezogen, und plötzlich sah Finn in die dunkelblauen, weit aufgerissenen Augen einer Frau. Sie gab einen erschrockenen Laut von sich, und er eilte blitzschnell zu ihr an den Bettrand und hielt der Fremden den Mund zu.

»Bitte, verraten Sie mich nicht! Ich tue Ihnen auch nichts. Ich …«

Weiter kam er nicht, denn mit einer erstaunlich kräftigen Armbewegung hatte die Frau seine Hand von ihrem Gesicht geschoben und zog ihn schluchzend in ihre Arme.

»Kieran!«, flüsterte sie erstickt unter Tränen. »Du lebst! Ich wusste, dass er mich belügt! Die ganze Zeit über. Was ist mit Papa?«

Finn brauchte einen Moment, bis die Worte der Frau für ihn einen Sinn ergaben. Er schob sie von sich, suchte in dem Gesicht nach Ähnlichkeiten mit alten Fotos, und sein Herz raste wie ein Trommelwirbel.

»Was ist denn los? Warum sagst du nichts?«

Er schluckte schwer. Seine Mutter sah bleich und abgezehrt aus, aber unverkennbar wie eine ältere Ausgabe von Sis. »Ich ... ich weiß nicht, wie es meinem Vater geht. Mama, ich bin nicht Kieran. Ich bin Finn.« Sie keuchte auf und schien kurz vor einer Ohnmacht zu stehen. Warum, um Himmels willen, war seine Mutter hier bei Steel?

»Finn!«, wisperte sie mit brüchiger Stimme, und Tränen füllten ihre Augen. »Wie ... wie bist du in diese Welt gelangt?«

»Mit der Fibel der Ubalden. Ich habe Kieran getroffen, er lebt. Aber er arbeitet für Damianos. Mama, er ist sein Lehrling.«

»NEIN!«, stieß seine Mutter entsetzt hervor und schlug die Hände vor den Mund.

»Vielleicht wird er auch dazu gezwungen.« Finn schaffte es einfach nicht, ihr zu gestehen, dass Kieran sich der schwarzen Magie zugewandt und sogar sein Leben bedroht hatte, um ihn zu seinem Herrn zu bringen.

»Ist Sisgard auch hier?«

»Ja, und Ramón und Luna ebenfalls.«

Sie schluchzte, schüttelte immer noch ungläubig den Kopf und drückte fest seine Hände. Tausend Fragen brannten Finn auf der Zunge, aber der kleine Skarabäus auf seiner Brust wollte davon nichts wissen. »*Genug Gefühlsduselei! Du wirst verfolgt, schon vergessen?*«

»Was ist?«, fragte seine Mutter besorgt, weil sie die Veränderung in seiner Miene wahrnahm.

»Nichts«, sagte er und dachte: »*Halt gefälligst die Klappe, Amun, ich hab sie seit zwölf Jahren nicht gesehen! Gib mir nur noch einen Moment!*«

»Steel will mich zu Damianos schaffen. Er hat mir die Fibel

abgenommen. Ohne sie können wir nicht mehr in unsere Welt zurück.«

»Duncan hat die Fibel der Ubalden?«, flüsterte sie schockiert. Kraftlos sank sie zurück in die Kissen und schloss einen Moment verzweifelt die Augen. Irgendwo entfernt erklangen aufgebrachte Stimmen. Finn erinnerte sich plötzlich daran, wie Steels Diener die Tür zum Zimmer seiner Mutter abgesperrt hatte.

»Warum bist du Steels Gefangene, und wo steckt Papa?«

»Vermutlich immer noch in Damianos' Kerker. Kieran und ich sind aufgebrochen, um ihn zu befreien. Unterwegs begegneten wir Steel.« Sie seufzte und warf einen unruhigen Blick zur Tür. »Wir wurden ebenfalls geschnappt, und er behauptete, Kieran und dein Vater seien tot und er wolle mich retten. Er gab mir irgendeinen starken Beruhigungstrank und brachte mich hierher. Seitdem pumpt er mich mit diesen Zaubertränken voll. Die ersten Monate habe ich kaum etwas mitbekommen. Dann hat er die Tränke abgesetzt. Er begann ...«, sie stockte kurz und verzog ihr Gesicht, »mit mir zu flirten.«

»WAS?«, rief Finn.

»Schscht! Er hört dich noch!«

Der Widerling machte sich an seine Mutter ran, während sein Vater im Kerker von diesem Schwarzmagier schmorte? Und er hatte ihr erzählt, sein Bruder und Papa wären tot? Finns Kiefer mahlten aufeinander.

»Ich habe dreimal versucht zu fliehen und eine Zeit lang sogar so getan, als könnte ich mir eine gemeinsame Zukunft mit ihm vorstellen. Aber irgendwann konnte und wollte ich mich nicht mehr verstellen und zeigte ihm offen meine Abneigung. Da begann er erneut, mir diese Tränke zu verabreichen.«

»Stehst du gerade nicht unter ihrem Einfluss?«

Sie lächelte verschmitzt. »Nein, denn ich bekam Hilfe von

einer Seite, von der ich sie niemals erwartet hätte. Von seinem Sohn Aswin.« Auf dem Gang waren plötzlich laute Stimmen zu hören, Türen wurden aufgerissen und zugeschlagen. Laura riss die Augen auf und erbleichte. Hastig sprang sie vom Bett und zerrte ihn zum Fenster. »Kannst du sie mit Magie öffnen?«

Finn schüttelte missmutig den Kopf. »So was beherrsche ich leider nicht.«

»Augenblick!« Sie klopfte an die Scheibe und winkte.

»Was tust du da? Sie werden dich hören.«

Im nächsten Moment erkannte Finn, warum sie das tat. Unten lief Aswin über den Rasen. Die Luft flirrte von seiner magischen Aura, offenbar war er gerade dabei, die Schutzzauber zu errichten, wie sein Vater es ihm aufgetragen hatte. Er klopfte nun ebenfalls an die Scheibe, und der junge Magier blickte auf. Ein Lächeln kräuselte seine Lippen, und er hob den Arm in ihre Richtung. Der Fenstergriff bewegte sich, doch im selben Moment hörten sie, wie sich der Schlüssel in der Tür in ihrem Rücken drehte. Laura wirbelte herum und rannte auf die sich öffnende Tür zu. Während Finn sich in den Spatz zurückverwandelte, sah er, wie sie sich Steel in die Arme warf, der wie angewurzelt stehen blieb, unfähig zu begreifen, was das zu bedeuten hatte. Mit wenigen Flügelschlägen schoss er ins Freie. Als er unmittelbar über einer Hecke flog, traf ihn plötzlich ein Schlag wie glühendes Metall. Hatte Steel ihn doch noch erwischt? Finn stürzte ab und landete mitten in dem Gestrüpp. Eine Hand versetzte ihm einen Stoß, sodass er tiefer ins Blattwerk rutschte. Über sich hörte er das Rauschen von Flügeln und den zornigen Schrei eines Falken. Ein Windstoß ließ die Blätter der Hecke rascheln, dann hörte er in unmittelbarer Nähe Steels Stimme.

»Hast du den Spatz gesehen, Aswin?«

»Allerdings. Er ist eben ums Haus geflogen.«

»Du hättest ihn aufhalten sollen!«

»Ich war gerade dabei, die Schutzzauber zu errichten.«

Steel fluchte, und Schritte entfernten sich. Ein paar Minuten vergingen. Dann schob sich eine Hand in Finns Blickfeld und zog ihn aus dem Gestrüpp. Er dachte, Aswin würde ihn jetzt von seinem Lähmungsfluch befreien. Doch der junge Magier steckte ihn nur hastig in einen Lederbeutel, den er an seinem Gürtel trug, und Finn konnte nichts tun, um sich aus seinem dunklen Gefängnis zu befreien. Was hatte er nur mit ihm vor?

Kieran

Aithér, Jahr 2517 nach Elio, dritter Mond des Frühlings, Tag 29
»Wie hat Steel den Figurationszauber nur so perfektioniert, dass er eine andere Person befördern kann?« Kieran saß grübelnd an Onyx gelehnt auf einer Lichtung im nahe gelegenen Wald von Ash Hall und wartete auf den Tumult, der bald auf dem Anwesen ausbrechen würde. Bislang war allerdings noch alles friedlich, wenn man von dem zunehmenden Wind und dem sich verdunkelnden Himmel absah. Er konnte nur hoffen, Steels Plan ginge auf und er schaffte es wirklich, seinen Bruder zu entführen. *»Ich meine, verdammt, ich selbst kann ihn bislang nur über kurze Distanzen ausführen. Daran, jemanden mit mir zu nehmen, ist gar nicht zu denken. Wie soll das überhaupt funktionieren?«*

»Jetzt bin ich aber maßlos enttäuscht«, spottete Onyx.

»Friss Feuer, Drache!«

Onyx riss den mächtigen Schädel herum, packte ihn an der Kapuze seines Umhangs und ließ ihn kurz in der Luft zappeln, bevor er ihn auf seinem Rücken absetzte.

»Sei doch nicht so empfindlich!«

»*Bin ich nicht*«, gluckste der Drache und breitete seine Schwingen aus. »*Da drüben tut sich nur endlich was.*«

Sein Gehör war schärfer, also widersprach Kieran nicht, als der Drache sich mit seinen kräftigen Beinen abstieß und in den Himmel stieg. Das Wetter war umgeschlagen. Heftige Windböen erfassten sie, während sie höher flogen, und ganz in der Nähe vernahm Kieran schon das Grollen des Donners. Vor ihnen erhob sich Ash Hall, und er musste lachen, weil die Schutzzauber nur zur Hälfte ausgeführt worden waren. Dort, wo die Schutzzauber intakt waren, sah man nur die weite Landschaft. Auf der anderen Seite thronte immer noch deutlich sichtbar die andere Hälfte von Ash Hall. »*Soll das etwa die kleine Lücke im Schutzwall sein, die Steel für uns lassen wollte? Ich würde das eher ein sperrangelweit offen stehendes Scheunentor nennen!*«

»*Ich bezweifle, dass Steel das so geplant hat*«, mutmaßte Onyx. »*Da ist wohl irgendetwas schiefgelaufen.*«

Kieran lachte. »*Ich weiß, was geschehen ist!*«

»*Erhelle mich mit deiner Weisheit, o klügster aller Lehrlinge.*«

»*Finn. Wetten? Wo mein Bruder auftaucht, macht er Ärger.*«

Insgeheim freute Kieran sich diebisch darauf, Steels Gesicht zu sehen. Was auch immer Finn getan hatte, offenbar machte er seiner Unberechenbarkeit wieder einmal alle Ehre. Im nächsten Moment schloss sich jedoch der Schild, und Ash Hall wurde unsichtbar. Nur ein winziger Wirbel offenbarte die von Steel versprochene Lücke, die man jedoch nur von ihrer Höhe aus erkennen konnte.

»*Soll ich näher ranfliegen?*«

Es donnerte laut, und Kieran spürte erste Regentropfen im Gesicht.

»*Nein. Wir warten, bis die Magier vom Weißen Synod kommen. Schließlich führen wir doch ihnen zu Ehren dieses Schauspiel auf!*«

Ein greller Blitz sauste in diesem Moment haarscharf an ihnen vorbei, und Onyx setzte zum Sturzflug an. Kieran wurde flau im Magen. »*Wenn du weiterhin so wilde Manöver fliegst, kann ich mich nachher nur noch kampflos übergeben. Und das meine ich wortwörtlich!*«, stöhnte er und fühlte, wie ihm die Magensäfte erneut in die Speiseröhre strömten, als Onyx einen gewagten Schwenk nach rechts machte.

In dieser Sekunde tauchten mehrere Gestalten wie aus dem Nichts unter ihnen auf. Ein Magier nach dem anderen erschien auf dem Rasen vor Ash Hall, ohne den Schild durchdringen zu können. Kieran erkannte Suryal, der sich in seiner orangegelben Tunika farblich deutlich von den anderen Großmeistern und -meisterinnen abhob. Er entdeckte Onyx und ihn zuerst und rief den anderen Magiern etwas wild gestikulierend zu, bis alle ihre Köpfe wandten und zu ihnen aufsahen. Einige hoben ihre Arme und richteten sie gegen sie. Kieran klammerte sich fester an den Zacken vor ihm, falls Onyx ihren Flüchen ausweichen musste.

Mit magisch verstärkter Stimme rief Suryal zu ihm herauf: »Kieran, auf wessen Seite stehst du?«

Das wirst du noch früh genug merken!

»*Antworte ihnen lieber, sonst jagen sie uns gleich ihr gesamtes Flüche-Arsenal an den Hals. Das da unten ist die Elite der Weißmagier. Mit denen ist nicht zu spaßen!*«

»Angstdrache!«, neckte ihn Kieran und strich ihm über den Hals. Dann rief er, ebenfalls magisch verstärkt, um das Tosen des Gewitters zu übertönen: »Tretet zurück! Ich werde für euch die Schutzzauber entfernen!«

Neugierige, teils bewundernde Blicke begleiteten sie, als sie direkt über die Magier hinwegflogen. Steels Schild bestand aus raffinierten schwarzmagischen Schutzzaubern. Schwer zu brechen für die Weißmagier, insbesondere, da sie von der Lücke im Schutzschild nichts wussten. Kieran richtete seinen Arm verstärkend auf den grauen Wirbel und sprach eine Reihe komplizierter Zaubersprüche. Es kostete ihn seine ganze Konzentration. Onyx schlug unterdessen angestrengt mit den Flügeln und ruderte mit seinem Drachenschwanz, um in dem tosenden Wind jede Bewegung auszubalancieren, damit Kieran die Zauber erfolgreich beenden konnte. Der wirbelnde Fleck vor ihnen wurde zu einem Vorhang, der nach allen Seiten aufriss und den vollen Blick auf Ash Hall freigab, das in dem tobenden Unwetter noch düsterer wirkte. Sofort figurierten die Zauberer, um in dem Garten vor dem Anwesen wiederaufzutauchen. Pfeilschnell schoss Onyx ihnen hinterher.

Sis
Aithér, Jahr 2517 nach Elio, dritter Mond des Frühlings, Tag 29
Sis und Luna waren gerade mit Stanwoods Frau Flordelis auf einem Rundgang durch das Haus in der Bibliothek angekommen, als sie aufgebrachte Stimmen und Schritte auf der Treppe hörten. Ramón stürmte herein, das Gesicht zornesrot. Bei seinem Bericht über die dramatischen Ereignisse im Weißen Synod ließ Sis sich auf eine Ottomane fallen, weil ihre Knie ganz weich wurden.

»Er hat Finn und die Fibel zu Damianos gebracht? Bist du vollkommen sicher?«, flüsterte sie fassungslos.

»Du hast gesagt, du passt auf Finn auf, Papá!«, rief Luna mit Tränen in den Augen und baute sich vor ihrem Vater auf. »Wie konntet ihr nur zulassen, dass Steel ihn entführt? Ihr wusstet doch alle, wie gefährlich er ist!«

»Es ging alles so schnell, Cariño«, verteidigte sich Ramón und fuhr sich müde über die Augen. »Erst hat er sich die Fibel geschnappt, aber Finn hat so besonnen mit ihm gesprochen, ihm sogar dafür gedankt, dass er seinen Bruder beschützt hat – keiner von uns hat damit gerechnet, Steel würde ihn nach diesen Worten nach Erebos entführen.«

»Weil er eben mit diesem dämonischen Schwarzmagier zusammenarbeitet! Himmel, wie blöd kann man sein!«

»Luna!«, seufzte Ramón mit einem Seitenblick auf Flordelis.

»Es muss doch einen Weg geben, Finn zu befreien!«

»Wir haben keine Fibel, um nach Erebos zu dem Blutäugigen zu gelangen«, sagte Ramón unglücklich. »Alle Weißmagier sind jetzt nach Ash Hall figuriert. Sie hoffen, Steels Sohn Aswin auf dem Herrensitz der Hunolds anzutreffen. Er ist in eurem Alter und Schüler an Stanwoods Akademie. Vielleicht kann er Einfluss auf seinen Vater nehmen. Aber ich fürchte, es ist bereits zu spät.«

Luna schlug mit der Faust auf einen Tisch neben Sis' Ottomane, und die Bücher, die darauf gestapelt waren, kippten um. Eines fiel zu Boden. Mit hochroten Wangen stürmte sie aus der Bibliothek.

»Es tut mir so unendlich leid, Sis«, flüsterte Ramón, während er das Buch aufhob und zurücklegte.

Flordelis trat zu ihm und legte ihm die Hand auf die Schulter. »Ihr tragt keine Schuld, Ramón. Seid gewiss, Adelar wird sein Möglichstes tun, um Steel zur Vernunft zu bringen.« Doch ihre Miene war voller Sorge, und in ihrer Stimme schwangen dieselben Zweifel wie in der Ramóns.

Plötzlich wich die Benommenheit, in der Sis sich befunden hatte, und sie glaubte, keine Luft mehr zu bekommen. Sie musste hier raus.

»Wohin gehst du?«, rief die alte Magierin ihr nach, als sie aufstand und die Bibliothek verließ.

»Ich schau nur mal nach Luna«, log sie.

Im Eilschritt verließ Sis das Haus und rannte auf die Straße. Ziellos lief sie durch Ereduron, vorbei an Händlern, die ihr Talismane, Schmuck oder Heiltränke anbieten wollten, vorbei an lachenden Kindern, die über Wasserspiele sprangen, und an Jongleuren, die Feuerbälle in der Luft tanzen ließen. Diese ganze bunte, magische Welt, auf die sie sich am Vorabend noch alle gefreut hatten, die sie gemeinsam in den nächsten Tagen hatten erkunden wollen, kam ihr jetzt nur noch grau und unbedeutend vor. Sie wünschte, Luke wäre bei ihr, um ihre Angst und den Kummer mit ihr zu teilen. Aber den hatte sie durch ihre Unfähigkeit, seine Gefühle zu erwidern, vergrault, und Luna hatte mit sich selbst zu kämpfen. Tränen liefen ihr über die Wangen, und sie scherte sich nicht um die Passanten, die sie teils mitleidig, teils neugierig musterten. Erst als sie am See angekommen war, hielt sie inne. Ein riesiger Baum mit breiten Blättern warf seinen Schatten über das Wasser, und in dem dunklen See spiegelte sich ihr totenbleiches Gesicht. Das ließ sie an Oisinn denken.

Hastig zog sie sich die Kette mit dem Anhänger vom Hals und strich andächtig über den schwarzen Stein. Sie hatte keine Ahnung, wie sie ihn rufen sollte. »Denk an deinen attraktiven Ritter«, hatte er gespottet und damit Luke an den Rand seiner Selbstbeherrschung gebracht, wie er ihr später verraten hatte. Angestrengt fixierte sie den dunklen Löwen zwischen den silbernen Blüten.

»Oisinn«, wisperte sie. »Bitte hilf mir!«

Bislang war ihr kein einziger richtiger Zauber in dieser Welt geglückt, wenn man davon absah, dass sie unbewusst auf Oisinn eingewirkt haben sollte. Sie glaubte einfach nicht daran, Magie ausüben zu können. Finn hatte ihr wie einer dieser Motivationstrainer immer wieder versucht zu erklären, dass es allein auf ihren Glauben ankam. Doch Sis hatte sich ihr ganzes Leben lang darauf verlassen, sich gut vorzubereiten, zu trainieren und auswendig zu lernen. »Magie ist keine Schulaufgabe«, hatte Finn ihr stirnrunzelnd gesagt. Richtig. Und deshalb würde sie versagen. Sie würde ihren Bruder verlieren, wie sie den Rest ihrer Familie verloren hatte, nur weil sie so verdammt unfähig war, an sich zu glauben! Der Löwenkopf verschwamm unter dem Ansturm ihrer Tränen. Seine stolze Mähne schien im Wind zu flattern, und dann verschwand er und machte Platz für Oisinns Gesicht.

Vor Schreck hätte Sis den Anhänger beinahe ins Wasser fallen gelassen.

»Oisinn!«, rief sie.

»Hier bin ich, Schönste.« Sein verschmitztes Lächeln erstarb, als sie ihm atemlos berichtete, was vorgefallen war.

»Ich kann dich nicht nach Erebos bringen, nur nach Ash Hall zu den anderen Weißmagiern. Vielleicht erfährst du dort von Hunolds Sohn, was sein Vater mit deinem Bruder vorhat. Du musst den Schutzschild von Ereduron allerdings verlassen. Draugar können die Stadt der Weißmagier nicht betreten.«

Sis nickte eifrig. »Ich treffe dich am Bahnhof.«

Oisinns ernstes Gesicht verschwamm in einem dunklen Wirbel und machte erneut Platz für den Kopf des Löwen. Sis rannte los, verirrte sich in verwinkelten Gassen, fragte Magierinnen und Händler nach dem richtigen Weg und schluchzte erleichtert auf, als sie endlich am Bahnsteig angelangt war. Nervös drehte sie sich einmal um die eigene Achse. Von Oisinn war weit und breit nichts zu sehen. Der Bahnsteig brütete verwaist in der Hitze der Mittagssonne. Zog der Draugr nicht die Nacht vor? Konnte er überhaupt tagsüber erscheinen? Sie lief über die Gleise hinunter zu den Feldern. Weit und breit kein Mensch. Sie wollte schon umkehren, als sich eine Hand auf ihre Schulter legte. Sis schrie auf und wirbelte herum.

Da stand er, und seine Rüstung blendete sie in der Sonne.

Oisinn zog seinen Handschuh aus und strich ihr mit seinen eisigen Fingern eine Träne von der Wange.
»Wir finden Finn«, sagte er ernst. »Ich kenne Steel, und sollten sich deine Befürchtungen bewahrheiten, werde ich ihm jeden einzelnen Knochen im Leib brechen für das Leid, das er dir zugefügt hat.«

Kapitel 24

Aswin

Aithér, Jahr 2517 nach Elio, dritter Mond des Frühlings, Tag 29
Aswin stand am Wohnzimmerfenster und starrte in das düstere, wolkenverhangene Grau. Schon zuckten erste grelle Blitze bedrohlich durch die Wolkendecke, und ein wütendes Donnergrollen erfüllte die schwüle Luft.

Der ideale Hintergrund für den bevorstehenden Kampf, der hoffentlich meinen Vater dahinraffen wird.

Er lächelte böse. Aswin liebte Gewitter. Sie waren der Spiegel seiner zerrissenen Seele. Mit einem lauten Krachen flog die schwere Eichenholztür auf. Er drehte sich um. Nur wenige Schritte von ihm entfernt, mit gerötetem Gesicht und glühenden Augen, stand der Mann, dessen Anblick er kaum mehr ertrug.

»Verrätst du mir, was du hier tust, Sohn?«, fragte sein Vater mit einer gefährlich ruhigen Stimme, die so gar nicht zu seinem aufgewühlten Äußeren passte.

Aswin konnte sich nur mit Mühe ein triumphierendes Lächeln verkneifen. »Ich warte«, antwortete er wahrheitsgemäß.

»Das sehe ich. Und worauf, wenn ich fragen darf?« Sein Vater kam näher, und das Zittern in seiner Stimme ließ ihn aufhorchen. Aswin durfte jetzt nicht die Nerven verlieren, sondern musste seinen Vater hinhalten. Er deutete auf den Schrank, in dem sein Vater die Fibel der Ubalden versteckt hatte.

»Darauf, dass unser Held ins Wohnzimmer zurückkehrt, um seine Fibel zu holen.«

Duncan stutzte. Seine angespannte Haltung fiel in sich zusammen, und ein anerkennender Blick streifte seinen Sohn. Dann verhärtete sich seine Miene erneut. »Du hast die Schutzzauber nur zur Hälfte ausgeführt.«

Aswin riss in gespielter Überraschung die Augen auf. »Aber Vater, Ihr sagtet, Ihr würdet persönlich die zweite Hälfte ...«

»Ich sagte, ich sagte. Du hast doch gesehen, dass ich mit dem Jungen beschäftigt war!«

»Habt Ihr es jetzt nachgeholt?«

»Ja. Mach dir keine Sorgen.«

Verflucht! Aswin überlegte, unter welchem Vorwand er nach draußen eilen und eine Lücke in die Schutzschilde bringen konnte, als ein Blitz den spärlich beleuchteten Raum erhellte. Dann verdunkelte sich der Himmel noch mehr, und es dauerte einen Augenblick, bevor sie begriffen, dass das nichts mit dem Gewitter zu tun hatte. Ein schwarzes Ungetüm fegte über das Anwesen hinweg.

»Onyx!«, riefen sein Vater und Aswin wie aus einem Munde, als sie den Drachen erkannten, der elegant über ihnen kreiste und plötzlich einen gewaltigen Feuerschwall auf einen Baum im Garten spie, sodass dieser innerhalb von Sekunden zu einem rauchenden Aschehaufen zusammenstürzte. Aswin klappte der Mund auf.

»Bei Elio!«, brüllte sein Vater aufgebracht und stürmte an ihm vorbei in den Garten.

Aswin folgte ihm. Da schälten sich die Gestalten mehrerer Magier aus dem Nichts, die aufgrund des gebrochenen Schutzschildes bis vor ihr Anwesen figurieren konnten.

»Verfluchter Hund, wo hast du Finn versteckt?«, brüllte Arun Suryal.

Eine gespenstische Szenerie breitete sich vor Aswin aus. Der Himmel war fast schwarz, obwohl es Mittag war. Weiße Blitze zuckten um das düstere Gebäude und tauchten Magier und Umgebung in ein geisterhaftes Licht. Der Wind zerrte an ihrer Kleidung und riss an ihren Haaren. Thomas und weitere Diener eilten aus dem Haus, um zu sehen, was hier vor sich ging. Schließlich waren aufseiten seines Vaters zwanzig Leute versammelt, die elf Synodsmitgliedern gegenüberstanden. Über ihnen flog Onyx in halsbrecherischen Flugmanövern, immer wieder Feuersalven in die Luft speiend. Der Drache hatte Geschmack an seiner Vorstellung gefunden und wollte sein Können zeigen.

»Ich habe Finn hierhergebracht, weil ich euch allen eine Lektion erteilen wollte!«, rief Aswins Vater gegen den Sturm an. »Keiner von euch beherrscht den Figurationszauber mit Begleiter. Ich wollte euch einen Schrecken einjagen und euch zeigen, dass ich trotz meiner Macht loyal bin. Es wäre mir ein Leichtes gewesen, euren lang ersehnten Überbringer mit meiner Fibel sofort Damianos auszuliefern, aber ich habe es nicht getan. Wann werdet ihr mir endlich vertrauen?«

»DIR vertrauen? Zum letzten Mal: WO IST FINN?«, brüllte Arun, in dessen Augen ein wildes Feuer loderte, und zu Aswins Überraschung mäßigte sein Vater seinen Ton und gab betreten zu: »Das weiß ich nicht.«

Natürlich glaubte ihm keiner. Wie sollten sie auch wissen, dass Finn immer noch als Spatz gelähmt in dem Lederbeutel war, der an Aswins Gürtel hing.

Ein wütender Aufschrei ging durch die Menge der Weißmagier. Zeitgleich stieß der über ihnen fliegende Drache erneut einen Feuerschwall aus und setzte einen weiteren Baum in Brand.

»Er ist mir entwischt!«, rief Aswins Vater händeringend nach oben, um den Drachen zu beschwichtigen. Dann blickte er wieder zu Aswins Großvater, der ihn ansah, als würde er ihn gleich in Stücke reißen.

»Er hat sich in einen Vogel verwandelt und ist weggeflogen. Der Schutzschild war noch nicht vollendet, dank der Unfähigkeit deines Enkels, und ich kann nicht ausschließen, dass er ...«

»*Ihr* habt mir befohlen, nur die Hälfte des Hauses zu schützen, Vater!«, unterbrach ihn Aswin aufgebracht. Er hatte sich bislang im Hintergrund gehalten und war nun nach vorne getreten. Sein Herz klopfte ihm bis zum Hals. Jetzt war sie endlich da, die Stunde seiner Rache. Warum fiel es ihm nur auf einmal so schwer? Er verdrängte das Gefühl von Schuld, das in ihm aufflammen wollte, gab sich einen Ruck und wandte sich an seinen Schulleiter Adelar Stanwood, indem er mit kalter Stimme behauptete: »Im Übrigen habe ich keinen Vogel gesehen.«

Sein Vater zuckte zusammen, als hätte er ihn geschlagen, und fuhr zu ihm herum, das Gesicht aschfahl, und seine Augen füllten sich mit Schmerz. *Gut so! Endlich fühlst du, was ich seit Jahren ertragen muss!*

»Aswin!«, stöhnte er. »Warum tust du das? Weißt du, was du da sagst, welche Konsequenzen das für mich hat?«

»Ich werde deine Taten nicht länger decken, Vater«, erwiderte er hasserfüllt. »Du hast meine Mutter umgebracht. Du hast sie Damianos damals ausgeliefert, damit sie und nicht du eine Graue werden musste. Ich habe alles mitbekommen, damals war ich schließlich schon sechs Jahre alt.«

Sein Großvater schrie auf. Wutentbrannt riss er seinen Arm hoch und begann, eine Reihe von Flüchen auf Aswins Vater abzufeuern. »Ich wusste es!«, rief Arun, während Aswins Vater die Angriffe geschickt abwehrte. »Alles nur Lüge! Du hast mich und den Synod damals belogen. Minderwertige Kreatur! Niemals, niemals hätte ich dir Anjouli zur Frau geben dürfen!«

Deegan, Aragus und ein blonder, bärtiger Hüne von einem Magier wollten ihn unterstützen und griffen ebenfalls Aswins Vater an, wurden jedoch von Thomas und anderen Dienern abgewehrt.

»Nein, McLaren!«, rief Suryal dem Hünen zu. »Deegan, Aragus, lasst ab! Steel gehört mir! Mir allein!«

Es war, als hätte der Zorn das Alter von Aswins Großvater gewaschen. Zwölf Jahre lang hatte er ihn nicht mehr gesehen. Jetzt umkreiste Arun geschmeidig und kraftvoll Aswins wesentlich jüngeren Vater und versuchte, mit seinen Flüchen durch dessen Abwehr zu kommen. Aber sein Vater war gut. Viel zu gut. Jahrelang hatte Damianos ihn geschult, und sein Großvater war zwar mächtig, doch während seiner Zeit als Einsiedler in Keravina aus der Übung gekommen.

Aruns Anweisungen Folge leistend, ließen die anderen Weißmagier von seinem Vater ab, mussten sich jedoch gegen die Diener wehren, die sich in blanker Wut über das Unrecht, das hier ihrem Herrn zugefügt wurde, in den Kampf einmischten und Flüche gegen Arun und die anderen Weißmagier ausstießen. Sie trafen auf Körper und hinterließen aufgerissene Wunden und Schmerzensschreie.

Onyx, der über ihren Köpfen kreiste, hatte sich dem Teil des Gebäudes genähert, in dem Laura gefangen gehalten wurde. Vermutlich hatte Kieran seine Mutter am Fenster entdeckt, denn der Drache begann nun, einen gezielten Feuerstrahl auf das Fenster zu richten, und setzte den Holzrahmen in Brand. Der plötzlich einsetzende Regen schlug Aswin gegen die heißen Wangen und traf auf die Flammen am Fenster. Wasserdampf und Rauch erfüllten die Luft über den Kämpfenden, während Kieran durch das in der Mauer klaffende schwarze Loch ins Hausinnere kletterte. Aber außer Aswin achtete niemand darauf. Einige ihrer Diener lagen bereits tot am Boden, die Körper teilweise seltsam verrenkt oder blutüberströmt. Einer sah aus wie bei lebendigem Leib verbrannt. Trudwin Melvin, der alte Weißmagier aus dem Clan der Raginen, war an Brust und Bauch schwer verletzt und lag mit verdrehten Gliedern abseits des Kampfgeschehens, wo er von Tanisha, der Großmeisterin der Kalamanen, mit Heilzaubern besprochen wurde.

Aswin schluckte. Er hatte nicht mit so vielen Opfern gerechnet, sondern gehofft, der Kampf würde nicht lange dauern. Ein leuchtend grüner Schild schützte seinen Vater, und seine schwarze Magie umfloss ihn in einer Urgewalt, dass selbst seine Diener sich nicht direkt neben ihren Herren zu stellen wagten. Duncan hatte die Zähne gebleckt und kämpfte verbissen, keinen Zoll nachgebend, gegen Aswins Großvater und durchbrach plötzlich dessen regenbogenfarbenen Schild, sodass ihn sein Lähmungsfluch traf und er rücklings zu Boden stürzte. Wendig wie eine Raubkatze sprang er dem alten Mann auf die Brust und hielt ihm seine Hand an die Kehle. Ohne nachzudenken, hechtete Aswin auf die beiden zu, riss den Arm hoch und bedrohte seinen eigenen Vater.

»NICHT MEINEN GROSSVATER!«, brüllte er außer sich vor Angst um den alten Mann.

Duncan hob langsam den Kopf und starrte ihn an. Sein Blick flackerte, und der grüne Schutzschild brach. Aswin murmelte hastig den Gegenzauber, der die Lähmung seines Großvaters löste, als er plötzlich von den Füßen gerissen und einige Meter von seinem Vater weggeschleudert wurde. In Thomas' Gesicht stand blankes Entsetzen geschrieben.

»Thomas, kein Fluch gegen meinen Sohn!«, befahl sein Vater wütend, der gar nicht bemerkt hatte, dass Aswins Großvater nicht mehr durch seine Magie gelähmt war.

Das war der Moment, in dem die anderen Weißmagier die Szene überhaupt erst wahrnahmen. Duncan Steel, über Arun

Suryal kauernd, seine Hand direkt an der Kehle des alten Magiers. Bevor Aswins Vater, der noch zornig zu seinem Diener sah, auch nur daran denken konnte, seinen Schutzschild wieder aufzubauen, bevor er überhaupt bemerkte, dass sich die Aufmerksamkeit aller plötzlich auf ihn richtete, und bevor er nur einen einzigen Abwehrzauber ausführen konnte, trafen ihn die Flüche der Großmeister Deegan, Hiroko, Onur, Haimi und Yebeah nahezu zeitgleich. Aswins Augen weiteten sich. Blut spritzte Arun ins Gesicht, als sein Vater reglos über ihm zusammenbrach. Die darauffolgende Stille hing wie gefrorener Atem in der Luft.

Blitze und Donner waren weiter landeinwärts gezogen, und der peitschende Regen ging in ein Nieseln über. Alle Magier hatten ihre Kampfhandlungen eingestellt und starrten auf Arun, der Aswins Vater nun von seinem Körper wälzte und sich über ihn beugte. Aswins Füße setzten sich wie in Trance in Bewegung. Er stolperte auf die beiden zu und fiel neben seinem Großvater und Vater im schlammigen Boden auf die Knie. Die anderen Magier umringten sie stumm.

Kieran
Aithér, Jahr 2517 nach Elio, dritter Mond des Frühlings, Tag 29
Kieran blieb nicht viel Zeit, sich über das Wiedersehen mit seiner Mutter zu freuen, nachdem Onyx den Fensterrahmen weggebrannt und er zu ihr ins Innere von Ash Hall geschlüpft war. In aller Kürze tauschten sie die notwendigsten Informationen aus, dass sein Vater gesund und am Leben war, dass Finn in Gestalt eines Vogels entkommen war und Steel irgendwo im Haus die Fibel der Ubalden versteckt hielt. Der ursprünglich mit Steel gefasste Plan war gründlich schiefgegangen. Aswins Vater hatte Finn gesund und munter den anderen Magiern prä-

sentieren wollen, nur damit Kieran ihn kurz darauf mitsamt Fibel vor aller Augen entführte. So hätte man Steel hinterher nur vorwerfen können, dass er Finn zu seinem Anwesen geschafft hatte – eine übereilte Entscheidung aus Wut, weil man ihn nicht zu der Synodssitzung gerufen hatte. Kieran hingegen wäre der gerissene Lehrling gewesen, der sich erst hilfreich gezeigt hatte, nur um alle in Sicherheit zu wiegen und dann den Überbringer zu seinem Meister zu schaffen.

Eins nach dem anderen, dachte er sich. Vielleicht hielt Finn sich einfach nur irgendwo versteckt und würde sich jeden Moment ihrer Mutter zu erkennen geben.

»Ich suche erst einmal die Fibel, und dann müssen wir herausbekommen, wo Finn abgeblieben ist«, sagte Kieran daher zu ihr, öffnete unter ihren bewundernden Blicken die verschlossene Tür ihres Zimmers mit Magie und eilte voraus.

»Ash Hall ist riesig! Wie willst du denn einen so kleinen Gegenstand wie die Fibel finden?«, rief sie ihm hinterher, während sie ihm nacheilte.

Kieran dachte an die vielen Übungen mit Damianos' Fibel und lächelte. »Ich bin ein Mitglied des Clans der Ubalden. *Sie* wird *mich* finden.«

Seine Mutter sah ihn verständnislos an, doch er bedeutete ihr, leise zu sein, und begann, sich zu konzentrieren, so wie sein Meister es ihm beigebracht hatte. Da! Er spürte sie. Als ob ihn etwas anzog. Bei Damianos' Fibel hatte er nicht annähernd so einen großen Sog wahrgenommen. Mechanisch lenkten ihn seine Schritte hinunter ins Wohnzimmer und von dort zum Kamin, in dem ein warmes Feuer loderte. Er glitt daran vorbei und blieb stehen. Ein Seitenschrank aus Eichenholz stand vor ihm. Er tastete nach einem Griff, drückte, zog, versuchte ein paar Öffnungszauber. Nichts geschah. Von draußen drangen dumpfe Schreie ins Innere. Laura ging ans Fenster und spähte hinaus.

Plötzlich entdeckte Kieran einen verborgenen Knopf, und gerade als er ihn drückte und die Tür des Schranks aufsprang, schrie seine Mutter laut auf. Hastig drehte er sich zu ihr um. Sie starrte mit entsetzt aufgerissenen Augen nach draußen.

»Was ist los?«

»Steel«, flüsterte sie tonlos. »Sie haben ihn gerade umgebracht.«

»WAS?« Nein! Das konnte nicht sein! Er war ein Großmeister und Mitglied des Weißen Synods! Sie musste sich irren. Sicher war er nur verletzt! Ein Drängen in seinem Inneren erinnerte ihn daran, was er eben noch gesucht hatte. Er spähte in den Schrank. Zwischen Karaffen und Likörflaschen lag sie eingebettet in ein weiches Tuch: die berühmte Fibel der Ubalden.

Andächtig nahm Kieran das Schmuckstück heraus und steckte es in die Tasche seines Umhangs. Schlagartig hörte das drängende Ziehen in seinem Inneren auf. Die Fibel hatte ihn gefunden.

Draußen schlug die Stille nach dem Kampf ihnen wie eine dunkle Vorahnung entgegen. Alle überlebenden Magier standen in einem Kreis, und Kieran schauderte bei dem Anblick, der sich ihnen bot, als er und seine Mutter sich zwischen die Weißmagier schoben. Steel musste unmenschliche Schmerzen haben. Seine Kleidung hing in Fetzen über der breiten Brust, die eine einzige klaffende Wunde war. Aus seinem Hals schoss Blut. Knochenbrechflüche mussten seine Rippen zersplittert haben, denn sein Atem ging nur noch rasselnd. Helles Blut sprudelte in Bläschen aus seinem Mund.

Aswins Gesicht war weiß wie Schnee. Kieran fragte sich, was er jetzt empfand. Er hatte sich den Tod seines Vaters so sehr gewünscht. Aber nun sah er alles andere als glücklich aus. Suryal versuchte mit einigen hastig gemurmelten Worten, die Wunde am Hals seines Schwiegersohns zu verkleinern. Er riss ein goldfarbenes Fläschchen aus seinem Umhang und flößte Steel eine dicke gelbe Flüssigkeit ein. Dann begann er, den restlichen Körper zu säubern, was das Ausmaß seiner Verletzungen allerdings erst sichtbar machte. Die Wunden waren tief. Viel zu tief. Suryals Gesicht wurde ernst. Er hob den Kopf, und sein Blick suchte den eines anderen älteren Magiers. Der kniete nun ebenfalls neben Steel nieder und bemühte sich, mit ihm zusammen die Wunden zu besprechen. Ein regenbogenfarbenes Licht glitt über Steels Körper. Dann schüttelte der andere Magier den Kopf. Aswin hatte den beiden mit wachsendem Entsetzen zugesehen.

»Du solltest dich bereit machen, von deinem Vater Abschied zu nehmen, Aswin. Das Amrital wird ihn nicht mehr lange am Leben halten können«, sagte Suryal und legte ihm die Hand auf die Schulter. In diesem Moment begannen Steels Augenlider zu flattern, und mit einem stöhnenden Laut öffnete er sie. Sein Blick war verschwommen, er suchte, fand nicht. »Aswin«, murmelte er nuschlig.

»Ich ... ich bin hier, Vater.«

»Ich habe Damianos deine Mutter nicht ausgeliefert.« Das Sprechen fiel ihm unendlich schwer.

»Lüg nicht! Du hast zugelassen, dass er meine Mutter mitnimmt, du warst dabei! Hinterher hast du mein Gedächtnis manipuliert, mir erzählt, du hättest nichts dagegen unternehmen können, weil du unterwegs warst. Aber etwas ist mit deinem Zauber schiefgelaufen. Ich hab es all die Zeit über gewusst, Vater! Die Erinnerung war wie ein dunkler Kern in mir, der mich nicht losließ. In meinen Träumen sah ich sie. Sah, wie sie mit einer Raubkatze mit blutroten Augen mitging. Sie hat sich umgedreht und mir zugewunken. Wie oft habe ich dich gebeten, mir zu erzählen, was mit ihr geschah, und nie, nie hast du es getan!«, schluchzte Aswin, und seine Stimme wurde lauter. »Später hast du mich nach Erebos mitgenommen, und ich erfuhr, dass du Geschäfte mit ihm machst, DU derjenige bist, der ihm die Grauen bringt, und Damianos auf dem Kopf einen Leopardenschädel trägt. Da habe ich eins und eins zusammengezählt! Das war kein Traum. *Du* hast Mama Damianos ausgeliefert!«

Aswins Worte waren aus ihm herausgebrochen wie Lava aus einem Vulkan.

»Ich konnte es nicht verhindern.« Tränen rannen über Steels Gesicht.

Aber Aswin schien seine Worte gar nicht zu hören. Wie im Fieber sprach er weiter. »Irgendwann waren meine Kräfte so stark, dass ich zu experimentieren begann. Während du unterwegs warst, arbeitete ich Tag und Nacht im Alchemielabor. Ich hatte in der Bibliothek der Akademie recherchiert, und ich fand einen Trank, der es mir ermöglichte, in eine tiefere Trance zu versinken, weiter in mein Inneres vorzustoßen. Plötzlich sah ich alles deutlich vor mir. Viel schlimmer noch. Ich hörte Damianos sprechen. Er forderte Mama auf, sich zu entscheiden. ›Er oder du‹, hat er zu ihr gesagt, und sie antwortete: ›Nimm mich!‹ Sie hat sich für dich geopfert, Vater. Wie konntest du das nur zulassen? Warum bist *du* nicht für sie gegangen?« Aswin zitterte am ganzen Körper, und seine Lippen bebten.

Steel brauchte mehrere Anläufe, um zu sprechen. Abermals quoll Blut aus seinem Mund, und der alte Magier sprach erneut einige Heilzauber, die ihm die Atmung und die Schmerzen erleichtern sollten.

»Aswin, ich *liebte* deine Mutter. Sie war für mich die Luft, die ich atmete, das Wasser, das meinen Durst stillte. Natürlich bot ich ihm an, mich zu nehmen. Aber er wollte nicht mich. Er wollte *dich*!«

Einen Moment lang herrschte vollkommene Stille.

»NEIN!!!«, brüllte Aswin, bäumte sich auf, riss sich von seinem Großvater los und sprang auf. »Das ist nicht wahr! Ich war erst sechs! Welche Magie hätte er denn aus einem sechsjährigen Grauen saugen können? Du lügst!«

»Es ging ihm gar nicht um Magie«, röchelte Steel. »Er wollte dich töten. Einfach nur töten. Aus Rache.«

Aswin blieb stehen und ging erneut neben seinem Vater auf die Knie. »Rache? Wofür?«, stammelte er schockiert.

»Finn hatte die Fibel in Khaos gefunden. Unbewusst muss er einen Zauber in ihr aktiviert haben, und Damianos verlor auf einen Schlag seine Fähigkeit, in menschlicher Gestalt nach Aithér oder Khaos zu reisen. Schlimmer noch, er verfügte in diesen Welten nicht mehr in vollem Umfang über seine Magie. Damianos war außer sich vor Zorn darüber.«

Kieran schnappte nach Luft. *Damit* hing es also zusammen, dass sein Meister nicht mehr seine wahre Gestalt in anderen Welten benutzen konnte.

»Aber warum wollte er sich gerade an uns rächen?«

»Weil ich im Auftrag des Synods mit ihm zusammenarbeitete«, flüsterte Steel. »Ich habe ihm Loyalität vorgetäuscht. Als er seine Macht verlor, war er der Meinung, der Überbringer müsste in Erebos gelandet sein. Er befahl seinen Grauen, jeden Stein in Erebos auf der Suche nach ihm umzudrehen. Doch niemand fand ihn. Ich weiß bis heute nicht, weshalb die Grauen weder in Kierans Vater noch in ihm selbst die Magie erkannten. Irgendwer muss sie vor Damianos beschützt haben. Ich war es jedenfalls nicht. Damianos tobte. Er glaubte mir natürlich kein Wort. Da ich der einzige Weißmagier war, der von und nach Erebos reisen konnte, war er der festen Überzeugung, ich hätte den Überbringer entdeckt und aus Erebos nach Aithér zu uns Weißmagiern in Sicherheit gebracht. Er hielt mich für einen Verräter. *Mein Kind* sollte zur Strafe sterben. Erst viel später erkannte er seinen Irrtum.«

»Du hast ihm wirklich angeboten, dich statt meiner zu nehmen?«, fragte Aswin mit bebenden Lippen.

»Natürlich, du bist doch mein Sohn!«

»Aber er wollte dich als Unterhändler nicht verlieren«, folgerte Aswin und wurde noch eine Spur bleicher.

»Genauso war es. Kein anderer Weißmagier hätte diese Bürde übernehmen können. Nur ich verfügte über genügend schwarze Magie und die notwendige Stärke, ihm die eingeforderten Tribute nach Erebos zu schaffen. Deine Mutter sagte Damianos, wenn er dich mitnähme, würde sie dafür sorgen, dass ich nie wieder für ihn arbeite. Wenn er aber sie statt deiner wählte, dann würde sie das Versprechen von mir erzwingen, ihm weiterhin zu dienen. Du kannst dir überhaupt nicht vorstellen, wie ich litt, als sie ihm diesen Handel vorschlug.« Steel brauchte mehrere Anläufe zum Sprechen und war kaum mehr zu verstehen.

Aswin schluchzte laut auf: »Warum hast du mir das nie erzählt? Wie konntest du mir das jahrelang verheimlichen!«

»Ich musste es deiner Mutter schwören ... bis zu meinem Tode ...« Steel brach ab und schloss erschöpft die Augen. Blut sickerte erneut aus seinem Mund.

»NEIN!!! Vater, bitte stirb nicht! Es ist alles meine Schuld. Sie ist wegen mir umgekommen! NICHT AUCH NOCH DU!«, brüllte Aswin und verbarg sein Gesicht in den zitternden Händen.

In Stanwood kam plötzlich Leben. Er griff nach Steels Arm und rief: »Um Himmels willen, Steel, sagt mir, wo Ihr Finn versteckt habt!«

Aswin sprang auf und riss sich mit einem Aufschrei, bei dem sich Kieran die Nackenhaare aufstellten, einen Lederbeutel vom Gürtel und öffnete ihn. Er griff mit der Hand hinein und zog einen kleinen Spatz heraus, den er vorsichtig absetzte. Im ersten Moment dachte Kieran, der Vogel wäre tot, so leblos lag er auf dem Boden. Doch dann sprach Aswin einen Lösezauber, der den Schockzustand, in dem sich der Vogel anscheinend befunden hatte, aufhob.

»Er ist hier! *Ich* habe ihn eingefangen. Mein Vater wusste überhaupt nichts davon! Er ist unschuldig! Mein Vater hat in allem, was er Euch geschworen hat, die Wahrheit gesprochen.«

Kieran starrte fassungslos auf den Vogel. Der Spatz drehte das Köpfchen in seine Richtung, flatterte auf, ließ sich neben ihm und ihrer Mutter nieder und verwandelte sich innerhalb von Sekunden. Unter den überraschten Rufen der Umstehenden umarmte Finn seine Mutter. Kieran konnte den Blick nicht von den beiden abwenden, während er Aswins verzweifeltes Geständnis im Hintergrund hörte.

»Es gab Tage, da hat mein Hass auf dich mich fast aufgezehrt. So wie heute. Ich hatte das alles hier geplant.«

Jetzt drehte Finn sich um und schenkte Kieran ein zaghaftes Lächeln.

»Hey«, sagte er ein wenig zögerlich.

»Hey«, gab Kieran zurück und knuffte ihn gegen den Arm.

Ihre Aufmerksamkeit wurde auf Steel und Aswin zurückgelenkt, als der laut schrie: »Bei Elio. Ich habe den Tod meines eigenen Vaters geplant!« Ein wilder Ausdruck verzerrte Aswins Miene. Er griff nach den Händen seines Vaters und fuhr fort. »Ich wusste, keiner würde dir glauben, wenn Finn verschwunden wäre. Auch die Schutzzauber habe ich absichtlich nicht vervollständigt, weil ich hoffte, dass sie so schneller nach Ash Hall eindringen können.« Schmerz und Reue überzogen sein Gesicht.

Kieran schauderte. Er erinnerte sich an seine eigene Verzweiflung und die Schuldgefühle, als er die Weißmagier im Ritual umgebracht hatte. Er wollte sich nicht ausmalen, wie Aswin sich jetzt fühlte. Der senkte nun kraftlos seinen Kopf auf Steels lädierte Brust, das Blut, das nun seine Stirn und Wangen verschmierte, vollkommen ignorierend. Langsam, unter unendlicher Mühe, hob Steel seine Hand, und Suryal ergriff sie auf halber Höhe, um ihm zu helfen, sie sanft auf Aswins Kopf abzulegen. Steel warf ihm einen langen Blick zu, und ein Lächeln zuckte über sein blutleeres Gesicht. »Gebt auf Euren Enkel acht, Arun.«

»Ich habe Euch Unrecht getan, Duncan. Doch ich schwöre Euch, für Aswin da zu sein, wann immer er meine Hilfe braucht«, sagte Suryal leise.

»Ich bin ein Mörder!«, wimmerte Aswin. »Mir kann niemand mehr helfen. Ich habe meinen eigenen Vater ermordet.«

»Nein, Aswin.« Steel röchelte und bäumte sich mit letzter Kraft auf. Suryal ergriff seinen Oberkörper und stützte ihn. »Gib nicht nur dir die Schuld! Ich habe dir nie die Liebe gegeben, die ein Vater seinem Sohn hätte geben sollen. Denn ich hasste dich ebenfalls, weil deine Mutter für dich starb. Ich war unehrlich, gefühlskalt und oft grausam zu dir. Ich kam einfach nicht darüber hinweg. *Ich* bin derjenige, der dich um Verzeihung bitten muss. Sieh mich an, Sohn!«

Aswin hob seinen Kopf, und ihrer beider schwarzen Augen trafen sich. Steel glitt ein schiefes Lächeln über das Gesicht. Seine Stimme war jetzt nur noch ein heiseres Raunen. »Äußerlich gleichst du glücklicherweise deiner Mutter, und doch bist du ein echter Hunold. Gerissen und voller dunkler Magie. Mir so ähnlich. Aus dir wird ein mächtiger Zauberer werden. Dein Plan heute ... ich hätte ihn nicht besser aushecken können.« Aswin starrte seinen Vater ungläubig an. »Ich starb bereits vor zwölf Jahren mit Anjouli. Und ja, ich *bin* stolz auf dich, mein Sohn. Selbst auf das, was heute geschah. Ich ... liebe dich«, hauchte Steel. Ein Zittern lief durch seinen Körper, ein letztes Aufbäumen seines starken Lebenswillens, der sich verzweifelt gegen den Tod stemmte, dann war es vorbei.

In Kierans Hals bildete sich ein Kloß. Er war so wütend auf Steel gewesen. Aber jetzt verstand er, warum der Weißmagier ihn, als er sich geweigert hatte, mit ihm nach Aithér zu gehen, an Damianos verraten hatte. Hätte sein Meister je erfahren, dass er ihn vor ihm zu verbergen versucht hatte, hätte er Aswin auf der Stelle ermordet. Steel hatte Kieran auf die einzige Weise beschützt, die ihm übrig geblieben war, ohne seinen eigenen Sohn zu gefährden.

Aswins Gesicht war wie in Marmor gemeißelt. Suryal bettete Steels Kopf vorsichtig ins Gras und legte eine Hand auf die Schulter seines Enkels.

»Dein Vater war ein großer Mann und einer der mächtigsten und tapfersten Magier, die ich je kennengelernt habe«, sagte Suryal so laut, dass alle im Kreis Stehenden es hören konnten. »Kein anderer hätte gewagt, nach Erebos zu Damianos zu gehen. Kein anderer hätte die Kraft aufgebracht, die grausame Aufgabe, ihm die Tribute auszuliefern, auszuführen. Du bist jetzt der Erbe der Hunolds, Aswin Steel. Du trittst ein schweres, dunkles Erbe an. Die Fibel deines Vaters geht mit dem heutigen Tage in deinen Besitz über. Ebenso wie das Stimmrecht im Weißen Synod.«

Die anderen Weißmagier nickten zustimmend. Der Arnwalde löste die Fibel der Hunolds von Steels Brust und stand auf. Aswin und Suryal erhoben sich ebenfalls. Adelar Stanwood trat einen Schritt auf sie zu und hängte Steels Sohn feierlich die blutige Fibel um. »Aswin Steel, Großmeister vom Clan der Hunolds, gelobst du, diese Fibel in Ehren zu halten und sie nicht gegen die Entscheidungen des Weißen Synods einzusetzen?«

»Ich schwöre es«, sagte Aswin mit überraschend fester Stimme.

Sis

Aithér, Jahr 2517 nach Elio, dritter Mond des Frühlings, Tag 29

»Bereit?«, fragte Oisinn und hielt Sis seine Hand entgegen.

Sie nickte und fühlte, wie die Nervosität und Anspannung von ihr abfielen. Es war schon seltsam, dass ausgerechnet eines der gefährlichsten Wesen dieser Welt ihr das Gefühl vermittelte, dass alles wieder gut werden würde. Sie nahm seine Hand, ließ sich von ihm an seine Brust ziehen und schlang die Arme um seinen Hals, während der Draugar sie hochhob. Sis machte sich auf einen Flug nach Ash Hall gefasst, doch plötzlich versank alles um sie herum in Finsternis, und sie keuchte erschrocken auf. Es fühlte sich ein bisschen wie bei ihrer Weltenüberquerung von Khaos nach Aithér an, dauerte aber nur wenige Sekunden. Auf einmal schlugen ihr Regentropfen ins Gesicht, und der Untote setzte sie sanft ab. Besaßen Draugar etwa die Fähigkeit, mit einem anderen Menschen zu figurieren?

»Warte hier, ich erkunde die Lage«, sagte Oisinn, und bevor sie etwas entgegnen konnte, war er verschwunden.

Sis blinzelte in einen düsteren, sturmumwölkten Himmel und versuchte, sich zu orientieren.

Vor ihr ragten die Tannen eines Waldes auf. Die Luft war feucht, und das Gras zu ihren Füßen gab bei jedem Schritt schmatzende Laute von sich, hier musste es wirklich heftig geregnet haben. Aber zwischen den Wolken blitzten nun die ersten Sonnenstrahlen hindurch. Ungeduldig ging sie ein paar Schritte auf und ab und erschrak, als der Draugr unvermittelt wiederauftauchte.

»Und?«, fragte sie und biss sich vor Aufregung auf die Unterlippe.

»Finn ist nicht in Erebos«, verkündete er. »Er ist hier. Zusammen mit seinem Zwillingsbruder.«

»WAS? Unmöglich!« Sis vergaß, Oisinn nach dem Figurationszauber zu fragen, und rannte los, schlitterte auf dem nassen Gras, stürzte, rappelte sich wieder auf und lief weiter.

Als sie vor dem Herrensitz der Hunolds ankam, zwängte sie sich in das Rund, das die Weißmagier um Arun und einen fürchterlich zugerichteten Mann bildeten, der offenbar im Sterben lag. Sie warf nur einen flüchtigen Blick auf die Gruppe, suchte weiter die Menschenmenge ab und entdeckte gegenüber ihre zwei Brüder, die neben einer Frau mit blondem Haar standen. Sis schnappte nach Luft und glaubte, ihr Herz müsste zerspringen. Verschwommene Erinnerungen an alte Fotos kamen ihr in den Sinn. Es gab keinen Zweifel, diese Frau war Laura Winter, ihre Mutter! Noch hatten die drei sie nicht gesehen. Tränen schossen Sis in die Augen. Sicher war auch ihr Vater irgendwo hier in der Menge, sie hatten es geschafft, sie hatten wirklich ihre Familie wiedergefunden!

»Ich bin ein Mörder! Mir kann niemand mehr helfen. Ich habe meinen eigenen Vater ermordet.«

Ihre Aufmerksamkeit wurde auf einen jungen Mann in der Mitte des Runds gelenkt, der neben dem Schwerverletzten kauerte. Ihr Blick hatte ihn bislang nur flüchtig gestreift, doch nun schauderte sie bei seinen Worten. Sein schwarzes Haar fiel ihm in regennassen Strähnen ins Gesicht. Er war furchtbar bleich, nur auf seiner Wange und der Stirn färbte das Blut seines Vaters seine Haut rot. Ein Ausdruck tiefster Verzweiflung stand ihm ins Gesicht geschrieben.

Atemlos sah Sis zu, wie der junge Mann Abschied nahm und entschlossen die Schultern straffte, als Arun ihn zum Erben der Hunolds erklärte. Er musste Aswin, sein Enkel, sein. Sis empfand tiefes Mitleid mit ihm. Sie wusste, was es bedeutete, die Eltern zu verlieren, und anscheinend gab er sich auch noch die Schuld am Tod seines Vaters!

Ein Windstoß trieb ihr die Haare in die Augen, aber erst

nachdem einer der Magier aufschrie und sie den Kopf drehte, entdeckte sie, dass ihre Brüder gar nicht mehr bei ihrer Mutter standen.

Finn
Aithér, Jahr 2517 nach Elio, dritter Mond des Frühlings, Tag 29
Beklommen sah Finn zu, wie Aswin die Fibel seines Clans umgehängt wurde, als jemand ihn am Arm berührte. Er wandte den Kopf. Kieran legte einen Finger an die Lippen und machte eine Kopfbewegung zur Seite. Sie schlüpften aus dem Kreis der Magier.

»Vertraust du mir?«, fragte Kieran ernst.

»Nicht im Geringsten!«

Sein Bruder lächelte schief. »Solltest du auch nicht. Hast du trotzdem Lust auf eine Flugrunde mit meinem Drachen?«

Verdutzt glitt Finns Blick zu dem schwarzen Ungeheuer, das nur wenige Meter entfernt im Rasen kauerte und zu ihnen hinüberspähte, und er schluckte schwer.

»Ich verspreche dir, er hat schon gefrühstückt.«

»Sehr witzig. Glaubst du etwa, ich hab Angst?«

Natürlich hatte Finn Angst. Er machte sich vor Angst in die Hosen bei dem Gedanken daran, wie der Drache Feuer auf ihn gespien hatte. Aber das würde er Kieran gegenüber niemals zugeben. Außerdem war er sich nicht sicher, warum er überhaupt hier war. Hatte sein Bruder von seiner Entführung gewusst, sich vielleicht sogar an ihrer Planung beteiligt? Immerhin hatte Steel im Synod zugegeben, dass er Kieran gut kannte und sogar einer seiner Lehrer gewesen war. Warum vertrauten ihm dann die anderen Weißmagier, allen voran Suryal, auf einmal? Gefangen in Aswins Lederbeutel, hatte Finn von dem Kampf, der auf Ash Hall getobt hatte, kaum etwas mitbekommen. Aber anscheinend hatte Kieran sich auf ihre Seite geschlagen. Und hatte er nicht eben ihre Mutter liebevoll umarmt? Er gab sich einen Ruck, schob sein Misstrauen beiseite und folgte ihm zu dem Drachen.

Als sie näher kamen, glaubte Finn, kleine Rauchkringel aus dem Maul des Tiers aufsteigen zu sehen. Kieran schwang sich beneidenswert anmutig hinter einen der vorderen Drachenzacken. *Und du hattest Angst, dich beim Pferdereiten vor Luna zu blamieren.* Der Gedanke an sie gab den Ausschlag. Was würde Luna wohl sagen, wenn er ihr heute Abend von seinem Ritt auf einem Drachen erzählte! Kieran beugte sich hinunter und hielt ihm seinen Arm entgegen. Entschlossen griff Finn danach und ließ sich hochziehen. Schon begann der Drache, mit den Flügeln zu schlagen. Die ersten Weißmagier drehten sich nach ihnen um. Jemand schrie auf. Aber Onyx stieß so elegant wie kraftvoll in den Himmel. Anfangs verkrampfte sich Finn, doch im Grunde fühlte es sich nicht anders als bei einer Achterbahnfahrt an, als der Drache hoch in die Luft stieg, nur um dann wieder in einen Sturzflug überzugehen oder eine scharfe Kurve zu drehen.

»Es reicht dann wieder, Onyx«, stöhnte Kieran wegen der waghalsigen Flugmanöver über Ash Hall. Finn lachte nur.

»So geil! Das glaubt mir daheim keiner. Gehört der Drache wirklich dir?«

»Offiziell ist Onyx Damianos' Drache, aber für mich ist er mein Freund.« Kieran beugte sich vor und tätschelte ihm den Hals.

Onyx drehte eine letzte Schleife über dem Anwesen und schoss dann über ein Wäldchen davon. Es fühlte sich einfach großartig an.

»Versteht er dich denn?«, fragte Finn verblüfft.

»Jedes Wort. So wie ich ihn kenne, wird er dir das gleich zeigen, nicht wahr, Onyx?«

»*Schön, dich kennenzulernen*«, dröhnte es plötzlich in Finns Kopf, und er stieß einen überraschten Laut aus.

»Wow! Du ... du kannst mit mir in Gedanken reden?«

»*Natürlich, junger Held.*«

»*Pfff, von wegen Held, ein eigensinniger Dummkopf ist das*«, meldete sich der Skarabäus zu Wort.

Kieran sah über die Schulter an ihm vorbei zum Anwesen zurück und sagte erleichtert: »Wir werden nicht verfolgt.«

»Warum sollten wir auch? Unsere Mutter wird allen erzählt haben, dass wir wohl nur eine Spritztour machen.«

»Spritztour?«, fragte Kieran verständnislos.

Finn lachte. »Ach, das sagt man bei uns zu Hause so. Einen kurzen Ausflug. Apropos, wohin fliegen wir eigentlich?«

»Zu Damianos.«

»*Siehst du!*«, kreischte Amun. Finn ignorierte den Mistkäfer und starrte fassungslos auf den Rücken seines Zwillingsbruders. »Guter Witz.«

»Das ist mein voller Ernst.«

»Du weißt aber schon, dein Plan, mich Oisinn hinterher zum Abschlachten vorzuwerfen, geht leider nicht mehr auf.«

»Tatsächlich?«, erwiderte Kieran gedehnt.

»Der steht nämlich auf unsere Schwester. Wie auch immer sie das angestellt hat. Auf jeden Fall scheint sie in seiner unmenschlichen Kälte so etwas wie ein Herz aufgetaut zu haben, und jetzt will die untote Klette mich auf einmal beschützen.«

»Wie dumm von dir, mir das anzuvertrauen, Bruderherz.«

Eine Weile herrschte Stille, und Finn drehte sich um und schaute zurück. Der Drache flog wahnsinnig schnell, und von Ash Hall war nur noch ein winziger grauer Punkt zu sehen.

»Hey, willst du nicht langsam mal umdrehen?«
»Nein. Bis zum Toten Wald ist es nämlich noch ein ganz schönes Stück Weg.« Kierans Stimme klang so unbeteiligt wie die des Wetterpropheten nach den Sieben-Uhr-Nachrichten. »Dort werde ich dich meinem Meister übergeben. Komm nicht auf die Idee, dich vorher zu verwandeln. Ich bin schneller, glaub mir.«

Ein Zittern lief durch den Körper des Drachen, und das machte Finn mehr Angst als die Worte seines Bruders. Scheiße! Verarschte der ihn gerade, oder war er ihm eben wirklich vollkommen naiv auf den Leim gegangen? »Was versprichst du dir denn davon?«

»Mein Meister wird gar nicht mehr aufhören, mich zu loben. Du wirst für ihn die Macht der Fibel entfesseln, wodurch er allmächtig wird und ewiges Leben erlangt, und ich werde, nachdem wir dich im Drakowaram entsorgt haben, für alle Zeiten an seiner Seite als sein Sohn herrschen«, erklärte Kieran den finsteren Plan. Wie zur Bekräftigung ging ein erneutes Zittern durch den Drachenkörper, und Onyx schnaubte ein paar dunkle Rauchkringel.

Er meinte das wirklich ernst! »Klingt toll!«, erwiderte Finn bissig. Wut schoss ihm mit einer solchen Wucht in den Magen, dass ihm ganz übel wurde. »Wie wäre es mit meiner Version: Ich entfessele die Macht der Fibel für Damianos nur unter der Bedingung, dass er zuvor diese hinterhältige, widerliche Kröte von meinem Bruder abmurkst, ein kleiner Anreiz für meine Dienste sozusagen, und danach herrsche *ich* an seiner Seite als ...«, er geriet ins Stottern, »ähm, *Sohn*? Na ja, wenn's denn unbedingt sein muss ...«

Den Drachen überrollte ein heftiger Schauer, und neben den Rauchkringeln stiegen nun sogar winzige Flammen aus seinen Nüstern. Sein ganzer Körper bebte. Erschrocken klammerte sich Finn fester an den Drachenzacken vor ihm. »Will er jetzt wieder Feuer auf mich speien?«

»Keineswegs. Er lacht.«

»Er *lacht*?«, echote Finn ungläubig. Einen Moment lang herrschte Stille. Dann verstand er und schlug Kieran mit der Handfläche gegen den Rücken. »Du blöder Vollidiot!«

Aber sein Bruder stieß nur kichernd mit den Ellenbogen zurück. »Du hast mir das eben wirklich abgenommen?«

»Die Rolle des Bösewichts liegt dir. Du solltest mal in Hollywood vorsprechen.«

»Ich weiß zwar nicht, wovon du sprichst, aber das war meine Rache für alles, was du mir in den letzten Tagen angetan hast.«

»Ich dir? *Du* hast mich doch gejagt und den Drachen und Oisinn auf mich gehetzt!«

»Und der Schreck, den du mir versetzt hast, als du einfach vor Onyx' Feuer gesprungen bist! Oder dein Sprung in die Schlucht! Und ...«

»Du wolltest mich damals also gar nicht töten oder zu dem Blutäugigen bringen?«

Kieran erhob sich mitten im Flug, balancierte geschickt auf dem Drachenrücken und ließ sich dann rittlings wieder zwischen die Zacken fallen, sodass er Finn genau gegenübersaß und ihm ins Gesicht sehen konnte.

Er grinste. »Natürlich nicht! Ich wollte dich die ganze Zeit über nur entführen, um endlich mal allein mit dir sprechen zu können. Aber Suryal musste ja ständig wie eine Henne um ihr Küken wuseln. Und jetzt hör gut zu, wir haben nicht mehr allzu viel Zeit! Ich habe den Toten Wald gewählt, weil er noch zum Draugar-Gebiet gehört und Oisinn behauptet hat, dort zu sein. Er machte ein paar äußerst seltsame Andeutungen über seine Erlösung, und da ist mir klar geworden, einer von euch muss ihm erzählt haben, dass du der Überbringer bist. Ich hoffe also, er wird auf Onyx aufmerksam und möchte dich heldenhaft vor Damianos retten.«

»Sekunde, dann taucht dein gruseliger Meister wirklich im Toten Wald auf? Ach du Scheiße!«

»Dazu komme ich gleich. Nichts von dem, was ich dir jetzt sage, darfst du weitererzählen, auch unserer Mutter und Sisgard nicht, schwörst du mir das?«

»Von mir aus. Aber warum so geheimnisvoll?«, wunderte sich Finn.

»Weil Vater und ich sonst in Todesgefahr sind.«

Finn verkrampfte sich. »Vater ist also noch bei Damianos!«

»Glaubst du etwa, ich bin freiwillig sein Lehrling? Ich muss tun, was er von mir verlangt, sonst foltert er ihn. Und schlimmer, er droht, ihn zu töten und zu einem seiner Schattenkrieger zu machen.«

»Scheiße! Das ist ja viel schlimmer als meine Lage.«

»Deine Lage?! Was bitte schön ist denn furchtbar daran, der gefeierte *Überbringer* zu sein?« Bitterkeit schwang in seinen Worten mit.

»Eben das! Alle glauben, ich bin so eine Art überlebensgroßer Supermagier, der sie vor deinem Meister rettet. Und dann sehen sie mich, und ihnen klappt vor Enttäuschung die Kinnlade bis zum Boden.« Kieran lachte und schüttelte ungläubig den Kopf. »Ja, amüsiere dich nur. Und wenn du fertig bist, sag mir endlich, was ich tun soll!«

»Allen Weißmagiern erzählen, dass ich dein finsteres Spiegelbild bin. Durch und durch böse und absolut loyal an der Seite meines Meisters.«

Finn hob die Augenbrauen. »Sonst noch was? Stehst du etwa auf den Ruf eines Bad Boys? Oder färbt deine Bekanntschaft mit dem Draugr langsam auf dich ab?«

»Das ist mein Ernst. Beschimpf mich, raste aus, sorg dafür,

dass sie dir glauben. Künftig werden wir in Situationen geraten, da wirst du selbst mir auch nicht mehr trauen. Vielleicht muss ich dich tatsächlich einmal zu Damianos bringen oder dir Schmerzen zufügen. Bitte, Finn, glaub mir, ich werde alles tun, um dich vor ihm zu schützen. Ich kann das nur nicht immer offen zeigen. Aber wenn wir Damianos besiegen wollen – und glaub mir, ich denke seit Monaten jede Sekunde an nichts anderes mehr – bin ich der beste Spion, den ihr bekommen könnt.«

»Ein Spion? Das ist gefährlich und unmenschlich! Alle werden dich verachten. Und ich soll dann einfach den Mund halten und dich nicht verteidigen?«

»Genau das!«

»Du spinnst doch!«

»Ich sehe keinen anderen Weg!«

»Lass mich wenigstens Sis und Mama einweihen! Wovor hast du denn so große Angst? Glaubst du, Spione von Damianos stecken unter den Weißmagiern?«

»Auch das wäre möglich, denk an Steel. Es geht mir aber vor allem um Damianos selbst. Er ist unvorstellbar mächtig. Er kann in die Gedanken von Personen eindringen. Sollten ihm Mama oder Sis in die Hände fallen, könnte er herausfinden, dass ich auf eurer Seite stehe. Dann wird er mich und unseren Vater foltern und töten.«

Sie schweigen eine Weile. Finn überlegte: »Wenn er Gedanken lesen kann, warum schafft er es nicht auch bei dir?«

»Aswin hat mir einen Zauber gezeigt, wie ich das verhindern kann.«

»Steels Sohn? Kann man dem denn trauen?«, rief Finn überrascht.

Kieran lachte bitter. »Gerade der heutige Tag hat dir gezeigt, wie wenig man ihm trauen kann! Wenn deine Magie sich weiterentwickelt hat, musst du Aswin unbedingt dazu bringen, es dir ebenfalls zeigen. Oder einen anderen Weißmagier, der das beherrscht.«

»Meine Magie – ich habe dich gegen Oisinn kämpfen sehen, und so gut wie du werde ich nie werden!«, seufzte er.

Röte überzog Kierans Wangen.

»*Schmeichel ihm bloß nicht. Er ist ohnehin schon furchtbar eingebildet*«, ließ sich nun Onyx in ihren Köpfen vernehmen.

»Sei DU bloß still! Wer hat denn heute versucht, die Weißmagier mit Flugkunststücken zu beeindrucken?«

Onyx gluckste, und Finn sah fasziniert, wie erneut Rauchkringel aus seiner Nase stiegen.

»Ich bin seit einem Jahr Damianos' Lehrling. Ich habe unzählige Bücher über Magie gelesen und bin von ihm und Dermoth täglich unterrichtet worden. Du bist erst seit ein paar Tagen überhaupt in Aithér. Dafür kannst du eine Menge.«

»Bist du sicher, du hältst so ein Leben aus? Von allen gehasst?«

»Du vergisst, ich habe noch Vater und Onyx.«

»Wie ist unser Vater denn so? Ich kann mich überhaupt nicht an ihn erinnern.« Finns Stimme klang belegt.

»Genau wie du. Erst mit dem Kopf durch die Wand und hinterher nachdenken!«

Finn knuffte ihn in die Seite. »Besten Dank aber auch! Du planst natürlich alles in weiser Umsicht voraus!«

»*Selbstverständlich tut er das. Beispielsweise unliebsame Magier mit einem speziellen Feuerzauber in Brand setzen, ohne zu wissen, wie man ihn hinterher löschen soll. Oder ...*«

»*Es reicht, Onyx!*«, unterbrach Kieran ihn. »Was haben dir die Weißmagier bisher von deiner Rolle als Überbringer der Fibel erzählt?«

»Die Fibel!«, rief Finn aus und schlug sich an die Stirn. »Scheiße! Die ist ja immer noch in Steels Haus!«

Onyx gluckste so stark, dass er kurzfristig an Flughöhe verlor. »*Als Überbringer solltest du lernen, etwas früher an sie zu denken und besser auf sie aufzupassen, Kleiner!*«

»*Hör auf den weisen Drachen!*«, setzte der Skarabäus hinzu.

»Mach dir keine Sorgen. Ich habe sie mitgenommen«, beruhigte sein Bruder ihn.

»Eigentlich solltest besser du der Überbringer sein!«

»Danke. Lehrling des größenwahnsinnigsten Magiers aller Zeiten zu sein, füllt mich derzeit vollends aus.«

Kapitel 25

Kieran
Aithér, Jahr 2517 nach Elio, dritter Mond des Frühlings, Tag 29
Es war so einfach, sich mit Finn zu unterhalten; als würden sie sich schon eine halbe Ewigkeit kennen, fast wie mit Rangar oder Ulric. Am liebsten hätte Kieran Onyx angewiesen, langsamer zu fliegen, um mehr Zeit mit seinem Bruder verbringen zu können. Aber das Risiko, doch noch von den Weißmagiern eingeholt zu werden oder nicht rechtzeitig den Toten Wald zu erreichen, war zu groß.

Es war kälter geworden, und Onyx musste bald die ersten Ausläufer der Albiza Fergunja erreichen. Nebelschwaden strichen Kieran feucht übers Gesicht. Der Tote Wald war nicht mehr weit entfernt. Da! Zwischen einigen weiß-grauen Nebelfetzen blitzten schon die dunklen Spitzen von Tannen hervor. Kieran zog die Kette mit dem Obsidian heraus.

»Was ist das?«, fragte Finn neugierig.

»Ein Obsidian. Mit dem soll ich Damianos rufen, sobald wir hier ankommen. So war es zumindest vereinbart. Bedauerlicherweise hast du mir aber das Amulett aus der Hand geschlagen, bevor ich das tun konnte.« Grinsend warf er den Obsidian im hohen Bogen in die Luft und ließ ihn in die Tiefe stürzen. Onyx setzte kurz darauf zur Landung an. Als sie wieder festen Boden unter den Füßen hatten, strich Finn dem Drachen vorsichtig über die Nüstern. Onyx blies warme Luft über seine Finger, und sein Bruder lachte.

»Hier«, sagte Kieran schmunzelnd und gab ihm die Fibel der Ubalden. »Pass in Zukunft besser darauf auf.«

»Mach ich, Klugscheißer.« Finn steckte sie in die Tasche seiner Schuluniform.

»Hoffentlich hat Oisinn uns auch entdeckt.« Kieran runzelte die Stirn und sah zu Onyx. »Du könntest sonst noch mal eine Runde über uns drehen und ...« Er hielt inne. Ein eigenartiges Gefühl erfasste ihn. Einer plötzlichen Eingebung folgend, drehte er sich zu Finn um.

Etwas war anders.

Jäh spürte er das Prickeln schwarzer Magie auf seinem Körper. Etwas Mächtiges bewegte sich rasant auf sie zu. Mit der düsteren Vorahnung, was es war, begann sein Puls zu rasen, und er fühlte sich wie ein Insekt, das in einem Spinnennetz gefangen war. NEIN! Nicht gerade jetzt!

Etwa zwei Meter hinter Finn tauchte ein dunkler Wirbel aus dem Nichts auf und hüllte sie in eisige Kälte. Mit der Schnelligkeit eines auf seine Beute herabstürzenden Falken sprang Kieran auf Finn zu, stieß ihn mit seinem gesamten Gewicht zu Boden und presste ihm Ansgars Dolch an die Kehle. Sein Bruder war so überrumpelt, dass er ihn nur mit offenem Mund anstarrte, während Kieran sich bemühte, eine kalte, maskenhafte Miene aufzusetzen.

»*Lehrling! Ich hatte schon Angst, du hättest versagt*«, hörte er Damianos' sanfte Stimme in seinem Kopf, und er schaute auf. Vor ihm thronte der Schwarzmagier in Gestalt der Raubkatze. Finn war unter ihm heftig zusammengezuckt, verhielt sich dann aber still. Seine Augen weiteten sich, und in seiner sich verdunkelnden Iris glomm Angst auf.

»Meister!«, rief Kieran und tat freudig überrascht. »Was für ein Glück! Finn hat mir den Obsidian eben aus der Hand geschlagen, und ich konnte keinen Kontakt zu Euch aufnehmen.« Der Leopard stolzierte mit gefletschten Zähnen auf sie zu.

»*So etwas hatte ich befürchtet, nach allem, was du mir von deinem widerspenstigen Bruder berichtet hast.*«

Kieran ließ Finn los, und der setzte sich auf, um die Raubkatze wütend anzufunkeln.

»Was willst du von mir?«, zischte Finn zornig.

Kieran stockte der Atem. Er ahnte, was jetzt kommen würde, und täuschte sich nicht. In einer einzigen kraftvollen und geschmeidigen Bewegung stürzte sich Damianos auf seinen Bruder und drückte ihn mit seinen Pranken in das feuchte Gras. Sein Schädel war so nah an seinem Kopf, dass die spitzen Zähne fast Finns Nase berührten. Helles Blut troff von den Schultern seines Bruders, dort, wo Damianos ihm die Krallen ins Fleisch bohrte, und Finns Gesicht war von Ekel und Schmerz verzerrt.

»*Onyx, Kieran, kommt näher. Es wird Zeit, die Heimreise anzutreten.*«

Sollte er ihn angreifen? Aber Finn suchte Kierans Blick und schüttelte unmerklich den Kopf. Verzweifelt drehte er sich zu Onyx um, der bemüht langsam auf ihn zustapfte. Sie mussten Damianos berühren, damit er sie alle mit seiner Fibel nach Erebos zurückbringen konnte.

Alles war umsonst gewesen. Sogar Steels Tod.

In dieser Sekunde schlug etwas hart gegen Kierans Rücken, er hörte ein lautes Fauchen, und der Boden kam näher. Ein brennender Schmerz in seinem Hinterkopf war das Letzte, was er verspürte, bevor er aufschlug und ihn die Dunkelheit tröstend in ihre Arme zog.

Finn

Aithér, Jahr 2517 nach Elio, dritter Mond des Frühlings, Tag 29

Ein Ruck ging durch den Leoparden, und zeitgleich schabten Krallen über Finns Brust und rissen seine Haut auf. Sein schmerzerfüllter Aufschrei mischte sich mit dem zornigen Fauchen der Raubkatze. Er sah, wie der Leopard gegen Kierans Rücken prallte und zusammen mit ihm zu Boden stürzte.

Ehe er auch nur einen klaren Gedanken fassen konnte, wurde Finn an der verwundeten Schulter gepackt, was ihn erneut aufschreien ließ. Ein kräftiger Arm schlang sich um seine Brust, und dann wurde er mit einem solchen Schwung in den Himmel katapultiert, dass sein Magen sich umstülpte und er das Gefühl hatte, in irgendeinem Extrem-Fahrgeschäft gelandet zu sein. Einer dieser »Kotzbomber«, bei denen die Liste der Personen, die aufgrund von Schwangerschaft, Herzrhythmusstörungen oder anderen Dingen nicht mitfahren durften, länger war als die Liste von Finns Lieblingseissorten. Und Finn liebte fast jede Eiscreme.

»Was zum Teufel ...«, keuchte er und begann zu strampeln, doch dann hörte er schlagartig eine heisere Stimme, die ihm nur allzu bekannt vorkam.

»Halt still, oder soll ich dich etwa zu ihm zurückbringen?«

»Oisinn!«, rief Finn erleichtert aus. Wer hätte gedacht, dass er sich einmal über ein Wiedersehen mit dem Zombie freuen würde?

Etwas skeptischer hakte er nach: »Willst du mir jetzt helfen oder mich massakrieren?«

Oisinn lachte kalt. »Ich dachte, wir hätten eine Vereinbarung, Überbringer. Wenn dir Letzteres allerdings lieber ist, kann ich gerne vertragsbrüchig werden.«

»Das würde ich deiner Ritterehre niemals zumuten! Und außerdem ...«, Finn grinste innerlich in sich hinein, »hast du sicher nichts dagegen, als tapferer Held in Sis' strahlende Augen zu sehen und mich zu ihr zurückzubringen.«

Einen Moment lang dachte Finn, er hätte den Bogen überspannt, denn der Untote umklammerte ihn so fest, dass ihm fast die Luft wegblieb. »Verspotte mich nur! Ich bin ein Draugr. Deine Schwester muss mir nichts mehr vorspielen, sobald du in Sicherheit bist«, murmelte er, und in seiner Stimme schwang ein wehmütiger Unterton mit.

»Sis hat dir bestimmt nichts *vorgespielt*!«, rief Finn ehrlich schockiert. »Meine Schwester war schon immer so, dass sie nur das Beste in anderen wahrgenommen hat. Sie würde selbst Zerberus als niedliches Schoßhündchen bei sich aufnehmen.«

»Du denkst, sie ... sie mag mich wirklich?«, fragte Oisinn ungläubig.

Er kam nicht dazu, dem Draugr zu antworten, weil sich auf einmal ein schwarzer Schatten über sie legte – Onyx mit Damianos in Gestalt der Raubkatze. Im selben Augenblick zischte ein gleißend heller Feuerstrahl knapp an ihnen vorbei.

»Soll ich mich in einen Adler verwandeln?«

»Nein. Ich figuriere mit dir lieber direkt nach Ereduron.«

»Wie Steel? Der konnte das auch! Aber Suryal meinte ...«

»Vergiss, was er gesagt hat!«, unterbrach Oisinn ihn. »Kein anderer Weißmagier kann das. Ich habe den Zauber vor langer Zeit zusammen mit Steel entwickelt. Es war unser größtes Geheimnis.«

»Steel und du habt zusammengearbeitet?« Finn war sprachlos.

»Allerdings. Er hat nach allen möglichen Zaubern geforscht, die er als Waffe gegen Damianos einsetzen könnte. Halt dich jetzt gut an mir fest.«

Ein zweiter Feuerstrahl fuhr auf sie herab, und diesmal erwischte er Oisinns Umhang, der sofort in Flammen aufging.

Wie man Feuer wieder löschte, wusste Finn immerhin. Er sprach den Löschzauber zeitgleich mit Oisinns Figurationszauber. Die Landschaft verschwamm vor ihren Augen, und sie wirbelten ein paar Sekunden durch die Dunkelheit. Er roch verbrannten Filz und beißenden Rauch, aber da es stockfinster und keine einzige Flamme zu sehen war, hoffte Finn, sein Löschzauber war ihm geglückt.

Plötzlich wurde es wieder hell, und die liebliche Landschaft mit Feldern, Wiesen und der Bahnhof tauchten vor ihnen auf. Die Schutzzauber von Ereduron waren immer noch intakt, sodass man von der Stadt selbst nichts sehen konnte.

Oisinn setzte Finn ab. Seine Silhouette war von der düsteren Aura seiner Magie umgeben, und die schwarzen Augen fixierten Finn.

»Danke«, sagte er, überwand sein Unbehagen und streckte ihm seine Hand entgegen.

Oisinn zog den Handschuh aus, hob ebenfalls seine Hand und schlug ein. Sie war so kalt wie die Gletscher der Albiza Fergunja.

»Finn! Oisinn!«

Oisinns Finger zuckten bei dem glockenhellen Freudenschrei, und er ließ Finns Hand los. Einige Meter entfernt war Sis auf dem Bahnsteig erschienen. Ihr langes Haar wehte wie ein goldener Schleier hinter ihrem Rücken, als sie auf sie zulief. Oisinn schnappte hörbar nach Luft. Im selben Moment traten Ramón, Arun, Norwin und Adelar aus dem Schutzschild der Stadt. Bevor irgendjemand reagieren konnte, hatte der Großmeister der Ubalden seinen Arm hochgerissen und auf Oisinn gerichtet.

»Ich warne dich, Draugr, eine falsche Bewegung ...«

»Und ich bin *tot?*«, spottete Oisinn. »Nur zu, Ubalde, ich kann ...« Weiter kam er nicht, denn in diesem Augenblick hatte

Sis sie erreicht. Sie wirbelte herum und stellte sich schützend vor ihn.

Ihre eisblauen Augen blitzten vor Wut, als sie Norwin anfunkelte. »Wagt es ja nicht, Norwin! Oisinn ist unser Freund!« Verdutzt ließ der Weißmagier den Arm sinken und wechselte einen fragenden Blick mit Arun.

Oisinn legte unterdessen sachte seine Hand auf Sis' Rücken. »Willst du mich schon wieder beschützen, Schönste?« Sie drehte sich schwungvoll zu ihm um. Und der Untote schmolz regelrecht unter ihrem strahlenden Lächeln. Nur mühsam konnte sich Finn ein Lachen verkneifen, als er Oisinns hingerissenen Gesichtsausdruck registrierte.

»Danke! Oh, Oisinn, danke! Ich bin so glücklich, dass du Finn gerettet hast! Du bist ein wahrer Freund.« Und mit diesen Worten schloss Sis die schmale Lücke zwischen ihnen und umarmte den Draugr.

Oisinn
Aithér, Jahr 2517 nach Elio, dritter Mond des Frühlings, Tag 29
Oisinn atmete den Duft ihres Haares und ihrer warmen Haut ein. Samtig weich schmiegte sich Sisgards Gesicht an seine eiskalte Wange, verbrannte ihn, zerstörte ihn, stellte sein gesamtes Dasein auf den Kopf. Die Sinne eines Draugr waren so viel stärker ausgeprägt als die eines lebendigen Menschen, und bei allen Himmeln, diese junge Frau hätte ihn schon zu Lebzeiten um den Verstand gebracht. Aber jetzt ... er glaubte zu fallen, sich vollkommen zu verlieren in dem Sinnesrausch, in den sie ihn, ohne es zu wissen, warf. Ihm wurde schwindlig. Er wollte, er musste sie küssen.

Nein, reiß dich zusammen! Damit machst du alles kaputt.

Sie hätte ihn nicht aus Dankbarkeit umarmen müssen. Finn hatte nicht gelogen. Oisinn konnte weder Angst noch Grauen in ihren Augen lesen. Nein, sie hatte sich tatsächlich *gefreut*, ihn zu sehen.

Lächerlich! Zeig ihr, was du bist und wie zerbrechlich sie ist, wie leicht DU sie zerbrechen kannst. Los doch! Zahl ihr die Qual heim, die diese unerfüllbare Sehnsucht in dir auslöst ...

Nein! Oisinn trat sicherheitshalber einen Schritt zurück. Er glaubte, von widerstreitenden Gefühlen zerrissen zu werden. Da war der Drang, zu töten, zu quälen, all das Unglück, das ihm widerfahren war, all die Sehnsucht zu rächen, und andererseits der Wunsch, wieder ein Mensch, ein Mann zu sein. Ein bis über beide Ohren verliebter junger Mann, stellte er mit wachsendem Entsetzen fest.

Was, bei Elio, war im Zuge seiner Verwandlung in einen Draugr denn derart schiefgegangen?! Er war verloren! Das hier war nicht nur ungewöhnlich, das war vollkommen unmöglich! Sis, deren Leben er schneller beenden als sie blinzeln konnte, hatte ihn verhext.

Er würde für sie töten.

Und wenn er es noch könnte, auch für sie sterben.

Oisinn wurde schmerzlich bewusst, dass er sich selbst belogen hatte. Er half ihr und Finn nicht wegen seinem erlösenden Tod. Ein bittender Blick von ihr allein würde genügen. Und eigentlich wollte er gar nicht mehr vom Tode erlöst werden, sondern an ihrer Seite leben und sie vor allem beschützen, was sie bedrohte. Er wollte sie lieben und von ihr geliebt werden. Doch nichts und niemand, keine Macht der drei Welten, nicht einmal Damianos selbst, konnte ihm je sein Leben wieder zurückgeben. Der Schmerz darüber zerriss ihn, und Oisinn unterdrückte nur mühsam den Drang, seinen Zorn über ganz Ereduron zu brüllen.

Sis' Augen hatten sich geweitet. Aber immer noch las er keine Angst in ihnen, nur Verwirrung und Bedauern.

»Tut mir leid«, hauchte sie. »Ich ... ich wollte dich nicht überrumpeln.«

Zu viel. Wenn er jetzt nicht verschwand, würde er Dinge tun, die er hinterher bereute. Oisinn strich ihr federleicht über die Wange. Selbst seine verdammten Finger zitterten! Dann figurierte er wortlos. Während ihr Bild in dem magischen Strudel immer undeutlicher wurde, hörte er Finn lachen.

»Was?!«, rief Sis. »Ich wette, du hast dich nicht einmal bei ihm bedankt, Finn!«

Dunkelheit zog Oisinn in ihre tröstenden, einsamen Arme, doch Finns Antwort, ein fernes Wispern, ließ ihn grimmig lächeln. »Hab ich. Aber mal ehrlich, Sis, wenn du so weitermachst, wird Oisinn noch weich wie Butter und vollkommen kampfuntauglich.«

Abwarten, Überbringer! Abwarten!

Kieran

Erebos, Jahr 2517 nach Damianos, dritter Mond des Frühlings, Tag 29

Etwas Kaltes berührte Kierans Stirn, und er riss die Augen auf. Über ihm schwebte Damianos' bleiches Gesicht. Die blutrote Iris seiner Augen funkelte. Er zog die Hand weg, und Kieran setzte sich auf, um sich zu orientieren. Er saß auf dem Tisch der Alchemiekammer und fühlte sich so erholt wie nach einem langen Schlaf. Was auch immer mit ihm geschehen war, sein Meister musste ihn zurück nach Erebos geschafft und geheilt haben.

Wo war Finn? Der Gedanke an seinen Bruder traf ihn wie ein Schlag in den Magen.

»Herr«, rief er und musste seine Nervosität nicht spielen, »wo ist der Überbringer? Habt ihr ihn und die Fibel?«

Damianos' Blick fixierte ihn. »Dein Bruder ist mit ihr entkommen«, erwiderte er kalt.

Kieran schlug sich die Hand vor den Mund aus Angst, ein Lächeln könnte ihm über die Lippen huschen. »Nein! Wie konnte das geschehen?«

»Er ist entführt worden«, erklärte Damianos mit vor Wut bebender Stimme. »Der Draugr Oisinn hat es gewagt, mich anzugreifen und mir deinen Bruder mitsamt Fibel zu entreißen.«

Kierans Herz trommelte einen wilden Freudenrhythmus. Er sprang vom Tisch. »Und wenn er ihn jetzt tötet? Er sagte, er habe noch eine Rechnung mit ihm offen. Schnell, bringt mich zurück, sonst sind der Überbringer und die Fibel für immer verloren!«

Damianos legte ihm seine langfingrige, knöcherne Hand auf die Schulter. »Beruhige dich, Lehrling. Ich habe bereits Kontakt zu Calatin aufgenommen. Er ist der Anführer der Draugar. Das Foltern übernimmt Oisinn sicher nicht allein. Sie lieben es, daraus ein *gesellschaftliches Ereignis* zu machen.« Kieran schauderte bei diesen Worten. »Ich bin überzeugt davon, dass er Finn verschonen und mit mir verhandeln wird, wenn Calatin ihm das rät. Allerdings wird er auch mit dem Weißen Synod Kontakt aufnehmen, um zu sehen, welche Seite ihm mehr bietet. Die Draugar genießen diese Machtspielchen. Da sie bereits tot sind, kann ich ihnen nicht mit Brutalität drohen. Aber ich kann ihnen trotzdem mehr bieten als der Synod.«

»Ich habe versagt!« Kieran legte so viel Bitterkeit wie möglich in seine Stimme.

»Nein. Du hast deine Aufgabe, mir deinen Bruder und die Fibel zu bringen, pflichtgemäß erfüllt. Ich habe nichts anderes von dir erwartet. Deshalb stehe ich auch zu meinem Wort. Dermoth hat deinen Vater bereits auf meinen Befehl hin vor Tagen zurück zu den Silberspitzbergen gebracht, wo er für ihn weiterhin den Abbau in den Silbertrostminen beaufsichtigen soll. Seit er fort gewesen ist, sind die Minenerträge nämlich beträchtlich gesunken.«

Kieran musste sich an der Tischkante festhalten. Sein Vater war frei? Bei allen Waldgeistern, das hatte er nicht zu hoffen gewagt! Welche Möglichkeiten ihm das bot! Er wusste, er sollte seinem Meister nicht allzu große Freude zeigen, aber es gelang ihm nicht vollends, seine Erleichterung zu verbergen.

»Ich danke Euch, Herr. Und ich werde mich Eurer Güte würdig erweisen. Wann soll ich aufbrechen, um Finn zu Euch zu bringen?«

»Sosehr mich dein Ehrgeiz freut – wir müssen erst abwarten, was die Draugar vorhaben, und einen neuen Plan schmieden.«

»Was ist mit Steel?«, fragte Kieran bedrückt.

»Was soll mit ihm sein? Ich habe von dem Synod die Nachricht über seinen Tod erhalten«, erwiderte Damianos eisig. »Dieser Dummkopf! Sein Verlust ist ungünstig für unser Vorhaben und noch ungünstiger im Hinblick auf die Grauen, die ich durch ihn rekrutiere. Ich werde in neue Verhandlungen mit dem Weißen Synod treten und die Herausgabe von Steels Fibel verlangen müssen. Ein neuer Weißmagier wird seine Aufgabe übernehmen.« Seine Miene verdüsterte sich. Das war Kierans Stichwort. Er wusste, wie er sich bei ihm einschmeicheln und gleichzeitig seine Pläne vorantreiben konnte.

»Ich kenne seinen Sohn Aswin«, begann er vorsichtig. »Er hat offiziell sein Erbe angetreten und ist für sein Alter sehr begabt.«

»Tatsächlich? Ich habe mich für den Jungen schon seit Langem nicht mehr interessiert«, sagte sein Herr mit einem bösartigen Lächeln.

»Aswin hat wie ich eine Neigung zur schwarzen Magie. Ich glaube, Steel fürchtete insgeheim, sein Sohn könnte seine Position als Euer Vertrauter übernehmen wollen«, log Kieran, wohl wissend, dass Steel ihn nur vor Damianos hatte schützen wollen. In kurzen Worten erzählte er seinem Meister, wie Aswin seinen eigenen Vater durch sein Handeln in den Tod getrieben hatte – ohne auf die Hintergründe einzugehen.

Damianos hob die Augenbrauen. »Ein vielversprechender junger Mann, in der Tat.«

»Die Weißmagier haben ihm formell die Fibel der Hunolds übergeben und ihn einen Eid schwören lassen. Heißt das nicht, dass sie damit auch alle Rechte und Pflichten Euch betreffend auf ihn übertragen haben?«

Damianos knetete nachdenklich sein Kinn. »Weißt du, ob sein Vormund, dieser aufsässige Dhirane Suryal, ihn beeinflusst?«

»Aswin mag seinen Großvater nicht. Ich glaube, er hält den Alten für verrückt, weil er seinen Besitz an Nichtmagier verschenkt hat und in die Einöde gezogen ist. Er könnte die Rolle seines Vaters für Euch übernehmen.«

Was es mir leichter machen wird, Informationen an die Weißmagier und Finn weiterzuleiten.

»Vorausgesetzt, der Weiße Synod stimmt dem zu.«

»Wie sollten sie nicht? Ihr stellt ihnen einfach keine weitere Fibel für die Menschentribute zur Verfügung, und Aswin wird die Herausgabe seiner eigenen Fibel ebenfalls verweigern. Die Synodsmitglieder werden nicht gerade jetzt, wo sie den Überbringer in die Finger bekommen haben, einen offenen Kampf mit Euch provozieren.«

»Scharfsinnig wie immer, Kieran.«

Nur selten nannte sein Meister ihn bei seinem Vornamen. Meistens dann, wenn er mit ihm besonders zufrieden war. Jemand klopfte an der Tür, und ein Schattenkrieger meldete Dermoths Rückkehr aus den Silbertrostminen. Ein feines Lächeln glitt über Damianos' Gesicht. »Lass ihn uns gemeinsam im Hof empfangen.«

Kieran konnte sich etwas Schöneres vorstellen, als Dermoth wiederzusehen, aber er riss sich zusammen und folgte seinem Meister über die langen, gewundenen Treppen hinaus ins Freie. Draußen blinzelte er gegen das grelle Sonnenlicht. Zwei Graue führten die Pferde gerade zu den Stallungen. Dermoth und die meisten Schattenkrieger beherrschten den Figurationszauber. Er hätte zu den Silbertrostminen auch figurieren können.

Doch sie waren mit Pferden unterwegs gewesen, was Kieran verriet, dass er tatsächlich seinen Vater zurück in die Silberspitzberge gebracht hatte und dieser weiterhin mit der Perthro-Rune seiner Magie beraubt war.

Erst als die mächtigen Rösser vorbeigezogen waren, gaben sie den Blick auf Damianos' Statthalter frei.

Kierans Knie wurden weich, denn in diesem Moment entdeckte er die an ihren Händen gefesselte zierliche Gestalt an Dermoths Seite.

Sein Meister beugte sich zu ihm, nah genug, um seinen Atem auf seiner Schläfe zu spüren, und wisperte: »Wie gut, dass du mir deine tiefsten Sehnsüchte preisgegeben hast, mein Sohn. So ist es mir gelungen, dir ein noch größeres Geschenk zu machen als die Freilassung deines Erzeugers.«

Kieran wollte schreien.

Er wollte Damianos zu Asche verbrennen und sie in alle Winde verstreuen.

Er wollte Oisinns Schwert rauben und es Dermoth in den Leib rammen.

Ein Windstoß fegte ihr die rotblonden Locken aus den

angstgeweiteten kornblumenblauen Augen. Doch sie straffte die Schultern und sah ihn mit unergründlicher Miene an.

Kierans Lippen blieben stumm, aber jede Faser in ihm brüllte verzweifelt ihren Namen: Serafina.

Mood-Playlists zum Buch

Sis:
Amy MacDonald – Dancing in the Dark
Amy MacDonald – No Roots
Adrián Berenguer – La Chica de los grandes ojos negros
Billie Eilish - Everything I wanted
Alan Walker – Faded
Amy MacDonald – Dream On
Narciso Yepes – Suite española
Juli – Perfekte Welle
Kesha – Die Young
Adele – Someone Like You
Amy MacDonald – Spark
Taylor Swift – I Knew You Were Trouble
Ellie Goulding – Burn
Jason Derulo – Breathing

Finn:
Armin van Buuren – Blah Blah Blah
Armin van Buuren – Great Spirit
Kavinsky – Nightcall 2010
Faithless – Insomnia
Breton – The Commission
Phil Collins – In the Air Tonight

Robin Schulz – In Your Eyes
Dvbbs&Borgeous – Tsunami
Vangelis – Conquest of Paradise
Linkin Park – Castle of Glass
Imagine Dragons – Whatever it Takes
Die Firma – Die Eine 2005
Eminem – Lose Yourself

Kieran:

Taylor Davis – The Hanging Tree - Violin Cover
Hans Zimmer – Dune · Holy War
Ennio Morricone – The Mission
Hans Zimmer/James Newton Howard – Molossus
Catrin Finch, J.L. Webber – A Gift of a Thistle
Mussorgsky – Bilder einer Ausstellung · Der Gnom
Hans Zimmer/James Newton Howard – A Dark Knight
Linkin Park – Numb
Imagine Dragons – Demons
Queen – Who Wants to Live Forever
Queen – The Show Must Go On

Und hier geht's zur Spotify-Playlist

Danksagung

Euch allen gilt mein Dank:

Katharina Lindner, Maren Wendt und Anne-Lena Jahnke, weil ihr euch für meine Geschichte der verfluchten Welten so sehr begeistert und mich mit offenen Armen herzlich im Oetinger Verlag und bei Moon Notes als Autorin aufgenommen habt.

Meiner Lektorin Yvonne Lübben – du hast mich vom ersten Telefonat an mit deiner freundlichen und wundervollen Art, deinem Scharfsinn und gutem Blick für all die winzigen Details, die einer Autorin so leicht zwischen die Zeilen schlüpfen, beeindruckt und mich angefeuert, das Beste aus meiner Geschichte herauszuholen. Meine Tochter dankt dir zudem für die weitere Oisinn-Szene – wenn es nach ihr ginge, müsste ich auf der Stelle ein reines Oisinn-Spin-off zu meinem tragischen untoten Helden schreiben ;)

Meiner Agentin Christine Härle von der Agentur Oliver Brauer. Christine, du hast nie aufgehört, an dieses Mammutprojekt zu glauben. Weder hast du dich von den ersten ausufernden Entwicklungsstadien mit weit über 600 Seiten für Band 1, den historischen Hintergrundrecherchen zu Damianos, Aspelta und den kuschitischen Pharaonen, Thales von Milet, Orphikern, der industriellen Revolution oder dem untergegangenen Atlantis abschrecken lassen, noch hast du mir geraten, meine Fantasie vielleicht ein wenig vom schnellen Galopp in einen gemütlichen Trab zu lenken. Du hast stets ein offenes Ohr für mich und meine Ideen und motivierst mich auf ganz wunderbare Weise.

Meiner Familie – ihr steht immer hinter allem, wofür mein Herz schlägt, gebt mir Kraft, Selbstvertrauen und Mut. Ich bin euch unglaublich dankbar dafür! Liebe Mami, die Kaffeepausen und Gespräche mit dir über meine Arbeit sind mir wichtig – ich bin so froh, dass es dich gibt.

Liebe Sarah, niemand nimmt so stark Anteil an meinen Geschichten und meinen Ideen wie du! Ich kann dir gar nicht sagen, wie glücklich mich das macht, wie sehr ich unsere Mutter-Tochter-Bücherliebe-Momente und die zahllosen Gespräche über gelesene Bücher genieße.

Liebe Marina, lieber Robert, was ihr technisch im Hintergrund leistet, damit mein Rechner reibungslos funktioniert und Website und Blog im neuen, schönen Design erstrahlen, ist einfach nur magisch, und ich freue mich jedes Mal darauf, mich mit dir über Bücher und das Schreiben auszutauschen, liebe Marina.

Meinen lieben Kolleginnen und Kollegen, ganz besonders den DELIAs und Writing Sassenachs, danke ich für all die inspirierenden und hilfreichen Gespräche, für viele gemeinsame Aktionen, für gegenseitige Unterstützung, Tipps und offene Ohren, für aufbauende Worte in Momenten der Verzweiflung und für das Gefühl, nicht allein in langen Nächten die Worte zu schleifen – ich danke allen, die mit mir gemeinsam ein Stück dieses Wegs gegangen sind.

Dir, liebe Leserin und lieber Leser, weil du dich dafür entschieden hast, mit mir eine Reise in Verfluchte Welten anzutreten und dich furchtlos in magische Abenteuer stürzen möchtest. Ich wünsche dir von ganzem Herzen viel Spaß dabei!